HEYNE

SCIENCE FICTION

Ein vollständiges Verzeichnis aller
im HEYNE VERLAG erschienenen STAR TREK-Romane
finden Sie am Schluss des Bandes.

STAR TREK
VOYAGER™

Jeri Taylor

Schicksalspfade

Roman

Star Trek®
Voyager™
Band 20

Deutsche Erstausgabe

WILHELM HEYNE VERLAG
MÜNCHEN

HEYNE SCIENCE FICTION & FANTASY
Band 06/5820

Titel der amerikanischen Originalausgabe
PATHWAYS

Deutsche Übersetzung von
ANDREAS BRANDHORST

Umwelthinweis:
Dieses Buch wurde auf chlor- und
säurefreiem Papier gedruckt.

Redaktion: Rainer Michael Rahn

Erstausgabe by Pocket Books/Simon & Schuster Inc., New York

http://www.heyne.de
Printed in Germany 2002
Umschlagbild: Pocket Books/Simon & Schuster, New York
Umschlaggestaltung: Nele Schütz Design, München
Technische Betreuung: M. Spinola
Satz: Schaber Satz- und Datentechnik, Wels
Druck und Bindung: Ebner & Spiegel, Ulm

ISBN 3-453-21360-2

Für
Andrew und Gina

1

Tom Paris wusste, dass es einfach war, einen Shuttle in die Atmosphäre eines Planeten zu steuern, wenn man sich dabei an die übliche Prozedur hielt. Zur Herausforderung – und interessant – wurden die Dinge erst, wenn man sich von der streng regulierten Starfleet-Prozedur abwandte.

Er hatte verschiedene Möglichkeiten entwickelt, die Routine zu umgehen, aber nur das so genannte Yeager-Manöver gab ihm das, was er sich wünschte: prickelnde Aufregung, von Gefahr begleitet. Der Name ging auf einen berühmten Piloten des zwanzigsten Jahrhunderts zurück und jetzt bekam er Gelegenheit, das Manöver noch einmal zu versuchen.

Captain Janeway hatte die Landegruppe, zu der auch die Führungsoffiziere der *Voyager* gehörten, auf einem unbewohnten Planeten der Klasse M abgesetzt. Er bot die Chance, den Proviant des Schiffes zu erneuern und sich ein wenig zu entspannen. Nach dem Transfer der Gruppe hatte die *Voyager* den Flug fortgesetzt, um in einem nahen Sonnensystem mit einer diplomatischen Mission zu beginnen. Dabei ging es um die sichere Passage durch ein als sehr gefährlich geltendes Raumgebiet.

Tom hatte für die Zeit des Außeneinsatzes um Shuttle-Zeit gebeten. Ein solches Anliegen war keineswegs ungewöhnlich. Jeder Pilot musste trainieren, damit sein Geschick nicht nachließ. Der Erste Offizier Chakotay hatte nicht gezögert, auf Tom Paris' Bitte einzugehen und ihm Gelegenheit zu geben, den Außeneinsatz für Trainingsflüge zu nutzen.

Die Anfrage war durchaus legitim gewesen und Tom spürte in dieser Hinsicht keine Gewissensbisse, auch wenn es ihm um mehr ging. Das eine schloss das andere nicht aus und er hielt es nicht für falsch, beides miteinander zu verbinden.

Er saß an den Kontrollen des Shuttles *Harris* und beobachtete, wie der Planet vor ihm immer mehr anschwoll. Ozeane reflektierten das Licht der Sonne. Die blauweiße Kugel ähnelte der Erde und Tom fühlte einen Hauch Nostalgie, was ihn erstaunte: In seiner Heimat war er nicht so glücklich gewesen wie hier im Delta-Quadranten. Er schob diese Empfindungen beiseite und traf die notwendigen Vorbereitungen für den Eintritt in die Atmosphäre, der nach den Anzeigen der Instrumente etwa dreißig Kilometer über der Oberfläche des Planeten beginnen würde.

Zuerst kam die Mesosphäre mit einer dünnen, porösen molekularen Struktur. Sie ging in die Stratosphäre über, wo der atmosphärische Druck zunahm und die Reibung zu einem echten Problem wurde. Es folgte der Flug durch die eigentliche Sauerstoff-Stickstoff-Atmosphäre und dann die Landung. Das Yeager-Manöver wollte Tom beim Übergang von der Mesosphäre in die Stratosphäre durchführen.

Flüge in Atmosphären fanden immer mit Hilfe von Düsentriebwerken statt, so wie vor Beginn des Warp-Zeitalters. Natürlich gab es heutzutage Sicherheitsmechanismen, die früher nicht existiert hatten, aber solche Sicherheitssysteme konnten deaktiviert werden. Tom nahm entsprechende Schaltungen vor, als der Planet immer größer wurde und das ganze Fenster füllte.

Als sich die Gravitation spürbar auf den Shuttle auszuwirken begann, zog der Pilot den Bug nach oben und deaktivierte das Triebwerk – mit dem Heck voran und antriebslos fiel das kleine Raumschiff dem Planeten entgegen.

An dieser Stelle setzte bei Tom Paris eine automatische

Reaktion des Körpers ein. Das Herz schlug schneller und der Blutdruck stieg, als es zu einem Adrenalinschub kam. Diese Reaktionen waren biochemischer Natur und so alt wie die Menschheit. Sie hoben Toms Bewusstsein auf eine neue, fast sakrale Ebene und schärften alle seine Sinne. Endorphine beeinflussten sein Fühlen, schufen eine sonderbare, geheimnisvolle Mischung aus Furcht und Vergnügen.

Er warf einen kurzen Blick auf den schwarzen Himmel, der bald seine Farbe verändern würde. Mit zunehmender Dichte der Atmosphäre würde ein immer intensiveres Blau erscheinen. Von jetzt an musste er seine ganze Aufmerksamkeit auf die Anzeigen der Instrumente konzentrieren. Er erwartete bald ein heftiges Trudeln des Shuttles, und wenn er dann aus dem Fenster sah, musste er mit einem Schwindelanfall rechnen. Dazu durfte es nicht kommen. Wenn er die Orientierung verlor, drohte eine Katastrophe.

Um die Düsen zu reaktivieren, musste sich der Bug des Shuttles nach unten neigen, sodass Luft in die Ansaugstutzen strömte und eine Drehung der Magnaturbinen bewirkte. Anschließend vermischte sich der atmosphärische Sauerstoff in der Ultraschall-Brennkammer mit Treibstoff aus den Shuttletanks und lieferte Energie für das Düsentriebwerk.

Das kleine Raumschiff begann zu rotieren, drehte sich wie ein Windrad um seinen Schwerpunkt. Die Zentrifugalkraft presste Tom in den Sessel.

Dies war der Moment, auf den er gewartet hatte.

Er konnte den Shuttle wieder unter Kontrolle bringen, wenn er sich genau richtig verhielt. Dazu brauchte er sein ganzes geistiges Potenzial und jeden einzelnen Instinkt. Die Furcht half ihm, alle seine mentalen Kräfte zu mobilisieren und das Bewusstsein zu erweitern, damit er die Aufgabe bewältigen und sich retten konnte.

Es kam vor allem aufs Timing an. Mit einer Kombination aus Geschick, Erfahrung und Glück musste er den richtigen Zeitpunkt für das Senken des Bugs finden. Geschah dies zu früh, dann kam es zu einer Rotation um die waagerechte Achse, die sich fast nicht mehr kontrollieren ließ. Griff er zu spät ein, war die Atmosphäre bereits so dicht, dass sie ein Absenken des Bugs verhinderte. In dem Fall trudelte das kleine Raumschiff weiterhin der Oberfläche des Planeten entgegen und verglühte schließlich aufgrund der Reibungshitze.

Immer stärkte presste die Zentrifugalkraft Tom Paris in den Sessel und gleichzeitig stieg ihm das Blut in den Kopf. Er zwang sich, die Augen offen zu halten und auf die Anzeigen zu blicken. Der Shuttle fiel mit einer Geschwindigkeit von fünfzig Metern pro Sekunde, dreitausend Meter in der Minute. Tom schätzte, dass er das Bremsfeld in einer Höhe von dreißigtausend Metern aktivieren musste, und dieser kritischen Distanz näherte er sich schnell.

Bei einer Höhe von einunddreißigtausend Metern begriff Tom Paris, dass er in Schwierigkeiten war. Sein Blickfeld trübte sich immer mehr, und zwischen den Schläfen pochte es schmerzhaft. Er sollte das Feld besser schon jetzt aktivieren ... Aber er wusste, dass es noch zu früh war. Wenn er den Bug jetzt absenkte, kam es zu einer Folge von Saltos – bis sich der Shuttle aufgrund der enormen Reibungshitze in einen Feuerball verwandelte.

Er musste warten, bis er den richtigen Zeitpunkt für gekommen hielt. Aber konnte er sich unter den gegenwärtigen Umständen noch auf seine Instinkte verlassen? Die Zentrifugalkraft presste ihn nicht nur in den Sessel, sondern drückte ihm auch das Blut in den Kopf, was vielleicht sein Urteilsvermögen beeinträchtigte. *Na los*, ertönte eine Stimme in ihm. *Du bist der richtigen Höhe nahe genug. Aktiviere das Bremsfeld.* Mit geübtem Geschick glitten seine Finger über die Kontrollen.

Nein!, heulte es durch sein Bewusstsein und die Finger reagierten, verharrten über den Schaltflächen und weigerten sich, sie zu berühren. Inzwischen befand sich der Shuttle tiefer als dreißigtausend Meter. Fiel er nun einem gefährlich turbulenten Bereich der Atmosphäre entgegen?

Warten … warten … warten …

Um Tom herum schien es immer dunkler zu werden, und die Konsole bestand nur noch aus einigen matten Lichtern vor ihm. Wenn er noch länger wartete, verlor er vielleicht das Bewusstsein, und dann konnte er das Bremsfeld nicht aktivieren. *Halte durch, Tom, halte noch etwas länger durch …*

Plötzlich entstand ein Bild vor seinem inneren Auge, mit überraschender Klarheit, und erinnerte ihn an eine andere Gelegenheit, in der er gezwungen gewesen war, zu warten und zu warten. Ein Schrei löste sich von seinen Lippen. Er hatte geglaubt, jenen Schrecken überwunden zu haben, aber er lauerte noch immer in ihm und präsentierte viel zu deutliche Details, in den Farben des Feuers und des Todes …

Die Erinnerung löste in ihm einen solchen Schock aus, dass er plötzlich wieder klar sehen konnte. Die Höhe, so stellte er fest, betrug jetzt weniger als neunundzwanzigtausend Meter.

Jetzt.

Toms Finger glitten über die Kontrollen, und das Bremsfeld wurde aktiv. Wenige Sekunden später fühlte er ein sanftes Zerren, als das Trudeln nachließ. Er schnappte nach Luft, als Schwindel und Benommenheit ihn erfassten. Hatte er kurz zum Fenster gesehen? Nein, bestimmt nicht. Aber trotzdem regte sich Übelkeit in ihm. Warum neigte sich der Bug nicht nach unten? Hatte er die falschen Schaltflächen berührt? Die aufsteigende Panik knisterte wie Plasma durch seinen Körper.

Nein, er musste sich beherrschen, durfte auf keinen Fall in Panik geraten. Nachdenken. Warum neigte sich der Bug nicht nach unten? Nachdenken …

Er hatte gerade geschworen, sich nie wieder auf so etwas einzulassen, wenn er diese Sache überlebte, als er spürte, wie sich der Shuttle in die richtige Position drehte. Von einem Augenblick zum anderen wurde ihm klar, dass alles in Ordnung gewesen war. Die biologischen Reaktionen hatten sich auf sein Zeitempfinden ausgewirkt und ihm vorgegaukelt, dass mehr Sekunden verstrichen waren.

In Wirklichkeit lief alles wie geplant.

Luft strömte in die Ansaugstutzen und das Triebwerk feuerte. Tom brachte das kleine Raumschiff unter Kontrolle, leitete einen normalen Sinkflug ein und sah dann zum blauen Himmel des Planeten, der verlockend vertraut wirkte. Kurze Zeit später näherte er sich der Oberfläche, hielt nach einem geeigneten Landeplatz Ausschau und dachte dabei, dass er sich nicht an den Schwur zu halten brauchte – immerhin war überhaupt nichts schief gegangen.

Unten bemerkte er die Crewmitglieder der *Voyager*: Punkte, die schnell größer wurden.

Er wusste nicht genau, wann ihm klar wurde, dass etwas nicht stimmte. Vielleicht lag es daran, dass einige Gestalten ziellos hin und her liefen. Andere lagen auf dem Boden und rührten sich nicht.

»Paris an Einsatzgruppe. Was passiert dort unten?«

Er bekam keine Antwort. Zum ersten Mal seit Beginn des Sinkflugs blickte Tom auf die Anzeigen der Sensoren und nahm überrascht zur Kenntnis, dass die Besatzungsmitglieder der *Voyager* nicht allein auf dem Planeten waren. Es gab fremde Lebensformen, Dutzende von ihnen. Woher waren sie gekommen?

Rasch landete er, öffnete die Luke und stieg aus, um seinen Freunden zu helfen und herauszufinden, was geschehen war. Doch kaum hatte er den Shuttle verlassen, breitete sich Benommenheit in seinem Kopf aus, und er torkelte wie im Rausch. Eine seltsame, widerliche Süße lag in der Luft, und Tom begriff, dass dieser Geruch für seine weichen Knie verantwortlich war. Weiter vorn lagen inzwischen die meisten Mitglieder der Einsatzgruppe auf dem Boden – er konnte nicht feststellen, ob sie tot oder nur bewusstlos waren. Chakotay hielt sich als Letzter auf den Beinen, aber dann verließen auch ihn die Kräfte, und er sank auf die Knie. Mehr konnte Tom Paris nicht beobachten, denn Finsternis tastete nach seinem Ich. Er fragte sich noch, ob er den gefährlichen Flug durch die Atmosphäre nur deshalb überlebt hatte, um giftigem Gas zu erliegen, dann verlor er das Bewusstsein.

Als Chakotay erwachte, wusste er nicht, wo er sich befand. Vermutlich im Innern eines Gebäudes. Im Licht einiger weniger Lampen sah er Wände und eine niedrige Decke. Ein matter gelber Schein ging von den Lampen aus, bildete hier und dort helle Stellen, an deren Rand unheilvolle Dunkelheit lauerte. Chakotay setzte sich auf und sah, dass sich auch die übrigen Mitglieder der Einsatzgruppe in diesem Raum befanden. Einige lagen noch immer bewusstlos auf dem Boden; andere lehnten benommen an den Wänden.

Hinter seiner Stirn pochte es und der Hals war wie ausgedörrt. Er schien überhaupt keinen Speichel mehr produzieren zu können. Was hatte es mit diesem Raum auf sich? Was war geschehen?

Er bemerkte B'Elanna Torres in der Nähe. Völlig reglos saß sie da und starrte ins Leere, ihr Haar ein zerzaustes Durcheinander. Schmutz klebte an ihren klingonischen Stirnhöckern.

Auf Händen und Knien kroch Chakotay zu ihr.

»B'Elanna?«

Sie drehte den Kopf, sah ihn aus trüben, verwirrt blickenden Augen an.

»Wissen Sie, wo wir sind?«, fragte Chakotay.

Einige Sekunden verstrichen, dann blinzelte B'Elanna, erkannte den Ersten Offizier. »Chakotay ...«, brachte sie heiser hervor. Ihre Kehle schien ebenfalls vollkommen trocken zu sein. »Was ist mit uns passiert?«

Erst als Chakotay diese Frage hörte, begriff er, dass er es nicht wusste. Seine letzte Erinnerung betraf die Brücke der *Voyager* – und dann war er plötzlich in diesem seltsamen, dunklen Raum zu sich gekommen.

»Ich weiß es nicht«, antwortete er.

Um sie herum regten sich weitere Mitglieder der Einsatzgruppe wie schläfrige Bären, die aus dem Winterschlaf erwachten. Chakotay dachte daran, dass er aufstehen und den Raum erforschen sollte, aber seine Beine schienen einer solchen Aufgabe nicht gewachsen zu sein. Er wandte sich wieder an B'Elanna und sah, dass der vulkanische taktische Offizier, Lieutenant Commander Tuvok, zu ihnen gekommen war. Er wirkte ebenso benommen wie alle anderen.

»Wo sind wir?«, fragte Tuvok mit rauer Stimme. Die Vorstellung, dass der immer so disziplinierte und beherrschte Vulkanier ebenso verwirrt war wie der Rest der Einsatzgruppe amüsierte Chakotay ein oder zwei Sekunden lang.

»Das versuchen wir gerade herauszufinden. Was ist Ihre letzte Erinnerung?«

Tuvok wölbte die Brauen und dünne Falten bildeten sich in seiner Stirn. »Ich befand mich an Bord der *Voyager*, an meiner Station auf der Brücke. Es ist mir ein Rätsel, wie wir hierher gekommen sind.«

Zwar hatte Chakotay noch immer Kopfschmerzen, aber er gewann den Eindruck, dass zumindest ein Teil der Benommenheit von ihm wich. Es galt, gewisse Dinge zu erledigen.

»Wir müssen die Anwesenden zählen und feststellen, welche Besatzungsmitglieder hier sind. Und wir sollten sie fragen, woran sie sich erinnern.«

Chakotay, B'Elanna und Tuvok standen auf und gingen in drei verschiedene Richtungen. Behutsam weckten sie die anderen Mitglieder der Einsatzgruppe und fragten sie nach ihren Erinnerungen.

Einige Minuten später wussten sie, wie viele Personen sich in dem Raum befanden: Vierzehn Crewmitglieder waren zugegen. Die anderen weilten vermutlich an Bord der *Voyager*, wo auch immer das Schiff jetzt sein mochte.

Plötzlich erklang Neelix' Stimme. Der Talaxianer mit den orangefarbenen Haarbüscheln trug die für ihn typische bunte Kleidung, doch in dem halbdunklen Raum wirkte sie weit weniger farbenfroh.

»Ein Picknick«, sagte er unsicher.

Alle wandten sich ihm zu. »Ein Picknick?«, wiederholte Chakotay. Er spürte, dass dieser Hinweis wichtig war. »Sie glauben, dass wir ein Picknick veranstaltet haben?«

Neelix wirkte verwundert. »Ich denke schon ... Ich höre fast die Stimme des Captains, die mich auffordert, Lebensmittel einzupacken und ...« Er unterbrach sich hilflos, als ihm nicht mehr einfiel.

Die Worte des Talaxianers stimulierten weitere Reminiszenzen. »Auf einem Planeten!«, entfuhr es dem Einsatzoffizier Harry Kim. »Wir alle begaben uns auf die Oberfläche eines Planeten.«

»Ja, das stimmt«, warf Seven ein, die überaus attraktive Blondine, die den größten Teil ihres Lebens als Mitglied eines Borg-Kollektivs verbracht hatte und erst seit einem knappen Jahr zur Crew der *Voyager* gehörte. »Captain Janeway meinte, wir sollten die gute Gelegenheit nutzen und uns ein wenig die Beine vertreten. Ich weiß noch, dass mir dieser Rat sehr seltsam erschien.«

Hier und dort lächelte jemand. Seven hatte große Fortschritte bei ihrer Wiedereingliederung in die Gemeinschaft an Bord erzielt, aber gewisse Nuancen entzogen sich noch immer ihrem Verständnis. Ihre Schilderungen weckten weitere Erinnerungen und die einzelnen Fragmente fügten sich allmählich zu einem einheitlichen Bild zusammen.

Tom Paris entsann sich an den widerlich süßen Geruch in der Luft, den er unmittelbar nach dem Verlassen des Shuttles wahrgenommen hatte. Als er ihn erwähnte, erwachten in den übrigen Crewmitgliedern ähnliche Erinnerungen.

»Es begann ganz plötzlich«, sagte B'Elanna nachdenklich. »Zunächst existierte der Geruch überhaupt nicht, und plötzlich war er überwältigend.«

»Offenbar ein Gas irgendeiner Art«, spekulierte Chakotay. »Aber war es natürlichen Ursprungs? Oder hat man uns angegriffen?«

»Der Umstand, dass wir uns hier befinden – wo auch immer ›hier‹ sein mag –, deutet meiner Ansicht nach auf einen Angriff hin«, sagte Tom. »Man hat uns mit Gas außer Gefecht gesetzt und dann in diesem Raum untergebracht.«

Nichts deutete auf Ein- oder Ausgänge hin. Es gab keine Türen, keine Fenster, keine Kontrolltafeln, nur nackte Wände und die wenigen Lampen. Es fehlte jeder Hinweis auf ihren Aufenthaltsort – sie konnten praktisch überall sein.

Mit seinem Gespür als Pilot stellte Tom Paris eine Vermutung an, die sich erst viel später, beim Verlassen des Raums, als richtig erweisen sollte. »Wir sind an Bord eines Raumschiffs«, sagte er. »Darauf würde ich alles wetten. Es *fühlt* sich nach einem Raumschiff an, das mit Warpgeschwindigkeit fliegt.«

Eine Besorgnis erregende Vorstellung. Wenn man sie fortbrachte von dem Planeten, auf dem sie das Bewusstsein verloren hatten, so entfernten sie sich auch von der *Voyager*. Sie waren ohne Schiff und Captain, wussten nichts vom Schicksal der Besatzungsmitglieder, die sich nach wie vor an Bord der *Voyager* befanden. Sie saßen in einem dunklen Raum fest, der keine erkennbaren Ein- oder Ausgänge aufwies, waren hilflos den Fremden ausgeliefert, die sie ohne jede Vorwarnung angegriffen hatten.

Und sie waren sehr durstig. Das Betäubungsgas hatte ihnen Kopfschmerzen und ausgedörrte Kehlen beschert.

Sie alle sehnten sich nach einem Glas Wasser, aber niemand von ihnen rechnete damit, dass dieser Wunsch in Erfüllung ging.

Was sie noch nicht wussten: Während der kommenden Tage und Wochen sollte es ihnen viel schlechter ergehen als jetzt.

Chakotay träumte von einem wilden Waldbrand, dem er zu entkommen versuchte, als ihn ein jäher Ruck weckte. Er setzte sich auf und stellte fest, dass Paris ebenfalls etwas gemerkt hatte.

»Wir sind in die Atmosphäre eines Planeten eingedrungen«, sagte Tom.

Sie spürten beide, wie das Schiff tiefer sank.

Nur wenige Sekunden später erklang eine scharfe körperlose Stimme. »Bereiten Sie sich darauf vor, von Bord zu gehen«, ertönte es aus verborgenen Lautsprechern, und dann herrschte wieder Stille.

Sie wussten nicht genau, wie lange sie sich schon an Bord dieses fremden Raumschiffs befanden. Das von ihnen auf dem Planeten eingeatmete Gas hatte sie nicht nur betäubt, sondern auch geschwächt. Die meisten von ihnen waren eingeschlafen und über die inzwischen vergangene Zeit konnte man nur Mutmaßungen anstellen. Chakotay hoffte, dass sich wenigstens einige ihrer Fragen bald beantworten ließen.

Das Schiff schien langsamer zu werden und dann kam es zu einer recht starken Erschütterung, die sie alle in den Knochen fühlten. Es folgte – nichts.

Sie warteten, geduldig und aufmerksam. Die meisten spürten eine gewisse Beklemmung, waren jedoch erfahren genug, sie nicht zu zeigen. Wachsam und gefasst standen sie da, bereit, alles zu geben, was man von ihnen erwartete.

Nach einer Weile vernahm Chakotay ein dumpfes Knirschen, das schnell lauter und schriller wurde. Eine Wand des Raums sank nach unten. Grelles Sonnenlicht flutete herein und blendete die Männer und Frauen. Sie blinzelten und hoben die Hände, um die Augen abzuschirmen.

Schließlich formte die herabgesunkene Wand eine Rampe, die nach draußen ins helle Licht führte. Noch immer ließen sich keine Einzelheiten in dem Gleißen erkennen.

Erneut erklang die Stimme. »Gehen Sie langsam hinaus.«

Chakotay machte den Anfang und die anderen folgten ihm. Allmählich gewöhnten sich seine Augen an die veränderten Lichtverhältnisse, und das erlaubte ihm, einen ersten Eindruck von der Umgebung zu gewinnen.

Der Anblick erstaunte ihn.

Eine große Wiese erstreckte sich vor ihm, und darauf sah er tausende von Geschöpfen, wie man sie sich elender kaum vorstellen konnte. Sie stammten aus vielen verschiedenen Völkern, waren alle ausgemergelt und schmutzig. Die meisten von ihnen trugen zerrissene Lumpen. Hier und dort brannten kleine Feuer; ihr Rauch bildete einen beißenden Qualm, der jedoch nicht über den unglaublichen Gestank dieses Ortes hinwegtäuschen konnte.

Eine hohe Mauer aus dunklem, poliertem Metall umgab die Wiese. An einigen Stellen zeigten sich Öffnungen und jede davon wurde von einer humanoiden Gestalt bewacht. Die Entfernung war zu groß, als dass man Details jener Wesen hätte erkennen können.

Jenseits der Mauer ragten auf drei Seiten große Bäume empor und bildeten einen dichten, dunklen Wald. Auf der vierten Seite zeigte sich eine steile Felswand mit Streifenmustern, die auf Bergbau hindeuteten. Hinter dem Wald, der bis in weite Ferne reichte, wölbte sich eine Bergkette dem Himmel entgegen. Viele hundert Kilometer Wildnis umgaben die Wiese.

Ein Gehege, dachte Chakotay. Er drehte sich um und sah, dass alle Mitglieder der Einsatzgruppe das Raumschiff verlassen hatten. Wie ein rachsüchtiges Ungeheuer ragte es hinter ihnen auf; wirkte völlig fremdartig, war mit Waffen geradezu gespickt. Ein Kriegsschiff. Die Rampe schwang nach oben, und wieder ertönte das schrille Kratzen von Metall auf Metall, das ihren Weg nach unten begleitet hatte.

Die Öffnung in der Außenhülle des Schiffes schloss sich; fast geräuschlos stieg es auf, wurde schneller, schrumpfte und verschwand.

Chakotay und seine Gruppe sahen ihm nach, verblüfft darüber, dass man sie einfach so, ohne ein einziges Wort der Erklärung, in diesem *Gehege* abgesetzt hatte.

»Was halten Sie davon, Commander?«, fragte Tom Paris.

»Dies scheint eine Art Gefängnis zu sein. Und kein sehr angenehmes, so wie die Leute hier aussehen.«

Chakotays Blick glitt über die vielen zerlumpten Gestalten. Nur wenige von ihnen begegneten den Neuankömmlingen mit Neugier; in den trüben Augen der anderen zeigte sich überhaupt kein Interesse. Er bemerkte einen Humanoiden mit grünlicher Schuppenhaut und gelben Augen, die wachsam wirkten. Der Mann erweckte den Eindruck, sich in einem etwas besseren Zustand zu befinden als die anderen Gefangenen. Chakotay näherte sich ihm, in der Hoffnung, Antworten zu bekommen. Der Schuppige beobachtete den Menschen argwöhnisch, als er näher kam.

»Was ist dies für ein Ort?«, fragte Chakotay in einem möglichst freundlichen Tonfall. Der Blick der zitronengelben Augen huschte hin und her – vielleicht war das Wesen nicht sicher, ob es Auskunft geben durfte. Schließlich sah der Schuppige wieder Chakotay an und erwiderte mit gutturaler Stimme: »Das wissen Sie nicht? Dies ist ein Kriegsgefangenenlager der Subu. Wir alle sind hier gefangen.«

»Wir wissen nichts von den Subu und ihrem Krieg.

Wir befanden uns auf einer friedlichen Mission, als man uns entführte und hierher brachte.«

»Das gilt für viele von uns. Vermutlich sind Sie unabsichtlich in das Territorium der Subu geraten. Solche Eindringlinge werden immer hierher gebracht.«

»Wer führt hier das Kommando?«

Wieder sahen die gelben Augen nach links und rechts. »Das werden Sie früh genug erfahren«, erwiderte der Schuppige, drehte sich um und eilte fort. Chakotay hielt nach einem anderen Gesprächspartner Ausschau, aber niemand wagte es auch nur, sich auf einen Blickkontakt mit ihm einzulassen.

Er kehrte zu den anderen Besatzungsmitgliedern der *Voyager* zurück, die unsicher umherschritten, als er plötzlich spürte, wie sich die allgemeine Stimmung der Gefangenen veränderte. Ein elektromagnetischer Impuls schien sie alle erfasst zu haben. Sie wandten sich von den Neuankömmlingen ab und beschäftigten sich mit irgendetwas, aber Chakotay glaubte, dass sie nur den Eindruck zu erwecken versuchten, ihre Aufmerksamkeit anderen Dingen zu widmen.

Dann sah er die Ursache für den Stimmungswandel: Eine Tür hatte sich in der metallenen Wand geöffnet und einige Gestalten traten hindurch, näherten sich der *Voyager*-Crew. Rechts und links von ihnen blickten die Gefangenen zu Boden und schienen zu beschäftigt zu sein, um aufzusehen. Chakotay konnte ihre Gesichter nicht sehen, fühlte aber ihr Entsetzen.

Er beobachtete, wie sich die Fremden näherten. Es waren drei und einer ging ein wenig vor den beiden anderen. Offenbar führten sie Waffen bei sich, länger als Phasergewehre und mit auffallend großen Mündungen. Chakotay wusste nicht, ob es sich um Projektil- oder Energiewaffen handelte, aber eins stand fest: Sie wirkten sehr eindrucksvoll.

Und das galt auch für die drei Wesen. Sie mussten als humanoid bezeichnet werden, denn sie hatten Beine –

allerdings nicht zwei, sondern drei – und auch einen Kopf: grau, angeschwollen und gallertartig, ohne Ohren und Nase, mit kleinen Facettenaugen. Sie erinnerten Chakotay an Walköpfe. Wo sich bei gewöhnlichen Humanoiden die Arme befanden, bemerkte der Erste Offizier lange tentakelartige Gliedmaßen.

Die drei Geschöpfe blieben vor ihm stehen und er sah, dass ihre Haut ständig klebrigen Schleim absonderte, der sofort gerann und eine schützende Schicht bildete – vielleicht diente sie dazu, die Körpertemperatur zu regulieren. Vermutlich fühlten sich die Fremden in dieser Hitze wohler als die Besatzungsmitglieder der *Voyager*, abgesehen vielleicht von Tuvok, der als Vulkanier an hohe Temperaturen gewöhnt war.

Eine Öffnung bildete sich im Kopf des ersten Geschöpfs, und eine scharfe, kratzende Stimme erklang, vergleichbar mit der, die sie auch an Bord des Raumschiffs gehört hatten. »Sie bekommen einmal am Tag Nahrung. Wasser bietet der Fluss. Wenn Sie irgendwelche Probleme verursachen, werden Sie streng bestraft.« Im Anschluss an diese Worte wandte sich der Fremde ab.

»Warten Sie!«, rief Chakotay ihm nach. »Wir gehören nicht hierher. Wir sind Reisende, die versuchen, in ihre Zehntausende von Lichtjahren entfernte Heimat zurückzukehren. Wir sind nicht an irgendwelchen Konflikten mit Ihnen oder mit Ihrem Volk beteiligt.«

Das Wesen antwortete nicht, ging einfach weiter. Die drei Beine verliehen ihm eine rollende Gangart, die einem Trab ähnelte.

»Mit wem kann ich darüber sprechen?«, fragte Chakotay.

Das Geschöpf blieb stehen und drehte sich um. Plötzlich zuckte ein Tentakel nach vorn, traf Chakotay am Hals. Heftiger Schmerz durchzuckte ihn und er sank zu Boden, tastete dabei nach der getroffenen Stelle.

Tuvok und Tom Paris waren sofort an seiner Seite. Mit

dem Stoff seiner Uniform wischte der Vulkanier den vom Tentakel zurückgelassenen Schleim fort und daraufhin ließ der Schmerz nach.

Chakotay setzte sich auf. »Ich schätze, ich habe zu viele Fragen gestellt«, sagte er trocken. Sie beobachteten, wie die Dreibeinigen zur Metallwand schritten, vorbei an Gefangenen, die sich weiterhin gleichgültig und beschäftigt gaben.

Bei einer schäbigen Hütte blieben sie stehen, in der Nähe von vier schrecklich dürren Humanoiden, die bestrebt zu sein schienen, den Bereich zu reinigen. Immer wieder griffen sie nach Gegenständen und legten sie an einer anderen Stelle auf den Boden. Keiner von ihnen reagierte auf die Präsenz der drei Subu.

Wieder zuckte der Tentakel des Anführers nach vorn und schlang sich um den Oberkörper eines Gefangenen, der aufschrie und um Gnade flehte. »Ich habe mir nichts zuschulden kommen lassen! Nehmen Sie mich nicht mit!« Aber der Dreibeinige hob ihn hoch und ging weiter, während sich der Humanoide im Tentakelgriff hin und her wand. Die beiden bewaffneten Wächter folgten dichtauf.

Es war ein grässlicher Vorgang und die Besatzungsmitglieder der *Voyager* beobachteten ihn ernst. Chakotay wandte sich den anderen zu und konzentrierte sich auf seine Aufgabe: Er musste dafür sorgen, dass sie unter den hiesigen harten Bedingungen überleben konnten. Außerdem galt es, die Flucht zu planen.

»Zunächst einmal brauchen wir Wasser«, sagte der Erste Offizier. Er war sehr durstig und den übrigen Mitgliedern der Einsatzgruppe erging es sicher nicht anders. »Walkopf erwähnte eben einen Fluss. Wir sollten ausschwärmen und ihn suchen. Anschließend beginnen wir damit, Pläne zu entwickeln.«

Die anderen nickten und brachen auf. Chakotay bemerkte eine gewisse Ordnung in dem riesigen Gehege. Breite Wege durchzogen es kreuz und quer, straßenartige Verbindungen, auf denen keine Hütten und Baracken standen. Er folgte dem Verlauf eines solchen Weges und hielt nach jemandem Ausschau, der bereit sein mochte, einige Fragen zu beantworten. Nach kurzer Zeit fiel ihm ein junger Mann auf, kaum mehr als ein Knabe. Er saß auf dem Boden und war furchtbar dünn; die gelbliche Haut spannte sich über seine Knochen. Aus großen, traurigen Augen sah der Junge auf und Chakotay ging vor ihm in die Hocke.

»Kannst du mir sagen, wo der Fluss ist?«, fragte er.

Der Junge starrte ihn an und in seinen Augen spiegelte sich ein Elend wider, das sich nicht mit Worten beschreiben ließ. Er gab keinen Ton von sich, neigte nur kurz den Kopf nach rechts, in die Richtung, in die der Weg führte.

»Danke«, sagte Chakotay und auch diesmal blieb der Junge stumm.

Er stand auf und wollte weitergehen, aber plötzlich versperrten ihm vier Humanoide den Weg. Es waren große Männer, besser genährt als die anderen Gefangenen, die Chakotay bisher gesehen hatte, aber ebenso schmutzig. Sie wiesen große Ähnlichkeit mit Menschen auf, abgesehen von den Köpfen, die doppelt so groß waren wie der des Ersten Offiziers. Dadurch wirkten sie monströs, wie Oger.

»Schuhe, mir geben«, sagte einer von ihnen und deutete auf Chakotays Stiefel.

»Guten Morgen«, erwiderte Chakotay freundlich. »Können Sie mir vielleicht den Weg zum Fluss zeigen?«

Die vier Humanoiden wechselten einen Blick und dann trat der erste von ihnen vor, nahm dabei eine drohende Haltung ein. Chakotay lächelte, beugte sich abrupt vor und rammte dem Mann die Stirn an die Nase. Die Knie des Humanoiden gaben sofort nach und mit gebrochenem Nasenbein sank er zu Boden.

Die drei anderen Männer traten ebenfalls vor, aber plötzlich standen Tuvok, Harry, Tom und einige von Tuvoks Sicherheitswächtern in der Nähe, was die drei Humanoiden zögern ließ.

»Nehmen Sie ihn mit«, sagte Chakotay zu den dreien und deutete auf den am Boden liegenden Humanoiden. Zwei Männer griffen nach seinen Beinen und zogen ihn hinter sich her, bedachten Chakotay und seine Freunde dabei mit finsteren Blicken.

»Ich glaube, Sie haben eine klare Botschaft übermittelt«, sagte Harry Kim. »Sie werden es sich genau überlegen, uns noch einmal zu behelligen.«

Chakotay zweifelte daran, ob die Sache wirklich damit erledigt war, aber eins stand fest: An einem solchen Ort kam es darauf an, Stärke zu zeigen, um bei der Hackordnung nicht auf einem der unteren Plätze zu landen. Sie hatten gezeigt, dass sie sich nicht einschüchtern lassen wollten, und das half ihnen sicher, zumindest eine Zeit lang.

»Angeblich geht es hier zum Fluss«, sagte Chakotay und Tom nickte zustimmend.

»Das habe ich ebenfalls gehört«, erwiderte der Pilot. Die Gruppe setzte den Weg fort und überall boten sich ihnen Bilder des Elends dar. Chakotay schätzte das »Gehege« auf eine Größe von etwa vierzig Hektar und seine Form schien im Großen und Ganzen rechteckig zu sein. Das Gefangenenlager bildete einen langen Streifen zwischen hohen Bäumen und beherbergte zehn- bis zwölftausend Personen. Alle waren unterernährt und viele krank. Der Erste Offizier bemerkte einen Mann, der auf einem Stofffetzen lag, das Gesicht eingefallen und hohlwangig. Überall auf der sonnenverbrannten Haut zeigten sich offene, von Insekten übersäten Geschwüre. Ein anderer Gefangener lag in einer Lache aus Erbrochenem und war zu schwach, um den Kopf zu heben.

Wohin Chakotay auch blickte: Überall präsentierten sich ihm weitere Beispiele für Not und Leid. Etwas so Schlimmes hatte er nie zuvor gesehen. Selbst seine indianischen Vorfahren waren damals von der amerikanischen Regierung besser behandelt worden. Eine erbarmungslose Sonne gleißte am wolkenlosen Himmel. Überall herrschte ein Übelkeit erweckender Gestank; Kranke und Verletzte stöhnten. Das Lager kam einer Vision der Hölle gleich.

Achtzig Meter weiter vorn führte der Weg über einen Hang und dort unten fanden sie den Fluss.

Die schlammige Brühe floss träge von links nach rechts durch das ganze Lager und verschwand unter der weit aufragenden Metallwand. Eiserne Gitter auf beiden Seiten verhinderten, dass jemand unter der Barriere hindurchgelangen konnte. Morast säumte den Fluss, und das bedeutete: Wer trinken wollte, musste zunächst durch eine Art Sumpf waten.

Ein anderes Problem kam hinzu: Die Gefangenen benutzten die flussabwärts gelegenen Bereiche als Latrine. Schier unerträglicher Gestank ging von den gewaltigen Exkrementmassen aus und Myriaden Insekten surrten darüber. Den Besatzungsmitgliedern der *Voyager* drehte sich der Magen um.

»Wenigstens waren sie vernünftig genug, sich auf das Ufer flussabwärts zu beschränken«, sagte Tom.

»Es kann trotzdem zu einer Kontamination des Flusslaufs weiter oben kommen«, gab Chakotay zu bedenken. »Das Wasser fließt nicht schnell genug, um eine Rückströmung zu verhindern.«

Sie hatten ohnehin keine Wahl. Ihnen stand der sichere Tod bevor, wenn sie das ekelhafte Wasser nicht tranken. Sie wandten sich nach links und gingen weiter flussaufwärts, spürten dabei die Blicke der anderen Gefangenen auf sich ruhen.

Als sie sich dem Fluss näherten, bemerkte Chakotay etwas, das er zunächst für eine Decke am sumpfigen Ufer hielt. Vielleicht hatte sie jemand dort ausgebreitet, um das Wasser leichter zu erreichen.

Als sie näher kamen, machten sie eine schreckliche Entdeckung.

»Commander«, brachte Harry Kim unsicher hervor, »ich glaube, das ist eine Person.«

Er hatte Recht – ein ausgemergelter Körper lag im Schlamm. Tuvok watete zu ihm und zog den Leichnam aus seinem feuchten Grab.

Es war eine alte Frau, das Gesicht von vielen Furchen durchzogen, das graue Haar vom Schlamm verklebt. Die offenen Augen starrten blicklos ins Leere und der Mund war geöffnet. Darunter schien sich ein zweiter Mund zu befinden. Diesen Eindruck gewann Chakotay jedenfalls, bis Tuvok sagte: »Man hat ihr die Kehle durchgeschnitten.« Tatsächlich: Ein langer waagerechter Riss zeigte sich im Hals, eine Wunde, aus der das Leben der Alten herausgeflossen war.

Sie hatten den Leichnam gerade erst auf trockenen Boden gezogen, als sich mehrere Gefangene näherten, um der Toten Kleidung und Schuhe zu nehmen, obgleich sie nur Lumpen trug und die Sohlen der Schuhe fast ganz durchgelaufen waren. Den nackten, dürren Leib ließen sie achtlos zurück. Es dauerte nicht lange, bis die Insekten sich dort tummelten.

Chakotay bemerkte, dass Harry Kim bleich geworden war. »Wir müssen trinken«, erinnerte er seine Begleiter und führte sie zum Fluss zurück, aus dem sie gerade eine Tote geborgen hatten. Am schlammigen Ufer sank er auf die Knie, wölbte die Hand und schöpfte damit brackiges Wasser, das schrecklich schmeckte. Aber es gab seinem Körper dringend benötigte Flüssigkeit.

Die anderen folgten seinem Beispiel und tranken trotz des grässlichen Geschmacks. Nur ein Sicherheitswächter, Brad Harrison, zögerte. »Ich glaube, ich bin noch nicht durstig genug, Sir«, wandte er sich an Chakotay.

»Trinken Sie trotzdem, Fähnrich. Das ist ein Befehl. Wir können es uns nicht leisten, schwach zu werden. Wir müssen trinken und essen, was zur Verfügung steht, um unsere Kräfte zu bewahren. Es kann Wochen dauern, die Energie zurückzugewinnen, die wir aufgrund einer versäumten Mahlzeit verlieren.«

Harry lächelte schief. »Sie klingen wie Commander Nimembeh«, sagte er. »Er war mein Überlebens-Ausbilder an der Akademie.«

»Meiner auch«, entgegnete Chakotay. »Allerdings war er zu meiner Zeit noch Lieutenant. Na schön, geben Sie den anderen Bescheid; sie sollen ebenfalls hierher kommen und trinken. Anschließend überlegen wir, wo wir unser Lager aufschlagen.«

Harry Kim eilte mit Tom Paris fort. Chakotay versuchte, nicht zur Leiche der Alten zu blicken, die inzwischen fast ganz unter Insekten verschwunden war.

Drei Stunden später fand die Einsatzgruppe der *Voyager* einen freien Bereich und wählte ihn als Lagerplatz. Chakotay und den anderen ging es inzwischen ein wenig besser, denn immerhin litten sie nicht mehr an Durst. Sie hatten gerade erst auf dem Boden Platz genommen, als ein Alarm erklang. Zahlreiche Öffnungen bildeten sich in der Metallwand und Fahrzeuge kamen aus ihnen hervor. Alle Gefangenen erhoben sich und bezogen an den Wegen Aufstellung. Die Fahrzeuge näherten sich und verteilten Rationen.

Die Besatzungsmitglieder der *Voyager* standen ebenfalls auf und bekamen kurze Zeit später bröckeligen Kuchen, der aus gebackenem Teig bestand, durchsetzt mit Schmutz und Steinen. Voller Kummer blickten sie darauf hinab. Chakotay beschloss, den anderen erneut ein Beispiel zu geben, brach einen kleinen Teil ab, schob ihn sich in den Mund und kaute vorsichtig, wegen der Steine.

»Essen Sie«, sagte er und bemühte sich, fröhlich zu klingen. Die Gruppe setzte sich und nahm ihre erste Mahlzeit als Gefangene der Subu ein. Schließlich ging die heiße Sonne unter und mit der beginnenden Nacht sank die Temperatur, was ihnen allen Erleichterung brachte. Am nächsten Tag wollten sie sich um das Problem der Unterkünfte kümmern; dazu mussten sie vielleicht Tauschhandel mit den anderen Gefangenen treiben und außerdem brauchten sie geeignete Materialien, um ein Feuer anzuzünden. Sie beabsichtigten auch, das Lager genauer zu erkunden und dabei nach möglichen Fluchtwegen Ausschau zu halten. Niemand von ihnen hielt es für unmöglich, aus der Gefangenschaft der Subu zu entkommen. So unappetitlich Nahrung und Wasser auch sein mochten: Sie hatten den Besatzungsmitgliedern der *Voyager* Zuversicht und Optimismus zurückgegeben.

»Commander ...«, sagte Harry Kim, nachdem sie gegessen und sich auf dem Boden ausgestreckt hatten. Sie waren müde nach den Ereignissen der beiden letzten Tage. »Wie kamen Sie mit Commander Nimembeh zurecht?«

»Wie ich mit ihm zurechtkam? Gut, denke ich. Er war nur während meiner Zeit in der Vorbereitungsgruppe mein Ausbilder, bevor das Erstsemester begann. Er war sehr streng, aber alle respektierten ihn.«

Harry wirkte ein wenig verlegen. »Ich habe einiges bei ihm durchgemacht«, sagte er. »Wir hatten nichts zu lachen.«

»Nimembeh steht nicht gerade in dem Ruf, sehr lustig zu sein«, erwiderte Chakotay. Stille folgte, aber Kim schien über etwas nachzudenken. Nach einigen Momenten wandte er sich erneut an Chakotay.

»Sir ... wenn ich Ihnen zu neugierig erscheine ... Sie brauchen nicht zu antworten. Aber wie kam es dazu? Ich meine, wieso verließen Sie Starfleet, um sich dem Maquis anzuschließen? Sie brachten die Starfleet-Akademie hinter sich, wurden Offizier ... Und dann gaben Sie alles auf. Was veranlasste Sie dazu?«

Chakotay atmete tief durch. Er hatte oft darüber nachgedacht und wusste nicht, ob er eine einfache Antwort anbieten konnte. »Um es Ihnen zu erklären, müsste ich

Ihnen praktisch die Geschichte meines Lebens erzählen.«

»Wenn Sie dazu bereit sind ... Ich würde sie gern hören.«

Chakotay sah sich um. Einige andere Besatzungsmitglieder hörten zu und interessierten sich ganz offensichtlich dafür, mehr über den Ersten Offizier zu erfahren. Nun, warum sich nicht die Zeit auf diese Weise vertreiben? »Na schön. Wenn sich jemand langweilt, kann er schlafen. Ich nehme keinen Anstoß daran.«

Er zögerte und dachte darüber nach, wo er anfangen sollte. Sein Blick glitt zum Nachthimmel mit zahllosen Sternen empor und plötzlich formte sich ein Bild vor seinem inneren Auge. Seit zwanzig Jahren hatte er sich nicht mehr an jenes Erlebnis erinnert und er wusste jetzt, dass es den Beginn seiner Geschichte markierte. »Als ich fünfzehn war, nahm mich mein Vater zu einem Ausflug mit, und er erwies sich als Wendepunkt meines Lebens.«

2

Es gab noch keine Menschen, Tiere, Vögel, Fische, Bäume, Felsen, Schluchten und Wälder. Nur der Himmel existierte, und nur das Meer erstreckte sich darunter. Nichts bewegt sich.

Noch gibt es nichts von dem, was einmal sein wird. Aber in der Anderswelt bereiten sich die Heldenzwillinge darauf vor, die Macht von Sieben-Ara[1] zu brechen, sodass ihr Vater, der Maisgott, wiedergeboren werden kann.«

Chakotay ließ die Gedanken treiben, während die sonore Stimme seines Vaters ertönte. Sie lagen rücklings auf einem grasigen Hügel in Mittelamerika, auf dem Planeten Erde, wo ihre Vorfahren gelebt hatten. Der Himmel war eine schwarze Decke und die Sterne dort oben leuchteten so hell, dass sie imstande zu sein schienen, Löcher in Chakotays Augen zu brennen. Er hielt den Anblick keineswegs für majestätisch und wäre viel lieber an einem anderen Ort gewesen.

»Die Heldenzwillinge stießen Sieben-Ara aus dem Krokodilbaum, in dem er saß, und dann setzten sie den Kopf ihres Vaters auf seinen toten Körper, woraufhin er wieder lebendig wurde. Mit einem unter dem Panzer einer Schildkröte versteckten Himmelskanu brachten ihn drei Götter, die Paddler, zu dem Ort, wo das Morgengrauen des Lebens begann.

[1] Sieben-Ara – im Englischen »Seven-Macaw« – ist ein Sternbild der Maya, ein mythologischer Papagei. Dabei handelt es sich um die sieben hellsten Sterne im Sternbild des Großen Bären. – *Anmerkung des Übersetzers.*

Und dann kam der wiedergeborene Erste Vater unter dem rissigen Schildkrötenpanzer hervor. All dies geschah an einem Ort, den man ›liegender Himmel‹ nannte, bevor der Erste Vater den Krokodilbaum anhob und den Himmel nach oben drückte, ihn dabei zentrierte.«

Chakotay rutschte unruhig zur Seite. Er kannte diese Geschichte, hatte sie schon als kleiner Junge gehört. Zuerst war er von ihr fasziniert gewesen, aber mit fünfzehn Jahren stand er über solchem Unsinn. Er verstand nicht, warum dieses seltsame Ritual seinen Vater so sehr in Aufregung versetzte, warum er so gern zum Himmel empor sah und die Geschichte der Schöpfung erzählte.

Ganz deutlich spürte er die Begeisterung seines Vaters: Sie hatte mit dem Beschluss begonnen, diese Reise zu unternehmen, mit seinem Sohn zum Ursprungsplaneten ihres Volkes zurückzukehren. Während der vergangenen Monate war sie immer größer geworden. Als Kolopak jetzt erneut den alten Mythos vom Beginn ihrer Welt erzählte, vibrierten Emotionen in seiner Stimme.

Chakotay versuchte, sich wieder auf die vertrauten Worte zu konzentrieren. »Aus der Anderswelt hatte der Erste Vater einen Beutel mit Maissamen mitgebracht, die er auf der Erde verstreute, und aus ihnen ging der Mensch hervor. Auf diese Weise wurde die Erde geschaffen, zentriert und geordnet.«

Stille folgte und Chakotay versuchte nicht, sie mit Worten zu füllen. Er spürte, wie die Ehrfurcht seines Vaters einem Dunst gleich aufstieg. Einmal mehr wünschte er sich, dass es ihm erspart geblieben wäre, an dieser ermüdenden Reise teilzunehmen.

»Denk nur, Chakotay: Wir sind hier, in der Nacht des dreizehnten August, dem Datum der Schöpfung, und beobachten die Sterne, die auch unsere Vorfahren sahen. Wir erleben noch einmal die Stunden des Anfangs.« Seine Stimme brach ein wenig und Chakotay spürte einen Anflug von Verlegenheit, die seinem Vater galt. »Der Krokodilbaum und das Himmelskanu sind nichts weniger als unsere Galaxis, die Milchstraße. Das Sternbild Orion präsentiert den Ersten Vater – unsere Vorfahren nannten es Schildkröte. Die drei Gürtelsterne – Alnitak, Mintaka und Alnilam – sind die drei Schöpfungssteine. Und Sieben-Ara, der aus dem Krokodilbaum gestoßen werden musste, damit der Maisgott wiedergeboren werden konnte, wird von den sieben Sternen des Himmelswagens dargestellt.«

Kolopak deutete voller Leidenschaft nach oben. »Sieh nur, Chakotay. Die Milchstraße dreht sich aus ihrer Nord-Süd-Ausrichtung und der Himmelswagen fällt dem Horizont entgegen. In einer Stunde verschwindet der bezwungene Sieben-Ara und bereitet den Himmel für die Schöpfung vor.«

Erneut fühlte sich Chakotay von Ruhelosigkeit erfasst. Schon seit zwei Stunden waren sie hier draußen und seine Muskeln fühlten sich steif an, brauchten Bewegung. Außerdem wurde er allmählich hungrig und stand auf, um im Rucksack nachzusehen. Bestimmt fand er dort nichts Schmackhaftes, denn Kolopak hatte beschlossen, dass sie während dieser Reise nur die Nahrung der Vorfahren zu sich nahmen. Mit anderen Worten: Chakotay durfte nicht mehr erwarten als Pfannkuchen aus Maismehl, getrocknetes Wildbret und Knollen. Er kramte im Rucksack, holte einen Pfannkuchen und eine Flasche Wasser hervor. Oh, wie lecker.

»Möchtest du etwas?«, fragte er seinen Vater höflich. Vielleicht konnte er diese Sache schneller hinter sich bringen, wenn er den Mustersohn spielte.

»Nein, danke«, erwiderte Kolopak und blickte noch immer staunend zum Himmel empor. »Ich habe keinen Appetit. Dies alles hat mich überwältigt.«

Chakotay nahm Platz, aß Pfannkuchen und trank Wasser. Die Nacht war warm und feucht; die kühle Flüssigkeit tat gut. In der Nähe seines Ohrs summte ein Moskito, auf der Suche nach einer eigenen Mahlzeit. Verärgert schlug Chakotay danach.

Der Himmel über ihnen bot auch weiterhin das von Kolopak so sehr bewunderte Schauspiel. Das »Himmelskanu« der Milchstraße neigte sich dem Horizont entgegen und sank, um den Maisgott zum Ort der Schöpfung zu bringen. Wenn der Morgen dämmert, so wusste Chakotay, würde die Schildkröte – der Orion – im Zenit stehen, was die Wiedergeburt des Ersten Vaters bedeutete. Chakotay wusste darüber Bescheid, seit er ein kleines Kind gewesen war. Er hatte die Sternkarten gesehen und fand es nicht sonderlich beeindruckend, den Vorgang nun direkt zu beobachten.

»Wie lange bleiben wir hier?«, fragte er vorsichtig und rechnete damit, dass sein Vater antwortete: »Noch ein wenig länger.«

Aber Kolopak richtete einen erstaunten Blick auf ihn. »Wir bleiben natürlich die ganze Nacht hier, bis der Erste Vater im Zenit steht, bei der Morgendämmerung.«

Chakotay dachte kummervoll an ihre Unterkunft – dort gab es Handcomputer mit Büchern und Spielen, die weitaus interessanter waren. Hier draußen auf dem Hügel hingegen gab es überhaupt nichts. Er legte sich wieder auf den Boden, schloss die Augen und hörte erneut das Summen des Moskitos, der noch immer nach Nahrung suchte.

Er erwachte, als ihn die Hand seines Vaters an der Schulter berührte. Kolopak sah auf ihn herab und Freude zeigte sich in seinem Gesicht. »Sieh nur, Chakotay – der Erste Vater wird wiedergeboren.«

Chakotay setzte sich auf, die Augen vom Schlaf verklebt, mit Schmerzen in den Gliedern und einem schlechten Geschmack im Mund. Am östlichen Horizont zeigte sich das erste, noch sehr schwache Licht des neuen Tages, und Kolopak deutete nach oben. Chakotay hob den Blick und stellte fest, dass sich der Gürtel des Orion – für ihre Vorfahren das Sternbild der Schildkröte – genau im Zenit befand. Das bedeutete die Wiederauferstehung des Maisgottes und Ersten Vaters.

Kolopak strahlte. »Es war unglaublich. Mit eigenen Augen zu beobachten, was einst auch unsere Ahnen gesehen haben … Das hat mich zutiefst beeindruckt. Wir müssen am fünften Februar hierher kommen und das Heben des Himmels beobachten.«

Chakotay streckte die steifen Glieder und fuhr sich mit den Fingern durchs Haar. Er fühlte sich schrecklich, kalt und klamm, der Magen leer und die Blase voll. Die Vorstellung, dies alles noch einmal durchmachen zu müssen, ließ ihn schaudern. Er musste irgendeinen Ausweg finden.

Mit geradezu erbarmungsloser Fröhlichkeit streckte sein Vater die Hand aus, half Chakotay auf die Beine und erzählte dabei von der Nachhaltigkeit des nächtlichen Erlebnisses, von den Reaktionen seiner Seele auf die Teilnahme an einem so alten und wichtigen Ritual. Wenn er Chakotays Zurückhaltung spürte, so ließ er sich davon nichts anmerken. Er sprach so, als hätten sie die Nacht und das seelische Abenteuer geteilt, aber in Wirklichkeit war er allein gewesen.

»Lass uns gehen«, sagte Kolopak so kraftvoll, als hätte er die ganze Nacht tief und fest geschlafen. »Wir begegnen bald den Führern. Sie werden uns in die Wildnis bringen.«

Ein Juckreiz veranlasste Chakotay, nach seinem Hals zu tasten. Dort fand er eine angeschwollene Stelle und presste den Finger so fest darauf, dass es schmerzte. Zumindest für den Moskito war die Nacht erfolgreich gewesen.

Die Nacht mochte lang und unbequem gewesen sein, aber im Vergleich mit dem Marsch durch den Regenwald kam sie reinem Luxus gleich. Chakotay konnte einfach nicht glauben, dass sein Vater in den stinkenden Dschungel vorstoßen wollte, in dem es von Insekten und giftigen Reptilien wimmelte, nur um das Dorf ihrer Vorfahren zu finden. Vielleicht existierte es überhaupt nicht mehr. Vor über zweihundert Jahren hatte in diesem Gebiet ein Exodus stattgefunden. Wer wusste schon, was mit jenen geschehen war, die damals zurückgeblieben waren? Vermutlich hatten sie sich längst in die moderne Gesellschaft integriert und ihre alten Traditionen verloren. Genau diese Sorge hatte Kolopaks Stamm veranlasst, der Erde den Rücken zu kehren und sich auf einem mehrere tausend Lichtjahre entfernten Planeten niederzulassen, in der Hoffnung, dort ihre alte Kultur bewahren zu können.

Chakotays Ansicht nach dienten solche Maßnahmen dazu, dass der Stamm in der Vergangenheit gefangen blieb und sich verzweifelt an jahrhundertealten Traditionen festklammerte, anstatt das Neue und eine aufregende Zukunft willkommen zu heißen. Was ihn betraf: Er war entschlossen, für sich einen Platz im vierundzwanzigsten Jahrhundert zu finden. Aber das musste er seinem Vater erst noch mitteilen.

Sie stapften durch einen drückend heißen und unglaublich feuchten Dschungel. Chakotay glaubte, die Luftfeuchtigkeit als einen dunstigen Schleier wahrnehmen zu können. Grotesk große Insekten hingen in Schwärmen unter dem Baldachin der Bäume und summten laut, als ärgerten sie sich über die menschlichen Störenfriede. Die Gruppe bestand aus fünfzehn Personen: Chakotay, Kolopak sowie einheimische Führer und Träger. Der Junge fragte sich, was falsch daran gewesen wäre, sich einfach zum Ziel zu beamen. Warum mussten sie sich unbedingt wie bei einer alten Safari verhalten?

Chakotay lenkte sich ab, indem er darüber nachdachte, wie er Kolopak von seinen Absichten erzählen sollte. Es war bestimmt nicht einfach. Er rechnete mit allen möglichen Reaktionen – Zorn, Enttäuschung, Kummer, Verbitterung –, hielt jedoch an seiner Entschlossenheit fest, dieses Thema so schnell wie möglich zur Sprache zu bringen.

Aber wie? Indem er zunächst darauf hinwies, dass ihm die Lebensweise seines Vaters nicht gefiel und er seine eigene Wahl treffen wollte? Oder sollte er besser um Verständnis und Erlaubnis bitten? In Gedanken probierte er mehrere Versionen des Gesprächs aus, aber wie auch immer er begann: Das Resultat war enttäuschend.

Aus dem Augenwinkel nahm er eine Bewegung wahr, drehte den Kopf und sah genauer hin. Eine orangefarbene und grüne Eidechse huschte über einen Baumstumpf. Chakotay näherte sich ihr und hörte die mahnende Stimme seines Vaters: »Du solltest dich nicht von uns entfernen ...«

»Das wollte ich auch nicht«, erwiderte Chakotay. »Ich habe nur etwas gesehen.«

Kolopak trat hinter ihn und bemerkte ein ins Holz des Baumstumpfes geritztes Symbol.

»Antonio!«, rief er. »Sehen Sie sich an, was mein Sohn gefunden hat.«

Antonio, ein heiterer, gut dreißig Jahre alter Mann mit dunklem Haar und einem fröhlichen Lächeln, trat zu ihnen und betrachtete das Zeichen. »Wir nähern uns dem Ziel, Kolopak. Ihr Sohn ist ein guter Scout.«

Dieses Lob erfüllte Kolopak mit Stolz, während es Chakotay Verlegenheit bereitete. »Ich habe nur die Eidechse beobachtet und das Symbol durch Zufall entdeckt«, sagte er, doch Kolopak wirkte auch weiterhin sehr stolz.

»*Deine* Augen haben es gesehen, nicht die der anderen – darauf kommt es an.«

Chakotay seufzte innerlich und hörte kaum zu, als sein Vater mit einem längeren Vortrag über das Symbol begann – es segnete das Land und stellte gewissermaßen eine Entschuldigung für das Fällen des Baums dar. Warum erzählte man ihm so etwas immer wieder? Er interessierte sich überhaupt nicht für die alten Traditionen. Missmutig kehrte er auf den Weg zurück und fragte sich, wie lange es noch bis zum Mittagessen dauerte. Die Enttäuschung im Gesicht seines Vaters entging ihm.

Auf die große Schlange stießen sie kurz nach dem Mittagessen. Für Chakotay war es ein sehr beunruhigendes Erlebnis, das einen kalten Knoten in seiner Magengrube hinterließ.

Antonio fand sie: eine Boa constrictor, ihr Leib angeschwollen – offenbar hatte sie erst vor kurzer Zeit ein Opfer verschlungen. Die Verdauung machte das Tier träge. Antonio vermutete, dass die Schlange ein kleines Wildschwein oder einen Pekari gefressen hatte. Chakotay verzog voller Abscheu das Gesicht und stellte sich das Geschehen vor: Die Boa schlang sich um das Schwein und übte immer mehr Druck aus, presste ihm die Luft aus den Lungen und sorgte dafür, dass ihr Opfer nicht mehr atmen konnte. Schließlich gaben die Rippen des Schweins nach und es starb.

Dann öffnete die Schlange ihr Maul weit genug, um das Schwein in einem Stück zu verschlingen. Sie schob ihr Kiefer um das Opfer herum und kräftige Muskeln drückten es in den Magen. Die Verdauung bewirkte Trägheit. Die Boa blieb auf dem Boden liegen, bis das Schwein ganz verdaut war, was Wochen dauern konnte. Anschließend machte sie sich wieder auf den Weg, kroch lautlos und überraschend schnell durchs Dickicht und suchte nach einem weiteren Opfer.

Chakotay verabscheute Schlangen. Als Kind war er in seinen Albträumen von riesigen Reptilien verfolgt worden oder hatte sich in einem Gebäude befunden, in dem sich eine Schlange versteckte und ihn dann angriff, wenn er es am wenigsten erwartete. Er erinnerte sich daran, schweißgebadet und schreiend erwacht zu sein, um anschließend ins Bett seiner Eltern zu schlüpfen, ein Ort, wo Schlangenträume ihn nicht bedrohen konnten.

Von allen Geschöpfen, die die Erde hervorgebracht hatte, erschienen ihm Schlangen am scheußlichsten. Sie weckten eine Art primordiale Furcht in ihm, die rational nicht verstanden werden konnte. Sein Volk war eins gewesen mit Natur und Tierwelt. Einige hatten Schlangen sogar verehrt oder ihnen besonderen Respekt entgegengebracht. Ihr Schöpfungsmythos berichtete voller Ehrfurcht von alten, geheimnisvollen Reptilien.

Dennoch bereiteten Schlangen Chakotay profundes Unbehagen, aus Gründen, die ihm verborgen blieben. Wenn er eine sah, fühlte er sich von kalter Beklommenheit heimgesucht. Er hasste ihre Farben, ihre Schuppen, ihre Bewegungen.

Als Chakotay den angeschwollenen Leib der Boa sah, krampfte sich etwas in ihm zusammen und angewidert wandte er sich ab. Er spürte den Blick seines Vaters, scherte sich aber nicht darum. Dies war ein weiteres Beispiel für die Schrecken und Demütigungen, die er bei der törichten Suche nach den Ahnen hinnehmen musste.

»Seit Jahrtausenden gibt es hier Schlangen«, sagte Kolopak. »Unsere Vorfahren verehrten die majestätischen Reptilien wegen ihrer Fähigkeit, die Haut abzustreifen und wiedergeboren zu werden.« Chakotay ahnte, dass sein Vater in der Begegnung mit der Boa ein weiteres Zeichen für die symbolische Bedeutung ihrer Reise sah.

»Sag das dem Schwein«, erwiderte er ungehobelt.

»Seit dem Anbeginn der Zeit bringen sich Tiere gegenseitig um«, begann Kolopak, aber Chakotay winkte ab.

»Bitte halt mir keinen Vortrag über die natürliche Ordnung der Dinge«, sagte er. »Davon habe ich oft genug gehört. Können wir jetzt weitergehen? Die Insekten setzen einem nicht so sehr zu, wenn man in Bewegung bleibt.«

Der Vater richtete einen kummervollen Blick auf seinen Sohn und Chakotay fühlte sich ein wenig schuldig. Er unterbrach den Blickkontakt und schlug nach einem Insekt über seinem Kopf. Nach einigen Sekunden übernahm Antonio wieder die Führung und sie setzten den Weg durch den Regenwald fort.

Im Lauf des Nachmittags wurde Chakotay immer gereizter. Ihm war heiß und die schweißfeuchte Kleidung klebte an seinem Leib. Überall juckte es – Dutzende von Insekten hatten ihn gebissen und gestochen. Er hatte den endlosen Marsch durch den mit Schlangen verseuchten Dschungel satt. Die Kakophonie der Tiere und Vögel um ihn herum bereitete ihm Kopfschmerzen. Er wünschte sich nichts sehnlicher, als nach Hause zurückzukehren und dort mit seinen Freunden im kühlen Wasser des grünen Sees zu schwimmen, der von Gebirgsbächen gespeist wurde.

Allmählich wurde ihm bewusst, dass sein Vater etwas gesagt hatte, doch seine Worte verloren sich im Kreischen der Papageien und Schnattern der Affen. Er drehte sich um und sah, wie Kolopak zum Himmel empor deutete. »Hör ihm zu, Chakotay«, sagte er. »Verstehst du, was er sagt?«

Chakotay bemerkte einen Falken, der über ihnen kreiste. Sein Krächzen ließ sich kaum von dem der anderen Vögel unterscheiden. Er sah seinen Vater an, der jetzt wieder voller Freude strahlte.

Kolopak wandte sich an seinen Sohn. »Hast du ihn gehört?«

Chakotay zuckte mit den Schultern und schüttelte den Kopf.

»Er sagt ›Du bist zu Hause‹«, verkündete Kolopak bedeutungsvoll.

Etwas löste sich in Chakotays Bewusstsein und bewirkte eine Art geistigen Erdrutsch. Er hatte nicht beabsichtigt, dieses Thema ausgerechnet jetzt anzusprechen, doch die Worte formten sich von ganz allein, und er konnte sie nicht zurückhalten.

»Ich verlasse den Stamm, Vater«, sagte er und wartete gespannt auf die Antwort.

Es kam keine. Ein bleiernes Schweigen hing zwischen ihnen, noch deutlicher hervorgehoben durch das Summen der Insekten und den Gesang der Vögel. Der Umstand, die Sache endlich zur Sprache gebracht zu haben, erfüllte Chakotay mit neuer Kraft, und er fuhr fort: »Ich kenne viele Starfleet-Offiziere, die an der cardassianischen Grenze patrouillieren ... Ich habe Captain Sulu gebeten, mich für die Starfleet-Akademie vorzuschlagen.«

Er erwartete, dass sein Vater recht ungehalten auf diese Mitteilung reagierte. Hiromi Sulu, Enkel des legendären Hikaru Sulu von der U.S.S. *Enterprise* 1701, war zu einer vertrauten Gestalt auf ihrer Heimatwelt Trebus geworden, die sich unweit der cardassianischen Grenze befand. Captain Sulu hatte die indianischen Kolonisten darauf hingewiesen, dass sich Starfleet wegen der zunehmenden militärischen Präsenz der Cardassianer große Sorgen machte. Er hatte ihnen sogar vorgeschlagen, zu einer Welt umzuziehen, die mehr Sicherheit bot. Aber die Ältesten wollten die neue Heimat aus spirituellen Gründen nicht einfach so aufgeben.

Die Starfleet-Offiziere faszinierten Chakotay. Er bewunderte ihre eindrucksvollen Uniformen und die ihnen zur Verfügung stehende moderne Technik: Tricorder, Phaser, Replikatoren, Transporter. Er sah in ihnen Symbole dafür, wie das Leben sein sollte: Es führte von der Gegenwart in die Zukunft, verharrte nicht auf Dauer in der Vergangenheit.

Hiromi Sulu war Mitte dreißig, ein geschmeidiger, attraktiver Offizier, der mit den Mitgliedern seiner Crew genauso gelassen umging wie mit den ungewöhnlichen Kolonisten von Trebus. Mehrmals hatte er Chakotays Familie besucht und dabei Freundschaft mit ihm geschlossen. Captain Sulu hatte drei Töchter und schien so etwas wie einen Sohn in Chakotay zu sehen.

Er hatte auch Kolopaks Freundschaft gewonnen und Chakotay ahnte, dass sich sein Vater jetzt vielleicht verraten fühlte – immerhin war Captain Sulu ohne Rücksprache mit Kolopak bereit, ihn an der Starfleet-Akademie zu empfehlen.

Die erste Reaktion seines Vaters verriet tatsächlich solche Empfindungen. »Dazu wäre er imstande, ohne vorher mit mir zu sprechen?«

»Ich habe behauptet, du wärst einverstanden. Und ich habe dafür gesorgt, dass es zwischen euch zu möglichst wenigen Kontakten kam.« Das stimmte. Es hatte Chakotay erhebliche Mühe bereitet, bei seinem Vater und Captain Sulu falsche Informationen auszustreuen. Die Manipulationen erfüllten ihn mit Schuldgefühlen, aber jetzt gab es kein Zurück mehr.

»Vermutlich hast du Grund zu der Annahme, einen Platz an der Akademie zu bekommen«, sagte Kolopak.

Chakotay nickte. Er musste natürlich die Aufnahmeprüfung bestehen, aber darin sah er kein großes Problem. Wieder folgte längeres Schweigen.

»Ich weiß, dass du dir nie wirklich die Traditionen unseres Stammes zu Eigen gemacht hast. Du bist immer neugierig auf andere Kulturen gewesen. Und ich habe dir erlaubt, über sie zu lesen, denn ich halte Unwissenheit für unseren größten Feind. Aber den Stamm zu verlassen …«

»Unser Stamm lebt in der Vergangenheit – in einer Vergangenheit aus Phantasievorstellungen und Mythen.«

»Diese Vergangenheit ist auch Teil von dir, ganz gleich wie sehr du dich dagegen sträubst.«

»Andere Stämme haben gelernt, das vierundzwanzigste Jahrhundert zu akzeptieren. Warum lehnt unserer das ab?«

Kolopaks Stimme klang schärfer, als er sagte: »Einem fünfzehnjährigen Jungen steht es nicht zu, die Entscheidungen des Stammes in Frage zu stellen.«

»Ich weiß«, entgegnete Chakotay ernst. »Deshalb muss ich gehen.«

Kolopak musterte ihn mit brennenden, kummervoll blickenden Augen. »Du wirst nie in dem anderen Leben wirklich heimisch werden. Und wenn du gehst, gehörst du auch nicht mehr zu diesem. Dann findest du dich zwischen den Welten wieder.«

Diese Worte enthielten eine Wahrheit, die Chakotay so sehr frösteln ließ, als bliese plötzlich ein eisiger Wind durch den heißen Dschungel. »Ich bitte dich um deinen Segen, Vater«, sagte er demütig, erhielt aber keine Antwort. Kolopak blickte starr geradeaus und Chakotay begriff, dass er keinen väterlichen Segen bekommen würde.

Anderthalb Jahre später stand er auf einer grasigen Ebene seiner Heimatwelt, neben sich eine Tasche mit seinen Habseligkeiten. Vater und Mutter standen vor ihm. In wenigen Minuten sollte er an Bord von Captain Sulus Schiff gebeamt werden, das ihn dann nach San Francisco auf dem Planeten Erde bringen würde, zur Starfleet-Akademie.

Der kalte Morgen schien den Bewohnern Folgendes mitteilen zu wollen: Zwar war der Sommer gerade erst zu Ende gegangen, aber es dauerte nicht mehr lange, bis der Winter begann. Chakotay hatte immer Gefallen an dieser Frische gefunden, die ihn mit Tatkraft erfüllte. Vielleicht ging dieses Empfinden auf die genetische Erinnerung an eine Zeit zurück, als Vorräte für die ertraglosen Monate des Winters angelegt werden mussten.

»Bitte lass von dir hören«, sagte seine Mutter. Ihre Augen waren geschwollen; wahrscheinlich hatte sie die ganze Nacht geweint. Reue und Verlegenheit rangen in Chakotay miteinander.

»Wenn ihr ein modernes Kommunikationssystem installieren würdet, könnten wir direkt miteinander sprechen«, erwiderte er, was bei seinem Vater ein ablehnendes Brummen bewirkte. Er hätte es wissen sollen – auf dieser Welt gab es keinen Platz für komplexe Technik.

Er schlang die Arme um seine Mutter, die versuchte, ihre Tränen zurückzuhalten. Sie wusste, welche Wirkung sie auf ihn gehabt hätten. »Ich schicke euch viele Nachrichten«, versprach er. »Ich halte euch über alles auf dem Laufenden.« Seine Mutter klopfte ihm unsicher auf den Rücken.

Er wandte sich sich seinem Vater zu. Diesen Moment hatte er gefürchtet und gleichzeitig fühlte er sich durch ihn bestätigt. Er hatte seine Wahl getroffen und stand zu ihr. Er wollte den Weg seines Lebens selbst bestimmen, ohne die Fesseln der Vergangenheit, um all das zu erforschen, was die Zukunft für ihn bereit hielt.

In den Augen seines Vaters sah er nur Schmerz.

Kolopak umarmte ihn, aber es war eine Geste ohne Wärme. Chakotay versuchte zu sprechen, doch die Worte blieben ihm im Hals stecken, und er verfluchte seine viel zu deutliche Emotionalität. Wie ein Mann hatte er vor seinem Vater stehen wollen, aber jetzt schnürten ihm Gefühle die Kehle zu und verrieten ihn.

Er wich zurück und klopfte auf das Kom-Gerät, das Captain Sulu ihm gegeben hatte »Chakotay an Captain Sulu. Ich bin so weit, Sir.«

Als er zu entmaterialisieren begann, sah er sowohl Liebe als auch Kummer in den Gesichtern seiner Eltern.

»Viel zu langsam, Kadett. Zehn Runden.«

Chakotay sah zu Lieutenant Nimembeh, dem Offizier seiner Vorbereitungsgruppe. Er war sicher, einige Sekunden schneller gewesen zu sein als beim letzten Mal – in knapp siebzehn Sekunden hatte er seinen Phaser demontiert, rekonfiguriert und wieder zusammengesetzt. Wie schnell musste er sein? Er wollte gerade danach fragen, als Nimembeh sagte: »Wenn ich einen Befehl erteile, so erwarte ich, das Sie ihm *unverzüglich* Folge leisten. Fünfzehn Runden.«

»In Uniform und Stiefeln?«, entfuhr es Chakotay ungläubig. Er war unerfahren genug, um nicht zu wissen, was er herausforderte.

»Zwanzig Runden.«

Chakotay brach auf, bevor Nimembeh die Rundenzahl erneut erhöhte. Empörung und Zorn brodelten in ihm. *Zwanzigmal* um den Platz, in Uniform und Stiefeln? Mit Turnschuhen wäre alles ganz einfach gewesen, aber die schwarzen Lederstiefel eigneten sich nicht fürs Jogging. Bestimmt holte er sich Blasen. Dies war alles so willkürlich. Was sollte mit derartigen Maßnahmen bewirkt werden?

Glücklicherweise war es nicht besonders warm – in San Francisco wurde es selten zu warm – und eine kühle Brise wehte ihm entgegen, als er den Paradeplatz verließ, den makellosen Rasen der Starfleet-Akademie hinter sich brachte und die Laufbahn erreichte. Mit der richtigen Kleidung wäre es sogar angenehm gewesen, zwanzig Runden zu laufen. Fünf Kilometer – unter normalen Umständen eine Kleinigkeit, genau die richtige Distanz, um sich aufzuwärmen.

Doch nach der Hälfte der ersten Runde wusste Chakotay, dass es nicht leicht sein würde. Die Kadettenuniform kratzte an einigen Stellen und die Stiefel waren schwer. Früher oder später würden sie ihm wie eiserne Gewichte erscheinen.

Er trachtete danach, seine Gedanken von allem Ballast zu befreien, konzentrierte sich nicht auf den Körper, sondern auf den Rhythmus des Laufens. Er konnte es schaffen und war entschlossen, alles ohne Klage hinter sich zu bringen – auf keinen Fall wollte er Nimembeh die Genugtuung gönnen, dass er versagte. Er stellte sich vor, auf seiner Heimatwelt Trebus zu sein, dachte an die weiten Ebenen, über die er stundenlang gelaufen war, in Versuchung geführt vom Gefühl der Unabhängigkeit, das er immer dann spürte, wenn er allein war und der Wind ihn streichelte. Damals war er völlig frei gewesen, von nichts und niemandem behindert. Es handelte sich um die goldenen Momente seiner Kindheit und jetzt versuchte er, sich ganz auf sie zu besinnen, sie noch einmal zu erleben.

Zu Anfang funktionierte es. Er fand zu einem Rhythmus, den die Stiefel tolerierten, ohne ihn zu strafen. Er entdeckte auch die richtige Schrittlänge, um dafür zu sorgen, dass die Uniform möglichst wenig an den Innenseiten seiner Oberschenkel scheuerte. Er entsann sich an die Geräusche und Gerüche, die er damals als Kind bei seinen ausgelassenen Ausflügen wahrgenommen hatte. Erst jetzt wurde ihm klar, wie lieb und teuer ihm jene Erinnerungen waren.

Zehn Runden lang blieb alles erträglich und voller Reue dachte er daran, dass er jetzt alles überstanden hätte, wenn er bereit gewesen wäre, sofort zu gehorchen. Aber er hatte erst die Hälfte hinter sich, und bestimmte Anzeichen deuteten darauf hin, dass es bald schlimmer wurde.

Die Füße mussten in den Lederstiefeln viel aushalten und begannen zu protestieren. Die Beine sträubten sich immer mehr dagegen, so schwere Gewichte zu heben. Und was noch wichtiger war: Es entstanden wunde Stellen dort, wo sich die Reibung durch die Socken immer mehr auf die Haut auswirkte: an einem Zehengelenk, an der Ferse und an einem Mittelfußknochen.

Das würde besonders schwer zu ertragen sein. Wie seltsam, dass eine kleine Läsion in den obersten Hautschichten so intensiven Schmerz verursachen konnte – ein Hinweis auf das komplexe Netzwerk aus Nerven, das sich dort erstreckte. Nun, es gab Möglichkeiten, mit Schmerzen fertig zu werden.

Zwölf Runden. An drei Stellen hatten sich Blasen gebildet: am linken großen Zeh, an der linken Ferse und am rechten Rist. Während der letzten beiden Runden hatten die Schmerzen exponenziell zugenommen, was nichts Gutes für die nächsten acht versprach.

Dreizehn Runden. Die Bahn schien auf schreckliche Weise länger geworden zu sein, weit länger als zweihundertfünfzig Meter. Chakotay wurde langsamer, was die Schmerzen jedoch nicht linderte. Er biss die Zähne zusammen, dazu entschlossen, alles zu ertragen.

Vierzehn. Er zwang sich, an die Sommer auf seiner Heimatwelt zu denken. Damals hatten er und seine Freunde den ganzen Tag im Wald verbracht, bei fröhlichen Kampfspielen. In gewisser Hinsicht ähnelten sie Löwenjungen, die umhertollten und miteinander balgten, dabei jene Fähigkeiten herausbildeten, die sie später zum Überleben brauchten.

Aber was stimulierte jenen Instinkt? Mitglieder der Föderation mussten nicht mehr ums Überleben kämpfen; ihnen drohte keine Gefahr, die besonderes Geschick erforderte. Welche genetische Prädisposition veranlasste Chakotay und seine Freunde, in die Rollen von Kriegern zu schlüpfen und zu kämpfen, um Heim und Familie zu verteidigen? Offenbar handelte es sich dabei um etwas, das auch in Jahrhunderten des Friedens nicht einfach so verloren ging.

Fünfzehn Runden. Drei Punkte an seinen Füßen fühlten sich wie drei heiße Kohlen an, die sich in die Knochen brannten. Chakotay stolperte kurz und nahm seine ganze Willenskraft zusammen, um weiterzulaufen. Die letzte Runde hatte er überstanden, indem er Visionen der Heimat beschwor. Vielleicht konnten sie ihm bis zum Schluss helfen.

In der Vergangenheit waren Angehörige seines Volkes immer wieder gequält und gefoltert worden, auch mit glühenden Kohlen. Die europäischen Eroberer kannten sehr eindrucksvolle Methoden, um zu strafen und ihre Autorität über die »Wilden« zu zeigen, die auf dem Land lebten, das sie für sich haben wollten. Entsprechende Geschichten hatte Chakotay von Kindesbeinen an gehört.

Aber auch sein Volk kannte sich mit solchen Techniken gut aus und war bereit gewesen, immer wieder Gebrauch davon zu machen – die Europäer hatten die Grausamkeit nicht für sich gepachtet. Bestimmte Geschichten erzählten von Gefangenen, die über Monate und manchmal sogar über Jahre hinweg gefoltert worden waren. Manchmal hatte man den Gegner so gefesselt, dass er einen »Ball« bildete, und der wurde auf dem Platz hin und her gestoßen, bis der Gefesselte starb. Sehr einfallsreich.

Sechzehn. Den Schmerz auf Distanz halten. Ihm nicht nachgeben, denn sonst würde er unerträglich werden. Die Aufmerksamkeit anderen Dingen widmen.

Bei Chakotays Volk gab es mehrere Bräuche, die der Selbstkasteiung dienten. Adlige Frauen führten zum Beispiel ein Ritual durch, bei dem es darum ging, die Zunge mit einem Dorn zu durchbohren und anschließend einen Strick durchs Loch zu ziehen. Adlige Männer standen ihnen in nichts nach, durchbohrten ihre Vorhaut und ließen Blut auf Papier tropfen, das sie dann als Gabe für die Götter verbrannten.

Hinzu kamen rituelle Hinrichtungen, das Herausschneiden von Herzen, Steinigungen und Eviszerationen. Chakotays Vorfahren hatten kaum das Recht, den Europäern übermäßige Gewalt vorzuwerfen.

Siebzehn. Der Schmerz beeinträchtigte inzwischen seine Fähigkeit, sich auf andere Dinge zu konzentrieren. Grausamkeit. Ging es Starfleet darum? Was sollte mit dieser Gemeinheit erreicht werden? Bereitete es Nimembeh irgendein perverses Vergnügen, auf diese Weise seine Macht über die Kadetten zu demonstrieren? So erschien es Chakotay, seit er an der Akademie eingetroffen und Nimembeh zugeteilt worden war. Jede Vorbereitungsgruppe bestand aus zwanzig Kadetten. Im Verlauf von zwei Wochen sollte der Ausbilder sie in eine disziplinierte, gut aufeinander abgestimmte Gruppe verwandeln, bevor das erste Akademie-Semester begann.

Von Anfang an gewann Chakotay den Eindruck, dass es Nimembeh auf ihn abgesehen hatte. Er wies dem jungen Mann besonders unangenehme Aufgaben zu und bestrafte ihn streng, wenn er seinen Erwartungen nicht gerecht wurde – was praktisch immer der Fall war. Dieser zermürbende Fünf-Kilometer-Lauf stellte nur eine der disziplinarischen Maßnahmen dar, die Chakotay – als einziges Mitglied seiner Gruppe – hinnehmen musste.

Nimembeh mochte ihn also nicht. Aber jetzt fehlten nur noch drei Runden, und er würde dem Ausbilder zeigen, dass er sich nicht so leicht unterkriegen ließ. Was auch immer sich der verdammte Sadist für ihn einfallen ließ – Chakotay wollte es ertragen.

Achtzehn Runden. Jeder Schritt schickte Dolche aus Schmerz von den Füßen zum Gehirn und Chakotay suchte verzweifelt nach einer Möglichkeit, damit fertig zu werden. Er begann zu singen, erinnerte sich an Lieder aus seiner Kindheit, an wehklagende und beschwörende Weisen, die den Geistern galten und Gutes für die Zukunft verheißen sollten. Es war natürlich dumm, aber er erinnerte sich an das beruhigende Gefühl, das ihm der traditionelle Gesang des Stammes bei den feierlichen Anrufungen der Geister vermittelt hatte. Als er sich nun auf jene Lieder besann, kehrte die Ruhe in ihn zurück.

Weiter vorn, am Ende der Laufbahn, stand jemand und zeichnete sich als Silhouette vor dem Licht der untergehenden Sonne ab. Es war Nimembeh. Den dürren Körper und kahlen, dunkelhäutigen Kopf hätte Chakotay überall erkannte. Bestimmt wollte er sehen, wie der Kadett zusammenbrach, aber Chakotay war nicht bereit, ihm einen solchen Gefallen zu erweisen. Er brachte die Kurve der Laufbahn hinter sich, ohne einen

Blickkontakt herzustellen, sah das dunkle, ernste Gesicht nur aus dem Augenwinkel.

Neunzehn. Noch eine Runde. Eine Runde konnte er noch laufen, selbst mit blutenden Füßen und dem Gefühl, bei jedem Schritt auf Messerspitzen zu treten. Er konzentrierte sich auf das Erinnerungsbild der dunklen Gestalt vor der untergehenden Sonne, schleuderte ihr all seinen Zorn und seine ganze Empörung entgegen. Die schrecklich heiß in ihm brennende Pein verstärkte den Zorn – Chakotay stellte sich vor, wie eine Flamme daraus wurde, die Nimembeh verbrannte.

Dieses Bild brachte ihn durch die erste Hälfte der letzten Runde. Die zweite Hälfte trug ihn der Sonne entgegen und damit auch der Silhouette …

Die Gestalt hatte sich verändert. Chakotay sah nicht Nimembehs dunkle Präsenz, die ihn reglos beobachtete, sondern jemand anderen, eine Person, die einer hellen Erscheinung gleichkam, so als wäre ein Geschöpf aus Schnee vom Himmel herabgekommen. Handelte es sich vielleicht um einen der Geister, den er durch seinen Gesang beschworen hatte? Er erzitterte voller Ehrfurcht.

Als er näher kam, ließen sich Einzelheiten in dem weißen Glühen erkennen. Er sah eine Frau, in Weiß gekleidet, das Haar wie eine Wolke aus Milch. Sie stand dort, wo eben noch Nimembeh gestanden hatte, und sie beobachtete ihn. War sie ein Phantom? Das Bild vor Chakotays Augen verschwamm und er schüttelte den Kopf, um wieder klar zu sehen. Schweiß rann ihm in die Augen und brannte.

Und dann beendete er die zwanzigste Runde.

Das Pochen seiner Füße veränderte sich, als er die Bahn verließ, das Gras daneben erreichte und die Veränderung in der Beschaffenheit des Bodens spürte. Die Knie gaben nach und er sank ins herrlich kühle und weiche Gras. Seine Finger bohrten sich in den Boden, als Feuer die Füße in Asche zu verwandeln schien.

Er atmete feuchte Luft, die nach Erde und gemähtem

Gras roch – ein herrlicher Duft, der ihn besänftigte. Er rollte sich auf den Rücken und sah die Wolkenfrau in der Nähe.

Sie war etwa in seinem Alter und ihre Haut zeigte ein geradezu unglaubliches Weiß. Die Augen schienen fast farblos zu sein. Chakotay vermutete, dass sie von einem anderen Planeten stammte.

»Hier«, sagte sie mit der vagen Andeutung eines Akzents, den Chakotay nicht kannte. »Ich dachte mir, dass du vielleicht Durst hast.« Sie führte eine Tasse mit kaltem Wasser an seine Lippen und er trank, so gierig wie ein Säugling an der Brust seiner Mutter.

»Danke«, erwiderte er, doch seine Stimme war kaum mehr als ein heiseres Knurren. Er begriff, dass er vor dem Lauf nichts getrunken hatte und vielleicht an kritischem Flüssigkeitsentzug litt. Er setzte sich auf und schnitt eine Grimasse, als die Blasen an den Füßen bei jeder Begegnung protestierten.

»Du solltest die Stiefel ausziehen«, sagte die junge Frau. »Barfuß ist es besser.« Sie überließ Chakotay die Tasse, lehnte sich zurück und beobachtete ihn aus hellgrauen Augen.

»Wer bist du?«, fragte Chakotay, als er vorsichtig damit begann, die Stiefel abzustreifen.

»Swetlana Korepanowa«, stellte sie sich vor. »Genannt Sweta. Ich bin ebenfalls Kadett im ersten Jahr. Komme aus Jekaterinburg in Russland.«

Sie war ein Mensch, stellte Chakotay überrascht fest. Er versuchte, das mit ihrem einzigartigen Aussehen und dem fast mystischen Erscheinen am Rand der Laufbahn in Einklang zu bringen.

»Hat hier vorher der Offizier meiner Vorbereitungsgruppe gestanden?«, fragte er, zog eine Socke aus und sah zwei blutige Flecken, am großen Zeh und an der Ferse.

»Ja. Er hat dich fast die ganze Zeit über beobachtet und ging kurz vor dem Ende deiner letzten Runde.«

»Konnte es wahrscheinlich nicht ertragen, dass ich durchgehalten habe«, sagte Chakotay mit einer Verdrießlichkeit, die Sweta sofort erkannte.

»Du glaubst, er sei von deiner Leistung enttäuscht?«, fragte sie. »Was für eine seltsame Vermutung. Er hat keinen Grund, sich dein Versagen zu wünschen.«

Chakotay hatte sich vom zweiten Stiefel und auch der zweiten Socke befreit. Einige Sekunden lang betrachtete er die Blasen am Fuß und erwiderte dann: »Ich habe einen anderen Eindruck gewonnen. Mir scheint, er würde sich sehr darüber freuen, wenn ich irgendetwas nicht schaffe.«

»Möchtest du heute Abend im Arboretum mit mir spazieren gehen?«

Diese Frage verblüffte Chakotay. Das Arboretum war der traditionelle Treffpunkt für romantische Verabredungen aller Art. Chakotay hätte nie zu träumen gewagt, dass ihn eine junge Frau dorthin einlud, nach nur einigen wenigen gewechselten Worten.

»Nun?«, fragte Sweta mit ruhiger Entschlossenheit. »Ja oder nein?«

»Ja.«

»Ich erwarte dich um neunzehn Uhr am Eingang.«

Chakotay vergaß die Schmerzen in den Füßen. Euphorie begleitete ihn auf dem Rückweg zu seinem Quartier.

Wenn Chakotay glaubte, dass ihn etwas Romantisches erwartete, so irrte er sich. Es mangelte Sweta keineswegs an Enthusiasmus, ganz im Gegenteil. Sie zeichnete sich durch eine direkte, geradezu einschüchternde Leidenschaft aus, die ihn zutiefst beeindruckte und ihm den Atem raubte. Die junge Russin erwies sich als recht komplexe Persönlichkeit und einige Aspekte ihres Wesens schienen einander zu widersprechen. Sie strahlte eine Anteilnahme aus, die Chakotay außergewöhnlich fand. Andererseits vertrat sie strikte Meinungen in Bezug auf gewisse Dinge und hatte einen Eigensinn, gegen den sich nicht einmal mit Photonentorpedos etwas ausrichten ließ. Hinzu kam eine spitze Zunge, die wie ein Skorpion stechen konnte.

Chakotay bekam sie recht oft zu spüren.

»Mal sehen, ob ich dich verstanden habe«, sagte Sweta nachdenklich. »Du hast dein Bett so gemacht, wie du es wolltest, und nicht so, wie es den Wünschen Starfleets entspricht. Aber es ist die Schuld deines Quartieroffiziers, dass er dich gemeldet hat.«

»Du siehst das falsch. Das Bett war völlig in Ordnung, genau so, wie es die Vorschriften verlangen. Die meisten Leute hätten nicht einmal einen Unterschied bemerkt. Und mein Zimmer war makellos sauber.«

»Das will ich auch hoffen. Immerhin hast du nicht einmal einen Zimmergenossen, der für Unordnung sorgen könnte.«

Das stimmte. Eine der wenigen Annehmlichkeiten an der Starfleet-Akademie bestand für ihn darin, dass man ihn allein in einem Zwei-Personen-Quartier untergebracht hatte. Chakotay wusste das sehr zu schätzen, denn er legte großen Wert auf seine Privatsphäre.

An diesem Tag saßen er und Sweta in einem Studierzimmer der Akademie, an einem Fenster, das Ausblick über die Bucht von San Francisco gewährte. Am vergangenen Tag hatte das Meer im Sonnenlicht geglitzert und Liebhaber des Segelsports hatten das gute Wetter genutzt, um sich in kleinen Booten mit bunten Segeln vom Wind durch die Bucht treiben zu lassen. Für Chakotay hatten sie wie bunte Vögel ausgesehen, die zwischen den Wellen hin und her sausten.

Heute entsprach das Wetter eher der Norm von San Francisco. Ein dunkler Himmel wölbte sich über der Stadt und Nebel umhüllte die Golden Gate Bridge, die noch immer die Bucht überspannte. Der trübe Tag entsprach Chakotays Stimmung. Es war kein guter Anfang der Starfleet-Ausbildung, gemeldet zu werden – so etwas konnte seine Aussichten für die Kommando-Laufbahn beeinträchtigen. Und das alles nur wegen dummer, übertriebener Vorschriften.

Sweta schien das nicht zu verstehen und Chakotays Ärger darüber, es ihr immer wieder erklären zu müssen, nahm zu. Sie sah ihn einfach nur ruhig aus ihren grauweißen Augen an und versuchte nicht einmal, Verständnis für seinen Standpunkt aufzubringen.

So wie jetzt, als es darum ging, wie man die Betten machte. Chakotay hielt die ganze Sache ohnehin für Zeitverschwendung – warum das Bett machen, wenn man einige Stunden später wieder unter die Decke kroch? Als Kind hatte er sein Bett nie gemacht und seine Eltern waren nicht so dumm gewesen, so etwas von ihm zu verlangen. Sie wussten, welchen Dingen Bedeutung zukam und welchen nicht.

Er weigerte sich nicht etwa, diese sinnlos Aufgabe zu erfüllen. Natürlich wusste er, dass es bei Starfleet Regeln gab, und er war bereit, sie zu beachten.

Aber es gab vernünftige Regeln – und absurde. Starfleet schien eine Vorliebe für letztere zu haben und es hatte doch keinen Sinn, sich sklavisch an irgendwelche dummen Vorschriften zu halten, oder?

»Was ist so wichtig an einer mitraförmigen Ecke?«, fragte Chakotay und ärgerte sich noch immer darüber, dass der Quartieroffizier solchen Wert auf Konformität legte.

»Seit Jahrhunderten werden Betten mit mitraförmigen Ecken gemacht …«, begann Sweta.

»Und ich schätze, dadurch sind solche Betten allen anderen überlegen«, warf Chakotay ein, aber Sweta achtete nicht auf.

»Starfleet hat entschieden, dass die Betten auf diese Weise gemacht werden. Nur darauf kommt es an.«

»Warum kommt es nur darauf an? Spielt der gesunde Menschenverstand überhaupt keine Rolle? Wenn mein Bett genauso ordentlich ist wie die anderen –

warum ist meine Methode dann nicht so gut wie die Starfleets?«

Für einen Sekundenbruchteil schienen Swetas Lippen ein amüsiertes Lächeln anzudeuten, aber vielleicht bildete sich Chakotay das auch nur ein. Er hoffte es. Die Vorstellung, dass sich diese ungewöhnliche Frau über ihn lustig machte, gefiel ihm ganz und gar nicht.

»Hat man dich als Kind sehr verwöhnt?«, fragte sie und wechselte das Thema, eine Taktik, die sie schon mehrmals benutzt hatte. Diesmal wollte er nicht darauf eingehen.

»Was hat das damit zu tun?«, erwiderte er.

»Du verhältst dich wie jemand, der daran gewöhnt ist, immer seinen Willen durchzusetzen.«

Der Ärger brodelte heftiger in Chakotay. Sweta neigte dazu, auf einem Punkt herumzureiten, wie jemand, der lange genug an Schorf kratzte, bis die Stelle zu bluten begann. »Ich bin sehr diszipliniert aufgewachsen«, sagte er und hörte einen defensiven Unterton in seiner Stimme. »Oft musste ich mich mit Dingen beschäftigen, mit denen ich mich eigentlich gar nicht befassen wollte. Mein Vater bestand darauf, mich mit der Geschichte und Tradition unseres Stammes vertraut zu machen. Er nahm mich auf Pilgerreisen mit und berichtete mir von alten Mythen. Ich hätte mir den Unsinn nicht angehört, wenn mir eine Wahl geblieben wäre.«

Sweta musterte ihn ruhig. »Warum bist du dann so widerspenstig?«

Chakotay blinzelte. »Hast du dieses Wort absichtlich verwendet?«

»Welches Wort?«

»Widerspenstig.«

»So erscheinst du mir.«

»Auch in meinem Stamm hat man mich so genannt.«

»Weil du immer gegen den Strom schwimmst?«

»Etwas in der Art. Mein Vater meint, es begann, als ich mit den Füßen voran zur Welt kam.«

Sweta lächelte, aber es verbarg sich nichts Geringschätziges dahinter. Es war ein zärtliches Lächeln, das Chakotay dahinschmelzen ließ. »Starfleet wird sehr gut für dich sein, Chakotay«, sagte sie sanft. »Aber du musst Starfleet Gelegenheit geben, dich zu erreichen.«

Sie beugte sich vor, hauchte ihm einen Kuss auf den Mund, griff dann nach ihren Handcomputern und ging. Chakotay sah ihr nach, fühlte noch immer ihre Lippen auf den seinen und fragte sich, was sie mit den letzten Worten meinte.

Als Chakotay seine Klassenzuweisungen bekam, stellte er erleichtert fest, dass Nimembeh ihm für die Zeit in der Vorbereitungsgruppe gute Bewertungen gegeben hatte. Allerdings sorgten mehrere ungünstige Berichte des Quartieroffiziers dafür, dass man ihm den Zugang zur Präkommandoklasse verweigerte. Er wandte sich an den Fakultätsberater und erfuhr von ihm: Um in die Präkommandoklasse aufgenommen zu werden, musste er zunächst dafür sorgen, dass die negativen Anmerkungen aus seiner Leistungsdatei verschwanden. Es gab nur eine Möglichkeit, das zu bewerkstelligen: Während des restlichen Semesters musste er unbedingt vermeiden, noch einmal gemeldet zu werden. Chakotay kochte innerlich und begriff: Ihm blieb nichts anderes übrig, als sich damit abzufinden.

Negative Gedanken und Gefühle wühlten in ihm und er beschloss, in sein Quartier zurückzukehren. Dort konnte er wenigstens allein sein und versuchen, Niedergeschlagenheit und Ärger zu überwinden. Das Wohnheim war verlassen, wie er gehofft hatte, denn die meisten Kadetten besorgten sich gerade ihre Klassen-Zuweisungen. Angenehme Stille herrschte in den Fluren und Chakotay freute sich darauf, in seiner Unterkunft Zuflucht zu finden. An der Kontrolltafel neben der Tür gab er den Sicherheitskode ein, betrat dann das Quartier.

Ein blauhäutiges Geschöpf stand im Zimmer.

Einige Sekunden lang starrten sie sich überrascht an. Chakotay bemerkte, dass der junge Mann ihm gegenüber haarlos war – auch der völlig kahle Kopf präsentierte ein verblüffendes Blau. Von der Mitte des Schädels führte eine dünne Trennlinie durchs Gesicht. Der junge Mann war mollig, um nicht zu sagen dick und er sah Chakotay aus kleinen, hellen Augen an.

»Du bist vermutlich mein Zimmergenosse«, sagte der Blaue mit einem Enthusiasmus, den Chakotay für übertrieben hielt. »Ich heiße Chert. Bist du ein Mensch? Ich bin Bolianer.«

Kummer breitete sich in Chakotay aus. Die glückliche Zeit war vorbei – man hatte ihm einen Zimmergenossen zugewiesen. Er holte tief Luft und versuchte, mehr Freundlichkeit zu zeigen, als in ihm steckte. »Ja, ich bin ein Mensch. Mein Name lautet Chakotay.«

»Chert und Chakotay – alliterierende Namen. Das gefällt mir.« Er lachte schrill; es klang nach einem schmerzerfüllt wiehernden Pferd. Chakotays Nervenenden fühlten sie so an, als hätten sie gerade eine Feile zu spüren bekommen. »Man hat mich vom Fillmore-Flügel hierher verlegt, weil einige Kadetten des dritten und vierten Jahrs Einzelzimmer bekamen. Nun, allein habe ich mich ohnehin einsam gefühlt. Es ist bestimmt angenehm, einen Zimmergenossen zu haben. Was sind deine Interessen? Hoffentlich spielst du Schach; ich glaube, ich könnte alles an einem Zimmergenossen ertragen, nur nicht, dass er kein Schach spielt. Und was ist mit Musik? Kennst du bolianische Musik? Ich habe gehört, dass man sich daran gewöhnen muss, aber wenn man erst einmal mit den Dissonanzen vertraut ist, möchte man sie nicht mehr missen. Du hast nicht zufällig Snacks hier, oder? Durch den Umzug bin ich halb verhungert.«

Chakotay stöhnte innerlich. Wie sollte er diesen schwatzhaften Narren ertragen? Von jetzt an durfte er mit keiner ruhigen Minute mehr rechnen. Er hielt es für besser, sofort die Grenzen zu ziehen. »Ich habe keine Snacks, spiele kein Schach und halte nichts von Musik. Offenbar haben wir kaum etwas gemeinsam. Wenn du beantragen möchtest, einem anderen Zimmergenossen zugewiesen zu werden, so erhebe ich keine Einwände. Es wäre für uns beide besser.«

Es waren harte Worte und Chakotay fühlte sich ein wenig schuldig, aber sie entsprachen der Wahrheit.

Doch Chert blieb völlig unbeeindruckt. »Kein Problem, kein Problem. Ich bringe dir das Schachspielen bei und mache dich ganz langsam mit bolianischer Musik vertraut, sodass du es überhaupt nicht merkst. Es wird nicht lange dauern, bis du mich bittest, dir etwas vorzuspielen. Außerdem werde ich von jetzt an dafür sorgen, dass wir immer genug Snacks haben. Ich mag Süßes, und du?«

»Welche Kurse hast du belegt?«, fragte Chakotay und hoffte, dass er diesen bombastischen Burschen nicht auch in der Klasse aushalten musste.

»Thermodynamik, technische Analyse, Duonetisches Systemdesign und Warpfeld-Theorie«, antwortete Chert überschwänglich. »Ich habe mich für die technische Laufbahn entschieden.«

Das waren gute Nachrichten für Chakotay, denn es bedeutete, dass sich ihre Wege nicht im Klassenzimmer kreuzten. Und wenn er diesen Raum nur benutzte, um zu schlafen … Dann brachte er das Jahr vielleicht hinter sich, ohne diesen schnatternden Idioten umzubringen.

Am Ende jenes Jahres beschloss Chakotay, die Starfleet-Akademie zu verlassen. Er hatte einen ganzen Ausbildungszyklus damit verbracht, die Starfleet-Regeln zu beachten, und er wollte nicht auch die nächsten drei Jahre auf diese Art verbringen. Er hatte härter gearbeitet und sich mehr Mühe gegeben als alle anderen, aber man meldete ihn immer wieder, weil er diese oder jene Vorschrift nicht ganz genau beachtet hatte. Dieser Umstand besorgte selbst seinen Zimmergenossen Chert. »Du musst vorsichtiger sein, wenn du den Abschluss schaffen willst. Warum fällt es dir so schwer, auf Einzelheiten zu achten? Ich mache gern das Bett für dich, aber ich kann dir nicht auf Schritt und Tritt folgen, um zu gewährleisten, dass du dich an alle Regeln hältst. Möchtest du einen Krapfen?«

Chakotay schwor sich, dass sein erstes Jahr an der Akademie sein letztes sein würde. Bei der Rückkehr nach Trebus im Juni wollte er seine Absicht verkünden, nicht nach San Francisco zurückzufliegen. Er wusste nicht genau, was er mit seinem Leben anstellen sollte, aber bestimmt fiel ihm etwas ein.

Er wandte sich tatsächlich mit einer entsprechenden Mitteilung an seine Eltern, als er heimgekehrt war. Am Abend seiner Rückkehr fand ein Fest statt. Tische standen auf der Wiese, beladen mit Speisen aller Art. Chakotays Eltern unterstützten ihren Sohn natürlich. »Wir haben nie gewollt, dass ein Starfleet-Offizier aus dir wird«, sagte seine Mutter. »Dein Platz ist hier, bei deinem Volk, das an den alten Traditionen festhält. Es wird Zeit für dich, daran zu denken, eine Frau zu nehmen. Ich habe bemerkt, dass Philicia dich beobachtet. Sie ist hübsch und intelligent. Du solltest sie kennen lernen.«

Chakotay seufzte. Als Kinder hatten Philicia und er zusammen gespielt. Sie war nett, zugegeben, aber er brachte ihr rein freundschaftliches Interesse entgegen. Er kannte sie als engstirnig und einfallslos; Philicias Weltbild reichte nur bis zu ihrem Platz im Stamm auf diesem Planeten. Er konnte sich kaum vorstellen, ein ganzes Leben mit einer solchen Person zu verbringen.

Was sollte er anstellen, wenn er nicht zur Akademie zurückkehrte? Den Gedanken, auf Trebus zu bleiben und dabei zu helfen, die Traditionen seines Volkes zu bewahren, empfand er als lähmend. Er hatte mit der Ausbildung an der Akademie begonnen, um einem solchen Schicksal zu entgehen. Wie konnte er so unterwürfig in die Welt seiner Eltern zurückkehren?

Den ganzen Sommer über rang er mit der Entscheidung, während er sich mit seinen Freunden vergnügte. Er leistete ihnen Gesellschaft, als sie im Gras lagen, zum Nachthimmel aufsahen, die beiden Monde beobachteten, über ihre gemeinsame Kindheit sprachen und Pläne für die Zukunft schmiedeten.

Letzteres weckte vages Unbehagen in Chakotay. Alle seine Freunde – wie auch seine Eltern und Philicia – schienen sich nichts mehr zu wünschen, als auf diesem Planeten zu bleiben, einen Lebenspartner zu finden, eine Familie zu gründen und den ganzen Kreislauf von vorn zu beginnen. Damit wollte sich Chakotay nicht begnügen.

Aber welche Alternativen hatte er? Es fiel ihm schwer, sich etwas anderes vorzustellen, als auf Trebus zu bleiben oder zur Akademie zurückzukehren. Er hatte von umherziehenden Händlern gehört, von Vagabunden, die von Stern zu Stern reisten, ein ungebundenes Leben führten und sich vom Sonnenwind durchs All treiben ließen. Und dann die Kapitäne von Frachtern. Sie brachten Güter von einem Sonnensystem zum anderen, Erz, medizinische Ausrüstungen und vieles mehr. Ständig waren sie unterwegs und gewährleisteten das Überleben von Personen, die auf lebensfeindlichen Planeten oder auf Welten mit nicht ausreichenden natürlichen Ressourcen lebten.

Konnte Chakotay an so etwas Gefallen finden? An einem nomadischen Leben im All, an einer rastlosen Existenz, ohne Wurzeln, ohne festen Halt? Er bezweifelte es. Aber was kam sonst in Frage? Würde er jemals etwas finden, das ihn zufrieden stellte? Er bedauerte zutiefst, nicht mit dem Kopf voran zur Welt gekommen zu sein, wie alle anderen – er war bereits widerspenstig geboren.

Schließlich bat er seinen Vater, ihm bei der Entscheidung zu helfen. Eigentlich wollte er, dass sie jemand anders für ihn traf. Er war zu jung und zu unerfahren, um sie selbst zu treffen. Allein kam er nicht weiter; er brauchte Hilfe.

»Ich werde deinen Rat beherzigen, wie auch immer er lauten mag«, sagte er eines Tages im Hochsommer zu Kolopak. Die Luft flirrte über dem heißen Boden und die Tiere waren still, suchten im Schatten Zuflucht vor der lodernden Sonne. Chakotay vertraute darauf, dass sein Vater die richtige Entscheidung traf. Hatte er nicht über viele Jahr hinweg seinem Sohn beizubringen versucht, wie er leben sollte?

Doch Kolopak blinzelte im hellen Schein der Sonne und zögerte, während Chakotay spürte, wie ein Schweißtropfen an der linken Seite des Nackens herabrann, das Schulterblatt erreichte und den Weg über den Rücken fortsetzte. Nach einer Weile drehte sich sein Vater zu ihm um und Liebe glänzte in Kolopaks Augen, als er seinen Sohn musterte.

»Es steht mir nicht mehr zu, Entscheidungen für dich zu treffen«, sagte er. »Jetzt musst du deinen Weg selbst wählen, denn nur du kannst ihn beschreiten.«

Enttäuschung erfasste Chakotay. Jetzt, da er einen Rat *brauchte,* wollte ihm sein Vater keinen geben! Bestimmt war hier eine grausame Ironie des Schicksals am Werk. Sein ganzes Leben lang hatte er sich über die von seinem Vater ausgeübte Kontrolle geärgert und jetzt fehlte sie plötzlich, als er sie akzeptieren wollte.

»Aber ich weiß nicht, welchen Weg ich nehmen soll. Das ist ja gerade das Problem.«

»Such in dir selbst. Dort findest du die Antwort.« Und im Anschluss an diese Worte ging Kolopak fort.

Chakotay wusste, was er meinte. Er schlug seinem Sohn vor, mit einer Visionssuche zu beginnen, mit Hilfe des Akoonah, einer Technik, die einem dabei helfen sollte, das Unbewusste zu erforschen. Chakotays Vorfahren hatten zu diesem Zweck gefastet und starke Halluzinogene geraucht; heute benutzten die Stammesangehörigen einen neuroelektrischen Stimulator, um das gleiche Ziel zu erreichen.

Chakotay hatte die Visionssuche immer abgelehnt, denn sie war Teil der Tradition, die er ablegen wollte. Aber heute, angesichts der Unschlüssigkeit, mit der er sich schon seit einer ganzen Weile konfrontiert sah, wirkte sie verlockend. Kurz entschlossen suchte er das Habak auf, ein kleines Zimmer im Haus, das der Meditation und der Erforschung des inneren Selbst diente.

Sein Vater hatte ihn oft in jenen Raum geführt, ihm Artefakte gezeigt und Rituale erklärt. Chakotay war nie bereit gewesen, mehr als nur mit einem halben Ohr zuzuhören, und er fragte sich, ob er sich jetzt an die notwendigen Dinge erinnern würde.

Sein Blick glitt über die mit uralten Schriftzeichen bedeckten Wände. Er wusste, dass einige von ihnen den Schöpfungsmythos beschrieben, die Geschichte vom Ersten Vater und dem Heben des Himmels erzählten. Zum ersten Mal richtete er einen aufmerksamen Blick auf die Symbole, um festzustellen, ob er sie deuten konnte.

Sie blieben ihm völlig rätselhaft.

Überall zeigten sich alte Artefakte: Schnitzereien, Figurinen, Fetische und Amulette. In der Mitte des Zimmers lag ein kleines Bündel mit Kolopaks kostbarsten spirituellen Talismanen. Chakotay setzte sich und entfaltete das Leder. Zum Vorschein kamen einige verzierte Steine, ein seltsam geformter Knochen, eine Scheibe aus Federn …

Und das Akoonah.

Das Akoonah war ein flaches Gerät, auf das Chakotay die Hand legen musste. Normalerweise sang man dabei ein rituelles Gebet, aber das diente nur der Zeremonie. Die Reise nach innen wurde vom Akoonah ausgelöst, das die Neuronen des Hypothalamus stimulierte und eine wache REM-Phase bewirkte.

Chakotay schenkte den anderen Gegenständen des

Bündels keine Beachtung, verzichtete auf das Gebet, legte die Hand aufs Akoonah und richtete den Blick auf die Fetische weiter vorn. Zuerst spürte er überhaupt nichts, dann durchdrang ein sanftes Prickeln seine Hand und breitete sich im ganzen Körper aus. Er fühlte Zufriedenheit, ein unvertrautes Wohlbehagen. Er genoss dieses herrliche Empfinden und hoffte, dass es andauerte. Körper und Geist entspannten sich und ganz bewusst gab er sich Euphorie hin.

Nach und nach merkte er, wie sich die Umgebung veränderte. Die Fetische verloren an Form, wurden zu vagen Schemen. Ihre Farben verschmolzen und gingen ineinander über, während sich auch die Qualität der Luft wandelte. Sie war kühl und süß, beschwichtigte seine Sorgen, dämpfte die Furcht. Wenn es doch nur möglich gewesen wäre, sich immer so zu fühlen, ohne unangenehme Entscheidungen treffen zu müssen …

Die Farben wogten hin und her, bildeten immer wieder neue Muster, bis sie schließlich erstarrten und ein Bild formten.

Chakotay befand sich an einem geheimen Ort im Dschungel. Er kannte ihn gut. Als Kind hatte er ihn gefunden: eine kleine Lichtung, wo der Bach einen Tümpel bildete, der durch große Blätter vor Blicken geschützt war. Diesen Ort suchte er auf, wenn er völlig allein sein wollte; hier fühlte er sich sicher.

Chakotay lächelte. Es fühlte sich gut an, hier zu sein. Obgleich eine recht große, grün und gelb gemusterte Schlange mitten auf der Lichtung lag. Weder Angst noch Beklommenheit regten sich in ihm. Er betrachtete das Tier einfach nur und wunderte sich über diese seltsame Ironie des Schicksals. Hatte sein Unterbewusstsein einen Sinn für Humor?

»Bist *du* mein Seelenführer?«, fragte er die Schlange.

»Bin ich es?«, erwiderte die Schlange mit einer Stimme so sanft wie ein Windhauch in den Bäumen.

»Ich dachte, es läuft auf diese Weise ab. Ich unternehme eine Reise in mein Unterbewusstsein und finde dort einen Seelenführer.«

»Ich wusste gar nicht, dass es da irgendwelche Regeln gibt. Dies ist deine Reise. Ich bin das, was du von mir erwartest.«

»Das kann nicht stimmen. Ich mag keine Schlangen. Dich hätte ich bestimmt nicht gewählt.«

Die geteilte Zunge des Reptils kam aus dem Maul und tastete durch die Luft. Die lidlosen Augen glänzten. »Dann wähle mich nicht. Was würde dir besser gefallen?«

Chakotay überlegte. »Etwas ... Mächtigeres. Zum Beispiel ein Bär.«

Die Schlangenstimme klang amüsiert, als sie in Chakotays Geist fragte: »Wenn du dir das wirklich wünschst ... Wo ist er dann?«

»Woher soll ich das wissen?« Ärger stieg in Chakotay empor. »Ich habe keine Ahnung, wie das funktioniert.«

»Es fiel dir ganz leicht, hierher zu kommen«, sagte die Schlange. »Du musst zumindest ein wenig empfänglich für das sein, was dich hier erwartet.«

»Ich bin hierher gekommen, um Antworten in Hinsicht auf meine Zukunft zu finden.«

»Oh, deine Zukunft. Das ist sehr wichtig.«

Chakotay kam sich dumm vor, auf diese Weise mit der Schlange zu sprechen. Aber er machte keine Anstalten, die Lichtung zu verlassen, und die Präsenz eines Tiers, das ihm früher Albträume beschert hatte, erfüllte ihn nicht mit Furcht. »Wenn du mein Seelenführer bist, so hilf mir. Was soll ich machen? Zur Starfleet-Akademie zurückkehren oder auf meinem Heimatplaneten bleiben?«

Die Schlange entrollte sich geschmeidig und glitt am Rand der Lichtung entlang. Chakotay drehte sich und beobachtete sie, beeindruckt von ihren Muskeln. »Eine schwierige Frage«, sagte sie und blieb in Bewegung.

»Fortgehen oder zu Hause bleiben? Fortgehen oder zu Hause bleiben?«

Chakotays Ärger wurde stärker. Die Schlange schien ihn zu verspotten und er bezweifelte, dass sich Seelenführer auf eine solche Weise verhalten sollten.

»Nun?«, drängte er nach einer Weile, als das Schweigen der Schlange andauerte. Die ganze Zeit über glitt sie am Rand der kleinen Lichtung entlang.

»Nun was?«, entgegnete sie.

»Welche Antwort hast du für mich?«

»Ich habe keine Antwort für dich.«

»Warum bin ich dann hier?«

»Keine Ahnung. Warum fragst du nicht den Bär?«

Im Anschluss an diese Worte verschwand die Schlange im Dickicht und Chakotay blieb allein auf der Lichtung zurück. Nur der plätschernde Bach leistete ihm Gesellschaft.

Er drehte sich verärgert um die eigene Achse. »Gibt es hier einen Bären?«, fragte er. Stille herrschte um ihn herum. »Oder einen Wolf? Einen Adler?« Er hatte gehört, dass so noble Tiere als Seelenführer dienten, doch er bekam keine Antwort.

»Vielleicht ein Papagei«, sagte er laut, dazu entschlossen, einen Seelenführer herbeizurufen, den er akzeptieren konnte. »Ein Ara. Ich kenne den Schöpfungsmythos.«

Auf der Lichtung blieb es still, abgesehen vom leisen Plätschern. Chakotay hörte nicht einmal die üblichen Dschungelgeräusche. Er verharrte einige Sekunden lang und versuchte, sich ein anderes Tier einfallen zu lassen.

»Na schön«, sagte er schließlich. »Es muss kein mächtiges oder nobles Tier sein. Wie wär's mit einem Waschbären oder einem Biber? Oder mit einem Waldmurmeltier? Oder einem Präriehund?«

Chakotay glaubte, lautes Lachen in seinem Geist zu hören, aber das war natürlich nicht möglich. Er wartete.

»Meinetwegen, wie du willst. Wie wär's mit einer Schlange?«

Die grüne und gelbe Schlange kam ganz plötzlich aus dem Wasser, hatte sich um einen großen Fisch geschlungen und erdrückte ihn. Der zappelnde Fisch kämpfte nicht lange gegen sein Schicksal an und rührte sich schließlich nicht mehr. Fasziniert beobachtete Chakotay, wie die Schlange sich anschickte, den Fisch zu verschlingen. Er war größer als ihr Maul, aber sie dehnte es, um die Beute aufzunehmen. Das Reptil schluckte mehrmals und wandte sich Chakotay zu, als der Fisch einen Klumpen direkt hinter dem Kopf bildete.

»Hat man dich als Kind sehr verwöhnt? Du verhältst dich wie jemand, der daran gewöhnt ist, immer seinen Willen durchzusetzen.«

Chakotay fröstelte, als die Schlange Swetas Worte wiederholte. Es fiel ihm schwer, nicht zu vergessen, dass sich alles in seinem Geist abspielte. Wer auch immer in dieser seltsamen Landschaft wohnte: Ihm standen alle Erinnerungen und Erfahrungen zur Verfügung.

»Ist das ein Hinweis?«, fragte er hoffnungsvoll. »Willst du damit andeuten, dass ich zur Starfleet-Akademie und zu Sweta zurückkehren soll?«

»Ich weise auf nichts hin. Es kommt alles von dir selbst.«

»Aber ich weiß nicht, welche Entscheidung ich treffen soll. Ich brauche eine Antwort.«

»Es ist eine Antwort, die du dir selbst geben musst.«

»Was hat es dann für einen Sinn, hierher zu kommen?«

»Gute Frage. Vielleicht willst du hier jemandem gegenübertreten, dem du dich in der externen Welt nicht stellen kannst. Dort draußen bist du imstande, den Finger auf jemanden zu richten und anderen Leuten vorzuwerfen, dass sie die Dinge nicht einfacher für dich machen. Hier ist das schwer, denn hier gibt es nur dich.«

Chakotay dachte darüber nach. So ärgerlich die Schlange auch sein mochte: Er wäre sich wie ein Narr vorgekommen, wenn er irgendjemandem – auch sich selbst – eingestanden hätte, darüber enttäuscht zu sein, dass sie ihm die Entscheidung nicht abnahm.

»Ich bin immer widerspenstig und voller Widersprüche gewesen«, sagte er. »Wenn ich hier bin, möchte ich dort sein. Und wenn ich dort bin, möchte ich hier sein. Ich weiß nicht, was ich dagegen unternehmen soll.«

»Dann wirst du so bleiben wie jetzt.« Die Muskeln der Schlange beförderten den Fisch weiter durch ihren Leib.

»Ich würde mich gern ändern. Ich weiß nur nicht, wie.«

»Dann wirst du nicht dazu imstande sein.« Wieder eine Muskelkontraktion.

»Ich versuche, dieser Sache auf den Grund zu gehen«, sagte Chakotay scharf. »Und ich dachte, du solltest mich dabei leiten. Darauf deutet die Bezeichnung ›Seelenführer‹ hin.«

»Ich bin verletzt. Du wirfst mir vor, meinen Aufgaben nicht gerecht zu werden.«

»Das stimmt. Du hilfst mir nicht.«

Die Schlange hob den Kopf und erneut kam ihre gespaltene Zunge zum Vorschein. »Früher hielten die Leute meine Zunge für giftig«, sagte sie. »In Wirklichkeit handelt es sich dabei um ein Sinnesorgan. Ich spüre eine große Präsenz vor mir, eine hoffnungslose Masse aus Verwirrung. Ich spüre auch, dass sie alles versucht, um der Entscheidung auszuweichen. Dazu ist sie sogar zu einem völlig sinnlosen Wortgefecht mit einem Produkt der eigenen Phantasie bereit. Ich sehe wenig Hoffnung für diese Präsenz. Wenn du mich jetzt bitte entschuldigen würdest … Ich muss meine Mahlzeit verdauen.«

Daraufhin rollte sich die Schlange zusammen und ließ den Kopf sinken, dazu bereit, die nächsten Tage in Lethargie zu verbringen.

Chakotay nahm auf dem Boden Platz und beobachtete das Tier. Irgendwo in den Worten, die das Reptil an ihn gerichtet hatte, musste sich eine Antwort verbergen, aber er fand sie nicht. Wenn man bei einer Visionssuche nicht mehr Hilfe bekam, dann konnte er nicht verstehen, warum sein Volk ihr so große Bedeutung beimaß. Erlebten alle Stammesangehörigen eine solche Enttäuschung bei ihren inneren Reisen, nur um später von einer angeblich sehr zufrieden stellenden und nützlichen Erfahrung zu berichten? War alles eine Farce, ein Ritual, das um seiner selbst willen durchgeführt wurde, wie das bei den meisten Ritualen des Stammes der Fall sein mochte, wie Chakotay vermutete? Hatte die Visionssuche überhaupt keinen immanenten Wert?

Er stand auf. »Na schön«, teilte er der stillen Lichtung mit. »Ich bin bereit zu gehen.«

Nichts geschah. Er stand weiterhin auf der Lichtung, hörte das Plätschern des Baches und sah die zusammengerollte Schlange. Nun, das war zwar lästig, aber kein echtes Hindernis. Er kannte diesen Ort. Er hatte ihn selbst entdeckt und wusste, welcher Weg nach Hause führte.

Chakotay drehte sich um und suchte nach dem schmalen Pfad zwischen den Farnen.

Aber ein solcher Pfad existierte nicht. Am Rand der Lichtung war es zu subtilen Veränderungen gekommen: Die Pflanzen wuchsen nun dichter beieinander, bildeten eine grüne Barriere. Chakotay versuchte, sie zu durchdringen, fand aber keine Lücke in der dornigen Masse.

Er konnte die Lichtung nicht verlassen. Damit hatte er nicht gerechnet, und er fragte sich nun, wie man eine Visionssuche beendete. Er wusste, dass sein Körper im Habak des Hauses saß und eine Hand auf dem Akoonah. Aber in dieser geistigen Welt gab es kein Akoonah, keine Möglichkeit, die Vision zu beenden.

Er nahm wieder Platz und sah zur Schlange. Sie war völlig reglos. Ihre Körperfunktionen hatten sich verlangsamt, damit die ganze Kraft der Verdauung des Fisches gewidmet werden konnte. Sie befand sich in ihrer eigenen Version einer Trance. Chakotay war auf sich allein gestellt.

Das, so begriff er, schien die Botschaft zu sein, die ihm alle vermittelten. Niemand würde ihm bei dieser wichtigen Entscheidung helfen. Niemand gab auch nur andeutungsweise zu verstehen, welcher Weg besser war. Er musste ganz allein wählen.

Diese Erkenntnis schien ein schweres Gewicht von seinen Schultern zu nehmen und Chakotay fühlte Euphorie, wie kurz vor der Ankunft an diesem geistigen Ort.

Das Grün des Dschungels verschwamm und wieder tauchten kaleidoskopische Muster auf. Er schien zu schweben, fühlte sich völlig gewichtslos. Mehr war nicht nötig? Ging es allein darum, tief im Innern zu begreifen, Herr des eigenen Schicksals zu sein? Es schien so einfach ... Doch dann fiel ihm ein, dass ihm ein solches Konzept bis vor wenigen Sekunden völlig fremd gewesen war.

Die Lichtung verschwand und Farben wogten, verdichteten sich und gewannen feste Substanz. Ein angenehmes Summen wurde lauter und lauter, bis ...

Chakotay öffnete die Augen und fand sich im Habak wieder, umgeben von Artefakten, die sein Volk seit tausenden von Jahren begleiteten. Seine Hand ruhte auf dem Akoonah und langsam zog er sie zurück. Noch immer erfüllte ihn Euphorie und er hätte dieses Gefühl gern festgehalten. Die Stille der Lichtung durchdrang seine Sinne und voller Zuneigung dachte er an die zusammengerollte Schlange. Sie allein gelassen zu haben ... Dadurch fühlte er sich irgendwie leer.

Wie seltsam.

Er stand auf und ging zu seinem Vater, der im Garten arbeitete. Jetzt im Hochsommer gab es dort viel Obst und Gemüse. Das entsprechende Saatgut war vor zweihundert Jahren von der Erde mitgebracht worden, als mehrere Stämme nach Trebus auswanderten. Kolopak sah auf, hielt eine goldene Tomate in der Hand und lächelte zufrieden.

»Ich ernte fürs Mittagessen, Chakotay. Dies hier wird in einem Salat köstlich schmecken.«

Chakotay war nicht sehr an einer Tomate interessiert. Ernst musterte er seinen Vater und sagte: »Ich habe eine Entscheidung getroffen. Ich kehre zur Starfleet-Akademie zurück und versuche, den Abschluss zu schaffen.«

Kolopak nickte kurz und betrachtete dann wieder die gelbe Tomate. »Genügt das? Oder sollten wir dem Salat noch etwas Kürbis hinzufügen?«

»Ja, Kürbis wäre nicht schlecht«, erwiderte Chakotay sofort. Eigentlich war es gar nicht schwer, Entscheidungen zu treffen, wenn man sich ein wenig bemühte.

Drei Jahre später bestand Chakotay die Abschlussprüfung mit Auszeichnung. Er hatte Hervorragendes geleistet, nicht nur beim Studium, sondern auch bei den Aktivitäten, die nicht direkt den Lehrplan betrafen.

Aber es begleitete ihn kaum Freude auf seinem Weg. Überall sah er, wie Freunde und Klassenkameraden mit Enthusiasmus ihre Ausbildung absolvierten, sich für neues Wissen begeisterten und bei Aktivitäten aller Art vergnügten. Sie lachten und kämpften, spielten sich gegenseitig Streiche, verliebten sich, verachteten und verehrten bestimmte Ausbilder.

Chakotay hielt sich mehr an der Peripherie. Er hatte Freunde, aber keine sehr engen. Er nahm an Ringkämpfen teil und konnte Dutzende von Medaillen vorweisen, aber die Siege erfüllten ihn nicht mit Genugtuung. Oft lud man ihn zu Ausflügen ein und gelegentlich nahm er solche Einladungen an, doch in den meisten Fällen lehnte er ab. Er war beliebt, obgleich er keine Freunde suchte.

Nur einer Person brachte er echtes Interesse entgegen: Sweta. Ihre kühle, wissende Art faszinierte ihn. Sie schien ihn auf eine Weise zu sehen wie sonst niemand. Sie forderte ihn heraus, stellte ihn zur Rede, diskutierte mit ihm ... Und dann lächelte sie ihr geheimnisvolles

Lächeln, ging und blieb tagelang verschwunden. In seiner Vorstellung wurde sie nach und nach zu einem mythischen Geschöpf, zur verführerischen und geheimnisvollen Eisfrau.

Sein bester Freund war vermutlich Chert, an dem Chakotays schlechte Laune wirkungslos abprallte und der sich mit unerschütterlicher Fröhlichkeit über alle Abfuhren hinwegsetzte. Chert mochte die einzige Person sein, in deren Gesellschaft sich Chakotay wohl fühlte, denn der Bolianer akzeptierte ihn bedingungslos, mit allen Kanten.

Es kam oft vor, dass Chakotay in Erwägung zog, die Akademie zu verlassen. Häufig sehnte er sich danach, dieses schwere Leben aufzugeben und nach Hause zurückzukehren.

Aber er blieb. Immer dann, wenn er die Heimkehr nach Trebus in Erwägung zog, erinnerte er sich an die stille Lichtung im Dschungel, an das Gefühl der Befreiung, das der Erkenntnis folgte, allein zu sein und allein über sein Leben entscheiden zu können. Er hatte seine Entscheidung getroffen und blieb dabei. Wie selbstverständlich brachte er die Ausbildung hinter sich und trat dann an, um das Leben zu führen, das Starfleet anzubieten hatte.

Die erste Konfrontation war kaum der Rede wert und eigentlich nur eine Begegnung. Sie ließ gewiss nicht erahnen, was die Zukunft bereit hielt. Nichts deutete darauf hin, dass Cardassia zum wichtigsten Einfluss in Chakotays Leben werden sollte.

Er war Lieutenant an Bord der U.S.S. *Vico*, Adjutant des Captains Roger Hackney, eines mürrischen, drahtigen Mannes mit lederigem Gesicht und ausdrucksstarken Augen, in denen Intelligenz und Schläue leuchteten. Er gehörte zu den Männern, die die Gesellschaft und Kameradschaft anderer Männer bevorzugten. Er war verheiratet, hatte zwei Söhne, und alles deutete darauf hin, dass er seine Frau verehrte. Aber den meisten Frauen begegnete er mit einer eher sonderbaren Galanterie, die darauf hinwies, dass er sich in ihrer Nähe nicht wohl fühlte. Chakotay hatte ihm sofort gefallen, was dem jüngeren Mann erlaubte, schnell in der Kommando-Hierarchie aufzusteigen.

Chakotay befand sich auf der Brücke, als das fremde Schiff geortet wurde. »Die Sensoren erfassen ein nicht identifiziertes Raumschiff, eins Komma sechs Lichtjahre entfernt«, meldete er. »Es nähert sich mit Abfangkurs.«

»Enthalten die Datenbanken der Föderation einen Hinweis?«, fragte Hackney interessiert. Seit einem Monat kartographierten sie einen abgelegenen Sektor des Alpha-Quadranten und angesichts der Langeweile war jede Abwechselung willkommen.

»Es könnten Cardassianer sein, aber einem solchen Schiffstyp sind wir bisher noch nicht begegnet.« Chakotay blickte auf die Anzeigen der Sensoren. »Sie scannen uns ebenfalls.«

»Zeigen Sie das Schiff auf dem Schirm, sobald es in visuelle Reichweite kommt.« Sie dachten beide daran, dass ein ähnlicher Dialog vermutlich auch an Bord des unbekannten Raumers stattfand. Beide Schiffe führten Sensorsondierungen durch und versuchten, vor dem eigentlichen Kontakt so viele Informationen wie möglich zu gewinnen.

Chakotay spürte, wie seine Anspannung wuchs. Die Cardassianer standen in dem Ruf, sehr gefährlich und unberechenbar zu sein.

»Da ist es, Captain«, sagte er. Ein vages Bild erschien auf dem Hauptschirm, ein Schemen, der sich fast zwischen den Sternen verlor.

»Vergrößern«, ordnete Hackney an.

Chakotay hatte bereits die entsprechenden Schaltelemente betätigt und das Bild auf dem Schirm gewann deutlichere Konturen, zeigte ein großes, dreigeteiltes Kriegsschiff mit eindrucksvollen Waffensystemen.

Ein externer Kom-Kanal wurde geöffnet und plötzlich blickte ein Cardassianer vom Hauptschirm: groß und langgliedrig, mit dicken Knorpelsträngen, die am breiten Hals emporführten und bis zur Stirn reichten. Die schwarzen Augen glänzten wie Obsidian.

»Nennen Sie Ihre Absichten, Föderationsschiff«, sagte der Mann ohne einen Gruß.

»Ich bin Captain Roger Hackney vom Föderationsschiff *Vico*«, sagte Hackney ruhig. »Wir kartographieren diesen Sektor für unsere astrographischen Datenbanken.«

»Sie sind dem cardassianischen Territorium gefährlich nahe«, erwiderte der Mann, der offenbar nicht bereit war, seinen Namen zu nennen. »Ich sende Ihnen die Koordinaten der Grenzen und rate Ihnen dringend, sie zu respektieren.«

Chakotay und Hackney blickten auf die Anzeigen ihrer Konsolen, als die angekündigten Daten eintrafen. Der Captain runzelte die Stirn und sah wieder zum Schirm.

»Wir wissen, auf welches Raumgebiet Sie Anspruch erheben, Sir. Es kam zu einigen Begegnungen zwischen Ihren Schiffen und unseren. Aber offenbar zeichnen sich Ihre Grenzen durch eine gewisse Flexibilität aus. Nach diesen Daten zu urteilen ist das cardassianische Reich im Verlauf des letzten Monats erheblich gewachsen.«

»Stellen Sie unsere Ansprüche in Frage?«

»Ich versuche nur, sie zu verstehen. Nach unseren Karten verläuft die letzte gemeldete Grenze etwa zwei Lichtjahre von hier entfernt.«

»Die neuen Daten sind korrekt.«

»Weiß der Föderationsrat davon?«

»Es ist nicht unsere Pflicht, dem Föderationsrat Bericht zu erstatten. Wir sind autonom und lassen uns von fremden Kulturen nichts vorschreiben.«

»Es ging mir nur darum, ein wenig Kooperationsbereitschaft vorzuschlagen«, erwiderte Hackney gelassen. »Wenn wir in Kom-Verbindung bleiben und miteinander sprechen, sinkt die Gefahr unangenehmer Missverständnisse.«

Der reptilienhafte Cardassianer kniff die Augen zusammen. »Drohen Sie mir, Föderationscaptain?«

Die Sensoranzeigen wiesen Chakotay darauf hin, dass das energetische Niveau in den cardassianischen Waffensystemen stieg. Er sah zu Hackney, der die Kampfbereitschaft der Cardassianer ebenfalls bemerkte, aber nicht darauf reagierte.

»Ganz und gar nicht. Ich bemühe mich nur, mit Ihnen zu kommunizieren.«

»Wenn Sie solchen Wert auf Kommunikation legen, teile ich Ihnen Folgendes mit: Es wäre besser für Sie, das cardassianische Territorium sofort zu verlassen.«

Hackney und Chakotay wechselten einen raschen Blick. Offenbar hatte sich der Verlauf der cardassianischen Grenzen erneut geändert.

»Soll das heißen, dass wir uns jetzt *im* cardassianischen Raumgebiet befinden?«

»Natürlich. Sehen Sie selbst.« Neue Daten wurden übermittelt und deuteten darauf hin, dass sich die *Vico* ein ganzes Stück im Innern des cardassianischen Raums befand.

Chakotay spürte, wie Ärger in ihm entstand – der Cardassianer wollte sie ganz offensichtlich provozieren. Glaubte er vielleicht, dass sie sich einfach so einschüchtern ließen und wie gezüchtigte Hunde fortschlichen? Er aktivierte die Waffensysteme der *Vico*, davon überzeugt, dass ihm der Captain jeden Augenblick eine solche Anweisung erteilte.

»Deaktivieren«, sagte Hackney sofort und fügte diesem einen Wort einen finsteren Blick hinzu. Widerstrebend kam Chakotay der Aufforderung nach.

»Eine kluge Entscheidung, Captain«, schnurrte der Cardassianer, den Chakotay immer mehr verabscheute.

»Es ist viel besser, wenn Sie jetzt Ihr Triebwerk aktivieren und fortfliegen.«

»Ich hoffe, Ihre Regierung nimmt irgendwann diplomatische Beziehungen mit der Föderation auf«, sagte Hackney. »Dann ließen sich bedauerliche Zwischenfälle dieser Art vermeiden.«

»An diesem Zwischenfall ist nur bedauerlich, dass Sie darauf bestehen zu reden, anstatt auf meine Forderungen einzugehen.«

»Uns liegt nichts an einem Konflikt mit Ihnen und deshalb ziehen wir uns zurück. Aber unsere Regierung wird von dieser Sache benachrichtigt.«

Der Cardassianer lächelte freudlos und drohend. »Bei der Vorstellung zittere ich vor Entsetzen«, spottete er und unterbrach die Verbindung. Der Hauptschirm zeigte das cardassianische Schiff, dessen Waffensysteme noch immer aktiviert waren.

»Wir hätten uns nicht so herumkommandieren lassen sollen«, sagte Chakotay sofort. »Unser Schiff hat ein ebenso großes Potenzial wie das der Cardassianer – wir hätten es ihm sehr schwer machen können.«

Captain Hackney richtete einen verständnisvollen Blick auf den jüngeren Offizier. »Ja, dazu wären wir imstande gewesen. Aber zu welchem Zweck? Wir sind mit einer Kartographierungsmission beauftragt, nicht damit, Zwischenfälle mit möglicherweise ernsten Konsequenzen zu verursachen.«

»Uns trifft nicht die geringste Schuld. Die Cardassianer waren es, die ihren Grenzverlauf einfach so veränderten.«

»Auf solche Feinheiten achtet kaum mehr jemand, wenn die Waffen sprechen.« Hackney gab Chakotay einen freundschaftlichen Klaps auf die Schulter. »Als ich in Ihrem Alter war, hätte ich ebenso empfunden. Wenn Sie älter werden, lernen Sie dies: Es ist fast immer besser, Gewalt zu vermeiden, anstatt sie zu provozieren.«

Chakotay schwieg verdrossen und suchte in seinem

Gedächtnis nach historischen Beispielen für Gelegenheiten, bei denen Gewalt die einzige Lösung des Problems gewesen war und Beschwichtigung durch Zugeständnisse das Unvermeidliche hinausgezögert sowie dem Gegner erlaubt hatte, frühzeitig an Boden zu gewinnen. Es gab sie reichlich. Trotzdem wusste er, dass der Captain die Situation richtig eingeschätzt hatte. Ein Starfleet-Erkundungsschiff und ein cardassianischer Kreuzer waren wohl kaum imstande, die Politik der jeweiligen Regierungen so oder so zu beeinflussen. Eine direkte Konfrontation hätte die Beziehungen zwischen den beiden Mächten nur verschlechtert. Deshalb war es besser nachzugeben.

Trotzdem brannte etwas in Chakotay, ein Groll, den er nicht aus sich vertreiben konnte, so sehr er es auch versuchte.

Langfristig konnte Starfleet nicht bei seiner vernünftigen Politik bleiben. Cardassianische Schiffe sorgten immer wieder für Provokationen am Rand des Föderationsraums – es handelte sich um den absichtlichen und gut organisierten Versuch, Vergeltungsschläge herauszufordern. Da es die Cardassianer dabei häufig mit zivilen Kolonisten anstelle von disziplinierten Starfleet-Angehörigen zu tun bekamen, erreichten sie ihre Ziele. Aus Meinungsverschiedenheiten wurden Auseinandersetzungen und führten zu Scharmützeln, die schließlich zu Kämpfen und Schlachten eskalierten. Überall entlang der cardassianischen Grenze entstanden Krisenherde, bis der Föderation nichts anderes übrig blieb, als militärisch zu intervenieren.

Während dieser Zeit fand Chakotays Versetzung zur *Gage* statt, die im Föderationssektor 21749 patrouillierte. Dabei lernte er den Krieg kennen.

Er kämpfte im All gegen die Cardassianer. Er kämpfte auf der Oberfläche von Planeten gegen sie, manchmal Mann gegen Mann. Er erlebte Momente des Entsetzens und des Triumphes, Augenblicke unvorstellbarer Grausamkeit und ehrenvoller Selbstaufopferung. Er sah, wie Freunde starben und töteten. Er stellte fest, dass man Leben mit der gleichen Leidenschaftslosigkeit auslöschen konnte, mit der man sich die Nase putzte, auch wenn sich dadurch ein wichtiger Teil des eigenen Selbst für immer veränderte. Plötzlich sah er sich untrennbar mit der Vergangenheit seines Volkes verbunden: Er war zu einem Krieger geworden.

Diese Erkenntnis brachte weder Freude noch Kummer. Irgendwann während der vier Jahre, die er im Krieg verbrachte, verlor er die Fähigkeit zu tiefen Empfindungen. Zuerst merkte er nichts davon. Es war ein schleichender Vorgang, der dazu diente, ihn zu schützen – ein langsames Abgleiten in Gleichgültigkeit. Als ihm klar wurde, dass er nicht mehr zu starken Emotionen fähig war, reagierte er mit Erleichterung. Er sehnte sich nicht nach den Tagen starker Gefühle zurück. Auf diese Weise konnte er überleben.

Als die Feindseligkeiten schließlich nachließen – es war kein Ende des Kriegs, insofern als nie ein Krieg erklärt worden war –, bekam Chakotay längeren Urlaub und kehrte zum ersten Mal seit Jahren zu seiner Heimatwelt zurück. Er fand sie auf erstaunliche Weise verändert vor. Alles erschien ihm kleiner – war diese winzige Wiese wirklich das große Spielfeld seiner Kindheit? – und die Menschen erwiesen sich als bemerkenswert simpel. Die Freunde seiner Kindheit waren phlegmatische Erwachsene mit eigenen Kindern und es gab kaum mehr eine gemeinsame Basis für Gespräche. Die Jungen, mit denen er die Wälder durchstreift hatte, waren langweilig und farblos geworden, jüngere Versionen seines Vaters und der anderen Stammesangehörigen. Er fragte sich, wie sie gegen die Cardassianer zurechtgekommen wären.

Nach seiner Rückkehr gab es viele Feiern, doch Chakotay fühlte sich getrennt von der allgemeinen Fröhlichkeit.

Die Musik heiterte ihn nicht auf. Speisen und Getränke blieben für ihn ohne Geschmack. Die Gesellschaft seiner Freunde und Verwandten erschien ihm langweilig und unbedeutend. Er fand sie alle naiv. Sie wussten nichts von der Situation auf anderen Welten, waren ganz auf das eigene Leben, auf die eigenen banalen Probleme konzentriert.

Eines Abends verließ er eine Party, die zu seinen Ehren veranstaltet wurde, saß allein im Gras, blickte zum Himmel hoch und beobachtete die beiden Monde. Er dachte an nichts Besonderes, hatte nur den Wunsch verspürt, keine oberflächlichen Gespräche mehr führen zu müssen.

Plötzlich hörte er Schritte hinter sich und sprang auf.

Es war sein Vater. »Entschuldige. Ich wollte dich nicht erschrecken.«

»Schon gut.«

Kolopak sah nachdenklich zu den beiden Monden. »Die Schwestern tanzen heute Abend«, sagte er. So nannte man es, wenn die Monde nahe beieinander standen, der kleinere mit dem größeren zu tanzen schien. »Gutes geschieht bei solchen Gelegenheiten.«

Es war eine unschuldige Bemerkung. Während seiner Kindheit hatte Chakotay so etwas tausendmal gehört, aber an diesem Abend erschienen ihm die Worte unerträglich ignorant. Die Position der beiden Monde ließ sich ganz genau berechnen; ihre Umlaufbahnen gehorchten der Gravitationsdynamik.

Ein sonderbarer Zorn prickelte in ihm.

»Warum sagst du so etwas?«, erwiderte er. Die eigene Stimme erschien ihm fremd – sie klang dunkel und scharf. Sein Vater musterte ihn, erstaunt von der Intensität der Frage. Wie immer versuchte er, eine harmonische Antwort zu geben.

»Es gehört zu den Überlieferungen unseres Volkes«, begann er, doch weiter ließ Chakotay ihn nicht kommen.

»Es ist dumm. Ein alter Mythos. Die Monde sind ebenso wenig Schwestern wie die Milchstraße ein Himmelskanu ist. Unsere Vorfahren wussten es eben nicht besser. Sie hatten keine Teleskope, Astronomen und Raumschiffe, um den Unterschied zwischen Realität und Phantasie zu erkennen.«

Kolopaks Blick reichte durch die Dunkelheit und brannte sich in die Augen seines Sohns. »Deine jüngsten Erfahrungen haben dich verletzt, Chakotay. Deine Seele leidet ...«

Jedes einzelne Wort seines Vaters schürte das Feuer des Zorns in Chakotay. Er explodierte erneut. »Meine Seele braucht kein Leid zu fürchten, denn sie existiert überhaupt nicht. Ich habe einen Körper und ein Bewusstsein. Das ist alles. Ich möchte nicht mit einem vagen Etwas ausgestattet werden, das in der Unwissenheit unserer primitiven Ahnen wurzelt.«

»Das Zentrum deines Wesens – wie auch immer du es nennen willst – wurde verletzt. Du steckst voller Zorn und der verkrüppelt dich innerlich.«

»Wenn du gesehen hättest, was ich gesehen habe, wärst auch du voller Zorn.«

»Ich weiß. Aber ich würde versuchen, mich zu heilen.«

»Wie denn?«

»Mit einer Visionssuche.«

Chakotay warf die Hände hoch. »Eine Visionssuche. Wundervoll. Damit lässt sich jedes Problem lösen.« Er wandte sich wieder an seinen Vater und noch immer brannte der Zorn in ihm. »Begreifst du nicht, dass ich anders bin als du? Dass ich nie so sein kann wie du? Warum versuchst du immer wieder, mich in eine Welt zu stoßen, die nicht mir gehört?«

»Es ist deine Welt. Das hast du nur noch nicht erkannt.«

Wie konnte Chakotay rational auf eine solche Bemerkung reagieren? Wie sollte er den Dialog mit jemandem fortsetzen, der die Dinge nur aus einem Blickwinkel sah? Verbittert und müde schüttelte er den Kopf. »Na schön. Ich gebe dir Bescheid, sobald ich es erkannt habe.«

»Das wirst du.« Kolopaks Stimme war noch immer so ruhig wie eine vom Mondschein erhellte Nacht, in der frisch gefallener Schnee alle Geräusche dämpfte. Nichts in ihr deutete auf Ärger, Enttäuschung oder Verurteilung hin. Das ärgerte Chakotay, denn dadurch bekam das Feuer des Zorns in ihm keinen neuen Brennstoff.

»Gute Nacht, Vater. Morgen breche ich auf. Es wird Zeit, in die reale Welt zurückzukehren.«

Kolopak nickte und sein Sohn stapfte fort. In Gedanken stritt Chakotay auch weiterhin – mit einem aggressiveren Vater, der ihm mehr Genugtuung gewährte, weil er sich schließlich geschlagen gab.

Als er am nächsten Morgen bereit war, Trebus zu verlassen, ließ sich sein Vater nicht blicken. Seine Mutter stand vor ihm, sah ihn ernst und traurig an. »Dein Vater ist im Wald«, sagte sie. »Er hielt es für besser, nicht zu versuchen, sich von dir zu verabschieden.«

Schuldgefühle regten sich in Chakotay, aber er verdrängte sie sofort. »Bitte sag ihm, dass ich nach ihm gefragt habe.«

Chakotays Mutter nickte und hob beide Hände zu seinem Gesicht. »Niemand kann deinen Weg für dich finden oder Steine forträumen, bevor du ihn beschreitest. Du musst deinen Weg selbst finden. Aber wir sind hier, um dir zu helfen, wenn du uns brauchst.«

Seine Augen brannten kurz und er blinzelte, um das Gefühl zu vertreiben. »Ich wollte euch nicht wehtun ...«, begann er, aber seine Mutter hielt ihm den Mund zu.

»Du schuldest uns keine Erklärung«, sagte sie sanft. »Liebe erfordert keine.«

Chakotay nickte und klopfte auf seinen Insignienkommunikator. »Energie«, sagte er, damit ihn das im Orbit wartende Raumschiff an Bord beamte. Die Heimatwelt löste sich vor seinen Augen auf. Er sah sie nicht zum letzten Mal, aber er wollte sie auf diese Weise in Erinnerung behalten.

Es sollte noch Jahre dauern, bis Cardassia und die Föderation eine offizielle Vereinbarung in Hinsicht auf den umstrittenen Bereich zwischen ihren stellaren Territorien trafen. Das fragwürdige Ergebnis bestand aus einer entmilitarisierten Zone, die weder der einen noch der anderen Macht gehörte und idealerweise unbewohnt gewesen wäre. Doch in jener Zone gab es Welten, die bereits besiedelt worden waren, vor allem von selbstständigen, hartnäckigen Personen, die ihre neue Heimat nicht aufgeben wollten. Zu diesen Leuten gehörte auch Chakotays Volk, das jahrelang nach einem geeigneten Planeten gesucht hatte, mit dem es in spiritueller Hinsicht eins werden konnte.

Diese Kolonisten beschlossen, auf ihren Welten zu bleiben, obgleich die Föderation sie zur Umsiedlung drängte und Starfleet darauf hinwies, keinen Schutz vor Angriffen gewähren zu können. Die Bewohner der Kolonien und Außenposten in der entmilitarisierten Zone antworteten – mit einer Stimme –, dass sie trotz allem bleiben wollten.

Chakotay, inzwischen Lieutenant Commander an Bord der *Gettysburg*, fand sich in einer ungewohnten Situation wieder: Er verteidigte das Verhalten seines Volkes. Er diente unter dem Kommando von Madolyn Gordon, einer tatkräftigen, fröhlichen Frau, deren gutmütiges Wesen über ihre Zähigkeit und außerordentlich hohe Intelligenz hinwegtäuschte. Sie hatte lockiges braunes Haar, das immer wieder wogte, weil sie ihren Worten mit ruckartigen Kopfbewegungen Nachdruck verlieh. Chakotay und Captain Gordon verbrachten viele Stunden damit, über alle möglichen Themen zu diskutieren, und zu den neuesten zählte die Vereinbarung mit den Cardassianern.

»Es sind zu große Zugeständnisse«, sagte Chakotay, als sie im Bereitschaftsraum des Captains Kaffee tranken. »Die Föderation sollte nicht gezwungen sein, ihre eigenen Kolonisten aufzugeben.«

»Die Kolonisten bekamen die Gelegenheit umzusiedeln. Starfleet hätte sie zu anderen Planeten gebracht, die praktisch identisch mit den Welten sind, auf denen sie sich niederließen.«

»Das ist leicht gesagt, wenn es sich nicht um die eigene Heimatwelt handelt. Die Siedler haben Arbeit und Mühe in ihre Kolonien investiert. Mein Volk hat in einem aufwendigen Vorgang seine spirituelle Affinität mit dem Planeten geprüft, den es schließlich besiedelte. Bürokraten fällt es leicht, von einer Umsiedlung auf ›identische‹ Welten zu sprechen, aber in Wirklichkeit bedeutet es eine enorme Veränderung für die Kolonisten.«

»Ihr Volk ist eventuellen cardassianischen Angriffen völlig hilflos ausgeliefert. Beunruhigt Sie das nicht?«

»Natürlich bin ich besorgt. Deshalb halte ich das Konzept einer entmilitarisierten Zone grundsätzlich für falsch. Die Cardassianer werden sich nicht an die Vereinbarung halten – bestimmt stoßen sie nach dem Abzug von Starfleet sofort in den entsprechenden Raumbereich vor und versuchen, unsere Siedler zu vertreiben. Es wäre viel besser gewesen, eine klare Grenze festzulegen und anschließend alle notwendigen Maßnahmen zu ergreifen, um unser Territorium und seine Bewohner zu verteidigen.«

»Vielleicht sind Sie unfair den Cardassianern gegenüber. Bisher haben sie Wort gehalten. Der Planet, zu dem wir unterwegs sind – Bajor – war über fünfzig Jahre lang von ihnen besetzt.« Gordons Locken tanzten, als sie voller Nachdruck nickte. »Die Cardassianer haben ihn verlassen und den Bajoranern ihre Autonomie zurückgegeben.«

»Nach der Zerstörung ihrer Kultur und Infrastruktur.

Und nach der Dezimierung der bajoranischen Bevölkerung.«

»Wie dem auch sei: Jetzt sind sie fort und auf Bajor hat der Wiederaufbau begonnen.«

»Ich bin sicher, dass wir die entmilitarisierte Zone alle noch bedauern werden, Captain. Sie ist ein Beispiel für schlechte Politik und eine miserable militärische Taktik. Denken Sie daran, dass Sie diese Worte hier und heute gehört haben, von mir.« Chakotay lächelte und Gordon erwiderte das Lächeln, mit funkelnden grauen Augen. Sie brachten einander echte Zuneigung entgegen und führten ihre verbalen Duelle vor allem als intellektuelle Unterhaltung. Oft wechselten sie dabei zum Spaß die Seiten.

Als Chakotay nach Bajor kam, verhärteten sich seine Gefühle. Während des Krieges war er Zeuge grässlicher Gräueltaten geworden und jene Erlebnisse hatten ihm sicher Schaden zugefügt, aber er glaubte, sich inzwischen davon erholt zu haben. Bajor zu besuchen ... Er verglich es damit, eine alte Kruste von der Haut zu kratzen und festzustellen, dass die Wunde darunter nie richtig verheilt war.

Die Cardassianer hatten eine Politik der verbrannten Erde verfolgt, bevor sie abgezogen waren. Nur noch Ruinen erinnerten an einst schöne, einladende Städte. Wohnhäuser waren verheert, öffentliche Gebäude dem Erdboden gleichgemacht und Tempel niedergebrannt. Den Cardassianern gereichte all dies nicht zum Vorteil. Sie hätten ebenso gut ihre Sachen packen und die Städte intakt lassen können. Stattdessen verwüsteten sie alles.

Spelunken schienen sich immer mehr auf Bajor auszubreiten und gute Geschäfte zu machen. Sie waren ursprünglich von den Cardassianern eingerichtet worden und erfreuten sich immer größerer Beliebtheit bei den Bajoranern, die den Schrecken ihrer Existenz entkommen wollten. Nach einer deprimierenden Tour über den einst schönen Planeten suchte Chakotay nach der gleichen Linderung. Er betrat einen dunklen, sonderbar geschmückten Raum, verziert mit Girlanden und Transparenten, die verblasste Eleganz zeigten. Sie hoben Chakotays Stimmung nicht, sondern drückten sie noch mehr. Er ging zur Theke und bestellte Bier.

Der Barkeeper stellte ein Glas auf den Tresen und eine dunkle, beschlagene Flasche daneben. Sie wirkte wundervoll kalt und Chakotay hob sie an die Wange, bevor er sie öffnete und das Glas füllte. Der erste Schluck war der erste angenehme Moment dieses Tages. Das Bier schmeckte köstlich, war stark und ein wenig süß, hinterließ aber einen herben Nachgeschmack. Chakotay hatte nie viel getrunken; sein Volk ächtete den Alkohol, aber jetzt war er froh, sich nicht an jenes Verbot gehalten zu haben. Auf dieses Erlebnis hätte er kaum verzichten wollen: ein so gutes Bier am Ende eines so schlechten Tages.

Die Flasche war halb leer, als er eine Bewegung an seiner Seite spürte. Bevor er den Kopf drehen konnte, hörte er eine seidene Stimme ganz dicht am Ohr, so kühl wie ein Gebirgsbach. »Hallo, Chakotay. Es ist eine Weile her.«

Er erkannte die Stimme sofort, drehte sich um und sah, dass Sweta neben ihm saß, die Eisfrau aus Russland. Sie wirkte noch immer unirdisch und fern, gelassen und zuversichtlich. Chakotay spürte, wie sein Herz schneller schlug.

»Sweta!«, brachte er hervor. »Was ... warum bist du ... Ich kann nicht glauben, dass du hier bist!«

Sie lächelte ruhig und legte ihm eine zierliche Hand auf den Arm. »Ich bin hier, weil du hier bist«, sagte sie und scheuchte den Barkeeper davon, der sich mit einem fragenden Blick genähert hatte. »Als ich erfuhr, dass du auf Bajor unterwegs ist ... Da beschloss ich, dich zu suchen.«

Chakotay bemerkte Swetas zivile Kleidung. »Bist du nicht mehr bei Starfleet?«, fragte er.

»Nein. Ich habe acht Jahre gedient und dann geheiratet. Wir ließen uns in einer Kolonie auf Riva Prime nieder.«

Sofort wurde Chakotay sehr ernst. Riva gehörte zu den Welten, die während des Krieges besonders stark in Mitleidenschaft gezogen worden waren – die Cardassianer hatten mehrmals angegriffen. Er schwieg und wartete darauf, dass Sweta mehr berichtete.

»Mein Mann war Landwirt. Er liebte es, Dinge anzubauen, sie wachsen und reifen zu sehen. Für ihn war es eine fast heilige Tätigkeit.« Swetas Stimme schien aus der Ferne zu kommen, als sie sich erinnerte. »Wir hatten zwei Kinder, Zwillinge, ein Junge und ein Mädchen. Wir dachten, alles zu haben … Manchmal konnten wir unser Glück kaum fassen. Wir liebten uns, wir hatten eine perfekte Familie und wir gingen einer Beschäftigung nach, die uns Zufriedenheit bescherte.«

Einige Sekunden lang blickte Sweta ins Leere und Chakotay fürchtete die nächsten Worte.

»Du weißt, dass Riva eins der Hauptziele während des Krieges war. Starfleet gab sich alle Mühe, uns zu schützen, aber die Cardassianer wollten unseren Planeten unbedingt besetzen und die wertvollen Pergium-Vorkommen abbauen. Schließlich setzten sie sich durch.«

Wieder schwieg Sweta und Chakotay spürte, dass sie Kraft sammelte, um fortzufahren. Sie richtete einen traurigen Blick auf ihn.

»Du weißt, was geschah. Es erübrigt sich, Einzelheiten zu nennen. Die Cardassianer griffen unsere Siedlung an, während ich fort war, um medizinische Vorräte zu holen. Mein Mann und unsere Kinder kamen ums Leben, als ein cardassianischer Schlachtkreuzer im Orbit die Siedlung zerstörte.«

Chakotay wusste nicht, was er sagen sollte. Ein »Tut mir Leid« erschien ihm völlig unangemessen. Während der vergangenen Jahre hatte er viele solcher Geschichten gehört und nie gewusst, wie er darauf reagieren sollte. Deshalb blieb er meistens still. Sweta sah ihn auch weiterhin aus ihren hellen Augen an.

»Jene Tragödie entzündete etwas in mir, Chakotay. Ich schwor, meinen Mann und die Kinder zu rächen. Dadurch hat mein Leben noch einen Sinn.«

»Jetzt ist alles vorbei.«

Etwas Hartes erschien in Swetas Gesicht. »Sei nicht naiv. Wir stehen erst am Anfang. Glaubst du, die Cardassianer werden plötzlich friedlich, nur weil es eine Vereinbarung mit der Föderation gibt?«

»Natürlich nicht. Aber Starfleet wird nicht mehr intervenieren.«

»Umso besser, soweit es uns betrifft. Ohne Starfleet haben wir weniger Probleme.«

»Wen meinst du mit ›wir‹?«

Sweta sah nach rechts und links, beugte sich dann zu Chakotay. »Es hat sich eine Gruppe von Freiheitskämpfern gebildet. Wir haben uns einen Namen gegeben – der Maquis.«

»Maquis?«

»So hieß eine französische Widerstandsorganisation während eines Konflikts auf der Erde, ›Zweiter Weltkrieg‹ genannt.«

Chakotay hatte sich mit den irdischen Kriegen befasst, doch den französischen Namen hörte er jetzt zum ersten Mal. Die ganze Sache klang irgendwie unreif und pubertär.

Sweta beugte sich noch näher und Nachdruck erklang in ihrer leisen Stimme.

»Wir beabsichtigen, unsere Heimat zu verteidigen. Es kann kein Zweifel daran bestehen, dass die Cardassianer uns immer wieder überfallen werden, bis sie uns vertrieben haben. Das werden wir nicht zulassen.«

»Wie du meinst. Ich wünsche euch viel Glück.«

»Deine Heimatwelt befindet sich in der entmilitarisierten Zone. Sie ist dir bestimmt nicht gleichgültig.«

Chakotay atmete tief durch. Er hielt es für ausgeschlossen, in nur einem Gespräch die komplexen Aspekte seiner Beziehung zum Stamm zu erklären. »Mein Volk wird irgendwie zurechtkommen. Auf mich hört dort niemand.«

»Schließ dich uns an, Chakotay. Wir brauchen gut ausgebildete und disziplinierte Leute wie dich. Viele von uns haben eine Starfleet-Vergangenheit. Du könntest eine führende Position einnehmen – wir brauchen dich.«

»Sweta, ich wünsche dir das Beste. Aber ich gehöre zu Starfleet. Ich habe nicht die Absicht, die Flotte zu verlassen, obgleich ich nichts von der Vereinbarung mit den Cardassianern halte.«

»Was soll das heißen? Du bist anderer Ansicht als Starfleet, aber trotzdem gehorchst du brav allen Anweisungen?« In Swetas Stimme vibrierte eine für sie untypische Leidenschaft. »Ich hätte dich nicht für so scheinheilig gehalten.«

»Dies ist nicht mein Kampf, Sweta. Ich werde nicht daran teilnehmen.«

Sie musterte ihn kurz und nickte dann. »Wenn du es dir anders überlegst, kannst du mich auf diese Weise erreichen.« Sie drückte ihm ein kleines Speichermodul in die Hand. »Es ist auch dein Kampf«, fügte sie hinzu und ging mit stolz erhobenem Kopf hinaus.

Chakotay trank sein Bier, aber es schmeckte jetzt viel bitterer als vorher.

Captain Gordon war zwar blass, blieb aber gefasst. »Die Situation ist chaotisch und deshalb sind unsere Berichte unvollständig. Natürlich haben wir keine offizielle Präsenz in der entmilitarisierten Zone.«

Chakotay nickte und versuchte, zu Stein zu werden. Er ahnte, was ihm Gordon mitteilen wollte, und alles in ihm sträubte sich dagegen, es zu hören.

»Der Angriff auf Trebus erfolgte ganz plötzlich und war verheerend. Offenbar kam es zu großen Verwüstungen. Die Föderation schickt ein Versorgungsschiff mit Nahrungsmitteln und Arzneien, aber Starfleet muss sich von jenem Raumbereich fern halten.«

»Kann ich mich der Crew des Versorgungsschiffes anschließen?«

Captain Gordon sah ihm in die Augen. »Offiziell ist das nicht möglich. Sie gehören zu Starfleet und Ihre Präsenz in der entmilitarisierten Zone wäre illegal. Inoffiziell ...« Sie sprach nicht weiter und Chakotay verstand ihre Botschaft.

»Ich bitte um Beurlaubung, Captain. Ich hatte schon seit einer ganzen Weile keinen Urlaub mehr und jetzt würde ich gerne einige Wochen freinehmen. Habe ich Ihre Erlaubnis?«

»Ja. Wann möchten Sie aufbrechen?«

»Sofort.«

»Viel Glück, Chakotay. Ich werde Sie in guter Erinnerung behalten.«

Er nickte und brachte kein Wort mehr hervor, weil sich ein Klumpen in seinem Hals gebildet hatte. Er suchte sein Quartier auf und begann zu packen.

Vier Tage später erreichte er seine Heimatwelt.

Das Dorf, in dem er aufgewachsen war, existierte nicht mehr. Nur Schutthaufen – von einigen stieg noch Rauch auf – erinnerten daran, dass dies einst ein Ort gewesen war, an dem sanfte Menschen in Harmonie mit dem Land gelebt hatten.

Der Angriff verdiente die Bezeichnung »sanft« gewiss nicht. Thermalit-Waffen hatten einen eintausendsechshundert Grad heißen Feuersturm erzeugt – eine Temperatur, bei der Eisen schmolz. Das Gestein der Gebäude hatte sich in Glas verwandelt, das bizarre Formen bildete, verdreht und verzerrt wirkte, so als hätten sich selbst die Steine schmerzerfüllt zusammengekrümmt.

Die Menschen waren verbrannt. Chakotay stellte sich vor, wie sie fröhlich lachten, wie sich die Erwachsenen ums Korn kümmerten oder mit den Kindern spielten.

Im nächsten Augenblick erlebten sie einen Feuersturm und verwandelten sich in Asche, von den Winden in alle Richtungen verstreut. Es gab keinen Abschied, keine Bestattungen oder Andenken. Die Menschen verschwanden einfach.

Chakotay stand zwischen den Trümmern seines Dorfes und nahm alle Eindrücke in sich auf. Die Thermalit-Waffen hatten eine dünne Rauchwolke über der zerstörten Siedlung zurückgelassen und ein scharfer, beißender Geruch ging davon aus. Chakotay wusste, dass er sich sein Leben lang daran erinnern würde.

Vor ihm erstreckten sich die grotesken Gebilde aus geschmolzenem Gestein, ein großes Trümmerfeld aus seltsamen, krummen Strukturen, ihre Hässlichkeit ein Makel auf dem Leib der Welt. Chakotay wusste, dass er sich sein Leben lang an diesen Anblick erinnern würde.

Am schmerzlichsten aber war die Stille. Einst hatte er hier die Geräusche des täglichen Lebens gehört: Menschen bei der Arbeit, Menschen, die sprachen und sangen. Immer hatte man das Lachen der Kinder hören können, die auf der Wiese oder im Wald spielten, sich vergnügten und das Leben genossen, ohne etwas von der grausamen Zukunft zu ahnen.

Diese Stille, so wusste er, würde er sein Leben lang hören.

Es war warm und der feuchte Rauch in der Luft bewirkte eine unangenehme Schwüle, aber trotzdem fröstelte Chakotay. Kälte durchdrang ihn, erfüllte Herz und Geist mit stählerner Entschlossenheit. *Ich werde sie rächen.*

Es war leicht, Sweta zu finden – sie wartete darauf, dass er sich mit ihr in Verbindung setzte. Sie hatte von dem cardassianischen Angriff auf Trebus gehört und kannte Chakotay gut genug, um zu wissen, dass er Kontakt mit ihr aufnehmen würde. Der Rest war einfach. Sie besorgte ihm ein Schiff, nicht unbedingt das hübscheste oder modernste, aber eines mit großem offensivem und defensivem Potenzial. Es handelte sich um ein Guerilla-Schiff, dazu bestimmt, wagemutige Vorstöße zu unternehmen, blitzartig zuzuschlagen und dann schnell wieder zu verschwinden. Chakotay nannte es *Liberty* und er fühlte sich zu Hause, als er zum ersten Mal an den Kontrollen saß.

Und dann lernte er Seska kennen.

Chakotay hörte sie, bevor er sie sah. Sweta hatte ihn nach Bajor geschickt, wo es nicht an bereitwilligen Rekruten für den Maquis mangelte: Bajoraner, die sich nach der langen Besatzung durch die Cardassianer nichts sehnlicher wünschten, als Rache zu nehmen. Sweta hatte erfahren, dass eine Frau namens Seska zu diesen Leuten gehörte, und Chakotay sollte sie abholen.

Am Rand einer bajoranischen Stadt hatte es einst eine prächtige Arena gegeben, ein anmutiges Oval, in die Flanke eines Berges gemeißelt und gesäumt von großen Bäumen, deren Wipfel ein grünes Dach über den terrassenförmigen Sitzen bildeten. Die Bajoraner hatten die Arena als einen Schauplatz für ihre Künste und für die Rituale ihrer Propheten genutzt. Von den Cardassianern waren dort Hinrichtungen durchgeführt worden.

Jetzt lag die Arena in Trümmern.

An diesem Ort sollte Chakotay Seska treffen, wenn die Sonne unterging und das Zwielicht zwischen Tag und Nacht begann. Als es so weit war, näherte er sich den Resten der Arena, die die Cardassianer vor ihrem Abzug zerstört hatten, wie so vieles andere auch. Am oberen Rand des Auditoriums ragten noch immer Säulen auf, stolze Überlebende auf einem Planeten, der für jedes Symbol des Mutes und der Unverwüstlichkeit dankbar war.

Irgendwo hinter diesen Säulen sang eine Frau. Schwermütig klang die starke, raue Stimme durch den Dunst des Sonnenuntergangs, dazu fähig, intensive Gefühle zu vermitteln: Sehnsucht, Heldenmut, Verzweiflung, Entschlossenheit. Die Melodie kannte Chakotay nicht. Einige Minuten lang blieb er stehen, hörte der Stimme zu und spürte, wie sie seine Sinne fesselte.

Als sie verklang, fühlte er sich plötzlich klein, von der Intensität des Lieds gedemütigt. Er trat vor, näherte sich den Säulen und dann sah er sie. Hoch aufgerichtet stand sie da und blickte dorthin, wo die Sonne untergegangen war. Mit einer fast greifbaren Konzentration beobachtete sie den Himmel, an dem es orangefarben und rosarot glühte. Sie schien eins mit ihm zu sein und Chakotay schwieg, um sie nicht zu stören und die Heiligkeit dieses Augenblicks zu bewahren.

Schließlich drehte sich die Frau um. Ihr Gesicht war so ausdrucksstark wie die Stimme und auf die gleiche Weise schön, wie kraftvolle Tiere schön sind. Das schwarze Haar reichte nach hinten und bildete eine Art Mähne. In den dunklen Augen glühte eine Art inneres Feuer.

»Du bist Chakotay«, sagte sie schlicht und er nickte. »Ich bin Seska.«

Dann trat sie auf ihn zu, schlang ihre muskulösen Arme um seinen Hals und küsste ihn auf den Mund.

Es war der aufregendste Moment seines Lebens: der unglaublich farbenprächtige Sonnenuntergang, dessen orangefarbene Töne allmählich in dunkleres Purpur übergingen; die stolze Stimme, die wie herausfordernd gesungen hatte; und der Schmerz, der ihnen beiden von Cardassia zugefügt worden war. Blitze zuckten zwischen ihnen, ließen die schwelende Glut der Erotik zu einem lodernden Feuer der Lust werden.

Eine Stunde später stritten sie heftig darüber, ob sie bei ihrem ersten gemeinsamen Flug ins Raumgebiet der Cardassianer vorstoßen sollten.

So wurde ihre Beziehung geboren, aus Begierde, Notwendigkeit und Konflikt, und auf diese Weise setzte sie sich fort. Bis Chakotay begriff, dass er kein Raumschiff kommandieren und gleichzeitig eine Affäre mit einem

Besatzungsmitglied haben konnte. Aber bis dahin dauerte es noch erstaunlich lange.

Als Maquis tötete er zum ersten Mal mit bloßen Händen.

Chakotay und seine Crew – inzwischen bestand sie aus fünfzehn abgehärteten, gut ausgebildeten Kämpfern – hatten gehört, dass Cardassianer auf einem unbewohnten Planeten in der entmilitarisierten Zone gelandet waren. Offenbar wollten sie dort eine Kolonie gründen, was auf einen klaren Verstoß gegen die Vereinbarung mit der Föderation hinauslief. Chakotay wollte dafür sorgen, dass die Cardassianer ihre Entscheidung bereuten.

Sie erfuhren, dass die cardassianische Gruppe aus nicht mehr als zwanzig Personen bestand; ihr Lager befand sich in einem tropischen Wald der südlichen Hemisphäre. Wie üblich stritten Chakotay und Seska über die zu ergreifenden Maßnahmen.

»Die Cardassianer haben keine Ahnung, dass wir von ihrer Präsenz auf dem Planeten wissen«, sagte Seska mit Nachdruck. »Es befindet sich kein Schiff im Orbit. Niemand erwartet uns. Wir könnten sie mit einem Photonentorpedo auslöschen.«

»Wir haben nur drei Torpedos und sollten sie dann einsetzen, wenn uns keine andere Wahl bleibt. Außerdem liegt mir nichts daran, den Gegner einfach so umzubringen. Wir lassen nicht zu, dass er auf dem Planeten Wurzeln schlägt – das soll ihm klar werden.«

Seska musterte Chakotay mit unverhohlener Verachtung. Diesen Gesichtsausdruck hatte sie inzwischen zur Perfektion entwickelt. »Ich wusste nicht, dass du so feige bist, Chakotay. Willst du so sehr auf Leute Rücksicht nehmen, die deine Familie massakriert haben?«

»Ich bin nicht bereit, mich auf ihr Niveau hinabzubegeben.«

Der Streit dauerte eine Weile – das war fast immer der

Fall –, aber schließlich setzte sich Chakotay durch. Sie einigten sich darauf, das cardassianische Lager heimlich zu umzingeln und Isotan-Gas einzusetzen. Dann mussten die Cardassianer den betreffenden Bereich verlassen, wenn sie nicht ersticken wollten. Sie wurden nicht verletzt, empfingen aber die klare Botschaft, dass ihre Präsenz nicht toleriert wurde. Seska hatte auf dem Schwarzmarkt genug Gas gekauft, um ihnen die Möglichkeit zu geben, den Vorgang mehrmals zu wiederholen, bis die Cardassianer den Planeten aufgaben.

Chakotay und fünf andere – Seska gehörte nicht zu ihnen und blieb an Bord des Schiffs – beamten sich im Schutz der Dunkelheit auf den Planeten. Die Anzeigen der Sensoren wiesen darauf hin, dass sich alle Cardassianer im Lager befanden. Vermutlich nahmen sie eine Mahlzeit ein und bereiteten sich auf die Nachtruhe vor. Seit Wochen befanden sie sich an diesem Ort, hatten sich inzwischen entspannt und rechneten nicht mehr mit Zwischenfällen irgendeiner Art.

Chakotay und seine Leute begannen damit, das Lager zu umzingeln. Jeder von ihnen trug mehrere Behälter mit Isotan-Gas. Wenn alle in Position gebracht waren, sollten die anderen zum Schiff zurückkehren. Chakotay wollte noch etwas länger auf dem Planeten bleiben, um das Isotan-Gas zu zünden.

Der Dschungel stank. Es gab hier keine Tiere, nur verfaulende Pflanzen. Warum die Cardassianer ausgerechnet diese Stelle für ihr Lager gewählt hatten, blieb ein Rätsel. Vielleicht deshalb, weil sie niemand an einem solchen Ort vermutet hätte. Chakotay brauchte fast eine Stunde, um seine Behälter zu positionieren – im dichten Gestrüpp kam er nur langsam voran. Zwar hatte der Planet einen Mond, aber er war fast immer hinter Wolken verborgen. Es gab kaum Licht und in der Dunkelheit musste Chakotay sehr vorsichtig sein, was ihn Zeit kostete.

Schließlich hatte er den letzten Behälter aufgestellt

und die übrigen Mitglieder der Einsatzgruppe bestätigten, dass sie ebenfalls fertig waren. Chakotay sendete das Signal, das ihren Transfer zur *Liberty* einleitete, bereitete sich dann darauf vor, das Isotan zu zünden.

Er musste den ersten Behälter zusammen mit dem zweiten aktivieren, um eine Kettenreaktion auszulösen, die auch alle anderen erfasste. Chakotay synchronisierte den Transponder des zweiten Behälters, kehrte zum ersten zurück und fragte sich dabei, welche Pflanzen einen so üblen Geruch verursachten.

Plötzlich gab der Boden unter ihm nach und er fiel in die Tiefe.

Er fand sich in einer Grube wieder, die mindestens dreieinhalb Meter tief war. Glücklicherweise enthielt sie keine Spitzen, Säurebäder oder eine der anderen Überraschungen, mit denen Cardassianer solche Fallen häufig ausstatteten. Chakotay blickte nach oben und im schwachen Licht des Mondes, das durch die Wolken filterte, zeichnete sich die Öffnung der Grube als graues Rechteck ab. Es schien nicht allzu weit entfernt zu sein – vielleicht konnte er nach oben klettern. Das war ihm lieber, als eine Verbindung zum Schiff herzustellen und sich an Bord beamen zu lassen, denn er wollte die Behälter mit dem Isotan-Gas so schnell wie möglich zünden.

Dann hörte er, wie sich in der Grube etwas bewegte.

Chakotay wollte nicht auf Mutmaßungen angewiesen sein. Er riskierte es, die kleine Handlampe einzuschalten, und ihr Licht fiel auf den sich gerade hebenden Kopf einer großen Schlange. Aufgrund seiner Starfleet-Ausbildung konnte er sie identifizieren. Es handelte sich um eine cardassianische Nephrus-Schlange, offenbar von den illegalen Siedlern mitgebracht. Der braun gefleckte, muskulöse Leib war sehr dick und der in die Länge gezogene, keilförmige Kopf wies nur ein Auge auf, dessen starrer Blick sich nun auf Chakotay richtete. Im Gegensatz zu den Reptilien der Erde verließen sich Nephrus-Schlangen auf ihr Auge, um Beute zu finden.

Sie hatten Zähne und sehr kräftige Kiefer, ließen sich in dieser Hinsicht mit Alligatoren und Krokodilen vergleichen. Solche Geschöpfe galten als sehr gefährliche Raubtiere und waren durchaus imstande, einen Menschen zu überwältigen. Außerdem hatten die Cardassianer bestimmt dafür gesorgt, dass dieses Exemplar sehr hungrig war. Derzeit war die Schlange etwa drei Meter entfernt, auf der anderen Seite der Grube. Chakotay fragte sich kurz, ob er eine besondere Beziehung zu Reptilien entwickelte, seit er eine Schlange als Seelenführer hatte. Er hielt es allerdings für besser, diese Vermutung nicht auf die Probe zu stellen.

»Chakotay an *Liberty*. Beamen Sie mich an Bord.«

Er wartete und beobachtete dabei die Schlange, die sich unglücklicherweise vom Licht angelockt fühlte und aus ihrem Schlummer erwachte. Trotzdem wollte Chakotay die kleine Handlampe nicht ausschalten. Es hätte bedeutet, im Dunkeln zu stehen und nichts zu sehen, wenn auch nur für wenige Sekunden bis zum Transfer.

Dann begriff er, dass die wenigen Sekunden bereits verstrichen waren. Erneut klopfte er auf seinen Insignienkommunikator. »Chakotay an Seska. Hörst du mich?«

Keine Antwort. Hatten die Cardassianer die Grube irgendwie abgeschirmt, um eventuelle Kom-Signale zu neutralisieren? Chakotay begriff, dass ihm nicht genug Zeit blieb, dieser Frage auf den Grund zu gehen, denn die Schlange näherte sich ihm. Man hatte ihn gelehrt, das Leben eines jeden lebenden Geschöpfs zu respektieren, aber trotzdem zog er den Phaser. Die Schlange, so wusste er, brachte *seinem* Leben keinen Respekt entgegen.

Doch das Neutralisierungsfeld, das Kom-Signale absorbierte, verhinderte auch den Einsatz von Strahlwaffen.

Es widerstrebte Chakotay sehr, der Schlange den Rücken zu kehren, aber er musste versuchen, nach oben zu klettern. Mit der Handlampe leuchtete er an einer Wand empor und sah eine glatte Fläche, die keinen Halt bot.

Rasch wandte er sich der nächsten Wand zu und dort erwartete ihn das gleiche Bild. Das galt auch für die dritte Wand, die letzte, die er ohne eine direkte Begegnung mit der Schlange erreichen konnte.

Mit wachsender Verzweiflung richtete er das Licht auf die Wand hinter dem Reptil und dort sah er seine einzige Chance: Der Stummel einer Baumwurzel ragte aus dem Erdreich.

Aber um sie zu erreichen, musste er an der Schlange vorbei.

Langsam kam sie näher und der starre Blick blieb auf das Licht der kleinen Lampe an Chakotays Handgelenk gerichtet. Er nahm sie ab und legte sie in der Ecke auf den Boden, die am weitesten von der Schlange entfernt war. Anschließend entfernte er sich von ihrem Schein.

Die Schlange sah auch weiterhin zur Lampe, schien von ihrem Licht wie hypnotisiert zu sein. Ihr schwerer Leib glitt langsam über den Boden und irgendetwas an diesem Bewegungsmuster brachte Argwohn in Bezug auf den hellen Eindringling zum Ausdruck. Chakotay entfernte sich immer mehr vom Licht und bereitete sich auf den Sprung in die Freiheit vor. Als die Entfernung zwischen der Lampe und dem Kopf der Schlange auf weniger als einen Meter schrumpfte, sauste er zur gegenüberliegenden Wand.

Aus dem Augenwinkel sah er, wie die Schlange angesichts der plötzlichen Bewegung den Kopf drehte, aber sie war verblüfft genug, um zu zögern. Chakotay sprintete zur Wand, stolperte aber über den Schwanz des Reptils und stürzte. Mit klopfendem Herzen kam er wieder auf die Beine, erreichte die Wand und griff nach der Wurzel.

Sie löste sich aus dem Erdreich.

Chakotay blickte zurück und stellte fest, dass die Schlange in seine Richtung sah und sich anschickte, dorthin zurückzukehren, woher sie gekommen war. Er bohrte die Finger in die Wand, suchte nach irgendetwas, das ihm Halt gab, doch er riss nur Erdbrocken aus der Wand.

Die Schlange hatte ihre Beute jetzt erkannt und bewegte sich schneller. Chakotay setzte seine Bemühungen fort, blickte über die Schulter und rief: »Du sollst mein Seelenführer sein!« Aber davon ließ sich das Reptil nicht beeindrucken. Chakotay nahm einen feuchten Brocken, warf ihn und traf die Schlange am Kopf. Mit einem dumpfen Pochen klatschte die Erde ans Auge des Tiers und es neigte den Kopf zur Seite, konnte vorübergehend nichts mehr sehen.

Chakotays bohrende und tastende Finger fanden plötzlich etwas Festes: eine weitere Wurzel, dicht über seinem Kopf. Er grub hastig, legte sie frei und zog daran – sie hielt. Diesmal hielt er sich nicht damit auf, einen Blick über die Schulter zu werfen, um zu sehen, wie nahe die Schlange herangekommen war. Ohne zu zögern zog er sich hoch.

Als er wenige Sekunden später nach unten sah, bemerkte er die Schlange direkt unter sich. Sie hatte den grotesken Kopf gehoben und starrte zu ihm empor. Zum Glück war ihr Körper so schwer, dass sie sich nicht weiter aufrichten konnte. In dieser Höhe befand er sich außerhalb ihrer Reichweite, aber wie lange war Chakotay imstande, sich an der Wurzel festzuhalten?

Noch immer erhellte das Licht der Handlampe die Grube und er blickte nach oben, hielt nach einem weiteren Halt Ausschau. Und tatsächlich: Ein Felsen ragte aus der Wand. Chakotay griff erst mit der einen Hand zu, dann auch mit der anderen, stützte sich mit dem Fuß an der Wurzel ab. Jetzt war er ein ganzes Stück über dem Boden und fast in Reichweite des Grubenrands.

Die Schlange unter ihm begann auf seltsame Weise zu kreischen. Ein solches Geräusch hörte Chakotay zum ersten Mal – es klang nach einer Mischung aus Eule und Schwein. In seiner Magengrube krampfte sich etwas zusammen und er hatte es noch eiliger, aus der Grube zu entkommen.

Im matten Licht des Monds zeichnete sich am Rand etwas ab, das wie eine Art Schlinge aussah. Chakotay vermutete eine bogenförmige Wurzel und hoffte, dass sie stabil genug war. Wenn nicht ... Eine zweite Chance würde es kaum für ihn geben.

Nur mit einem Sprung ließ sie sich erreichen. Er stützte sich so gut wie möglich mit dem Fuß ab, krümmte dann die Knie. Das Heulen der Schlange wurde lauter, als er sich mit ganzer Kraft abstieß und beide Hände nach der schlingenförmigen Wurzel ausstreckte.

Chakotay bekam sie zu fassen und merkte erschrocken wie sie nachgab, aber nur einige Zentimeter – dann hielt sie. Sein ganzes Gewicht hing nun an der Schlinge, die vermutlich zum Wurzelwerk eines Baums gehörte. Er hoffte, dass es ein alter Baum war, dessen übrige Wurzeln tief genug in den Boden reichten. Andernfalls bestand die Gefahr, dass er in die verdammte Grube zurückfiel, direkt auf die Schlange.

Die Schlinge hielt. Chakotay stemmte die Füße gegen die Grubenwand, zog sich hoch, schob eine Hand über den Rand, fand eine weitere Wurzel und begann damit, sich zum Rand der Grube hochzuarbeiten.

Von einem Augenblick zum anderen ragte ein dunkler Schemen vor ihm auf und jäher Schmerz explodierte im Handrücken. Ein cardassianischer Soldat hatte den Absatz seines schweren Stiefels auf Chakotays Hand gerammt, die sich um eine Wurzel geschlossen hatte. Er durfte auf keinen Fall loslassen, wenn er nicht noch einmal in die Grube stürzen wollte.

Dieser Gedanke mobilisierte Kraftreserven in ihm. Als der Cardassianer das Bein hob, um nach Chakotays Kopf zu treten, hob er die andere Hand und gab dem Fuß einen Stoß, der ihn davor bewahrte, getroffen zu werden – und der dem Cardassianer das Gleichgewicht raubte. Der Soldat ging zu Boden und versuchte sofort wieder aufzustehen. Chakotay nutzte die wenigen Sekunden, um sich ganz aus der Grube zu ziehen und dann zur Seite zu rollen, als sich der Cardassianer auch schon auf ihn stürzte.

Sie prallten aufeinander, schlugen mit den Fäusten zu und führten einen stummen, erbitterten Kampf, während die Schlange noch immer kreischte. Der Cardassianer hatte es auf die Augen des Menschen abgesehen, Chakotay auf die Kehle seines Gegners. Sie rollten hin und her, traten und schlugen, schnauften dabei wie Wasserbüffel. Sie wussten beide, dass es ein Kampf auf Leben und Tod war.

Chakotay war groß und kräftig, aber der Cardassianer war größer und kräftiger. Außerdem hatte er nicht gerade seine ganze Kraft eingesetzt, um aus einer tiefen Grube zu klettern. Seine Hiebe blieben nicht ohne Wirkung auf Chakotay, der es in seinem Kiefer knacken hörte, als ihn die Faust des Gegners traf. Er beschwor die ganze Energie, die noch in seinem geschundenen Körper steckte, stieß den Cardassianer auf eine Felsnase, warf sich auf ihn und versuchte, die Finger um den breiten Hals zu schließen.

Ihm wurde rasch klar, dass sich auf diese Weise nichts gegen einen Cardassianer ausrichten ließ. Er konnte die Hände nicht um den breiten Hals mit den Knorpelsträngen schließen. Ein rascher Schlag an die Kehle bewirkte ein zufrieden stellendes Ächzen. Chakotay griff nach den beiden Strängen an den Seiten des Halses und begann damit, den Kopf seines Gegners immer wieder an den Felsen zu stoßen.

Der Cardassianer trat nach ihm, kratzte ihm durchs Gesicht und versuchte, ihm die Augen auszudrücken. Aber Chakotay ließ nicht los und schmetterte den Kopf seines Kontrahenten gegen hartes Gestein. Er verwandelte seine Schmerzen in Zorn, ließ sich davon neue Kraft geben, drehte seinen Kopf hin und her, um dem Druck zu entgehen, den cardassianische Finger auf seine Augen ausübten. Immer und immer wieder rammte er den Schädel an den Felsen, dachte dabei an seine verheerte Heimat, an den Tod der Eltern und der Freunde aus seiner Kindheit.

Irgendwann merkte er, dass sich der Cardassianer überhaupt nicht mehr rührte. Er ließ die Knorpelstränge los, taumelte zurück und beobachtete, wie der Kopf des Soldaten haltlos zur Seite baumelte. Blut rann über den Felsen.

Chakotay beugte den Oberkörper nach vorn und stützte die Hände an den Knien ab. Er schwitzte, war erschöpft und benommen, versuchte jetzt, wieder zu Atem zu kommen. Nach einer Weile drehte sich die Welt nicht mehr um ihn herum, und er richtete sich auf, hörte erneut das sonderbare Kreischen der Schlange. Sie war hungrig und hatte eine potenzielle Mahlzeit verloren. Wann hatten die Cardassianer sie füttern wollen?

Vielleicht waren weitere Soldaten alarmiert worden, aber Chakotay konnte der plötzlichen Versuchung nicht widerstehen. Er zerrte dem Cardassianer die Kleidung vom Leib, zog ihn zur Grube und rollte den Leichnam hinein. Das Kreischen hörte plötzlich auf.

Chakotay spähte über den Rand der Grube.

Noch immer leuchtete die Handlampe in der einen Ecke, und in ihrem Licht beobachtete er, wie sich das Reptil um den Soldaten schlang. Es wusste nicht, dass die Beute bereits tot war, aber das spielte keine Rolle. Bald würde es den Cardassianer verschlingen.

Chakotay kehrte zum ersten Isotan-Behälter zurück und aktivierte ihn. Mit Hilfe des Tricorders vergewisserte er sich, dass die Kettenreaktion begonnen hatte, und dann klopfte er auf seinen Insignienkommunikator. »Chakotay an *Liberty*. Beamen Sie mich an Bord.«

Als er entmaterialisierte, fiel ihm ein: Für Starfleet war er jetzt nicht nur ein Geächteter, sondern auch ein Mörder.

Nachher fühlte Chakotay keine Reue. Zwar hatte er getötet, und zwar voller Zorn, aber es hatte sich um Notwehr gehandelt.

Etwas anderes belastete ihn, etwas, das tiefer reichte und viel schlimmer war.

Er hatte gehofft, die Wut und den Kummer angesichts der Zerstörung seines Heimatdorfs überwinden zu können, wenn er einen Cardassianer umbrachte. Er hatte Rache geschworen und den Schwur erfüllt. Eine Schuld war beglichen worden.

Doch es ging keine Genugtuung damit einher. Stattdessen reifte eine schreckliche Erkenntnis in seinem Herzen, verdrängte alles andere und fraß sich wie ein mentales Krebsgeschwür durch sein Selbst:

Die letzten Worte, die er an seinen Vater gerichtet hatte, waren voller Zorn ausgesprochen worden.

Kolopak war mit dem Gedanken daran gestorben, dass sein Sohn all jene Dinge ablehnte, die sein Leben bestimmt hatten. Chakotays Zorn hatte seine Seele belastet, Vater und Sohn einander entfremdet. Von dieser Bürde war Kolopak in den Tod begleitet worden. Er glaubte an ein Leben nach dem Tod. Bedeutete das, dass er jene schreckliche Last für immer tragen musste, bis in alle Ewigkeit?

Eine solche Vorstellung empfand Chakotay als unerträglich. Er konnte nichts anderes denken und fühlen, war die ganze Zeit über wie benommen, während die Verzweiflung in ihm tobte. Er teilte der Crew seines Schiffes mit, dass sie die Guerilla-Aktionen vorübergehend einstellen würden, um sich eine Ruhepause zu gönnen. Sie begaben sich zu einem Stützpunkt auf einer befreundeten Welt, und dort schloss sich Chakotay in seinem Quartier ein, unter dem Vorwand, Pläne für zukünftige Missionen zu entwickeln. In Wirklichkeit fiel er immer mehr einer lähmenden Apathie anheim, konnte sich einfach nicht von den bleischweren Schuldgefühlen befreien.

Seska versuchte natürlich, ihn aufzumuntern. Sie bereitete Mahlzeiten für Chakotay zu und brachte sie ihm, aber er aß nur wenig oder gar nichts. Sie suchte auf dem Planeten sogar nach essbaren Pilzen, um ihm eine Suppe zu kochen, an der er normalerweise großen Gefallen fand – sie war ganz sicher, ihm damit ein Lächeln entlocken zu können.

Seska betrat Chakotays Quartier im Stützpunkt, setzte die Terrine vor ihm ab, hob den Deckel und wartete auf seine Anerkennung.

Er versuchte tatsächlich zu lächeln, aber es wirkte nicht sehr überzeugend. »Danke«, brachte er hervor. Seska musterte ihn eine Zeit lang und er hoffte, dass sein Schweigen sie veranlasste, wieder zu gehen. Aber sie blieb, legte ihm die Hände auf die Schultern und massierte seine Muskeln mit kräftigen Fingern.

»Du bist völlig verkrampft und solltest dich entspannen«, sagte sie. Ihre Finger wanderten zu seinem Gesicht und sie beugte sich herab, um ihn zu küssen. Chakotay drehte den Kopf zur Seite.

Überrascht wich Seska zurück und er stand auf, sah sie an. »Ich denke schon seit einer ganzen Weile darüber nach«, sagte er. »Es ist also keine plötzliche Entscheidung. Wir sollten uns keine Affäre gestatten.«

Seska musterte ihn verblüfft. »Warum denn nicht?«, fragte sie und in ihrer Stimme hörte Chakotay die Bereitschaft zu einer weiteren verbalen Auseinandersetzung. Er hob die Hand, um Einwänden zuvorzukommen.

»Zumindest nicht, während wir auf diese Weise zusammenarbeiten. Ein Affäre wirkt sich nachteilig auf unsere Missionen aus.«

»Nein, das stimmt nicht …« Seska war zu einer heftigen Diskussion bereit, aber darauf wollte sich Chakotay nicht einlassen.

»Bitte nicht.« In seiner Stimme erklang eine gewisse Schärfe, die Seska hörte. Sie fügte sich. Einige Sekunden der Stille folgte und dann holte sie tief Luft.

»Du hast viel durchgemacht. Das verstehe ich. Wenn du ein wenig Zeit für dich brauchst … In Ordnung. Du sollst wissen, dass ich da bin, wenn du bereit bist.«

Es fiel ihm leichter, dies zu akzeptieren, als darauf hinzuweisen, dass eine Fortsetzung ihrer Beziehung auch in Zukunft nicht in Frage kam. Deshalb nickte er und erhielt damit ihre Hoffnungen am Leben – ein Fehler, wie sich Jahre später herausstellen sollte.

Chakotays inneres Leid dauerte an und er wünschte sich verzweifelt eine Möglichkeit, seinen Vater um Rat zu fragen. Wie konnte er sich von der schrecklichen Apathie befreien, die ihn immer mehr lähmte?

Als ihm die Antwort einfiel, kam er sich wie ein Narr vor, weil er nicht sofort daran gedacht hatte. Er besorgte sich ein Akoonah von den Bewohnern dieses Planeten und bereitete sich auf eine Reise in seine Innenwelt vor. Dort, so hatte Kolopak immer gesagt, gab es alle Antworten.

»Akoochimoyah … Akoochimoyah …« Diesmal verwendete Chakotay auch den rituellen Gesang seines Volkes und die mentale Reise begann mühelos – fast sofort fand er sich im Wald seiner Heimatwelt wieder. Er hielt nach der Schlange Ausschau und konnte es gar nicht abwarten, ihr von seiner Begegnung mit dem anderen, weitaus feindseligeren Reptil zu berichten. Aber es fehlte jede Spur von ihr. Chakotay setzte sich in Bewegung und suchte nach der Lichtung, doch die Landschaft hatte sich irgendwie verändert und er wusste nicht mehr, wo er sich befand.

Der Himmel wurde dunkler und Wind kam auf, wirbelte Blätter und Staub umher. Die Temperatur sank und Chakotay fühlte sich nicht länger wohl. Etwas stimmte nicht.

Er hörte Schritte hinter sich, drehte sich um und blickte in den dunklen Wald, konnte aber nichts erkennen. Plötzlich kamen die Schritte aus einer ganz anderen

Richtung. Chakotay wirbelte um die eigene Achse und trachtete danach, die unbekannte Präsenz zu lokalisieren.

Das Geräusch von Schritten erklang nun überall, wurde lauter und lauter, wie grollendes Donnern. Chakotay drehte sich immer wieder im Kreis und rechnete voller Furcht mit dem Erscheinen einer schrecklichen Gestalt. Vielleicht sollte er bei dieser Reise in seine Innenwelt für den Zorn und die Respektlosigkeit dem Vater gegenüber bestraft werden.

Er war bereit, alles zu akzeptieren. Was auch immer ihn an diesem Ort erwartete – er hatte es verdient.

Er schloss die Augen, lauschte den fast ohrenbetäubend lauten Geräuschen und spürte, wie der Waldboden unter den Schritten tausender von Wesen vibrierte, die sich ihm näherten.

Und dann herrschte Stille.

Er öffnete die Augen und sah seinen Vater, der vor ihm stand. Chakotays Knie gaben nach; er wankte, sank auf den feuchten Waldboden.

»Hallo, Chakotay.«

Er erkannte die Stimme seines Vaters, seine weise blickenden Augen. Liebe erklang in den beiden Worten, die Kolopak an ihn richtete.

Chakotay spürte, wie ihm Tränen in die Augen quollen. Er war überaus dankbar für die Chance, noch einmal mit seinem Vater sprechen zu dürfen.

»Vater …«, brachte er mit erstickter Stimme hervor. Kolopak lächelte und legte ihm eine warme Hand auf die Schulter.

»Du bist überrascht, ich weiß. Du hast nicht erwartet, mich noch einmal zu sehen.«

»Ich hatte einen Seelenführer. Ich dachte … Ich weiß überhaupt nicht, was ich dachte.«

»Offenbar brauchst du mich.«

»Wie ist das möglich?«

»Dies ist nur möglich, weil du es willst.«

Chakotay spürte eine so intensive Freude, dass er befürchtete, das Bewusstsein zu verlieren. Nie zuvor in seinem Leben war er so glücklich gewesen. Er hatte seinen Vater nicht verloren – Kolopak befand sich hier, in seinem Innern, und er konnte ihn jederzeit besuchen, für den Rest seiner Existenz. Etwas in ihm wollte lachen und er öffnete den Mund, um diesem Drängen nachzugeben, doch stattdessen brach er in Tränen aus.

Er saß auf dem Waldboden und weinte, während sein Vater neben ihm kniete und ihn umarmte. Seine Tränen berichteten von Schmerzen, von Verlust und Verwirrung. Irgendwann verklang sein Schluchzen und aus geröteten Augen sah er zu seinem Vater auf. Kolopak lächelte.

»Jetzt wird alles besser für dich sein«, versprach er und Chakotay wusste, dass sein Vater Recht hatte, so wie immer.

Einige andere Personen gesellten sich der Crew der *Liberty* hinzu und dadurch kam es zu Problemen. Jede von ihnen hatte individuelle Stärken, zugegeben, doch ihre Präsenz verursachte Schwierigkeiten, die weit reichende Folgen haben sollten.

Der erste Neuzugang war B'Elanna Torres, eine halb klingonische Technikerin, die sie vor den Cardassianern gerettet hatten. Sie brachte großen technischen Sachverstand mit, aber ihre Ankunft sorgte dafür, dass Seska immer eifersüchtiger wurde. Seska versuchte, sich nichts davon anmerken zu lassen, betonte immer wieder, sie hätte die höchste Achtung vor B'Elanna, aber es konnte kein Zweifel daran bestehen, dass sie sich von der neuen weiblichen Präsenz bedroht fühlte.

Die Rekrutierung von Tom Paris befürwortete Chakotay zunächst, aber später bedauerte er sie immer mehr. Paris war ein erstklassiger Pilot, doch seine Arroganz konnte einem schnell auf die Nerven gehen. Außerdem fragte sich Chakotay, ob er wirklich Vertrauen verdiente.

Er hatte gelogen, was den Tod von drei Freunden anging, um negativen Konsequenzen zu entgehen. Ihm fehlte ein starker Charakter. Und ganz offensichtlich fühlte er sich zu B'Elanna hingezogen, was die komplizierten emotionalen Beziehungen, mit denen es Chakotay zu tun hatte, noch komplexer gestaltete.

Als er von einem enttäuschten Starfleet-Vulkanier hörte, der bereit war, zu einem Freiheitskämpfer zu werden, reagierte er mit großem Interesse. Er hatte schon einmal einen Vulkanier an Bord gehabt, einen Piloten namens Setonak, der nach Vulkan zurückgekehrt war, um dort seine Verletzungen ausheilen zu lassen. Gern erinnerte er sich an seine ruhige und beruhigende Präsenz auf der Brücke. Die gleichen Eigenschaften zeigte Tuvok, ein erfahrener, unerschütterlicher Veteran, dessen Logik Chakotay sehr zu schätzen wusste, insbesondere bei einer Crew, die zum größten Teil aus Hitzköpfen bestand.

Bei Tom Paris spitzten sich die Dinge schnell zu. Chakotay hatte einen ersten Vorstoß ins stellare Territorium der Föderation angeordnet, einen kurzen Erkundungsflug mit der Absicht, nach eventuellen Verteidigungseinrichtungen Ausschau zu halten. Alles lief recht gut. Es gelang ihnen, Informationen über ein geheimes Waffenlager auf einem kleinen Mond zu sammeln. Anschließend kehrten sie zur entmilitarisierten Zone zurück und dabei entdeckten sie eine Beobachtungssonde.

»Wir werden gescannt«, meldete B'Elanna von ihrer Station auf der Brücke.

»Senden Sie einen Polaronstrahl und versuchen Sie, die Sondierungssignale zu blockieren ...« Chakotay unterbrach sich, als die Sonde plötzlich explodierte.

»Was war das?«, fragte B'Elanna.

»Das war ich«, erwiderte Tom Paris in dem großspurigen Tonfall, den Chakotay inzwischen verabscheute.

»Was soll das heißen?«

»Ich habe auf die Sonde gefeuert und sie zerstört.«

Zorn brannte in Chakotay, aber er versuchte, ruhig zu sprechen. »Ich erinnere mich nicht daran, Ihnen eine entsprechende Anweisung gegeben zu haben.«

»Ich habe selbst die Initiative ergriffen ...«

»Auf meiner Brücke erteile ich die Befehle. Sie werden nicht noch einmal auf eigene Faust handeln. Ist das klar?«

Rote Flecken bildeten sich auf Toms Wangen und Chakotay begriff, dass er ebenfalls zornig war. »Ich wusste nicht, dass der Maquis eine Art Mini-Starfleet ist. Ich dachte, hier erwartet man von einem, selbständig zu denken.«

Die Tatsache, dass Paris ihn vor allen anderen herausforderte, goss Öl in das Feuer von Chakotays Zorn. »Denken ist eine Sache, ohne einen Befehl zu handeln eine ganz andere. Ihre großartige Leistung besteht darin, den Cardassianern mitgeteilt zu haben, dass wir hier sind. Hören Sie jetzt auf, mit mir zu streiten, und bringen Sie uns fort von hier.«

Die beiden Männer wechselten noch einen bitteren Blick, bevor sich Tom Paris abwandte und die Navigationskontrollen betätigte. Von diesem Zeitpunkt an gab es Spannungen zwischen ihnen, bis Tom schließlich entschied, den Maquis zu verlassen – was Chakotay keineswegs bedauerte.

Das alles war natürlich vor dem großen Abenteuer geschehen, das ihr Leben veränderte, vor dem Flug in die Badlands, der dazu führte, dass sie über siebzigtausend Lichtjahre hinweg in den Delta-Quadranten versetzt wurden, von einer »Beschützer« genannten Entität. Bevor Chakotay der Kommandantin der *Voyager* begegnete und mit ihr Freundschaft schloss. Bevor Maquis- und Starfleet-Crew eine neue Gemeinschaft bildeten. Bevor er erfuhr, dass Tuvok in Wirklichkeit ein Starfleet-Agent war, der an Bord seines Schiffes Informationen sammeln sollte. Und bevor eine Ironie des Schicksals dafür sorgte, dass er erneut Tom Paris ertragen musste, vermutlich für den Rest seines Lebens.

Aber ein Gutes hatten all diese Ereignisse: Sie ermöglichten es Chakotay, die erstaunliche Frau namens Kathryn Janeway kennen zu lernen und mit ihr zusammenzuarbeiten.

3

Chakotay beendete seine Erzählung und stellte fest, dass ihm alle hingerissen zugehört hatten. »Ich wollte keinen so langen Monolog halten«, entschuldigte er sich und begriff, dass er viel mehr über sich preisgegeben hatte, als es eigentlich seine Absicht gewesen war.

»Es war sehr interessant, Sir«, sagte Harry und meinte es ernst. »Commander Nimembeh hat mich auf die gleiche Weise bestraft – indem er mich in Stiefeln viele Runden laufen ließ. Aber das Ergebnis war ein wenig anders.«

»Ich mache Ihnen einen Vorschlag, Fähnrich«, erwiderte Chakotay. »Morgen Abend können Sie uns davon berichten. Vielleicht haben wir dann sogar ein Lagerfeuer, an dem wir Geschichten erzählen können.«

»Mein Leben war nicht annähernd so interessant wie Ihrs. Vermutlich werden sich alle langweilen.«

Chakotay klopfte Kim auf die Schulter. »Das bezweifle ich. Was mich betrifft … Ich bin sehr an Ihren Erfahrungen mit Nimembeh interessiert.«

Schließlich war Harry Kim einverstanden und alle legten sich hin, um zu schlafen. Sie fühlten sich jetzt einander noch näher als zu Beginn dieses Tages.

Harry schlief schlecht, denn nachts war es in dem Lager keineswegs ruhig. Immer wieder schrie oder stöhnte jemand – Geräusche, die in der Dunkelheit noch beunruhigender wirkten als am Tag. In der Ferne hörte er etwas, das auf einen Kampf hinwies, dann ein grässliches

Heulen. Er blickte an der Metallwand empor, um festzustellen, ob sich die Wächter aufgrund der nächtlichen Ereignisse zu irgendeiner Reaktion provozieren ließen, aber das war offenbar nicht der Fall. Sie überließen die vielen Gefangenen sich selbst und griffen nicht ein, wenn es unter ihnen zu Gewalt kam.

Harry versuchte, nicht an zu Hause zu denken, an die stillen Gärten seiner Eltern, an die leise Musik, die seine Mutter auf einem uralten Instrument spielte, an die Harmonie und Ruhe jenes Lebens. Ein unermesslicher Abgrund aus Zeit und Raum trennte ihn davon. Seit die *Voyager* in den Delta-Quadranten versetzt worden war, hatte er eine schwere Prüfung nach der anderen bestehen müssen. Er war jetzt abgehärteter und erfahrener als vorher. Er konnte – und *würde* – auch diese neue Herausforderung überleben. Flüchtige Erinnerungen an Nimembeh regten sich in ihm und voller Nostalgie dachte er an den Mann, den er einst für seinen Peiniger gehalten hatte.

Er drehte sich und suchte nach einer bequemen Position. Der Boden hatte die Hitze des Tages nicht gespeichert, war kalt und feucht. So heiß der Tag auch sein mochte – die Nacht brachte Kälte. Auf diesem Planeten schienen die Elemente nicht besonders freundlich gesinnt zu sein.

Harry wusste nicht genau, wann er merkte, dass etwas auf ihn zu kroch. Eine vage dunkle Gestalt, die etwa fünfzehn Meter entfernt sein mochte und sich als Silhouette vor dem flackernden Schein ferner Feuer abzeichnete, näherte sich mit geradezu quälender Langsamkeit dem äußeren Rand der *Voyager*-Gruppe. Die Entdeckung machte Harry wachsam und schärfte seine Sinne. Stumm beobachtete er, wie eine Person auf allen vieren an Schlafenden vorbeischlich und immer wieder verharrte, um herauszufinden, ob jemand sie bemerkt hatte.

Harry behielt den Unbekannten im Auge und atmete

weiterhin tief und regelmäßig, um den Eindruck zu erwecken, noch immer zu schlafen. Nur noch etwa drei Meter trennten ihn von der dunklen Gestalt, die alle paar Sekunden innehielt, um wie ein Tier Witterung aufzunehmen. Kim erkannte keine Einzelheiten, nur einen Schemen vor dem Hintergrund der fernen Lagerfeuer.

Der Schatten erreichte seine Füße und verharrte einmal mehr. Harry wartete und spannte die Muskeln, hielt sich bereit.

Was auch immer er von dem Unbekannten erwartet hatte – sein Verhalten überraschte ihn. Eine Hand kam zum Vorschein und tastete vorsichtig nach Harrys Bein, berührte ihn so sanft wie die Pfote einer Katze. Die andere Hand zog behutsam am Stiefel.

Mit einem Ruck setzte sich Kim auf und griff nach der Hand an seinem Bein.

Er hörte, wie jemand überrascht nach Luft schnappte, stieß den Fremden auf den Rücken, setzte sich mit gespreizten Beinen auf ihn und presste ihm die Arme an den Boden.

»Pech gehabt«, sagte er.

Und dann wurde ihm plötzlich klar, dass er auf eine junge Frau hinabblickte. Erschrocken und entsetzt sah sie zu ihm empor. »Tu mir nichts«, hauchte sie.

Harry sprang sofort auf und hatte gerade noch Zeit genug, ihr Haar zu sehen, so dunkel wie seins, ein herzförmiges Gesicht und ungewöhnliche Augen, deren Farbe ihm in der Finsternis verborgen blieb. Mit einem Satz war sie auf den Beinen und eilte fort, wie ein wildes Tier, das in die Freiheit entkam.

Die ganze Nacht über ließ ihn ihr Gesicht nicht mehr los.

»Aufwachen, aufwachen.« Chakotays Stimme schnitt wie ein Messer durch Harrys Schlaf. Er begriff, dass er schließlich eingeschlafen war, nur um jetzt vom Ersten Offizier geweckt zu werden. Er öffnete müde Augen und kniff sie gleich wieder halb zu, als ihn das grelle Licht der Sonne blendete. Es herrschte bereits eine recht hohe Temperatur, und sein Gaumen war trocken.

»Wir brauchen gewisse Dinge«, sagte Chakotay, als alle aufgewacht waren und entweder saßen oder standen. »Behälter für Wasser. Baumaterialien für Unterkünfte. Brennstoff für Feuer. Normalerweise ist in einem solchen Lager Tauschhandel möglich. Ich schlage vor, Sie bieten Ihre Jacken oder Unterhemden an. Wenn Sie Ihre Stiefel gegen etwas eintauschen, dürften Sie in Schwierigkeiten geraten.«

»Was ist mit unseren Insignienkommunikatoren?«, fragte B'Elanna.

»Einige von uns können auch ihre Kommunikatoren anbieten, aber ich möchte nicht mehr als zwei oder drei verlieren. Wie dem auch sei: Ich bezweifle, dass sie ebenfalls so begehrt sind wie Kleidungsstücke.«

»Niemand sollte sich allein auf den Weg machen«, warf Tuvok ein. »Jede Gruppe sollte aus mindestens zwei, besser noch drei oder vier Personen bestehen.«

Und so begannen sie ihren ersten vollen Tag an einem Ort, den die Subu »Areal 347« nannten – die *Voyager*-Crew gab ihm den Namen »Höllenloch«. Harry brach zusammen mit B'Elanna und dem jungen vulkanischen Techniker Vorik auf. Er verriet niemandem, dass es ihm um mehr ging als nur darum, die benötigten Dinge einzutauschen: Er wollte die junge Frau finden, die sich in der vergangenen Nacht an ihn herangeschlichen hatte.

Dem Vulkanier Vorik gelang es als Erstem, einen Handel mit anderen Gefangenen abzuschließen. Er näherte sich einer schäbigen Gruppe kleiner, gnomartiger Geschöpfe, die eine recht große Hütte gebaut hatten, vor der Dutzende von Töpfen, Pfannen und anderen Gegenständen lagen.

»Meine Jacke besteht aus synthetischen Polyfasern, die sowohl vor Hitze als auch vor Kälte schützen. Sie zeichnet sich durch sehr hohe Qualität aus und hält den rauesten Elementen stand. Darüber hinaus nutzt sich der Schmutz abweisende Stoff nur sehr langsam ab. Die Jacke lässt sich zu einem bequemen Kissen zusammenrollen, wie ich nach der vergangenen Nacht bestätigen kann.«

Die verschrumpelt wirkenden kleinen Wesen sahen verwundert auf. Voriks vulkanische Unerschütterlichkeit schien sie zu faszinieren. Er streifte die Jacke ab und hielt sie in der ausgestreckten Hand. »Ich bin bereit, Brennstoff, Behälter für Flüssigkeiten oder Baumaterial in Empfang zu nehmen.«

Zehn Minuten später gingen sie mit einigen Krügen, einer großen Plane und vier Fladen aus getrocknetem Dung fort, die sich als Brennstoff verwenden ließen. Ein guter Anfang. Zwar hatte jeder von ihnen nützliche Objekte eintauschen können, mit denen sie nun zum Lager zurückkehrten, aber nirgends sah Harry eine Spur von der jungen Frau aus der vergangenen Nacht. Zugegeben: Die Wahrscheinlichkeit dafür, unter tausenden von Gefangenen eine Person zu finden, die er des Nachts im matten Schein ferner Lagerfeuer gesehen hatte, war sehr gering. Doch davon ließ er sich nicht entmutigen. Er vermutete, dass sie sich nicht weit von der Stelle entfernt aufhielt, an der sie ihr Lager aufgeschlagen hatten. Wenn er aufmerksam genug Ausschau hielt, konnte er sie finden.

Die *Voyager*-Gruppe hatte einen erfolgreichen Morgen hinter sich und den Nachmittag verbrachte sie damit, zwei Unterkünfte zu bauen. Sie boten zwar keinen Luxus, waren aber groß genug, um sie alle aufzunehmen, und sie gewährten Schutz vor den Elementen. Als Chakotay nach Freiwilligen fragte, die die Behälter mit Wasser füllen sollten, meldete sich Harry sofort. Aus irgendeinem Grund war er sicher, die junge Frau beim zweiten Ausflug zu finden.

Er hätte sie fast übersehen. Sie hockte auf dem Boden, etwa zehn Meter vom sumpfigen Flussufer entfernt, den

Rücken an einen Baumstumpf gelehnt, die Knie angezogen, den Kopf gesenkt. Sie trug eine Art Kaftan, eine dunkle Kutte, die den ganzen zarten Leib umhüllte. Das schwarze Haar veranlasste Harry, langsamer zu gehen, und dann sah er einen Teil der Wange. Er ging neben ihr in die Hocke.

»Hallo«, sagte er und stellte kummervoll fest, dass die junge Frau erschrak und zurückwich, als sie seine Stimme hörte. Im Tageslicht glitzerten ihre Augen: prismatische Scheiben, gelb und orangefarben. So ungewöhnlich sie auch sein mochten – er erkannte Furcht in ihnen.

»Du hast nichts von mir zu befürchten«, sagte Harry und nahm erleichtert zur Kenntnis, dass sie sich daraufhin ein wenig entspannte. »Ich bin derjenige, dessen Stiefel du vergangene Nacht stehlen wolltest. Nichts für ungut.«

Die Frau wandte sich ab und kaute auf einer rissigen Unterlippe. Ihr Gesicht war schmutzig, das Haar verfilzt, doch Harry sah sie in eine Aura unirdischer Schönheit gehüllt. »Hast du einen Namen?«, fragte er. »Ich heiße Harry.«

»Coris«, antwortete die junge Frau so leise, dass Kim sie kaum hörte.

»Gehörst du zu einer Gruppe? Hast du hier Freunde?«

Sie schüttelte den Kopf und Harry sah, wie sich Feuchtigkeit in ihren sonderbaren Augen sammelte. Er streckte ihr die Hand entgegen. »Komm mit mir. Bei uns bist du sicherer.«

Sie zögerte einige Sekunden lang, doch dann ergriff sie die dargebotene Hand. Ihre eigene war winzig, erinnerte Harry erneut an eine Katzenpfote. Er half ihr auf die Beine, bemerkte dabei, dass ihre Füße bloß und angeschwollen waren. Die junge Frau erinnerte ihn an einen fragilen Vogel, der nur aus dünnen Knochen und Federn bestand, an ein furchterfülltes, zartes Geschöpf, dessen Herz rasend schnell klopfte und das bereit war, beim geringsten Anzeichen von Gefahr fortzufliegen. Geduldig wartete sie am Rand des sumpfigen Bereichs, als Harry und die anderen durch den Schlamm stapften, ihre Behälter mit trübem Wasser füllten und dann zu dem Weg zurückkehrten, den sie Broadway nannten und der zu ihrem Lager führte.

Coris gab keinen Ton von sich, während sie gingen, blickte die ganze Zeit über zu Boden. Als sie das Lager erreichten und Chakotay die Fremde sah, wölbte er fragend die Brauen.

Harry zuckte verlegen mit den Schultern und sagte: »Sie ist mir gefolgt, Sir.«

Chakotay lächelte und schwieg, und so wurde die Saccul Coris zu einem Mitglied der Gruppe.

An jenem Abend bestand die Mahlzeit aus einem Brei, der übel roch und noch schlechter schmeckte. Er enthielt kleine, knollenartige Beutel, aus denen grüner, sehr bitterer Schleim quoll. Die Besatzungsmitglieder der *Voyager* und Coris aßen die unappetitliche Masse trotzdem, denn sie waren viel zu hungrig, um darauf zu verzichten. Der bröckelige Kuchen vom vergangenen Abend reichte nicht aus, um ihnen für vierundzwanzig Stunden das Gefühl zu geben, gesättigt zu sein.

Sie hatten kleine Feuer angezündet, um sich vor der Kälte zu schützen, und der gefüllte Magen gab ihnen erneut das Gefühl von Wohlbehagen. Sie lebten, waren unverletzt und verfügten über eine Unterkunft. Am nächsten Tag wollten sie nach einer Fluchtmöglichkeit Ausschau halten.

Chakotay wandte sich an Kim. »Heute Abend sind Sie der Geschichtenerzähler, Harry. Berichten Sie uns von Ihren Erfahrungen mit Nimembeh.«

»Wie Sie gestern Abend sagten, Commander – die Sache geht tiefer. Eigentlich betrifft sie … mein ganzes Leben.«

»Ich habe Ihnen meins geschildert. Jetzt würden wir gern von Ihrem hören.«

Harry sah kurz zu Coris. Aus irgendeinem Grund erfüllte es ihn mit Unbehagen, die Geschichte seines Lebens zu erzählen, während sie zuhörte. Sie lag auf dem Boden, den Kopf auf die Arme gestützt, wirkte ruhiger und zufriedener als am Nachmittag. In der angenehmen Wärme des nahen Feuers sanken ihre Lider herab – sie schlief ein.

Erleichtert wandte sich Harry den anderen zu, die gespannt warteten. An diesem feindseligen Ort, so begriff er, bot selbst die wenig bemerkenswerte Geschichte von Harry Kims Leben eine willkommene Abwechslung. Er wollte versuchen, sie so interessant wie möglich zu gestalten.

4

Die ersten Erinnerungen hatten mit Musik zu tun. Das Klimpern des P'i P'a und die gefühlvolle Stimme seiner Mutter wehten durch die Streifen aus Sonnenlicht, die mit sanftem Goldgelb durch den Raum reichten.

Er stand im Kinderbett, die Arme ausgestreckt in dem Versuch, die im Sonnenschein schwebenden Stäubchen zu erreichen, während ihm der beruhigende Gesang seiner Mutter an die Ohren drang.

Die verlockenden Stäubchen schwebten gerade außerhalb seiner Reichweite. Es war ein Problem, das eine Lösung erforderte – auch wenn der fünfzehn Monate alte Harry Kim noch nicht in diesen Begriffen dachte. Nach den glitzernden Stäubchen verlangte es ihn ebenso wie nach Nahrung. Es handelte sich um ein namenloses Bedürfnis, das ihn aktiv werden ließ. Seine Hände schlossen sich um die obere Stange des Kinderbetts, und er drückte ganz fest zu, als wollte er seine Kraft prüfen.

Hinaus. Er wollte hinaus. Das Gitter des Kinderbetts stellte ein Hindernis dar, das es zu überwinden galt. Nicht der Geist fand eine Antwort, sondern der kleine Körper, als die Zehen an den Stäben Halt fanden. Er zog sich höher, immer höher …

Der Instinkt teilte ihm mit, dass er fallen würde, mit dem Kopf voran auf den Boden. Er hielt die Hände ganz fest um die obere Stange geschlossen, schob seinen Körper darüber hinweg und veränderte den Griff dann so, dass die Finger nicht mehr zum Raum zeigten, sondern zum Innern des Kinderbetts.

Der Rest war einfach. Die Zehen tasteten sich an der Außenseite des Gitters hinab, und als sie nicht mehr weiter nach unten gelangen konnten, löste er jeweils eine Hand von der oberen Stange und hielt sich an den Stäben fest, während er nach unten kletterte.

Schließlich stand er auf dem Boden und juchzte vergnügt. Dies machte Spaß! Er blickte am Kinderbett hoch und fragte sich, ob er zurückkehren sollte, um noch einmal in die Freiheit zu klettern. Doch ihm wurde schnell klar, dass die Rückkehr mit weitaus größeren Schwierigkeiten verbunden war. Die Idee verschwand aus dem kindlichen Bewusstsein und der kleine Harry Kim wandte sich wieder den Dingen zu, die sein Interesse geweckt hatten, den Stäubchen im Sonnenschein. Die ganze Zeit über sang seine Mutter, begleitet von den betörenden Klängen des alten Musikinstruments.

Unbeholfen watschelte er über den Boden – er war erst seit kurzer Zeit imstande, aufrecht zu gehen – und streckte die Hand nach dem ersten Lichtstreifen aus, dem er begegnete. Er schloss die Finger um die Stäubchen und zog die Hand zu sich heran, aber als er sie öffnete, enthielt sie nichts.

Das war ein Rätsel. Aus Erfahrung wusste er, dass sich viele neue Aufgaben nur mit mehreren Versuchen bewältigen ließen. Das hatte für seine erste Methode der Fortbewegung gegolten, auf Händen und Knien, und es war auch der Fall gewesen, als er lernte, einen Fuß vor den anderen zu setzen. Dadurch kam man viel schneller voran und außerdem hatte man die Hände frei, um nach Dingen zu greifen.

Doch es erwies sich als sehr schwierig, die Stäubchen einzufangen. Ganz gleich, wie oft sich seine Finger um sie schlossen: Wenn er die Hand öffnete, waren sie immer verschwunden. Das breitete ihm keinen Kummer – während seiner ganzen Kindheit erlebte Harry nicht einen einzigen Moment des Kummers –, veranlasste ihn vielmehr dazu, seine Bemühungen zu verdoppeln.

Er war so sehr auf diese spezielle Aufgabe konzentriert, dass er das Ende der Musik gar nicht bemerkte. Und so geschah es, dass seine Mutter die Tür öffnete und ihn in der Mitte des Raums sah. Sie beobachtete, wie er immer wieder vergeblich versuchte, die im Schein der Nachmittagssonne funkelnden Stäubchen einzufangen.

Sie lachte, ein Geräusch, das ebenso wundervoll klang wie ihr Gesang. Harry sah auf und lachte ebenfalls.

»Wie hast du dein Bett verlassen?«, fragte sie fröhlich, doch Harry verstand sie nicht. Er verstand nur die Freude und Liebe, die wie ein Sonnenschein ganz besonderer Art von seiner Mutter ausgingen.

Jeder Geburtstag war ein großes Fest. Großeltern, Tanten, Onkel, Cousins, angeheiratete Verwandte und Freunde besuchten Kims Zuhause in Monterey. Er erinnerte sich an seinen ersten Geburtstag, an einen Kuchen mit Kerzen, an klebrigen Zuckerguss im Mund. Gesichter umgaben ihn, freundlich blickende Augen. Stimmen lachten, forderten ihn auf, die Kerzen auszupusten und die vielen Geschenke auszupacken. Ein Verwandter reichte ihm ein kleines Bündel, das leise miaute. Harry zeigte darauf und sagte: »Mausi.« Dieses Wort hatte er gerade erst gehört, als seine Mutter ihm vorgelesen hatte, und so hieß die Katze von diesem Augenblick an: »Mausi«.

An jedem Geburtstag brachten die Erwachsenen einen Trinkspruch aus, der auf die Besonderheit des Kindes hinwies. An seinem fünften Geburtstag fragte Harry seine Mutter nach dem Grund dafür.

Sie streckte die Hand aus, berührte ihn sanft an der Wange und strich ihm das Haar aus der Stirn. »Wir haben so lange auf dich gewartet«, sagte sie und sah ihn aus glänzenden Augen an. »Wir hatten schon die Hoffnung aufgegeben. Als du dann doch kamst, war es wie ein Wunder.«

»Woher bin ich gekommen?«, fragte Harry und nahm

verwundert zur Kenntnis, dass die Anwesenden mit leisem Lachen auf seine Worte reagierten.

»Von hier«, antwortete seine Mutter ohne Verlegenheit und klopfte sich auf den Bauch. »Ich habe dich in mir getragen und dich neun Monate lang beschützt.«

»Ich erinnere mich daran«, erwiderte der Junge und hörte überrascht, dass die Erwachsenen erneut lachten, etwas lauter als vorher.

Doch seine Mutter schien ihn ernst zu nehmen. »Woran erinnerst du dich?«, fragte sie ruhig.

»An Wärme und Dunkelheit ... An ein angenehmes Schweben. Das Herauskommen war schwer.«

Vater und Mutter wechselten einen erstaunten Blick, widersprachen dem Knaben aber nicht. Wenn Harry meinte, dass er sich an seine Zeit in der Gebärmutter erinnerte, so akzeptierten sie das.

Sie akzeptierten immer alles. Harry entsann sich so deutlich an seine Kindheit wie an die Ereignisse der letzten Stunde und er konnte sich nicht daran erinnern, jemals kritisiert oder ermahnt worden zu sein. Seine Kindheit war wie eine Gebärmutter anderer Art, schützte ihn vor Kummer und Sorge, vor Hindernissen und Missgeschicken. Man liebte und verwöhnte ihn. Immer und überall fand er Hilfe, Unterstützung und Anerkennung. Eine solche Erziehung hätte andere Kinder zu egoistischen und hemmungslosen Monstren werden lassen, aber Harry Kim wuchs zu einem Jungen heran, der für sein sanftes, geduldiges Wesen bekannt war.

Stundenlang saß er bei seinem Vater und sah dabei zu, wie John Kim mit einem kleinen Pinsel ebenso komplexe wie zarte Muster auf Porzellan malte: bunte Blumen mit Ranken, die sich hin und her wanden. Es war eine der alten Künste, die Harrys Vater praktizierte. Überall im Haus befanden sich wundervolle Artefakte: prächtige Jadeskulpturen, glänzende Bronzefiguren, exquisit bemaltes Porzellan. Jedes Stück wurde langsam bearbeitet, mit unendlicher Geduld und bewusster

Würdigung des Umstands, dass ein Kunstwerk entstand – dabei durfte man nichts übereilen. Stunde um Stunde saß Harry da und sah zu. Offenbar hatte er die Geduld seines Vaters geerbt.

Als er drei war, begann seine Mutter damit, den Fingersatz beim P'i P'a zu erklären. Verblüfft stellte sie fest, dass er bereits darüber Bescheid wusste. Er hatte ihr beim Spiel zugesehen und die Finger beobachtet, als sie über die Saiten glitten – er merkte sich die richtigen Positionen, ohne es bewusst zu wollen. Harry spielte das Instrument so mühelos, wie er atmete, und seine erstaunte Mutter stellte sich ihren Sohn sofort als Konzertmusiker vor, auf das alte Instrument spezialisiert, das sich im vierundzwanzigsten Jahrhundert neuer Beliebtheit erfreute.

Aber wie sich später herausstellte, galt Kims Interesse keinem Saiteninstrument, sondern der Klarinette. Als Siebenjähriger begegnete er ihr zum ersten Mal. Seine Mutter brachte ihn zu einer Musikschule und dort sah er den schmalen, röhrenförmigen Apparat. Mit der Erlaubnis des Lehrers nahm er das seltsame Instrument und versuchte, ihm einen Laut zu entlocken.

Doch es blieb still. Das überraschte ihn, denn bisher hatte er es noch nie mit einem Musikinstrument zu tun bekommen, das er nicht fast sofort spielen konnte. Er versuchte es erneut. Luft entwich und ein grässliches Quieken erklang – ein ähnliches Geräusch hatte Mausi einmal von sich gegeben, als Harry unabsichtlich auf ihren Schwanz getreten war.

Die Klarinette faszinierte ihn. Das so einfach wirkende Instrument stellte eine Herausforderung dar und Harry war entschlossen, sie zu meistern. Mit fester Stimme wies er seine Mutter darauf hin und trotz ihrer Enttäuschung stellte sie seine Wahl nicht in Frage. Wenn Harry die Klarinette spielen wollte, so hatte er ihre Unterstützung.

Und so ertrugen seine Eltern monatelanges Kreischen

und Quieken, als er versuchte, auf der Klarinette etwas zu spielen, das einigermaßen melodisch klang. Mausi brachte keine Toleranz für diese Lernphase auf. Wenn Harry nach der Klarinette griff, lief sie in den entlegensten Teil des Hauses und versteckte sich dort, stülpte vielleicht sogar die Pfoten über die Ohren, um das grässliche Quäken nicht zu hören.

Doch schließlich zahlte sich Harrys Hartnäckigkeit aus und nach einem Jahr beherrschte er ein Repertoire, zu dem auch Mozart und Weber gehörten. Als Zehnjähriger begab er sich in regelmäßigen Abständen nach New York, um dort im Jugendlichen vorbehaltenen Juilliard-Symphonieorchester zu spielen. Gleichzeitig studierte er Musiktheorie, Komposition und Orchestrierung. Er galt als Wunderkind und seine Lehrer sahen für ihn eine großartige Zukunft als Musiker.

Als er vierzehn war, kam es in Harrys Leben zu einem unerwarteten Wendepunkt, durch den sich alles änderte.

»Wie weit ist es noch?«, fragte Harry. Er atmete schwer und schwitzte in der heißen Augustsonne. Das Tuch, das er sich um den Kopf gebunden hatte, war bereits feucht.

»Nicht mehr sehr weit«, erwiderte sein Vater. Er schritt vor ihm über den Weg, mit Stiften, Holzkohle und Skizzenblock im Rucksack. Seit fast zwei Stunden wanderten sie durch die Berge der Sierra Nevada und insgeheim bereute Harry die Entscheidung, seinen Vater bei diesem Ausflug zu begleiten. Natürlich behielt er diesen Gedanken für sich, denn eine entsprechende Bemerkung hätte sicher John Kims Gefühle verletzt. Harrys Empfindungen war man immer mit großer Rücksicht begegnet und er neigte dazu, sich auf die gleiche Weise zu verhalten.

»Ich weiß, dass es ein weiter Weg ist«, sagte John. »Aber die Mühe lohnt. Das wird dir klar, sobald du den kleinen See siehst. Vermutlich wissen die meisten Leute nicht einmal, dass es ihn gibt. Er befindet sich abseits des Weges und ist so klein, dass er auf vielen Karten fehlt. Ich halte ihn für den schönsten Ort auf dieser Erde.«

Harrys Vater war weit herumgekommen und deshalb mangelte es seinen Worten nicht an Gewicht. Außerdem fand Harry Gefallen an der Gesellschaft seines Vaters und sah ihm gern beim Zeichnen zu; dafür nahm er sogar eine lange Wanderung an einem heißen Tag in Kauf. Er hatte seine Klarinette mitgenommen und freute sich darauf, sie am Ufer des kleinen Sees zu spielen, tief im Kiefernwald der Sierra Nevada.

Fünfzehn Minuten später erreichten sie einen Bergkamm und John deutete nach unten. Endlich sah Harry den See: ein blauer Fleck, umgeben vom Grün hoher Koniferen. Er wirkte zauberhaft und einladend; plötzlich war Harry froh, dass er seinen Vater begleitet hatte.

»Das ist er«, sagte John. »In zehn Minuten sind wir dort. Wir können am Ufer essen.«

Er trat einen Schritt vor und verschwand, als der Boden unter ihm nachgab.

Es geschah so schnell, dass Harry nicht sofort begriff, was passiert war. Er beugte sich vor und sah, wie sein Vater in die Tiefe stürzte, schließlich auf einen Felsen prallte.

Reglos blieb er dort liegen.

Furcht schnürte Harry die Kehle zu und er sah sich um, als könnte wie durch ein Wunder ein Retter erscheinen. Aber mit schrecklicher Gewissheit wurde ihm klar, dass sein Vater und er in dieser Wildnis allein waren. Jetzt lag John am Fuß eines steilen Hangs, hoffentlich nur bewusstlos. Harry musste handeln.

Er schob sich vorsichtig an der Absturzstelle vorbei und eilte dann über den Serpentinenweg. Gelegentlich verharrte er kurz und sah nach unten, um festzustellen, ob sein Vater das Bewusstsein wiedererlangt hatte. Aber er lag auch weiterhin auf dem Felsen, rührte sich nicht.

Es schien eine Ewigkeit zu dauern, ihn zu erreichen, und das Herz schlug Harry bis zum Hals empor, als er sich schließlich seinem reglosen Vater näherte. Einmal mehr blickte er sich um, spähte an den Bäumen vorbei und wünschte sich, dass jemand kam, ein Erwachsener, der wusste, was es in einer solchen Situation zu unternehmen galt.

Voller Sorge trat er zu dem Felsen und versuchte, sich an die Erste-Hilfe-Maßnahmen zu erinnern, die er in der Schule gelernt hatte. Auf keinen Fall durfte man den Verletzten bewegen, denn dadurch konnte man eine Rückgratverletzung verschlimmern.

Worauf kam es an? Man stelle fest, ob er atmet oder ob sich ein Puls fühlen lässt. Harry sah, wie sich die Brust seines Vaters hob und senkte, aber er tastete trotzdem nach der Halsschlagader, nur um der Prozedur zu folgen, die man ihn gelehrt hatte.

Sein Vater atmete also, gut. Aber die Augen blieben geschlossen und er bewegte sich nicht. Bestimmt war der Kopf mit dem Felsen kollidiert, auf dem er lag. Vielleicht hatte er eine Gehirnerschütterung erlitten.

Was nun? Harry spürte, wie Panik in ihm emporquoll, als er über seine Möglichkeiten nachdachte. Er konnte loslaufen, in die Richtung zurückkehren, aus der sie gekommen waren, in der Hoffnung, jemanden zu finden, der konkrete Hilfe zu leisten vermochte. Aber das würde Stunden dauern, selbst wenn es ihm gelang, die ganze am Morgen zurückgelegte Strecke im Laufschritt zurückzulegen, was er bezweifelte. Außerdem bedeutete es, seinen Vater allein zurückzulassen, was er nicht für eine gute Idee hielt. Vielleicht befanden sich gefährliche Tiere in der Nähe, Bären oder Pumas. John Kim wäre ihnen hilflos ausgeliefert gewesen.

Ihm fiel ein, dass er seinen Vater kaum vor dem Angriff eines Bären oder Pumas schützen konnte, aber er verdrängte diesen Gedanken rasch.

In der Nähe plätscherten die Wellen des Sees ans Ufer.

Wasser, das war immerhin etwas. Harry nahm das Tuch ab, das er sich um den Kopf gewickelt hatte, eilte zum See und tauchte es ins Wasser. Dann lief er zu seinem Vater und betupfte ihm die Stirn. Auf diese Weise sollte sich eigentlich etwas bewerkstelligen lassen.

Doch John Kim reagierte nicht. Er lag noch immer reglos auf dem Felsen, die Augen geschlossen, der Mund ein wenig geöffnet. Speichel rann über die eine Wange.

Harry setzte sich, kämpfte gegen die Furcht an und versuchte, ruhig zu bleiben. Ihm blieb keine Wahl – er musste Hilfe holen. Er erinnerte sich an das Zeichenmaterial seines Vaters und fand es neben dem Felsen auf dem Boden verstreut. Mit der Holzkohle schrieb er eine Mitteilung auf den Skizzenblock, teilte John mit, dass er fortgegangen war, um Hilfe zu holen. Gleichzeitig bat er ihn, an diesem Ort zu bleiben.

Er legte den Block dorthin, wo sein Vater ihn sehen musste, wenn er die Augen öffnete, berührte dann noch einmal seine Stirn. Sie war klamm und Harry fühlte eisige Furcht in sich aufsteigen. Erneut blickte er zum Wald und hielt nach magischen Rettern Ausschau, die mit dieser schrecklichen Situationen fertig werden konnten.

Und dort waren sie.

Vier junge Männer und Frauen, nur wenige Jahre älter als er, gekleidet in graue Overalls, die wie Uniformen wirkten und metallene Abzeichen auf der linken Brustseite aufwiesen.

Ihr Anblick überraschte Harry, beunruhigte ihn aber nicht. Sie machten einen freundlichen, zielstrebigen Eindruck, kamen so schnell näher, als spürten sie den Ernst der Situation.

»Was ist passiert?«, fragte einer der jungen Männer und eilte zum bewusstlosen John Kim.

»Er ist gestürzt«, antwortete Harry und deutete nach oben. Das Erscheinen dieser Samariter erleichterte ihn zutiefst. Sie waren älter als er, verfügten über mehr Erfahrung. Ihre Bewegungen brachten Selbstsicherheit zum Ausdruck. Bestimmt wussten sie, was es zu tun galt.

Eine der jungen Frauen hielt ein Gerät über Harrys Vater. »Er hat eine Gehirnerschütterung«, sagte sie. »Er braucht unverzüglich medizinische Hilfe.«

Der erste junge Mann klopfte kurz auf das Abzeichen an seiner Brust. »Noftsger an Basislager. Wir haben hier einen Notfall.«

»Sprechen Sie, Kadett«, erklang eine Stimme.

»Wir sind Zivilisten begegnet, die einen Unfall hatten. Ein gut vierzig Jahre alter Mann erlitt dabei eine Gehirnerschütterung. Er benötigt medizinische Hilfe.«

»Bereiten Sie sich auf den Transfer vor, Noftsger. Wir beamen die ganze Gruppe.«

»Aye, Sir.« Der junge Mann kniete neben John Kim und legte ihm die Hand auf die Schulter. Eine der Frauen griff nach Harrys Hand und unmittelbar darauf entmaterialisierten sie. Der Retransfer fand in einem Gebäude statt, das sich ebenfalls im Gebirge zu befinden schien und voller Leute war. Harry sah weitere junge Leute in Overalls und ältere Männer und Frauen, die rotschwarze Uniformen trugen. Einer von ihnen trat sofort auf Harry und seinen Vater zu, hielt ein Gerät über John Kim, so wie zuvor die junge Frau.

»Bringen Sie ihn zur Krankenstation«, sagte der Mann.

»Aye, Sir«, bestätigte Noftsger und berührte erneut Johns Schulter. »Energie«, sagte er und verschwand zusammen mit Harrys Vater.

Es geschah alles so schnell, dass Harry überhaupt nicht darüber nachdenken konnte, wer diese Leute waren, wohin man ihn gebracht hatte und was er jetzt unternehmen sollte. »Er ist gestürzt«, brachte er hervor. »Wer sind Sie?«, platzte es dann aus ihm heraus. »Und was hat es mit diesem Ort auf sich?«

Der Mann lächelte beruhigend. »Entschuldige. Ich

dachte, du wüsstest Bescheid. Kadett Shanak, bringen Sie unseren jungen Freund zur Messe. Sorgen Sie dort dafür, dass er eine Mahlzeit bekommt, und erklären Sie ihm Starfleets Überlebensprogramm.«

»Aye, Sir«, erwiderte die Frau namens Shanak. Sie war Vulkanierin, mit dunklem Haar und dunklen Augen. Die Brauen krümmten sich nach oben. Sie richtete einen kühlen Blick auf Harry und deutete durch den Korridor.

»Starfleet?«, sagte er überrascht. »Ich dachte, die Flotte ist in San Francisco.«

»Dort befindet sich das Hauptquartier«, entgegnete Shanak. »Und auch die Akademie. Aber andere Starfleet-Einrichtungen gibt es überall auf der Erde. In der Sierra Nevada findet unser Überlebenstraining statt. Dies ist eins von zwei Basislagern, das die Einsätze der einzelnen Gruppen koordiniert.«

»Sie besuchen die Starfleet-Akademie?«, fragte Harry neugierig. Er hatte natürlich von Starfleet gehört – wer nicht? –, doch seine Vorstellungen in Hinsicht auf diese Institution blieben eher vage. Sein bisheriges Leben war abgeschirmt, behütet und isoliert gewesen, bestimmt von der Familie, von Kunst und Musik. Daher wusste er kaum etwas über jene legendäre Organisation.

Shanak bedachte ihn mit einem gebieterischen Blick, der jedoch keine Herablassung zum Ausdruck brachte. Er gehörte einfach zu ihrer vulkanischen Natur. »Ja«, antwortete sie schlicht. »Ich habe gerade mein zweites Jahr begonnen.«

Tausend Fragen tauchten in Harry auf. »Wieso haben Sie beschlossen, die Akademie zu besuchen?«, fragte er. Er brachte es nicht fertig, die Vulkanierin zu duzen, obgleich sie nur wenig älter war als er. »Was muss man tun, um aufgenommen zu werden? Wie lange dauert die Ausbildung? Ist es schwer, einen Platz zu bekommen?«

Shanak musterte ihn unerschütterlich. »Ich habe meine Entscheidung als kleines Mädchen getroffen und dann begonnen, auf das Ziel hinzuarbeiten. Es ist sehr schwer, einen Platz an der Starfleet-Akademie zu bekommen. Es gibt Abertausende von Bewerbern aus der ganzen Föderation. Die Konkurrenz ist also sehr groß.«

»Wie haben Sie es geschafft? Worauf kommt es an?«

»Wie ich schon sagte: Ich habe als kleines Kind angefangen, mir den Lehrplan der Akademie vorgenommen und die Wahlfächer an der Schule darauf abgestimmt. Von Anfang an habe ich mich ganz den Studien und Aktivitäten gewidmet, die mir an der Akademie von Nutzen sein würden. Ich ließ nicht zu, dass mich irgendetwas von meinem Weg abbrachte.«

Harry nahm Shanaks Hinweise mit schwerem Herzen entgegen. Am Morgen dieses Tages hatte er kaum etwas von Starfleet gewusst und jetzt wollte er unbedingt ein Teil davon werden, an der Akademie studieren und zu diesen stolzen, fähigen Kadetten zählen. Aber wenn man schon von Kindesbeinen an darauf hinarbeiten musste, so war Harry mit seiner Entscheidung recht spät dran.

Während des Essens stellte er Shanak immer neue Fragen und die Vulkanierin gab in jedem Fall ruhig und gefasst Auskunft. Dann forderte man sie auf, ihn zur Krankenstation zu bringen, und auf dem Weg dorthin wandte sich Harry mit weiteren Fragen an sie.

John Kim saß auf der Kante einer Liege, die an ein Feldbett erinnerte. Er lächelte, als Harry und Shanak eintraten. Zu Harrys großer Erleichterung sah sein Vater völlig gesund aus und lächelte so herzlich wie immer. »Dank dieser netten Leute bin ich wieder so gut wie neu, Harry«, sagte er. »Wir stehen tief in ihrer Schuld.« Er breitete die Arme aus und Harry lief los, schmiegte sich an seinen Vater, so froh über seine Genesung, dass er sich der deutlich zur Schau gestellten Gefühle nicht schämte.

Von jenem Tag an hatte Harry nur noch ein Ziel: Er wollte einen Platz an der Starfleet-Akademie.

Der neue Enthusiasmus ihres Sohnes verwunderte die Eltern und sie reagierten mit Sorge auf die Vorstellung, dass ein Abenteurer im Weltraum aus ihm werden konnte. Er war zur Welt gekommen, als sie schon nicht mehr damit gerechnet hatten, jemals ein Kind zu bekommen, und sie erträumten sich eine Zukunft, in der er für immer ein Bestandteil ihres Lebens blieb. Natürlich würde er irgendwann heiraten und selbst Kinder haben, aber das sollte innerhalb der geographischen Grenzen ihrer familiären Gemeinschaft geschehen. Die Kims hatten viele Verwandte, und zwar in einem Umkreis von maximal hundert Kilometern. Kims Eltern waren immer davon überzeugt gewesen, dass sich ihr Sohn nicht weiter von ihnen entfernen würde.

Sie wussten, dass Starfleet-Angehörige oft jahrelang im All unterwegs waren. In manchen Fällen konnten ihre Ehepartner und Kinder sie begleiten, aber für Großeltern, Tanten, Onkel und Cousins kam so etwas nicht in Frage. Die Vorstellung, Harry Kim könnte Starfleet beitreten, kam der von einem verlorenen Sohn gleich.

Aber als Harry von nichts anderem mehr sprach als von der Starfleet-Akademie, verbargen seine Eltern ihre Ängste und begannen damit, ihm jede nur mögliche Unterstützung zu gewähren. Sie rieten ihm, mit dem Schulberater über sein neues Ziel zu sprechen und festzustellen, wie er es erreichen konnte. Sie besorgten ihm Privatlehrer für die Fächer, die er bisher vernachlässigt hatte. Sie informierten sich über die Geschichte von Starfleet, um vernünftige Gespräche mit ihrem Sohn führen zu können.

Fast sein ganzes Leben lang hatte Harry sich auf die Musik konzentriert; deshalb ließen seine Kenntnisse in Naturwissenschaften und Mathematik zu wünschen übrig. Er hatte das Notwendige gelernt, auf eine halbherzige Art und Weise. Kunst, Literatur und Geschichte waren ihm viel lieber.

Aber um auch nur eine geringe Chance zu haben, die Aufnahmeprüfung der Akademie zu bestehen, musste er sich mit den anderen Fächern befassen: Biologie, Chemie, Physik, Astronomie und Anthropologie, um nur einige zu nennen. Er kannte sich ein wenig mit Algebra und Geometrie aus, aber vor ihm erstreckte sich ein unüberschaubares Labyrinth aus komplexen mathematischen Strukturen. Sie erschienen ihm wie ein dunkler, undurchdringlicher Wald, wie eine Terra incognita.

Er gab alle anderen Aspekte des Lebens auf, um zu lernen. Die Klarinette rührte er nicht mehr an, ebenso wenig das P'i P'a. Er gestattete es sich, einmal in der Woche auszugehen, und für gewöhnlich nutzte er diese Gelegenheit für das Parrises-Squares-Spiel an der Schule. Verabredungen irgendeiner Art kamen für ihn nicht mehr in Frage. Er blieb in der Volleyball-Mannschaft, weil er wusste, dass die Akademie auch Wert auf Sport legte. Ein Wunsch prägte sein ganzes Denken und Empfinden: Er wollte unbedingt Teil von Starfleet werden.

Vage spürte er die Besorgnis seiner Eltern und verstand sie auch, wenn er die Dinge aus ihrem Blickwinkel sah. Er war zu einer Art Einsiedler geworden. Er ging nicht mit Freunden aus und besuchte keine Konzerte mehr. Er tanzte nicht, fuhr kein Hoverrad und verzichtete auch auf alle anderen Aktivitäten, die das Leben seiner Altersgenossen bestimmten. Er opferte den größten Teil seiner Zeit der Realisierung seines Traums.

Vier Jahre lang bereitete er sich auf diese Weise vor und nicht ein einziges Mal bedauerte er seine Wahl. Er hatte nicht das Gefühl, dass ihm etwas fehlte. Entschlossenheit erfüllte ihn, eine Zielstrebigkeit, die seinem Leben einen ganz neuen Sinn gab. Bisher war immer alles mühelos für ihn gewesen – Liebe, Anerkennung, musikalische Begabung –, und daher fand er Gefallen daran, sich dieser enormen Herausforderung zu stellen.

Erstaunt stellte er fest: Als er in die labyrinthischen Tiefen von Wissenschaft und Mathematik vorzustoßen begann, faszinierten sie ihn immer mehr. Beide Disziplinen zeichneten sich durch eine Reinheit und eine Präzision aus, die er so erfrischend fand wie das kühle Wasser eines Sees nach einem heißen Tag. Er liebte Literatur, vor allem Dichtung, doch er begriff nun: Gedichte konnten zwar Fragen stellen, lieferten aber nur selten Antworten. Gute Literatur bewirkte, dass man über Möglichkeiten nachzudenken begann, über Ideen und Konzepte, die man bisher nicht in Erwägung gezogen hatte.

Aber sie lieferte nichts Absolutes. In der Physik ist die Energie gleich Masse mal Beschleunigung. In der Chemie besteht eine Verbindung aus verschiedenen Substanzen, die sich genau definieren lassen. In der Differenzialrechnung ist die Derivierte von x im Quadrat zwei x. Sobald man ein Problem gelöst hatte, war es gelöst. Die Quadratwurzel von neunundvierzig befindet sich nicht irgendwo zwischen sechs und acht, sondern lautet sieben. Punkt.

Harry empfand das als angenehm. Es war fester Boden und kein Flugsand – diese Art von Stabilität bereitete ihm Vergnügen. Er verdoppelte seine Anstrengungen und versuchte in jeder Nacht mit weniger Schlaf auszukommen, um mehr Zeit für seine Studien zu haben. Er spürte, wie sich sein Bewusstsein ausdehnte und Wahrheiten berührte, von denen er nicht einmal geträumt hatte. Eine solche Erfahrung war verlockender als der Schlaf.

Drei Wochen nach seinem siebzehnten Geburtstag begab sich Harry Kim nach San Francisco, um dort die Aufnahmeprüfung der Starfleet-Akademie zu absolvieren.

Er saß in einem Saal mit langen Tischen, an denen insgesamt vierhundert Personen Platz genommen hatten: Siebzehn- und Achtzehnjährige, erfüllt von dem brennenden Wunsch, die Starfleet-Akademie zu besuchen.

Diese Prüfung war nur eine von vielen, die in San Francisco und überall in der Föderation stattfanden, denn es gab Abertausende von jungen Leuten aus vielen verschiedenen Völkern, die von einer Ausbildung an der Akademie träumten.

Die Prüfung dauerte acht Stunden, mit einer zehnminütigen Pause am Vormittag und einer weiteren am Nachmittag. Für das Mittagessen, das kaum einem der Prüflinge wirklich schmeckte, stand eine Stunde zur Verfügung. Es ging um viele Dinge: Föderationsgeschichte, Astrophysik, interstellare Verträge. Es war der zermürbendste Tag, den Harry je erlebt hatte.

Aber nachher fühlte er sich gut. Nichts hatte ihn überrascht und er war imstande gewesen, alle Fragen zu beantworten. Die jahrelange mühevolle Vorbereitung hatte sich ausgezahlt. Am Abend beamte er sich müde, aber auch begeistert nach Hause und teilte den besorgten Eltern mit, dass er sein Bestes gegeben hatte. Sie lächelten erleichtert und sein Vater kochte ihnen Tee, während Harry von der Prüfung erzählte.

Dann begann das Warten. Niemand erfuhr das Ergebnis, bevor alle Bewerber Gelegenheit gefunden hatten, die Prüfung abzulegen. Es mochte Wochen dauern, bis die betreffenden Informationen von weit entfernten Föderationsplaneten die Erde erreichten. Die Bekanntgabe der Resultate leitete die zweite Phase der Auswahl ein: Wer die schriftliche Prüfung bestanden hatte, musste eine mündliche hinter sich bringen. Eigentlich war dies der schwierige Teil der ganzen Prozedur, und beim Gedanken daran verkrampfte sich etwas in Harrys Magengrube. Es war eine Sache, mit Hilfe eines Handcomputers Antworten zu schreiben, und eine ganz andere, in einem Zimmer drei Starfleet-Offizieren gegenüberzusitzen und verbal mit einer Flut von Fragen fertig werden zu müssen. Er wusste, dass die Prüfer nicht nur die Antworten bewerteten, sondern auch seine Persönlichkeit, sein Auftreten, seine Ausdrucksweise. Das alles waren wichtige Faktoren, die es bei der Auswahl von Starfleet-Personal zu berücksichtigen galt.

Um ihn darauf vorzubereiten, veranstalteten Harrys Privatlehrer seit drei Jahren mündliche Prüfungen. Er beschloss, die Wochen des Wartens zu nutzen, um seine Fähigkeiten weiter zu verbessern. Wenn er vor dem Prüfungskomitee erschien, wollte er einen möglichst guten Eindruck machen. Je mehr er übte, desto besser für ihn. Er widmete jeden wachen Moment der Beantwortung von Prüfungsfragen und versuchte dabei, sich so gut wie möglich zu präsentieren. Er fertigte visuelle Aufzeichnungen an und korrigierte sein Erscheinungsbild. Mit Wörterbüchern und Lexika erweiterte er seinen Wortschatz.

Im Januar erhielt er eine Mitteilung von der Starfleet-Akademie. Sie kam als E-Mail, und als seine persönliche Konsole ihn auf den Empfang der Nachricht hinwies, hatte er plötzlich einen Kloß im Hals und in seinen Fingern prickelte es unangenehm. Viermal machte er Anstalten, die Mail zu öffnen, doch jedes Mal zog er die Hand im letzten Augenblick zurück.

Schließlich ging er zu seiner Mutter, die sang, während sie das Essen vorbereitete.

»Ich habe eine Mitteilung von der Akademie bekommen«, sagte er und hörte, wie seine Stimme brach.

Sie drehte sich aufgeregt um. »Wie lautet sie?«

Harry zögerte. Er kam sich plötzlich wie ein Narr vor, fand sein Verhalten kindisch. Ein angehender Starfleet-Offizier zeigte kein derart unreifes Gebaren. Er hätte die Mail öffnen und sich verantwortungsbewusst ihrem Inhalt stellen sollen.

Doch seine Mutter kannte ihn zu gut. Sie strich ihm das Haar aus der Stirn und fragte: »Was hältst du davon, wenn wir uns die Mitteilung gemeinsam ansehen?«

Erleichterung durchströmte ihn und er nickte.

Doch selbst in Anwesenheit seiner Mutter, die für ihn immer eine unerschöpfliche Quelle der Kraft gewesen war, fiel es ihm schwer, den Kode einzugeben, der die Mail öffnete. Seine Finger zitterten, während sie über die Kontrollen glitten, und als die Mitteilung auf dem Bildschirm erschien, hätte er am liebsten die Augen geschlossen. Er musste sich zwingen, sie offen zu halten.

Die ersten beiden Worte lauteten »Herzlichen Glückwunsch«. Harry juchzte laut und seine Mutter seufzte erleichtert. Er umarmte sie, tanzte mit ihr durchs Zimmer und lachte wie ein Irrer.

Schließlich setzte er sich wieder und zusammen lasen sie die ganze Nachricht. Die Mail wies darauf hin, dass Harry die schriftliche Prüfung mit der höchstmöglichen Punktzahl bestanden hatte und im Februar die Starfleet-Akademie aufsuchen sollte, um die mündliche Prüfung zu absolvieren. Bis dahin blieben ihm noch knapp drei Wochen Zeit.

In Hinsicht auf den mündlichen Teil der Aufnahmeprüfung fühlte sich Harry seltsam entspannt. Der schriftliche Teil war viel schwieriger – dabei waren die meisten Bewerber ausgesiebt worden. Bei der mündlichen Prüfung fielen weitaus weniger Kandidaten durch und Harry hatte sich sehr sorgfältig vorbereitet. Das letzte Hindernis fürchtete er nicht.

Im Februar beamte er sich von der Schule zur Starfleet-Akademie. Er trug einen Anzug, den seine Mutter für ihn repliziert hatte, und fühlte sich voller Zuversicht. Er traf früh ein, ging auf dem gepflegten Gelände der Akademie spazieren und stellte sich dabei vor, im kommenden Herbst einer der uniformierten Kadetten zu sein. Es fiel ihm nicht schwer, dieses Bild vor seinem inneren Auge entstehen zu lassen – er fühlte sich an diesem Ort bereits wie zu Hause. Die mündliche Prüfung war die letzte Hürde vor dem Ziel, für das er so hart gearbeitet hatte.

Um dreizehn Uhr nahm er an einem Tisch vor den Admiralen Brand, Strickler und Kel-Nah Platz. Sie lächelten freundlich und Harry entspannte sich sofort.

Die Prüfung begann mit Fragen über Astrophysik und er gab präzise Antworten. Es ging weiter mit Naturwissenschaften, dann mit Geschichte, Literatur und Staatskunde. Harry fühlte sich sattelfest; nie mangelte es ihm an Worten.

Schließlich stellte man ihm die letzte Frage, die jeder Bewerber zu hören bekam und auf die er gewartet hatte: »Warum möchten Sie die Starfleet-Akademie besuchen?«

Harry begann mit der vorbereiteten Antwort. Er sprach von der ruhmvollen Geschichte Starfleets, von den Helden und Heldinnen der Flotte, von Forschungen und Entdeckungen. Er nannte Beispiele besonderer Leistungen und pries die daran beteiligten Starfleet-Angehörigen. Er schloss mit dem Hinweis, dass er sich nichts mehr wünschte, als Teil dieser stolzen Tradition zu sein.

Die Admirale nickten und lächelten. Sie standen auf, schüttelten Harry die Hand und meinten, nach Abschluss aller Prüfungen würde man ihn benachrichtigen. Er verabschiedete sich voller Freude, wanderte erneut über das Gelände der Akademie und fühlte sich noch mehr zu Hause als vorher. Kadett Harry Kim – es klang gut.

»Verschwinde aus meinen Azaleen!«, ertönte eine raue und scharfe Stimme. Harry drehte sich um und sah einen hageren, verhutzelten Mann mit einem Gartengerät in der Hand. Der Unbekannte richtete einen verärgerten Blick auf Harry und deutete zu Boden.

Kim sah nach unten und stellte fest: Er war vom Weg abgekommen und stand in einem Blumenbeet. Rasch kehrte er auf den Pfad zurück. »Entschuldigung«, sagte er. »Ich war in Gedanken ganz woanders.«

»Ach? Wo denn?«

»Ich habe ans nächste Jahr gedacht.«

»Was ist damit?«

»Im Herbst werde ich Kadett.«

»Na so was. Kann mich nicht daran erinnern, dass die Bekanntgabe jemals vor April erfolgte.«

»Nun, ich habe noch keine Bestätigung erhalten. Ich bin nur ziemlich sicher, dass ich eine bekommen werde.«

»Wieso denn?«

»Ich habe gerade die mündliche Prüfung hinter mich gebracht und sehr gut abgeschnitten, glaube ich.«

Der Mann brummte und ging dorthin, wo Harry eben noch gestanden hatte. Er harkte den Boden, wollte offenbar die Fußspuren verschwinden lassen. »Da habe ich so meine Zweifel«, grummelte er und ging ohne ein weiteres Wort.

Die Begegnung hinterließ ein sonderbares Unbehagen in Harry, dessen Ursache ihm ein Rätsel blieb. Der Mann war nur ein Gärtner, ein einfacher Arbeiter, doch etwas an seiner Art – seine Schroffheit – hatte Harrys euphorische Stimmung zerstört. Betrübt meldete er sich im Transporterraum, und als er zu Hause eintraf, fühlte er sich erschöpft. Er sank aufs Bett und schlief drei Stunden, aber als er erwachte, war er ebenso müde wie vorher.

Die Nachricht erreichte ihn Mitte April, an einem Samstag. Wie die vielen tausend anderen Bewerber kannte Harry den Tag, an dem die Namen der neuen Kadetten bekannt gegeben wurden, und erstaunlicherweise schlief er in der Nacht zuvor recht gut. Die E-Mail traf am späten Vormittag ein und fast hätte er sie sofort geöffnet. Doch dann dachte er an seine Mutter. Sie war an seiner Seite gewesen, als er eine schlechte Nachricht befürchtet hatte; sie sollte auch zugegen sein, wenn er die Früchte seiner Bemühungen erntete. Sein Vater war auf Reisen; später gab es noch Gelegenheit genug, ihm von den guten Neuigkeiten zu berichten.

Harry fand seine Mutter im Garten, wo sie sich um die Blumen kümmerte, aber sie wusste natürlich, was dieser Tag bedeutete. »Die Nachricht ist eingetroffen«, sagte er und sie richtete sich auf. Ein Muskel zuckte in ihrer Wange. »Es ist bestimmt alles in Ordnung«, versicherte er ihr und gemeinsam gingen sie zu seinem Zimmer.

»Lieber Mr. Kim«, begann die Mitteilung, »es gibt viele Aspekte, die wir bei der Bewertung von Bewerbern für die Starfleet-Akademie berücksichtigen. Ein Faktor sind die Prüfungsergebnisse und Ihre könnten kaum besser sein. Trotzdem müssen wir Ihnen bedauerlicherweise mitteilen, dass wir Ihnen keine Zulassung für das Septembersemester gewähren können. Wir sind der Ansicht, dass Sie nicht zu den Kadetten dieses Jahrgangs passen. Natürlich können Sie sich im nächsten Jahr noch einmal bewerben.«

Harry starrte auf den Bildschirm und las die Mail immer wieder, als könnte sie ihm bei der vierten oder fünften Lektüre einen anderen Wortlaut präsentieren. Seine neben ihm sitzende Mutter schwieg und er begriff, dass die schlechte Nachricht irgendeinen Kommentar erforderte.

»Ich schätze ... ich schätze, das wär's«, sagte er und versuchte mit fester Stimme zu sprechen. Seine Augen brannten, aber er hielt die Tränen zurück. Er wollte nicht alles noch schlimmer machen, indem er ausgerechnet jetzt in Anwesenheit seiner Mutter weinte.

Er fühlte ihre Hand auf dem Arm und legte die eigene darauf. Seit seiner Kindheit war sie eine Freundin, Vertraute und Helferin für ihn gewesen. Sie gab ihm Kraft und diese Kraft brauchte er jetzt. Er drückte ihre Hand.

»Es kommen noch andere Schulen für mich in Frage. Es ist keineswegs so, dass ich plötzlich auf der Straße säße.«

»Willst du dich im nächsten Jahr noch einmal bewerben?«

»Ich glaube nicht. Ich habe mir alle Mühe gegeben und es nicht geschafft. Daher sehe ich kaum einen Sinn darin, es noch einmal zu versuchen.«

Überrascht sah Harry, wie seine Mutter aufstand. In ihren Augen blitzte es. »Du wirst nicht aufgeben«, sagte sie mit mehr Festigkeit in der Stimme, als er je zuvor gehört hatte. »Das werde ich nicht zulassen. Du hast zu hart gearbeitet, zu viel Mühe in diese Sache investiert. Im nächsten Jahr wirst du dich erneut bewerben.«

Harry war sprachlos. Seine Mutter hatte nie zuvor auf etwas bestanden, ihm nie etwas aufgezwungen. Doch der stählerne Klang in ihrer Stimme ließ keinen Zweifel.

»Ich weiß nicht einmal, warum man mich abgelehnt hat.«

»Finde es heraus.«

»Wie denn?«

»Wie auch immer.«

Damit ging sie fort und ließ einen völlig verwirrten Harry zurück.

Es mochte eine recht ungewöhnliche Methode sein, Ermittlungen anzustellen, und Harry wusste nicht genau, warum er sich darauf einließ. Aber eine Woche später befand er sich erneut auf dem Gelände der Starfleet-Akademie und suchte nach dem Gärtner. Mehrere Stunden lang wanderte er umher, doch der grauhaarige Alte ließ sich nirgends blicken. Plötzlich hatte Harry das seltsame Gefühl, dass jener Mann vielleicht gar nicht existierte. Möglicherweise handelte es sich um ein übernatürliches Phänomen, das ihm als eine Art Omen erschienen war, um sein Verhängnis zu prophezeien.

Wenn er sich des gleichen Verbrechens schuldig machte wie zuvor … Vielleicht manifestierte sich das Phantom dann noch einmal. Harry trat ans Azaleen-Beet und begann damit, an verblassten Blüten zu zupfen. Nur wenige Minuten lang war er auf diese Weise aktiv, als er die brummige Stimme hörte.

»He! Was machst du da?«

»Ich entferne die Blütenblätter«, sagte Harry sofort. »Um die Pflanze anzuregen, neue Blüten zu entwickeln.« Mit diesem Vorgang war er vertraut. Schon als kleines Kind hatte er gehört, wie seine Mutter davon sprach.

Der Alte neigte den Kopf zur Seite und musterte Harry neugierig. »Vor einigen Wochen warst du schon einmal hier. Hast deine mündliche Prüfung absolviert.«

»Stimmt. Und ich bin durchgefallen. So wie Sie vermuteten.«

Der Mann schnaubte, verzichtete aber auf einen weiteren Kommentar. Harry trat näher. »Wie heißen Sie?«

»Boothby. Und du?«

»Harry Kim.«

»Nicht viele junge Leute kennen sich mit Blumen aus. Und noch viel weniger wissen über das Entfernen der Blütenblätter Bescheid.«

»Ich weiß viel. Aber mein Wissen hat es mir nicht ermöglicht, einen Platz an der Akademie zu bekommen.« Harry kam sich plötzlich dumm vor. Legte er wirklich Wert darauf, die Meinung des Gärtners zu hören? Andererseits ... Es konnte nicht schaden, ihn zu fragen.

»Offenbar wussten Sie, dass ich die mündliche Prüfung nicht bestanden hatte, Mr. Boothby. Wie ist das möglich? Was wies Sie darauf hin, dass ich es nicht schaffen würde?«

Boothby sah ihn an und verzog das faltige Gesicht, das daraufhin Ähnlichkeit mit einer verschrumpelten Pflaume bekam. »Du bist großspurig und arrogant, dir deiner zu sicher«, sagte er.

»Ich?« Diese Beschreibung stand in einem krassen Gegensatz zu dem Bild, das Harry von sich selbst hatte. Er glaubte, seinen Ohren nicht trauen zu können.

»Die Prüfer fragen immer, warum jemand zu Starfleet gehören möchte«, meinte Boothby. »Was hast du gesagt?«

Harry wiederholte seine sorgfältig vorbereitete Antwort. Doch er hatte kaum damit begonnen, als Boothby abwinkte. »Glaubst du, sie wollten so etwas hören?«, fragte er verächtlich. »Leere Schmeicheleien über die Größe Starfleets?«

»Ich wollte ihnen zu verstehen geben, wie sehr ich die Organisation schätze und respektiere.«

»Dadurch unterscheidest du dich nicht von allen anderen.«

»Ich … ich …«

»Die Prüfer sind nicht an irgendwelche Lobhudeleien über Starfleet interessiert. Sie wollen vielmehr wissen, wer du bist und zu welchem Mann du dich entwickeln wirst.«

»Ich habe gesagt, dass ich Teil der stolzen Tradition sein möchte …«

»Genau das meine ich. Den Kram mit der ›stolzen Tradition‹. Niemand spricht so. Es klingt eingeübt.«

»Nun, ich habe an meiner Antwort gearbeitet. Sie sollte möglichst gut klingen.«

»Eine ehrliche Antwort wäre besser gewesen.«

Darauf wusste Harry nichts zu sagen. Er fühlte sich wie am Boden zerstört. All die lange und anstrengende Vorbereitungsarbeit hatte ihm nicht etwa geholfen, sondern sich als Nachteil erwiesen. Er war davon überzeugt gewesen, einen guten Eindruck zu machen, aber stattdessen hatte er falsch und gekünstelt geklungen. Tief in seinem Innern wusste er, dass Boothbys Hinweis ins Schwarze traf. Der Gärtner hatte das mit viel Mühe geschaffene Bild als das erkannt, was es wirklich war: als eine Fassade.

Harry starrte auf eine Azalee hinab, als wäre sie das faszinierendste Objekt, das er jemals gesehen hatte. Er wollte an nichts anderes denken, nicht die Möglichkeit in Erwägung ziehen, zur Akademie zurückzukehren. Die Demütigung saß einfach zu tief.

»Johnny Picard erging es ebenso«, sagte Boothby wie beiläufig. »Fiel beim ersten Mal durch. Bin immer der Meinung gewesen, dass es ihm zum Vorteil gereichte.«

Harry drehte sich um und starrte den Gärtner groß an. »Jean-Luc Picard? Von der *Enterprise*?«

Boothby schnaubte. »Man nannte ihn Johnny, als ich ihn kannte. Als er schließlich einen Platz bekam, geriet er immer wieder in Schwierigkeiten. Aber letztendlich wurde ein ordentlicher Mann aus ihm.«

Harry staunte. Jean-Luc Picard, der legendäre Captain des Flaggschiffs, war bei der mündlichen Prüfung durchgefallen und kein Musterkadett gewesen? Es fiel ihm schwer, das zu glauben, aber Boothbys Worte hatten den unverkennbaren Klang der Wahrheit.

Der Gärtner bedachte ihn mit einem durchdringenden Blick. »Die meisten Leute sind alles andere als perfekt, wenn sie zur Akademie kommen«, betonte er. »Darum geht es hier. Wenn man diesen Ort verlässt, ist man besser als vorher.«

Harry musterte den Alten, hörte die Weisheit in seinen Worten und hatte das Gefühl, als wäre eine schwere Last von ihm gewichen.

»Viel zu langsam, Kadett. Zehn Runden.«

Harry starrte Commander Nimembeh an, den Offizier seiner Vorbereitungsgruppe, blickte dann auf den Phaser in seinen Händen. In weniger als zwanzig Sekunden hatte er ihn auseinander genommen, rekonfiguriert und wieder zusammengesetzt. War das nicht schnell genug? Wieder sah er zu Nimembeh und suchte nach geeigneten Worten für eine Antwort. Doch der Commander kam ihm zuvor. »Wenn ich einen Befehl erteile, so erwarte ich, das Sie ihm *unverzüglich* Folge leisten. Fünfzehn Runden.«

»Mit diesen Sachen?«, fragte Harry verwirrt. Er trug keine Sportkleidung, sondern seine Kadettenuniform und Stiefel.

»Zwanzig Runden.«

Harry setzte sich in Bewegung. Er hielt noch immer den Phaser in der Hand, wollte ihn aber nicht beiseite legen oder fragen, was er damit machen sollte – aus Furcht davor, dass Nimembeh die Rundenzahl noch einmal erhöhte. Zwanzig Runden waren bereits schlimm genug.

Harry begann damit, langsam zu laufen. Er war gut in

Form – immerhin spielte er seit vielen Jahren Volleyball –, aber das Laufen hatte ihm nie sehr gelegen. Und zwanzig Runden, so wusste er, waren geradezu mörderisch. Hinzu kam: An diesem Tag herrschten in San Francisco außergewöhnlich hohe Temperaturen.

Schon nach der dritten Runde war er in Schwierigkeiten. Er sah Nimembeh am Rand der Bahn, hoch aufgerichtet – das Licht der Sonne spiegelte sich auf seinem kahlen dunklen Kopf wider. Harry hatte bereits eine tiefe Abneigung gegen ihn entwickelt und vermutete, dass ihm der Commander ähnliche Gefühle entgegenbrachte. Nimembeh hackte auf ihm herum, verlangte mehr von ihm als von den anderen Mitgliedern der Vorbereitungsgruppe. Dieses Laufen mit Stiefeln war einfach absurd!

Nach elf Runden konnte Harry nicht mehr. Vor Nimembehs Füßen sank er ins Gras, mit glühenden Füßen und brennender Lunge, so durstig wie nie zuvor in seinem Leben. »Ich bin erledigt, Sir«, keuchte er. »Machen Sie mit mir, was Sie wollen, aber ich kann keine weitere Runde laufen.«

»Melden Sie sich in der Krankenstation, Kadett«, lautete Nimembehs Antwort. »Vergewissern Sie sich dort, dass Sie keinen Hitzschlag erlitten haben.«

»Aye, Sir«, sagte Harry dankbar. Vielleicht war der Commander doch kein herzloses Ungeheuer. Er suchte die Krankenstation auf und ließ sich dort von einem Starfleet-Arzt untersuchen, der ihn mit einem medizinische Tricorder sondierte und wie beiläufig nach dem Grund für Harrys Dehydratation fragte.

Der Kadett berichtete von seinem Lauf, und als er Nimembehs Namen erwähnte, zuckte es kurz in den Mundwinkeln des Arztes. Das glaubte Harry zumindest. Aber vielleicht bildete er es sich auch nur ein.

Harry erhoffte sich einen Zimmergenossen aus einem anderen Volk. Aber wie sich herausstellte, sollte er die

Unterkunft mit einem hoch gewachsenen jungen Mann aus Kentucky teilen, George Mathers, der kurzes braunes Haar und Augen in der gleichen Farbe hatte. Harry erinnerte sich an die Warnungen seiner Mutter. Er war als Einzelkind aufgewachsen und hatte immer ein Zimmer ganz für sich allein gehabt. Dadurch fiel es ihm vielleicht schwer, sich mit einem Zimmergenossen abzufinden. Er war in dieser Hinsicht zunächst recht besorgt und fest dazu entschlossen, nicht schwierig zu sein. Eine angenehme Überraschung erwartete ihn: George erwies sich als sehr nett und ausgeglichen. Von Anfang an kamen sie bestens miteinander zurecht und stritten nie über irgendetwas.

Bisher entsprachen die Akademie-Erfahrungen seinen Erwartungen. Das vergangene Jahr hatte er damit verbracht, sich mit Dingen zu beschäftigen, die aus seiner Welt verschwunden waren, als seine ganze Aufmerksamkeit dem Bemühen galt, die Aufnahmeprüfung der Starfleet-Akademie zu bestehen. Der Umstand, bei der mündlichen Prüfung durchgefallen zu sein, befreite ihn von jener Besessenheit und dadurch konnte er seine Persönlichkeit besser entwickeln. Er gab sein einsiedlerisches Dasein auf, ging aus, traf sich mit jungen Frauen und hatte im Verlauf mehrerer Monate die eine oder andere Liebesaffäre.

Einmal besuchte er ein ktarianisches Musikfestival und wählte den falschen Sessel. Als die Frau kam, die den Platz reserviert hatte, verliebte er sich innerhalb einer Nanosekunde in sie. Die Fremde sah hinreißend aus und war groß, fast so groß wie er. Sie hatte pechschwarzes, lockiges Haar und ein so perfektes Gesicht, dass ihm der Atem stockte. Nach einer weiteren Nanosekunde gelangte er zu dem Schluss, dass eine so wunderschöne Frau auf keinen Fall bereit sein würde, mit ihm auszugehen, und er schlug sie sich aus dem Kopf. So sprunghaft und kurzlebig waren manche Romanzen in jenem Jahr.

Er las zum Vergnügen und nicht, um Wissen zu sammeln und bei irgendwelchen Prüfungen gut abzuschneiden. Er griff wieder zur Klarinette und spielte improvisierten Jazz. Bisher hatte er so etwas vermieden und nur Musik gespielt, die Note für Note vorgeschrieben war. Das Improvisieren gab ihm eine Freiheit, an der er immer mehr Gefallen fand, und daraufhin spielte er auch die Klarinette nur zum Spaß, ohne spezielle Absichten.

Im folgenden Frühjahr absolvierte er noch einmal die schriftliche und mündliche Aufnahmeprüfung der Akademie. Diesmal bestand er beide, und zwar »mit Auszeichnung«, wie Admiral Strickler betonte.

Den ersten Hinweis auf Probleme bekam er nach der zweiwöchigen Vorbereitungsphase, als er zusammen mit George und den anderen neuen Kadetten das Stadion aufsuchte, um dort die Klassenzuweisungen in Empfang zu nehmen. Aufregung lag fast greifbar in der Luft, als sich die jungen Leute fragten, ob ihre Hoffnungen in Erfüllung gingen. Sie alle wussten, dass man sie während der beiden Vorbereitungswochen aufmerksam beobachtet hatte. Ihre individuellen Leistungen waren bewertet worden und auf dieser Grundlage fanden nun die Zuweisungen statt. Hier und dort ertönten die freudigen Stimmen junger Männer und Frauen, die mit den Ergebnissen zufrieden waren. Andere schüttelten enttäuscht den Kopf. Doch alle fanden sich mit den Entscheidungen ab, die in ihrem eigenen Interesse getroffen worden waren, und sie schworen, auch weiterhin ihr Bestes zu geben.

Harry nahm einen Handcomputer, blickte aufs Display und wölbte erstaunt die Brauen.

Für ihn war das erste Semester nur eine Probezeit, und zwar wegen eines Berichts des Offiziers der Vorbereitungsgruppe. Nimembeh! Der Commander mit den stählernen Augen hatte Harrys Vorbereitungsphase mit »unbefriedigend« bewertet und er konnte keine Laufbahn wählen, solange der Probezeit-Status andauerte.

Er wandte sich an George, als der Adrenalinspiegel in seinem Blut rapide anstieg.

»Sieh nur, was Nimembeh mir angetan hat! Ich muss eine Probezeit absolvieren!«

Georges Gesicht zeigte Überraschung und Anteilnahme, was Harry in der Ansicht bestärkte, ungerecht behandelt worden zu sein. Aber dann setzte sich der für George typische Optimismus durch. »Den Status wirst du bestimmt schnell los, Harry. Du bist klug und gut organisiert und deine Leistungen in der Klasse sind ausgezeichnet. Welche Fächer hat man dir zugewiesen?«

Harry blickte erneut auf das Display des Handcomputers. »Verwaltung Integrierter Systeme, nichtlineare Kontrolltheorie, Analyse der Subraum-Kommunikation und Ambienten-Regulierung«, las er und fühlte sich ein wenig besser. Die Klassen gehörten zur Operationssparte, und dafür hätte er sich entschieden, wenn er imstande gewesen wäre, frei zu wählen. Vielleicht war dies doch nicht so schlimm. Er hatte bereits Volleyball als Sport außerhalb des Lehrplans gewählt und seine diesbezüglichen Leistungen waren immer recht gut gewesen. Dann stand noch »Elementares Überlebenstraining« auf dem Lehrplan – jeder Kadett musste pro Jahr einen solchen Kurs hinter sich bringen.

»Ich habe ebenfalls Systemverwaltung und Kontrolltheorie«, sagte George. Er betätigte die Schaltflächen des Handcomputers und ließ den angezeigten Text scrollen. »Außerdem statistische Analyse, Tennis … und …«

Er unterbrach sich und richtete einen verwunderten Blick auf Harry. »Meine Güte, ich habe Nimembeh beim Überlebenstraining.«

Heimgesucht von einer düsteren Vorahnung, sah auch Harry auf sein Display, und tatsächlich: Bei ihm sollte das Überlebenstraining ebenfalls unter der Leitung von Nimembeh stattfinden. Mit anderen Worten: Ausgerechnet der Mann, der ihm die Probezeit eingebrockt hatte, war für einen Kurs zuständig, von dem es hieß, dass er ein aufregendes Abenteuer oder ein albtraumhaftes Erlebnis sein konnte. Harry zweifelte nicht daran, worauf es in seinem Fall hinauslaufen würde. Aber wenigstens leistete George ihm dabei Gesellschaft.

Die sechs Kadetten materialisierten irgendwo in den Bergen der Sierra Nevada. Abgesehen von Harry und George bestand die Gruppe aus den beiden Vulkanierinnen Slisik und T'Passa, dem Menschen Kevin O'Connell und dem Klingonen Tagar. Vier Wochen lang hatten sie sich unter Commander Nimembehs Anleitung mit Überlebenstechnik und Leibesübungen befasst. Harry nahm mit großer Entschlossenheit an dem Kurs Teil, denn er wollte unbedingt einen guten Eindruck auf Nimembeh machen. Er war entschlossen, bei der jetzt beginnenden Überlebensmission das Wohlwollen des Commanders zurückzugewinnen.

»Nun, wir wissen, worauf es ankommt«, sagte Harry. Er hatte beschlossen, von Anfang an die Verantwortung zu übernehmen. »Ich bin bereit, die Gruppe zu leiten, wenn niemand Einwände hat.«

Die beiden Vulkanierinnen wölbten gleichzeitig die Brauen. »Bist du die logische Wahl?«, fragte T'Passa ruhig. Es erklang keine Herausforderung in ihrer Stimme.

»Sie ist so logisch wie jede andere. Aber wenn jemand anders Anführer sein möchte … Ich bin gern bereit, ihm diesen Platz zu überlassen.«

George unterstützte ihn. »Ich kenne Harry wahrscheinlich besser als ihr und halte ihn für geeignet, uns anzuführen. Er bewahrt einen kühlen Kopf, ganz gleich, wie schlimm die Situation wird. Er ist geduldig, gerecht und entschlossen. Ich bin für ihn.«

Das schien zu genügen, um die anderen zu überzeugen, und Harry begann sofort damit, Anweisungen zu erteilen. »Zuerst sollten wir versuchen, unsere Position so genau wie möglich zu bestimmen, und anschließend suchen wir den besten Weg zurück. Kevin, du bist unser

Navigator. Gib mir eine Schätzung auf der Grundlage des Sonnenstands und später noch einmal, wenn die Sterne am Himmel erscheinen.«

Kevin O'Connell war belesen und fröhlich, genau die richtige Person, um mit Navigationsproblemen fertig zu werden. Lächelnd nahm er den Auftrag entgegen und begann sofort damit, Materialien für die Positionsbestimmung zu sammeln.

Harry wandte sich an die beiden Vulkanierinnen.

»Ihr sorgt dafür, dass wir eine Unterkunft für die Nacht bekommen. Mit ein wenig Glück brechen wir morgen früh auf, aber in der Nacht dürfte es hier in den Bergen ziemlich kalt werden. Wir müssen es warm haben, während wir schlafen, um unsere Kräfte zu schonen.«

Die Vulkanierinnen nickten knapp und gingen fort, um das Gelände zu erkunden. Harrys Blick glitt zu George. »Sieh dich um und stell fest, ob es hier irgendwelche Gefahren gibt.«

George nickte und verschwand im Wald.

Damit blieb nur noch Tagar übrig, der ein wenig abseits stand. Seine Miene wirkte grimmig, so als müsste er allen zeigen, welch mächtiger Krieger er war. Harry trat auf ihn zu und fragte sich, warum es für den Klingonen so wichtig war, sich auf diese Weise darzustellen. Vielleicht handelte es sich bei seiner Verteidigungsbereitschaft um die natürliche Reaktion auf eine ungewöhnliche Situation. Während der letzten zehn Jahre hatte es nicht mehr als eine Hand voll Klingonen an der Akademie gegeben, trotz der verbesserten Beziehungen zwischen der Föderation und dem Klingonischen Imperium. Wahrscheinlich fühlte sich Tagar sehr allein und Harry beschloss, ihn möglichst gut zu behandeln.

»Du bekommst die wichtigste Aufgabe, Tagar. Finde Wasser und Nahrung für uns.«

»Das dürfte nicht weiter schwer sein.«

»Freut mich, das zu hören.«

»Es sei denn, jemand von uns ist empfindlich in Hinsicht auf das, was er isst.«

»Ich schätze, so etwas können wir uns nicht leisten.«

»Gut.« Tagar ging fort.

In Gedanken schätzte Harry die Situation ein und überlegte, was es zu unternehmen galt. Er hatte nur ein Ziel: Er wollte mit seiner Gruppe in Rekordzeit die Wildnis durchqueren und die Basis erreichen. Nimembeh sollte erkennen, dass er nicht nur ein guter Kadett war, sondern auch einer der besten, die jemals die Starfleet-Akademie besucht hatten. Das würde ihm bestimmt nicht leicht fallen, denn Nimembeh schien ihn zu verachten: Immer verlangte er mehr von ihm als von den anderen und er bestrafte ihn strenger, wenn er den Erwartungen nicht gerecht wurde.

Deshalb war dieser Überlebenstest von großer Bedeutung für Harry. Er sah darin eine Gelegenheit, sich Nimembeh in einem neuen Licht zu präsentieren. Bisher hatte er sich genau an die Vorschriften gehalten, und das wollte er auch weiterhin tun. Nimembeh sollte diesmal keine Kritik an ihm üben können.

Jeder Kadett hatte einen Ausrüstungsgegenstand erhalten. Die Gruppe verfügte über eine Seilsäge, ein Messer, einen kleinen Eimer, ein Feuerzeug, eine kleine Schaufel und eine Plastikplane. Nimembeh hatte darauf hingewiesen, dass diese Gegenstände seiner Meinung nach zu viel Luxus bedeuteten. Wer konnte sagen, dass sie in einer echten Überlebenssituation über solche Hilfsmittel verfügten? Aber da die meisten Kadetten in einem Ambiente aufgewachsen waren, das die Technik des vierundzwanzigsten Jahrhunderts für selbstverständlich hielt, hätten sie es ohne einige einfache Dinge vermutlich nicht geschafft, die Wildnis zu durchqueren. Diese herausfordernde Bemerkung des Commanders bestärkte Harry in seiner Entschlossenheit, Nimembeh zu zeigen, dass er kein verweichlichter Kadett war, sondern zäh und diszipliniert, ein guter Anführer.

Er sah, wie O'Connell ein Stück Holz betrachtete, das er in den Boden gebohrt hatte. Als er sich ihm näherte, hob der junge Ire den Kopf und lächelte. »Mit Hilfe des Schattens habe ich die Ost-West-Linie festgestellt«, sagte er und deutete auf den Boden. Eine markierte Stelle kennzeichnete die Spitze des ersten für die Messung verwendeten Schattens.

Eine Linie verband sie mit einer zweiten Markierung und repräsentierte die Ost-West-Ausrichtung. »In etwa einer halben Stunde kann ich die Nord-Süd-Orientierung hinzufügen. Dazu brauche ich eine Messung nach dem Mittag.«

Harry nickte. Dies war elementare Navigation; jeder von ihnen hätte solche Berechnungen anstellen können. Aber das Lösen von Problemen faszinierte O'Connell und bestimmt widmete er sich seiner Aufgabe mit solchem Eifer, dass sie am Ende dieser Mission imstande waren, das ganze Gelände zu kartographieren.

Geräusche erklangen zwischen hohen Koniferen und Harry sah dort die beiden Vulkanierinnen bei der Arbeit. Sie hatten einen Felsüberhang gefunden, der ein natürliches Dach bildete, fügten ihm Wände aus zusammengesteckten Zweigen und Ästen hinzu. Sicher planten Slisik und T'Passa, die Unterkunft auch mit einem Hitzereflektor und einem weichen Boden aus Kiefernnadeln auszustatten.

Etwas glitzerte im Licht der Sonne, weckte Harrys Aufmerksamkeit und führte ihn zu einer Lichtung. Tagar hatte dort bereits einen Solardestillierer konstruiert. In einem knapp einen Meter tiefen Loch stand der Eimer und über der Öffnung spannte sich die Plastikplane, die Mitte mit einem kleinen Stein beschwert, sodass sie sich dem Eimer entgegenneigte. Der Sonnenschein durchdrang den Kunststoff, erwärmte Luft und Erde darunter und verstärkte dadurch die Verdunstung des Wassers im Boden, das in kleinen Tropfen an der Unterseite der Plane kondensierte. Langsam liefen sie über den nach unten geneigten Kunststoff und fielen schließlich in den Eimer.

Harry war ziemlich sicher, dass sie früher oder später einen Bach finden würden – in diesen Bergen gab es viele –, aber er wusste Tagars Bemühungen zu schätzen, sie mit Wasser zu versorgen, bis sie einen Bach fanden.

»Ich habe mehrere Pilzsorten gefunden«, sagte der Klingone, ohne ihn anzusehen. »Sie sollten den Erfordernissen unserer Ernährung genügen. Allerdings habe ich auch die Absicht, auf die Jagd zu gehen und kleine Tiere zu fangen.«

Tagar hielt sich ganz genau ans Überlebenstraining. Wild wachsende Pilze waren die erste Nahrung, nach der man in der Wildnis suchen sollte. In der Nahrungskette nahmen sie einen Platz zwischen Fleisch und Gemüse ein, enthielten Proteine, Fett und Kohlenhydrate – Substanzen, die der Körper unbedingt benötigte. Außerdem konnte man Pilze roh essen und das bedeutete: Man brauchte kein Feuer anzuzünden, um sie zu kochen. Natürlich galt es, die giftigen Sorten zu meiden. Aber sie hatten alle gelernt, die gefährliche Amanita-Familie zu erkennen, die für fast alle fatalen Vergiftungen verantwortlich war, und die vielen harmlosen Pilze zu identifizieren.

Tagar justierte den Solardestillierer und mied auch weiterhin Harrys Blick. Er schien sich in einen schützenden Kokon der Gleichgültigkeit zu hüllen, ließ nur wenig von sich selbst nach außen dringen und nichts von der Außenwelt herein. Eine solche Einstellung hielt Harry nicht für besonders angemessen, denn immerhin bildeten sie eine Gemeinschaft. Früher oder später musste er einen Weg finden, Tagars defensive Haltung zu durchbrechen. Harry wollte seine Gruppe nicht nur intakt zurückbringen, sondern auch dafür sorgen, dass enge Bindungen zwischen ihren Mitgliedern entstanden, sie zu einer Einheit wurden, wie es häufig unter schwierigen Bedingungen geschah. Ein guter Anführer fand Mittel und Wege, dieses Ziel zu erreichen.

Ein überraschter Aufschrei veranlasste ihn, zu der Unterkunft zu eilen, die Slisik und T'Passa bauten. Doch als er den Felsüberhang erreichte, sah er nur T'Passa. Kummer erfasste ihn – er ahnte, was geschehen war.

Ein Mitglied seiner Gruppe war »getötet« worden.

Akademie-Personal überwachte sie die ganze Zeit über, um zu verhindern, dass jemand von ihnen in ernste Gefahr geriet. Gleichzeitig diente diese Überwachung dazu, ihr Verhalten in der Wildnis zu bewerten. Wenn die Gruppe einen Fehler machte, der sich in einer echten Überlebenssituation als fatal erweisen mochte, so wurde ein Mitglied in die Basis zurückgebeamt. Das Ausmaß des Erfolgs einer Gruppe hing davon ab, wie viele Kadetten es schafften, aus eigener Kraft die Basis zu erreichen. Und Harry hatte bereits ein Gruppenmitglied verloren.

T'Passa blieb natürlich gelassen. »Ich nehme an, Slisik wurde zur Basis transferiert«, sagte sie kühl.

Ihre Ruhe ärgerte Harry. »Ich weiß, dass sie zurückgeholt wurde. Aber warum? Wir halten uns ganz genau an die Vorschriften.«

T'Passa sah sich die Unterkunft an, die sie zusammen mit der anderen Vulkanierin gebaut hatte, suchte nach Fehlern. Harry dachte über alle seine Entscheidungen nach und fragte sich, ob er irgendetwas falsch gemacht hatte.

»In der Konstruktion dieser Unterkunft kann ich keinen Fehler entdecken«, verkündete T'Passa selbstsicher. »Der Grund für den Verlust eines Gruppenmitglieds muss einen anderen Aspekt unserer bisherigen Mission betreffen.«

Harrys Ärger nahm zu. Nicht etwa die frostige Vulkanierin führte die Gruppe an, sondern er. Er wurde zur Rechenschaft gezogen, wenn ihnen ein Fehler unterlief. Er war derjenige, den Nimembeh fertig machen würde. Für T'Passa mochte es leicht sein, mit einem Achselzucken über diese Sache hinwegzugehen, denn letztendlich brauchte sie dafür keine Verantwortung zu übernehmen. Im Gegensatz zu ihm. Erst seit einer Stunde befanden sie sich an diesem Ort und schon hatte er ein Gruppenmitglied verloren.

Warum? Harry ging zu O'Connell, der mit einem Stock Linien in den Boden kratzte. »Wir haben Slisik verloren«, sagte er voller Anspannung. Die Bestürzung im Gesicht des Iren tröstete ihn ein wenig.

»Was haben wir falsch gemacht?«

»Keine Ahnung. Wir haben alle notwendigen Maßnahmen eingeleitet: Ortsbestimmung, Festlegung der Route, der Bau einer Unterkunft, Versorgung mit Wasser und Nahrungsmitteln ... Alles entspricht genau dem Starfleet-Protokoll.«

O'Connell betrachtete die Linien im Boden. »Ich bin sicher, dass ich alles richtig gemacht habe«, sagte er kummervoll. »Ich schätze, wir befinden uns fast genau östlich der Basis. Heute Abend kann ich mit Hilfe der Sterne genauere Angaben machen. Wie dem auch sei: Wir sollten nach Westen gehen, bis ich unsere Position exakter bestimmen kann.«

Harry setzte sich auf die Fersen und überlegte fieberhaft. Lag es vielleicht an George? Hatte sein Zimmergenosse irgendwie gegen das Protokoll verstoßen und war das Verschwinden von Slisik die Strafe dafür? Er erhob sich und ging in die Richtung, in die George aufgebrochen war, um die Umgebung zu erkunden.

Fünf Minuten später hörte er, wie sich etwas ziemlich laut einen Weg durchs Unterholz bahnte. Er blieb hinter einem Baum stehen, für den Fall, dass ein Bär den Lärm verursachte, doch dann erkannte er George. Nur wenige Meter trennten ihn von seinem Freund, dessen Gesicht vor Anstrengung gerötet war.

Harry trat hinter dem Baum hervor und George blieb abrupt stehen.

»Lieber Himmel, ich hätte fast einen Herzinfarkt bekommen!«, keuchte er.

»Und du bist so laut, dass du Tote aufwecken könntest«, erwiderte Harry. George runzelte die Stirn, als er den Zorn in der Stimme seines Zimmergenossen hörte, und Harry spürte Reue. »Entschuldige«, brummte er. »Wir haben Slisik verloren. Uns ist irgendein Fehler unterlaufen, aber ich weiß beim besten Willen nicht, welcher. Womit bist du beschäftigt gewesen?«

»Ich habe das Gelände erkundet. Nichts deutet auf die Nähe von Menschen hin, aber ich habe Kot und Spuren gefunden, die von Tieren stammen, darunter auch von Bären und Kojoten. Und östlich von hier gibt es eine tiefe Schlucht, die bestimmt nicht leicht zu überqueren ist.«

Harry sah ihn an. George berichtete nichts Ungewöhnliches; seine Schilderungen boten keinen Hinweis darauf, dass ihm irgendein Fehler unterlaufen war, für den die Gruppe mit dem Verlust eines Mitglieds bezahlen musste. *Was haben wir falsch gemacht*?

Er bedeutete George, ihm zu folgen, und gemeinsam kehrten sie zu den anderen zurück. Harry versammelte sie um sich herum. »Von jetzt an geht niemand mehr allein irgendwohin. Wer das Lager verlassen muss, lässt sich von jemandem begleiten. Wir können nicht riskieren, dass jemand fortgeht und einen Fehler macht. Wenn ständig mindestens zwei Personen zusammen sind, können wir uns gegenseitig kontrollieren.«

Er spürte T'Passas Blick auf sich ruhen und ihre dunklen Augen schienen Verachtung zum Ausdruck zu bringen. Plötzlich begriff er, dass sie die einzige Frau war. Glaubte sie vielleicht, gewisse Dinge in der Präsenz einer männlichen Person erledigen zu müssen? Verlegenheit erfüllte ihn.

»Das soll natürlich nicht heißen, dass die Privatsphäre verletzt wird. Ich meine, die Privatsphäre in Hinsicht auf … äh … Bedürfnisse, die …« Harry brach ab, als er zu stottern begann. Er schien nicht imstande zu sein, diese Sache mit Gelassenheit zur Sprache zu bringen, und dafür verabscheute er sich selbst. Er sah T'Passa an und versuchte, sich zu fassen, wieder an Autorität zu gewinnen.

»Du brauchst keine Angst zu haben«, sagte er ernst und hoffte, die Angelegenheit damit zu regeln. Sein Lohn bestand aus einem eisigen Blick.

»Wovon redest du überhaupt?«, fragte sie mit einer Unnahbarkeit, die bewirkte, dass sich Harry wie ein Sechsjähriger fühlte.

»Schon gut«, erwiderte er hilflos. »Wenn du glücklich bist, bin ich es ebenfalls.«

»Ich empfinde Glück ebenso wenig wie Furcht«, sagte T'Passa. »Ich muss zugeben, dass mich deine Bemerkungen verwirren.«

Harry merkte, dass die anderen nicht zu lachen versuchten, aber hier und dort erklang leises Kichern.

Seine Wangen glühten, als neuerliche Verlegenheit ihn durchströmte. Für einige Sekunden kam er sich wie ein kleines Kind vor, das ins Fettnäpfchen getreten war und die amüsierte Aufmerksamkeit aller Erwachsenen erregt hatte. Er versuchte, so gefasst wie möglich zu klingen, als er sagte:

»Ich glaube, wir haben alle das gleiche Ziel – wir wollen die Basis erreichen, ohne dass noch jemand transferiert wird. Deshalb sollten wir zusammenhalten, in Ordnung?«

Vier Blicke waren auf ihn gerichtet und vier Köpfe nickten ernst. Harry atmete zufrieden durch und hatte das Gefühl, die Situation wieder unter Kontrolle zu haben.

Fünf Tage später waren nur noch Tagar und Harry übrig. Georges Transfer hatte einen Tag nach dem von Slisik stattgefunden und wieder einen Tag später war T'Passa verschwunden. Vor wenigen Minuten hatte sich O'Connell in Luft aufgelöst, als sie ihr Lager nach einem armseligen Frühstück abbrachen, das aus Beeren und

Wasser bestand. Der Hunger begleitete Harry schon seit Tagen. Ständig knurrte ihm der Magen, und wenn er schließlich einmal Nahrung aufnahm, fiel es ihm schwer, sie bei sich zu behalten. Er wusste, dass er schwächer geworden war, und damit ging eine gereizte Stimmung einher.

Als O'Connell entmaterialisierte, konnte Harry einen wütenden Aufschrei nicht unterdrücken. Er schlug sich mit der Faust auf die flache Hand, spürte das Bedürfnis, seinem Zorn physisch Ausdruck zu verleihen. Tagar richtete einen unbeeindruckten Blick auf ihn, strich auch weiterhin mit einem belaubten Zweig über den Boden, um alle ihre Spuren zu verwischen.

»Was ist los?«, stieß Harry hervor und stampfte mit dem Fuß auf. »Was machen wir falsch? Wie konnten wir so viele Leute verlieren?«

»Ich weiß es nicht«, sagte Tagar. »Aber ich glaube, wir können die Basis in einem Tag erreichen. Wir müssen den Weg fortsetzen.«

»Natürlich setzen wir den Weg fort. Habe ich etwas anderes vorgeschlagen?« Die Worte klangen schärfer, als es Harrys Absicht entsprach, aber das war ihm gleich. Er wollte dieses Rätsel unbedingt lösen, bevor sie die Basis erreichten, wo sie Nimembehs strenge Präsenz erwartete. Er beobachtete, wie sich Tagars Züge ein wenig verhärteten, als er Harrys Tonfall hörte, und für ein oder zwei Sekunden dachte er, dass der Klingone protestieren wollte. Er sah dem letzten Mitglied seiner Gruppe tief in die Augen und schließlich senkte Tagar den Blick, brummte etwas Unverständliches und wandte sich ab.

»Gehen wir«, sagte Harry. Sie stapften über einen von Sträuchern und Büschen bewachsenen, an manchen Stellen recht steilen Hang. Die Sonne stand über ihrer linken Schulter, was bedeutete, dass sie nach Westen unterwegs waren.

Als O'Connell noch bei ihnen gewesen war, hatte er

für gute Stimmung gesorgt. Er war redegewandt und geistreich, hatte sie mit Geschichten über seine Vorfahren amüsiert. O'Connell war ein geborener Geschichtenerzähler, und wenn er plauderte, schienen die Stunden schneller zu vergehen.

Jetzt herrschte angespanntes Schweigen zwischen Tagar und Harry. Zwischen den Chaparall-Sträuchern der westlichen Sierra Nevada ertönten nur das Geräusch ihrer Schritte und gelegentlich der Ruf eines Vogels. Die hohen Koniferen befanden sich jetzt ein ganzes Stück hinter ihnen, ebenso die Bäche. Hier in den Vorbergen, an den Hängen, die zur Basis führten, gab es nur noch Buschwerk. Dornen kratzten über Haut und schufen Wunden, die Insekten anlockten und Infektionen herausforderten.

Über vier Stunden lang gingen sie, ohne ein einziges Wort zu wechseln. Dann gab Harry seinem Begleiter mit einem Wink zu verstehen, dass sie eine Pause einlegen und zu Mittag essen sollten. Unglücklicherweise bestand die »Mahlzeit« aus weiteren Beeren und Wasser. Den ganzen Morgen über hatte er nach essbaren Pflanzen Ausschau gehalten, doch diese karge Vegetation schien kaum Essbares zu bieten.

Harry setzte sich, öffnete den Rucksack und holte den Rest der Beeren hervor, die er vor einigen Tagen gesammelt hatte. Er hob die Hand, um Tagar einige von ihnen anzubieten, aber der Klingone nahm sie nicht entgegen, starrte verächtlich darauf hinab. Abrupt schüttelte er den Kopf und ging fort, vermutlich mit der Absicht, nach anderer Nahrung zu suchen. Vorsichtig aß Harry die Beeren und versuchte jede einzelne zu kosten, aber sein Magen nahm sie nur widerwillig auf. Anschließend trank er einen kleinen Schluck Wasser. Tagars Solardestillierer hatte am vergangenen Tag nicht viel produziert und deshalb war ihr Wasservorrat streng rationiert.

Der Klingone näherte sich und Harry blickte hoch, um festzustellen, was er gefunden hatte. Tagar hielt etwas in den Händen, das nach sich windenden weißen Maden aussah. Der Anblick drehte dem Menschen den Magen um. Tagar bot ihm etwas von seinem Fund an und Harry sah, dass es sich um Käferlarven handelte. Er wusste, dass sie viel Protein enthielten, aber die Vorstellung, sich auch nur eins der wurmartigen Geschöpfe in den Mund zu stecken, widerte ihn an. Selbst die trockensten Beeren waren besser.

»Dies hier reicht für mehrere Mahlzeiten«, verkündete Tagar.

Harry schüttelte den Kopf. »Ich verzichte darauf«, sagte er.

»Das ist nicht die richtige Einstellung fürs Überleben.«

»Ich komme auch so zurecht, danke.«

Tagar brummte und begann damit, sich zuckende Maden in den Mund zu schieben. Harry spürte, wie ihm die Galle hochkam, und voller Ekel wandte er sich ab.

»Sind alle Menschen so empfindlich?«, fragte Tagar. Die Worte klangen ein wenig undeutlich, denn der Klingone hatte den Mund voller Larven.

Harry wirbelte zu ihm herum und wollte eine scharfe Antwort geben, doch genau in diesem Augenblick entmaterialisierte Tagar.

Er begriff, dass er allein war und alle Mitglieder seiner Gruppe verloren hatte, jene Kadetten, die damit einverstanden gewesen waren, dass er die Führung übernahm. Er hatte versprochen, sie aus der Wildnis zu führen, doch einer nach dem anderen war »gestorben«.

Verzweiflung suchte ihn heim. Er nahm auf einem Stein Platz, stützte den Kopf auf die Hände und dachte erneut darüber nach, was er falsch machte. Auf dem Boden krochen einige Maden umher, die dem Klingonen aus den Händen gefallen waren, und Insekten schwirrten über ihnen.

Schließlich stand Harry auf und ging wieder los, entschlossen dazu, die Basis zu erreichen und seine Aufgabe zu beenden. Er wollte lieber aus eigener Kraft zum

Starfleet-Stützpunkt gelangen, anstatt auf einen demütigenden Transfer zu warten. Wenn er das gegenwärtige Tempo wahrte, sollte er am späten Vormittag des kommenden Tages in der Basis sein.

Am Nachmittag taumelte er und konnte sich nur noch mit Mühe auf den Beinen halten. Die Beeren hatten ihn kaum mit Nährstoffen versorgt und sein Wasservorrat ging zur Neige. Er wanderte jetzt nicht mehr im Schatten hoher Kiefern und die Oktobersonne erwies sich als sehr warm. Harry wusste, dass er immer mehr an Dehydratation litt. Seine Benommenheit wuchs und es fiel ihm immer schwerer, sich auf irgendetwas zu konzentrieren. Ganz mechanisch setzte er einen Fuß vor den anderen und wankte über den weiten Hang, in Richtung Basis.

Als die Sonne unterging und es dunkel zu werden begann, begriff er zu spät, dass er es versäumt hatte, nach Nahrung zu suchen. Nachts würde es ihm doppelt schwer fallen, etwas Essbares zu finden. Und was war mit Wasser? Wie hatte er so wesentliche Dinge vergessen können? Panik regte sich in ihm und er versuchte sie zu verdrängen. Es kam jetzt darauf an, ruhig zu bleiben und klar zu denken.

Plötzlich erwachte er, die Glieder vor Kälte steif. Wann war er eingeschlafen? Er lag auf dem Boden, ungeschützt, ohne irgendetwas, das ihm Wärme spendete, begleitet nur von Hunger. Er hörte ein Rascheln im Gebüsch, stand hastig auf und fürchtete den Angriff eines Tiers.

Der Mond war zu drei Vierteln voll und sein Licht genügte, um sich zu orientieren. Harry beschloss, sich wieder auf den Weg zu machen. Schlafen konnte er, wenn er die Basis erreichte. Er trachtete danach, Hunger und Durst zu vergessen, so zu tun, als hätte er gerade einen Festschmaus hinter sich. Diese Vorstellung verlieh ihm nur wenig neue Kraft, als er weiterwankte, in Richtung Nimembeh.

Nach einer Stunde konnte Harry nicht mehr. Er sank auf die Knie, als sich um ihn herum alles drehte. Der Gaumen war völlig trocken, Übelkeit schnürte ihm den Hals zu. Er sah zu den Pflanzen in seiner Nähe und versuchte, sich daran zu erinnern, ob irgendwelche von ihnen essbar waren. Aber er konnte sich nicht darauf konzentrieren; immer wieder glitten seine Gedanken fort. Er erinnerte sich an ein wundervolles Fest, das seine Familie veranstaltet hatte, als er sechs gewesen war. Er entsann sich an lange Tische, beladen mit Speisen, Früchten aller Art und gebackenen Delikatessen. Eine Spezialität enthielt Äpfel und andere Früchte. War es sein sechster Geburtstag gewesen? Nein, dann hätte es eine große Torte mit Kerzen gegeben, die er ausblasen musste ...

Er wusste nicht, wie lange er auf dem Boden hockte und über Essen phantasierte. Er begriff nur, dass es so nicht weitergehen konnte. Er musste aufstehen und die Wanderung fortsetzen. Mühevoll stemmte er sich hoch und machte einen Schritt, dann noch einen. Der Boden schien sehr weich zu sein und immer wieder nachzugeben, wodurch es nicht leicht fiel, das Gleichgewicht zu wahren. Er taumelte ...

... und brach vor Nimembeh zusammen. Man hatte ihn in ein Gebäude der Basis gebeamt.

Harry fragte sich, ob es das gleiche Gebäude war, in das man seinen Vater und ihn transferiert hatte, vor nur fünf Jahren – bei jener Gelegenheit war der brennende Wunsch in ihm entstanden, einmal zu Starfleet zu gehören.

Nimembeh stand breitbeinig vor ihm, die Hände in die Hüften gestemmt. Harrys Blick wanderte an ihm empor und erreichte schließlich das dunkle Gesicht, das keinen erkennbaren Ausdruck zeigte.

»Eins muss man Ihnen lassen, Kadett«, sagte Nimembeh. »Sie haben es nicht geschafft, sich selbst umzubringen.«

Harry kam auf die Beine und jemand reichte ihm eine

Flasche Wasser. Er trank gierig, ohne darauf zu achten, dass ihm Tropfen übers Kinn rannen. Das Wasser war kühl und schmeckte so herrlich wie nichts zuvor in seinem Leben. Nur am Rande nahm er zur Kenntnis, dass man ihm einen Injektor an den Arm presste. Das Gerät entlud sich mit einem leisen Zischen.

»Konzentrierte Nährstoffe«, erklärte Nimembeh mit steinerner Miene. »Sie leiden an den Folgen ungenügender Ernährung.«

Harry ließ die Schultern hängen. Er hatte in jeder Hinsicht versagt. Alle Mitglieder seiner Gruppe waren »gestorben« und ihn hatte man zurückgebeamt, weil er nicht imstande gewesen wäre, allein in der Wildnis zu überleben. Wieso war es zu einer solchen Katastrophe gekommen?

»Was habe ich falsch gemacht?«, fragte er Nimembeh offen. »Den ersten Kadetten habe ich bereits Minuten nach unserer Ankunft verloren und an jedem Tag verschwand ein weiterer. Aber wir alle dachten, wir hätten uns genau an die Vorschriften gehalten.«

»Wenn Sie durch feindliches Territorium unterwegs gewesen wären, hätten Sie wohl kaum so lange durchgehalten. Genauso gut hätte ich eine Truppe von bunt gekleideten Akrobaten absetzen können, die durch den Wald poltern und auf jede nur erdenkliche Weise versuchen, Aufmerksamkeit zu erregen.«

Harry zuckte innerlich zusammen. Er verstand, was Nimembehs Worte bedeuteten, und die Ungerechtigkeit empörte ihn so sehr, dass er sich zu seiner vollen Größe aufrichtete. »Bei allem Respekt, Sir, als unsere Mission begann, wussten wir nicht, dass es darum ging, uns verborgen zu halten. Wir alle gingen von einem Test unserer Überlebensfähigkeiten aus.«

»Eine weit verbreitete Ansicht«, erwiderte Nimembeh trocken.

Harry blickte sich um und sah Dutzende von enttäuschten Kadetten – die Anführer der anderen Gruppen, vermutete er. Nur eine Gruppe in der Ecke wirkte ein wenig lebhafter.

»Soll das heißen ... die anderen haben ebenfalls ihre Leute verloren?«, fragte Harry. Es beruhigte ihn ein wenig zu wissen, dass sich die Demütigung nicht auf ihn allein beschränkte.

»Eine Gruppe wandte die richtige Taktik an und überlebte intakt.«

Harry fühlte sich von Verbitterung erfasst. Rote Flecken entstanden auf seinen Wangen, als er sich Nimembeh zuwandte. Verzweiflung und Ärger der vergangenen fünf Tage machten ihn ungewöhnlich aggressiv. »Sir, die Umstände der Situation hätten uns erklärt werden sollen. Wie konnten wir uns auf die richtige Weise verhalten, wenn wir nicht wussten, worum es ging? Dieser Test war einfach nicht fair.«

Bevor Harry das letzte Wort ausgesprochen hatte, schloss sich Nimembehs Hand um sein Handgelenk und drückte fest zu. Der Commander war klein und hager, hatte nicht ein Gramm Fett am Leib, aber er erwies sich als sehr stark, zeigte eine Kraft, die aus seinem Innern zu kommen schien. Sein Griff fühlte sich fester an als Titanium. Harry starrte ihn überrascht an. Nimembehs Blick durchbohrte ihn und seine Stimme hatte die Intensität eines Phaserstrahls.

»Der Test war nicht fair? Tut mir Leid, dass Sie benachteiligt wurden, Kadett. Aber denken Sie an Folgendes: Wenn Sie sich jemals in feindlichem Territorium wiederfinden sollten, bin ich nicht da, um Ihnen zu sagen, was Sie tun und lassen sollen. Sie müssen lernen, selbständig zu denken, das Schlimmste zu erwarten und darauf vorbereitet zu sein. Es wird keinen Transporter geben, der Sie ins Basislager zurückbeamt, wenn's brenzlig wird, ebenso wenig einen Injektor mit konzentrierten Nährstoffen. Sie sind völlig auf sich allein gestellt, im Gebiet des Feindes, und in einer solchen Situation gibt es keine Entschuldigungen. Sie können der Person, die

Sie mit einem Phaser erschießt, wohl kaum sagen, die Situation sei nicht fair gewesen. Habe ich mich klar genug ausgedrückt?«

Harry nickte, eingeschüchtert von Nimembehs scharfen Worten. Doch der Commander war noch nicht fertig. »Ich soll Kadetten ausbilden, die in jeder Situation überleben können. Wenn einer meiner Leute im Einsatz stirbt, so stirbt auch ein Teil von mir. Ich werde nicht zulassen, dass meine Leute Fehler machen, die fatal sein können. Sie sollen begreifen, worauf es ankommt. Sie sollen sich konzentrieren können und zäh genug sein, um selbst die schlimmsten Situationen zu überstehen.«

Wieder nickte Harry. »Ja, Sir«, sagte er demütig, aber Nimembeh ließ ihn nicht los.

»Sagen Sie mir jetzt, was Sie falsch gemacht haben, Kadett«, zischte der Commander.

»Sir, wir hätten sofort in Deckung gehen und die Situation einschätzen sollen. Wir hätten vor allem nachts marschieren und keine Feuer anzünden sollen. Wir hätten die Höhenzüge meiden sollen, weil ein eventueller Gegner dort unsere Silhouetten gesehen hätte. Wir setzten keinen Späher ein, um das vor uns liegende Gelände zu erkunden. Wir haben nicht eine einzige der Regeln beachtet, die für den Aufenthalt in feindlichem Territorium gelten.« Harry sah Nimembeh so würdevoll wie möglich an und hoffte, dass der Commander jetzt zufrieden war und seinen schrecklichen Griff löste. Aber Nimembehs Hand blieb um sein Handgelenk geschlossen und Harry spürte, wie seine Finger zu prickeln begannen – der Blutkreislauf war unterbrochen.

»Was sonst noch?«

Was sonst noch? Gab es weitere Fehler? Erschöpfung und Verwunderung bewirkten, dass Harry keinen Ton hervorbrachte. Er versuchte seine Gedanken zu sammeln und herauszufinden, was er sonst noch falsch gemacht hatte, aber ihm fiel nichts ein. Hilflos sah er Nimembeh an. »Ich … ich …«

»Wissen Sie, welcher Fehler Ihnen außerdem unterlaufen ist, Kadett?«

»Nein, Sir.«

»Sie haben sich dummerweise geweigert, vorhandene Nahrung zu sich zu nehmen. Ihre persönlichen Aversionen bestimmten, was Sie aßen und was nicht. Dieser Umstand führte zu mangelhafter Ernährung, was Schwäche und Desorientierung zur Folge hatte. Sie müssen alles essen, so abscheulich es Ihnen auch erscheinen mag, denn selbst eine verlorene Mahlzeit kann Sie über Wochen hinaus Kraft kosten. Wenn Sie überleben wollen, müssen Sie essen, ganz gleich was.«

Harry nickte einmal mehr. »Ja, Sir«, brachte er hervor. Zwar war er größer als Nimembeh, aber er fühlte sich wie ein kleiner Junger, der in die Augen seines Vaters sah. Allerdings hatte ihn sein Vater nie auf diese Weise gegeißelt. Er hatte ihn nie getadelt, ihn nie erniedrigt oder gedemütigt. Die Ungerechtigkeit der ganzen Sache ließ seine Augen brennen, doch die Vorstellung, vor Nimembeh zu weinen, erschien ihm so demütigend, dass die Tränen verschwanden. Inzwischen hatte der stählerne Griff an seinem Handgelenk die Finger taub werden lassen.

»Sir, ich habe das Gefühl aus den Fingern verloren«, sagte er und hoffte, dass seine Stimme genug Respekt zum Ausdruck brachte.

»Ihre Finger gehören mir, Kadett. *Sie* gehören mir. Und Sie sollen wissen, dass Sie zu einem speziellen Projekt für mich geworden sind. Wenn Sie sich von jetzt an umdrehen, werde ich vor Ihnen stehen. Wenn Sie Ihren Computer einschalten, erwartet Sie eine Nachricht von mir. Wenn Sie sich einige Tage freinehmen wollen, eine andere Unterkunft wünschen oder sich einfach nur die Nase putzen möchten – erst müssen Sie mich um Erlaubnis bitten.«

»Ist … ist das möglich Sir?«

»Und ob.«

Erschöpfung und Schmerz schwächten Harry. Was Nimembeh ihm gerade beschrieben hatte, war so schrecklich, dass ihm nur ein Gedanke Trost spendete: Er konnte die Akademie jederzeit verlassen.

Der Commander schien zu erraten, was ihm durch den Kopf ging.

»Wenn Sie jetzt daran denken, die Akademie zu verlassen ... Nur zu. Werden Sie zu einem Opfer und Drückeberger. Niemand würde Sie vermissen.«

Harry blickte auf die inzwischen angeschwollenen Finger hinab. Es schienen die Gliedmaßen eines ganz anderen Wesens zu sein, eines fremden Geschöpfs, das Anspruch auf das Ende seines Arms erhoben hatte. Plötzlich fiel ihm seine Mutter ein und er stellte sich ihre Reaktion vor, wenn er jetzt die Akademie aufgab.

Er sah Nimembeh an.

»Ja, Sir. Ich gehöre Ihnen. Lassen Sie mich jetzt los?«

Einige angespannte Sekunden verstrichen und dann zog Nimembeh seine Hand zurück. Harrys Arm fiel nach unten. Er widerstand der Versuchung, die Finger mit der anderen Hand zu reiben – er wollte keine Schwäche zeigen, die Nimembeh dazu veranlassen mochte, noch weniger von ihm zu halten. Vorsichtig streckte er sie und spürte, wie das Blut in sie zurückkehrte, begleitet von stechendem Schmerz.

»Melden Sie sich am Montagmorgen um sechs Uhr bei mir. Dann legen wir Ihr Ausbildungsprogramm fest.«

Nimembeh drehte sich abrupt um und ging fort, hoch aufgerichtet und stolz. Harry sah ihm nach und erlaubte es sich nun, die schmerzenden Finger zu massieren. Gab es irgendeine Möglichkeit, Einspruch gegen das vom Commander geplante Programm zu erheben? Er fragte sich, ob er mit seinem Gruppenführer oder dem akademischen Berater darüber reden sollte. Ein derartiger Albtraum musste sich doch irgendwie vermeiden lassen.

Harry stellte bald fest, dass es keinen Sinn hatte, gegen Nimembehs Pläne Einspruch zu erheben. Ein derartiges »Sonderprogramm« war an der Akademie keineswegs außergewöhnlich. In jedem Jahr gab es mehrere Kadetten, die so etwas absolvieren mussten. Der einzige Ausweg bestand darin, die Akademie zu verlassen, und Harry wollte lieber Nimembeh ertragen, als seiner Mutter mit einer solchen Nachricht gegenüberzutreten.

Er sprach mit George darüber, der die für ihn typische Anteilnahme zeigte. »Ich begreife einfach nicht, wie so etwas passieren konnte«, stöhnte Harry. »Mein Stundenplan, das Sportprogramm, meine Aktivitäten außerhalb des Unterrichts, meine Freizeit – alles hängt von ihm ab. Er hat Recht: Ich kann mir nicht einmal die Nase putzen, ohne vorher seine Genehmigung einzuholen.«

»Die Sache ist mir ein Rätsel. Warum hat er ausgerechnet dich herausgegriffen? Ich könnte es verstehen, wenn es dir an Disziplin mangelte. Aber du bist der perfekteste Kadett, den ich kenne.«

Harry lächelte. Solche Bemerkungen konnte man von George erwarten und sie waren genau das, was sein Ego brauchte, nachdem Nimembeh ihn zur Schnecke gemacht hatte. Georges Haltung ihm gegenüber erinnerte ihn an seine Familie: Er begegnete ihm mit Anerkennung und Solidarität.

»Ich habe mich umgehört, aber niemand scheint etwas Genaues zu wissen. Gelegentlich bestimmt Nimembeh ein ›Sonderprogramm‹ für den einen oder anderen Kadetten, doch dabei scheint es keine festen Auswahlkriterien zu geben.«

»Ich schätze, du hast einfach Pech.«

Harry lächelte. Er wusste, dass es Glück war, George als Zimmergenossen bekommen zu haben. Einige der Kadetten, die er kannte, hätten ihn um den Verstand gebracht, aber George und er kamen außerordentlich gut miteinander zurecht. Mehr noch: Ohne George wäre er wahrscheinlich nicht imstande gewesen, Nimembehs strenges Regiment zu ertragen.

Es wurde schnell klar, was der Commander von ihm erwartete: Bestleistungen, bei jeder Gelegenheit und in allen Aspekten seines Kadettenlebens. Er setzte hohe Ziele und verlangte, dass Harry sie erreichte. Für den Fall des Versagens drohten harte Strafen. Nimembeh trieb ihn körperlich und emotional an. Ohne Georges ruhige Präsenz, die ihm immer Beistand gewährte, hätte Harry vielleicht der Versuchung nachgegeben, die Akademie zu verlassen.

Das Ausbildungsprogramm des Commanders war so streng, dass für ein gesellschaftliches Leben kaum Zeit blieb, und deshalb versuchte Harry, alle Gedanken an die weiblichen Kadetten aus sich zu verbannen. Das war nicht leicht, denn an der Akademie gab es hunderte von eifrigen, talentierten und sehr hübschen jungen Frauen. Doch während seiner langer Vorbereitungen auf die Aufnahmeprüfung hatte Harry Selbstdisziplin gelernt.

»Wer braucht Frauen, solange wir uns haben?«, fragte er George und lachte reumütig.

Es war einfacher und auch angenehmer, einen freien Abend mit George zu verbringen, als eine junge Frau einzuladen, die er kaum kannte, und stundenlang angestrengt zu plaudern. Wenn er mit George zusammen war, gab es nie Verlegenheit und Gespräche bereiteten überhaupt keine Mühe. Wenn er ein Wochenende frei hatte, um sich nach Hause zu beamen – so etwas geschah selten genug –, begleitete ihn George oft. Für seine Eltern kam er fast einem Adoptivsohn gleich.

Und so war Harry nicht auf das vorbereitet, was an einem windigen Tag im April geschah. San Francisco funkelte wie Kronjuwelen nach einigen Gewittern, die frische, klare Luft hinterließen. Feuchtigkeit glänzte auf Straßen und Gebäuden.

An diesem wundervollen Tag befand sich Harry in einem dunklen, höhlenartigen Gebäude, um dort einer

Aufgabe nachzugehen, die praktisch unmöglich zu bewältigen war. Nimembeh hatte ihn angewiesen, ein Buch zu holen, das nur in gedruckter Form existierte. Harry vertrat die Ansicht, dass alles Lesenswerte in Dateien gespeichert sein sollte, die sich mit einem Handcomputer abrufen ließen, doch Nimembeh bestand darauf, dass er die viele Jahrhunderte alte Geschichte eines britischen Kapitäns fand, der seine Männer in Sicherheit brachte, nachdem sie von Meuterern in einem Rettungsboot ausgesetzt worden waren.

Alte Bücher genossen Seltenheitswert auf der Erde. Einige passionierte Bibliophile verfügten über Sammlungen, aber sie waren privater Natur und wurden sorgfältig gehütet. In San Francisco kam für Harrys Suche nur ein Ort in Frage: ein großes, mehrstöckiges Gebäude im Embarcadero, ausgestattet mit zahllosen Bücherregalen, in denen tausende von Büchern standen, ungeordnet und von aller Art: Prosa, Geschichte, Kunst usw. – alle nur erdenklichen Themen waren vertreten.

Aber es gab praktisch keine Möglichkeit, ein einzelnes Buch zu lokalisieren. Fröhliche Freiwillige verwalteten das Gebäude und behaupteten, Bücher zu lieben. Tatsächlich lasen sie fast unablässig, doch sie wussten nicht, welche Bücher sich in ihrer Obhut befanden und wie sich ein bestimmtes Exemplar entdecken ließ.

»Dies ist ein Ort zum Stöbern«, sagte eine dickliche Frau mit kurz geschnittenem weißem Haar und freundlich blickenden grauen Augen. Auf einem rechteckigen Schild an der Brust stand ihr Name: HARRIET. »Es gibt nichts Beruhigenderes, als an den Regalen vorbeizugehen, nach einem beliebigen Buch zu greifen und darin zu lesen.«

»Ja, Ma'am«, sagte Harry ein wenig zu hastig. »Da haben Sie bestimmt Recht. Aber ich muss ein bestimmtes Buch finden. Gibt es eine solche Möglichkeit?«

Verwirrung zeigte sich in Harriets Zügen. »Charlotte!«, rief sie einer anderen Freiwilligen zu. »Dieser junge

Mann sucht etwas. Haben wir die Möglichkeit, ein bestimmtes Buch zu finden?«

Charlotte schien die personifizierte Neutralität zu sein: beigefarbenes Haar, beigefarbene Augen, beigefarbener Pulli und beigefarbener Rock. Sie wirkte ebenso verwundert wie ihre Kollegin. »Ich kenne keine«, erwiderte sie.

»Soll das heißen, die Bücher sind nicht katalogisiert?«, fragte Harry ungläubig.

Die beiden Frauen lachten sanft. »Oh, nein, natürlich nicht«, sagte Charlotte. »Hier gibt es Millionen von Büchern. Wie könnten wir sie jemals katalogisieren?«

Schweißperlen bildeten sich auf Harrys Stirn. Er wollte nicht zu Nimembeh zurückkehren und ihm sagen, dass die Suche ohne Erfolg gewesen war. »Vielleicht kennen Sie das Buch, das ich suche«, meinte er höflich. »Vielleicht haben Sie es bemerkt, beim, äh, Stöbern.«

»Wie heißt es?«, fragte die ältere Frau freundlich. »Ich sehe mich hier seit Jahren um.«

»Der Titel lautet *Men Against the Sea*. Es ist die Geschichte von Captain Bligh …«

»Nach der Meuterei«, warf Harriet ein. »Die Geschichte gehört zur *Bounty*-Trilogie und ist sehr aufregend.«

Harrys Herz klopfte schneller. »Befindet sich das Buch hier?«

»Keine Ahnung. Ich habe es als Kind in Ohio gelesen. Was wohl mit jenem Buch geschehen sein mag?«

Erneut fühlte sich Harry von Kummer erfasst. Was für eine verrückte Situation … Wie sollte er Nimembeh davon überzeugen, dass er sich alle Mühe gegeben hatte, allerdings ohne konkretes Ergebnis?

Charlotte hob den Finger, als ihr etwas einfiel. Nachdenkliche Falten bildeten sich in ihrer beigefarbenen Stirn. »*Bounty* … *Bounty* …«, murmelte sie. »Ich glaube, ich habe das Buch gesehen …«

»Wo?«, fragte Harry sofort. Er sah Charlotte an und

versuchte, ihr Erinnerungsvermögen mit seiner Willenskraft zu verstärken.

»Im vierten Stock? Oder im sechsten? Ich glaube, es war ein Stockwerk mit einer geraden Zahl. Und in der Nähe eines Fensters. Ich erinnere mich daran, dass ich nach draußen blickte und ein vorbeifliegendes Starfleet-Hovercraft sah.« Charlotte bedachte Harry mit einem zufriedenen Lächeln. Er wartete höflich darauf, dass sie noch etwas hinzufügte, doch sie schwieg. Er seufzte leise.

»Das Buch befindet sich also im zweiten, vierten oder sechsten Stock ...«

»Oder im achten. Falls ich Recht habe mit der geraden Zahl.«

»Und in der Nähe eines Fensters.«

»Da bin ich mir ziemlich sicher. Das heißt, wenn ich wirklich jenes Buch in den Händen hielt, als das Starfleet-Hovercraft vorbeiflog. Es könnte auch ein anderes gewesen sein.«

Harry starrte Charlotte wortlos an. Dann nickte er, bedankte sich und dachte daran, wie lange es dauern würde, das Buch angesichts einer so vagen Beschreibung zu finden. Als er über die alten, ausgetretenen Treppenstufen in den zweiten Stock hochging, wurde ihm klar: Er konnte den ganzen Tag und auch die Nacht in diesem Gebäude verbringen, ohne fündig zu werden.

Zwei Stunden später gab er die Suche im zweiten Stock auf und nahm sich den vierten vor, wo er sofort zu niesen begann. Staub hatte sich auf den vielen Büchern angesammelt – reichte das Luftfilterungssystem nicht bis zur vierten Etage? – und kitzelte in der Nase. Großartig. Er musste nicht nur Zeit mit der sinnlosen Suche nach einem Buch vergeuden, sondern war auch noch Allergenen ausgesetzt.

Auf der Fensterseite des Raums begann er mit einer systematischen Suche und nahm sich den dritten Gang vor, als er sie sah. Sie stand an einem Regal, hielt ein Buch in den Händen und las.

Es war jene Frau, auf deren Platz er beim ktarianischen Musikfestival gesessen hatte.

Ihre Konzentration auf das Buch schien sie mit einer geheimnisvollen Aura zu umgeben. Harry blieb abrupt stehen und sah sie an, ebenso beeindruckt und eingeschüchtert wie Wochen zuvor, bei ihrer ersten Begegnung.

Sie hob kurz den Kopf, sah ihn an und las dann weiter, ohne das geringste Interesse an ihm zu zeigen. Doch Harry empfand den Blick als elektrisierend – er ging ihm bis ins Knochenmark.

Er zwang sich dazu, die Suche fortzusetzen, prüfte die Buchrücken und vergewisserte sich, dass er von seiner jeweiligen Position aus ein Fenster sehen konnte.

Nach einer Weile kehrte er zum dritten Gang zurück – die Frau war fort.

Harry spürte kurzes Bedauern und zuckte dann mit den Schultern. Er hatte eine Aufgabe zu erfüllen und durfte sich davon nicht ablenken lassen. Deshalb war es ganz gut so, dass diese junge Frau einmal mehr aus seinem Leben verschwunden war. Als er sich den bisher noch nicht durchsuchten fünften Gang vornahm, hörte er leise Schritte und sah, wie die schwarzhaarige Frau um die Ecke kam und ihre Aufmerksamkeit den Regalen auf der anderen Seite widmete.

Um Harry herum schien sich die Luft zu verdichten und ihm das Atmen zu erschweren. Er blickte über die Schulter und beobachtete, wie sich ihm die Frau langsam näherte, ihren Blick dabei über die Buchrücken schweifen ließ. Er trachtete danach, sich auf die eigene Suche zu konzentrieren, doch er war sich ihrer Präsenz auf geradezu überwältigende Weise bewusst, als sie immer näher kam.

Aus dem Augenwinkel sah er, wie sie die Hand ausstreckte und ein Buch aus dem Regal zog. Fast verzweifelt versuchte er, sich etwas einfallen zu lassen, irgendeine intelligente Möglichkeit, ein Gespräch zu beginnen, etwas, das nicht banal oder gezwungen klang. Er sah keinen Sinn darin, das Musikfestival zu erwähnen; bestimmt erinnerte sie sich nicht an ihn.

Schließlich entschied er sich, einfach nur hallo zu sagen und zu fragen, ob sie ebenfalls nach einem ganz bestimmten Buch Ausschau hielt. Er drehte sich um, lächelte und stellte fest, dass sie in dem Buch las, das sie gerade aus dem Regal gezogen hatte.

Der Titel lautete: *Die Bounty-Trilogie*.

Ein leises, würdeloses Quieken entrang sich Harrys Kehle und die Frau sah neugierig auf. »Genau das Buch brauche ich!«, platzte es aus ihm heraus. »Seit Stunden suche ich danach.«

Sie bedachte ihn mit einem kühlen Blick. »Ich habe *jahrelang* danach gesucht«, erwiderte sie, klappte das Buch zu und wandte sich ab.

»Warten Sie, bitte, Sie verstehen nicht. Ich *brauche* das Buch. Mein Ausbilder hat mich angewiesen, es zu suchen, und ich kann ihm unmöglich sagen, dass ich es nicht gefunden habe.«

Aus dem kühlen Blick wurde ein kalter. »Ihr Starfleet-Leute seid immer so arrogant«, sagte die Frau mit Nachdruck. »Ihr glaubt, allen anderen überlegen zu sein und es verdient zu haben, wie Könige behandelt zu werden.« Sie wandte sich erneut ab.

»Nein, gehen Sie nicht, bitte. Bitte.« Die Frau blieb stehen und drehte sich langsam um – etwas in Harrys Stimme schien sie berührt zu haben. Er kam sich wie ein brabbelndes, schwerfälliges Kind vor. »So ist es ganz und gar nicht. Ich habe da diesen Ausbilder, er heißt Nimembeh und er macht mir das Leben schwer, aber ich muss seine Befehle befolgen oder die Akademie verlassen. Er hat mir aufgetragen, das Buch zu suchen. Ich dachte schon, dass ich es nie finden würde. Ich flehe Sie an, überlassen Sie es mir.«

Sie hörte seine Aufrichtigkeit und Verzweiflung. Für einige Sekunden senkte sie den Blick, um das Buch zu betrachten, hob ihn dann wieder. »Mein Vater hatte dieses Buch«, sagte sie leise. »Er las es mir vor, bevor ich es selbst lesen konnte. Er meinte, es enthielte Lehren, an die ich mich für den Rest meines Lebens erinnern würde. Damals wusste ich nicht, was er damit meinte. Dann starb er und ein Museum bekam alle seine Bücher. Als ich älter wurde, fielen mir seine Worte ein und ich begann mit der Suche nach dem Buch.«

Harry sah sie groß an. Ihre Worte rührten ihn zutiefst und plötzlich schien es gar nicht mehr so wichtig zu sein, dass er das Buch bekam. Er musste eben irgendwie mit Nimembeh fertig werden und lächelte matt. »Behalten Sie es.« Er wusste nicht, was er sonst noch sagen sollte, wandte sich ab und schritt durch den Gang.

»Warten Sie«, sagte die Frau. Harry drehte sich um und einmal mehr verblüffte ihn ihre ätherische Schönheit. »Vielleicht lässt sich ein Kompromiss schließen«, sagte sie und ihre Stimme war wie Samt im staubigen Raum. »Nehmen Sie es und stellen Sie Ihren Ausbilder damit zufrieden. Und wenn er es nicht mehr braucht, bringen Sie es mir.«

Harrys Dankbarkeit kannte keine Grenzen. Dieses wunderschöne Geschöpf war auch noch großzügig! Er sah die Frau an, verliebte sich in sie und öffnete den Mund, um ihr zu danken.

Und nieste.

Sie lachte und gemeinsam verließen sie das Gebäude mit den Büchern. Stundenlang wanderten sie durch die Stadt, genossen den frischen Frühlingstag und sprachen miteinander, erforschten sich mit dem Eifer und der Energie junger Liebe. Harry erfuhr, dass die Frau Libby Lattimore hieß, Kunst studierte, Katzen liebte und jeden Tag eine Orange aß. Ihre Mutter war eine bekannte Autorin und lebte in England, was sie jedoch nicht an häufigen Kontakten zu ihrer Tochter hinderte. Libby war mit einigen Starfleet-Kadetten ausgegangen, fand sie aber so arrogant und von sich selbst eingenommen, dass sie sich geschworen hatte, ihnen in Zukunft aus dem Weg zu gehen.

Und sie erinnerte sich daran, Harry beim Musikfestival gesehen zu haben.

Er fand sie faszinierend. Er liebte den Klang ihres vollen, heiseren Lachens. Er liebte es, wie sich ihre Nase an der Spitze ein wenig zur Seite bog. Er liebte es, wie ihr Haar bei jedem Schritt wogte. Er liebte ihre Sensibilität, ihre Anteilnahme, ihr süßes Wesen.

Er liebte alles an ihr.

Doch als er an jenem Abend mit der *Bounty-Trilogie* in sein Zimmer zurückkehrte, widerstrebte es ihm, George von ihr zu erzählen. Wie konnte er einer so wundervollen und einzigartigen Person gerecht werden? Er fürchtete, dumm und albern zu klingen, wie ein pubertärer Jugendlicher, der sich in ein Mädchen verknallt hatte. Er wollte, dass sein bester Freund George Libby selbst sah und sich ein Bild von ihrer Einzigartigkeit machte.

»Kommst du mit zu einer Kunstausstellung?«, fragte er George wie beiläufig. Er befasste sich gerade mit Differenzialrechnung, ein Fachgebiet, das ihm Schwierigkeiten bereitete.

»Ja, gern«, sagte George und gab sich so nett wie immer. »Was steht auf dem Programm?«

»Bilder«, sagte Harry.

»Bilder? Meinst du zweidimensionale Leinwände, bedeckt von in Öl gelösten Pigmenten?«

»Genau.«

George warf Harry einen skeptischen Blick zu. »Sind die Bilder alt?«

»Nein, sie stammen von einer jungen Künstlerin mit großem Talent.«

»Ich dachte, alles auf einer Leinwand Darstellbare sei bereits mehrfach dargestellt worden.«

Harry zuckte mit den Schultern. »Es kann nicht schaden, wenn wir uns die Bilder ansehen. Die Ausstellung wird morgen eröffnet.«

»Glaubst du, Nimembeh gibt dir den Abend frei?«

Harry hob das Buch. »Ich habe Unmögliches zustande gebracht. Ich schätze, das wird ihn angemessen beeindrucken.«

Und tatsächlich: Nimembeh war so beeindruckt, dass er Harry eine ganze Woche freigab – das geschah zum ersten Mal in diesem Jahr. Dadurch bekam er Gelegenheit, zusammen mit George Libbys Ausstellung zu besuchen.

Die Kunstgalerie war ein großes Gebäude an der Market Street, und als die jungen Kadetten eintrafen, wimmelte es dort bereits von Besuchern. Harry und George bahnten sich einen Weg durch die Menge. Harry hielt überall nach Libby Ausschau, konnte sie aber nicht finden.

Ihre Kunstwerke erwiesen sich als außergewöhnlich und Harry war nicht auf die Wirkung vorbereitet, die sie auf ihn hatten. Die Austellung präsentierte starke Kontraste. Hier bedeckten große Leinwände ganze Wände, zeigten düstere, übernatürliche Wesen, die mächtig und geheimnisvoll wirkten, bei sonderbaren Ritualen. An anderen Wänden hingen kleine Bilder, die sich durch eine bemerkenswerte Liebe zum realistischen Detail auszeichneten. Man konnte kaum glauben, das beides von der gleichen Künstlerin stammte.

Selbst George war beeindruckt. »Ich habe mich geirrt«, sagte er fest. »Diese Gemälde sind hervorragend. Wie heißt die Malerin?«

»Ihr Name lautet Libby Lattimore«, erwiderte Harry und hoffte, dass der Stolz in seiner Stimme nicht zu offensichtlich war. »Sie müsste hier irgendwo sein.« Erneut blickte er sich im Raum um und schließlich sah er sie. Libby sprach mit einigen Leuten in mittleren Jahren, die an ihren Lippen zu hängen schienen. Sie trug einen weißen Overall, der ihr schwarzes Haar zur Geltung brachte. Harry fand sie hinreißend.

»Das ist sie«, sagte er freudig und merkte, dass George ihn ein wenig seltsam ansah. »Komm. Ich möchte dich ihr vorstellen.«

Harry ging los und rechnete damit, dass George ihm folgte. Als er sich der Gruppe näherte, bemerkte Libby ihn, beendete ihr Gespräch mit den anderen und kam ihm entgegen. Ganz offensichtlich freute sie sich über das Wiedersehen ebenso wie er. Sie griff nach seinen Händen und gab ihm einen Kuss auf die Wange.

»Freut mich, dass du gekommen bist«, sagte sie. »Hier geht's zu wie in einem Irrenhaus, aber meine Arbeiten scheinen den Leuten zu gefallen.«

»Es ist unglaublich. Ich meine ... Ich hatte keine Ahnung.«

Libbys Antwort bestand aus einem strahlenden Lächeln und Harry drehte sich um mit der Absicht, George vorzustellen. Doch sein Zimmergenosse stand noch immer dort, wo er ihn zurückgelassen hatte, und sein Gesichtsausdruck ließ sich nur schwer deuten. Harry winkte ihn ungeduldig näher, und George kam auf sie zu.

»Dies ist Libby Lattimore, die Künstlerin«, sagte Harry stolz. »Mein Zimmergenosse, George Mathers. Er findet deine Gemälde hervorragend.«

Libby streckte die Hand aus. »Danke, dass Sie gekommen sind, George. Harry hat mir viel von Ihnen erzählt.«

George versuchte zu lächeln, aber für Harry wirkte es gezwungen. Was stimmte nicht? »Sie sind sehr talentiert, Miss Lattimore«, sagte George förmlich. »Ich danke Ihnen für die Gelegenheit, Ihre Arbeit zu sehen.«

Harry wusste, dass George normalerweise nicht auf diese Weise sprach. Warum gab er sich so steif und förmlich? Harry war verwirrt und auch enttäuscht. Ihm lag viel an diesen beiden Personen und er wünschte sich, dass sie sich mochten und gut miteinander auskamen. Aber George war fast eisig.

Mit gespielter Fröhlichkeit wandte er sich an Harry.

»Nun, ich sollte jetzt besser zur Differenzialrechnung zurückkehren. Übermorgen erwartet mich eine Prüfung und ich brauche jede Minute, um mich darauf vorzubereiten. Freut mich, Sie kennen gelernt zu haben«, fügte er an Libby gerichtet hinzu und eilte dann fort.

»Habe ich etwas Falsches gesagt?«, fragte Libby, der das seltsame Verhalten aufgefallen war.

»Nein, natürlich nicht. Vielleicht fühlt er sich nicht wohl.« Harry sah in Libbys dunkle Augen und sofort vergaß er George. Sie verbrachten den Abend zusammen und Harry war sehr stolz, als Libby von all den Leuten gelobt wurde, die ihre Bilder gesehen hatten. Er dachte nicht an George und sein seltsames Verhalten – bis er spät am Abend zur Akademie zurückkehrte und sein Zimmer betrat, erfüllt von Gedanken an Libby und der herrlichen Erinnerung an ihren ersten Kuss.

Er trat schnell ein, für den Fall, dass George bereits schlief, und tatsächlich war es dunkel im Zimmer. Doch George lag nicht etwa im Bett, sondern saß am Fenster und blickte nach draußen in die Nacht. Vor dem Licht des Mondes zeichnete sich seine Silhouette ab.

»George? Ist alles in Ordnung mit dir?«

George drehte nicht den Kopf, um zu antworten. »Es geht mir gut«, sagte er, aber es klang alles andere als überzeugend.

Harry sah zu ihm und erinnerte sich an sein sonderbares Verhalten bei der Ausstellung. »Ich dachte, du fühlst dich vielleicht nicht wohl«, sagte er. »Du bist so schnell fortgegangen.«

George wandte sich ihm zu und das Licht des Mondes zeigte den Schmerz in seinen Augen. »Ich bin ein Narr gewesen, Harry, und es ist nicht ganz leicht, mir das einzugestehen.«

»Wovon redest du da?«, fragte Harry verwirrt. Es folgten einige Sekunden der Stille und George atmete so schwer, als bekäme er nicht genug Sauerstoff.

»Als ich dich heute Abend mit der Frau sah … Da begriff ich, was du für sie empfindest. Und … Es war mir einfach nicht klar.«

»Was war dir nicht klar?«

George gab ein Geräusch von sich, das einerseits wie ein ironisches Lachen klang und andererseits wie eine Verwünschung. »Bist du so schwer von Begriff, Harry. Muss ich es dir in allen Einzelheiten erklären?«

Harrys Verwirrung wuchs. Er wusste beim besten Willen nicht, warum sich sein Freund auf diese Weise verhielt und was es mit seinen Andeutungen auf sich hatte. »Bitte, George. Ich verstehe dich wirklich nicht.«

George stand auf. Das Licht des Mondes erhellte eine Seite seines Gesichts; die andere blieb dunkel. Das eine sichtbare Auge blickte tieftraurig. »Ich liebe dich, Harry. Ich *liebe* dich. Und ich dachte, du erwiderst meine Gefühle.«

Harry starrte ihn groß an und plötzlich verstand er alles. Von einem Augenblick zum anderen begriff er, dass er der Narr gewesen war. Er hatte nie daran gedacht, dass George ihre Beziehung aus diesem Blickwinkel sah. Jetzt warf er sich vor, das Offensichtliche übersehen zu haben.

»Es tut mir Leid, George. Ich bin sehr dumm gewesen.«

George schüttelte den Kopf. »Ich bin von bestimmten Annahmen ausgegangen, weil ich es wollte«, gestand er. »Du hast dich nicht mit Frauen getroffen und den Eindruck erweckt, Gefallen an meiner Gesellschaft zu finden. Wir waren immer zusammen … Ich habe daraus die Schlüsse gezogen, die mich glücklich machten.«

»Aber es gab nie etwas Intimes zwischen uns …«

»Ich habe es mir gewünscht und dachte, dass es mit der Zeit dazu kommen würde. Es hat mir so sehr gefallen, mit dir zusammen zu sein, dass ich nicht riskieren wollte, irgendetwas zu überstürzen.« George schüttelte reumütig den Kopf. »Wenn ich mir gegenüber ehrlich gewesen wäre, hätte ich zugeben müssen, mich Phantasievorstellungen hinzugeben. Aber das wollte ich mir nicht eingestehen, denn ich habe dich zu sehr geliebt.«

Eine gewaltige Welle aus Freundschaft, Zuneigung, Sorge und, ja, Liebe, schwappte über Harry hinweg. Er trat auf seinen Freund zu und umarmte ihn. George schlang ebenfalls die Arme um ihn und eine Zeit lang standen sie auf diese Weise. Dann wich George zurück. »Ich muss eine andere Unterkunft für mich beantragen«, sagte er leise. »Jetzt wäre es zu schwer, hier mit dir zu leben. Ich hoffe, das verstehst du.«

»Natürlich.« Unsägliche Trauer erfüllte Harry, und er hatte das deutliche Gefühl eines schweren Verlustes. Nur einmal zuvor in seinem Leben war er gezwungen gewesen, mit einem solchen Schmerz fertig zu werden, vor Jahren, beim Tod von Mausi. »Ich möchte dein Freund sein, George. Können wir unsere Freundschaft bewahren?«

George atmete tief durch und sah ihn an. »Das hoffe ich. Mit der Zeit. Aber nicht jetzt sofort. Ich muss … über das alles hinwegkommen.«

Harry hätte alles getan, um George die Schmerzen zu nehmen und selbst zu leiden. Aber er wusste, dass George diesen Weg selbst beschreiten musste. Und wenn er ihn hinter sich gebracht hatte … Dann konnten sie vielleicht wieder Freunde sein.

Drei Jahre später stand Harry zusammen mit seinen Klassenkameraden im Stadion der Akademie und hörte Admiral Brand zu, der ihnen mitteilte, dass sie die Abschlussprüfung bestanden hatten und nun aufbrechen würden, um Starfleet im bekannten und unerforschten All zu repräsentieren. Es war keine besonders eindrucksvolle Rede, zumindest nicht für Harry, der sich einfach nur darüber freute, endlich Nimembeh zu entkommen. Während seiner vier Jahre an der Akademie hatte sich der Commander nie verändert, blieb die ganze Zeit über unerbittlich, unzugänglich und streng.

Nicht ein aufmunterndes Wort kam von ihm, nicht ein Kompliment. Nie zeigte er auch nur einen Hauch von Anteilnahme. Jetzt konnte sich Harry darüber freuen, dass dies alles ein Ende hatte.

Aber wohin sollte er gehen? Diese Frage wurde zu einem Problem, das er allein nicht lösen konnte. Er suchte sogar den Rat des Gärtners Boothby, so wie bei verschiedenen anderen Gelegenheiten im Lauf der Jahre. Boothbys praxisbezogener gesunder Menschenverstand schaffte es immer wieder, Zweifel und Verwirrung zu verscheuchen.

Aber diesmal hatte ihm selbst Boothby nicht helfen können.

»Nach dem Abschluss habe ich zwei Möglichkeiten«, wandte sich Harry an den Gärtner. Der Himmel war bedeckt und Boothby legte ein Beet mit Springkraut an. »Ich kann hier in San Francisco bleiben, bei Starfleet Command, als Entwicklungsspezialist in der technischen Abteilung. Oder ich könnte Einsatzoffizier an Bord eines kleinen Raumschiffs werden.«

»Was hat den größeren Reiz für dich?«

»Genau da liegt das Problem – ich kann mich nicht entscheiden. Ich habe mir immer gewünscht, das All zu erforschen, und es ist eine tolle Chance, auf Anhieb Einsatzoffizier zu werden.«

»Aber?«

»Aber ich müsste San Francisco – und die Erde – verlassen.«

»Ich schätze, du denkst in diesem Zusammenhang an eine bestimmte junge Frau.«

»Ja. Wir meinen es ... sehr ernst miteinander. Und es wird unserer Beziehung nicht helfen, wenn ich monatelang fort bin.«

»Das ist ein Problem.«

»Ich weiß, dass es ein Problem ist. Deshalb spreche ich ja mit Ihnen.«

Boothby sah auf, kniff die Augen zusammen und musterte den jungen Mann. »Du glaubst, ich hätte die Antwort, nicht wahr?«

»Sie scheinen immer eine Antwort zu haben.«

Boothby lachte kurz und fuhr damit fort, kleine Büschel bunter Blumen in den feuchten Boden zu pflanzen. »Nun, es tut mir Leid, dich enttäuschen zu müssen, aber ich glaube, eine derartige Entscheidung kannst nur du allein treffen. Du musst herausfinden, was dir wirklich wichtig ist, und dann gilt es, auf dieser Grundlage zu entscheiden. Niemand sonst kann in dein Herz sehen.«

Mehr bot ihm Boothby nicht an. Harry sprach auch mit George darüber, dessen Freundschaft er während der vergangenen vier Jahre immer sehr zu schätzen gewusst hatte. George schien immer weiser und klüger zu sein, als man aufgrund seines Alters annehmen sollte, und er fasste seine Meinung in deutliche Worte: »Bleib in San Francisco. Heirate Libby und gründe eine Familie. Da ist etwas Besonderes zwischen euch, und so etwas gibt man nicht einfach auf.«

Libby präsentierte ihm eine andere Sichtweise. »Ich möchte nicht, dass du das für mich aufgibst, wofür du so hart gearbeitet hast. Wenn das, was wir haben, von Bestand bleiben soll, so muss es die eine oder andere Trennung überstehen. Es gibt viele Verheiratete bei Starfleet und offenbar kommen sie zurecht. Warum sollte es bei uns anders sein?«

Harrys Eltern vermieden es, Stellung zu beziehen, obwohl sie sich bestimmt darüber gefreut hätten, ihn in der Nähe zu wissen. Der Fakultätsberater Commander Moffat forderte ihn auf, die Vor- und Nachteile beider Möglichkeiten sorgfältig gegeneinander abzuwägen, empfahl aber weder das eine noch das andere.

Und so blieb Harry mit seinem Problem allein. Während er mit halbem Ohr Admiral Brands Ansprache bei der Abschlussfeier zuhörte, war er einer Entscheidung nicht näher als vor einem Monat. Aber jetzt hatte er keine Zeit mehr, denn er musste die Wahl heute treffen, an diesem Tag. Er wusste von dem alten Brauch, eine Münze zu werfen, damals, als es noch Münzgeld gegeben hatte. Gab es eine andere Möglichkeit, den Zufall entscheiden zu lassen?

Schließlich beendete Admiral Brand seine Rede und Jubelrufe beendeten die Zeremonie. Harry wartete darauf, dass sich Libby und seine Eltern einen Weg durch die Menge bahnten, die von den Tribünen herbeiströmte. Als sein Blick über die vielen Leute glitt, bemerkte er Commander Nimembeh, der auf einer Seite stand, so streng und unnahbar wie immer wirkte. Er sah direkt in seine Richtung.

Harry näherte sich ihm. Etwas in ihm drängte danach, einige letzte Worte an ihn zu richten, um die Mühen der letzten vier Jahre auf angemessene Weise zu beenden.

»Ich habe es geschafft, Sir«, sagte er zu Nimembeh, seinem Peiniger. »Obwohl Sie nichts unversucht ließen, um mich dazu zu bringen, die Akademie zu verlassen. Eins möchte ich wirklich wissen: Sind Sie jetzt zufrieden oder enttäuscht?«

Über Nimembehs Gesicht huschte etwas, das Harry dort nie zuvor gesehen hatte. Was war es? In den Mundwinkeln zuckte es kurz – die Andeutung eines Lächelns? Verspottete ihn Nimembeh?

»Sie haben mich stolz gemacht, Fähnrich«, sagte der Commander. »Und ich erwarte von Ihnen, dass Sie das auch weiterhin tun.«

Ein plötzliches, unerwartetes Gefühl regte sich in Harry, als er begriff, welches Geschenk ihm Nimembeh gemacht hatte. Als verhätscheltes, verwöhntes Kind war er zur Akademie gekommen. Nimembeh hatte das erkannt und vier Jahre damit verbracht, ihn abzuhärten und in einen Mann zu verwandeln – in einen Mann, auf den er stolz sein konnte. Harry war so sehr gerührt, dass er kaum mehr sprechen konnte.

»Sir«, begann er mühsam, »wofür sollte ich mich Ihrer

Meinung nach entscheiden? Soll ich in San Francisco bleiben oder den Posten an Bord der *Voyager* annehmen?«

In Nimembehs kohleschwarzen Augen glänzte es. »Ich habe nicht vier Jahre in Sie investiert, damit Sie an irgendeinem Schreibtisch sitzen, Fähnrich«, sagte er, drehte sich um und ging mit hoch erhobenem Kopf fort.

Und damit stand Harrys Entscheidung fest. Eine Woche später ging er von der Raumstation *Deep Space Nine* aus an Bord der *Voyager* und betrat Captain Janeways Bereitschaftsraum. »Stehen Sie bequem, Fähnrich, bevor Sie sich irgendetwas verrenken«, sagte die Kommandantin trocken und so begann ihr Abenteuer. Während ihrer langen Odyssee durch den Delta-Quadranten musste Harry viele Verluste hinnehmen. Er vermisste Libby, seine Eltern, George und alle anderen, die Teil seines Lebens gewesen waren. Doch am meisten bedauerte er, dass er Nimembeh nicht sagen konnte, wie gut er seine schmerzvollen Lektionen gelernt hatte.

5

Harry hob den Kopf und stellte fest, dass ihn alle ansahen, auch Coris, deren orangefarbene Augenscheiben das Licht der Feuer wie Spiegel reflektierten. Alle schwiegen und wirkten beeindruckt. Harry spürte kurzes Unbehagen, denn er befürchtete, das er die Zuhörer mit den Schilderungen seiner jugendlichen Unzulänglichkeiten in Verlegenheit gebracht hatte. Doch dann beugte sich Chakotay zur Seite und klopfte ihm auf die Schulter. »Ich wünschte, Nimembeh könnte Sie jetzt sehen, Harry«, sagte er. Seine Stimme brachte Anteilnahme und Anerkennung zum Ausdruck.

Kurze Zeit später zogen sie sich in die Unterkünfte zurück und streckten sich dort auf dem Boden aus. Nach Harrys Geschichte, die von Unschuld und Initiation berichtet hatte, spürten sie einen sonderbaren Frieden. Coris folgte Harry lautlos und legte sich neben ihn, Rücken an Rücken. Innerhalb weniger Minuten schlief er ein.

Coris blieb zunächst wach und lauschte Harrys regelmäßigen Atemzügen. Ein bemerkenswerter Tag lag hinter ihr und seltsame Gedanken und Gefühle regten sich in ihr.

Sie hatte damit gerechnet, von dem Mann in der goldenen und schwarzen Uniform für den Versuch, ihm die Stiefel zu stehlen, mit Prügel bestraft zu werden. Als er sie stattdessen zur Unterkunft brachte, rechnete sie mit Vergewaltigung.

Doch als man ihr mit Anstand und Freundlichkeit begegnete, wusste sie kaum, wie sie darauf reagieren sollte. Sie brachte den Leuten von dem Raumschiff namens *Voyager* nach wie vor Argwohn entgegen und sprach nicht, aus Furcht, sie zu provozieren – vermutlich warteten sie nur darauf, dass sie sich eine Blöße gab. In diesem Bereich des Alls schloss nur dann jemand mit einer hilflosen jungen Frau Freundschaft, wenn er eine Gegenleistung erwartete.

Aber nachdem sie Harrys Geschichte gehörte hatte, die so voller Liebe und Mitgefühl war, begann sie zu glauben, dass sich diese Leute tatsächlich von allen anderen unterschieden. Sie schienen wirklich so anständig zu sein, wie sich gaben – für Coris ein völlig neues und sehr verlockendes Konzept.

Natürlich war es noch immer möglich, dass Harry und die anderen beabsichtigten, sie irgendwie zu benutzen, aber das hätte sie weder erstaunt noch enttäuscht. Es entsprach ihren Erwartungen. Wenn es nicht dazu kam … Das wäre die wahre Überraschung gewesen. Coris beschloss, abzuwarten und zu sehen, wie sich die Dinge entwickelten.

Nach einigen Stunden fiel sie schließlich in einen unruhigen Schlaf und träumte von ihrer Großmutter, der einzigen Person, die ihr gegenüber jemals Liebe gezeigt hatte.

»Wir müssen eine Karte vom ganzen Gefangenenlager anlegen«, sagte Tuvok, als sich die Gruppe am nächsten Morgen in einer Unterkunft versammelte. Der Himmel war bedeckt und ein kühler Wind wehte, stellte Regen in Aussicht. B'Elanna spürte die Kälte in den Knochen und konzentrierte sich auf Tuvoks Worte, um nicht an das schlechte Wetter zu denken. Diesmal sollte es bei der Diskussion um den nächsten Schritt ihres Überlebens gehen: um die Flucht.

Es war eine überaus schwierige Aufgabe. Die Metallwand am Rande des Lagers schien unüberwindlich zu sein. Die Wächter verfügten über tödliche Waffen. Auf allen Seiten erstreckte sich dichter Wald und niemand wusste, wie weit sie von der Zivilisation entfernt waren – wenn es auf diesem Planeten überhaupt so etwas wie Zivilisation gab. Vielleicht war das Gefangenenlager der einzige bewohnte Ort. Außerdem fehlten Hinweise darauf, wo sich Captain Janeway, die *Voyager* und der Rest der Crew befanden.

Doch eins nach dem anderen. Zuerst ging es darum, eine Karte anzufertigen, Details des Terrains zu erfassen, geologische Elemente, die Positionen der Wächter und alles andere, das sich als nützlich erweisen konnte.

Zusammen mit Chakotay und Brad Harrison machte sich B'Elanna auf den Weg zur südwestlichen Ecke des Lagers. Sie schritten durch ein Territorium, in das sie bisher noch nicht vorgestoßen waren: eine hügelige Landschaft, in der es von zerlumpten Gefangenen wimmelte. B'Elanna spürte immer mehr neugierige Blicke, als sie über den Pfad schritten, den sie Main Street genannt hatte und der im rechten Winkel zum Broadway verlief. Sie wusste, dass ihre Gruppe besser gekleidet und genährt war als alle anderen Gefangenen, was Neid und Ärger wecken mochte.

»Was ist mit Ihnen, B'Elanna?«, fragte Chakotay. »Wollen Sie uns heute Abend Ihre Geschichte erzählen?«

B'Elanna fühlte, wie ihre Wangen zu glühen begannen. »Ich bin keine gute Erzählerin. Sie sollten jemand anders auswählen.«

»Ich habe noch nie erlebt, dass es Ihnen an Worten mangelt«, erwiderte Chakotay. B'Elanna warf ihm einen kurzen Blick zu und stellte fest, dass seine Lippen ein für ihn typisches Lächeln formten. »Wir haben zwei Männern zugehört. Es wird Zeit für die Geschichte einer Frau.«

»Sie könnten einige Dinge hören, die Sie schockieren«, sagte B'Elanna, woraufhin Chakotays Lächeln in die Breite wuchs.

»Ich würde gern erfahren, worum es dabei geht«, konterte er. »Ich habe mein ganzes Innenleben preisgegeben und auch Harry war sehr offen. Mit weniger geben wir uns auch bei Ihnen nicht zufrieden.«

B'Elanna schwieg. Wenn sie keine Verpflichtungen einging, wählte Chakotay am kommenden Abend vielleicht einen anderen Geschichtenerzähler. Sie erhielt keine Gelegenheit, noch länger darüber nachzudenken, denn vor ihnen kam es zu Unruhe. Dutzende von Gefangenen drängten sich rechts vom Weg um etwas oder jemanden zusammen. B'Elanna sah darin einen Vorteil für ihre Gruppe: Wenn die Menge abgelenkt war, konnten sie ihrer Aufgabe leichter nachgehen.

Immer mehr Gefangene strömten ihnen entgegen, auf dem Weg dorthin, wo sich die anderen versammelt hatten. Stimmen erklangen, wurden lauter und lauter, zu einer Kakophonie, die am kühlen Morgen wie Wasserdampf vom feuchten Waldboden aufstieg. Was war los? B'Elanna musste zur Seite weichen, um nicht von drei blassen, dürren Humanoiden niedergetrampelt zu werden. Geschwüre und wunde Stellen bedeckten ihren Leib und sie wirkten geschwächt; trotzdem hatten sie es sehr eilig, den Ort zu erreichen, an dem sich Rätselhaftes ereignete.

Weiter vorn winkte ein schmutziger, buckliger alter Mann den Herbeieilenden zu und deutete dorthin, wo sich immer mehr Zuschauer einfanden. Als sich B'Elanna und ihre beiden Begleiter näherten, musterte er sie verwirrt. Seine Nase war groß und krumm, wirkte wie der Schnabel eines Raubvogels. Lange schmutzige Haarbüschel hingen von seinem Kopf herab; nervös zupfte er an einem davon, als er sprach.

»Ihr nicht wünscht, den Aufruhr zu sehen?«, fragte er mit einer Stimme, die nach einem Todesröcheln klang.

»Ich selbst nehme die Wetten an, sodass ihr nicht vertrauen müsst irgendeinem anderen.«

»Was passiert dort drüben?« Chakotays Frage schien den Alten noch mehr zu erstaunen.

»Ihr nicht wissen, dass stattfindet jetzt der lang erwartete Kampf zwischen dem Noarkaner Loord und dem tierischen Troykis? Viele Sonnen des Wartens, der Groll immer mehr zunahm. Wollt ihr nicht wetten? Und wenn ich geben darf einen Rat: Loord sehr entschlossen ist, den Sieg zu erringen über Troykis. Setzt auf ihn und Lohn wird euch sicher sein.«

»Nein, danke«, sagte B'Elanna. Wenn ein großer Teil der allgemeinen Aufmerksamkeit einem Zweikampf galt, so fiel es ihnen sicher nicht schwer, Informationen für die Karte zu gewinnen.

Der Alte zuckte mit den Schultern, verlor sofort das Interesse an ihnen und winkte anderen Leuten mit einer klauenartigen Hand zu. B'Elanna, Chakotay und Harrison setzten den Weg zum südwestlichen Ende des Lagers fort, fühlten sich dabei wie gegen den Strom schwimmende Lachse.

Immer weniger Gefangene hielten sich im südwestlichen Teil des Lagers auf, was aber nicht bedeutete, dass alle aufbrachen, um beim Kampf zuzusehen. Wer zu alt, zu krank und zu geschwächt war, blieb auf dem Boden liegen – die Aussicht, ein Duell zu beobachten, verschaffte ihnen keine Erleichterung. B'Elanna bemerkte eine Anhöhe, die einen guten Überblick über das Lager versprach. Zusammen mit Chakotay und Harrison kletterte sie zum höchsten Punkt empor, wo sie eine Unterkunft aus Holz und Stroh fanden. Von dort aus sahen sie sich um.

»Was für ein Anblick«, murmelte Chakotay, als sie versuchten, einen umfassenden Eindruck von ihrer Umgebung zu gewinnen. Von der Hügelkuppe aus konnten sie das ganze Lager überblicken: ein weites, schmutziges Areal, umgeben von hohen Wänden aus Metall.

Tausenden von Wesen diente es als Heimstatt. Die Gefangen wirkten wie Ameisen, die hektisch hin und her krochen. Ihre Masse schien einen übergeordneten Organismus zu bilden, in dem träges Leben pulsierte.

B'Elanna und ihre beiden Begleiter sahen jetzt die »Arena«, in der der Kampf stattfand: Ein Kreis aus etwa hundert Gefangenen umschloss einen offenen Bereich, der ungefähr dreißig Meter durchmaß. Darin umkreisten sich zwei Geschöpfe, bereit dazu, plötzlich zuzuschlagen oder einem Hieb auszuweichen. Sie hätten kaum unterschiedlicher sein können: das eine dunkel und zottelig, von Kopf bis Fuß mit Fell bedeckt; das andere heller und mit glatter Haut. B'Elanna fragte sich, wer der Herausforderer und wer der Champion war, schob diesen Gedanken dann als irrelevant beiseite. Das Drama des Zweikampfs blieb stumm, spielte sich einige hundert Meter entfernt ab. Nur die anfeuernden Rufe der Zuschauer erreichten die Hügelkuppe.

B'Elanna und die beiden Männer wandten sich ihrer Aufgabe zu, schätzten Entfernungen und registrierten topographische Merkmale. Nach einer Weile sahen sie etwas, das der Aufmerksamkeit der Zuschauer entging. In der metallenen Wand öffnete sich eine Tür und vier Wächter wankten auf drei Beinen in Richtung Arena.

»Oh, oh«, sagte Harrison. Aus einem Reflex heraus ahmten sie das Verhalten der Gefangenen nach, die sie am Tag ihrer Ankunft beobachtet hatten: Sie gaben sich beschäftigt, sammelten Gras und Steine, als gäbe es nichts Wichtigeres im Universum.

Gleichzeitig behielten sie das Geschehen vor der Anhöhe im Auge und vermuteten, dass es bald um mehr gehen würde als nur um den Zweikampf. Die Zuschauer ahnten noch immer nichts von den näher kommenden Wächtern, blieben auch weiterhin auf das Duell konzentriert. Die beiden Kontrahenten hatten sich inzwischen gegenseitig umschlungen und wälzten sich auf dem Boden, während die Rufe des Publikums zu einem Heulen und Kreischen wurden.

Die nächsten Ereignisse hätten kaum entsetzlicher sein könnten und bescherten B'Elanna über lange Zeit hinweg Albträume. Die Halbklingonin, Chakotay und Harrison stellten ihre sinnlose Aktivität ein und beobachteten das Geschehen voller Grauen.

Die Wächter näherten sich den Zuschauern, die ihnen den Rücken zukehrten, hoben ihre großen Waffen und eröffneten das Feuer. Gelber Energiedunst wogte den Ahnungslosen entgegen und die Körper, die davon getroffen wurden, gingen sofort in Flammen auf. Aus dem begeisterten Kreischen wurden schmerzerfüllte Schreie, als sich die Wächter einen Weg durchs Publikum brannten. Gefangene fielen, wälzten sich brennend auf dem Boden und heulten vor Schmerz.

Eine Schneise bildete sich und durch sie drangen die Wächter vor. Die Zuschauer begriffen zu spät, welche schreckliche Gefahr ihnen drohte. Sie gerieten in Panik und begannen zu laufen, brachten sich bei dem verzweifelten Versuch, in Sicherheit zu gelangen, gegenseitig zu Fall. Die Kämpfer lagen noch immer mitten in der Arena auf dem Boden und sahen nun entsetzt auf. Die Wächter gaben ihnen keine Möglichkeit, wieder auf die Beine zu kommen, machten erneut von ihren Waffen Gebrauch und verwandelten die Duellanten in Asche.

Inzwischen waren alle Zuschauer in Bewegung. Wer auf der anderen Seite des Kreises am äußeren Rand stand, hatte eine gewisse Überlebenschance. B'Elanna bemerkte dort den buckligen Alten, der sie zum Wetten aufgefordert hatte – er hastete fort und verschwand in einem Unterstand.

Nur wenigen anderen gelang die Flucht. Die Wächter schwärmten aus, justierten ihre Waffen auf Dauerfeuer und schwenkten sie von einer Seite zur anderen. Zu Dutzenden fielen Gefangene brennend zu Boden, wanden sich und versuchten vergeblich, die Flammen zu ersticken, die ihre Leiber verzehrten. Grässliche Schreie erklangen aus der Masse verkohlender Körper und der Gestank von verbranntem Fleisch stieg wie ein Miasma auf.

B'Elannas Blick glitt zu den anderen Bereichen des Lagers und dort sah sie Erstaunliches. Wer nicht in irgendeiner Verbindung mit dem Massaker stand, arbeitete fieberhaft, ohne irgendetwas zustande zu bringen. Alle versuchten, dem Gemetzel keine Beachtung zu schenken. Niemand hob den Kopf, um zu sehen, was bei der Arena geschah. Eine Art Massenverleugnung fand statt; die nicht betroffenen Gefangenen weigerten sich, die schrecklichen Ereignisse zur Kenntnis zu nehmen. Vermutlich hatte die Erfahrung sie gelehrt, dass Gleichgültigkeit in diesem Fall das sicherste Verhalten war.

B'Elanna brachte es nicht fertig, sich ein Beispiel daran zu nehmen. Wie erstarrt beobachtete sie das Geschehen und Übelkeit stieg in ihr empor, als sie versuchte, mit dem entsetzlichen Anblick fertig zu werden. Die Körper brannten auch dann noch, als sie sich nicht mehr hin und her wanden, bis nur noch Skelette übrig blieben, an deren Knochen verkohlte Fleischfetzen hingen.

Schließlich stellten die Wächter das Feuer ein, standen einfach nur da und beobachteten, wie ihre Opfer starben. Als sie sicher sein konnten, dass genügend Gefangene bestraft worden waren, kehrten sie zur Metallwand zurück und verschwanden durch die Tür darin.

Der ganze Vorgang hatte nur wenige Minuten gedauert. Gegen welche Vorschriften auch immer verstoßen worden war – die Wächter hatten das Vergehen schnell und auf sehr nachhaltige Weise bestraft. B'Elanna fragte sich, ob so etwas der Norm entsprach. Hatten die Gefangenen gewusst, dass eine so fürchterliche Strafe drohte? Oder verhielten sich die Wächter unberechenbar? Änderten sie Regeln und Vorschriften nach Lust und Laune? B'Elanna bezweifelte, dass zwischen den beiden Kontrahenten ein so offener Kampf stattgefunden hätte, wenn die möglichen Konsequenzen klar gewesen wären.

Das nächste Ereignis war noch grässlicher.

Als die Wächter fort waren, fielen die Gefangenen sofort über die verbrannten Körper her, rissen das Fleisch von den Knochen und verschlangen es. B'Elanna drehte sich der Magen um und das Bild vor ihren Augen verschwamm. Übelkeit stieg in ihr empor und sie senkte den Kopf, sodass mehr Blut in ihr Gehirn strömte. Wenige Sekunden später fühlte sie sich besser und sah ihre beiden Begleiter an. Die beiden Männer waren so blass, wie sie selbst es vermutlich war. Schweiß glänzte in Harrisons Gesicht und in seinen Augen flackerte es entsetzt. Chakotay blickte ernst zur Arena, die sich in ein Krematorium verwandelt hatte, und eine Ader in seiner Schläfe pulsierte.

Schließlich drehte er sich um und sagte: »Man muss jedes Mittel nutzen, um zu überleben. Gehen wir.«

B'Elanna fühlte Erleichterung. Arbeit, Zielstrebigkeit, Aktivität – diese altehrwürdigen Tugenden würden ihr helfen, den Schrecken zu überwinden. Man erledige die Arbeit und werde seiner Verantwortung gerecht, ohne innezuhalten. Letztendlich war das immer am besten.

An jenem Abend saß eine ernste Gruppe an kleinen Feuern und ihre Mahlzeit bestand erneut aus bröckeligem Kuchen. B'Elanna, Chakotay und Harrison hatten von ihren Beobachtungen berichtet. Den anderen war gar nicht bewusst gewesen, dass etwas geschah – die Gefangenen um sie herum hatten sich völlig normal verhalten, die entsetzlichen Ereignisse einfach ignoriert. Allerdings war ihnen der beißende Geruch aufgefallen.

»Wir könnten einen Themawechsel gebrauchen«, sagte Chakotay leise. »B'Elanna, was halten Sie davon, uns ein wenig abzulenken?«

B'Elanna stellte fest, dass es ihr gar nicht widerstrebte, die Geschichte ihres Lebens zu erzählen. Fast freute sie sich sogar darauf. Sie wäre zu allem bereit gewesen, um nicht mehr an die furchtbaren Ereignisse zu denken. Auch wenn es bedeutete, vom größten Schmerz ihres Lebens zu erzählen.

6

Daran, dass er ging, erinnerte sie sich nicht. An die Zeit vor seinem Verschwinden hatte sie nur sehr vage Erinnerungen: eine starke, tiefe Stimme … Arme mit gekräuselten dunklen Haaren … in diese Arme sprang sie, von einer Plattform in einem See … der Geruch der Ebenen von Nessik nach einem Gewitter im Sommer … das Haar zu Zöpfen geflochten … und die Stimmen, leise und zornig, Stimmen, bei denen sich etwas in ihr verkrampfte, die ihre Hände seltsam feucht werden ließen. Streitende Stimmen.

An die Zeit nach seinem Verschwinden und mit ihrer Mutter erinnerte sie sich zu gut.

»B'Elanna, *HighoS!* Komm sofort da raus. Ich lasse nicht zu, dass du dich wie eine feige Bartkatze in deinem Zimmer versteckst.«

»Ich komme nicht.« Ihre Stimme klang alles andere als tapfer, musste die achtjährige B'Elanna zugeben, aber diesmal war sie entschlossen, ihrer Mutter nicht nachzugeben. Diesmal wollte sie sich durchsetzen.

»Du darfst dich von den anderen nicht so sehr beschämen lassen, dass du dich versteckst. So verhalten sich keine Klingonen.«

»Und wenn schon! Ich bin keine Klingonin!«

Kurze Stille folgte und dann rüttelte jemand an der Tür des Schlafzimmers. »B'Elanna, mach sofort auf.« Eine neue Schärfe erklang nun in der Stimme ihrer Mutter. B'Elanna kannte sie und normalerweise ließ sie sich davon einschüchtern. Heute wollte sie sich nicht davon beeindrucken lassen. Sie hatte das elektronische Schloss der Tür aktiviert und war fest entschlossen, in ihrem Zimmer zu bleiben, bis sie starb. Wie lange dauerte es, bis man verhungerte? Es spielte keine Rolle. Wie lange auch immer es dauern mochte: B'Elanna wollte hier bleiben, unter dem Bett, mit der Plüschkatze Gato. Sie würden auch weiterhin nebeneinander liegen, bis in alle Ewigkeit, bis ihr Körper verweste und nur das Skelett übrig blieb, bis Knochenfinger Gatos Pelz umschlangen.

Wenige Augenblicke später hörte B'Elanna, wie sich die Tür öffnete. Die Füße und Beine ihrer Mutter erschienen im Zimmer, näherten sich dem Bett. Dann zeigte sich ein von Stirnhöckern dominiertes Gesicht.

»Komm unter dem Bett heraus. Ich will nicht, dass du dich versteckst.«

Kummervoll kroch B'Elanna hervor und verließ den sicheren Ort. Wie hatte es ihre Mutter geschafft, ins Zimmer zu gelangen?

Prabsa Torres schien ihre Gedanken zu lesen. »Es hat keinen Sinn, das Schloss zu aktivieren. Ich kann es jederzeit deaktivieren. Stell dir vor, ein Feuer bricht aus und ich muss dich schnell in Sicherheit bringen. Oder du wirst krank und kannst die Tür nicht öffnen.«

Was ist, wenn ich verhungern möchte?, dachte B'Elanna, sprach diesen Gedanken aber nicht aus. Sie wollte dies so schnell wie möglich hinter sich bringen.

Ihre Mutter nahm am Tisch Platz und musterte sie mit dunklen Augen. »Nun? Willst du mir nicht sagen, was passiert ist? Und warum hast du dir das schmutzige Tuch um den Kopf gewickelt?«

B'Elannas rechte Hand tastete instinktiv nach der Stirn. Trotzig zog sie das Tuch, das sie auf der Straße gefunden hatte, noch etwas tiefer in die Stirn. »Nichts ist passiert. Und ich trage das Tuch, weil es mir gefällt.«

Die Schärfe verschwand aus der Stimme ihrer Mutter und die nächsten Worte klangen sanfter, weniger herausfordernd. »Vor einer Stunde hast du das Haus verlassen, um zum Park zu gehen. Dabei hast du *kein* Tuch getragen. Dann kamst du zurückgerannt, als sei Fek'lhr hinter dir her, und hast dich in deinem Zimmer eingeschlossen. Etwas *ist* passiert und ich möchte wissen was.«

»Nichts.«

»Haben dich die anderen Kinder verspottet?«

B'Elanna zischte leise, obwohl sie sich nichts anmerken lassen wollte. Spott? Nein, ganz und gar nicht. Das wäre etwas gewesen, dem sie hätte gegenübertreten können. Aber die *Gleichgültigkeit*, mit der man ihr begegnete ... Wie sollte sie mit so etwas fertig werden? Es war substanzlos, wie etwas, das gar nicht existierte. Aber an ihrer Existenz konnte kein Zweifel bestehen ...

»Nein, das haben sie nicht.«

»Bist du in eine Rauferei verwickelt worden?«

Dann wärst du stolz auf mich, fuhr es B'Elanna durch den Sinn. Auch diese Worte blieben unausgesprochen. »Nein, es gab keine Rauferei.«

»Bist du gefallen? Hast du dich verletzt?«

»Nein.«

Ihre Mutter sah sie mit wachsendem Ärger an. »Auf diese Weise könnte es den ganzen Tag weitergehen. Ich will wissen, was passiert ist.«

»Das habe ich dir schon gesagt – nichts.«

Prabsa schnaufte und war ganz offensichtlich ungehalten. Einige Sekunden lang blickte sie aus dem Fenster und versuchte offenbar, ihre Gefühle unter Kontrolle zu bekommen.

»Einmal, als Kahless acht Tage lang durch die Wüste wanderte ...«

B'Elanna rollte mit den Augen. Nicht schon wieder eine klingonische Geschichte, aus der sich irgendetwas lernen ließ. Warum musste ihre Mutter sie immer wieder mit moralischen Lektionen nerven? Was versprach sie sich davon? Es waren ausnahmslos dumme, unbedeutende Geschichten, die B'Elanna langweilig und sogar peinlich fand. Glaubte ihre Mutter tatsächlich, dass sie etwas aus ihnen lernte? Sie schienen alle gleich zu sein: weitschweifige Legenden, die von dem einen oder anderen klingonischen Helden berichteten. Immer hielten sie am Ende ein Stück Weisheit parat und ihre Mutter wollte offenbar, dass sie danach lebte.

B'Elanna hörte gar nicht richtig hin. Während ihre Mutter sprach, dachte sie an den Park und ihre jüngste Demütigung. Kleine Mädchen hatten dort gespielt – hübsche, menschliche Mädchen –, und zwar Pre-Squares, die Vorstufe des Erwachsenensports Parrises Squares.

Niemand spielte Pre-Squares besser als B'Elanna. Es fiel ihr ganz leicht. In dieser Hinsicht hatte die Natur sie mit einem Talent ausgestattet: Mühelos beherrschte sie die komplexen Muster bei der Führung des Balls – die anderen brauchten Stunden, um sie zu erlernen. B'Elanna sah sich selbst, wie sie mit wehendem Haar übers Spielfeld stürmte, den Squares-Ball dicht über dem Boden und völlig unter ihrer Kontrolle. Ein Schwindel erregendes Gefühl der Freiheit erfasste sie immer dann, wenn sie die anderen hinter sich zurückließ.

Die Lehrer lobten sie.

Die Klassenkameraden schenkten ihr keine Beachtung.

An jenem Nachmittag hatte sie am Spielfeldrand gestanden und gehofft, zu einem Trainingsspiel eingeladen zu werden – bestimmt wollte die eine oder andere Mannschaft ihr besonderes Geschick nutzen. Aber niemand lud sie ein. Ganz allein stand sie da, beobachtete fast eine Stunde lang sehnsüchtig die spielenden Kinder.

Als sie gerade beschlossen hatte, nach Hause zu gehen, verloren die beiden Mannschaften den Antigravball, und er sauste in ihre Richtung. B'Elanna handelte, ohne bewusst zu denken. Mit dem Fußknöchel nahm sie den Ball an, dann mit dem Knie … Und plötzlich lief sie los, ließ den Ball hin und her schnellen, kontrollierte ihn perfekt und trieb ihn übers Spielfeld. Vertraute Begeisterung prickelte in ihr, und sie konzentrierte sich aufs Ziel, während der Ball nicht zur Ruhe kam – zwischen Fußknöcheln, Knien und Ellenbogen sprang er hin und her. Mit den Armen schirmte sie ihn vor Verteidigern ab, denn die anderen Kinder folgten ihr bestimmt und würden versuchen, ihr den Ball abzunehmen.

B'Elanna erreichte die gegenüberliegende Seite des Spielfelds und auf einmal begriff sie, dass ihr niemand folgte. Sie trat ins Square, drehte sich dann um und sah in die Richtung, aus der sie gekommen war.

Die anderen Kinder standen noch immer dort, wo sie den Ball verloren hatten, vierzig Meter entfernt. Sie sahen zu B'Elanna, machten aber keine Anstalten, ihr zu folgen.

Sie schenkten ihr keine Beachtung. B'Elanna war niemand. Sie existierte nicht einmal.

Sie spürte, wie ihr das Blut in die Stirnhöcker schoss – das verabscheute B'Elanna, denn wenn sie rot waren, sahen sie noch schlimmer aus als sonst. Ihre Fingernägel bohrten sich in die Handballen, als sie versuchte, ruhig zu bleiben und sich nicht zu gedemütigt zu fühlen. So beiläufig wie möglich brachte sie den Ball übers Spielfeld, hielt den Rücken dabei gerade und trachtete danach, würdevoll zu wirken.

Als sie sich den anderen Mädchen näherte, verrieten ihre Gesichter keine deutbaren Emotionen. Sie warf ihnen den Ball zu. »Ich schätze, jemand hat die Kontrolle über ihn verloren«, sagte sie und beobachtete, wie die Mädchen versuchten, den eigenwilligen Ball einzufangen. Dann wandte sie sich ab und ging fort.

Nur einige wenige Meter trennten sie von der Gruppe, als jemand flüsterte: »Ich finde die Knochen an ihrem Kopf grässlich.« Von wem auch immer diese leisen Worte stammten: Das betreffende Mädchen wusste offenbar nicht, dass Klingonen viel besser hörten als Menschen.

Ihre Mutter erzählte noch immer, aber der veränderte

Tonfall wies B'Elanna darauf hin, dass das Ende der Geschichte unmittelbar bevorstand. »Und so kam Kahless aus der Wildnis und kehrte in die Welt zurück. Er entschied, bei dem Volk zu leben, das er führen sollte, auch wenn es bedeutete, dass ihm die anderen Schmerzen zufügten. Das lernte er von der Schlange Shrika.«

B'Elanna sah auf und begegnete dem Blick ihrer Mutter, die festzustellen versuchte, welche Wirkung ihre Worte erzielt hatten. Dann kniete Prabsa sich hin, wodurch sich ihr knochiges Gesicht plötzlich auf einer Höhe mit dem der Tochter befand. Sie lächelte und ihre spitz zulaufenden Zähne schienen immer länger zu werden. B'Elanna wich zurück.

»Hast du verstanden, was Kahless gelernt hat?«, fragte ihre Mutter. »Ein Klingone kann sich nicht vor seinem Schicksal verbergen. Wenn man sich seinen Ängsten stellt, so kann man sie überwinden. Aber wenn man ihnen zu entkommen versucht, so gewinnen sie an Macht. Verstehst du das?«

B'Elanna hörte nur leere Worte, aber sie nickte trotzdem und hoffte, dass sich ihre Mutter damit zufrieden gab. Einige Sekunden lang musterte Prabsa sie stumm, griff dann nach ihren Schultern. »Ich lasse nicht zu, dass du schwach bist, B'Elanna. Alles was ich dir mitgeben kann, ist ein Gespür für deine eigene Kraft – und das werde ich bestimmt tun.«

Ihre Mutter verstand nicht. B'Elanna wollte gar nicht ihre klingonische Kraft finden. Sie wollte getröstet werden – immerhin war sie nur ein kleines Mädchen.

»Wir veranstalten eine Party«, sagte Prabsa. »Lade deine Klassenkameraden ein. Wir gehen zum See. Zeig ihnen, dass du dich nicht einschüchtern lässt.«

Eine Party? Entsetzen erfasste B'Elanna, verdrängte alles andere. Etwas Schlimmeres konnte sie sich nicht vorstellen. Warum sträubte sich ihre Mutter gegen die Erkenntnis, dass die menschlichen Kinder nichts mit ihr zu tun haben wollten? Welchen Sinn hatte es, sie zu einer Party am See einzuladen? Es würde niemand kommen.

Ihre Mutter stand auf. »Sag mir nur, mit wie vielen Gästen zu rechnest. Und du kannst das Essen auswählen.«

Sanft zog Prabsa das Tuch von B'Elannas Kopf und strich ihr Haar von der Stirn zurück. »Du bist so ein hübsches Mädchen«, sagte sie. »Versteck deine Schönheit nicht.«

Und damit ging sie. Voller Verzweiflung drückte B'Elanna Gato an sich. Sie wollte auf keinen Fall weitere Demütigungen riskieren, indem sie versuchte, eine Party zu organisieren. Nein, ausgeschlossen.

Aber sie wusste auch, dass ihre eigenen Wünsche dabei keine Rolle spielten. Ihre Mutter würde die Sache selbst in die Hand nehmen und sich mit Einladungen an die Eltern wenden, die natürlich zu höflich waren, um abzulehnen. Das Ergebnis bestand aus einem schrecklichen Nachmittag, bei dem alle vorgaben, sich prächtig zu amüsieren. B'Elanna stellte sich vor, wie die menschlichen Kinder immer wieder die Köpfe zusammensteckten, um über die beiden Klingoninnen zu flüstern: das aggressive Kind, ohne Freunde, und die herrische Mutter – zwei der hässlichsten Geschöpfe, die sie je gesehen hatten.

Das erste, was B'Elanna an der klingonischen Heimatwelt Qo'noS auffiel, war der Lärm und dieser Lärm begleitete sie während des Besuchs die ganze Zeit über. Vom Zeitpunkt der Ankunft an sehnte sie sich nach der Stille von Nessik.

Die terranische Kolonie auf Nessik mochte ihr Einsamkeit bescheren, aber sie bot auch Ruhe und Ordnung. Die Häuser standen in prächtig angelegten Parks, um die sich Leute kümmerten, die an Gartenarbeit Gefallen fanden. Zwischen ihnen kam es zu einer Art freundschaftlichem Wettstreit: Jeder versuchte, das eigene Stück Land schöner zu gestalten als alle anderen. Alle Wege und Pfade waren makellos und es gab viele Tiere.

Diese idyllische Umgebung schuf eine Atmosphäre von Harmonie und Frieden. Wenn B'Elanna durch die Parks wanderte, hörte sie das Zwitschern von Vögeln oder die Geräusche in der Ferne spielender Kinder, sonst nichts. So etwas wie Beschaulichkeit durchdrang Nessik, eine beruhigende Aura, die dem Geist Muße schenkte.

Zu einer solchen Einschätzung war B'Elanna erst imstande, als sie im Alter von zehn Jahren die klingonische Heimatwelt besuchte – ihre Mutter hatte beschlossen, dass es Zeit wurde, die Tochter mit ihrem klingonischen Erbe vertraut zu machen. Sie buchte einen Flug von Runii nach Minis Prime, wo sie an Bord eines Frachters gingen, der nach Gostak flog, einer Welt dicht hinter der Grenze des Klingonischen Imperiums. Von dort aus konnten sie mit einem Shuttle Qo'noS erreichen.

Es war eine lange, mühsame Reise und B'Elanna verabscheute jede einzelne Minute. Sie war nie zuvor im All unterwegs gewesen, verspürte immer leichte Übelkeit. Ihre Unterkünfte boten nicht den geringsten Komfort, denn dummerweise verzichtete ihre Mutter auf das Recht, Starfleet-Schiffe zu benutzen – sie entschied sich für zivile Transporter. Das Essen war von sehr unterschiedlicher Qualität und ihre Mitreisenden stammten aus vielen verschiedenen Völkern.

Während all der Flüge pries Prabsa immer wieder die Wunder von Qo'noS und erzählte B'Elanna hingerissen Geschichten über das, was sie sehen würde: die Orte historischer Schlachten, prächtige Kulturzentren und unbeschreibliche Naturwunder. Sie redete fast die ganze Zeit über – manchmal blendete B'Elanna ihre Stimme einfach aus; daran war sie inzwischen gewohnt –, berichtete von der großartigen Vielfalt der klingonischen Gesellschaft. Seit zehn Jahren war Prabsa nicht mehr auf Qo'noS gewesen und die Rückkehr erfüllte sie mit freudiger Erregung. Sie schlief nur wenig, aß kaum etwas und schwatzte unaufhörlich von der Heimat.

»Zuerst sehen wir uns Kahless' Schrein an«, sagte Prabsa und stellte erneut ein Programm zusammen, das sie später wieder verwarf. »Das ist einfach ein Muss und schafft die richtige Atmosphäre für alles andere. Oder vielleicht sollte das Schlachtfeld von Mithrak an erster Stelle kommen, damit du den Hintergrund von Kahless verstehst.«

Für B'Elanna klang das alles schrecklich. Schlachtfelder? Schreine? Damit konnte sie nichts anfangen. Zehn Jahre lang hatte ihre Mutter von der klingonischen Geschichte erzählt, von Mythen, Legenden und Helden, an denen man sich ein Beispiel nehmen sollte. Prabsa ahnte nicht, dass B'Elanna von all diesen Dingen überhaupt nichts wissen wollte.

Schließlich brachten sie die letzte Etappe der Reise hinter sich, verließen den Shuttle und betraten ein großes Raumdock. Es schien völlig überfüllt zu sein und alle Leute sprachen entsetzlich laut. B'Elanna hielt sich an der Hand ihrer Mutter fest, als sie sich einen Weg durch die Menge bahnten. Prabsa stürzte sich sofort in das verbale Chaos.

»Zur Seite ... Wir wollen hier durch ... Ghargh, deine stinkenden Füße sind im Weg ...« Solche Bemerkungen zischte und fauchte Prabsa, während sie durch den großen Saal des Andockbereichs stapfte. Allen Leuten, die ihr im Weg waren, schleuderte sie Beleidungen entgegen, knurrte dabei voller Zorn, wobei B'Elanna vermutete, dass dieser Zorn gespielt war. Sie verhielt sich, im Großen und Ganzen, ebenso unhöflich wie alle anderen.

B'Elanna war entsetzt. Nie zuvor hatte sie Personen gesehen, die sich auf diese Weise verhielten. Zum ersten Mal in ihrem Leben sah sie sich mit einer so großen Menge von Leuten konfrontiert, die alle riefen und fluchten, überhaupt keine Manieren zu haben schienen. Der Lärm hallte in ihren Ohren wider und ihr Arm schmerzte dort, wo ihn Prabsa umklammert hielt, während sie B'Elanna durch das Chaos aus Klingonen zerrte.

Schließlich gelangten sie zu einer Transportersektion und dort zog Prabsa ihre Tochter mit zu einer Gruppe, die gerade transferiert werden sollte. Sie ignorierte den lautstarken Protest des Transportertechnikers, blieb bei der Gruppe und ließ sich nicht dazu bewegen, zu den wartenden Passagieren zurückzukehren. Verwünschungen flogen hin und her und B'Elanna wäre vor Scham am liebsten im Boden versunken, als sie hörte, welche Worte über die Lippen ihrer Mutter kamen. Schließlich gab der Mann nach, beamte Prabsa und B'Elanna zusammen mit den anderen auf den Planeten.

Dort ging es keineswegs besser zu. *Überall* auf Qo'noS drängten sich Klingonen in großen Mengen zusammen – eine gewaltige Masse, die ohne erkennbares Ziel hin und her wogte.

Und die Klingonen schrien dauernd. Selbst gewöhnliche Gespräche, so stellte B'Elanna fest, fanden auf einem schier ohrenbetäubenden akustischen Niveau statt und oft kam es dabei zu grölendem Gelächter.

Die Gebäude von Qo'noS erwiesen sich tatsächlich als beeindruckend. Weit ragten sie auf, wirkten düster und protzten mit Verzierungen. Ihre Architektur schien die nationale Ideologie widerzuspiegeln. Wenn man die strengen Türme und von Säulen gesäumten Höfe sah, so spürte man hochmütigen Stolz, kompromisslosen Kampfgeist, die Ehrfurcht vor Ritualen und Traditionen.

Als sie das Heim von B'Elannas Großeltern mütterlicherseits erreichten, litt sie an starken Kopfschmerzen. Sie sehnte sich nach der Stille des Gartens auf Nessik, in dem nur der Ruf eines Vogels die Stille einer Sommernacht störte. In dem Haus, so fand sie heraus, ging es ebenso wüst zu wie überall auf Qo'noS.

»Seht sie euch nur an!«, donnerte B'Elannas Großvater Torg, ein großer, breitschultriger Mann mit ungekämmtem Haar und einem Vollbart voller Dinge, die

B'Elanna lieber nicht identifizieren wollte. Er bückte sich, hob sie mühelos hoch in die Luft. Ihr drehte sich der Magen um.

»Ist sie nicht ein hübscher Fratz?«, fragte er und drehte sich, damit alle einen Blick auf B'Elanna werfen konnten.

»Sie scheint mir etwas dünn zu sein«, meinte eine grauhaarige Frau und musterte das Kind. »Aber nach einem Monat bei guter klingonischer Kost wird sie bestimmt fülliger.«

Plötzlich warf Torg B'Elanna hoch und sie flog durch die Luft. Jähe Furcht entstand in ihr, doch dann fing sie ein anderer großer Klingone auf. »Ich bin dein Onkel Kor«, verkündete er laut und Speichel spritzte ihm dabei von den Lippen. »Du hast hier mehr Verwandte, als du ahnst.« Er stellte sie auf den Boden und B'Elanna schwankte ein wenig, als sie versuchte, das Gleichgewicht wiederzufinden. Sie hob den Kopf und sah in zahllose Gesichter, alte und junge, große und kleine.

»Spricht sie?«, rief einer der jüngeren Männer, woraufhin alle schallend lachten, auch ihre Mutter. B'Elanna hatte das Gefühl, dass sich ihr ein eisiger Dolch ins Herz bohrte. Sie war hier ebenso allein und ohne Freunde wie auf Nessik, Spott und Lächerlichkeit preisgegeben, ohne jemanden, der für sie Partei ergriff.

Die nächsten Worte der grauhaarigen Frau überraschten sie.

»Sie ist seit einer Woche unterwegs, ihr Tölpel. Sie dürfte also sehr müde und hungrig sein. Macht Platz, damit ich ihr etwas zu essen holen kann.« Dies war, wie B'Elanna später erfahren sollte, ihre Großmutter B'Kor. Sie schob sich durchs Gedränge, griff nach B'Elannas Hand und führte sie durch den Raum – die anderen waren tatsächlich rücksichtsvoll genug, beiseite zu treten. Kurze Zeit später erreichten sie ein Zimmer, in dem ein großer Tisch stand, und darauf sah B'Elanna mehr Nahrungsmittel als je zuvor in ihrem Leben.

»Hier, kleine *be'Hom*, ich bereite einen Teller für dich

vor. Wir können bestimmt dafür sorgen, dass du mehr Fleisch auf die Knochen bekommst.« B'Kor nahm hier und dort etwas von Tabletts und aus Schüsseln. Einige Speisen kannte B'Elanna von ihrer Mutter her, doch die meisten blieben ihre rätselhaft: gebratenes Fleisch, sonderbares Gemüse, weicher Käse, auch Näpfe mit Geschöpfen, die sich noch bewegten.

B'Kor füllte den Teller mit so vielen Speisen, dass einige Happen über den Rand fielen. Sie drückte ihn B'Elanna in die Hand und lächelte dabei so breit, dass ihre krummen klingonischen Zähne deutlich sichtbar wurden. »Wenn du damit fertig bist, bekommst du ein großes Stück Blutpastete. Es ist die leckerste, die du jemals probiert hast.«

Wenn ich damit fertig bin, bin ich tot, dachte B'Elanna und starrte besorgt auf den Teller hinab. Sie konnte sich nicht daran erinnern, jemals so viel auf einem einzigen Teller gesehen zu haben. Eine solche Menge fand in ihrem Magen überhaupt keinen Platz.

Sie wurde in einen anderen Raum geführt, in dem Tische und Sitzbänke standen. Offenbar sollte sie dort Platz nehmen und damit beginnen, den Teller zu leeren.

B'Elanna setzte sich und betrachtete die unterschiedlichen Nahrungsmittel. Beunruhigt stellte sie fest, dass ein kleiner Haufen aus gelben, mehligen Würmern bestand, die langsam hin und her krochen – sie ließ ihn unter einem dunklen Stück Brot verschwinden.

Andere junge Leute kamen herein und B'Elanna gelangte bald zu dem Schluss, dass dieses Zimmer für die Kinder bestimmt war. Sie sah Jungen und Mädchen aller Altersstufen, von Kleinkindern bis zu Jugendlichen. Sie alle waren ungestüm, ausgelassen und – laut.

B'Elanna gegenüber nahm ein Junge Platz, der etwa fünf Jahre älter sein mochte als sie und auf dessen Teller ein noch größerer Berg von Speisen lag. Er hatte dunkle, blitzende Augen und ein Lächeln, das ohne die Zähne recht attraktiv gewesen wäre. »Vergiss nicht, die Blutpastete zu probieren. Tante B'Kor macht die beste in der ganzen Familie.«

»Stimmt nicht, du *Qip*. Die Blutpastete meiner Mutter Toksa ist viel besser.« Diese Behauptung stammte von einem Mädchen, das etwa so alt wie B'Elanna war und sich neben sie setzte. Die Sitzbänke füllten sich jetzt schnell mit lärmenden Kindern und Jugendlichen. B'Elanna versuchte, auf den Jungen und das Mädchen konzentriert zu bleiben.

»Ich bin K'Karn, dein Vetter zweiten Grades«, sagte der Junge. »Dieses sich Illusionen hingebende Kind ist Lanna, meine Kusine ersten Grades. Sie braucht noch einige Jahre, um mehr Erfahrung mit Blutpastete zu sammeln. Derzeit ist sie nur ein Grünschnabel.«

B'Elanna sah, wie Lannas Stirnhöcker rot anliefen, und plötzlich begriff sie: Das Mädchen war in den Jungen verknallt und wünschte sich seine Zuneigung. Den Grund dafür konnte sie gut verstehen. K'Karn strahlte eine liebenswürdige, ansteckend wirkende Zuversicht aus. Selbst B'Elanna fühlte sich zu ihm hingezogen, aber sie wusste beim besten Willen nicht, welche Worte sie an ihn richten sollte. Einmal mehr nahm sie sich ihren Teller vor und erst jetzt merkte sie, dass es kein Besteck gab. Den anderen machte das nichts aus: Mit beiden Händen griffen sie nach den Speisen, rissen Fleisch von Knochen und leckten sich genüsslich die schmierigen Finger ab.

B'Elanna aß einige Brocken Brot und hörte, wie sich K'Karn und Lanna gegenseitig neckten. K'Karn beschrieb seine jüngsten Leistungen beim Kampftraining, das ihn auf die Aufstiegsrituale vorbereitete. Lanna schien sehr fasziniert zu sein und stellte immer wieder Fragen. Aber schließlich wandte sich der Junge wieder an B'Elanna.

»Erzähl uns von dir, Kusine.« Er lächelte. »Wie ist das Leben für einen Klingonen auf Nessik?«

Die Frage traf B'Elanna wie ein Fausthieb in die Magengrube. Nie zuvor hatte sie jemand um eine solche Auskunft gebeten, nach ihrer Meinung und ihren Gefühlen gefragt, nach ihren Reaktionen auf das eigene Leben. Ihr Vater war verschwunden und ihre Mutter wies sie immer wieder darauf hin, wie sie leben *sollte*. Die Lehrer waren nicht unfreundlich und behandelten sie genauso wie die anderen Kinder – doch die anderen Kinder schenkten ihr keine Beachtung. Niemand von ihnen hatte jemals die einfachste aller Fragen gestellt: Wie ist es für dich?

B'Elannas Augen brannten und sie blinzelte mehrmals, damit sich keine Tränen bildeten. Aber K'Karn und Lanna hatten bemerkt, was geschah. Sie schwiegen verblüfft und B'Elanna wusste, dass sie gleich aufstehen und fortgehen würden, beschämt von der Schwäche ihrer Kusine. Dann würde sie wieder allein sein, ein Zustand, an den sie sich inzwischen gewöhnt haben sollte.

Aber zu ihrer Überraschung stand K'Karn auf, kam um den Tisch herum, griff nach ihrem Arm und zog sie auf die Beine. »Komm, Kusine, dies ist kein Abend für Tränen. Zeigen wir ihr die Kavernen, Lanna.«

Sie führten B'Elanna nach draußen. Rechts und links von ihr gingen sie und plauderten so, als wäre alles in bester Ordnung – obgleich B'Elanna die Tränen jetzt nicht mehr zurückhalten konnte.

Eine Stunde später saßen sie in einer wundervollen, glühenden Kaverne. Zahllose mottenartige Insekten bedeckten die Wände und ihre Biolumineszenz erhellte die Höhle. B'Elanna hatte K'Karn und Lanna von ihrem Leben auf Nessik erzählt, von ihrer Nichtexistenz, ihrer Isolation, von Gleichgültigkeit und Ablehnung.

Als sie ihre Schilderungen beendete, zeigte sich Empörung in K'Karns Gesicht. Er sprang auf und ging in der Kaverne umher; leises Knurren wies auf seinen Zorn hin. »*VeQ ngIm*«, zischte er. »Menschen haben nicht den Mut, die Dinge auf eine ehrenvolle Weise zu regeln. Du solltest sie herausfordern, B'Elanna; dann würden sie schnell begreifen, dass du ihnen überlegen bist.«

Ein sonderbarer Rat. Die Menschen herausfordern? Wozu? Verwirrung breitete sich in B'Elanna aus, aber K'Karn schien nichts davon zu bemerken.

»Was macht dein Kriegertraining? Welche Stufe des Kampfgeschicks hast du inzwischen erreicht?«

»Krieger…training?« B'Elanna wusste nicht, wovon er sprach.

»Damit hast du inzwischen sicher begonnen, wenigstens mit dem Kampfsport«, sagte K'Karn so, als wäre es die natürlichste Sache der Welt.

»Nein, ich …« B'Elanna suchte nach den richtigen Worten. Plötzlich war es ihr peinlich zuzugeben, dass sie sich gar kein klingonisches Kriegertraining wünschte. »Dafür gibt es keinen geeigneten Ort«, sagte sie schnell. »Immerhin sind wir die einzigen Klingonen.«

»Dann solltest du hier bleiben und in Ogat sofort mit einem entsprechenden Ausbildungsprogramm beginnen. Du kannst bei Tante B'Kor wohnen – es würde ihr bestimmt gefallen, wieder eine junge Person im Haus zu haben.«

B'Elanna wusste nicht, wie sie auf diesen befremdlichen Vorschlag reagieren sollte. Hier leben, auf dieser überfüllten und chaotischen Welt, wo sich die Leute gegenseitig hin und her stießen und immer schrien? Es war eine grässliche Vorstellung und sie erzitterte innerlich bei dem Gedanken, dass die Erwachsenen davon hörten und es für eine gute Idee hielten.

»Das geht nicht. Ich kann meine Mutter nicht verlassen.«

»Vielleicht ist sie bereit, hierher zurückzukehren. Niemand versteht, warum sie überhaupt fortging. Ihre Wurzeln sind hier, B'Elanna, und deine ebenfalls. Dies ist deine wahre Heimat.«

Panik erfasste B'Elanna Torres und ließ für nichts anderes Platz. Sie vergaß, dass ihr dieser Verwandte etwas anbot, das ihr immer gefehlt hatte: Akzeptanz, Familie, Unterstützung. Sie dachte nur noch an den Schrecken, der sie auf diesem Planeten voller wilder Leute erwartete. Mit rasendem Puls und trockenem Mund stand sie auf.

»Ich spreche mit meiner Mutter darüber. Danke.«

K'Karn und Lanna erhoben sich ebenfalls und auf dem Rückweg nach Hause sprachen sie unaufhörlich über den Spaß, den sie haben würden, wenn B'Elanna nach Qo'noS umzog. Sie wollten gemeinsam auf die Jagd gehen, kämpfen, sich auf die Kriegerrituale vorbereiten. B'Elanna spürte Übelkeit, als sie das Heim von B'Kor und Torg erreichten.

Die Vorgänge im Haus brachten keine Erleichterung. Die Erwachsenen hatten offenbar Bier getrunken und waren noch lauter. Zwei Männer vergnügten sich, indem sie von gegenüberliegenden Seiten des Zimmers mit gesenktem Kopf aufeinander zuliefen. Je härter der Aufprall, desto größer der Spaß. Nach jeder Kollision taumelten die beiden Männer, und die übrigen Anwesenden grölten. Grässliche Musik überlagerte die Stimmen und es herrschte ein unvorstellbares akustisches Chaos. Hinzu kam der Geruch von fettigem Fleisch und sonderbaren, scharfen Gewürzen. B'Elanna hatte das Gefühl, kaum mehr Luft zu bekommen, und plötzlich drehte sich alles, langsam erst, dann immer schneller. Sie versuchte, auf den Beinen zu bleiben, aber Dunkelheit wogte heran …

Sie erwachte in einem großen Bett und Prabsa saß an ihrer Seite, betupfte ihre Stirn mit einem feuchten, kühlen Tuch. Zwischen B'Elannas Schläfen pochte es und ein seltsamer Schmerz brannte in ihrem Hals. In ihrem Mund klebte der Geschmack von Erbrochenem – sie hatte sich übergeben. Etwa vor allen anderen? Das wäre ihr schrecklich peinlich gewesen.

»Fühlst du dich jetzt besser?«, fragte ihre Mutter sanft. »Mir hätte klar sein sollen, dass sich dein Magen vielleicht nicht so schnell an klingonisches Essen gewöhnt. Etwas ist dir nicht bekommen.«

B'Elanna wusste, dass es dabei um mehr ging als nur das klingonische Essen. Sie konnte sich nicht zurückhalten, musste unbedingt wissen, ob ein Umzug nach Qo'noS tatsächlich in Frage kam.

»Ist dies unsere wahre Heimat?«, platzte es aus ihr heraus. »Werden wir hier wohnen? Verlassen wir Nessik für immer?«

Prabsa musterte sie neugierig. »Was veranlasst dich, so etwas zu fragen?«

»K'Karn meinte, wir sollten hier leben. Er riet mir, mit einem Kiegertraining zu beginnen. Muss ich das?«

Ein ungewöhnlicher Ausdruck zeigte sich in Prabsas Gesicht – sie wirkte sowohl ernst als auch amüsiert. B'Elanna wusste damit nichts anzufangen. »Nein, das musst du nicht«, antwortete ihre Mutter und B'Elannas Erleichterung war so groß, dass es ihr schwer fiel, sich auf die nächsten Worte zu konzentrieren.

»Nessik ist unser Zuhause. Ich habe dort mein Laboratorium, das eine große Rolle für mich spielt. Ich liebe meine Familie, aber ich habe schon vor langer Zeit entschieden, dass mein Platz nicht hier auf der Heimatwelt ist. Auf diese Weise empfinde ich noch immer.« Prabsa legte eine kurze Pause ein und fügte dann hinzu: »Wenn du in Erwägung ziehen möchtest, hier zu wohnen ... Das könnte ich verstehen. Vielleicht wärst du bei deinen Verwandten glücklicher.«

»Nein, ich will nicht hier bleiben. Ich möchte gern zurück.«

Erneut musterte Prabsa ihre Tochter, tauchte das Tuch einmal mehr in kaltes Wasser, wrang es aus und betupfte dann B'Elannas Stirn. »*Puq Doy'*«, murmelte sie. »So ein müdes kleines Mädchen.« Es war ein Moment ungewöhnlicher Nähe zwischen ihnen und B'Elanna spürte, wie sich die dunkle Frage einer schwarzen Blume gleich in ihr entfaltete. Ihre Mutter schien jetzt freundlich und mitteilsam zu sein – genau die richtige Gelegenheit, um die Frage zu stellen. *Warum ist Vater fortgegangen?*

Sie zitterte am Rand dieses schrecklichen Abgrunds, wollte fragen, fürchtete aber die Antwort. Deshalb blieb sie still und hörte, wie ihre Mutter eine schwermütige Melodie summte, das Gesicht der Tochter weiterhin mit dem feuchten Tuch kühlte. Schließlich fielen B'Elanna die Augen zu und sie schlief ohne zu träumen. Zumindest konnte sie sich später nicht an irgendwelche Träume erinnern.

Als die jungen Leute von Nessik sie schließlich akzeptierten, geschah das auf eine völlig unerwartete Weise, in jenem Sommer, als sie vierzehn wurde. Sie hatte festgestellt, dass die Pubertät einigen menschlichen Gleichaltrigen üble Streiche spielte; viele von ihnen wirkten plötzlich recht unbeholfen. Manche nahmen zu, andere magerten ab. Hier und dort zeigten sich scheußliche Pickel in jungen Gesichtern und in einigen Fällen war medizinische Behandlung nötig, um die Reinheit der Haut wiederherzustellen. Auch das allgemeine Verhalten veränderte sich, auf eine Weise, die die Luft mit sonderbarer, knisternder Energie zu erfüllen erschien.

B'Elanna blieb von all diesen Dingen unberührt. Es bildeten sich keine Pusteln in ihrem Gesicht, aber ihr wuchsen Brüste. Sie war geschmeidig und schlank, weil sie jeden Tag im großen See unweit der Kolonie schwamm. Im Wasser konnte sie glücklich sein. Sie war eine sehr gute Schwimmerin und die großen klingonischen Lungen versetzten sie in die Lage, unglaublich lange – für Menschen – unter Wasser zu bleiben. Das Staunen der anderen Kinder gefiel ihr. Außerdem segelte sie gern und hatte ein kleines Segelboot, mit dem sie ausgezeichnet umzugehen verstand. Diese Vorliebe unterschied sie von den anderen: Die meisten Jungen und Mädchen verwendeten Hovercrafts, die schneller waren und sich leichter steuern ließen. Doch B'Elanna stellte sich gern der Herausforderung, mit schwierigen Wellen fertig zu werden und die Elemente zu besiegen, die sehr gefährlich und sogar fatal werden konnten, wenn man ihnen nicht gewachsen war. Bei jedem Aufbruch sagte sie sich, dass dieses Mal das letzte Mal sein konnte, dass sie ihr ganzes Geschick brauchte, um zu überleben. B'Elanna fand diese Gedanken angenehm erregend.

Zwar hatte sie keine wirklichen Freunde, aber die jungen Leute mieden sie nicht mehr und begegneten ihr – vielleicht auf Drängen der Eltern hin – mit Höflichkeit. B'Elanna versuchte nicht, mehr zu erreichen. Sie suchte keine Kontakte, lernte konzentriert für die Schule und erzielte hervorragende Leistungen. Während die Pubertät für ihre Klassenkameraden eine Zeit des Durcheinanders war, stellte sie für B'Elanna eine Phase der Ruhe und Gelassenheit dar.

So blieb es zumindest eine Zeit lang.

Als Kind hatte B'Elanna eine schützende Barriere entwickelt, die es ihr erlaubte, geflüsterte Bemerkungen und unhöfliche Kommentare zu überhören – sie merkte es gar nicht, wenn ihr jemand Aufmerksamkeit schenkte. Deshalb entging es ihr, dass die Jungen in der Schule begannen, ihr interessierte Blicke zuzuwerfen und untereinander zu flüstern, wenn sie vorbeikam. B'Elanna hatte keine Ahnung, dass ihre gelassene Unnahbarkeit sie noch begehrenswerter machte.

Spät an einem Nachmittag im Sommer ging sie zum See und brach mit ihrem Boot zu einer fünf Kilometer entfernten Insel auf. Jenen Ort mochte sie besonders gern. Dort gab es viele Bäche, kleine Täler und schattige Ecken, die sie als Kind entdeckt und als eine Art Bühne benutzt hatte, auf der sie in andere Rollen schlüpfen konnte. So stellte sie sich vor, eine Prinzessin zu sein, eine berühmte Forscherin oder eine Dichterin, eine Person, die von Millionen verehrt wurde und deren Gesellschaft man suchte. Jetzt war sie älter, aber die Insel schaffte es noch immer, magische Gefühle in ihr zu wecken. Ein anderer Traum ersetzte den, eine Prinzessin zu sein, einer, der sich fast ebenso schwer verwirklichen ließ: Sie dachte daran, die Starfleet-Akademie zu besuchen, so wie ihr Vater.

Eine solche Möglichkeit wäre ihr wohl kaum in den Sinn gekommen, wenn ihre Mutter nicht von einem Klingonen erzählt hätte, dem es tatsächlich gelungen war, einen Platz an der Akademie zu erhalten – ein Junge, dessen Eltern auf Khitomer den Tod gefunden hatten und der bei Menschen aufgewachsen war. Dieses Wissen brannte in B'Elanna, zunächst als kleine Flamme, dann immer heißer.

Diesmal wollte sie zur Insel, um sich dort in die Rolle eines Akademie-Kadetten zu versetzen. Sie besaß ein Buch, das von ihrem Vater stammte, mit Bildern von der berühmten Ausbildungsstätte. Stundenlang hatte sie sie betrachtet und versucht, sich mit der Umgebung vertraut zu machen. In ihrer Vorstellung ging sie über die makellosen Wege, besuchte den Unterricht in den beeindruckend wirkenden Gebäuden und segelte in der Bucht von San Francisco – ein beliebter Zeitvertreib der Bewohner, wenn man dem Buch glauben konnte.

Ein kräftiger Wind blies und die Fahrt zur Insel dauerte nicht länger als zehn Minuten. Die Gischt hatte B'Elanna völlig durchnässt, als sie das Boot auf den Strand zog, aber das machte ihr nichts aus. Im Gegenteil: Sie fühlte sich belebt und erfrischt.

Sie ging zu einer hübschen kleinen Lichtung an einem Bach, dessen Wasser über glatte Steine plätscherte, nahm Platz und lehnte den Rücken an einen Baum mit glatter Borke. Dann schloss sie die Augen und dachte an die verschiedenen Kurse, die sie belegen würde. Sie träumte nicht wirklich von einer beruflichen Laufbahn bei Starfleet – so etwas schien außerhalb ihrer Reichweite zu sein –, sondern beschränkte sich darauf, die Akademie zu besuchen und dort die Fächer zu wählen, die ihr gefielen. Zum Beispiel Kunst und Literatur. Sie fand es herrlich, immerzu lesen zu können und dafür auch noch mit guten Noten belohnt zu werden.

Sie wollte sich auch mit der Geschichte der Erde befassen. Die endlosen Schilderungen ihrer Mutter hatten sie mit der klingonischen Geschichte vertraut gemacht und sie wollte mehr über ihr anderes Erbe erfahren, das ihr nobler erschien. Sie sehnte sich danach, von Königen und Königinnen zu hören, von dem jahrtausendelangen Kampf um Menschenrechte, Demokratie und Frieden, von dem langen Weg zum Garten Eden, zum Juwel der Föderation, das die Erde heute war.

Sie war nie auf der Erde gewesen, hatte aber das Gefühl, sie zu kennen, auf ihren Wiesen und in ihren Bergen unterwegs gewesen zu sein. Die Erde war ein Paradies, nach dem sie sich sehnte, und die Starfleet-Akademie kam dem Weg zu jenem Paradies gleich.

Das Knacken eines Zweigs auf dem Boden weckte B'Elanna aus ihren Träumereien und wachsam stand sie auf. Gelegentlich kamen andere Jugendliche mit Hovercrafts zur Insel, aber meistens blieben sie am Strand und wagten sich nicht so weit landeinwärts vor. Wer störte sie an ihrem speziellen Ort?

Das Rascheln im Gebüsch wies auf mehrere Personen hin und B'Elanna hörte unterschiedliche Stimmen. Sie wartete, aufmerksam aber ohne Furcht.

Schließlich traten zwei Jungen aus ihrer Klasse auf die Lichtung: James Chesney und Robin Beckett. Als sie ein ganzes Stück jünger gewesen waren, hatten sie B'Elanna gnadenlos verspottet, aber nicht mehr als die anderen. Kleine Jungen verhielten sich eben auf eine solche Weise. Als sie größer wurden, behandelten sie B'Elanna neutral, und das begrüßte sie. James hatte ihr einmal dabei geholfen, eine schwierige Physik-Aufgabe zu lösen, und dafür war sie ihm noch immer dankbar.

Jetzt wirkten die beiden Jungen seltsam nervös. James hatte kurzes blondes Haar und jede Menge Sommersprossen; in seinem blassen Gesicht traten sie besonders deutlich hervor. Der rothaarige Robin war kräftig gebaut und zeichnete sich durch eine fröhliche Natur aus, aber heute hielt er sich zurück, öffnete und schloss immer wieder die Hände.

»Hallo, B'Elanna«, sagte James mit einer brüchigen Stimme, die sich fast überschlug. Sie musterte ihn erstaunt.

»Hallo«, erwiderte sie ruhig. »Was führt euch hierher?«

»Wir waren mit dem Hovercraft unterwegs und haben gesehen, wie du dein Boot auf den Strand gezogen hast. Daraufhin beschlossen wir, hallo zu sagen.«

»Nun, das habt ihr inzwischen.« B'Elanna fragte sich neugierig, in welche Richtung das Gespräch zielte.

Von Unbehagen geprägte Stille folgte. Robin sah sich so auf der Lichtung um, als fände er sie überaus interessant. James zuckte mit den Schultern und lächelte. »Ich habe Orangensaft dabei. Bist du durstig?«

»Ja, danke.«

James holte drei Packungen aus seinem Beutel und eine reichte er B'Elanna. Der kalte Saft schmeckte köstlich und sie war dem Jungen dankbar für seine Aufmerksamkeit. »Möchtet ihr euch setzen?«

»Gern«, erwiderte James und nahm Platz. Robin folgte hastig seinem Beispiel.

»Wie kommst du mit der Aufgabe zurecht, die Schnaufer uns gegeben hat?«, fragte James. Schnaufer war ein Lehrer an ihrer Schule, der die Angewohnheit hatte, durch den Mund zu atmen. Seit dreißig Jahren unterrichtete er an der Schule von Nessik und von Anfang an hatte man ihn Schnaufer genannt.

»Ich arbeite daran. Allerdings interessiere ich mich nicht sehr für bolianische Literatur. Ist mir zu frivol.«

»Mir gefällt sie. Ich finde sie komisch.«

»Einige Autoren versuchen, komisch zu sein, aber sie geben sich zu große Mühe.« B'Elanna glaubte allmählich, dass keine Absicht hinter dieser Begegnung steckte. Vermutlich war sie nur ein Zufall.

»Hast du die Geschichte von der Frau des Bauern gelesen, die sich immer wieder mitten in der Nacht fortstahl?«

»Ich habe sie für sehr dumm gehalten.« Bei der Geschichte – eigentlich handelte es sich um ein Märchen – ging es um eine verliebte Ehefrau, die mit ihrem Mann unzufrieden war und die Freundschaft eines übernatürlichen Wesens suchte, eines Waldgeistes. Es war eine phantasievolle, aber im Grunde genommen recht törichte Erzählung. Darüber hinaus präsentierte sie eine viel zu deutlich dargestellte Moral in Hinsicht auf treulose Ehefrauen. Von einem solchen Schwachsinn hielt B'Elanna nichts.

»Tatsächlich?«, fragte James so, als besäße dieses Thema eine ganz besondere Bedeutung. »Hast du dich nicht mit der Ehefrau identifiziert?«

»Was?«, brachte B'Elanna ungläubig hervor.

Diese Antwort schien James zu verwirren. Er zögerte und befeuchtete sich die Lippen.

»Nun, ich meine ... Sie war sehr leidenschaftlich. Und enttäuscht. Ihr Ehemann stellte sie nicht zufrieden.«

B'Elanna sah James groß an und wusste noch immer nicht, worauf er hinauswollte. »Was willst du damit sagen?«, fragte sie.

Er errötete und dadurch verschwanden seine Sommersprossen vorübergehend. Erneut befeuchtete er sich die Lippen und mied B'Elannas Blick. Als er sprach, vibrierte Unsicherheit in seiner Stimme. »Sind Klingonen nicht ... Ich meine, wir haben gehört, dass ... Klingonen sehr leidenschaftlich sind.«

Robin stand abrupt auf. Verlegenheit kam in seinem Gesicht und in seiner Haltung zum Ausdruck. »Ich kehre zum Hovercraft zurück«, sagte er über die Schulter und eilte fort.

B'Elanna widerstand der Versuchung zu kichern. Sie

begriff jetzt, was vor sich ging, und mit der Erkenntnis ging das Gefühl von Macht einher – sie wusste, dass sie die Situation kontrollierte. Nachdenklich stützte sie das Kinn auf die Hand und beugte sich zu James vor.

»Was ist mit menschlichen Mädchen?«, fragte sie mit samtiger Stimme. »Sind sie nicht … leidenschaftlich?«

Die Röte verschwand nicht aus James' Gesicht, schien permanenter Natur zu sein. »Keine Ahnung«, krächzte er und rieb die Hände an den Seiten der Hose. »Äh, ich sollte jetzt besser gehen. Robin wartet.«

B'Elanna streckte die Hand aus und berührte James am Oberschenkel. Der Kontakt schien einen elektrisierenden Effekt auf ihn zu haben. Stocksteif saß er da und hatte Angst, auch nur einen einzigen Muskel zu rühren.

»Geh noch nicht«, gurrte sie. »Mich interessiert, was du zu sagen hast.«

»Im Ernst?«

»Ja. Es ist faszinierend. Sag mir, was du über Klingonen weißt.« Ihre Stimme war jetzt tief, rau und verlockend.

»Nun, ich schätze … Sie sollen starke Triebe haben. Fast unkontrollierbar.«

»Ach? Wo hast du das gehört?«

»Du weißt schon …«

»Nein, ich weiß es nicht.«

»Ich hab's … einfach irgendwo gehört.«

»Wie interessant. Unkontrollierbare Triebe … Klingt eindrucksvoll. Und wie befriedigen Klingonen ihre Triebe?«

»Nun, da bin ich mir nicht ganz sicher. Sie müssen eine Person finden, die es aushalten kann. Ich meine, angeblich geht's dabei ziemlich wild zu.«

»Hmmmm.« B'Elanna musterte den Jungen einige Sekunden lang – ihre dunklen Augen blickten durch dichte Wimpern. »Willst du andeuten, dass du so etwas aushalten könntest?«

James wurde immer nervöser. Erneut wischte er sich

die Hände an der Hose ab. »Vielleicht«, krächzte er und dabei klang seine Stimme grässlich.

»Ja, dazu bist du bestimmt in der Lage, nicht wahr?«, hauchte B'Elanna. Sie griff nach seinen Armen und zog ihn auf die Beine, stand so dicht vor ihm, dass nur wenige Zentimeter ihre Lippen voneinander trennten. James atmete immer schneller.

Mit einer schnellen Bewegung, die nur einen Sekundenbruchteil in Anspruch zu nehmen schien, warf sie den Jungen auf den Bauch, presste ein Knie auf James' Rücken und hielt seine Arme ausgestreckt.

»B'Elanna!«, keuchte er. »Was hat das zu bedeuten?«

»Du solltest dich was schämen, James Chesney«, erwiderte B'Elanna mit Nachdruck. »Schäm dich, weil du auf diese Weise von mir denkst. Hast du wirklich geglaubt, mit einem so primitiven Annäherungsversuch Erfolg zu haben? Ist dir nicht klar, wie *offensichtlich* alles gewesen ist? Hast du tatsächlich angenommen, meine Triebe seien so unkontrolliert, dass ich dich nicht durchschaue?«

»Ich ... ich ... habe es nicht böse gemeint ...«

»Deiner Ansicht nach ist es also nicht böse, jemanden auf diese Weise zu beleidigen?«

»B'Elanna, es tut mir Leid ...«

»Hör mir gut zu. Wenn du Zeit mit mir verbringen möchtest, dann denke ich darüber nach. Aber du musst mich mit Respekt behandeln. Du musst mich einladen, dich mit mir verabreden, mich zum Tanzen ausführen und so weiter – ich meine den ganzen Kram, der bei menschlichen Mädchen üblich ist. Ich bin keine klingonische Schlampe, die du im Wald in die Enge treiben kannst, um dich mit ihr zu vergnügen. Hast du mich verstanden?« B'Elanna wusste nicht, woher diese Worte kamen. Sie strömten einfach aus ihr heraus, eine Flut der Empörung, die sich über Jahre hinweg in ihr angesammelt hatte.

»Ja.«

»Wenn du Wert auf meine Gesellschaft legst, so musst du mich sehr, sehr gut behandeln, mit mehr Würde und Anerkennung, als du sie jemals einem anderen Mädchen gegenüber gezeigt hast. Verstehst du das?«

»Ja.«

B'Elanna gab James frei, wich zurück und beobachtete, wie er aufstand. Mit unverhohlener Ehrfurcht sah er sie an.

»Kehr heim und denk darüber nach. Entscheide dann, ob du mich besser kennen lernen möchtest oder nicht.«

James stob ohne eine Antwort davon und B'Elanna war sicher, dass sie gerade das letzte Gespräch mit ihm geführt hatte.

Doch als sie zu Hause ihre Kom-Konsole einschaltete, wartete eine Nachricht auf sie. James lud sie sehr höflich zu einem Konzert ein, das in drei Tagen im Park stattfinden sollte. Er versprach ihr, sie so zu behandeln, wie sie es verdiente.

Und er löste dieses Versprechen ein. James wurde B'Elannas Freund, ihr Vertrauter, ihr Verteidiger. Er ließ nicht zu, dass jemand etwas Schlechtes über sie sagte, pries immer wieder ihre Tugenden und Fähigkeiten. Er gewährte ihr eine Unterstützung, die B'Elanna in diesem Ausmaß zum ersten Mal kennen lernte, und das sorgte dafür, dass ihre letzten Jahre auf Nessik zu den stabilsten und angenehmsten wurden.

James war begeistert, als sie sich um einen Platz an der Starfleet-Akademie bewarb und damit begann, sich auf die Aufnahmeprüfung vorzubereiten. Er wollte ebenfalls zur Erde, aber sein Ziel war nicht etwa Kalifornien, sondern Indiana: Er wollte freie Künste an der renommierten DePauw-Universität studieren.

James' Freundschaft half B'Elanna an einem Wendepunkt in ihrem Leben und das wusste sie sehr zu schätzen. Aber sie vergaß nie die Tatsache, dass sie die Situation immer kontrolliert hatte, vom ersten Moment an. Es war ein fast berauschendes Gefühl und begleitet wurde es von der Erkenntnis, dass Sex Macht bedeuten konnte. B'Elanna war davon überzeugt: Wenn James Chesney sie nicht begehrt hätte, wäre er wohl kaum bereit gewesen, ihr Beachtung zu schenken. Aber wozu sie dieses Wissen, diese Macht, verwenden konnte, das wusste sie nicht.

Ihre erste Wanderung durch San Francisco war in emotionaler Hinsicht überwältigend. Die Stadt erschien ihr sowohl herrlich vertraut als auch völlig fremd. All die vielen Bilder, die sie in Büchern gesehen hatte, konnten sie nicht auf die Realität der juwelartigen Stadt an der Bucht vorbereiten. Sie war schöner, lebhafter, von mehr Aktivität und Entschlossenheit erfüllt, als sie sich vorgestellt hatte. Alle Personen schienen in eine Aura der Zielstrebigkeit gehüllt zu sein, so als hätten sie eine bestimmte Mission zu erfüllen, und das fand B'Elanna erregend. Sie wollte teilhaben an diesen Energien, sich einer ehrenvollen Herausforderung stellen, Großartiges und Unvorstellbares leisten. Als sie durch die Straßen von San Francisco ging, fühlte sie sich zu allem fähig.

Zwei Monate später fragte sie sich, warum sie zur Erde gekommen war.

Die strenge Disziplin an der Starfleet-Akademie traf sie völlig unvorbereitet. Ihre Phantasievorstellungen, Fächer frei zu wählen und allein aus Vergnügen zu lesen, verflüchtigten sich schnell. Jede Minute im Leben eines Kadetten war genau eingeteilt und verplant; während eines großen Teils der Freizeit musste studiert werden. Jeder Lehrer schien seinen oder ihren Kurs für den einzigen zu halten – die Kadetten bekamen so viel Arbeit, dass sie kaum damit fertig werden konnten. B'Elanna begnügte sich mit drei oder vier Stunden Schlaf pro Nacht. Ihr fiel das leichter als den Angehörigen anderer Spezies, aber letztendlich erwies es sich auch für sie als schwächend.

Und sie vermisste James. Sie begriff, dass sie seine

Freundschaft für selbstverständlich gehalten hatte, ohne bewusst zur Kenntnis zu nehmen, wie viel Halt sie dadurch bekam. Als sie jetzt ohne diese Hilfe zurechtkommen musste, fühlte sie sich sehr allein. Sie hatte nie den Umgang mit anderen Personen gelernt und wusste nicht, wie man neue Freunde gewann. Sie auf den Boden zu werfen und ihnen einen Vortrag zu halten … Das schien an der Starfleet-Akademie kaum eine geeignete Methode zu sein.

Zuerst hatten B'Elanna und James noch oft miteinander Kontakt, aber dann immer seltener. Die Studien beanspruchten einen großen Teil seiner Zeit und hinzu kamen neue Freunde. Schließlich gab es kaum mehr gemeinsame Dinge, über die sie sprechen konnten. Traurig stellte sich B'Elanna der Tatsache, dass die Distanz zwischen ihnen wuchs.

Sie begann damit, ihre Lehrer herauszufordern, Regeln und Prinzipien in Frage zu stellen. Sie wurde launischer, konnte sich immer weniger unter Kontrolle halten und jeder Gefühlsausbruch führte dazu, dass sie sich noch isolierter fühlte. Es gab niemanden, mit dem sie darüber reden konnte. Ihre Mutter war nicht damit einverstanden gewesen, dass B'Elanna die Akademie besuchte, und neue Freunde hatte sie nicht gefunden. Deshalb verhielt sie sich so, wie sie sich fast immer verhalten hatte: Sie verließ sich auf sich selbst und versuchte herauszufinden, was sie mit ihrem Leben anfangen sollte.

Die Nacht auf Tresorin III war kühl, darauf hatte man sie hingewiesen. Man hatte ihr auch gesagt, dass es schwer sein würde, den Planeten lebend wieder zu verlassen. Vermutlich lief es auf eine Torheit hinaus, allein hierher zu kommen, aber sie wollte sich selbst auf die Probe stellen.

Der erste Angreifer kam aus dem nebelverhangenen Unterholz. Er war so groß, dass sein gepanzerter Leib an den Zweigen der Bäume entlangstrich. B'Elanna hörte ihn sofort, hatte dadurch Zeit genug, sich auf den Angriff vorzubereiten. Ohne eine Vorwarnung wäre es ihm vermutlich gelungen, sie zu überwältigen – ohne dass sie Gelegenheit bekommen hätte, sich zu ihm umzudrehen.

Das für ihre Rettung notwendige Bewegungsmuster nahm Gestalt an, nicht in Form bewusster Gedanken, sondern als instinktive Reaktion: ducken, bereit zum Sprung ... dem ersten Hieb zuvorkommen ... die Masse des Angreifers gegen ihn benutzen ...

Sein Kopf war riesig und grotesk, ebenso gepanzert wie der Körper, aber missgebildet und unförmig, ohne jede Symmetrie. Fellartige Büschel ragten aus Lücken zwischen der Panzerung und die Augen glühten wie Laserpunkte. Eine stinkende, gallertartige Masse tropfte aus der Körperöffnung, die das Wesen verwendete, um ohrenbetäubend laut zu heulen.

Genau der richtige Bursche, um ihn nach Hause zu bringen und Mutter vorzustellen, fuhr es B'Elanna durch den Sinn. Als sie sich noch fragte, woher dieser Gedanke kam, war der Gegner heran.

Sie sah den ersten Schlag voraus: ein Hieb mit dem rechten Arm, die Pranke nach unten gerichtet. B'Elanna griff nach dem Arm, der ihren Kopf zu treffen versuchte, und nutzte das Bewegungsmoment, um ihren Kontrahenten auf den Rücken zu werfen. Entschlossen versetzte sie ihm einen Tritt an die Kehle und er hielt sich den Hals, versuchte verzweifelt, durch eine zerfetzte Luftröhre zu atmen. Dieses Geschöpf würde nie wieder kämpfen.

B'Elanna hörte keine Geräusche, die auf den zweiten Angreifer hinwiesen. Ganz plötzlich erschien er hinter ihr und versetzte ihr einen wuchtigen Schlag an die linke Schulter. Schmerz zuckte durch Arm und Hand, kleine Schockwellen, die ihre Gedanken zerfaserten. Dadurch konnte sie sich nicht auf die Verteidigung konzentrieren.

Der Schlag ließ sie auf die Knie sinken, doch B'Elanna blieb in Bewegung, rollte fort vom gepanzerten Angreifer und versuchte dabei, ihre fünf Sinne zusammenzunehmen. Sie trachtete danach, sich mit dem linken Arm in die Höhe zu stemmen, doch er gehorchte ihr nicht; tausend winzige Feuer schienen in ihm entflammt zu sein.

Ein Tritt zielte nach ihrem Kopf und gerade noch rechtzeitig hob sie den rechten Arm, wehrte das Bein ab. Die Hand fand Halt an einer Panzerplatte, die sich sonderbar schwammig anfühlte. Eine halbe Sekunde später stieß sie sich mit den eigenen Beinen ab und brachte den monströsen Angreifer zu Fall – er stürzte wie ein gefällter Baum und donnerte mit dem Gesicht gegen brüchigen Schiefer.

B'Elanna massierte sich den linken Arm und hoffte, jetzt alles überstanden zu haben. Gleichzeitig bezweifelte sie, dass es so einfach sein konnte. Die Ereignisse gaben ihr Recht. Zwei weitere Wesen, noch größer als die ersten beiden, kamen auf gegenüberliegenden Seiten der kleinen Lichtung aus dem Gebäude, liefen ihr entgegen und brüllten dabei wie tovianische Stiere.

Sie traf eine rasche Entscheidung, drehte sich zu einem Angreifer um und lief direkt auf ihn zu, mit gesenktem Kopf. Ihre geringe Größe war ein Vorteil im Kampf gegen jemanden, der so weit aufragte und sich bücken musste, um sie zu erwischen, was ihn ein wenig aus dem Gleichgewicht brachte.

Außerdem erstaunte es den Gegner, dass B'Elanna auf ihn zulief, und er zögerte kurz. Dann brüllte er erneut und neigte den Oberkörper nach vorn und streckte seine Pranken aus, um B'Elanna zu zermalmen, die es auf seine Knie abgesehen hatte. Er flog über ihren Kopf hinweg und landete direkt vor dem zweiten Angreifer, der prompt gegen ihn prallte.

Diese Burschen waren groß, aber nicht besonders intelligent, fand B'Elanna, als sie herumwirbelte und dabei ein Bein hob, um kräftig zuzutreten.

Fast wäre ihr das Bein abgerissen worden.

Ein Schrei entrang sich ihrer Kehle und sie stürzte schwer zu Boden. Muskeln und Bänder wurden enorm belastet, als ein weiterer Angreifer an dem Bein zerrte. B'Elanna handelte, ohne bewusst nachzudenken. Sie rollte sich in die Richtung, in die der Gegner zog, um das Hüftgelenk zu entlasten. Das Bein entkam dem Griff des Angreifers und der Schmerz löste eine überwältigende Reaktion aus: Zorn. Wut breitete sich wie ein Lauffeuer in ihr aus und entzündete alles, was sie berührte, verwandelte B'Elanna in eine unerbittliche Besessene.

Ihre Hand tastete über den Schiefer, löste einen scharfkantigen Brocken und schwang ihn dann nach oben. Sie zielt nach dem Kopf des Wesens, nach dem glänzenden Etwas, das ein Auge zu sein schien. Sie rammte den Splitter tief hinein in eine weiche, breiige Masse, ließ ihn ganz darin verschwinden, bis ihre Finger das Auge berührten.

Dann zog sie ihn wieder heraus und wandte sich den anderen beiden Wesen zu, die noch immer übereinander auf dem Boden lagen. Sie stieß den Schieferdorn ins Auge des ersten Wesens und verspürte tiefe Genugtuung, als das Geschöpf schmerzerfüllt kreischte. Etwas Wildes war in ihr außer Rand und Band geraten, eine Hitze, die Selbstbeherrschung und Zurückhaltung verdampfen ließ. Übrig blieb eine Blutgier, die unbedingt gestillt werden wollte.

»Computer, Programm beenden«, erklang eine Stimme hinter B'Elanna und alles verschwand: der Wald, der felsige Boden, die Angreifer, auch der Schiefersplitter, der als Waffe gedient hatte.

B'Elanna schnappte nach Luft und drehte sich um, bereit dazu, es mit der neuen Präsenz aufzunehmen, sie ebenso zu töten wie die gepanzerten Ungeheuer.

Ein Starfleet-Offizier – Commander Stern – stand auf dem leeren Holodeck. Er trug eine rote Kommando-

Uniform, die nicht besonders gut zu seinem rötlichen Gesicht passte. Nur noch einige braungraue Haarfransen zeigten sich an den Seiten des ansonsten kahlen Kopfes. Er sprach ruhig, doch in seiner Stimme erklang stählerne Härte. »Das reicht, Kadett.«

B'Elanna starrte ihn an und versuchte, das überraschende Erscheinen eines Offiziers zu verstehen und zurückzukehren aus einer Welt, die nur aus einem alles verzehrenden Feuer zu bestehen schien. Sie bemühte sich, Illusion von Wirklichkeit zu trennen, ihre Gedanken auf die Realität zu fixieren: *Ich befinde mich auf einem Holodeck. Dies ist ein Offizier. Ich bin Kadett B'Elanna Torres.*

Und ich bin in Schwierigkeiten.

»Dies ist eine unbefugte Benutzung des Holodecks, Kadett«, sagte Stern. »Was geht hier vor?«

B'Elanna atmete tief durch. Ihr Puls raste noch immer und sie versuchte, sich zu beruhigen. »Sir«, brachte sie hervor und keuchte, »ich habe mein Selbstverteidigungs-Training absolviert. Fünf Stunden pro Woche sind obligatorisch.«

Stern musterte sie aus kühl blickenden hellblauen Augen. »Die Sensoren wiesen darauf hin, dass das Holodeck-Programm ohne Sicherheitsvorkehrungen lief. So etwas ist streng verboten.«

B'Elanna wollte sich zunächst ahnungslos geben, verabscheute aber die Vorstellung, diesen pingeligen kleinen Bürokraten zu belügen. Sie hob den Kopf und erwiderte seinen Blick. »Ich weiß, Sir. Aber manchmal möchte ich bis an die Grenzen meiner Leistungsfähigkeit gehen. Bei tatsächlichen Missionen gibt es schließlich auch keine Sicherheitsvorkehrungen.«

»Für die Regeln an der Akademie gibt es einen guten Grund, Kadett. Es steht Ihnen nicht zu, darüber zu befinden, wann Sie sich über diese Regeln hinwegsetzen können.«

B'Elanna spürte, wie es erneut in ihr zu brennen begann. Autorität um der Autorität willen. Alles in ihr rebellierte gegen eine so sinnlose Kontrolle. Für wen hielt sich dieser eingebildete Bürokrat? Regeln, Regeln, Regeln. Nur davon hatte sie seit ihrer Ankunft an der Akademie vor anderthalb Jahren gehört. Sie holte erneut tief Luft und versuchte, die rebellischen Empfindungen aus sich zu verdrängen. »Bitte entschuldigen Sie, Sir. Es wird sich nicht wiederholen.«

Der Commander maß sie noch immer mit einem durchdringenden Blick und kniff andeutungsweise die Augen zusammen. »Sie sind Torres, nicht wahr?«

»Ja, Sir.«

»Wenn ich mich recht entsinne, hat man Sie schon einmal gemeldet, weil Sie ein Handgemenge auf dem Hoverball-Platz verursachten. Ich sehe in den Berichten nach. Wenn ich Recht habe, bedeutet dies vier Tage Stubenarrest für Sie.«

»Sie brauchen nicht nachzusehen – ich bin dafür verantwortlich.« B'Elannas Stimme klang verdrießlich, selbst für die eigenen Ohren.

Sterns Züge verhärteten sich. »Ein Tag zusätzlich wegen Insubordination.«

Alles in ihr verlangte danach, sich auf ihn zu stürzen, ihm das Gesicht zu zerkratzen und ihm die Daumen in die Auge zu bohren, bis er wimmernd und blind auf dem Boden lag. Nur mit großer Mühe gelang es B'Elanna, sich zu beherrschen und dem Blick des Commanders standzuhalten. »Ich verstehe, Sir.«

»Suchen Sie Ihr Quartier auf.«

»Ja, Sir.« B'Elanna verließ das Holodeck, ohne noch einmal zurückzusehen. Sie stellte sich vor, welche Genugtuung es ihr bereiten würde, Stern ganz langsam die Augen zu zerquetschen.

Als B'Elanna das Quartier betrat, spürte sie sofort den Blick ihrer Zimmergenossin, einer gedrungenen jungen Frau namens Mary Ellen Regan, genannt Mellie. B'Elanna hielt sie für die perfekteste Person, der sie jemals begegnet war. Ihrer hinreißenden Schönheit gesellten sich außerordentlich hohe Intelligenz und viele Talente hinzu. Sie sang, spielte Flöte und turnte anmutig. Im Vergleich mit ihr fühlte sich B'Elanna unwürdig und sogar schmutzig.

»Du hast wieder eine Nachricht aus Mexiko«, sagte Mellie. »Sie ist in deiner Konsole gespeichert. Ich dachte, du wolltest darüber Bescheid wissen.«

»Danke.« B'Elanna ärgerte sich noch immer über die, wie sie meinte, völlig grundlose Bestrafung durch Commander Stern, streckte sich auf ihrem Bett aus, legte die Hände unter den Kopf und starrte zur Decke hoch. Mellie musterte sie.

»Einige von uns veranstalten heute Abend ein Picknick im Park. Möchtest du mitkommen?«

»Ich habe Stubenarrest.«

»Das tut mir Leid, B'Elanna. Was ist passiert?« Mellies Anteilnahme war echt, aber B'Elanna wollte nicht vom Zwischenfall auf dem Holodeck erzählen.

»Ich habe wieder etwas verpatzt.«

»Kann ich dir irgendwie helfen?«

»Ich möchte nur allein sein. Mach dir keine Sorgen um mich – ich bin in Ordnung.«

Fünf Minuten später ging Mellie. Kurz darauf hörte B'Elanna die fröhlichen Stimmen einiger Altersgenossen, die zum Park schritten, Kameradschaft ebenso genossen wie den Überschwang der Jugend. Sie hatte plötzlich das Gefühl, hundert Jahre alt zu sein, kam sich in dem Quartier wie eine Gefangene vor.

Fast vierzig Minuten lang lag sie auf dem Bett, rollte schließlich zur Seite, stand auf, trat mit geübter Beiläufigkeit zur Konsole – obwohl sie gar nicht wusste, wen sie damit täuschen wollte –, aktivierte sie und rief die gespeicherten Mitteilungen ab.

Das Bild eines Mannes erschien auf dem Schirm: Anfang vierzig, das Haar dunkel und wellig, die Augen fast schwarz, das Lächeln breit und herzlich. Er war beinah unerträglich attraktiv, fand B'Elanna. Etwas Fremdes und Unsägliches regte sich in ihr, sorgte dafür, dass ihre Hände feucht wurden und in der Magengrube etwas vibrierte. Sie atmete mehrmals tief durch.

»B'Elanna«, sagte der Mann, »über ein Jahr bin ich im All unterwegs gewesen und habe gerade erfahren, dass du die Starfleet-Akademie besuchst. Ich bin so stolz auf dich ... Ich würde dich gern besuchen. Bitte sag mir, ob du damit einverstanden bist.«

So lautete die erste Nachricht, die vor Monaten eingetroffen war. Die übrigen Mitteilungen, insgesamt sieben, wurden immer drängender. B'Elanna hatte sie sich immer wieder angehört, Abend für Abend, ohne jemals zu antworten. Sie betätigte das Schaltelement für die letzte Nachricht.

»B'Elanna, vielleicht bist du auf einer Ausbildungsmission oder krank oder in Urlaub. Aber ich bin ziemlich sicher, dass das nicht der Fall ist und du beschlossen hast, mir nicht zu antworten. Das tut mir sehr Leid ... Es schmerzt. Aber ich verstehe dich. Ich wünschte, wir könnten miteinander reden, denn dann hätte ich die Möglichkeit, dir einige Dinge zu erklären. Ich habe dich und deine Mutter nicht verlassen, weil mir nichts an dir liegt, das schwöre ich dir. Du bist jetzt erwachsen und das bedeutet, ich könnte dir die Dinge in einem Kontext schildern, der mein Verhalten verständlich, vielleicht sogar entschuldbar macht.«

Der Mann legte eine kurze Pause ein, nur seine dunklen Augen blickten vom Bildschirm. »B'Elanna, ich habe dich lieb und vermisse dich an jedem Tag in meinem Leben. Ich wäre zu allem bereit, um uns die Möglichkeit zu geben, wieder zueinander zu finden. Bitte – weise mich nicht ab.«

Der Schirm wurde dunkel und B'Elanna deaktivierte die Konsole. Etwas schien sich um ihre Brust zu schließen und erschwerte ihr das Atmen. Außerdem hatte sie das sonderbare Gefühl, dass sich in ihrer Magengrube etwas hin und her wand, Galle aufsteigen ließ. Ihre Finger verharrten über den Kontrollen, die es erlaubten, eingetroffene Mitteilungen zu beantworten, und sie versprach sich, tatsächlich einige Worte an ihren Vater zu richten, sobald sie langsam bis zehn gezählt hatte. Sie zählte mehrmals bis zehn, fand aber nicht den Mut, ihr Versprechen einzulösen.

Mit weichen Knien ging sie zum Bett und ließ sich auf die Matratze sinken. Der Raum begann sich um sie herum zu drehen und sie schloss die Augen, versuchte zu atmen. Sie fühlte sich fiebrig und krank. Nach einigen Sekunden rollte sie auf den Bauch, zog sich das Kissen über den Kopf und versuchte, Distanz zu dem emotionalen Durcheinander zu finden. Nach einer Weile fiel sie in einen unruhigen Schlaf.

Sie erwachte einige Stunden später. Kühle Luft wehte durchs Fenster herein, als sich draußen in der Nacht der für San Francisco typische Nebel verdichtete. B'Elanna war wieder ruhig und frei von Benommenheit. Sie begriff, dass sie im Schlaf eine Entscheidung getroffen hatte, und dadurch war die Bürde des Kummers von ihr gewichen.

Sie wollte die Akademie verlassen. Sie würde fortgehen, einen weit entfernten Raumsektor aufsuchen, vielleicht sogar einen anderen Quadranten – einen Ort, an dem ihr Vater sie nicht finden konnte.

»Energie! Mehr Energie! Was machen Sie da unten? Ich brauche mehr Energie!«

B'Elanna seufzte, strich sich das Haar aus den Augen und hinterließ einen Fleck auf den Stirnhöckern. Es war unerträglich heiß im Maschinenraum. Die Kleidung klebte an ihrem schweißnassen Leib. »Ich gebe mir alle Mühe, Mesler. Es nützt nichts, mich anzuschreien.«

Die Stimme des Bolianers tönte schrill und blechern

aus dem Kom-Lautsprecher. »Ich muss einen Termin einhalten! Unsere Fracht muss den Bestimmungsort bis siebzehn Uhr erreicht haben! Wir schaffen es nicht, wenn wir weiterhin so langsam sind!«

Mesler bereitete B'Elanna Kopfschmerzen. »Wenn Sie das Triebwerk so gewartet hätten, wie es sich gehört, wären wir jetzt nicht in Schwierigkeiten. Ich kann keine Wunder vollbringen.«

»Klingonische Närrin! Sie haben behauptet, eine Technikerin zu sein. Man hat mich hereingelegt!«

Ärger verwandelte sich in Zorn. B'Elanna verließ den Maschinenraum des bolianischen Frachters, kletterte vier Leitern hoch und erreichte die kleine Brücke. Daraus bestand das Schiff: aus Brücke, Maschinenraum und vier Frachtdecks. Außer B'Elanna und dem Piloten Mesler befanden sich keine anderen Besatzungsmitglieder an Bord, ein Umstand, den sie begrüßte. Noch lieber wäre es ihr gewesen, das einzige Crewmitglied eines Schiffes zu sein und sich ganz den technischen Systemen widmen zu können.

Sie platzte in den Kontrollraum und stellte zufrieden fest, dass der dickliche, blauhäutige Bolianer erschrocken zusammenzuckte, als er sie sah. B'Elanna näherte sich mit erhobenen Fäusten und daraufhin wuchs Meslers Besorgnis.

Sein Gesicht gewann einen grünlichen Ton, als er zu ihr aufsah. »Bleiben Sie ganz ruhig, Torres ...«, begann er, aber B'Elanna ließ ihn nicht zu Wort kommen.

»Fühlen Sie das?« Sie griff nach dem Nacken des Bolianers und übte mit den Fingern Druck auf die Seiten des Halses aus. »Das sind Druckpunkte. Merken Sie, wie sich Ihr Mund öffnet? Ich könnte jetzt hineingreifen, ihre dicke Zunge herausziehen und sie verspeisen. Und genau das werde ich tun, wenn Sie meine Abstammung noch einmal verspotten.«

»Schon gut, schon gut«, krächzte Mesler. Er wand sich hin und her. »Aber sorgen Sie dafür, dass der Warpantrieb mit maximaler Leistung arbeitet. Wir können es uns nicht leisten, noch mehr Zeit zu verlieren.«

B'Elanna ließ die Hand sinken und drehte sich abrupt um. »Sie bekommen maximales Warppotenzial, wenn es soweit ist«, knurrte sie und kehrte in den Maschinenraum zurück. Alter und Abnutzung des Warptriebwerks stellten ein Problem dar. B'Elanna brauchte ihre ganze technische Kreativität, um den Frachter auch weiterhin auf Kurs zu halten. Sie wusste nicht genau, wie sie die Plasmainjektoren rekonfigurieren sollte, um das Warppotenzial des Schiffes wiederherzustellen. Eine vage Idee formte sich hinter ihrer Stirn, gewann immer mehr Konturen und Details – bis B'Elanna sie hin und her drehen, auf Schwachstellen überprüfen konnte.

Der Zyklus, in dem sich die Injektoren öffneten und schlossen, ließ sich variieren, von fünfundzwanzig bis fünfzig Nanosekunden. Jedes Feuern eines Injektors schickte einen Energieschub zur betreffenden Warpspule; die Energie wurde dann umgewandelt und dem Warpfeld hinzugefügt. Bei den Warpfaktoren eins bis vier feuerten die Injektoren mit niedrigen Frequenzen, zwischen dreißig und vierzig Hz, und blieben nur für kurze Zeit geöffnet. Wenn B'Elanna nicht versuchte, die ganze Zyklus-Bandbreite wiederherzustellen, wenn sie sich mit niedrigen Feuerungsfrequenzen begnügte … Dann konnte der Frachter wenigstens mit Warp vier fliegen. Damit musste sich Mesler zufrieden geben.

B'Elanna wollte gerade die letzten Modulationen an den Injektoren vornehmen, als ein gedämpfter Schrei aus dem Kom-Lautsprecher drang und sie abrupt den Kopf heben ließ. Plötzlich geriet die Luft im heißen Maschinenraum in Bewegung und ein Mann materialisierte.

Ein Cardassianer, mit einer Waffe in der Hand, die er auf B'Elanna richtete. Ganz deutlich traten die Knorpelstränge am langen Hals hervor. Die schuppenartigen Knochen, die das Gesicht wie eine topographische Karte aussehen ließen, standen vor und glänzten – ein Zeichen von Aggressivität, wusste B'Elanna.

Sie wich ein wenig zurück, hielt die Arme so, dass der Cardassianer sie sehen konnte, und gab keine Feindseligkeit zu erkennen. Sie wollte ihn fragen, was sein Erscheinen bedeutete, aber er kam ihr zuvor.

»Die Fracht, Klingonin. Wo ist sie?«

B'Elanna biss sich auf die Zunge. Sie verabscheute es, wenn man sie einfach nur mit »Klingonin« ansprach. Dem bolianischen Piloten hatten sie das nicht durchgehen lassen, aber bei diesem cardassianischen Krieger sah die Sache anders aus – er war gefährlich.

»Wir haben vier Frachtdecks. Sie dürften nicht allzu schwer zu finden sein.«

In seinen dunklen Augen blitzte es, als er den unverschämten Ton hörte, und er musterte B'Elanna mit kaum verhohlener Verachtung. »Sei vorsichtig, Klingonin. In deinem Volk mag es tapfere Krieger geben, aber du bist eine Frau, allein und hilflos. Du solltest besser kooperieren und dich nicht widersetzen.«

B'Elanna warf ihr Haar zurück und starrte den Cardassianer an. »Mit welchem Recht verlangen Sie Kooperation? Niemand hat Ihnen den Aufenthalt an Bord dieses Schiffes erlaubt. Wir befinden uns im Raumgebiet der Föderation und hier haben Sie keine Befugnisse. Ich werde mich beim Föderationsrat beschweren.«

Der Cardassianer kniff die Augen zusammen und verzog die Lippen zu einem herablassenden Lächeln. »Du bist mutig«, brummte er. »Frauen mit einem starken Willen haben mir immer gefallen. Aber du bist keine Navigatorin. Dieses Schiff befindet sich in der entmilitarisierten Zone zwischen der Föderation und dem stellaren Territorium meines Volkes.«

B'Elanna wandte den Blick nicht von ihm ab. Sie glaubte, dass er sich irrte, aber wenn es nicht bewiesen werden konnte, waren sie in Schwierigkeiten. Den Bewohnern der entmilitarisierten Zone bot Starfleet keinen Schutz. Die Cardassianer wussten das und nutzten jede Gelegenheit, um die hartnäckigen Kolonisten zu schikanieren, die nicht bereit waren, ihre neue Heimat zu verlassen. B'Elanna und Mesler durften keine Hilfe von Starfleet erwarten. Mit anderen Worten: Sie waren auf Gedeih und Verderb diesem arroganten cardassianischen Soldaten ausgeliefert.

Trotzdem schien es falsch zu sein, Schwäche zu zeigen. B'Elanna sah den Cardassianer weiterhin an und schob das Kinn vor. »Ich fürchte, da irren Sie sich. Ich kann Ihnen beweisen, dass wir uns noch immer im Raumgebiet der Föderation befinden. *Sie* sollten besser mit uns kooperieren.« Sie machte einen Schritt in Richtung Konsole und plötzlich griff der Cardassianer nach ihrem Arm und zog sie dicht zu sich heran. Ein moschusartiger Geruch ging von ihm aus.

»Du bewegst dich nur dann, wenn ich es dir gestatte«, sagte er ganz ruhig und dadurch klangen seine Worte noch drohender. B'Elanna versteifte sich und sah zu dem Cardassianer auf.

»Lassen Sie mich los«, sagte sie ebenso ruhig und hoffte, dass ihre Stimme ebenso drohend klang wie seine. Er rührte sich nicht von der Stelle, hielt noch immer ihren Arm umklammert.

»Warum denn?«, erwiderte er. Sein Tonfall brachte Autorität und Selbstsicherheit zum Ausdruck – die Stimme eines Mannes, der daran gewöhnt war zu bekommen, was er wollte. »Du fühlst dich gut an. Schön … fest.«

Trotz der Hitze im Maschinenraum fröstelte B'Elanna plötzlich. Was wollte dieser Mann? Gab es weitere Cardassianer an Bord? Was drohte ihr?

Sie ertrug es wider Willen, als der Soldat ihren Arm drückte und einen stolzen Besitzerblick auf sie richtete. Übelkeit stieg in B'Elanna empor. Sie wollte vor dem Cardassianer zurückweichen, sich zu einer Kugel zusammenrollen und ihn einfach vergessen. Stattdessen zwang sie sich, vor ihm stehen zu bleiben und nicht nachzugeben.

Der Mann lächelte selbstgefällig und knetete B'Elannas Arm, ohne seinen Griff zu lösen. »Zuerst möchte ich die Fracht sehen. Zeig mir den Weg.« Nun ließ er los. Seine besondere Lässigkeit deutete darauf hin, dass er mehr im Sinn hatte als nur die Fracht. B'Elannas Gedanken rasten und sie versuchte, eine Strategie zu planen.

»Zu den Frachtdecks geht es hier entlang. Soll ich vorangehen?«

»Bitte.« Der Cardassianer hielt noch immer die Waffe in der Hand und hob sie ein wenig, um B'Elanna an seine Dominanz zu erinnern. Sie kehrte ihm den Rücken zu, ging zu den Leitern und kletterte nach oben. Er blieb dicht hinter ihr und sie stellte sich vor, wie er zu ihr aufsah.

So bald wie möglich wandte sie sich von der Leiter ab und betrat das unterste Frachtdeck. Aufeinander gestapelte Kisten standen in ordentlichen Reihen. Das musste man Bolianern lassen: Auf Ordnung legten sie großen Wert. Weiter hinten im halbdunklen Raum brannte eine Lampe, von ihr stammte das einzige Licht. Mesler hatte das Sparen zu einer Tugend erklärt und darauf hingewiesen, dass eine Lampe völlig ausreichte.

»Öffne eine Kiste«, sagte der Cardassianer, als er ebenfalls das Frachtdeck betrat.

»Sie müssen vorher mit dem Piloten sprechen«, erwiderte B'Elanna. »Dies ist sein Schiff und seine Fracht. Sie brauchen seine Erlaubnis, bevor Sie hier etwas anrühren.«

Der Cardassianer lächelte gelassen. »Dein Pilot liegt in einer Lache aus seinem eigenen Blut«, sagte er. »Vermutlich wird er gerade gehäutet. Bolianische Haut gilt auf unserer Heimatwelt als Kostbarkeit. Unsere Frauen mögen ihre besondere Weichheit.«

B'Elannas Magen verwandelte sich in Eis. Sie war schockiert und versuchte sich nichts davon anmerken zu lassen, aber das fiel ihr sehr schwer. Sie holte mehrmals tief Luft und kämpfte gegen die Benommenheit an, die nach ihren Gedanken tastete. Als sie zu dem Cardassianer aufsah, stellte sie fest, dass er erneut lächelte.

»Spürst du Ekel und Abscheu? Ich habe Klingonen für härter gehalten.«

»Ich bin nur zur einen Hälfte Klingone, und zur anderen Mensch. Und ja: Was Sie gerade gesagt haben, widert mich an. Es ist barbarisch.«

»Soweit ich weiß, sind die Bürger der Föderation zu aufgeschlossen, um die kulturellen Besonderheiten anderer Spezies zu verurteilen. Offenbar bist du ein schlechter Repräsentant der beiden Völker, die in dir vereint sind.«

B'Elannas Übelkeit wurde immer stärker und sie atmete schneller. Auf dem Frachtdeck war es ebenso heiß und eng wie im Maschinenraum und sie spürte, wie sich alles zu drehen begann. »Mir ist schlecht …«, brachte sie hervor, sank auf die Knie und senkte den Kopf, damit mehr Blut in den Kopf strömte. Der Cardassianer bückte sich und berührte sie wie zärtlich am Rücken. Sie sah zu ihm auf.

»Danke«, murmelte sie. »Wenn Sie mir eine Minute Zeit geben …«

»Natürlich, meine Liebe«, erwiderte der Cardassianer sanft. »Beruhig dich und komm wieder zu dir. In der Zwischenzeit inspiziere ich die Fracht.«

B'Elanna nickte, senkte den Blick und versuchte, nicht an den armen Mesler zu denken. So ärgerlich er manchmal auch sein konnte – im Grunde genommen war er ein anständiger Mann, der es nicht verdiente, einen so schrecklichen Tod auf der Brücke seines Schiffes zu sterben, das er sich hart erarbeitet hatte. Allmählich ließ der Schwindel nach und das flaue Gefühl verschwand aus der Magengrube. Sie sah auf.

Der Cardassianer stand neben ihr, mit Starfleet-Waffen in den Händen. Es war ein so unerwarteter Anblick, dass B'Elanna die Bedeutung nicht sofort begriff. Dann schnappte sie nach Luft.

»Du willst vermutlich behaupten, nichts davon gewusst zu haben, dass dieses Schiff Waffen transportiert«, sagte der Soldat.

»Ich habe wirklich nichts davon gewusst. Mesler meinte, wir brächten den Kolonisten in der entmilitarisierten Zone humanitäre Hilfe.«

»Nun kann man Phasergewehre und Photonentorpedos durchaus als ›humanitär‹ bezeichnen«, erwiderte der Cardassianer. »Es hängt ganz vom politischen Standpunkt ab.«

»Ich vertrete überhaupt keinen politischen Standpunkt. Und ich weiß nichts von diesen Waffen.«

Kummervoll beobachtete B'Elanna, wie sich der Cardassianer näherte, vor ihr in die Hocke ging und ihr mit einer knochigen Hand über die Wange strich. »Stolze kleine Klingonin«, hauchte er. »Hab keine Angst ... Ich bin Gul Tancret und ich werde dich unter meinen persönlichen Schutz stellen.«

B'Elanna begegnete seinem Blick. Sie hatte jetzt wieder einen klaren Kopf und begriff, worauf es ankam. »Ich heiße B'Elanna«, sagte sie. »Sie sind sehr gütig, Gul Tancret, und das weiß ich zu schätzen. Ich bin jetzt allein ...«

Seine Hand glitt zum Hals, über die Schultern und den Rücken, streichelte sie die ganze Zeit über. B'Elanna merkte, dass er schwerer atmete. Sie griff nach seiner anderen Hand und begann damit, sie zu beschnuppern – ein instinktives klingonisches Gebaren vor dem Geschlechtsakt. B'Elannas Verhalten schien den Cardassianer zu erregen und sie hörte, wie er leise stöhnte. Mit ihren kleinen weißen Zähnen – zum Glück hatte sie nicht die klingonischen Zähne ihrer Mutter geerbt – knabberte sie an der Hand, und daraufhin stöhnte der Mann erneut.

Sie spannte die Muskeln in den Beinen, bereitete sich vor. Noch einmal holte sie tief Luft, was der Cardassianer bestimmt für ein Zeichen der Leidenschaft hielt, und dann kam sie wie ein startender Shuttle nach oben. Gul Tancrets Kopf neigte sich abrupt nach hinten und er taumelte, verlor das Gleichgewicht, fiel schwer aufs Deck. Verblüfft versuchte er, wieder auf die Beine zu kommen, aber B'Elanna war bereits aufgesprungen, wirbelte herum und versetzte ihm einen Tritt an die Schläfe.

Sie spürte den Kontakt – der Stiefel zertrümmerte einen Knochen in der cardassianischen Stirn – und erneut ging Gul Tancret zu Boden. Ein oder zwei Sekunden später schüttelte er sich, hob den Kopf und sah sie aus blitzenden schwarzen Augen an. Plötzlich flog er ihr entgegen, und sein Arm traf B'Elanna mit solcher Wucht an der Wade, dass sie aufschrie. Ihr Bein wurde taub, und sie taumelte zurück, versuchte dabei, sich wieder unter Kontrolle zu bringen und auf den nächsten Angriff vorzubereiten. Leider bot das Deck keinen richtigen Halt, und als Gul Tancret erneut zuschlug, traf er B'Elanna am Unterkiefer. Schmerz zuckte durch die linke Seite ihres Gesichts und sie fiel.

Hastig kroch sie über den Boden, suchte Zuflucht hinter einer der Kisten mit den Waffen. Verzweifelt hielt sie nach dem offenen Container Ausschau und wünschte sich, nach einem Phaser greifen zu können. Aber die betreffende Kiste befand sich nicht in der Nähe, und eine andere zu öffnen, hätte zu viel Zeit erfordert und dem Cardassianer Gelegenheit gegeben, sie noch einmal zu schlagen.

B'Elanna zerrte an einem Kistenstapel und zu ihrer großen Freude stürzte er um, versperrte ihrem Verfolger den Weg. Sie hastete durch das Labyrinth aus Frachtcontainern, dankbar für Meslers Sparsamkeitstick – das Halbdunkel erleichterte es ihr, sich zu verstecken. Sie hörte, wie Tancret über die umgestürzten Kisten hinwegkletterte, wich noch tiefer in die Schatten zurück.

Auf einmal donnerte es dumpf und das Deck erzitterte. In der Ferne erklangen erregte Stimmen. Wieder donnerte es und weitere Kistenstapel stürzten um. B'Elanna begriff plötzlich, dass sie Gefahr lief, unter den Containern begraben zu werden, wenn sie an Ort und Stelle blieb. Vorsichtig kroch sie in Richtung der offenen Mitte des Frachtraums.

Die Stimmen kamen näher, riefen und schrien. Phaser entluden sich fauchend. B'Elanna öffnete den Verschluss einer Kiste, entnahm ihr ein Phasergewehr und fühlte sich endlich der Situation gewachsen.

Sie kroch weiter, spitzte dabei die Ohren und lauschte aufmerksam. Die Stimmen von Menschen erklangen, scharf und drängend. Einmal mehr grollte es und das ganze Schiff schüttelte sich. B'Elanna merkte, wie der Kistenstapel direkt neben ihr ins Wanken geriet.

Sie hechtete zur Mitte des Raums und ihre Waffe schlitterte über den Boden. Hinter ihr krachten die Container zu Boden – wenn sie nicht rechtzeitig reagiert hätte, wäre sie von ihnen zermalmt worden. Sofort kam sie wieder auf die Beine und hielt das Gewehr schussbereit.

Ein Mann stand vor ihr, ein Mensch, und musterte sie erstaunt. Er war attraktiv und an der einen Schläfe zeigte sich ein seltsames Symbol. Gul Tancret und zwei weitere Cardassianer lagen auf dem Boden, bewusstlos oder tot.

»Wer sind Sie?«, fragte der Mensch.

»Bordingenieurin ...«, begann B'Elanna und verzog schmerzerfüllt das Gesicht. Ihr Unterkiefer schien gebrochen zu sein. Aus einem Reflex heraus hob sie die Hand und tastete danach.

»Funktioniert das Triebwerk?«, fragte der Mann. B'Elanna nickte und daraufhin sagte er: »Kommen Sie.« Er wandte sich der Leiter zu, um in den Maschinenraum hinabzuklettern. Sie folgte ihm, ohne zu zögern. Irgendetwas in ihr spürte, dass der Fremde ein Freund war.

Zwei Stunden später befand sich der Frachter im Orbit um Riva, einem Planeten in der entmilitarisierten Zone. Die wertvolle Fracht wurde sofort entladen und auf die Oberfläche gebracht.

B'Elanna saß in einem kleinen Zimmer an Bord des Maquis-Schiffes *Liberty* und wurde dort von einer Bajoranerin behandelt, die starke und gleichzeitig sanfte Hände hatte. Mit großem Geschick setzte sie einen osteogenen Stimulator ein. »Sie haben da einen ziemlichen Schlag abbekommen«, sagte die Frau. »Es grenzt an ein Wunder, dass Sie bei Sinnen blieben.« Sie zögerte kurz und fügte dann hinzu: »Die meisten hätten das Bewusstsein verloren.«

B'Elanna wollte etwas erwidern, aber die Schmerzen im Unterkiefer waren noch zu stark.

»Ganz ruhig«, sagte die Bajoranerin sanft. »Versuchen Sie noch nicht zu sprechen. Die Regeneration des Knochens dauert noch ein wenig.«

Es verstrichen einige Sekunden, während derer nur das Summen des Stimulators zu hören war. »Ich bin Seska«, sagte die Frau dann. »Der Captain dieses Schiffes heißt Chakotay. Er ist der Mann, der Sie gefunden hat.« Seska lächelte und B'Elanna spürte eine Veränderung in der Frau, als sie Chakotay erwähnte. Sie wurde sanfter, wirkte irgendwie verwundbarer.

»Sie können von Glück sagen, dass Sie von unserem Schiff entdeckt worden sind. Der Angriff auf den cardassianischen Raumer erforderte enorm viel Mut, doch es gibt keinen furchtloseren Captain als Chakotay. Er zögerte nicht.«

»Unsere aus Waffen bestehende Fracht stellte vielleicht einen gewissen Anreiz dar«, sagte B'Elanna. Sie konnte jetzt sprechen, ohne dabei Schmerzen zu empfinden.

Dünne Falten bildeten sich in Seskas Stirn. »Wir hätten die Fracht nehmen und Sie den Cardassianern überlassen können«, entgegnete sie. »Aber Chakotay verhält sich nicht auf eine solche Weise.«

»Ich bin dankbar, glauben Sie mir«, betonte B'Elanna. Sie wollte diese Leute keineswegs herausfordern. Viel zu genau wusste sie, dass sie in diesem Teil des Alls allein und hilflos war. Sie konnte es sich nicht leisten, ihre Retter zu verärgern.

Bevor Seska Gelegenheit bekam, eine Antwort zu formulieren, öffnete sich die Tür und Chakotay betrat das Zimmer. »Wie geht es der Patientin?«, fragte er und B'Elanna bemerkte die Unerschütterlichkeit in seiner Stimme. Sie spürte: Dieser Mann war nicht aus der Ruhe zu bringen, gleichzeitig aber sehr wohl imstande, streng zu sein, wenn das notwendig werden sollte.

Seska begrüßte ihn mit einem Lächeln und wieder fühlte B'Elanna eine Veränderung in ihr, eine Reaktion, die auf Intimität hindeutete. »Ihre Heilung macht gute Fortschritte. Sie ist sehr stark.«

Chakotay musterte B'Elanna aus dunklen Augen. »Wir sind Ihnen sehr dankbar dafür, dass Sie die Waffen gebracht haben. Meslers Tod bedauere ich sehr. Er war ein guter Freund.«

»Von den Waffen wusste ich überhaupt nichts«, sagte B'Elanna. »Ich dachte, wir brächten humanitäre Hilfe. Ich war nur die Bordingenieurin.«

Chakotay lächelte. »Mesler hat versucht, Sie zu schützen«, erklärte er. »Allerdings bezweifle ich, dass die Cardassianer Ihnen geglaubt hätten.«

Vor B'Elannas innerem Auge erschien ein Erinnerungsbild von Gul Tancret und sie schauderte unwillkürlich. »Ich möchte Ihnen danken. Dafür, dass Sie mich gerettet haben. Wenn ich daran denke, was mir vielleicht zugestoßen wäre …«

Chakotay streckte die Hand aus und legte sie ihr auf die Schulter. B'Elanna bemerkte, dass Seska diese Geste mit großer Aufmerksamkeit beobachtete. »Unsere Freunde auf dem Planeten haben uns gebeten, ihnen heute Abend Gesellschaft zu leisten. Sie wollen die Waffenlieferung feiern. Begleiten Sie uns?«

B'Elanna nickte und vermied es, Seska anzusehen, um festzustellen, was die Bajoranerin von der Einladung hielt. Chakotays Hand ruhte noch einen Sekundenbruchteil länger auf ihrer Schulter und dann ging er. Aber etwas von ihm blieb zurück, etwas von der eindrucksvollen Stärke seiner Präsenz. B'Elanna blickte zu Seska, die zur Tür sah – Sehnsucht stieg von ihr auf, wie Dunst vom Boden eines verlassenen Walds.

An jenem Abend besuchten sie das Lager der Maquis-Sympathisanten auf Riva. Es war ein Sommerabend in der tropischen Klimaregion des Planeten und der laue Wind trug aromatischen Blütenduft mit sich. Die Bewohner von Riva hatten Tische auf einer Lichtung aufgestellt, unweit eines Baches, der die Luft ein wenig kühlte und dessen Plätschern sehr angenehm klang.

Etwa dreißig Bewohner hatten sich auf der Lichtung eingefunden und hinzu kamen fünfundzwanzig Besatzungsmitglieder von Chakotays Schiff. Es herrschte eine gelöste, lockere Stimmung. Die Tische präsentierten reichlich Nahrungsmittel: ein dicker Eintopf, der, wie B'Elanna erfreut feststellte, wohlschmeckende Fleischbrocken enthielt – oft wünschte sie sich etwas Fleisch, aber es ließ sich nicht leicht auftreiben; große Laibe von frisch gebackenem Brot; Schalen mit Obst; und ein würziges Bier, das gut zum Eintopf passte und eine innere Wärme schuf, die Unbehagen auflöste.

Chakotay blieb den ganzen Abend über an B'Elannas Seite, stellte sie vor, lobte ihren Mut dem cardassianischen Gul gegenüber und schrieb ihr das Verdienst zu, die Waffen nach Riva gebracht zu haben. B'Elanna fühlte sich überschätzt und verherrlicht. Zuerst reagierte sie mit Verlegenheit darauf, aber dann fand sie immer mehr Gefallen an diesem Empfinden.

Ständig war sie sich der Präsenz von Seska bewusst. Sie wahrte einen gewissen Abstand zu Chakotay, blieb aber nahe genug, um zur Stelle zu sein, wenn er ihre Gesellschaft suchte.

Er wandte sich nicht ein einziges Mal an sie.

Seine Aufmerksamkeit galt B'Elanna. Geduldig erklärte er ihr Absichten und Aktivitäten des Maquis. Sein leidenschaftliches Engagement für die hilflos in der entmilitarisierten Zone zurückgebliebenen Kolonisten erfüllte ihn ganz. B'Elanna fühlte sich davon gerührt und überlegte voller Neugier, was Chakotay zu dem Mann gemacht hatte, der er heute war.

»Warum fühlen Sie sich dieser Sache so sehr verpflichtet?«, fragte sie ihn. »Sie riskieren Ihr Leben für diese Leute. Dafür muss es einen Grund geben.«

Chakotay wandte den Blick von ihr ab und sie sah, wie ein Schatten auf sein Gesicht fiel. Er schien sich plötzlich in einen unsichtbaren, schützenden Kokon zu hüllen. Eine fast greifbare Barriere entstand zwischen ihnen und B'Elanna fand sie entnervend.

Schließlich sah er sie wieder an. »Es ist eine lange Geschichte. Eines Tages erzähle ich sie Ihnen.«

B'Elanna wollte ihn nicht drängen. Die Geräusche eines Saiteninstruments wehten über die Lichtung und sie drehte den Kopf, um herauszufinden, woher sie kamen.

Seska hielt ein sonderbares Musikinstrument in den Händen, eine runde, bogenartige Vorrichtung mit zehn oder zwölf Saiten, an denen die Bajoranerin geschickt zupfte. Sie begann zu singen. Ihre stolze, eindrucksvolle Stimme klang durch die Nacht, berichtete von Stärke und Leid. B'Elanna lehnte sich an einen Baumstamm und gab sich ganz den Sinneseindrücken hin: der angenehmen Wärme der Sommernacht; dem herrlichen Duft unbekannter Blüten; dem vollen Magen; der vom Bier bewirkten Entspannung; und Seskas Stimme, klar und transzendent – sie trieb dahin, von einer sanften Brise getragen, sang von toten Kameraden und der Solidarität einer Kampfgemeinschaft.

Ein seltsames Gefühl regte sich in B'Elanna. Es war vage und unvertraut, ließ sich nicht identifizieren – diese Emotion schien sich von allen anderen zu unterscheiden, die sie jemals erfahren hatte. Plötzlich erinnerte sie sich daran, als kleines Kind auf dem Schoß ihres Vaters gesessen zu haben, sicher und beschützt, während ihre Mutter eine Geschichte über einen legendären klingonischen Helden erzählte. Wie lautete sein Name? B'Elanna entsann sich nicht mehr daran. Aber in jenem Moment, geborgen in den Armen ihres Vaters, während ihre Mutter von Mut und Ehre sprach, hatte sie sich ebenso gefühlt wie jetzt.

B'Elanna sah zu Chakotay, der Seskas melancholischem Lied zuhörte, ohne dass sein Gesicht irgendeine Regung verriet. Sie beugte sich zu ihm und flüsterte: »Könnte Ihr Schiff eine hoch qualifizierte Technikerin gebrauchen, Chakotay?«

Als er sich ihr zuwandte und lächelte, klopfte ihr Herz schneller und plötzlich wurde ihr klar, was es mit dem unvertrauten Gefühl auf sich hatte.

Es war Glück.

In B'Elannas Träumen kam er nachts zu ihr, nahm sie manchmal zärtlich, manchmal mit wilder Begierde, aber immer allein deshalb, weil er sie liebte. Er flüsterte von seiner Leidenschaft, davon, wie sehr er sie verehrte und sich wünschte, für immer mit ihr zusammen zu sein. Sie würde nie wieder allein sein, versprach er ihr, nie wieder Kummer oder Furcht erfahren, denn er würde an ihrer Seite bleiben und sie nie verlassen.

Sie erwachte erregt und unbefriedigt, aber für einige Momente blieb sie in der Sphäre zwischen Schlafen und Wachen, eingehüllt in Wohlbehagen. Er liebte sie. Und er würde bei ihr bleiben.

Dann lösten sich die Nebelschwaden von Schlaf und Traum auf und die Realität erinnerte sie daran, wo sie sich befand. Sie lag auf einer harten Koje in ihrem kleinen Quartier an Bord der *Liberty*, eines Schiffes, das unter dem Befehl des Mannes stand, von dem sie geträumt hatte. Er war ein Freund, der sie respektierte und ihr vertraute, ihr technisches Geschick zu schätzen wusste.

Aber er liebte sie nicht.

Kurz nachdem B'Elanna zu einer Maquisardin geworden war, bemerkte Seska, wie sie Chakotay ansah, und sie interpretierte den Blick richtig. Anschließend wartete sie, bis sie und B'Elanna allein arbeiteten, an einem beschädigten Shuttle, den sie von einem Schiffsfriedhof der Föderation »geborgen« hatten.

Als sie sich bemühten, die Antriebsspulen des kleinen Raumschiffs zu reparieren, fragte Seska: »Wie gefällt es Ihnen bisher? Beim Maquis, meine ich.«

B'Elanna war sofort wachsam. Sie begegnete Seska nicht etwa mit Ablehnung – sie respektierte ihre Fähigkeiten –, aber in ihrer Stimme gab es einen leisen Unterton, der sie argwöhnisch werden ließ. Die Frage klang einfach zu beiläufig. B'Elanna zuckte mit den Schultern. »Es geht«, erwiderte sie.

Das schien Seska zu verletzen. »Inzwischen können wir wirklich etwas bewirken. Cardassia hat sich offiziell bei der Föderation über uns beschwert. Man kann uns nicht mehr ignorieren – in der entmilitarisierten Zone sind wir inzwischen eine Macht, die man berücksichtigen muss.«

»Ich schätze, dann werden wir unserer Aufgabe gerecht.«

Seska bedachte sie mit einem vorwurfsvollen Blick. »Eigentlich ist es Ihnen gleich, oder? Für Sie ist dies nur ein Job, ein Zeitvertreib, keine Sache wie für alle anderen hier.«

»Mit Sachen konnte ich nie viel anfangen.« Ärger keimte in B'Elanna. Was wollte Seska? Wieso forderte sie sie auf diese Weise heraus?

»Wenn Chakotay das wüsste, hielte er vielleicht nichts mehr davon, dass Sie zur Crew gehören.«

B'Elanna drehte ruckartig den Kopf. Plötzlich verstand sie und beschloss, den Fehdehandschuh aufzunehmen. Sie wandte sich Seska zu. »Lieben Sie ihn?«

Die Offenheit ihrer Frage verdutzte Seska. Verblüffung flackerte in ihren Augen und sie senkte kurz den

Blick, um ihre Gedanken zu sammeln. Innerhalb von ein oder zwei Sekunden hatte sie sich wieder unter Kontrolle. Erneut sah sie B'Elanna an und lächelte selbstgefällig. »Er liebt mich«, sagte sie und wartete auf eine Antwort.

B'Elanna musterte sie und hoffte, dass ihr Gesichtsausdruck neutral wirkte. »Das überrascht mich«, sagte sie. »Mir ist aufgefallen, wie Sie ihn ansehen, aber ich habe nie bemerkt, dass er Ihren Blick erwidert. Und er behandelt Sie immer nur wie ein Besatzungsmitglied, dessen Leistungen er zu schätzen weiß.«

»Wir waren mehr als anderthalb Jahre lang zusammen, haben das aber nicht bekannt werden lassen, um Spannungen an Bord zu vermeiden.«

»Er ist ein guter Schauspieler, ein besserer als Sie.«

Rote Flecken entstanden auf Seskas Wangen und ihre Augen glitzerten auf eine Art, die unerklärlicherweise Furcht in B'Elanna weckte. Sie ahnte, dass sich eine ganze Menge in dieser Frau verbarg, beschloss deshalb, beim Umgang mit der Bajoranerin vorsichtig zu sein.

»Chakotay kann seine Gefühle gut verbergen. Es gehört zu seinem Wesen. Aber ... Bajoraner sind sehr leidenschaftlich.« Seska legte eine kurze Pause ein, um B'Elanna Gelegenheit zu geben, darüber nachzudenken. »Uns fällt es schwerer, Emotionen im Zaum zu halten.«

»Warum sagen Sie mir das alles?«

Seska hantierte an einem der sechs Toroide der Antriebsspulenvorrichtung. »Es erschien mir nur fair, Sie auf die Situation hinzuweisen. Für den Fall, dass es irgendwelche Zweifel gibt.«

Der Ärger in B'Elanna wuchs, aber sie ließ sich nichts davon anmerken. Seska wollte sie zu einer solchen Reaktion provozieren und alles in ihr sträubte sich dagegen, der Bajoranerin eine solche Genugtuung zu gönnen. »Offen gesagt, ich habe nie darüber nachgedacht. Es interessiert mich nicht, was Sie und Chakotay in Ihrer Freizeit machen. Es ist mir ein Rätsel, wie Sie etwas anderes annehmen konnten.«

B'Elanna fühlte Seskas Blick auf sich ruhen, erwiderte ihn aber nicht. »Haben Sie die Toroide synchronisiert?«, fragte sie. »Dieser Shuttle wird nie einsatzfähig, wenn wir nicht endlich aufhören zu reden.«

Und so verging der Rest des Nachmittags in Stille.

Sechs Monate später kehrte Chakotay von einem raschen und geheimen Abstecher zur Erde zurück, in Begleitung eines verdrossenen jungen Menschen. Er hatte widerspenstiges rotblondes Haar und seine blaugrauen Augen taxierten jede Frau, der er begegnete.

Er war B'Elanna auf Anhieb unsympathisch.

Chakotay hatte ihn rekrutiert, um den vulkanischen Piloten Setonak zu ersetzen, der während eines Kampfes mit Cardassianern verletzt worden war und sich in einer medizinischen Einrichtung auf Vulkan erholte. B'Elanna vermisste Setonak, dessen stoische Gelassenheit beruhigend auf sie gewirkt hatte. Sie fragte sich, ob sie ihre Gefühle jemals so gut kontrollieren konnte wie der Vulkanier. Mehrmals hatte sie mit dem Gedanken gespielt, Setonak auf seine mentalen Disziplinen anzusprechen, aber gerade jene Disziplinen waren es, die ihn unzugänglich machten.

Und jetzt nahm dieser arrogante Lackaffe namens Tom Paris seinen Platz ein. Was dachte sich Chakotay nur dabei?

Von Anfang an kam es zu Auseinandersetzungen zwischen ihnen. B'Elanna konnte Toms abschätzenden Blick nicht ausstehen – er sah sie an wie ein Objekt, dessen Wert taxiert werden musste. Sie verabscheute das verführerische Timbre in seiner Stimme: Es hätte besser in ein Schlafzimmer gepasst als in den Maschinenraum. Und vor allem hasste sie es, dass er sich in ihre Arbeit einmischte.

»Ich wollte Sie nur auf Folgendes hinweisen«, sagte er und schien jede einzelne Silbe zu dehnen. »Wenn Sie die Einstellung für die vektorisierte Ablassausrichtung auf den niedrigsten Wert setzen würden, könnte ich unsere Manövrierfähigkeit um dreißig Prozent erhöhen.«

»Wenn Sie auch nur den Hauch einer Ahnung hätten, so wäre Ihnen klar: Diese Einstellung würde im Maschinenraum schon bald zu einer Ansammlung giftiger Gase führen und in der Reaktionskammer eine Überladung bewirken, die zu einer Explosion führen könnte. Ich schlage vor, Sie kümmern sich um die Navigation und überlassen das Triebwerk mir.«

Tom nahm diese Worte mit einem Lächeln entgegen und das ärgerte B'Elanna noch mehr. Er schien über einen persönlichen Schild zu verfügen, an dem Kommentare und Kritik abprallten. Es ließ sich unmöglich feststellen, was wirklich in ihm vor sich ging, denn der Außenwelt präsentierte er immer nur die sorglose und unzugängliche Oberfläche seiner Persönlichkeit.

»Was halten Sie von einem Waffenstillstand, Torres? Ich mische mich nicht in Ihre Dinge ein und Sie nicht in meine – vielleicht können wir dann Freunde werden. Möglicherweise mögen Sie mich sogar, wenn Sie mich besser kennen lernen.«

»Gegen einen Waffenstillstand habe ich nichts einzuwenden. Aber an einer Freundschaft bin ich nicht interessiert.«

Tom zuckte mit den Schultern und ging. Wenn er enttäuscht oder verletzt war, so zeigte er es nicht. B'Elanna ärgerte sich immer mehr über diese Eigenschaft des Piloten – bis ihr klar wurde, dass sie selbst gern darüber verfügt hätte.

Toms Geschick versetzte sie in die Lage, einen »Badlands« genannten Raumbereich zu erforschen.

Es war eine sehr gefährliche Region, voller Plasmastürme, die ein Raumschiff innerhalb eines Sekundenbruchteils zerstören konnten. Vielen Besatzungsmitgliedern bereitete es Unbehagen, in die Badlands zu fliegen, obgleich sie Schutz vor cardassianischen und Starfleet-Schiffen boten, die jenen Bereich normalerweise mieden.

B'Elanna stellte schon bald fest, dass ihr die Badlands einen ganz besonderen Nervenkitzel boten. Ihr gefiel der Anblick wogender, brodelnder Wolken und der hin und her tastenden Plasmatentakel, die ihnen einen schnellen Tod bringen konnten. Gern sah sie dabei zu, wie Tom Paris das Schiff durch die Stürme flog, die Stirn vor Konzentration gerunzelt, und allen Gefahren auswich. Er war ein ausgezeichneter Pilot, das musste sie ihm lassen.

Und sie vermutete, dass er an diesen Herausforderungen ebenso großen Gefallen fand wie sie. Ein Flug in die Badlands löste bei ihr einen Adrenalinschub aus und das wirkte fast wie eine Droge auf B'Elanna. Gefahr schärfte ihre Sinne, hob ihre Stimmung und ließ ein Gefühl der Aufregung entstehen, das sie immer als angenehm empfunden hatte. Tom erging es offenbar ähnlich.

Eines Tages kartographierten sie einen Teil der Badlands für zukünftige Aktionen. Auf der kleinen Brücke befanden sich B'Elanna, Tom, Chakotay und der Navigator Juri Terikof. Juri war ein drahtiger Mann mit dunklen Ringellocken, kleinen, hellen Augen und einer großen Nase, die ihm ein seltsam vogelartiges Aussehen verlieh. Er schien überhaupt keine Furcht zu kennen und bei Gefechten war er für sie alle ein Vorbild. Starke Plasmastürme setzten dem Schiff zu und B'Elanna rechnete damit, dass Chakotay bald den Befehl zum Rückzug gab.

Ganz plötzlich hörten die Erschütterungen und Vibrationen auf. Von einem Augenblick zum anderen glitten sie so ruhig dahin wie ein Spielzeugschiff über einen ruhigen Teich.

B'Elanna und Chakotay wechselten einen überraschten Blick. »Sind Sie ein noch besserer Pilot als ich dachte oder haben wir die Badlands verlassen?«, wandte sich Chakotay an Tom.

»Nein, wir haben sie nicht verlassen«, erwiderte Paris. »Aber wir befinden uns jetzt in einem Teil der Badlands, in dem es keine Plasmastürme gibt.«

»Eine klare Sensorsondierung wird möglich«, fügte B'Elanna hinzu. »Der Bereich durchmisst ungefähr achthundert Millionen Kilometer und ist völlig frei von Stürmen.«

»Wie das Auge eines Hurrikans«, brummte Chakotay und sah auf die Anzeigen seiner Konsole. Juri bemerkte den interessantesten Aspekt ihrer Entdeckung. »Was ist das? Ein Gürtel aus Planetoiden? Captain, dies ist auf keiner Föderationskarte verzeichnet.«

»Nun, Sie haben ihn gefunden, Juri.« Chakotay lächelte. »Wie klingt ›Terikof-Gürtel‹ für Sie?«

Juris Augen leuchteten noch heller, als er wie ein glückliches Kind lächelte. »Klingt großartig«, erwiderte er. »Aber ich schätze, eine Entdeckung durch den Maquis wird man nie auf den Sternkarten der Föderation verzeichnen.«

»Wer weiß?«, warf B'Elanna ein. »Ich meine, Sie sollten eine Subraum-Nachricht schicken und den Namen registrieren lassen.« Sie lächelte, als sie an den Aufruhr dachte, der eine so kühne Geste bei den spießigen Föderationsbürokraten bewirken würde. Einerseits gefiel es ihnen bestimmt nicht, einen Planetoidenring nach einem Maquis-Renegaten zu benennen, aber andererseits waren sie verpflichtet, ihn als Entdecker anzuerkennen.

»Das unterlassen Sie besser«, sagte Chakotay, den Blick noch immer auf die Anzeigen seiner Konsole gerichtet. »Es sieht so aus, als könnten einige Planetoiden der Klasse M zugeordnet werden.«

Dadurch ergaben sich interessante Möglichkeiten. Wenn der Maquis Gelegenheit bekam, hier mitten in den Badlands einen Stützpunkt einzurichten ... Er hätte weitaus mehr Sicherheit geboten als irgendeine Basis im Föderationsraum.

»Sollen wir es überprüfen?«, fragte Tom und Chakotay nickte knapp. Es war B'Elanna aufgefallen, dass gewisse Spannungen zwischen Captain und Pilot existierten, obwohl sie sich nicht an irgendwelche konkreten

Zwischenfälle erinnerte. Tom konnte einem auch so auf die Nerven gehen, fand B'Elanna und nahm an, dass Chakotay Toms Arroganz auf die Nerven ging.

Kurze Zeit später schwenkten sie in den Orbit eines Planetoiden der Klasse M und begannen mit einem Scan, um die Charakteristika des Himmelskörpers festzustellen. »Die Atmosphäre ist reich an Sauerstoff und atembar«, meldete Juri. »Es gibt reichlich Vegetation auf Photosynthese-Basis und außerdem große Wassermengen. Klingt ganz nach Zuhause.«

Die letzten Worte bewirkten keine Reaktion bei den anderen Personen auf der Brücke und B'Elanna glaubte, den Grund dafür zu verstehen: Für diese Leute existierte kein Zuhause mehr, seit sie beschlossen hatten, auf den Friedensvertrag zwischen der Föderation und den Cardassianern zu pfeifen und ihre eigenen Vorstellungen von Gerechtigkeit durchzusetzen. Dieser kleine Planetoid in den Badlands kam als Heimat ebenso gut in Frage wie ein beliebiger anderer Ort.

Chakotay gingen offenbar ähnliche Gedanken durch den Kopf. »Wir schicken eine Einsatzgruppe. Tom, B'Elanna, Juri – Sie begleiten mich. Und Seska kommt ebenfalls mit.«

Wenige Minuten später standen sie auf einer Wiese und ihren Blicken bot sich eine der prächtigsten Welten dar, die B'Elanna jemals gesehen hatte. Dichte, grüne Wälder erstreckten sich über viele Kilometer hinweg. Hügel gingen in Berge mit schneebedeckten Gipfeln über. Ein sanfter Wind strich über das Gras der Wiese, das sich hin und her neigte. Ein angenehmer Duft ging davon aus, erinnerte B'Elanna an die Jasminfelder auf Nessik. Ein azurblauer Himmel wölbte sich über ihnen; hier und dort schwebten rosarote Wolken.

Sie schwiegen einige Sekunden lang, nachdem sie materialisiert waren, bestaunten die Schönheit dieses Ortes. Jeder von ihnen hing ganz persönlichen Gedanken nach und erinnerte sich an die frühe Kindheit, als die Welt nicht annähernd so kompliziert gewesen war und der Anblick einer blühenden Wiese genügt hatte, um das Herz mit Freude zu erfüllen.

Solche Gedanken bescherten B'Elanna ein alles andere als angenehmes Gefühl der Verwundbarkeit. Sie wandte sich den anderen zu. »Nun, was meinen Sie?«, fragte sie und ihre Stimme klang schärfer als beabsichtigt. »Können wir etwas mit diesem Planetoiden anfangen?«

Die übrigen Mitglieder der Einsatzgruppe reagierten so, als hätte man sie aus Träumereien geweckt. B'Elanna bemerkte, dass Seska ihr einen verärgerten Blick zuwarf. Chakotay genoss die Pracht der unberührten Natur. »Ja, ich denke schon«, erwiderte er leise. »Wenn wir hier einige Gebäude errichten ... Dann hätten wir eine Basis, die vor Starfleet absolut sicher ist. Wir könnten das Schiff von Zeit zu Zeit verlassen, um uns ein wenig die Beine zu vertreten und frische Luft zu schnappen.«

B'Elanna hörte einen gewissen Unterton in seiner Stimme, etwas, das auf Liebe und Respekt der Natur gegenüber hinwies, und plötzlich bedauerte sie ihre scharfen Worte. Ihr stand es nicht zu, den anderen die Freude über diesen paradiesischen Planetoiden zu verderben.

»Es würde nicht lange dauern, einige Hütten zu bauen«, sagte sie. »Holz gibt es genug und wir könnten es mit den Phasern zuschneiden. Ich melde mich freiwillig für den Bautrupp.«

»Das halte ich für eine ausgezeichnete Idee«, entgegnete Chakotay begeistert. »Sie sind alle Freiwillige und können gleich mit der Arbeit beginnen.«

»Ich glaube, ich werde an Bord des Schiffes gebraucht«, wandte Seska ein. B'Elanna begriff sofort, dass der Bajoranerin damit ein Fehler unterlief – es gefiel Chakotay bestimmt nicht, dass sie in Anwesenheit der anderen seinen Befehl in Frage stellte. Und tatsächlich: Als er sich Seska zuwandte, presste er kurz die Lippen zusammen, ein Zeichen von Missbilligung.

»Ich treffe solche Entscheidungen, wenn du gestattest«, sagte er mit ruhiger Festigkeit und B'Elanna musste sich bemühen, ein Lächeln zu unterdrücken.

Bereits um acht Uhr morgens war es sehr warm und zwei Stunden später wurde die Hitze fast unerträglich. Sie alle schwitzten und trugen nur noch die notwendigsten Kleidungsstücke. Erfrischung bot nur der nahe Fluss, der von einem See hoch in den Bergen gespeist wurde.

Chakotay hatte es abgelehnt, Seska mit dem Schiff nach Bajor fliegen zu lassen, um dort neues Ausrüstungsmaterial an Bord zu nehmen, und daraufhin gab sich die Bajoranerin gekränkt, was B'Elanna nur recht war. Es fiel ihr immer schwerer, mit dieser Frau zu sprechen, die sich durch ihre Präsenz ganz offensichtlich bedroht fühlte.

Juri war so fröhlich wie immer, plauderte munter, witzelte über »seinen« Planetoidengürtel und versuchte alles, um die Situation angenehm zu gestalten.

Damit blieb nur noch eine Person übrig, mit der es fertig zu werden galt: Tom Paris.

Tom beunruhigte B'Elanna auf eine Weise, die sie nicht ganz verstand. Er vermittelte ihr immer das Gefühl, eine Art lebendiges Ausstellungsstück zu sein, und sie ärgerte sich über seine abschätzenden Blicke. Andererseits: Viele Männer hatten sie so angesehen. Bei Tom kam noch etwas anderes hinzu, das sie nicht identifizieren konnte.

In brütender Hitze arbeiteten sie Seite an Seite und zogen eine Wand des Gebäudes hoch, während Juri und Seska mit ihren Phasern Baumstämme zuschnitten. Das Holz der Bäume erwies sich als sehr massiv und deshalb waren die einzelnen Segmente sehr schwer. B'Elannas Schultern und Arme protestierten bereits, obgleich noch viele Stunden Arbeit vor ihnen lagen. Mit dem Unterarm wischte sie sich Schweiß aus den Augen und winkelte die Beine an, als sie versuchten, ein zwei Meter langes Holzstück an die richtige Stelle zu rücken. Es war ihnen fast gelungen, als B'Elannas Hände plötzlich abrutschten, wodurch der Balken zu Boden fiel.

»*VeQ ngIm!*«, fauchte sie und hörte, wie Tom leise lachte. Sie drehte sich um und bedachte ihn mit einem finsteren Blick. »Was finden Sie so komisch?«, fragte sie scharf.

»Sie – wenn Sie wie eine klingonische Söldnerin klingen. Aus irgendeinem Grund passt es nicht zu Ihnen. Sie unterscheiden sich von allen Klingonen, die ich jemals kennen gelernt habe.«

»Das hoffe ich.«

Tom musterte B'Elanna verwundert. »Was soll das denn heißen?«

Sie atmete tief durch. Es hatte ihr noch nie gefallen, über sich selbst zu sprechen, und Tom Paris war die letzte Person, mit der sie über ihre persönlichsten Empfindungen reden wollte. »Schnappen wir uns den Balken«, sagte sie und hoffte, dass er verstand. Erneut hoben sie das zwei Meter lange Holzstück und wenige Sekunden später befand es sich an der richtigen Stelle. Die Wand vor ihnen wuchs immer mehr.

»Ist Ihr Vater Klingone? Oder Ihre Mutter?« Tom Paris schien nicht bereit zu sein, dieses Thema einfach so fallen zu lassen.

»Meine Mutter.«

»Gehört Ihr Vater zu Starfleet?«

»Wenn wir schon miteinander sprechen müssen – können wir nicht über etwas anderes reden?«

Ein oder zwei Sekunden lang musterte er sie ernst. »Wie wär's mit einem Bad?«, fragte er. »Es wird Zeit für eine Abkühlung.«

B'Elanna nickte. Es war wirklich zu heiß, um längere Zeit zu arbeiten, ohne eine Pause einzulegen und sich abzukühlen. Sie streiften die Handschuhe ab und schritten zum Fluss im Wald.

»Wussten Sie, dass wir zur gleichen Zeit an der Akademie waren?«, fragte Tom beiläufig.

B'Elanna drehte den Kopf und sah ihn an.

»Ich habe Sie nicht gesehen.«

»Ich war nicht so auffällig wie Sie – es gibt nicht viele Klingonen, die die Starfleet-Akademie besuchen.«

Ärger regte sich in B'Elanna. Würde es immer so sein? Musste sie immer damit rechnen, auf diese Weise klassifiziert und eingeordnet zu werden? »Mein Vater ist bei Starfleet«, sagte sie. »Ich habe ihn zuletzt gesehen, als ich fünf Jahre alt war, aber durch seinen Namen war es mir möglich, die Aufnahmeprüfung abzulegen.«

»Warum haben Sie ihn so lange nicht gesehen?«

B'Elanna seufzte. Tom Paris schien an diesem Tag noch neugieriger als sonst zu sein. »Er verließ uns.«

Sie fühlte den Blick seiner blauen Augen und vermied es, ihn zu erwidern. »Warum?«

In B'Elannas Herzen schien sich etwas zusammenzuziehen, wie immer, wenn es um diese besondere Frage ging. »Ich weiß es nicht«, erwiderte sie ehrlich. Voraus hörte sie ein Plätschern zwischen den Bäumen und war froh, dass dieses Gespräch bald ein Ende fand.

Wenige Sekunden später erreichten sie den Fluss: Er war zehn Meter breit und sein herrlich kühles Wasser strömte schnell einem Tal entgegen. An dieser Stelle seines Laufs durchquerte der Fluss einen fast ebenen Bereich und dadurch wuchs er in die Breite und formte einen Teich, in dem das Wasser zwar in Bewegung blieb, aber nicht mehr annähernd so schnell floss. B'Elanna watete sofort hinein und schnappte nach Luft, als das kalte Wasser auf die vom Sonnenschein erhitzte Haut traf. Sie hoffte, Tom Paris und seinen neugierigen Fragen endlich entgehen zu können.

Er folgte ihr, sprang ins kühle Nass, tauchte wieder auf und prustete hingebungsvoll. B'Elanna lachte und die während der vergangenen Minuten in ihr entstandene Anspannung verflüchtigte sich. Verspielt ließ Tom das Wasser in ihre Richtung spritzen und sie erwiderte die neckische Geste. Eine Zeit lang machten sie so weiter, lachten und prusteten, vergaßen die drückende Hitze, als sie im Wasser umhertollten.

Dann tauchte B'Elanna. Sie war eine gute Schwimmerin und wusste, dass sie Tom überraschen würde, wenn sie hinter ihm auftauchte. Sie griff nach seinen Beinen und stieß ihn abrupt nach oben, sodass er halb aus dem Wasser kam und dann zurückfiel, unter die Oberfläche sank. Anschließend tauchte sie auf, um das Spektakel zu beobachten, achtete dabei darauf, außerhalb seiner Reichweite zu bleiben. Tom schnappte nach Luft, als sein Kopf die Wasseroberfläche durchstieß, und er sah sich nach B'Elanna um. Sie lächelte und tauchte erneut, begleitet von dem Wissen, dass sie ihm hier überlegen war.

Unter der Oberfläche war das Wasser kälter und die Strömung stärker, doch daraus ergaben sich keine Probleme für B'Elanna. Sie kannte ihr Ziel: einige Felsen, die an der tiefsten Stelle des Flusses eine Art Irrgarten formten. Sie schwamm mit energischen Zügen. Im schnell fließenden Wasser konnte sie nichts sehen, ließ sich allein von Erinnerung und Instinkt leiten. Es dauerte nicht lange, bis sie den ersten Felsen erreichte. Sie griff danach und zog sich an ihm vorbei ins »Labyrinth«.

Dort war das Wasser fast unbewegt – die großen Steine schirmten diesen Bereich von der Strömung ab. B'Elanna spürte angenehme Ruhe, als sie langsam durch den Wald aus Felsen glitt. Angesichts ihrer besonderen Lungenkapazität hatte sie nicht den geringsten Zweifel daran, dass sie ein ganzes Stück länger unter Wasser bleiben konnte als Tom Paris.

Anmutig wie ein Fisch schwamm sie zwischen den Steinen und stellte sich lächelnd vor, wie Tom mit wachsender Verwunderung auf ihr Auftauchen wartete. Es war nicht unbedingt fair, ihm einen solchen Streich zu spielen, aber angesichts seiner arroganten Überheblichkeit verdiente er es, ein wenig aufgerüttelt zu werden.

B'Elanna hielt sich an einem Felsen fest und nahm erstaunt zur Kenntnis, dass er ein wenig wackelte – sie hatte vermutet, dass diese Felsen hier fest im Boden verankert waren. Der große Stein neigte sich ein wenig zur Seite, sank dann zurück und nahm wieder seine ursprüngliche Position ein. B'Elanna schwamm weiter, setzte den Weg durchs Felsenlabyrinth fort.

Der Einsturz ging so sanft vor sich, dass sie zunächst gar nichts davon bemerkte. Etwas im Wasser deutete auf Bewegung hin – Sand stieg auf, wie von Geisterhänden bewegt –, und dann verändert sich oben etwas. B'Elanna hob den Kopf …

Vage Überraschung erfasste sie, als sie spürte, wie sich die Felsen herabsenkten, ganz langsam, als wären sie federleicht. Ihre Masse drückte sie langsam nach unten, in den schlammigen und sandigen Grund des Flusses. Der Vorgang hatte nichts Gewaltsames, wirkte überhaupt nicht gefährlich. Es schien sich eher um eine Liebkosung zu handeln, vorsichtig und behutsam.

Allerdings konnte sie sich nicht mehr bewegen.

B'Elanna geriet nicht in Panik. Ihr blieben noch einige Minuten, bis sie wieder atmen musste. Bestimmt fand sie eine Möglichkeit, sich zu befreien, aufzutauchen und Tom zu verblüffen.

Sie wand sich hin und her, versuchte einen Ansatzpunkt zu finden. Die Steine übten nur einen leichten Druck aus und schienen ihren Bemühungen, sie zur Seite zu schieben, kaum widerstehen zu können. Aber so sehr es B'Elanna auch versuchte, mit Armen und Beinen – die Felsen hielten sie fest.

Trotzdem fühlte sie keine Furcht. Die Situation hatte etwas so Irreales, dass sich B'Elannas emotionale Reaktion auf ungläubiges Erstaunen beschränkte. Sie rechnete jeden Augenblick damit, dass die Felsen wie in einem Traum zur Seite rutschten und ihr erlaubten, an die Oberfläche zu schwimmen.

Sie wusste nicht, wie viel Zeit vergangen war, als sie

begriff: Vielleicht rührten sich die großen Steine auch weiterhin nicht von der Stelle. B'Elanna hatte alles versucht, um ihr granitenes Leichenhemd abzustreifen, ohne dass die Felsen auch nur einen einzigen Millimeter nachgaben. Bald musste sie atmen. Wenn nicht, würde sie sterben.

Seltsamerweise gab ihr dieser Gedanke keine zusätzliche Kraft. Stattdessen begannen ihre Gedanken, ziellos dahinzutreiben, und sie gab ihre Bemühungen auf, sich aus dem steinernen Grab zu befreien. Kindheitsbilder zogen an ihrem inneren Auge vorbei, aber im Gegensatz zu vielen anderen Erinnerungen an die Zeit ihres Aufwachsens gingen sie nicht mit Ängsten einher. Warum war sie immer so zornig gewesen? Das erschien ihr jetzt so unnötig und sinnlos. Ihr Vater war fortgegangen und es hatte ihr immer an Freunden gefehlt ... Aber ihre Mutter blieb präsent. Sie fehlte nie. Ihre Mutter hatte sie gelehrt, stark zu sein, stärker als die anderen Kinder ... und auch klüger ... Warum hatte sie den anderen Kindern gestattet, ihr das Gefühl zu geben, unwürdig zu sein? Warum hatte sie die anderen Kinder abgewiesen und vertrieben?

Abgewiesen und vertrieben?

Der Gedanke zuckte in ihr wie ein verzweifeltes, in einer Spinnwebe gefangenes Insekt. Sie hatte sich ihre Isolation selbst geschaffen. Hier am Grund des Flusses, der bald zu ihrem Grab werden sollte, bot sich ihr diese Erkenntnis mit kristallener Klarheit. Sie hatte ihrem klingonischen Temperament nachgegeben und genau darin lag ihr Verhängnis.

Sie hätte sich auf eine menschlichere Weise verhalten können. Dann wäre ihr Leben von Schmerz und Kummer frei gewesen. Sie hätte Freunde haben und geliebt werden können. Warum begriff sie das erst jetzt?

Vage Erinnerungen an ihren Vater regten sich hier und dort in B'Elannas Bewusstsein: Auf Händen und Knien hockte er da und die kleine B'Elanna gluckste vor

Vergnügen, während sie auf seinem Rücken saß ... er deckte sie zu, gab ihr einen Kuss auf die Wange und wünschte ihr eine gute Nacht ... seine kratzige Wange an ihrer ... er forderte sie auf, von der Anlegestelle in den See zu springen ... er würde sie auffangen und alle Gefahren von ihr fern halten ... er würde sie beschützen und immer lieben ...

Warum war er fortgegangen? Warum hatte er ihr nie den Grund erklärt?

Dann fiel ihr ein: Sie hätte Bescheid wissen können. Wenn sie bereit gewesen wäre, die Mitteilungen ihres Vaters an der Akademie zu beantworten. Er hatte ihr angeboten, alles zu erklären. Er hatte den Wunsch geäußert, sie zu besuchen und vielleicht wieder zu lieben.

Aber sie war einfach nicht mutig genug gewesen, sich mit ihm in Verbindung zu setzen.

Und jetzt würde sie hier sterben, auf einem namenlosen Planetoiden, ohne jemals das großes Mysterium des Lebens zu erfahren, ohne Gelegenheit zu bekommen, die klingonische Wildheit zu zügeln und so menschlich wie möglich zu werden. Und es wäre so einfach gewesen ...

Sie fühlte sich schläfrig. Kam der Tod auf diese Weise? Indem er schläfrigen Frieden brachte? Aber wenn er sich so angenehm anfühlte – warum fürchtete man ihn dann so sehr? Ihre Mutter hatte immer betont, den besten Tod, den ehrenvollen, gäbe es auf dem Schlachtfeld. Und vermutlich ging es dabei nicht so sanft zu wie hier. Ihr ganzes Leben lang hatte B'Elanna Geschichten über ruhmreiche klingonische Schlachten gehört, über Helden, die unter grässlichen – wenn auch ehrenvollen – Umständen ums Leben kamen. Dieser friedliche Tod war besser, dieses ruhige Akzeptieren des Unvermeidlichen. Sie konnte auf Ehre verzichten ...

Druck wich von ihr und sie glaubte, der Zeitpunkt des Todes sei gekommen. Das Lösen irdischer Fesseln, Schweben und dann eine Reise – wohin? Gab es ein

Ziel? Oder folgte das Nichts? Es mochte besser sein als das Unbekannte …

Dann begriff sie: Das Nachlassen des Drucks bedeutete Befreiung von den Felsen. Eine Hand zog an ihrem Arm – es tat weh! –, zerrte und zerrte, bis sie glaubte, dass er sich aus dem Schultergelenk lösen würde, und dann stieg sie plötzlich auf durchs Wasser des Flusses, trat mit den Beinen, während ein unerbittlicher Griff sie weiterhin nach oben zog, bis ihr Kopf schließlich die Wasseroberfläche durchstieß.

Tom schwamm mit ihr zum Ufer. B'Elanna hustete – eine instinktive Reaktion auf das Wasser, das ihr in die Lungen geraten war. Und sie spürte Kälte. Dies alles fühlte sich viel unangenehmer an als das Felsengrab am Grund des Flusses.

Tom zog sie ans Ufer. B'Elanna hustete noch immer, als sie zu ihm aufsah und feststellte, dass er sehr blass war. Einzelne Strähnen des nassen rotblonden Haars klebten in der Stirn. »Es ist alles in Ordnung«, schnaufte er. »Es besteht keine Gefahr mehr. Sie sind in Sicherheit.«

Der Hustenanfall ließ nach und B'Elanna versuchte sich aufzusetzen. Übelkeit stieg in ihr empor und der Hals brannte. Sie wollte sprechen, aber es wurde nur ein Krächzen daraus. Tom rieb ihr hilflos den Rücken.

»Danke«, brachte sie schließlich hervor und fühlte sich schuldig, als sie an ihre ursprüngliche Absicht dachte – sie hatte dem Piloten einen Schrecken einjagen wollen.

»Es ist mir ein Rätsel, dass Sie noch leben«, sagte Tom besorgt. »Sie waren eine Ewigkeit unter Wasser. Ich wusste nicht einmal, wo ich nach Ihnen suchen sollte – bis die Felsen kippten.«

B'Elanna atmete mehrmals tief durch. Allmählich fühlte sie sich wieder normal. »Tom …«, sagte sie. Das Sprechen fiel ihr noch immer schwer. »Können wir vom Shuttle aus eine Subraum-Nachricht senden?«

Er schüttelte den Kopf. »Nicht durch die Plasmastürme in den Badlands. Wir müssen warten, bis wir wieder an Bord des Schiffes sind.«

B'Elanna stand auf. »Dann lassen Sie uns das Gebäude fertig stellen. Ich muss mich mit jemandem in Mexiko in Verbindung setzen.«

Tom richtete einen fragenden Blick auf sie, aber B'Elanna schritt an ihm vorbei. Sie wollte ihre Aufgabe so schnell wie möglich erledigen, denn sie sah die Antworten auf die großen Fragen des Lebens in Reichweite.

Zwischen Tom und ihr kam es kaum noch zu Gesprächen, bevor er verschwand. Einen Tag später griffen zwei cardassianische Schiffe an. Zwar gelang es der *Liberty,* sie zu zerstören, aber sie wurde dabei schwer beschädigt. Chakotay schickte Tom mit einem Shuttle los, um Hilfe zu holen, aber er kehrte nie zurück. So viel zu seiner Loyalität, dachte B'Elanna.

Chakotay flog nach Bajor und kehrte mit einem neuen Besatzungsmitglied zurück, einem dunkelhäutigen Vulkanier namens Tuvok. B'Elanna begrüßte es, dass wieder ein Vulkanier zur Crew gehörte, aber derzeit galten ihre Gedanken nicht unbedingt den Aktivitäten des Maquis. Sie teilte Chakotay mit, dass sie eine Subraum-Nachricht schicken musste, und er gab ihr die Erlaubnis dazu, unter der Voraussetzung, dass sich die Sendung nicht auf ihren Ausgangspunkt zurückverfolgen ließ.

B'Elanna verbrachte einige Zeit damit, die notwendigen Vorrbereitungen zu treffen, und dann schickte sie zwei verschiedene Nachrichten, eine an ihren Vater in Mexiko und die andere an ihre Mutter auf Nessik.

Es würde einige Tage dauern, bis die von Relaisstation zu Relaisstation weitergeleiteten Nachrichten ihre Bestimmungsorte erreichten, und noch einmal so viel Zeit verging, bevor B'Elanna mit einer Antwort rechnen konnte. Fünf oder sechs Tage – dann wusste sie Bescheid. B'Elanna fühlte fast so etwas wie Frieden. Versöhnung mit ihrer Mutter und eine neue Beziehung zu ihrem Vater – diese Möglichkeiten waren nun greifbar nahe.

Ihre Sehnsucht nach Chakotay hatte nachgelassen und sie brachte Seska fast freundschaftliche Gefühle entgegen. In ihrem Leben spürte sie plötzlich ein Gleichgewicht, das ihr immer gefehlt hatte. Mehrmals sprach sie mit dem Vulkanier Tuvok und fand seine Präsenz ebenso beruhigend wie die Setonaks. Sie freute sich darauf, ihn besser kennen zu lernen.

Zwei Tage nach dem Senden der beiden Nachrichten wurde an Bord des Maquis-Schiffes plötzlich Alarmstufe Rot ausgelöst und B'Elanna eilte von der Offiziersmesse zur Brücke. Tuvok und Chakotay befanden sich dort.

»Ein cardassianisches Schiff nähert sich«, sagte Chakotay und B'Elanna hörte die Anspannung in seiner Stimme. Sie sah auf die Anzeigen ihrer Konsole und stellte fest, dass es sich um ein Schiff der Galor-Klasse handelte – solche Schiffe waren besonders schwer bewaffnet.

Die *Liberty* ging in den Warptransit, aber ihr Gegner befand sich bereits in Reichweite. Phaserstrahlen trafen den Maquis-Raumer. Tuvok feuerte einen Photonentorpedo ab, der das cardassianische Schiff beschädigte, aber es gab die Verfolgung nicht auf.

»Wir müssen zurück in die Badlands«, sagte Chakotay, als die *Liberty* erneut getroffen wurde. Das Schiff schüttelte sich und Funken stoben aus einer Konsole.

Doch an jenem Tag boten die Badlands keinen Schutz. Zwischen den längst vertraut gewordenen Plasmastürmen lauerte eine Anomalie und den ersten Hinweis darauf bot ein weißer Lichtblitz.

»Was war das?«, fragte Chakotay.

»Seltsam«, erwiderte Tuvok. »Wir sind gerade durch einen kohärenten Tetryonenstrahl geflogen.«

»Ursprung?«

»Unbekannt. Jetzt nähert sich uns eine massive Verschiebungswelle ...«

Sie blickten auf die Monitore und Bildschirme, als ein nebelartiges Etwas der *Liberty* entgegenwogte.

»Mit der gegenwärtigen Geschwindigkeit erreicht uns die Welle in weniger als dreißig Sekunden«, sagte Tuvok.

Sie versuchten, ihr zu entkommen – vergeblich. Die Verschiebungswelle erreichte das Schiff und hüllte es in ein Licht, das die Crew blendete.

Und so geschah es, dass die *Liberty* vom Alpha- in den Delta-Quadranten versetzt wurde. Dort schloss sich ihre Crew schließlich der Besatzung der *Voyager* an und allen ihren Bemühungen zum Trotz wurde B'Elanna wieder mit Starfleet vereint.

Fast sofort fühlte sie sich an all das erinnert, was ihr an jener Institution missfiel. Es manifestierte sich in der Person von Captain Kathryn Janeway, die all die hehren Prinzipien von Starfleet repräsentierte und eine Entscheidung traf, aus der sich ernste Konsequenzen für alle Angehörigen beider Crews ergaben: Sie zerstörte jene Technik, die sie in den Delta-Quadranten transferiert hatte und mit der sie imstande gewesen wären, in die Heimat zurückzukehren.

»Wer gibt ihr das Recht, solche Entscheidungen für uns alle zu treffen?«, entfuhr es B'Elanna, als sie von Janeways Absicht erfuhr, die Phalanx des Beschützers zu vernichten.

»Sie ist der Captain«, erwiderte Chakotay schlicht und es blieb B'Elanna nichts anderes übrig als zu beobachten, wie die *Voyager* Trikobalt-Kapseln abfeuerte und die Phalanx zerstörte – dadurch war es den kriegerischen Kazon nicht mehr möglich, die sanften Ocampa anzugreifen.

Für B'Elanna bedeutete es, dass all die vielen unerledigten Dinge in ihrem Leben unerledigt blieben. Sie würde nie wieder Gelegenheit bekommen, mit Mutter und Vater zu sprechen, Antworten auf ihre Fragen zu erhalten und dadurch endlich inneren Frieden zu finden. Sie befand sich an Bord eines Starfleet-Schiffes, war von Starfleet-Besatzungsmitgliedern umgeben und sah sich mit genau den Regeln, Protokollen und Beschränkungen konfrontiert, die sie von der Akademie vertrieben hatten.

Eine lange, lange Reise stand ihr bevor.

7

B'Elanna sah zu ihren Freunden und begegnete aufmerksamen Blicken. »Zuerst hasste ich Captain Janeway. Ich war wütend, weil ich mich von ihr um das Leben betrogen fühlte, das ich mir gewünscht hatte.«

Sie schwieg einige Sekunden lang und blickte in die Flammen des kleinen Feuers. Dann wandte sie sich wieder an die anderen. »Aber schließlich wurde mir klar, dass die Verantwortung allein bei mir lag. Alle meine Probleme kamen aus meinem Innern und nicht von Captain Janeway. Sie hatte eine sehr ehrenwerte und mutige Entscheidung getroffen. Ich war einfach nur zugegen, wie Sie alle.«

B'Elanna mied einen Blickkontakt mit Chakotay. Es war ihr ein wenig peinlich, ihre einst sehr starken Gefühle für ihn offenbart zu haben. Und Tom Paris sah sie ebenfalls nicht an. Sie hatten viel zusammen erlebt, doch er erfuhr erst jetzt, dass sie früher einmal in Chakotay verliebt gewesen war. Hoffentlich verstand er.

Tuvoks Stimme erklang und schnitt ein völlig anderes Thema an. »Nach einer sorgfältigen Einschätzung unserer Situation glaube ich, dass ein Tunnel die besten Fluchtchancen bietet.«

Diese Worte bewirkten eine Reaktion bei Coris, die neben Harry Kim saß. Sie gehörte zur Gruppe, seit Harry sie vom Fluss mitgebracht hatte, aber bisher war sie fast immer still geblieben. Alle Blicke richteten sich auf sie, als sie sprach.

Die junge Frau sah jetzt besser aus als zu jenem Zeitpunkt, als Harry sie gefunden hatte. Sie wirkte ruhiger und nicht mehr verängstigt. Ihre wundervollen Augen reflektieren das Licht des Feuers und schienen dadurch selbst in Flammen zu stehen. »Die Subu haben Sensoren, deren Sondierungssignale bis in eine Tiefe von zehn Kilometern reichen, und darunter befindet sich massives Psilminit. Wenn Sie graben, so erfahren sie sofort davon.«

»Woher weißt du das?«, fragte Harry.

»Ich war in der Nähe, als die Wächter einen von anderen Gefangenen gegrabenen Tunnel entdeckten. Sie wiesen deutlich darauf hin, dass solche Fluchtversuche wegen der Sensoren sinnlos sind.«

B'Elanna war froh darüber, dass sie über andere Dinge sprachen als über ihr Leben und sein emotionales Durcheinander. Sie begann damit, über verschiedene Möglichkeiten nachzudenken. »Schade, dass wir keinen Transporter haben«, sagte sie halb im Scherz. »Dann könnten wir uns einfach aus diesem Lager beamen.«

Coris nahm ihre Worte ernst. »Angeblich reicht das Sensornetz jenseits der Wände noch hundert Meter weit. Man würde Sie entdecken.«

»Wenn wir schon beim Wunschdenken sind ... Wünschen wir uns einen Transporter mit ausreichend großer Reichweite.«

»Was brauchen wir, um einen zu bauen, Harry?«, fragte B'Elanna interessiert. Aus dem Scherz wurde eine Idee, die es verdiente, in Erwägung gezogen zu werden.

»Weitaus mehr, als uns zur Verfügung steht. Ein Materie-Energie-Konverter, Phasenübergangsspulen, eine Energiequelle, Schaltkreise ...«

»Hat jemand solche Dinge im Lager herumliegen sehen?«, fragte Chakotay. Die anderen lachten – nein, natürlich nicht.

»Wenn wir unsere Insignienkommunikatoren auseinander nehmen, haben wir genug Schaltkreise«, sagte B'Elanna. Die Herausforderung faszinierte sie immer mehr. »Und wer weiß, was sich in diesem Lager finden lässt? Bisher haben wir nur nach bestimmten Dingen Ausschau gehalten. Vielleicht gibt es tatsächlich die Möglichkeit, einen Transporter zu bauen.«

Ihr Enthusiasmus war ansteckend und die Stimmung der Gruppe verbesserte sich. B'Elanna dachte über die einzelnen Aspekte ihres Plans nach. »Wir könnten unsere Unterkünfte verlegen«, sagte sie. »Hier sind wir in der Mitte des Lagers. Wenn es uns tatsächlich gelingt, einen Transporter zu konstruieren, so dürfte es sich um ein recht primitives Modell handeln. Wenn wir uns in der Nähe einer Wand befinden, brauchen wir uns nicht so weit zu beamen.«

Chakotay wollte B'Elanna zustimmen, doch Coris kam ihm zuvor.

»Nein«, erwiderte die junge Frau. »Die Subu würden sofort Verdacht schöpfen. Sie halten ständig nach Fluchtversuchen Ausschau. Wenn Sie sich ohne ersichtlichen Grund an einer anderen Stelle niederlassen, würden die Wächter sofort Verdacht schöpfen. Sie müssten damit rechnen, dass man Ihre Unterkünfte täglich inspiziert.«

Ihre Worte hingen schwer in der kühlen Nachtluft. B'Elanna zog sie nicht in Zweifel, ebenso wenig die anderen.

Tuvok schien bestrebt zu sein, an dem Plan festzuhalten. »Dann müssen wir einen guten Grund für den Umzug präsentieren«, erklärte er ruhig.

»Ein Kampf«, sagte Tom Paris sofort. B'Elanna sah ihn an und lächelte – typisch für ihn, dass er so etwas vorschlug. Doch selbst Tuvok erkannte die Logik darin.

»Fahren Sie fort, Mr. Paris«, ermutigte er ihn.

»Wir lassen es zu einer Auseinandersetzung kommen, die zu einer Schlägerei führt. Es gibt jede Menge Zorn und Feindseligkeit. Nach dem Kampf brechen die meisten von uns auf und lassen sich an einem anderen Ort nieder. Unweit der Wand. Es wird den Anschein haben, dass böses Blut zwischen uns den Umzug verursacht hat.«

Chakotay nickte langsam, während er darüber nachdachte. »Wären die Wächter imstande, ein solches Täuschungsmanöver zu durchschauen?«, fragte er Coris.

Die junge Frau überlegte. »Vielleicht nicht«, erwiderte sie langsam. »Es kommt hier immer wieder zu Auseinandersetzungen, die dazu führen, dass Gefangene aufbrechen und sich woanders niederlassen. Es könnte klappen.«

»Versuchen wir's«, sagte Chakotay. »Wer geht und wer bleibt?«

Alle waren bereit, Chakotays Entscheidung zu akzeptieren. Brad Harrison bat, mit seinem Partner Noah Mannick zusammenbleiben zu können, und Chakotay zögerte nicht, diesem Wunsch zu entsprechen. Sie bildeten erst seit kurzer Zeit ein Paar und ihre Beziehung steckte noch immer voller Romantik.

»Na schön. Wer kämpft?«

»Dazu bin ich gern bereit«, sagte Tom und B'Elanna lächelte erneut. Sie verstand seine Empfindungen. Es fühlte sich gut an, etwas zu planen, aktiv zu sein, Maßnahmen zu ergreifen mit dem Ziel, wieder Herr ihres Schicksals zu werden. Eine Stunde lang sprachen sie über die »Auseinandersetzung«, die am nächsten Morgen stattfinden sollte, wenn alle Details klar waren. In jener Nacht schlief B'Elanna so gut wie lange nicht mehr.

Tom Paris hingegen schlief ziemlich schlecht. Er konnte es gar nicht abwarten, dass ein neuer Tag begann und sie Gelegenheit bekamen, den Plan in die Tat umzusetzen, etwas zu *tun*. Als schließlich der Morgen dämmerte, stand er vor den anderen auf, trank brackiges – aber notwendiges – Wasser und aß den aufgesparten Rest der Ration des vergangenen Tages. Inzwischen war der

Hunger für sie alle zu einem ständigen Begleiter geworden und auch deshalb hielt er es für wichtig, dass sie möglichst bald einen Fluchtversuch unternahmen. Die knappe Nahrung bedeutete, dass sie im Lauf der Zeit immer schwächer wurden, anfälliger für Krankheiten und Verletzungen. In diesem Gefangenenlager konnte selbst ein normalerweise harmloses Leiden zu einer tödlichen Bedrohung werden. Selbst eine geringfügige Hautabschürfung mochte sich entzünden und zum Tod führen. Deshalb galt es, so schnell wie möglich zu handeln.

Seine Ungeduld würde ihm dabei helfen, der ihm zugewiesenen Rolle gerecht zu werden. Er gab sich ihr ganz hin, schritt unruhig umher, schlug sich mehrmals mit der Faust auf die flache Hand und führte Selbstgespräche, bis er spürte, wie es tief in seinem Innern heftiger zu brodeln begann. Immer mehr Energie sammelte sich und suchte nach einem Ventil.

Er brummte vor sich hin, erinnerte sich an Erlebnisse, die ihn verärgert oder mit Zorn erfüllt hatten, schürte auf diese Weise das Feuer, das er in sich entfacht hatte. Dann bemerkte er Chakotay, der auf dem Boden saß und frühstückte – auch er hatte etwas von der Ration des vergangenen Tages aufgespart.

Tom trat auf ihn zu und nahm eine herausfordernde Haltung ein. »Ich habe Hunger«, sagte er.

Chakotay sah zu ihm auf und zuckte mit den Schultern. »Sie hätten sich etwas für heute Morgen zurücklegen sollen«, erwiderte er, stopfte sich einen Brocken in den Mund und kaute.

Toms Hand schoss nach unten, schloss sich um Chakotays Unterarm und zog ihn nach oben, bis er den Rest des bröckeligen Kuchens aus den Fingern lösen konnte. Paris griff danach und aß ihn rasch.

Chakotay sprang auf. »Was erlauben Sie sich?«, entfuhr es ihm empört und er gab Tom einen Stoß. Paris stieß Chakotays Hand beiseite und dann fielen die beiden Männer übereinander her. Wenige Sekunden später lagen sie auf dem Boden, wälzten sich hin und her und schlugen aufeinander ein.

Es dauerte nicht lange, bis auch die anderen in den Konflikt verwickelt wurden. Tuvok forderte Chakotay und Tom auf, den Kampf zu beenden, aber sie hörten nicht auf ihn. Neelix ermahnte Tom, was Harry verärgerte, und wenige Sekunden später kam es auch zwischen ihnen zu einer handfesten Konfrontation. B'Elanna und Brad schrien sich an, was Noah veranlasste, gegen B'Elanna Stellung zu beziehen. Innerhalb kurzer Zeit griff die Auseinandersetzung auf die ganze Gruppe über und andere Gefangene in der Nähe wurden aufmerksam. Nur Tuvok und Vorik nahmen nicht an dem Kampf teil. Sie forderten ihre Schiffskameraden immer wieder auf, Vernunft anzunehmen. Schließlich traten sie in das Durcheinander und trennten die Streitenden voneinander.

Tom behielt die Tore in den Wänden im Auge. Sie durften nicht riskieren, die Ordnung im Lager so sehr zu stören, dass die Subu kamen, um alle Unruhestifter zu eliminieren. Nach und nach fand die Rauferei ein Ende und dabei bildeten sich zwei Gruppen. Eine bestand aus Tom, B'Elanna, Neelix und Seven, die andere aus Chakotay, Harry, Coris, Brad und Noah. Tuvok und Vorik wurden ihrem vulkanischen Wesen gerecht und blieben neutral.

»Wenn so etwas noch einmal passiert, müssen Sie gehen und allein zurechtkommen«, begann Chakotay, aber Tom unterbrach ihn sofort.

»Genau das habe ich ohnehin vor!«, rief Paris. »Und diese Leute hier begleiten mich.« Er wandte sich an die hinter ihm stehenden Personen. »Das stimmt doch, oder?«

B'Elanna, Neelix und Seven bestätigten.

»Wie Sie wollen«, erwiderte Chakotay. »Bauen Sie eine Unterkunft ab und suchen Sie sich eine Stelle, die möglichst weit von hier entfernt ist. Kommen Sie mir nicht noch einmal in die Quere.«

Tom nickte seiner Gruppe zu und sie begannen damit, eine der beiden Unterkünfte auseinander zu nehmen. Unterdessen hatte sich ein neugieriges, aber nicht sehr großes Publikum eingefunden. Tom glaubte, dass es recht oft zu solchen Auseinandersetzungen kam, aber vermutlich boten sie trotzdem eine willkommene Abwechselung von der Monotonie des Lagerlebens. Glücklicherweise blieb der Zwischenfall unerheblich genug, um nicht den Zorn der Wächter zu erregen, obwohl sie ihn bestimmt bemerkt hatten. Paris hoffte, dass er genügte, um über ihre wahren Absichten hinwegzutäuschen.

Eine Stunde später war die Unterkunft in ihre Einzelteile zerlegt und Toms Gruppe war zum Aufbruch bereit. Tuvok stand auf und wandte sich an Chakotay. »Commander, ich halte es für das Beste, wenn ich diese Gruppe begleite und dafür sorge, dass sie eine sichere Distanz wahrt. Außerdem möchte ich ihr zu einer besseren emotionalen Kontrolle verhelfen.«

»Einverstanden«, sagte Chakotay. »Was ist mit Ihnen, Vorik?«

Der junge Vulkanier schien nachzudenken, bevor er eine Entscheidung traf. Schließlich wandte er sich an Chakotay. »Ich begleite Commander Tuvok, Sir. Vielleicht kann die Präsenz von zwei Vulkaniern mehr Rationalität bewirken. Aber ich bitte Sie um Erlaubnis, gelegentlich hierher zurückkehren zu dürfen. Ich habe nicht an der Auseinandersetzung teilgenommen und hoffe, hier willkommen zu sein.«

»Natürlich«, erwiderte Chakotay. »Sie können zu uns kommen, wann Sie wollen.« Auch das sah ihr Plan vor – auf diese Weise sollten die beiden Gruppen in Verbindung bleiben. Tom hoffte nur, dass es nicht zu offensichtlich war.

»Gehen wir«, sagte Paris knapp und kehrte Chakotay den Rücken zu.

Während der kartographischen Mission am vergangenen Tag hatte Neelix eine freie Stelle am Rand des Lagers entdeckt, nicht weiter als fünfundzwanzig Meter von der Wand entfernt und unmittelbar neben der zwanzig Meter breiten »freien Zone«, die sich vor den Wänden erstreckte und die kein Gefangener betreten durfte.

Eine kleine Barackenstadt erstreckte sich neben dem von niemandem beanspruchten Stück Land. Sie war die Heimstatt einer Gruppe, die aus etwa fünfzig Personen bestand. Es handelte sich um große, anmutig wirkende Humanoiden mit so schwarzer Haut, dass sie den Eindruck erweckten, sich mit Kohle beschmiert zu haben. Einen auffallenden Kontrast dazu bildete das sorgfältig nach hinten gekämmte und zusammengebundene weiße Haar.

Das makellose Erscheinungsbild dieser Leute deutete auf großen Stolz hin, denn es war bestimmt nicht leicht, in einer derartigen Situation sauber und adrett zu bleiben. Tom rieb sich die stoppeligen Wangen – er hatte sich seit einigen Tagen nicht mehr rasiert und sah wohl kaum sehr gepflegt aus.

Tuvok übernahm die Führung der Gruppe und unter seiner Anleitung wurde die neue Unterkunft errichtet. Sie musste möglichst groß sein, denn in ihr sollte heimlich ein Transporter zusammengebaut werden – ziemlich viel würde unter diesem Dach geschehen.

Tom trieb einen Pflock in den Boden, um eine Ecke des Unterstands zu markieren, als er plötzlich eine Präsenz hinter sich spürte. Er drehte sich um und sah einen der schlanken, schwarzen Humanoiden, der direkt vor der Sonne stand. Paris erhob sich und hoffte, dass ihnen ein Kampf gegen diese Leute erspart blieb. Die *Voyager*-Gruppe war ihnen zahlenmäßig weit unterlegen und hinzu kam: Die Männer dieser weißhaarigen Spezies überragten Tom und die anderen um mindestens anderthalb Meter und hatten lange, muskulöse Arme. Es wäre praktisch unmöglich gewesen, sich gegen solche Widersacher durchzusetzen.

»Ich bin Tassot Bnay von den Rai'.« Seine Stimme war unglaublich tief, wie das Grollen eines fernen Gewitters. »Mit welchen Absichten lassen Sie sich hier nieder?«

Tom war selbst recht groß, aber in diesem Fall musste er den Hals recken, um zu dem Mann aufzusehen. »Wir hatten Streit mit dem Rest unserer Gruppe und hielten es für besser, uns von ihr zu trennen, anstatt den Kampf fortzusetzen. Wir haben nichts gegen Sie und kümmern uns um unsere eigenen Angelegenheiten. Ich hoffe, das ist Ihnen recht.«

Der Mann nickte kurz, machte aber keine Anstalten zu gehen. »Manche Personen geben uns die Schuld an ihrem Leid. Wir müssen uns vor Vergeltung hüten.«

Dieser Hinweis weckte Toms Interesse. »Warum sollte man Ihnen die Schuld geben?«

»Wir sind die Rai'. Der Krieg gegen uns hat die Subu zur Einrichtung solcher Lager veranlasst.«

»Ah.« Zum ersten Mal bekamen es Tom und seine Begleiter mit den Gegenspielern jener Geschöpfe zu tun, die sie entführt und hierher gebracht hatten. Er wollte die Gelegenheit nutzen, um mehr herauszufinden. »Worum geht es bei dem Konflikt?«

»Im Krieg geht es immer um Macht und Macht ergibt sich durch die Eroberung von Territorien. Die Subu haben die Welten vieler Völker übernommen und nie trafen sie auf nennenswerten Widerstand. Bis sie uns begegneten.«

Tom nickte. Bei allen Geschichten gab es zwei Seiten, auch bei denen, die einen Krieg betrafen. Aber er spürte, wie sein Respekt vor diesem stolzen Humanoiden wuchs, der sofort nach dem Eintreffen der *Voyager*-Gruppe zu einer Friedensmission aufgebrochen war.

»Wir nehmen Subu gefangen – und sie uns. Meine Artgenossen und ich haben die Chance, durch einen Gefangenenaustausch in die Freiheit zurückzukehren.

Aber für die Angehörigen anderer Völker besteht keine solche Möglichkeit und das gilt auch für Sie. Das bedauern wir.«

»Ist es jemals einem Gefangenen gelungen, von hier zu entkommen?«, fragte Tom wie beiläufig und wandte sich wieder dem Pflock zu.

»Man könnte nirgendwohin fliehen. Dichter, undurchdringlicher Dschungel umgibt das Lager. Dieser Planet ist unbewohnt.«

»Hm.« Tom versuchte, sein Brummen möglichst neutral klingen zu lassen. Tassot ging in die Hocke, wodurch sein Kopf fast auf einer Höhe mit dem Toms war. Aus großen, dunklen Augen sah er den Menschen an.

»Fluchtversuche werden grausam bestraft. Und es gibt Belohnungen für Gefangene, die potenzielle Flüchtlinge melden. Lassen Sie sich bei Ihren Taten von diesen beiden Wahrheiten leiten.«

»Danke. Ich werde daran denken.« Tom warf einen kurzen Blick auf den Pfahl und wandte sich dann an den großen, schwarzen Mann an seiner Seite. »Es klingt ganz so, als gäbe es nur einen Ausweg – den Tod.«

Tassot schwieg einige Sekunden lang, bevor er erwiderte: »Das Sensornetz schränkt die Möglichkeiten, auf die andere Seite der Wand zu gelangen, stark ein. Aber wenn es doch jemandem gelänge, das Lager zu verlassen … Er müsste kaum befürchten, von den Wächtern verfolgt zu werden. Sie wissen, dass man im Dschungel nicht lange überleben kann.« Nach einer kurzen Pause fügte er hinzu: »Man kann schnell sterben – oder langsam. Vergessen Sie das nicht.«

Dann erhob er sich und ging fort, wobei er für jemanden von seiner Größe erstaunlich viel Anmut zeigte. Tom ließ sich die doppeldeutigen Worte des Humanoiden noch einmal durch den Kopf gehen. Der Mann hatte darauf hingewiesen, dass Fluchtversuche streng bestraft wurden – aber wenn es jemand schaffte, aus dem Lager zu entkommen, so brauchte er nicht damit zu rechnen, verfolgt zu werden. Welche Botschaft verbarg sich hinter diesen Bemerkungen? Tom dachte eine Zeit lang darüber nach, begriff dann aber, dass sie ihren Fluchtplan nicht aufgeben würden, um einfach nur dazusitzen und auf den Hungertod zu warten. Auch das war ein langsamer Tod, und schlimmer noch: ein passiver. Und deshalb kam für Tom so etwas absolut nicht in Frage.

Sie verbrachten den Tag damit, nach duotronischen Komponenten zu suchen, und am Abend bestand das Ergebnis ihrer Bemühungen aus einem alten Transtator. Sie bekamen ihre tägliche Ration – feuchte, weiche Wurzeln, die sich als erstaunlich schmackhaft erwiesen – und hofften, dass der nächste Tag erfolgreicher sein würde. Sie zündeten ein Feuer an und nahmen Platz.

Tom hielt Chakotays Idee für gut, abends einzelne Personen von ihrem Leben berichten zu lassen. Es lenkte sie von den Umständen ab und außerdem waren die Geschichten sehr interessant. Am vergangenen Abend hatte Paris mehr über B'Elanna erfahren als während der letzten drei Jahre.

Er wandte sich an Seven, deren Leben für sie alle noch immer sehr rätselhaft war. »Was ist mit Ihnen, Seven?«, fragte er. »Möchten Sie uns von Ihrer Vergangenheit berichten?«

Seven richtete einen kühlen Blick auf ihn. Ein großer Teil der Arroganz, die sie als Borg gezeigt hatte, war inzwischen verschwunden, aber ihr haftete noch immer eine verunsichernde Distanziertheit an. Sie musste erst noch ganz zu ihrem menschlichen Wesen zurückfinden.

Im Schein des Feuers gewann ihr schönes Gesicht, das nach wie vor zwei Borg-Implantate aufwies, einen nachdenklichen Ausdruck. Das Licht der züngelnden Flammen spiegelte sich in blauen Augen und auf blondem Haar wider. »Es gibt nur wenige Dinge, an die ich mich erinnere«, sagte Seven auf ihre direkte Art und Weise. »Ich befand mich an Bord des Raumschiffs meiner Eltern. Meine Mutter unterrichtete mich ... Ich las sehr viel. Aber das war vor langer Zeit. Ich feierte meinen sechsten Geburtstag an Bord. Meine Eltern sangen ›Happy Birthday, Annika‹. Und dann kamen die Borg.«

Sie senkte den Blick, und einige Sekunden lang herrschte Stille. Seven hatte das Trauma ihrer Assimilierung noch immer nicht vollständig überwunden und weder Tom noch die anderen wollten schmerzhafte Erinnerungen in ihr wachrufen. Schließlich sah sie wieder auf und diesmal zeigte ihr Gesicht ein sonderbares Muster aus Licht und Schatten. »Ich habe keine detaillierten Erinnerungen an meine Zeit bei den Borg. Es ist alles ein Durcheinander aus verschiedenen Eindrücken und Wahrnehmungen ...«

Tom begriff plötzlich, dass entsprechende Reminiszenzen die Assimilierung anderer Spezies betrafen, und es wirkte bestimmt nicht entspannend, sich solche Geschichten anzuhören. Er bedauerte es plötzlich, Seven gebeten zu haben, von ihrer Vergangenheit zu berichten. Hoffentlich hatte er ihr dadurch keinen Kummer bereitet.

Die schöne Borg sah ihn an. »Ich schlage vor, Sie erzählen uns von sich«, sagte sie geradeheraus und ihre Worte überraschten Tom. Die anderen nickten.

»Gute Idee«, meinte B'Elanna. Seit dem Beginn ihrer Beziehung hatte sie Tom immer wieder nach seinem früheren Leben gefragt und nur vage Auskünfte von ihm bekommen. Normalerweise hätte er auch jetzt Zurückhaltung geübt, aber Chakotay, Harry und vor allem B'Elanna waren sehr offen gewesen. Wenn er sich kein Beispiel an ihnen nahm, musste er sich vielleicht den Vorwurf von Feigheit gefallen lassen.

Die Vorstellung, einige seiner verdrängten Empfindungen ans Tageslicht zu bringen, erschien Paris plötzlich reizvoll. Wie auch die anderen musste er mit der

Möglichkeit rechnen, dass sie dem Tod in diesem Gefangenenlager kein Schnippchen schlagen konnten, und für diesen Fall wollte Tom sein Herz ausschütten. Zum ersten Mal in seinem Leben war ihm zum Beichten zumute.

»Na schön«, wandte er sich an seine Zuhörer. »Ich weiß nicht, wie es sich anhören wird, aber los geht's …«

8

»Tom! Warte, Tom!« Die Stimme hallte durch die kühle Morgenluft des Buchanan Quadrangle und Kadett Tom Paris drehte sich um. Sein Freund Charlie Day lief auf ihn zu. Sie waren zusammen in Portola Valley aufgewachsen, hatten während der Schulzeit auf freundschaftliche Weise miteinander gewetteifert und schließlich beide einen der begehrten Plätze an der Starfleet-Akademie bekommen. Seit einem Monat waren sie nun hier und gewöhnten sich allmählich an die anstrengende Akademie-Routine.

Charlie schloss zu ihm auf und sein rundliches Gesicht zeigte ein fröhliches Lächeln. Trotz des vorschriftsmäßigen Haarschnitts gelang es seinem braunen Haar, zottelig zu wirken. Die großen, ebenfalls braunen Augen brachten Wärme zum Ausdruck. Beim Anblick von Charlies Gesicht fühlte sich Tom immer gut, ganz gleich, wie niedergeschlagen er zuvor gewesen war.

Charlie sah nach rechts und links, schien sich auf diese Weise vergewissern zu wollen, dass sie niemand belauschte. »Ich kann es nicht mit absoluter Gewissheit sagen«, begann er in einem verschwörerischen Tonfall. »Aber Bob Dehan hörte es von Jim Bradley, und der hat's vom Trainer.«

Tom ahnte, was jetzt kam, aber er blieb zurückhaltend – auch deshalb, weil er noch nicht wusste, wie er darauf reagieren sollte. »Coach Patton hat seine Auswahl getroffen?«, fragte er vorsichtig.

Charlie beugte sich aufgeregt näher. »Ja, und wir gehören beide zum Team.« Er klopfte Tom fest auf die Schulter und fast wäre Paris zusammengezuckt. Charlies rundes und fleischiges Gesicht täuschte: Er war ein durchtrainierter Athlet, schlank und muskulös, schnell und so geschmeidig wie eine vulkanische Dschungelkatze.

»Ich wusste, dass du es schaffen würdest – niemand spielt an der linken Flanke so gut wie du –, aber Dehan meinte, dass wir beide in der Mannschaft sind.« Charlie sah Tom an und lächelte strahlend. »Du weißt doch, was das bedeutet, oder? Es bedeutet, das Team hat eine echte Chance, die kalifornische Parrises-Squares-Meisterschaft zu gewinnen, vielleicht sogar die nationale. Aber sprich auf keinen Fall mit deinem Vater darüber, bevor Patton die Sache offiziell macht, klar?«

Erst jetzt bemerkte Charlie Toms Mangel an Begeisterung. Dünne Falten der Verwirrung bildeten sich auf seiner Stirn und er wich ein wenig zurück, um Tom zu mustern. »Du solltest versuchen, deinen Enthusiasmus im Zaum zu halten«, brummte er. »Sonst merken die anderen etwas.«

Tom atmete tief durch. Ihm war klar gewesen, dass dieser Moment kommen würde, und bis jetzt hatte er einfach die Augen davor verschlossen. Als er in das runde Gesicht seines Freunds blickte, den er kannte, seit er ein kleines Kind gewesen war, fühlte er sich plötzlich elend. Und versuchte, den Moment der Entscheidung noch etwas hinauszuschieben.

»Natürlich bin ich aufgeregt«, sagte er. »Aber gestern Abend ist es sehr spät geworden und heute Morgen steht eine wichtige Prüfung in Geomorphologie auf dem Programm.«

Ob Charlie ihm glaubte? Selbst für die eigenen Ohren klang seine Stimme hohl und plötzlich wünschte er sich fort. Am liebsten wäre er gelaufen, um irgendwann irgendwo erschöpft zu Boden zu sinken.

»Du hast es dir doch nicht anders überlegt, oder?«,

fragte Charlie. »Auf diese Chance warten wir, seit wir zu spielen begonnen haben.«

Tom fühlte sich immer schlechter. Charlies Hinweis traf ihn an einem wunden Punkt. Über Jahre hinweg hatten sie mit dem Ziel trainiert, in die Mannschaft des kalifornischen Akademie-Instituts – Starfleets Vorbereitungsschule – aufgenommen zu werden, und während der letzten beiden Jahre war es ihnen mit jenem Team gelungen, die Bezirksmeisterschaft zu gewinnen. Wie konnte er Charlie jetzt sagen, dass er kein Mitglied der eigentlichen Akademie-Mannschaft werden wollte?

»Charlie«, sagte er ausweichend, »wir sollten auf eine Feier verzichten, solange wir nicht ganz sicher sind, einverstanden? Andernfalls erwartet uns vielleicht eine bittere Enttäuschung.« Er fügte diesen Worten ein Lächeln hinzu, das hoffentlich überzeugend genug wirkte. »Wir sehen uns heute Abend«, fügte er hinzu, bevor Charlie Gelegenheit bekam, irgendetwas zu sagen. »Vor der Prüfung muss ich noch zur Bibliothek.« Er eilte fort und ließ einen verwirrten Charlie zurück.

Am nächsten Tag bestellte ihn sein Vater zu sich ins Büro.

Commander Klenman, eine Britin, die seit Jahren als Adjutantin für Toms Vater arbeitete, lächelte herzlich, als er eintrat. Sie war klein, hatte eisengraues Haar und einen stark ausgeprägten Unterkiefer. In ihren dunklen Augen funkelte ein nur schlecht gehütetes Geheimnis. Tom stellte sie sich in der Hand eines Feindes vor – bestimmte hätte sie allein mit ihren Augen alles verraten, was sie wusste.

»Er führt gerade ein Kom-Gespräch mit dem vulkanischen Botschafter«, sagte Commander Klenman. Es klang knapp und forsch, aber vielleicht ging dieser Eindruck auf ihren aristokratischen Akzent zurück. Tom mochte Klenman. Sie hatte ihn praktisch aufwachsen sehen: Oft war sein Vater, der Admiral, mit anderen Dingen beschäftigt gewesen und dann hatte sie ihn bei schulischen Veranstaltungen und dergleichen vertreten.

Tom nahm Platz und Klenman musterte ihn lächelnd. »Wie ist der erste Monat gewesen?«

»Ziemlich hart – ich wäre ein Lügner, wenn ich etwas anderes behaupten würde. Derzeit lerne ich, mit weniger Schlaf auszukommen, als ich für möglich gehalten hätte.«

»Das sagen alle Kadetten des ersten Semesters. Aber nach einigen Monaten normalisieren sich die Dinge. Wenn man sich an die Routine gewöhnt hat.«

»Wissen Sie, worüber mein Vater mit mir sprechen möchte?«, fragte Tom. Selbst erfahrene Veteranen wurden sehr unruhig, wenn Admiral Owen Paris sie zu sich bestellte, und sein Sohn bildete da überhaupt keine Ausnahme.

Klenmans Lächeln wuchs in die Breite. »Ich habe keine Ahnung«, log sie. Unmittelbar im Anschluss an diese Worte öffnete sich die Tür des Büros und Admiral Paris erschien, lächelte ebenso wie seine Adjutantin. »Guten Morgen, Kadett«, sagte er mit falscher Förmlichkeit. »Bitte komm herein.«

Tom folgte ihm ins Büro, das immer mit Bildern von ihm und seinen Schwestern geschmückt war. Dieser Anblick bescherte Tom auch diesmal vages Unbehagen und er fragte sich, was andere empfanden, wenn sie die Familienporträts auf dem Schreibtisch sahen. Hielten sie Owen Paris dann für einen stolzen Vater, der sehr an seiner Familie hing?

Der Admiral schüttelte dem Kadetten die Hand und sein Lächeln schuf Falten in den Augenwinkeln. »Ich wollte dir als Erster gratulieren«, sagte er. »Ich habe Patton gebeten, mit der Bekanntmachung zu warten, bis ich Gelegenheit hatte, mit dir zu reden.«

Tom hörte den Stolz in der Stimme seines Vaters. Er kannte den Tonfall, hatte ihn von Kindesbeinen an im Ohr. Vermutlich war sein Vater bereits stolz darauf gewesen, wie sich der kleine Tom in seiner Wiege umgedreht hatte.

»Ich könnte gar nicht zufriedener sein, Tom. Du und Charlie Day seid zwei von insgesamt sechs Kadetten des ersten Semesters, die für das Parrises-Squares-Team nominiert wurden.«

Na schön, dachte Tom. *Jetzt ist es soweit. Immer mit der Ruhe, nichts überstürzen. Tief durchatmen. Lächeln.*

»Danke, Sir«, hörte er sich sagen. Seine Stimme hallte in dem eigenen Ohren wider, als gehörte sie jemand anders. »Aber ...«

Seine Stimme versagte und Tom ärgerte sich darüber, denn es verriet Nervosität. Er versuchte, mit einem Hüsteln darüber hinwegzutäuschen. »Eigentlich bin ich mir nicht sicher, ob ich einen Platz in der Mannschaft akzeptieren soll.«

Sein Vater starrte ihn groß an. Einige Sekunden verstrichen, dann sagte der Admiral nur: »Ich verstehe.«

»Es wäre eine große Verpflichtung. Coach Patton sorgt dafür, dass man sich nur noch mit Sport beschäftigt – das ist allgemein bekannt. In diesem Jahr würde ich mich lieber aufs Studium konzentrieren.« Na bitte – das klang durch und durch vernünftig.

Admiral Paris musterte seinen Sohn mit einem Blick, den Tom gut kannte. Er wich ihm nicht aus und widerstand der Versuchung, weiterhin zu sprechen. Darin bestand eine Taktik seines Vaters: Mit seinem durchdringenden Blick schüchterte er die Leute so sehr ein, dass sie sich verrieten, zu viel von sich preisgaben. Schließlich erklang wieder die Stimme des Admirals und Tom spürte einen Anflug von Triumph – er hatte nicht nachgegeben.

»Eine Sportart ist obligatorisch. Welche hast du gewählt?«

Sein Vater verstand es, sofort zur Sache zu kommen. Nun, früher oder später musste es heraus. Tom holte Luft.

»Ich habe mich für einen neuen Sport entschieden. Beziehungsweise für einen alten, obgleich die Akademie nie an entsprechenden Wettbewerben teilgenommen hat: Skilaufen.«

Tom bewunderte die Selbstbeherrschung seines Vaters. Das Gesicht blieb völlig unverändert; nichts deutete darauf hin, was Admiral Paris von dieser Mitteilung hielt. Er richtete einfach nur einen neutralen Blick auf seinen Sohn. »Skilaufen. Wusste gar nicht, dass du dich dafür interessierst. Hast es nie erwähnt.«

Tom wusste, dass sich sein Vater ärgerte. Er drückte sich immer besonders knapp aus und benutzte unvollständige Sätze, wenn ihm etwas gegen den Strich ging.

»Ich habe darüber nachgedacht. Die Chance, Mitglied des ersten Teams der Akademie zu sein, eine ganz neue Mannschaft aufzubauen ... Diese Vorstellung reizt mich sehr.«

»Du hast noch nie auf Skiern gestanden.«

»Doch, das habe ich. Sogar recht oft, wenn Mutter die Ferien mit uns am Lake Tahoe verbrachte.« Tom legte eine kurze Pause ein und fügte dann hinzu: »Du konntest uns nie Gesellschaft leisten. Hattest immer zu viel zu tun.«

Der Blick seines Vaters veränderte sich ein wenig. »Ich verstehe. Und du läufst gut Ski?«

Tom zuckte mit den Schultern. »Mit mehr Übung werde ich bestimmt besser. An diesem Wochenende beamen wir uns in die Anden, um mit dem Training zu beginnen.«

»Ist eine junge Frau daran beteiligt?«

Tom hätte am liebsten gelächelt – sein Vater schien zu glauben, dass diese seiner Meinung nach verrückte Entscheidung darauf zurückzuführen war, dass er sich in irgendeine Frau vernarrt hatte. Er machte von seiner eigenen Selbstbeherrschung Gebrauch und blieb stoisch. »Nein, Sir. Ich meine, das Team wird nicht nur aus Männern bestehen, sondern auch aus Frauen, aber an keiner von ihnen habe ich besonderes Interesse.«

»Ich verstehe«, sagte sein Vater erneut.

Ein seltsames Gefühl entstand in Tom. Er hatte seinen Vater aus der Fassung gebracht. Admiral Paris wiederholte sich, weil er nicht wusste, wie er mit der unerwarteten Rebellion seines Sohns fertig werden sollte.

Der Admiral stand auf und trat an eine Wand heran, die weitere Bilder zeigte: Porträts hochrangiger Starfleet-Offiziere, die alle den Namen Paris trugen und praktisch den Adel der Föderation darstellten. Er betrachtete eins, wandte sich dann wieder an seinen Sohn. »Nun, deine Mutter wird enttäuscht sein. Sie war dein größter Fan am Institut und ich weiß, dass sie dir auch an der Akademie zujubeln wollte.«

Lügner, dachte Tom. *Du bist derjenige, der enttäuscht ist, aber das kannst du nicht zugeben.* »Ich spreche mit ihr«, bot er an. »Sie wird es bestimmt verstehen.«

»Natürlich. Dein Glück liegt ihr sehr am Herzen. Ganz gleich, welche Opfer sie dafür bringen muss. Ich hoffe, du entwickelst eine ähnliche Anteilnahme, wenn du reifer wirst.«

»Da bin ich sicher, Sir«, erwiderte Tom. Er bedauerte es, seine Mutter mit dieser Entscheidung zu enttäuschen. Andererseits: Er war sicher, dass sie auch dann auf ihren Sohn stolz war, wenn er an Abfahrtsläufen teilnahm, anstatt beim Parrises Squares die linke Flanke zu übernehmen. Sein Vater setzte jedes Mittel ein, um ihn von seiner Entscheidung abzubringen.

Das warme, noch immer nicht identifizierte Gefühl in Tom dehnte sich aus.

»Ich möchte dich bitten, sorgfältig zu überlegen, bevor du eine endgültige Entscheidung triffst. Es ist eine sehr große Ehre, als Kadett des ersten Semesters in die PS-Mannschaft berufen zu werden. Ein solches Angebot lehnt man nicht einfach so ab.«

Es wäre leicht gewesen, diesem einfachen Wunsch zu

entsprechen. Doch die kleine Flamme, die in Tom brannte, ließ sich nicht löschen. »Ich habe bereits sorgfältig nachgedacht, Sir«, sagte er und hoffte, dass er angemessen würdevoll klang. »Meine Entscheidung steht fest.«

Für einige Sekunden senkte sich schwere Stille herab. Bis Admiral Paris schließlich sagte: »Dann respektiere ich sie.«

Aus der kleinen Flamme in Tom wurde ein wildes Feuer. Er verstand dieses Empfinden nicht ganz: Er hatte seinen Vater enttäuscht, jenen Mann, von dessen Ansichten sein Leben nachhaltig bestimmt worden war. Man sollte meinen, dass er sich zumindest ein wenig schuldig fühlte.

Stattdessen zitterte Triumph in ihm, das Gefühl, einen Sieg errungen zu haben. Als er das Büro seines Vaters verließ und sich mit einem fröhlichen Wink von Commander Klenman verabschiedete, gelang es ihm plötzlich, das neue, Schwindel erregende Gefühl zu identifizieren: Es war Macht.

Irgendwann im späten einundzwanzigsten Jahrhundert hatte das Interesse an Abfahrtslauf und Slalom nachgelassen. Schon zuvor waren die traditionellen Skier aus der Mode gekommen und durch Gleitschuhe ersetzt worden. Anschließend setzte sich immer mehr das Snowboard durch und die Rennen wichen akrobatischen Darbietungen. Und als dann das Hoverboard entwickelt wurde, verdrängte es innerhalb kurzer Zeit alle Konkurrenten.

Doch einige Traditionalisten in Europa, vor allem in Skandinavien, betrieben weiterhin den alten Sport und glitten auf langen Brettern über den Schnee, was vielen Leuten überaus exzentrisch erschien. Diese Traditionalisten gaben ihr Können an ihre Kinder weiter, die es ihrerseits an ihre Kinder weitergaben. Auf diese Weise blieb das Skilaufen hier und dort auf der Welt lebendig.

Toms Mutter gehörte zu den Personen, die ihre Kinder, zwei Töchter und einen Sohn, mit etwas vertraut machten, das als eine archaische Aktivität galt. Doch nur Tom zeigte echtes Interesse. Als Zehnjähriger brachte er seine erste Abfahrt an einem sanft geneigten Hang hinter sich, in einem Wintersportort unweit des Lake Tahoe, unter der Aufsicht von Henri Islicker, eines geduldigen Herrn aus der Schweiz. Islicker versuchte, in Amerika neue Begeisterung für den alten Sport zu wecken. Er war ein großväterlicher Mann mit dichtem weißem Haar, einem gepflegten weißen Bart und hellblauen Augen. Tom mochte ihn sofort, spürte dessen unerschöpfliche Geduld und Neigung, die Leistungen seiner Schüler nicht allzu streng zu bewerten. Unter solchen Umständen fiel es ihm leichter, diesen ungewöhnlichen Sport auszuprobieren, denn er brauchte nicht zu befürchten, sich vor Islicker zu blamieren.

Nur wenige Kinder ließen sich auf diese ungewöhnliche Aktivität ein – die meisten wollten nichts von den seltsamen Brettern und Stöcken wissen. Als Tom zum ersten Mal in die Stiefel schlüpfte, fühlte er sofort Zuversicht und wusste: Er begann mit etwas, das ihm großen Spaß machen würde.

Die erste Abfahrt führte über einen Hang mit einer Neigung von nicht mehr als fünf oder sechs Grad, aber der junge Tom empfand es als sehr aufregend. Die kalte Luft im Gesicht, der weiße Schnee, das Grün der Kiefern vor dem Hintergrund des blauen Winterhimmels, der Duft der Koniferen – das alles zusammen erfüllte den Jungen mit Euphorie.

Nach nur einem Tag brachte Islicker ihn zu den schwierigeren Hängen und beobachtete voller Bewunderung, wie sich Tom so in die Kurven legte, als liefe er schon seit Jahren Ski. Islicker bezeichnete ihn als Naturtalent. Man könnte ihm nichts beibringen, meinte er, nur die bereits vorhandenen Fähigkeiten wecken und verbessern.

Noch in der ersten Woche nahmen sie sich die steilsten Hänge vor und liefen dort Ski, wo vor ihnen noch niemand gewesen war. Islicker wies seinen Schüler auf die Gefahren von Lawinen hin und erklärte ihm, wonach es Ausschau zu halten galt. Tom nahm das alles in sich auf und folgte dem Schweizer, Schwung für Schwung.

Im Verlauf der nächsten acht Jahre brachte ihn seine Mutter sieben weitere Male an jenen Ort und nur dort bot sich ihm Gelegenheit zum Skilaufen. Wenn sie nach Portola Valley zurückkehrten, verspürte er immer den Wunsch, seinem Vater alles zu erzählen, aber irgendein Instinkt sagte ihm, dass sein Vater nicht viel von diesem alten Sport halten würde. Deshalb schwieg er und konzentrierte sich auf Parrises Squares, eine Sportart, an der sein Vater großen Gefallen fand.

Die heimlichen Experimente mit dem Skilaufen gaben Tom das Instrument, seinen Vater herauszufordern, obwohl er das natürlich nicht sofort auf diese Weise sah. Erst später, nach dem Zwischenfall im Wega-System, dachte er an die Ereignisse zurück und begann zu verstehen, warum es eine so berauschende Erfahrung für ihn gewesen war, sich der Ski-Gruppe anzuschließen. Er nahm an einem Drama teil, das seit der Antike – seit Ödipus – bekannt war.

Die Ski-Gruppe der Akademie präsentierte sich zunächst als bunt zusammengewürfelter Haufen, der aus sechs Männern und vier Frauen bestand, ausnahmslos Menschen – Extraterrestrier hielten diesen Sport für zu bizarr. Nur ein Mitglieder der Mannschaft lief besser Ski als Tom: Odile Launay, eine junge Frau aus Beziers in Südfrankreich. Ihr Vater war einer jener europäischen Ski-Enthusiasten, die den alten Sport am Leben erhalten hatten. Odile war an den Hängen der Pyrenäen aufgewachsen und Tom kannte niemanden, der anmutiger Ski lief als sie.

Sie hatte wundervolle grüne Augen – zwei große

Smaragde in einem ovalen, perlmuttweißen Gesicht – und die Farbe ihres langen Haars changierte zwischen Blond und Rot. Odile bezeichnete es scherzhaft als »*jaune commes les fraises*«, als Erdbeerblond.

Tom war entschlossen, sich ihr gegenüber auf die kameradschaftliche Freundschaft zwischen Mannschaftsmitgliedern zu beschränken und keine tieferen Gefühle zu entwickeln. Er wollte ihren Stil bewundern, ihre Entschlossenheit am Hang respektieren und sich über ihre aufmerksamen Analysen der Trainingsläufe freuen.

Aber er wollte nicht an die Augen denken oder an die vollen rosaroten Lippen, auf die sie manchmal biss, wenn sie sich konzentrierte. Dann hinterließen ihre weißen Zähne Abdrücke, die manchmal erst nach einigen Minuten verschwanden.

Solche Dinge wollte er nicht einmal *bemerken*.

»Du könntest einige Zehntelsekunden schneller sein, wenn du beim Sprung besser aufpasst«, sagte sie mit ihrem reizenden Akzent, dem Tom stundenlang zuhören konnte. »Du bist so stur, Tommy. *Pourquoi*?«

»Vielleicht brauche ich eine starke Frau, die mich auf meine Fehler hinweist.« Tom lächelte und stellte zufrieden fest, dass Odile nicht den Blick abwandte, sondern nur ein wenig die Lider senkte, um ihn dann durch den Vorhang ihrer Wimpern anzusehen. Er spürte, wie ihm die Knie weich wurden.

»Möchtest du vielleicht, dass ich dich trainiere?«, fragte sie unschuldig.

Tom seufzte. Wie sollte er auf Dauer Distanz zu dieser entzückenden Person wahren? »Ja, liebste Odile, ich möchte, dass du mich beim Skilaufen trainierst. Und nicht nur dabei möchte ich dein Schüler sein, sondern auch, wenn's um Französisch geht, das Leben, die Liebe und alle anderen guten Dinge.«

Sie musterte ihn amüsiert, die herrliche Nase gerümpft, die verlockenden Lippen geschürzt. »Du nimmst nichts ernst, Tom. Wie sollen wir erfolgreich sein, wenn du dich nicht voll und ganz dem Skilaufen widmest?«

»Oh, ich bin mit ganzem Herzen dabei, das schwöre ich dir.«

Tom versuchte, sich auf den Sport zu konzentrieren, aber wenn er Odile zu Trainingsläufen nach Andermatt, Chamonix, Whistler oder Crackenback begleitete, sorgte der Anblick ihres Körpers in einem hautengen Skianzug dafür, dass sein Herz schneller schlug.

Ich brauche les douches froides, dachte er.

In jenem ersten Jahr erzielte die neue Ski-Gruppe keine überragenden Leistungen, aber sie schnitt auch nicht schlecht ab. Die Frauen kamen besser zurecht als die Männer: Bei vier Wettkämpfen erreichten sie den dritten Platz, bei einem sogar den zweiten. In mehreren Läufen fuhr Odile die beste Zeit.

Vier der sechs Männer spezialisierten sich auf Slalom. Tom und der sanfte, aber sehr kräftig gebaute Finne Brunolf Katajavuori zogen den Abfahrtslauf vor. Zwischen Tom und Bruno kam es zu einem ebenso freundschaftlichen wie leidenschaftlichen Wettstreit: Sie trieben sich gegenseitig an die Grenzen ihrer Leistungsfähigkeit und übertrafen einander immer wieder, ohne dass einer von ihnen die Oberhand gewann.

Bruno war ein hoch gewachsener, grobknochiger Mann mit sandfarbenem Haar, hellbraunen Augen und heller Haut. Seine Wangen schienen immer gerötet zu sein. Die Oberschenkel waren so dick wie die Stämme kleiner Bäume – er hatte genug Muskelkraft für schnelle Richtungswechsel bei hoher Geschwindigkeit.

»Wie hast du solche Beine bekommen, Bruno?«, fragte Tom neidisch. »Damit könntest du Löcher in Titanium treten.«

»Du bist zu komfortabel aufgewachsen«, erwiderte Bruno. »Wir wohnten in den Bergen und fuhren jeden Tag mit den Skiern zur Schule. Es war nicht weiter schlimm, denn es ging bergab. Aber der Rückweg erforderte anstrengendes Klettern.« Seine Hand klatschte auf einen überaus muskulösen Oberschenkel. »Genau das Richtige für die Beine.«

Für den letzten Wettkampf der Saison beamte sich die Gruppe nach Wengen, in den Jungfrau-Distrikt der Berner Alpen. Dort fand das legendäre Lauberhornrennen statt – Tom und Bruno traten dabei gegen Konkurrenten von sieben anderen Schulen aus verschiedenen Teilen der Welt an. Die Strecke maß gut viertausendsechshundert Meter, mit einem Höhenunterschied von etwas mehr als tausend Metern. Das Gefälle betrug im Schnitt siebenundzwanzig Prozent oder fünfzehn Grad. An manchen Stellen belief es sich allerdings auf fast neunzig Prozent beziehungsweise zweiundvierzig Grad – es konnte kaum steiler nach unten gehen, ohne dass man das Wort »vertikal« benutzen musste.

Der Tag des Wettkampfs dämmerte grau und es wehte ein eiskalter Wind, der wie mit Nadeln in die ungeschützte Haut stach. Das Skilaufen unter solchen Bedingungen gefiel Tom nicht sonderlich, aber er wusste natürlich: Wer einen Wintersport wählte, musste mit winterlichem Wetter rechnen.

Die meteorologischen Bedingungen hatten sich nicht gebessert, als sich die beiden Repräsentanten der Starfleet-Akademie zum Startbereich beamten. Tom fror sogar in seinem Polytherm-Anzug und begriff, dass seine Muskeln in der Kälte an Flexibilität verloren. Immer wieder streckte er die Gliedmaßen und stampfte mit den Füßen auf den Boden, damit ihm nicht zu kalt wurde. Er sah Bruno an, dem die niedrigen Temperaturen überhaupt nichts auszumachen schienen.

»Ist dir nicht kalt?«, fragte Tom.

»Dies ist nicht kalt«, erwiderte Bruno sanft. »Wenn die Feuchtigkeit in den Augen gefriert – *dann* ist es kalt.«

Vier Skiläufer aus Österreich, Peru, Kanada und der Schweiz kamen vor Tom an die Reihe und der Österreicher erzielte mit 2′21″63 die beste Zeit. Das war ein ganzes Stück langsamer als der Weltrekord, der bei 2'20"04 lag. Aufgestellt worden war er vor mehr als dreihundert Jahren, als sich der Abfahrtslauf noch großer Beliebtheit erfreut hatte.

Toms Bestzeit betrug 2'22"87. Er musste über sich selbst hinauswachsen, um den ersten Platz zu belegen.

Er wartete in der Starthütte, ging in die Hocke und spannte die Muskeln, dazu entschlossen, sich der Lage gewachsen zu zeigen. Die Kälte verschwand und er war sich immer weniger der Personen in seiner Nähe bewusst. Während der letzten Sekunden vor dem Start schien er auf dem Gipfel des Berges völlig allein zu sein.

Dann sprang er nach vorn, schob mit den Stöcken nach und duckte sich – Schuhe parallel zueinander, Knie und Füße auseinander, die Hände vor dem Körper aneinander gepresst –, um einen möglichst geringen Luftwiderstand zu bieten. Er fühlte einen Adrenalinschub, wie immer, wenn ein solcher Abfahrtslauf begann.

Richtungsfahnen säumten die Strecke, rot für die linke Seite und grün für die rechte. Aber Tom kannte sie in- und auswendig. Während der ersten fünfhundert Meter über einen um sechzehn Grad geneigten Hang konnte er gebeugt bleiben, um vor den ersten Kurven möglichst schnell zu werden. Sie begannen kurz nach dem ersten Steilhang, der ein Gefälle von einundvierzig Grad hatte – dort erreichten die Läufer ihre Höchstgeschwindigkeit.

Es war einer der seltenen Tage, an denen Tom völlig im Skilaufen aufging. Er spürte weder Kälte noch Wind, ließ sich von nichts in seinen Augenwinkeln ablenken. Die Skier und Stöcke erschienen ihm wie natürliche Erweiterungen seines Körpers und er kontrollierte sie mühelos. Er fühlte sich beweglich, als besäße er keine Gelenke.

Und gleichzeitig fühlte er Kraft. Seine Beine waren stark, so stark wie die Brunos, unermüdlich und bereit, mit allen Herausforderungen fertig zu werden.

Tom näherte sich dem ersten »Buckel«, der sich wie eine Sprungschanze auswirkte. Er wollte so wenig Zeit wie möglich in der Luft verbringen, weil dadurch die Gefahr bestand, wertvolle Zehntelsekunden zu verlieren. Es kam darauf an, vorher zu springen, und zwar genau zum richtigen Zeitpunkt: zu früh – und er landete, bevor er den Buckel hinter sich gebracht hatte; zu spät – und er wurde noch höher in die Luft katapultiert.

Kurz vor dem Rand der Unebenheit zog Tom die Beine an. Die Skier lösten sich vom Schnee und er flog ganz dicht über den Buckelrand hinweg. Unmittelbar dahinter streckte er die Beine wieder, um den Kontakt mit dem Schnee wiederherzustellen. Aus einem Reflex heraus beugte er sich nach vorn, um den Aufprall abzufedern.

Ein Teil seines Bewusstseins schickte ein stummes *Merci* an Odile, die ihm dieses Manöver gezeigt hatte, denn dadurch verlor er praktisch überhaupt keine Zeit. Fast sofort sah er die ersten Tore.

Kontrolltore dienten dazu, die Geschwindigkeit zu verringern. Orangefarbene Fahnen markierten die mindestens acht Meter breite Passage. Die Tore zwangen den Läufer zu einigen Kurven, was die Geschwindigkeit herabsetzte, und er musste seine geduckte Haltung aufgeben, um eine bessere Balance zu erreichen und rascher die notwendigen Richtungswechsel einzuleiten.

Als Tom die ersten Tore hinter sich brachte, begriff er, dass ihm am Skilaufen auch die *Anstrengung* gefiel. Er hatte Hoverboards ausprobiert: Sie machten Spaß und zweifellos erforderte der Umgang mit ihnen Feingefühl. Doch ein Wettrennen mit Skiern war *Arbeit*. Er brauchte seine ganze Kraft, um die Skier im Schnee zu verkanten, damit er nicht einfach fortrutschte oder vielleicht sogar stürzte.

An diesem besonderen Tag zeichnete sich jeder einzelne Richtungswechsel durch glatte Eleganz aus. Die Kanten der Skier gruben sich in den Schnee, immer gerade tief genug, um Tom Halt und Stabilität zu geben, ohne ihn Zeit zu kosten. Er schien die ganze Zeit über zu fliegen. Er spürte keinen Wind in dem Sinne. Ein unglaubliches Hochgefühl begleitete ihn, während er durch die Luft jagte, ließ ihn eins werden mit Himmel und Schnee. Alles war perfekt; nicht der kleinste Fehler unterlief ihm.

Er ahnte – nein, er *wusste* –, dass er persönliche Bestzeit fuhr. Vielleicht gelang es ihm nicht, schneller zu sein als der Österreicher, aber am Ende dieses Tages würde er mit Fug und Recht sagen können, sein Bestes gegeben zu haben.

Was als Nächstes geschah, ließ sich kaum erklären. Aus keinem ersichtlichen Grund blickte er für einen Sekundenbruchteil zu den Zuschauern an der Strecke. Es waren nicht sehr viele und vielleicht fiel ihm die einzelne Gestalt deshalb auf.

Sie trug Starfleet-Winterkleidung. Rotblondes Haar zeigte sich unter der Mütze und die scharf geschnittenen Züge wirkten ernst. Ein vertrautes Gesicht ...

Sein Vater.

Er war noch nie zu einem Wettkampf gekommen. Hatte er sich tatsächlich von San Francisco hierher zum Lauberhorn gebeamt, um den Abfahrtslauf seines Sohnes zu sehen?

Der Moment müheloser Euphorie brach plötzlich ab. Von einem Augenblick zum anderen war sich Tom aller Dinge in seiner Näher bewusst: Er spürte den kalten Wind, die Unebenheiten im eisverkrusteten Schnee, die dumpfen Stimmen der ihn anfeuernden Zuschauer. Der Zustand von Glückseligkeit hörte ganz plötzlich auf und er musste *nachdenken*, um auf den Beinen und auf den Skiern zu bleiben. Bisher hatte sein Körper alles von ganz allein erledigt und jetzt mischte sich sein Bewusstsein ein, zerstörte Perfektion und Reinheit.

Tom spürte, wie ein Ski ins Rutschen geriet, als er sich

in die Kurve legte, und er reagierte, indem er das Bein etwas streckte, mehr Druck ausübte, was ihn sicher einige Hunderstelsekunden kostete. Er versuchte, diesen Gedanken aus sich zu verdrängen, aber er begleitete ihn, als er sich dem nächsten Tor näherte, wo er die verlorene Zeit aufholen wollte. Beim erforderlichen Richtungswechsel war er zu schnell, presste die Kanten der Skier in den Schnee, verlagerte das Gewicht und spürte, wie seine Balance in Gefahr geriet. Verzweifelt trachtete er danach, sich aufzurichten, benutzte dabei einen Stock, um sich abzustützen …

Seine Bemühungen blieben vergebens. Er stürzte und das Bewegungsmoment trug ihn weiter. Er versuchte sich irgendwo festzuklammern, aber der Schnee bot keinen Halt. Sein Gesicht schabte über einen großen Eisbrocken und er fühlte die Wärme von Blut, das hinter ihm eine rosarote Spur im Schnee hinterließ. Und weiter den Hang hinunter ging es. Tom überschlug sich immer wieder und spürte, wie Knochen brachen, Muskeln rissen. Nichts, so schien es, konnte seinen endlosen Sturz beenden.

Dann gelang es ihm endlich, die Hände in den Schnee zu bohren, sie in Bremsen zu verwandeln, die sein Bewegungsmoment verringerten. Er blieb liegen, starrte zu hohen Baumwipfeln und einem grauen, wolkenverhangenen Himmel empor. Er wagte es nicht, sich zu bewegen, aus Furcht, dazu nicht imstande zu sein. Innerhalb weniger Sekunden umringten ihn andere Skiläufer, Medo-Spezialisten und Streckenposten. Man forderte ihn auf, bestimmte Körperteile zu bewegen, und als sich außerdem herausstellte, dass er rückwärts zählen konnte und nicht doppelt sah, wurde ein Nottransfer ins nächste Medo-Zentrum eingeleitet.

Bevor Tom entmaterialisierte, ließ er noch einmal den Blick über die vielen Gesichter schweifen, doch nach dem seines Vaters hielt er vergeblich Ausschau.

Am Abend des gleichen Tages beamte er sich nach Hause, mit regenerierten Knochen und Muskeln. Zwar gab es noch immer einige wunde Stellen, aber im Großen und Ganze war er wieder heil. Seine Mutter umsorgte ihn und bot sich an, ihm das Abendessen auf einem Tablett ans Bett zu bringen, so wie damals, wenn er als Kind krank gewesen war. Aber Tom bestand darauf, zusammen mit den anderen am Tisch zu sitzen. Was auch immer sein Vater wegen des Unfalls von ihm hielt – er wollte es hören.

Seine Schwester Moira war für jenes Wochenende aus Südkarolina nach Hause gekommen, wo sie Medizin studierte. Moira hatte sich gegen die Starfleet-Akademie entschieden, ebenso wie Toms ältere Schwester Kathleen. Das wusste er zu schätzen, denn beide waren ausgezeichnete Schülerinnen gewesen – er hatte immer das Gefühl gehabt, in ihrem Schatten zu stehen. An der Akademie konnte er den eigenen Weg selbst bestimmen, ohne vom Ruf seiner Schwestern behindert zu werden.

Tom hielt Moira für eine sehr elegante und schöne Frau. Sie hatte klassische, zarte Gesichtszüge, große blaue Augen, eine schmale, gerade Nase und volle, aber nicht zu große Lippen. Das dunkle Haar trug sie nach hinten gekämmt – bei anderen Frauen hätte so etwas streng gewirkt. Bei Moira fand Tom es reizend. Sie war offen und direkt, ohne Falsch, und Tom bewunderte sie.

»Hast du heute nicht an einem Wettkampf teilgenommen?«, fragte sie geradeheraus. »Wie ist es gelaufen?«

Toms Blick glitt zu seinem Vater, der am oberen Ende des Tisches saß und auf das Display eines Handcomputers sah. Bestimmt hatte er die Frage ganz deutlich gehört.

»Nicht so gut. Ich hatte etwa die Hälfte der Strecke hinter mir, als ich schwer gestürzt bin. Daraufhin musste ich das Rennen abbrechen.«

»Das tut mir Leid. Für mich grenzt es an ein Wunder, dass nicht noch mehr Leute stürzen, wenn sie diese steilen Hänge hinabsausen. Ich weiß überhaupt nicht, wie du es schaffst, auf den rutschenden Brettern das Gleichgewicht zu halten. Wie steuert man eigentlich?«

»Mit viel Übung«, lautete Toms lakonische Antwort. Ihm lag nichts daran, über die Technik des Skilaufens zu diskutieren.

»Bis zu seinem Sturz lief Tom sehr gut«, warf seine Mutter ein. Sie war Kampfkunstlehrerin und in hervorragender körperlicher Verfassung. Außerdem galt sie als paläontologische Gelehrte. Tom kannte keine liebevollere, herzlichere und großzügigere Frau. Er hatte sich oft gefragt, was sie dazu veranlasst haben mochte, seinen Vater zu heiraten.

Erneut sah er zu Admiral Paris, der jetzt nicht mehr auf das Display des Handcomputers sah. Er richtete einen leidenschaftslosen Blick auf Frau und Kinder, wie jemand, der in Gedanken Multiplikationstabellen durchging. Aber seine Worte bestätigten Toms Vermutung: Er hatte tatsächlich alles gehört.

»Ich hoffe, du hast dich nicht verletzt«, sagte er und seine Stimme klang völlig neutral, verriet nichts. Was für ein Spiel trieb er? Er hatte den Sturz gesehen und beobachtet, wie Dutzende von Personen seinen Sohn umringten, ihn untersuchten und dann zum Medo-Zentrum transferierten. Warum wählte er ausgerechnet solche Worte?

»Es hat mich ziemlich erwischt«, erwiderte Tom und hielt im Gesicht seines Vaters nach einer Reaktion Ausschau. »Einige Knochenbrüche sowie Muskel- und Bänderrisse. Aber inzwischen ist alles regeneriert. Es fühlt sich nur noch ein wenig wund an.«

»Freut mich, dass es nichts Ernstes war«, sagte sein Vater und sah wieder aufs Display.

»Owen, Moira ist seit drei Monaten nicht zu Hause gewesen. Könntest du den Handcomputer nicht zum Essen beiseite legen?«

Admiral Paris lächelte freundlich und schaltete das

kleine Gerät aus. »Entschuldige. Die Ktarianer haben eine Expedition in den Beta-Quadranten vorgeschlagen. Wollte nur auf dem Laufenden bleiben.« Er sah Moira an und sein Lächeln gewann etwas Liebevolles. »Gibt es Neuigkeiten aus Südkarolina?«

Tom hörte nur mit halbem Ohr zu, als Moira mit einem ausführlichen Bericht über die vielen Probleme des medizinischen Studiums berichtete und damit die volle Aufmerksamkeit ihres Vaters zu beanspruchen schien. Das Verhalten des Admirals verblüffte ihn. War ihm der Sturz seines Sohns beim Lauberhornrennen so peinlich, dass er nicht einmal zugeben wollte, ihn gesehen zu haben? Nahm er Rücksicht auf Toms Gefühle, indem er vorgab, nicht zugegen gewesen zu sein?

Oder – und dieser Gedanke wirkte auf Tom wie ein Fausthieb in die Magengrube – war er *tatsächlich* nicht zugegen gewesen?

Er spürte, wie ihm das Blut ins Gesicht schoss. Verlegenheit und Scham erfüllten ihn, noch größer und intensiver als am Morgen in den Berner Alpen. Seine Gedanken überschlugen sich, wie um dem Sturz während des Abfahrtslaufs die Ehre zu erweisen. Hatte er sich nur eingebildet, seinen Vater gesehen zu haben? Oder hatte er jemanden bemerkt, der eine gewisse Ähnlichkeit mit Admiral Paris aufwies? War Toms Unterbewusstsein bestrebt gewesen, jene Person für seinen Vater zu halten?

Und wenn ja – warum? Er hatte nicht *erwartet*, Admiral Paris bei einem Wettrennen zu sehen. Ganz deutlich erinnerte er sich an seine Überraschung – dadurch hatte er die Kontrolle über sich verloren, was zum Sturz führte.

Wenn er also davon überzeugt gewesen war, dass sein Vater nicht zu den Zuschauern des Wettrennens zählte – wieso hatte er dann geglaubt, ihn im Publikum am Rand der Strecke zu erkennen?

Es gab nur eine Antwort auf diese Frage und sie gefiel Tom nicht. Sie lautete: Tief in seinem Innern wünschte er sich, dass Admiral Paris zusah, wenn sein Sohn an einem Wettkampf teilnahm. Tom wünschte es sich so sehr, dass sein Unterbewusstsein ein entsprechendes Bild projizierte.

»Deine Wangen glühen, Tom. Hast du Fieber?« Seine Mutter musterte ihn beunruhigt. Tom schüttelte den Kopf, brachte aber keinen Ton hervor. Sein Vater und Moira unterbrachen ihr Gespräch, sahen ihn an. Moiras Gesicht brachte Sorge zum Ausdruck. Die Miene von Admiral Paris blieb undeutbar.

Frag ihn, flüsterte eine Stimme in Tom. Ein guter, vernünftiger Rat. Wenn er seinen Vater fragte, ob er das Rennen besucht hatte, so bekam er Gewissheit. Wenn Admiral Paris nicht zum Lauberhorn gekommen war ... Dann konnte Tom darauf hinweisen, jemanden gesehen zu haben, der ihm ähnlich sah. Und wenn sein Vater tatsächlich bei den Zuschauern gestanden hatte ... Dann würde er ziemlich dumm dastehen, weil er es erst jetzt zugab.

Tom fühlte drei Blicke auf sich ruhen. Seine Eltern und Moira warteten darauf, dass er etwas sagte.

»Vielleicht sollte ich heute Abend früh zu Bett gehen«, brachte er schließlich hervor und seine Stimme klang hohl. »Es war ein langer Tag. Wenn ihr mich bitte entschuldigen würdet ...«

Im Anschluss an diese Worte stand er auf und verließ den Raum. Mutter, Vater und Schwester sahen ihm nach.

Das Skilaufen vermittelte Tom ein unmittelbares Gefühl von Geschwindigkeit und Gefahr, aber diese Empfindungen verblassten natürlich neben denen, die in ihm entstanden, wenn er ein Raumschiff flog.

Schon als kleiner Junge war Tom in die Rolle des Piloten geschlüpft. Zuerst hatte er mit den Simulatoren geübt, die seinem Vater zur Verfügung standen, um später die Kontrollen kleiner Gleiter zu bedienen, die für Kinder und Heranwachsende bestimmt waren. Sie mussten in einer bestimmten Höhe fliegen, in bestimmten Transitkorridoren. Tom wurde oft gerügt und auch bestraft, weil er gegen diese Regeln verstieß. Als Jugendlicher gewann er mehrere Shuttle-Rennen und auch dabei ging er immer bis an die Grenzen der Vorschriften.

Aber erst an der Starfleet-Akademie begriff er, was es bedeutete, ein mit Warpgeschwindigkeit fliegendes Raumschiff zu steuern. Natürlich handelte es sich dabei nicht um physische Empfindungen – Trägheitsabsorber sorgten dafür, dass der Körper überhaupt nichts von den unglaublichen Geschwindigkeiten bemerkte. Es war vielmehr eine emotionale Reaktion, die Tom kaum beschreiben konnte.

Sie hatte etwas mit Kontrolle zu tun. Er brauchte nur seine Finger über die Schaltflächen streichen zu lassen und schon entfalteten sich gewaltige Kräfte – weil er, Kadett Tom Paris, es so wollte. Es war ein berauschendes Gefühl.

Er konnte der Versuchung nicht widerstehen, Odile sein Geschick zu demonstrieren. Ihre Pilotenausbildung begann erst im nächsten Jahr, da es ihr an Toms Erfahrung mangelte, und sie brachte der angekündigten Vorführung großes Interesse entgegen. Allerdings neigte sie mehr als Tom dazu, die Vorschriften zu beachten, und deshalb wuchs ihre Unruhe, als sie mitten in der Nacht durch die dunklen Korridore von Breyer's Hall schritten – so hieß eins der vielen Gebäude des Akademie-Komplexes.

»Du hast doch die Erlaubnis für den Flug, *n'est-ce pas*?«

»Natürlich. Ich habe alles mit meinem Fluglehrer Commander Barns abgesprochen.«

»Und warum sind wir ausgerechnet um diese Zeit unterwegs?«

»Weil die Shuttles in der Nacht nicht benutzt werden.«

»Es fühlt sich nach einer heimlichen Sache an. Wir schleichen hier durch die Flure …«

»Schleichen? Wir sind zum Transporter unterwegs.«

»Es ist dunkel, wir flüstern und niemand befindet sich in der Nähe. Alles deutet auf etwas … Verbotenes hin. Darauf, dass wir in Schwierigkeiten geraten könnten.«

Tom sah zu Odile, bewunderte kurz ihr Profil und hätte sich fast dazu hinreißen lassen, sie zu umarmen und ihre vollen rosaroten Lippen zu küssen. Er seufzte.

»Es ist ganz einfach. Wir beamen uns an Bord eines Shuttles. Wir verlassen das Sonnensystem und ich zeige dir den Sprung in die Warpgeschwindigkeit. Anschließend kehren wir wieder zurück. Das ist alles.«

Kurze Stille folgte, als Odile durch den leeren Korridor blickte. »Ich habe kein gutes Gefühl dabei«, sagte sie und Tom ging mit einem leisen Lachen über ihre Bedenken hinweg.

Wenige Minuten später materialisierten sie an Bord eines der Starfleet-Shuttles, die der Akademie gehörten, sich in einem stationären Orbit befanden und Ausbildungszwecken dienten. Dieses kleine Raumschiff kannte Tom gut – er hatte es schon oft geflogen. Entgegen den Vorschriften hatte er dem Shuttle einen weiblichen Spitznamen gegeben, natürlich insgeheim, um keine Kadettinnen zu verärgern, die nichts davon hielten, dass man Raumschiffen Frauennamen gab. Er verstand ihre Gefühle und begegnete ihnen mit einer gewissen Anteilnahme, aber es handelte sich um eine alte, stolze Tradition. Indem Tom sie fortsetzte, fühlte er sich mit Kapitänen und Navigatoren früherer Jahrhunderte verbunden.

Er nannte den Shuttle Tess. So lautete der Name einer jungen Frau, die er während seines ersten Jahrs an der High School verehrt hatte, wenn auch nur von weitem. Sie war hinreißend schön, außerordentlich intelligent und sehr beliebt. Tom stellte sich immer wieder vor, wie er sie bat, mit ihm auszugehen. Er schrieb sogar den geplanten Dialog auf und probte immer wieder, um alles flüssig und spontan klingen zu lassen. Aber er brachte nie den Mut auf, tatsächlich an sie heranzutreten.

Deshalb bereitete es ihm ein Vergnügen ganz besonderer Art, den Shuttle nach ihr zu benennen und zu fühlen, wie »sie« auf seine Kommandos reagierte, immer gehorsam und willfährig war.

Natürlich erzählte er Odile nichts davon.

Sie nahm neben ihm Platz und sah sich fasziniert im Cockpit um. »Ich kann es gar nicht abwarten, dass meine Ausbildung endlich beginnt«, hauchte sie. »Schon als kleines Kind wollte ich fliegen.«

»Das gilt auch für mich. Allerdings hatte ich aufgrund meines Vaters besseren Zugang zu Shuttles.«

»Es war sehr großzügig von deinem Vater, dir zu helfen.«

Diese Worte überraschten Tom. Großzügig? So hätte er den Admiral wohl kaum beschrieben. Er wusste nicht recht, wie er darauf reagieren sollte, und als er schließlich Antwort gab, klang seine Stimme brüchig.

»So habe ich es nie gesehen. Vielleicht hast du Recht.«

Tom spürte Odiles Blick und widerstand der Versuchung, sich ihr zuzuwenden. Er überprüfte die Bordsysteme – eine wichtige Routine, die seine ganze Aufmerksamkeit erforderte. Außerdem gefielen ihm solche Gespräche nicht sonderlich.

»Meine Eltern interessierten sich kaum für meine Wünsche«, fuhr Odile fort. »Sie wollten, dass ich mich mit den Dingen beschäftigte, die sie für wichtig hielten. Zum Beispiel mit Skilaufen.«

»Sieh dir nur das Ergebnis an. Du bist eine erstklassige Skiläuferin.«

»Aber hätte ich auch eine hervorragende Künstlerin sein können? Eine Dichterin? Eine Pilotin?«

»Was wärst du am liebsten?«

Tom hörte, wie die neben ihm sitzende Odile tief

seufzte. »Ich weiß es nicht. Eigentlich kann ich meinen Eltern keine Vorwürfe machen – sie haben so viel für mich getan. Ohne ihre Unterstützung wäre ich jetzt nicht an der Akademie.« Kurze Stille folgte, nicht länger als ein oder zwei Sekunden. »Aber trotzdem frage ich mich immer wieder, was hätte sein können … Wenn meine Eltern etwas mehr wie dein Vater gewesen wären.«

Etwas Hässliches kroch durch Toms Kehle. Die Antwort lag ihm auf der Zunge: *Dann hättest du irgendwann geglaubt, nicht gut genug zu sein.* Aber er verdrängte diese Worte und nahm die letzten Checks vor. »Alle Bordsysteme funktionieren einwandfrei. Bist du so weit?«

Wenn der plötzliche Themawechsel Odile erstaunte, so ließ sie sich nichts davon anmerken. »Von mir aus kann's losgehen«, sagte sie und Tom glaubte, so etwas wie Eifer in ihrer Stimme zu hören.

Er steuerte den Shuttle aus dem Orbit und genoss wie immer den Anblick einer Erde, die zu schrumpfen schien. Dann programmierte er einen Kurs, der sie aus dem Sonnensystem und in Richtung Alpha Centauri brachte.

»Jetzt ist alles für den Warptransfer bereit«, sagte er kurz darauf. »Diesmal gehe ich nur auf Warp eins. Ich warne dich: Beim ersten Mal kann es sehr desorientierend sein.«

»Ich dachte, die Trägheitsabsorber verhindern, dass sich irgendwelche Andruckkräfte auswirken«, erwiderte Odile.

»Das stimmt. Aber die Verzerrung der Sterne zu sehen … Nun, du wirst gleich verstehen, was ich meine. Es sei denn, du möchtest nicht hinsehen.«

»Ich will es mir auf keinen Fall entgehen lassen«, sagte die junge Frau mit fester Stimme.

Tom gab die Kommandos ein, ganz sanft und behutsam, denn ein Schiff wie Tess verlangte Feingefühl. Seine Aufregung wuchs, als der Shuttle reagierte. Eine Warpblase entstand, hüllte ihn in eine Subraum-Tasche und dann raste das kleine Raumschiff davon, schneller als das Licht.

Er hatte diesen Vorgang schon oft erlebt, zum ersten Mal im Alter von neun Jahren, empfand ihn aber immer noch als überaus faszinierend. Die Sterne schienen sich wie Gummibänder zu dehnen, bis sie den Eindruck erweckten, jeden Augenblick zerreißen zu können. Als die Streifen nicht noch länger werden konnten, verschwammen sie ein wenig. Es folgte ein Augenblick völliger Stille, die ein flaues Gefühl in der Magengrube schuf, begleitet von einer subtilen Vibration, und dann begann das glatte Dahingleiten des Warpflugs.

Tom war von dem Vorgang so hingerissen, dass er Odiles leises Stöhnen fast überhört hätte. Er sah zur Seite und stellte fest, dass sie blass geworden war. Ihre Finger schlossen sich krampfhaft fest um den Rand des Sitzes und sie keuchte leise.

»Senk den Kopf zwischen die Beine«, sagte Tom und die junge Frau kam seiner Aufforderung sofort nach. Einige Sekunden lang verharrte sie in dieser Position, um mehr Blut in den Kopf fließen zu lassen. Schließlich hob sie ihn wieder, vermied es aber, aus den Fenstern zu sehen.

»Ich wusste nicht …«, sagte sie mit zittriger Stimme. »Du hast von ›desorientierend‹ gesprochen. Es ist ein ganzes Stück schlimmer.«

»Vielleicht habe ich mein erstes Mal vergessen. Es kommt ganz darauf an, was die Augen dem Gehirn mitteilen.«

»In meinem Fall hat das Gehirn mit den Augen gesprochen und sie aufgefordert, nicht hinzusehen. Aber es war bereits zu spät.«

»Du wirst dich daran gewöhnen. Nach einer Weile empfindest du es sogar als angenehm.«

Odile wagte es, wieder zu den Fenstern hinauszusehen. Inzwischen bildeten die Sterne bunte Lichtstreifen. »Jetzt ist alles in Ordnung«, sagte sie. »Es belastet mich nicht mehr.«

»Der desorientierende Moment beschränkt sich auf den Beginn des Warptransfers. Für mich ist er fast ... heilig.«

Odile musterte Tom nachdenklich. Er hatte eines seiner persönlichsten Gefühle offenbart und fragte sich besorgt, wie sie darauf reagieren würde. Musste er damit rechnen, ausgelacht zu werden?

»Ich verstehe den Grund«, sagte Odile schließlich und tiefe Dankbarkeit erfüllte Tom.

Eine Zeit lang flogen sie, ohne zu sprechen, genossen den wundervollen Anblick der vorbeistreichenden Sterne.

In der Woche, in der sie Charlie Day das Skilaufen beibrachten, beschloss Tom, seinen Vater noch einmal herauszufordern. Wenn der Admiral diesmal gefragt hätte, ob es dabei um eine junge Frau ging, so wäre er bereit gewesen, eine bestätigende Antwort zu geben. Aber sein Vater verzichtete auf eine solche Frage und Tom bot die Information nicht von sich aus an.

Es geschah am Lake Tahoe, wo Tom, Odile und Bruno ein wenig Skilaufen und den Beginn des neuen Jahres feiern wollten. Tom hatte immer großen Gefallen an dem Ritual gefunden, das alte Jahr zu verabschieden und das neue zu begrüßen. Er freute sich darauf, das Display eines Chronometers im Auge zu behalten und zu warten, bis es »23:59« und dann »00:00« Uhr anzeigte, um anschließend die ersten Sekunden des neuen Jahrs zu zählen.

Die Starfleet-Akademie hatte ein Gebäude in den Bergen am See erworben und in ein Studentenheim verwandelt. Benutzt wurde es vor allem von der Ski-Mannschaft, die während der vergangenen beiden Jahre auf sechsundzwanzig Personen angewachsen war. Tom, Bruno und Odile beabsichtigten, dort einen kurzen Urlaub zu verbringen. Sie nahmen Charlie in ihre Gruppe auf, als Tom herausfand, dass seine Familie die Erde für einen Monat verließ.

Tom kannte den kristallblauen See, seit er ein kleines Kind gewesen war, und in seinem Herzen hatte er einen ganz besonderen Platz für ihn reserviert. Es handelte sich zweifellos um ein Wunder der Natur: ein großes Becken in einer Bergkette, atemberaubend schön sowohl aus der Luft als auch vom Boden aus gesehen. Wenn man am Ufer stand, sah man über 484 Quadratkilometer blaues Wasser hinweg, umgeben von majestätischen Bergen, an deren Hängen sich grüne Wälder erstreckten. Das Zusammenspiel der Farben – blau, grün, weiß, schiefergrau – war überaus beeindruckend.

In der Nähe gab es einen kleineren, ebenfalls wundervollen See und er war für immer verbunden mit dem tragischen Schicksal der Familie, die ihm seinen Namen gegeben hatte: Donner. Vor fünfhundert Jahren hatten die Pioniere an jenem Ort die Grausamkeit der Natur und auch die eigene kennen gelernt – eine Geschichte, die auch heute noch die Phantasie stimulierte. Es gab nach wie vor eine Gedenkstätte, die an den damaligen Planwagen-Trek erinnerte: einen großen Felsen, der einer Familie, den Breens, als Hüttenwand gedient hatte. Ein dort angebrachtes Schild gedachte ihrer Mühen während des harten Winters von 1846.

Nur Tom wusste von jener alten Katastrophe. Odile und Bruno sahen darin nur ein seltsames Ereignis in der Geschichte eines anderen Landes. Charlie war mehr an Wissenschaft als an historischen Details interessiert. Als sie bei dem großen Felsen standen, berichtete Tom voller Ehrfurcht von den Familien Donner, Reed, Breen und den anderen. Zufrieden stellte er fest, dass seine Zuhörer angemessen beeindruckt waren.

»Ich bin mir nicht sicher, ob ich Menschenfleisch essen könnte, selbst wenn es keine andere Möglichkeit des Überlebens gäbe«, kommentierte Bruno. Odile bedachte ihn mit einem durchdringenden Blick.

»Natürlich könntest du das. Wenn man hungrig genug wird, isst man alles. Unser Organismus ist gewissermaßen darauf programmiert – der Drang zum Überleben geht auf unsere genetische Struktur zurück.«

»Aber unsere kulturelle Konditionierung sieht vor, kein Fleisch der eigenen Spezies zu verzehren. Das ist ein tief verwurzeltes Tabu.«

»Ob tief verwurzelt oder nicht – ich glaube, ich wäre dazu imstande, wenn mir keine Wahl bliebe.«

»Daran werde ich denken, wenn wir das nächste Mal campen«, sagte Charlie ruhig, woraufhin die anderen lachten.

»Gehen wir«, schlug Tom vor. »Wir können heute noch einige Läufe hinter uns bringen.«

Sie beamten sich zu der Bergkette, die einst Squaw Valley genannt worden war und jetzt den Namen einer Gruppe der im Englischen *Washo* genannten Ureinwohner trug: Wel Mel Ti. Sie brachten Charlie zu den mittelschweren Hängen, gaben ihm während der Abfahrten Ratschläge und Tipps.

Charlie hatte sie alle erstaunt, indem er das Skilaufen mit großem Eifer lernte. Innerhalb von nur zwei Tagen konnte er mit ihnen mithalten, außer auf besonders schweren Pisten. Er war nur nicht so schnell wie seine Begleiter, brachte die Hänge in seinem eigenen Tempo hinter sich, ruhig und würdevoll.

Er zeigte kein Interesse an Wettrennen, obwohl sie ihn mehrmals drängten, es doch einmal zu versuchen. Charlie verspürte nicht den Wunsch, mit anderen Leuten zu wetteifern. Offenbar hielt er es nicht für notwendig, irgendjemandem etwas beweisen zu müssen, und Tom beneidete ihn um diese Einstellung.

Am Silvesterabend versammelten sie sich zusammen mit den anderen Kadetten im Gemeinschaftsraum des Studentenheims. Das Gebäude war mehrere hundert Jahre alt, war jedoch vor kurzer Zeit gründlich renoviert worden und verfügte über eine Einrichtung, die nur wenige von ihnen jemals benutzt hatten: einen Kamin. Selbst Bruno, der im Wald aufgewachsen und mit Skiern zur Schule gefahren war, kannte so etwas nur vom Hörensagen. Allerdings wusste er gut genug darüber Bescheid, um einige Holzscheite und Kiefernzapfen in den Kamin zu legen und sie mit dem gebündelten Strahl eines Tricorders zu entzünden.

Die Gruppe reagierte mit großer Freude. Von dem offenen Feuer ging ein Reiz aus, den die modernen Mikrofusions-Energiesysteme nicht vermitteln konnten. Die jungen Leute saßen vor den brennenden Scheiten und beobachteten wie hypnotisiert die Flammen. Es knackte immer wieder und vom verbrennenden Kiefernholz ging ein würziger Duft aus, schuf eine sehr angenehme Atmosphäre.

Jemand hatte eine dicke, aromatische Suppe gekocht und Bruno replizierte ein skandinavisches Getränk namens *Glugg*, das sie von innen ebenso wärmte wie das Feuer die Haut. Odile begann damit, melancholische Liebeslider aus der Vergangenheit zu singen, und es dauerte nicht lange, bis sie alle sangen, neue und alte Lieder. Freundschaft und Freude klang aus ihren jungen Stimmen und Tom glaubte, nie zuvor einen solchen Frieden gespürt zu haben, eine solche Hoffnung auf die Zukunft. Als das Chronometer null Uhr und damit den Beginn des neuen Jahrs anzeigte, erklang lauter Jubel. Tom umarmte Odile, küsste sie sanft und fühlte, wie dieser Moment in Zeitlosigkeit erstarrte. Die von den anderen verursachten Geräusche traten in den Hintergrund und plötzlich gab es nur noch sie beide, zwei Personen, die sich gegenseitig ergänzten und eine Einheit bildeten.

Am nächsten Tag wies Odile darauf hin, dass sie das vorletzte Jahr ihres Studiums in Frankreich verbringen würde.

Tom glaubte, dass sie ihn neckte, und er beschloss, das vermeintliche Spiel mitzuspielen. »Gute Idee. Ich habe daran gedacht, das vorletzte Jahr einfach zu überspringen, mir einen Shuttle zu nehmen und mich damit auf die Suche nach Planeten zu machen, die sich fürs Skilaufen eignen.«

Odile sah ihn aus ihren smaragdgrünen Augen an. »Es ist kein Scherz, Tommy. Ich meine es ernst. Meine Mutter hat mich darum gebeten und ich habe mich einverstanden erklärt. Ich werde an der Akademie in Marseilles studieren, das ist nicht sehr weit von Beziers entfernt.«

»Aber … was wird aus der Ski-Gruppe? Und deiner Pilotenausbildung? Was ist mit … mir?«

Odile griff nach Toms Hand. Ihre Finger fühlten sich wie flüssiges Silber an. »Im nächsten Jahr nehme ich an keinen Wettkämpfen teil, aber die Pilotenausbildung setze ich fort. Was uns betrifft … Wir sehen uns auch weiterhin. Immerhin gibt es Transporter.«

Das stimmte, aber alles in Tom sträubte sich dagegen. Es wäre nicht das Gleiche gewesen. Odile in Frankreich … Es hätte bedeutet, dass er ihr nicht zufälligerweise auf dem Campus begegnen und sehen konnte, wie ihr das rotblonde Haar einem Schweif gleich folgte, wenn sie zum Unterricht lief – sie traf immer erst in der letzten Sekunde ein. Dann konnte er nicht mehr jeden Donnerstag mit ihr zu Mittag essen, wenn sie beide zur gleichen Zeit eine Stunde frei hatten. Dann konnte er nicht mehr spät abends am Studentenheim vorbeigehen, zu ihrem Fenster hinaufsehen und sich vorstellen, wie sie im Bett lag, im matten Mondschein schlief.

»Warum? Warum bittet dich deine Mutter um so etwas? Es ist nicht fair.« Tom hörte den verdrießlichen Klang in seiner Stimme, unterbrach sich, schluckte und versuchte, sich nicht wie ein verzogenes Kind zu verhalten.

Odile zögerte, bevor sie antwortete. »Ich glaube, meinem Vater … geht es nicht gut. Meine Mutter hat nichts gesagt, aber ich habe ihn gesehen. Er ist dünn geworden.«

Das nahm Tom den Wind aus den Segeln. »Es geht ihm nicht gut? Was soll das heißen?«

»Ich weiß es nicht. Bisher ist es nur eine Vermutung.«

»Ich finde das eine seltsame Methode, an ein Problem heranzugehen. Warum wird nicht offen darüber gesprochen? Warum die Heimlichtuerei?«

»Ich glaube, meine Eltern ... wollen mich beschützen.«

»Das ist doch lächerlich. Du ahnst ohnehin etwas, aber du kannst es nicht offen zur Sprache bringen.«

»So sind meine Eltern eben.«

Tom kochte einige Sekunden lang vor sich hin und suchte nach jemandem, dem er die Schuld geben konnte. Er wusste natürlich, dass Odiles Eltern dafür nicht in Frage kamen, und es schien kaum andere Kandidaten zu geben. Schließlich seufzte er und stellte sich der Wahrheit.

»Es tut mir Leid, Odile. Ich bin egoistisch. Ich kann einfach nicht die Vorstellung ertragen, dass du ein Jahr lang so weit entfernt bist. Es ist mir ein Rätsel, wie ich damit fertig werden soll.«

Sie hob seine Hand an ihre Lippen. »Du bist so süß«, murmelte sie und Tom schwor sich, dass er unter gar keinen Umständen das nächste Jahr mit Odile verlieren würde.

»Bietet die Niederlassung in Marseilles spezielle Kurse an?«, fragte er und befasste sich in Gedanken bereits mit einer Idee.

»Dort gibt es die gleichen Kurse wie hier an der Akademie. Aber wenn deine Frage einem Spezialgebiet gilt, einem thematischen Schwergewicht ... Exophilosophie, würde ich sagen.«

Tom überlegte. Eine der Naturwissenschaften wäre besser gewesen, aber ...

Er legte Odile den Arm um die Schultern und zog sie an sich, während sie ins Feuer blickten. »Wir bleiben zusammen«, versprach er ihr. »Auch während der kommenden zwölf Monate.«

Und so schickte sich Tom Paris an, das vorletzte Jahr seines Studiums in Marseilles zu verbringen. Er wollte sich dort mit Exophilosophie befassen, einem Fachgebiet, das er, wie er dem Fakultätsberater und seinen Eltern mitteilte, bisher sträflich vernachlässigt hatte.

Niemand ließ sich von Toms plötzlichem Interesse an extraterrestrischen Philosophien täuschen, aber es gab auch niemanden, der daran Anstoß nahm. Es konnte sicher nicht schaden, eine solche Wissenslücke zu schließen, und außerdem erinnerten sich alle daran, wie wundervoll junge Liebe sein konnte. Wenn diese beiden Kadetten zusammen sein wollten – warum sollte ihr Wunsch nicht in Erfüllung gehen?

Tom befand sich erst seit wenigen Tagen in Marseilles, als er Sandrines Taverne entdeckte, eine Hafenkneipe mit Billardzimmer. Sie existierte schon seit fast dreihundert Jahren und präsentierte eine eklektische Mischung aus Altem und Neuem. Ihre Gäste waren eine bunte Mischung aus interessanten Leuten aller Art.

Als besonders interessant für Tom erwies sich Sandrine. Natürlich war das nicht ihr richtiger Name. Während der vergangenen drei Jahrhunderte hatten alle Inhaber ehrenhalber den Namen der legendären Sandrine Normand übernommen, die die Taverne im unruhigen einundzwanzigsten Jahrhundert eröffnete. Sie hatte ein Ambiente geschaffen, das sauber, sicher und durch und durch französisch war, an einem Ort, wo man solche Eigenschaften nicht häufig antreffen konnte. Die Gäste verehrten Sandrine, die über hundert Jahre alt wurde und während der Arbeit starb. Sie bereitete gerade einen Aperitif für einen reichen Pferdezüchter zu, der halb so alt war und sie für die munterste, reizendste Frau in ganz Frankreich hielt. Sie brachte ihm das Getränk, lächelte, sagte »*A votre santé, mon cher*« und brach dann hinter der Theke zusammen. Das Ende war schnell, schmerzlos und elegant – und entsprach damit genau Sandrines Charakter.

Seit damals nannten sich alle Inhaberinnen Sandrine. In diesem Fall war sie schlank, blond, gut vierzig und in eine erotische Aura gehüllt, die Tom sehr reizvoll fand. Ihre sexuelle Kühnheit verblüffte den jungen Mann, stimulierte ihn aber auch.

»Du bist *tres beau*, Thomas«, schnurrte Sandrine. »Deine Augen … *alors*, du verstehst es, eine Frau schwach werden zu lassen, *non*?«

Das Flirten machte Tom immer mehr Spaß und er überwand seine Verlegenheit schnell, nahm voller Enthusiasmus an dem neckischen Spiel teil. Er ging dabei von der Annahme aus, dass für keine der beteiligten Seiten mehr dahinter steckte.

Er sollte bald mehr über französische Frauen erfahren.

Odile verbrachte das Wochenende bei ihren Eltern in Beziers und hatte Tom versprochen, Sonntagabend zurückzukehren und sich mit ihm bei Sandrine zu treffen. Die Zeit ihrer Abwesenheit verbrachte er in der Bibliothek mit dem Studium des vulkanischen *Cthia*, der stoischen Kontrolle der Emotionen, die Surak vor Jahrhunderten gelehrt hatte. Er fand das Thema interessant, aber nicht unbedingt packend. Am Sonntagnachmittag glaubte er sich berechtigt, eine Pause einzulegen und die Taverne ein wenig früher als geplant zu besuchen.

Er hatte mit einigen Stammgästen Freundschaft geschlossen, insbesondere mit den Billardspielern, denen er sich verbunden fühlte. Einer von ihnen – ein grauhaariger, verhutzelter Mann namens Balzac, der behauptete, direkt vom berühmten Schriftsteller abzustammen – war ein außerordentlich talentierter Spieler, der Tom unter seine Fittiche nahm und damit begann, ihm die Feinheiten des Billardspiels beizubringen. Tom lernte schnell und fand immer mehr Gefallen am Billard. Es wurde fast eine Sucht daraus. Er entwickelte ein Belohnungssystem: Nach vier Stunden im Klassenzimmer oder in der Bibliothek durfte er sich zwanzig Minuten Poolbillard genehmigen. Nach acht Stunden vierzig Minuten. Er brauchte seine ganze Disziplin, um an diesem Schema festzuhalten, aber es gelang ihm mit erstaunlich wenigen Ausrutschern.

Tom hatte den ganzen Samstag, Samstagnacht, Sonntagmorgen und den größten Teil des Sonntagnachmittags in der Bibliothek verbracht, sich damit anderthalb Stunden Billard verdient. Am Abend war er mit Odile verabredet und deshalb beschloss er, sich die Belohnung vorher abzuholen.

Er traf gegen sechs Uhr ein, bevor es in der Taverne zu voll wurde. Sandrine stand hinter der Theke und Tom scherzte kurz mit ihr, bevor er sich auf die Suche nach Balzac machte. Sie spielten seit etwa zehn Minuten, als Sandrine ihnen beiden einen zugedeckten Suppenteller mit einem herrlich duftenden Schmorgericht brachte.

»Das ist Wildbret, *cheri*«, flüsterte sie mit heiserer Stimme. »Ich schätze, du bist ein Mann, der Fleisch braucht, nicht wahr?«

»Es gibt gar kein Fleisch, Sandrine. Es ist alles repliziert.«

»*C'est vrai,* aber dies ist das Ergebnis einer speziellen Replikationsformel, die von meinem Vater stammt. Er behauptete, echtes Wildbret gegessen zu haben, und angeblich kommt das hier dem Geschmack des Originals sehr nahe.«

»Interessant.« Tom probierte das mit Knoblauch und Salbei gewürzte Schmorgericht. Der Geschmack war recht intensiv, aber nicht unangenehm. Er sah Sandrine an und lächelte anerkennend. »Nicht schlecht.«

Sie schob sich etwas näher und presste ein Bein an seins – ganz deutlich spürte Tom ihre Körperwärme. Durch die Wimpern sah sie zu ihm auf. »Es ist Wildfleisch«, murmelte sie. »Genau richtig für einen Mann wie dich.«

Bei Tom stieg die Temperatur. Er nahm Sandrines Parfüm wahr, einen subtilen, unaufdringlichen Duft, weder zu süß noch zu moschusartig, vielmehr etwas Zartes,

Sinnliches. Aus den Augenwinkeln bemerkte er Balzacs amüsiertes Lächeln, wich ein wenig zurück und probierte erneut vom Schmorgericht, ohne den Blick von Sandrine abzuwenden. »Ich glaube, da hast du Recht«, erwiderte er und sah ihr dabei tief in die Augen. Sie lächelte geheimnisvoll.

»Spielen wir oder wollt ihr beiden fortgehen?«, fragte Balzac scherzhaft.

Tom stellte den Teller beiseite und griff nach dem Queue. »Es ist nicht ehrenhaft, ein Spiel einfach so abzubrechen«, verkündete er. Das Flirten mit Sandrine gefiel ihm. Er sah keine Gefahr darin – noch nicht.

Später kam Sandrine erneut, diesmal mit einem kristallenen Kelchglas. *»C'est un vin vrai«*, sagte sie mit rauchiger Stimme und reichte ihm das wundervoll verzierte Glas. »Kein erbärmliches Synthehol.« Sie sprach das Wort wie »Sin-tha-hol« aus, was Tom entzückend fand. Er trank einen Schluck und genoss den Geschmack. Nie zuvor hatte er echten Wein getrunken und jetzt begann er zu verstehen, warum die Franzosen darauf so versessen waren.

Nach zwei Gläsern glühten Toms Wangen und er war in bester Stimmung. Bei den letzten drei Spielen hatte er Balzac geschlagen, eine ganz neue, einzigartige Erfahrung. Die anderthalb Stunden, die ihm sein Belohnungssystem zugestand, waren längst verstrichen, aber eine Ausnahme von der Regel konnte sicher nicht schaden. Er musste ohnehin auf Odile warten und sich die Zeit irgendwie vertreiben …

Nie hatte der Raum so einladend gewirkt, nie war ihm das Billardspielen so leicht gefallen. Hinzu kam eine Sandrine, die verlockender wirkte als jemals zuvor. Er wollte sich nicht auf etwas Konkretes mit ihr einlassen, doch der verführerische Tanz zwischen ihnen war zu reizvoll, um ihn schon jetzt zu beenden.

»Thomas«, gurrte Sandrine und nahm ihm das Queue ab, »bitte hilf mir, meine Technik zu verbessern. Es mangelt mir noch immer an Stabilität für einen guten Stoß.« Sie beugte sich über den Tisch, brachte das Queue in Position und formte mit den Fingern der linken Hand die »Brücke«, auf der der Billardstock ruhen sollte. Wie eine geschmeidige Löwin streckte sie sich über den Tisch, das blonde Haar ausgebreitet, der Körper in einem hautengen Bodysuit, der alle Wölbungen und Kurven deutlich zeigte. Tom wischte sich Schweißperlen von der Stirn.

Er beugte sich über sie, streckte seine Arme aus und griff nach den Fingern, um sie in die richtige Position zu bringen. »*Zut alors*«, sagte Balzac und ging fort, um nicht zu stören. Sandrine drehte den Kopf, wodurch ihr Mund plötzlich nur noch wenige Zentimeter von dem Toms entfernt war. »Zeig mir alles, *chéri*, ich bin eine gelehrige Schülerin.«

Und so lagen sie praktisch übereinander auf dem Billardtisch, Gesicht an Gesicht, als Odile hereinkam.

Balzac versuchte, Tom mit einem diskreten Hüsteln zu warnen, aber es war zu spät. Odile schätzte die Situation mit einem Blick ab, trat zum Tisch, blieb auf der anderen Seite stehen und redete so schnell, dass Tom, der fließend Französisch sprach, kaum ein Wort verstand. Er sprang auf und begriff zu spät, welcher Eindruck sich Odile darbieten musste. Stotternd versuchte er, alles zu erklären, doch was auch immer ihm über die Lippen kam – es ergab keinen Sinn. Der Wein hatte seine Gedanken völlig durcheinander gebracht. Odile schenkte ihm keine Beachtung und setzte ihre Tirade fort.

Was auch immer sie sagte: Es bewirkte eine sofortige, heftige Reaktion bei der älteren Frau, die aufstand, zur anderen Seite des Tisches schritt und ebenfalls zu keifen begann.

Tom gewann den Eindruck, dass die Dinge allmählich außer Kontrolle gerieten, und er gab sich alle Mühe, den Schaden in Grenzen zu halten. »Odile«, sagte er herzlich, »es freut mich, dass du hier bist. Ich habe Sandrine gerade einige Tipps in Hinsicht auf die Queuebrücke gegeben.« Es klang dumm, selbst für die eigenen Ohren, und er sah, wie Balzac in gespielter Verzweiflung die Hand vor die Augen hob. Die beiden Frauen achteten überhaupt nicht auf den jungen Mann, schrien sich gegenseitig an und wurden dabei immer lauter.

Tom fand sie beide Furcht erregend. Odiles smaragdgrüne Augen schienen dunkler geworden zu sein, wirkten weitaus bedrohlicher, und das Haar hatte die blonden Töne verloren, war jetzt rot wie Feuer. Ein oder zwei Sekunden lang glaubte Tom sogar, dass es Funken sprühte.

Er hatte sie noch nie auf diese Weise gesehen und Sandrines Verwandlung traf ihn ebenso unvorbereitet. Aus der anmutigen, kurvenreichen Katze war ein fauchendes Raubtier geworden. Sicher bildete er es sich nur ein, aber ihre Fingernägel schienen in der letzten Minute länger und rasiermesserscharf geworden zu sein. Vielleicht lag es daran, dass sie sie dicht vor Odiles Gesicht hielt, wie Krallen gekrümmt.

Von einem Augenblick zum anderen machte sich Tom echte Sorgen, nicht um Odile, sondern um Sandrine. Odile besaß den schwarzen Gürtel vierten Grades. Wenn sie es auf Sandrine abgesehen hatte, würden sie auch noch so scharfe Fingernägel nicht daran hindern, erheblichen Schaden anzurichten. Eins der wichtigsten Prinzipien des Kampfsports bestand natürlich darin, physische Konfrontationen nach Möglichkeit zu meiden, aber Tom befürchtete, dass die pazifistischen Grundsätze in diesem Fall vielleicht in Vergessenheit gerieten.

»Ich bitte euch, so etwas hat doch keinen Sinn«, sagte er und versuchte noch einmal, das verbale Gefecht zwischen den beiden Frauen zu beenden. »Wir sollten uns beruhigen und wie zivilisierte Menschen über alles reden …«

Odile wandte sich ihm zu und Tom begriff entsetzt,

dass sie sich anschickte, ihm ihr Gift entgegenzuschleudern. Besser wär's gewesen, wenn die beiden Frauen ihr altes Ritual allein fortgesetzt hätten. Sie schienen die Regeln zu kennen, während er nicht einmal wusste, wie das Spiel hieß.

Tom stand stocksteif, während Odile ihn mit unverständlichen Beschimpfungen überhäufte. Er versuchte, sie zu verstehen – bei den meisten Worten ging es offenbar um seine Vorfahren.

»Odile ...«, sagte er und bemühte sich, möglichst charmant zu lächeln. »Du verstehst nicht ...«

»*Putain!*«, rief sie, wirbelte herum und ging hinaus. Tom fühlte sich so, als hätte man ihn während des Annihilationsvorgangs in den Materie-Antimaterie-Reaktor gestopft, wo er von Kräften, die er nicht verstand und auch nicht kontrollieren konnte, heftig durchgeschüttelt wurde – um dann ausgespuckt zu werden, nachdem jedes einzelne Atom verbrannt war.

Die Blicke aller Anwesenden waren auf ihn gerichtet. Die Gesichter der meisten Gäste brachten so etwas wie amüsierte Nachsicht zum Ausdruck, wodurch für Tom alles noch demütigender wurde. Er merkte, dass Sandrine neben ihm stand, schwer atmete und noch immer voller Zorn steckte. Sie fluchte leise vor sich hin.

»Es tut mir Leid«, brachte Tom hervor.

Sandrine trat sofort näher und schlang die Arme um ihn. »*Mon cher, pauvre petit,* wie schrecklich für dich. Sie ist eine boshafte Katze, diese Odile. Du kannst froh sein, dass du sie los bist.«

Tom löste sich vorsichtig aus der Umarmung. Der Schock ernüchterte ihn und er begriff, dass er so schnell wie möglich zu Odile musste. »Danke für alles, Sandrine. Im Ernst, du bist großartig. Und das Wildbret hat köstlich geschmeckt. Wirklich erstklassig.« Während er hektisch diese Worte hervorbrachte, wich er zur Tür zurück, drehte sich dann um und eilte nach draußen. Kalter Regen fiel, aber er achtete nicht darauf, rief nach

Odile. Die Passanten warfen ihm neugierige Blicke zu, zeigten ansonsten aber keine Reaktion. Ein Mann, der durch die Gassen des Hafenviertels eilte und den Namen einer Frau rief, berichtete von einem alten Drama, das für die meisten Leute nur zu vertraut war.

Er fand sie zwanzig Minuten später. Sie saß auf einem der alten Docks, die noch immer den Hafendamm säumten, obgleich seit Jahrhunderten keine Schiffe mehr an ihnen angelegt hatten. Odile wirkte wie ein Häufchen Elend, saß mit angezogenen Beinen und um die Knie geschlungenen Armen da. Das regennasse Haar klebte an ihrem Gesicht und sie schluchzte herzzerreißend.

Tom näherte sich ihr vorsichtig. »Odile …«, begann er und sie wandte ihm ihr tränenüberströmtes Gesicht zu.

»Geh weg. Ich will nicht, dass du mich so siehst.«

Tom wusste instinktiv, dass Odiles Worte nicht ernst gemeint waren. Er näherte sich ihr, so langsam, als sei sie eine gefährliche Substanz, die jeden Augenblick explodieren konnte. Wenige Sekunden später nahm er neben ihr Platz, ohne sie zu berühren. Ein Schritt nach dem anderen …

»Odile, ich schwöre, dass es nicht so gewesen ist, wie du glaubst …«

Er glaubte, bereits alles verpatzt zu haben, denn sie drehte abrupt den Kopf und in ihren Augen blitzte es wieder. »Ach? Ganz ehrlich, Tommy – ich habe genau den richtigen Eindruck gewonnen, oder?«

Er versuchte, die Frage ehrlich zu beantworten. Ja, er musste ihr zustimmen. Der Eindruck hatte tatsächlich nicht getäuscht.

»Es war ein Flirt, ja. Sandrine ist sehr … verführerisch. Aber mehr steckte nicht dahinter.«

»Wie habe ich mich deiner Meinung nach gefühlt, als ich hereinkam und dich auf ihr sah? Während dir alle Leute zuschauten?«

Verlegenheit brannte in Toms Wangen. Er gab dem

Wein die Schuld, der seine Hemmungen beseitigt hatte. Außerdem war ihm dadurch nicht mehr klar gewesen, dass es bei dem von Sandrine und ihm selbst veranstalteten Spektakel Zuschauer gab. Die zwanzig Minuten lange Suche im Regen hatte ihn wieder einigermaßen nüchtern werden lassen und dadurch sah er den ganzen Zwischenfall mit anderen Augen.

»Es muss schrecklich für dich gewesen sein. Es tut mir sehr Leid.« Versuchsweise legte er ihr die Hand auf die Schulter und war dankbar, als sie sich ihm zuwandte und ihn umarmte.

»Wenn ich dich nicht so sehr lieben würde, täte es nicht so weh«, schluchzte Odile. Tom flüsterte ihr zärtliche Worte zu, strich ihr über den Rücken und das nasse Haar, bis sie sich beruhigte. Dann begann sie aufgrund der Kälte zu zittern.

Er brachte sie in seine Unterkunft, die sich in der Altstadt befand und in der es eine Badewanne gab. Dort wusch er Odile mit warmem Wasser, bis sie zu zittern aufhörte, und anschließend wärmten sich ihre Körper im Bett.

Im letzten Studienjahr gewannen Tom, Odile, Bruno und Charlie viele Auszeichnungen. Odile und Bruno wurden mit Sportpreisen dafür belohnt, dass sie dabei mitgeholfen hatten, die Ski-Mannschaft innerhalb von nur drei Jahren auf Weltniveau zu bringen. Charlie Day bekam eine Auszeichnung für sein unabhängiges technisches Projekt und Tom belegte dicht hinter ihm den zweiten Platz. Tom und Charlie wetteiferten um einen der sehr begehrten Plätze in der Grissom-Fluggruppe – für Piloten gab es kein höheres Ziel. Auch Odile und Bruno zeigten außerordentlich gute Leistungen als Piloten. Auf diese Weise verbrachten die vier Freunde das letzte Jahr: Sie arbeiteten hart, übertrafen sich gegenseitig, genossen das Leben und die Kameradschaft einer tiefen, reifen Freundschaft.

In ihrer Freizeit liefen sie am liebsten auf anderen Welten Ski. Charlie, der noch immer nicht an Wettkämpfen teilnahm, zog das Tiefschneefahren vor, und sie machten sich einen Spaß daraus, den frischesten und makellosesten Schnee auf den obskursten Planeten zu finden. Die Akademie hätte von solchen Aktivitäten außerhalb des Studiums nicht viel gehalten, aber die Ausbildungsoffiziere verzichteten darauf, die Freizeitaktivitäten von vier der besten Studenten genau zu untersuchen.

Jeder von ihnen schmiedete Pläne für eine Zukunft, die alles zu ermöglichen schien. An einem frischen, heiteren Tag im Frühling, an dem selbst in San Francisco die Sonne schien, fanden sich die vier in Toms und Charlies Quartier ein, aßen Äpfel und nahmen den Studienabschluss vorweg.

»Ich schätze, ich bleibe noch eine Weile auf der Schulbank«, sagte Bruno. »Ich habe vor, noch drei weitere Jahre zu studieren und dann einen Abschluss in Astrophysik zu bekommen. Gleichzeitig setze ich die Pilotenausbildung fort und qualifiziere mich für Forschungsmissionen in unbekannten Raumgebieten.«

»Ich hoffe, sofort einen Posten an Bord eines Raumschiffs zu bekommen«, sagte Odile. »Ob groß oder klein, das ist mir völlig gleich. Ich möchte nur ins All und fliegen.«

Kummer entstand in Tom. In einigen Monaten würden ihre Wege in verschiedene Richtungen führen und er wusste nicht recht, wie er damit fertig werden sollte. Ihnen allen war klar, dass ihre beruflichen Laufbahnen sie zumindest eine Zeit lang voneinander trennen würden, und sie hatten entschieden, zunächst dem eigenen Vorankommen Priorität zu geben. In einigen Jahren wollten sie sich wieder treffen, um die Situation neu zu bewerten. Tom glaubte, dass Odile mit dieser Vereinbarung besser zurechtkam als er, und das bereitete ihm vages Unbehagen.

»Tommy und ich haben es auf den gleichen Posten abgesehen«, sagte Charlie und lächelte. »Möge der Bessere von uns gewinnen.«

»Worum geht's?«, fragte Bruno neugierig und nagte einen Apfel bis zum Kern ab.

»Um die *Enterprise*«, antwortete Charlie und sah kurz zu Tom, der lächelte.

»Die *Enterprise*? Ihr glaubt, das Flaggschiff nimmt einen Fähnrich direkt von der Akademie auf?«

»Es hat gelegentlich einen in die Crew aufgenommen«, erklärte Tom. »Aber nie zwei.«

»Tom ist besser qualifiziert als ich und deshalb hoffe ich, dass sich sein Familienname als Nachteil für ihn erweist«, sagte Charlie freundlich. »Starfleet möchte sich bestimmt keine Vetternwirtschaft vorwerfen lassen.«

Tom gab Charlie einen freundschaftlichen Klaps, musste ihm aber Recht geben. Es durfte auf keinen Fall der Verdacht aufkommen, dass er allein deshalb einen Posten an Bord der *Enterprise* bekam, weil er einen berühmten Nachnamen hatte. Seine Leistungen mussten so außerordentlich sein, dass er damit das Hindernis des Namens überwinden konnte.

Charlie war natürlich ebenso qualifiziert wie er. Tom verfügte über mehr Erfahrung als Pilot, aber dafür hatte Charlie bessere technische Kenntnisse. Manchmal fühlte sich Tom von Selbstzweifeln heimgesucht und dann sah er nur Charlies hervorragende Qualifikationen, neben denen seine eigenen zu verblassen schienen. Ganz bewusst versuchte er, diese Zweifel aus sich zu verbannen.

Das Gespräch hatte eine Richtung eingeschlagen, die ihm Unbehagen bereitete, und er beschloss, das Thema zu wechseln. »Ich habe von einem guten neuen Planeten fürs Skilaufen gehört«, teilte er den anderen mit.

»Wo befindet er sich?«, fragte Bruno und nahm einen weiteren Apfel aus der fast leeren Schale.

»Im System Epsilon Eridani, zwölf Lichtjahre entfernt.

Es dauert drei oder vier Tage, um ihn zu erreichen – wir brauchen also zwei Wochen Urlaub.«

»Gibt es nicht einen Streit um jenes System?«, fragte Odile.

»Die Kontroverse ist inzwischen aus der Welt geschafft«, erwiderte Tom. »Ich hab's von einem Attaché meines Vaters gehört.« Das stimmte nicht ganz. Derzeit galt das System Epsilon Eridani für Starfleet inoffiziell als »off limits«. Die Ursache dafür war irgendein seltsamer Zwischenfall im vergangenen Jahrhundert – nach Toms Ansicht noch lange kein Grund, um auf einen guten Skilauf zu verzichten. Aber er wollte nicht, dass seine Freunde irgendwelche Bedenken hatten.

»Es ist der achte Planet des Systems und die dortigen Wetterbedingungen sind perfekt. Es gibt dort nicht nur irgendeinen Schnee, sondern puren kristallisierten Wasserdampf, frei von allen Verunreinigungen, pulvrig und unberührt.«

Dieser Hinweis faszinierte die anderen und genau damit hatte Tom gerechnet. Sie waren fast süchtig danach geworden, immer neue Ski-Welten zu finden, und einen großen Teil ihrer Freizeit verbrachten sie mit dem Flug zu vielversprechenden Planeten. Nichts war aufregender als die Abfahrt an einem Berghang, dessen Schnee noch nie jemand zuvor berührt hatte.

Zwei Monate später saßen die vier Freunde in einem Shuttle und flogen zum System Epsilon Eridani. Drei von ihnen freuten sich aufs Skilaufen, doch Tom brodelte innerlich, dachte immer wieder an das jüngste Gespräch mit seinem Vater.

Einmal mehr glitten seine Gedanken in die Vergangenheit und er erlebte die Konfrontation noch einmal.

»Du hast *was*?«, fragte er den Admiral ungläubig.

Toms Vater saß hinter dem Schreibtisch und richtete einen ernsten Blick auf ihn, wirkte dabei wie die personifizierte Autorität. Die Bilder des Paris-Clans an der

Wand schienen alles zu beobachten. »Ich habe darum gebeten, dich nicht für eine Versetzung zur *Enterprise* in Erwägung zu ziehen.«

Überraschung und Zorn rangen in Tom miteinander. Eine Schlinge schien sich an seinem Hals zusammenzuziehen und ihm das Atmen zu erschweren. »Und warum, wenn ich fragen darf?«

»Ich fürchte sehr, dass es nach Vetternwirtschaft aussähe, wenn man dich tatsächlich in die Crew der *Enterprise* aufnähme.«

»So etwas ist bei Starfleet nicht üblich.«

»Du weißt das und ich weiß es ebenfalls. Wir sprechen darüber, wie es aussähe. Es wäre ungebührlich für dich, in den Genuss eines solchen Privilegs zu kommen.«

»Einen solchen Posten bekommt man nicht einfach – man muss ihn sich verdienen. Und ich *habe* ihn mir verdient.«

Admiral Paris verzog wie schmerzerfüllt das Gesicht. »Ich möchte auf keinen Fall deine Leistungen schmälern, Tom. Ich bin sehr stolz darauf, was du an der Akademie erreicht hast. In einigen Jahren, nachdem du Erfahrungen an Bord eines anderen Raumschiffs gesammelt hast, dürfte deine Versetzung zur *Enterprise* überhaupt kein Aufsehen erregen. Es sähe nur nicht gut aus, wenn du direkt im Anschluss an deine Akademieausbildung zum Besatzungsmitglied des Flaggschiffes wirst.«

Tom starrte seinen Vater wütend und hilflos an. Ein Dutzend Antworten lagen ihm auf der Zunge, die eine bitterer als die andere, ihr Gift verlockend und verführerisch. Aber er wusste, dass ihm jene Worte keine langfristige Genugtuung bereiten würden. Er stellte sich vor, wie sein Vater darauf reagieren und ihm vorwerfen würde, die Kontrolle über sich zu verlieren.

Deshalb blieb er stumm, drehte sich abrupt um und ging. Auf dem Weg nach draußen nickte er nicht einmal Commander Klenman zu.

Während sich seine Freunde jetzt munter unterhielten, saß Tom stumm da, gefangen in seiner gedrückten Stimmung. In Gedanken gab er dem Gespräch mit seinem Vater alternative Wendungen, präsentierte dabei in jedem Fall ein so brillantes Argument, dass Admiral Paris überrascht seinen Irrtum eingestehen musste.

Aber er hatte geschwiegen und sich geschlagen gegeben, war wie ein getadeltes Kind fortgekrochen, anstatt seinem Vater wie ein Mann die Stirn zu bieten. Selbsthass stieg wie ein ätzendes Miasma in Tom auf. Er fühlte sich versucht, den Kurs des Shuttles zu ändern und nach San Francisco zurückzukehren, aber das wäre seinen Freunden gegenüber nicht fair gewesen. Sie freuten sich auf den Ausuflug. Dies war die letzte Gelegenheit zu einem gemeinsamen Skilauf, bevor sich ihre Wege trennten.

Odile erwies sich als besonders fröhlich. Tom spürte, wie sich die Düsternis in ihm ein wenig lichtete, als er ihr zuzuhören begann.

»Über das Schiff konnte ich nicht viel herausfinden, aber Commander Harrison meinte, die *Hera* sei perfekt für mich. Captain LaForge genießt hohen Respekt, und für einen neuen Fähnrich scheint er ein wundervoller Kommandant zu sein.«

»Harrisons Sohn ist an Bord der *Enterprise*«, warf Charlie ein, der noch immer hoffte, dorthin versetzt zu werden.

»Ja. Und auch die Größe des Schiffes ist ideal: groß genug für Einsätze in weit entfernten Raumgebieten, aber nicht so groß, um unpersönlich zu werden. Wie die *Enterprise*«, fügte Odile mit einem Blick auf Tom hinzu. Er hatte nur ihr von den Einmischungen seines Vaters erzählt und vermutlich versuchte sie, seine Stimmung zu verbessern.

Aber eigentlich fühlte er sich dadurch noch schlechter, denn es erinnerte ihn an die verlorene Chance. Er stellte sich vor, auf dem Gipfel eines hohen, gefährlichen

Bergs zu stehen, sich abzustoßen und mit einer tollkühnen Abfahrt zu beginnen. Das Herz schlug ihm bis zum Hals empor, als er daran dachte, wie er einen Steilhang nach dem anderen hinter sich brachte und erst ganz unten innehielt.

Es schien die einzige Möglichkeit zu sein, Kummer und Zorn aus sich zu vertreiben, und er streckte die Hände aus, um den Shuttle auf maximale Warpgeschwindigkeit beschleunigen zu lassen. Plötzlich war es wichtig, Epsilon Eridani so schnell wie möglich zu erreichen.

Vier Stunden später schwenkten sie in die Umlaufbahn und verbrachten zwei weitere Stunden damit, den Planeten, seine Wetterbedingungen und die Topographie zu untersuchen. Sie wählten einen Ort für ihren ersten Abstecher auf die Oberfläche und legten sich dann schlafen – es dauerte noch eine Weile, bis in der betreffenden Region des Planeten der Tag begann.

Tom fand keine Ruhe. In ihm brodelte es wie in einem Vulkan kurz vor der Eruption. Immer wieder sagte er sich, dass es keinen Zweck hatte, ständig über die Enttäuschung nachzudenken, dass es besser war, sie hinzunehmen und den Weg fortzusetzen. Aber in seinem Selbst schien ein kleines Schwarzes Loch entstanden zu sein, dicht und kraftvoll, und es zog jeden Gedanken in seinen Ereignishorizont.

Noch immer erklang die Stimme von Admiral Paris hinter Toms Stirn. Es war eine scharfe Stimme, voller Entschlossenheit, dazu imstande, ihn zu verprügeln, ihm auch den letzten Rest von Würde zu nehmen, ihn emotional nackt und fröstelnd zurückzulassen.

Wie hatte es dazu kommen können? Er war zweiundzwanzig Jahre alt und stand kurz vor dem Abschluss der Akademieausbildung. Er galt als hervorragender Student und Pilot. Trotzdem gelang es seinem Vater, ihn sich hilflos und unwürdig fühlen zu lassen. Wie konnte er erlauben, dass so etwas weiterhin geschah?

Er schwor sich, dem Admiral keine derartige Macht mehr zu gönnen. Noch immer vibrierten Ärger und Zorn in Tom und er schlief erst ein, als es fast Zeit zum Aufstehen wurde.

Auf Epsilon Eridani IV dämmerte ein frischer und goldener Morgen. Tom und seine drei Begleiter materialisierten auf einem Berg, der zu einem langen Gebirgszug gehörte. Reiner Pulverschnee lag auf den Hängen und lud die vier jungen Leute dazu ein, sich in die unberührte Tiefe zu stürzen.

Eine Zeit lang standen sie da, atmeten die herrliche Luft mit tiefen Zügen und genossen den Anblick der majestätischen Bergkette.

»Das ist unglaublich«, hauchte Odile voller Ehrfurcht. »Und denkt nur: Hier ist noch nie jemand Ski gelaufen.«

Tom sah sich außerstande, die Erhabenheit des Augenblicks zu genießen. Der Schlafmangel bewirkte eine gereizte Stimmung und in seinen Augen schienen eine Million winziger Sandkörner zu scheuern. Der Hals schmerzte ein wenig und verärgert dachte er daran, dass er sich vielleicht erkältet hatte. Er hatte Kaffee gekocht, bevor sie den Shuttle verließen, der in gut dreißigtausend Kilometer Höhe über dem Planeten in einer stationären Umlaufbahn auf sie wartete, doch der Geschmack war zu bitter gewesen. Hinzu kam: Im Gegensatz zu seinen Freunden hatte er nicht gefrühstückt, worauf ihn jetzt sein Magen knurrend hinwies.

Es gab bessere Möglichkeiten, um einen Tag zu beginnen, auf den sie sich alle so lange gefreut hatten. Am vergangenen Tag war Tom bereit gewesen, sofort mit einer tollkühnen Abfahrt zu beginnen, aber jetzt schien so etwas kaum mehr eine Rolle zu spielen. Nichts konnte ihn aus seiner schlechten Stimmung reißen.

Charlie sondierte den Hang mit einem Tricorder, eine Sicherheitsmaßnahme, die sie immer ergriffen – auf diese Weise hielten sie nach Instabilitäten Ausschau, die eine Lawine auslösen konnten. »Sieht alles gut aus«, sagte er schließlich und klappte das Gerät zu.

»Lass es mich überprüfen«, sagte Tom und hörte, dass seine Stimme viel zu scharf klang. Charlies Augen verrieten ein wenig Erstaunen über den Tonfall seines Freundes, reichte ihm aber den Tricorder. Tom nahm eine eigene Sondierung vor, die Charlies Worte bestätigte: Nirgends ließen sich Instabilitäten feststellen. Er verstaute das Ortungsgerät in seinem Rucksack und nickte den anderen zu. Sie überprüften noch einmal Skier, Brillen und Stöcke, wandten sich dann an Bruno, der bei der ersten Abfahrt die Spitze übernahm – bei dieser Aufgabe wechselten sie sich ab.

Mit einem lauten Juchzen, das zwischen den Bergen widerhallte, sprang Bruno vor und ließ seine Skier durch den pulvrigen Schnee gleiten, der wie Staub hinter ihm aufstieg. Odile folgte ihm, dann Charlie und schließlich Tom.

Innerhalb weniger Minuten verbesserte sich seine Stimmung. Die Schönheiten des Tages erwiesen sich als unwiderstehlich: kobaltblauer Himmel, unberührter Schnee, das wundervolle Gefühl, über den Hang in die Tiefe zu sausen, die Stille der Berge ... Zum ersten Mal seit Tagen dehnte sich Frieden in Toms Selbst aus und vertrieb die bittere, dunkle Galle des Zorns. Er entspannte sich und genoss das Tiefschneefahren, das eine besondere Navigation erforderte: Man musste sich auf sein Gefühl verlassen, denn die Skier verschwanden im Schnee. Diese Art des Skilaufens entsprach genau Toms Bedürfnissen: Sie zwang ihn, sich zu konzentrieren, die Gedanken an seinen Vater zu verdrängen.

Nach fünfzehn Minuten verlor der vor ihm fahrende Charlie das Gleichgewicht und stürzte. Tom bremste, konnte ihm aber nicht ausweichen und gemeinsam rutschten sie durch den weichen Schnee. Keiner von ihnen fiel hart und sie lachten wie Kinder. Tom griff nach einer Hand voll Schnee und wusch damit Charlies Gesicht, als sie hin und her rollten; sie rauften wie damals, als sie vier oder fünf Jahre alt gewesen waren. Odile und Bruno warteten geduldig etwas weiter unten am Hang. Es dauerte nicht lange, bis Charlie und Tom nach ihren Stöcken griffen, aufstanden und die Abfahrt fortsetzten.

Eine weitere halbe Stunde verging, und dann sah Tom, dass Bruno und Odile neben einer großen Mulde angehalten hatten – offenbar fürchteten sie die Gefahr einer Lawine. Tom näherte sich ihnen, begleitet von Charlie, und griff nach seinem Rucksack.

Odile bemerkte seinen Gesichtsausdruck und fragte: »Stimmt was nicht?«

»Mein Rucksack ist weg. Vermutlich habe ich ihn verloren, als Charlie und ich durch den Schnee gerutscht sind.« Er sah an den Hängen hoch, in die Richtung, aus der sie kamen. Es gab keine Möglichkeit, zur Stelle des Sturzes zurückzukehren – er hatte nicht einmal die Möglichkeit, dem Transporter an Bord des Shuttles die Koordinaten zu übermitteln.

»Diese Formation macht mir ein wenig Sorgen«, sagte Bruno. »Wenn der Schnee instabil ist, fordern wir Schwierigkeiten geradezu heraus.«

»Nun, damals, als es noch keine Tricorder gab, waren Skiläufer trotzdem imstande, Instabilitäten auszuweichen«, meinte Tom. Er wollte auf keinen Fall abbrechen, denn zum ersten Mal seit Tagen fühlte er sich besser. Die aufregende Abfahrt hatte den Zorn aus ihm vertrieben, doch die Aussicht, den Ausflug vorzeitig zu beenden, ließ ihn zurückkehren. Nein, der Ausflug durfte nicht schon jetzt enden.

»Gib mir deine Schaufel«, wandte er sich an Bruno, der ihm das kleine, kompakte Werkzeug sofort reichte. Tom begann damit, eine Grube im Schnee auszuheben. Er arbeitete, bis sie etwa anderthalb Meter tief und einen Meter breit war. Dann strich er mit der Schaufel über die Grubenwand auf der hangaufwärts gerichteten Seite, bis sie glatt und vertikal war. Vorsichtig blies er lose Eiskristalle fort und betrachtete anschließend die Schneeschichten – Henri Islicker hatte ihn dies vor vielen Jahren gelehrt. »Wenn einem keine moderne Technik zur Verfügung steht, muss man in der Lage sein, sich auf die eigenen Fähigkeiten zu verlassen.« So lautete der Rat des alten Schweizers.

Ganz deutlich zeichneten sich einzelne Schichten ab, die von verschiedenen Schneefällen stammten. Mit den Handschuhen übte Tom vorsichtig Druck aus, um die relative Festigkeit der einzelnen Lagen zu testen. So weit, so gut. Keine schien zu weich zu sein, und alle waren gut miteinander verbunden. Ganz unten bemerkte Tom etwas, das nach einer Schicht Raureif aussah, und er ergriff eine Hand voll davon. Die einzelnen Kristalle wiesen die Neigung auf, aneinander zu haften – ein gutes Zeichen. Etwas in ihm drängte danach, tiefer zu graben und jene Schicht genauer zu untersuchen, aber stattdessen entschied er sich zu einem Stechtest.

Er schnitt eine Säule Schnee aus der Grubenwand, mit einer Kantenlänge von etwa zwanzig Zentimetern. Anschließend schob er die Schaufel hinter diese Säule und zog vorsichtig. Beim Schneiden hatte die Probe nicht nachgegeben – so etwas hätte auf eine instabile Schicht hingewiesen. Zufrieden stellte Tom fest, dass der sanfte Druck mit der Schaufel ebenfalls keine Auswirkungen auf die Säule hatte. Er zog stärker, und schließlich brach die Säule an der Raureifschicht. Aber dazu war erheblicher Druck nötig gewesen, was auf relativ stabilen Schnee hindeutete.

Mit gestärkter Zuversicht kletterte Tom aus der Grube und teilte den anderen die guten Neuigkeiten mit. Aber sie wirkten besorgt, anstatt seine Erleichterung zu teilen.

»Wir sollten uns zurückbeamen, Tom«, sagte Odile. »Wir hatten einen guten Lauf und ich sehe keinen Sinn darin, das Risiko eines Lawinenabgangs einzugehen. An Bord des Shuttles können wir eine neue Route planen.«

»Ich habe die Schneeschichten untersucht. Sie sind stabil. Wir brauchen nicht an dieser Stelle Schluss zu machen.«

»Odile hat Recht«, sagte Bruno. »Es wäre klüger, nach einer anderen Strecke zu suchen.«

Tom spürte Ärger in sich aufsteigen, als er Charlie ansah, der ein wenig beschämt mit den Schultern zuckte.

»Wir haben nicht genug Informationen über das hiesige Ambiente, um uns auf irgendwelche alten Tests zu verlassen. Ich schließe mich den anderen an.«

Tom atmete tief durch und versuchte, den in ihm brennenden Zorn unter Kontrolle zu halten. Diese feigen Drückeberger wollten ihn um das Gefühl des Wohlbehagens bringen und ihn in den tiefen Schacht der Verzweiflung zurückfallen lassen, aus dem er gerade erst herausgeklettert war. Wie konnten sie ihm so etwas antun? Empörung gesellte sich dem Zorn hinzu und die beiden Empfindungen verstärkten sich gegenseitig.

»Ich glaube das einfach nicht. Und ihr wollt Starfleet-Kadetten sein? Ich dachte immer, man erwartet Mut von uns.«

»Und auch Vernunft«, sagte Bruno, der sich von Toms Sarkasmus nicht beeindrucken ließ. Seine Gelassenheit reizte Tom noch mehr.

»Ich nenne es Feigheit. Ich möchte mich bei einem Flugeinsatz nicht von jemandem begleiten lassen, der sich zurückzieht, nur weil er *glaubt*, dass Gefahr drohen könnte.«

Das war selbst für den gutmütigen Charlie zu viel. »Und ich möchte niemanden begleiten, der unnötige Risiken eingeht.«

Der Umstand, dass Charlie, der Freund aus seiner Kindheit, zusammen mit den anderen gegen ihn Stellung bezog, verletzte Tom zutiefst. Der Zorn brannte noch heißer in ihm. »Kehrt nur zurück«, zischte er giftig. »Ich fahre allein weiter.«

»Tom«, sagte Odile in einem Tonfall, der an seine Vernunft appellierte, aber er hörte nicht auf sie, stieß sich mit den Stöcken ab und glitt über den Hang davon.

Er hatte erst eine Kurve hinter sich gebracht, als der Schnee plötzlich nachzugeben schien. Weißer Staub löste sich wie Dunst von seiner Oberfläche. Überrascht verharrte Tom und blickte zurück.

Eine Bruchlinie verlief etwa fünfzehn Meter unterhalb von Odile, Charlie und Bruno, die sie ebenfalls bemerkten und die Augen aufrissen.

»Bewegt euch!«, rief Tom, drehte die Ski und versuchte, zur Seite zu entkommen.

Ein ohrenbetäubendes Geräusch erklang, wie das Donnern von tausend ausbrechenden Vulkanen. Toms Puls raste, aber noch glaubte er, sich in Sicherheit bringen zu können.

Eine Sekunde später war die Lawine heran. Eine gewaltige Schneeflut holte ihn von den Beinen und umgab ihn auf allen Seiten. Die Stöcke wurden ihm aus der Hand gerissen, als ihn die Schneemassen hin und her warfen; er kam sich vor wie ein welkes Blatt im Sturm. Der Lärm ließ plötzlich nach und Tom hörte nur ein dumpfes Rauschen.

Aus einem Reflex heraus schnappte er nach Luft – ein Fehler, den er sofort bereute, denn sein Mund füllte sich mit Schnee. Von diesem Phänomen hatte er gelesen und er erinnerte sich daran, dass es besser gewesen wäre, den Mund geschlossen zu halten. Seine Gedanken rasten, als er versuchte, sich die anderen Überlebenstechniken bei einem Lawinenunglück ins Gedächtnis zu rufen.

Schwimm, dachte er und begann damit, die Arme und Beine zu bewegen, während ihn Kilotonnen von Schnee über den Berghang nach unten trugen. Er hatte das Gefühl von sehr hoher Geschwindigkeit und begriff plötzlich, dass er jederzeit gegen einen Felsen oder Baum geschleudert werden konnte. Einen solche Aufprall hätte er sicher nicht überlebt. Der Schnee in seinem Mund verwandelte sich schnell in einen harten Ball, den er nicht ausspucken konnte, und er glaubte zu ersticken.

Auch weiterhin versuchte er, die Arme und Beine so gut wie möglich zu bewegen, wie in einer Flüssigkeit zu schwimmen. Es gelang ihm, sich im dahinstürzenden Schnee aufzurichten und in eine sitzende Position bringen, mit den Beinen nach vorn.

Er wusste nicht, wie lange er über den Hang rasen würde, bis die Lawine ebenes Terrain erreicht hätte – oder eine Klippe, hinter der Tom ein weiterer Sturz erwartete, in die Tiefe und in den sicheren Tod.

Er musste bereit sein, um sich nach oben zu stoßen, sobald der Schnee zur Ruhe kam. Wenn er zu spät reagierte, sackte das Weiß um ihn herum zusammen und wurde so fest, dass er sich nicht mehr bewegen konnte. Ihm blieben nur einige wenige Sekunden, um die Oberfläche der Lawine mit dem Kopf zu durchstoßen, um zu atmen.

Die rasende Fahrt ging weiter, schien endlose Minuten zu dauern und Tom versuchte noch immer Richtung Oberfläche zu schwimmen.

Die Masse begann kaum merklich langsamer zu werden und Tom verdoppelte seine Anstrengungen, setzte alles daran, nach oben zu gelangen. In wenigen Sekunden, so wusste er, würde die Lawine zum Stillstand kommen und sich das enorme Gewicht des Schnees auf ihn herabsenken. Er bemühte sich wie ein Taucher, der an die Wasseroberfläche zurückkehren wollte, und einen Augenblick lang glaubte er tatsächlich, es zu schaffen. Dann prallte er plötzlich gegen etwas Hartes und Dunkelheit umfing ihn.

Tom, Tom, des Pfeifers Sohn, küsste die Mädchen und sie flohen schon …

Charlie sang den alten Vers und lachte voller Schadenfreude, als er vor Tom lief, der so schnell rannte, wie er konnte, um ihn einzuholen und aufs Gras zu werfen, damit er aufhörte.

Sie waren fünf Jahre alt und sahen sich einer völlig neuen Welt gegenüber. Die Hügel von Portola Valley erstreckten sich kilometerweit, vom Winterregen grün, ein riesiger Spielplatz für die beiden guten Freunde, die sich zum ersten Mal als sechs Monate alte krabbelnde Kleinkinder begegnet waren. Ihre Mütter hatten ihnen später davon erzählt, wie die beiden Babys auf dem Boden saßen und sich verblüfft ansahen. Beide fragten sich, was es mit jenem Geschöpf auf sich haben mochte, das im Gegensatz zu allen anderen kein Riese war.

Baby Tom streckte versuchsweise die Hand aus und berührte Charlies pummelige Wange, als wollte er auf diese Weise die Realität seiner Vision überprüfen. Dann juchzte er und krabbelte fort, gefolgt von einem lächelnden und glucksenden Charlie.

Seit damals waren sie Freunde. Sie hatten miteinander gespielt, gerauft und genörgelt. Seit mehr als zwanzig Jahren verteidigten sie sich gegenseitig und begegneten einander mit uneingeschränktem Vertrauen. Charlie und Tom, Tom, des Pfeifers Sohn …

Schmerzen pochten im Kopf und brannten im Hals. Warum hänselte ihn Charlie?

Tom hob die Lider und sah in Charlies Augen. Odile und Bruno blickten ebenfalls auf ihn hinab, wirkten blass und besorgt. Er versuchte sich zu orientieren, aber es fiel ihm schwer, die Vision von der Kindheit zu verdrängen.

Odile untersuchte ihn mit einem medizinischen Gerät und allmählich verflüchtigte sich seine Benommenheit. Er begriff plötzlich, dass er auf dem Boden des Shuttles lag, und dann fiel ihm alles ein: der Zorn auf die Freunde, seine Entschlossenheit, die Abfahrt fortzusetzen, die Lawine …

Scham und Verlegenheit erfüllten ihn, aber er verwandelte die beiden Verletzlichkeit erzeugenden Emotionen in Zorn. »Lasst uns von hier verschwinden«, sagte er scharf und das waren die letzten Worte, die er während des Heimflugs an seine Freunde richtete.

Eine Woche später hatte sich Toms schlechte Stimmung noch immer nicht verbessert. Sie lastetete auf ihm, war wie eine schwere Mahlzeit, die er nicht verdauen konnte. Er wusste, dass er sich wie ein missmutiges, launisches Kind verhielt, aber je schlimmer er sich aufführte, desto fester fraß sich der Zorn in ihm fest, bis er nur noch aus Ärger, Groll und Wut zu bestehen schien.

In dieser emotionalen Verfassung brach er mit einer Gruppe kleiner Angriffsschiffe – geflogen von Odile, Charlie und Bruno – zu einem Trainingsflug im Asteroidengürtel des Wega-Systems auf.

Die Übung war zu dem Zweck entwickelt worden, eventuelle Kometen, Planetoiden oder Asteroiden zu neutralisieren, die sich der Erde mit Kollisionskurs näherten. Der Pilot des ersten Angriffsschiffes raste dem ausgewählten Asteroiden entgegen, eröffnete das Feuer und drehte dann ab. Dicht hinter ihm folgten nacheinander die drei anderen Einheiten. Die vier Salven sollten die Flugbahn des Asteroiden verändern. Es war vorgesehen, dieses Manöver mehrmals zu wiederholen, um den Kurs des Himmelskörpers so zu beeinflussen, dass er an der Erde vorbeiflog.

In Wirklichkeit gab es einfachere Methoden, um mit gefährlichen Asteroiden fertig zu werden. Eigentlich ging es bei den Trainingsflügen um Zielübungen. Das Timing war von essenzieller Bedeutung für den Erfolg und das Manöver galt als nützlich in Hinsicht auf eine Verbesserung der Koordination zwischen den vier Angriffsschiffen.

»Paris an SAW-Gruppe Beta-Neun. Wir nähern uns dem Ziel.«

»Aye, aye, *Sir*«, erwiderte Charlie und reagierte mit einem Hauch Sarkasmus auf Toms förmliche Ankündigung. Sie flogen schon seit langer Zeit zusammen und waren an eine lässigere Kommunikation gewöhnt. Aber seit dem verpatzten Ski-Ausflug vor einer Woche schien Tom nichts mehr von Freundlichkeit zu halten, wahrte kühle Distanz und hielt sich streng an die Regeln.

»Automatische Systeme deaktivieren.« Die hochmodernen Angriffsschiffe konnten dieses Manöver und auch andere ganz automatisch durchführen, ohne das Eingreifen eines Piloten. Aber Starfleet legte großen Wert auf Selbständigkeit, und deshalb mussten Piloten fähig sein, auch ohne komplexe Technik zurechtzukommen. Beim Ausfall von Bordsystemen sollten sie die manuellen Kontrollen übernehmen und allein nach Sicht fliegen können.

»Zwei bereit.«

»Drei bereit.«

»Vier bereit.«

Charlie, Odile und Bruno bestätigten die manuelle Kontrolle ihrer Schiffe. Voraus sah Tom den Asteroidengürtel und an seinem Rand das Ziel: ein großer Felsbrocken mit einem Durchmesser von ungefähr sechs Kilometern.

»Kurs zum Ziel drei vier eins Komma zwei neun null.« Wieder bestätigten die anderen. »Wir fliegen in Staffel-Formation.« Beim Luftkampf war eine solche Formation seit Jahrhunderten bekannt. Die Angriffsschiffe folgten der ersten Einheit dabei in einer Diagonalen, wobei jedes von ihnen etwas tiefer flog als das vorherige. Dadurch konnten alle Piloten sowohl das Ziel als auch das Schiff unmittelbar vor ihnen sehen.

Vertrauen und Kooperation bildeten die Grundlage dieses Manövers. Jeder Pilot behielt das Angriffsschiff vor ihm im Auge und richtete das eigene Timing danach aus. Bei einem gut koordinierten Anflug feuerte das erste Schiff und drehte dann ab; das zweite Schiff feuerte erst dann, wenn sich das erste nicht mehr in der Schusslinie befand. Und so ging es mit den anderen weiter.

Die Aussicht auf Kampfübungen erfüllte Tom mit neuer Kraft. Hier konnte ein Pilot seine Fähigkeiten verbessern; hier kam es auf Erfahrung an. Jeder konnte ein mit wissenschaftlichen Forschungsmissionen beauftragtes Raumschiff steuern. Aber der Kampf gegen einen gewieften Gegner erforderte echtes Geschick. Insgeheim bedauerte es Tom, den Konflikt mit den Cardassianern verpasst zu haben, denn er war sicher, dass er dabei Gelegenheit erhalten hätte, auf heldenhafte Weise sein Können zu beweisen. Aber jene Feindseligkeiten gehörten der Vergangenheit an. Und er würde keinen Posten an Bord der *Enterprise* bekommen. Sein erster Einsatz fand vermutlich an Bord eines wissenschaftlichen Schiffes statt. Vielleicht musste er seine ganze berufliche Laufbahn damit vergeuden, nichts Aufregenderem nachzujagen als irgendeiner interstellaren Gaswolke.

Er gab sich einer Phantasievorstellung hin, um den nach wie vor in ihm siedenden Zorn zu kanalisieren und die Übung interessanter zu gestalten. Er führte kein Routinemanöver durch, bei dem es um einen Asteroiden ging. Stattdessen griff er ein cardassianisches Kriegsschiff an, das ihn und auch die anderen Einheiten seiner Gruppe vernichten konnte. Sie hatten nur eine Chance, den Gegner zu besiegen, eine einzige, und deshalb musste das Manöver mit perfektem Timing durchgeführt werden.

Tom spürte, wie sich sein Selbst ganz auf diese Aufgabe konzentrierte, und zum ersten Mal seit Tagen gewann er den Eindruck, das eigene Schicksal zu kontrollieren. Vor ihm wartete ein cardassianisches Kriegsschiff, dazu bereit, ihn zu vernichten. Er blickte nach links und sah Charlies Schiff, hinter und unter seinem eigenen, bereit dazu, ihm zu folgen.

»Also los«, teilte er den anderen über die externe Kommunikation mit und neigte den Bug seines Schiffes dem Asteroiden/Feind entgegen.

Vor dem inneren Auge beobachtete er, wie der cardassianische Raumer das Feuer eröffnete, die Schilde seines Schiffes traf und auch weiterhin feuerte. Er hielt den Bug gesenkt, schätzte die Geschwindigkeit des Ziels und den Anflugwinkel ab, damit der eine Schuss möglichst effektiv platziert wurde. Er wollte die Warpgondel treffen – dieses cardassianische Schiff sollte nie wieder die Grenzen der Föderation angreifen.

Im Sturzflug ging es hinab und die ganze Zeit über behielt er das Warpmodul im Auge. Er wartete bis zum letzten Augenblick, damit sein Schuss so genau wie möglich war und maximalen Schaden anrichtete. Warte … warte … warte …

Jetzt! Tom aktivierte die Phaser und zog sein Schiff hoch. Im gleichen Augenblick begriff er, dass er sein Geschwader zu weit nach unten gebracht hatte. Er war zu sehr auf seine Phantasievorstellung fixiert gewesen, darauf, einen vermeintlichen cardassianischen Raumer anzugreifen. Dadurch hatte er den Anflug zu lange fortgesetzt. Es gelang ihm gerade noch, eine Kollision mit dem Asteroiden zu vermeiden.

Der ihm folgende Charlie hatte keine Chance. Er musste sich nach Tom richten, ihm das Timing überlassen. Und jene kostbare Sekunde, die Tom vor einer Kollision bewahrte, stand Charlie nicht zur Verfügung.

Das galt auch für Odile, die hinter Charlie auf den Asteroiden hinabstürzte. Bruno wäre als Letzter vielleicht imstande gewesen, rechtzeitig abzudrehen, aber er geriet in die heftigen Antimaterie-Explosionen der beiden anderen Schiffe. Die energetischen Druckwellen schleuderten sein Schiff fort und schließlich explodierte es ebenfalls.

Entsetzt kehrte Tom zu dem Asteroiden zurück. »Paris an SAW-Gruppe … Charlie … Odile … Bruno …«

Er bekam keine Antwort und eigentlich hatte er auch nicht mit einer gerechnet. Glühende Trümmer schwebten über der Oberfläche des Asteroiden, keins von ihnen größer als einen Meter. Von Toms Freunden fehlte jede

Spur – das nukleare Feuer der Materie-Antimaterie-Annihilation hatte sie innerhalb eines Sekundenbruchteils verbrannt.

Schreckliche Stille herrschte, als Tom die dahintreibenden Reste der SAW-Schiffe beobachtete. Sie verteilten sich bereits im All, wurden eins mit dem Asteroidengürtel, der zum Grab seiner Freunde geworden war. Übelkeit stieg in ihm empor und einige Sekunden lang befürchtete er, sich übergeben zu müssen. Er atmete mehrmals tief durch, brachte sich wieder unter Kontrolle.

Tom fragte sich, was die letzten Gedanken von Charlie, Odile und Bruno gewesen sein mochten. Hatten sie sich von Tom verraten gefühlt? Waren sie mit Hass im Herzen gestorben?

Diese Fragen zerfraßen Tom innerlich, während er zur Erde zurückflog. Er schlief nicht, konnte nicht schlafen, aß auch nicht. Wie erstarrt saß er an den Kontrollen, stellte sich immer wieder die letzten Momente von Charlie, Odile und Bruno vor. Er dachte an alle möglichen Gefühle, an Panik und Grauen angesichts der Erkenntnis, dass der Tod unmittelbar bevorstand, an den Zorn auf Tom Paris, der die Schuld trug.

Als er die Erde erreichte, fühlte er sich innerlich tot. Er wirkte ausgemergelt und hohlwangig, empfand nichts, war überhaupt nicht mehr imstande, irgendetwas zu empfinden. Er glaubte, nie wieder schlafen zu können, und das erschien ihm durchaus richtig. Toms Zustand ließ sich am besten mit wacher Hibernation beschreiben; sein Selbst hatte fast völlig abgeschaltet.

Nur auf diese Weise konnte er leben.

Die Gesichter seiner Familie erschienen vor ihm. Seine Mutter, über alle Maßen besorgt, umarmte ihn und weinte voller Erleichterung darüber, dass er noch lebte. Sein Vater war blass und stumm; in den Augen zeigte sich ein Schmerz, den Tom dort nie zuvor gesehen hatte. Der Admiral umarmte ihn ebenfalls und drückte fest zu, als wollte er sich auf diese Weise vergewissern, dass Tom tatsächlich existierte. Seine Schwestern berührten ihn immer wieder, mit Tränen in den Augen; Liebe und Anteilnahme ging von ihnen aus.

Aber Tom fühlte nichts.

»Es war also nur eine routinemäßige Zielübung?«

»Ja, Sir. Es gab überhaupt keine außergewöhnlichen Aspekte.«

Toms Kiefer schmerzten. Seit Beginn der Anhörung biss er immer wieder so fest die Zähne zusammen, dass ein stärker werdendes Stechen von den Kiefergelenken in Richtung Ohren ausging. In gewisser Weise begrüßte er den Schmerz, denn er verband ihn mit dieser Realität. Andernfalls hätte er vielleicht geglaubt, sich in einem alternativen Universum zu befinden.

An einem Tisch vor ihm saß Admiral Brand, flankiert von Admiral Finnegan und Captain Satelk. Auf der einen Seite des kleinen, fensterlosen Raums hatten Adjutanten der Admirale Platz genommen.

Tom saß allein auf einem Stuhl, vor den Admiralen. Das Zimmer wies keine Dekorationen auf, erschien ihm mit seinen bleigrauen Wänden wie eine Zelle. Der Teppichboden zeigte ebenfalls eine neutrale Farbe. Das Atmen fiel Tom schwer; er glaubte sich im Innern eines Grabs.

Hinter ihm saß sein Vater, Admiral Owen Paris, der einzige Zuschauer. Tom sah ihn nicht, spürte seine Präsenz aber so deutlich, als ginge ein starkes Kraftfeld von ihm aus. Der Blick seines Vaters bohrte sich ihm wie ein Phaserstrahl in den Rücken.

Seit zwanzig Minuten dauerte die Anhörung nun schon. Tom hatte die Beziehungen zwischen ihm, Odile, Charlie und Bruno detailliert beschrieben. Der drei Toten war zuerst bei einem Gottesdienst in der Akademie gedacht worden, später bei privaten Trauerfeiern in den jeweiligen Heimatstädten. Ihre Leichen befanden sich im All, an dessen Erforschung sie nicht mehr teilnehmen konnten.

»Wenn Sie der Gruppenleiter waren – warum übernahm Kadett Katajavuori die Spitze in der Anflugformationen?«, fragte Admiral Finnegan, ein freundlich blickender Mann mit blauen Augen und rotem Haar, in dem sich viele graue Strähnen zeigten.

Erneut biss Tom die Zähne zusammen und atmete tief durch. Er beabsichtigte, die gleiche Geschichte zu erzählen, die er nicht nur seiner eigenen Familie präsentiert hatte, sondern auch der von Charlie, Odile und Bruno. Inzwischen hielt er sie fast für die Wahrheit.

»Wir haben häufig die Rollen getauscht. Ich hielt es für wichtig, dass alle Gruppenmitglieder Gelegenheit bekamen, Erfahrungen in der ersten Position zu sammeln. Außerdem handelte es sich um ein Routinemanöver, das wir schon viele Male durchgeführt hatten. Mir erschien der Zeitpunkt perfekt, Bruno – Kadett Katajavuori – die Führung der Gruppe zu überlassen.«

»Und was ist Ihrer Ansicht nach der Grund für das Unglück gewesen?«

»Aus irgendeinem Grund blieb Bruno einige Sekunden zu lang auf Anflugkurs. Ich kann es mir nicht erklären. Vielleicht hat er die Entfernung falsch eingeschätzt. Dem zweiten und dritten Schiff in der Formation – geflogen von den Kadetten Day und Launay – blieb nicht genug Zeit, um zu reagieren. Sie kollidierten mit dem Asteroiden.«

»Aber Sie nicht.«

»Ich bildete den Abschluss und dadurch hatte ich ein oder zwei Sekunden mehr Zeit, um zu begreifen, was geschah. In den energetischen Druckwellen wurde mein Schiff ziemlich heftig durchgeschüttelt, aber ich konnte eine Kollision mit dem Asteroiden vermeiden.«

»Vermutlich hat Ihnen dabei Ihr Geschick als Pilot geholfen.«

»Vielleicht. Ich glaube, ich habe einfach nur Glück gehabt.«

Eine kurze Pause folgte, als die Admirale ihre Notizen verglichen. »Die taktischen Aufzeichnungen deuten darauf hin, dass Sie die Phaser abfeuerten. Wie haben Sie das mitten in einer Katastrophe fertig gebracht?«

»Ich weiß es nicht, um ganz ehrlich zu sein. Ich erinnere mich nicht daran. Natürlich war ich bereit, das Feuer zu eröffnen, unmittelbar nach Odiles Abdrehen. Vielleicht habe ich es instinktiv getan.«

Die Admirale wechselten einen Blick. »Gibt es weitere Informationen, die Sie für sachdienlich halten, Kadett?«

»Nein, Sir. Ich glaube, in Hinsicht auf das Unglück wäre damit alles gesagt. Doch erlauben Sie mir bitte, Folgendes hinzuzufügen: Die Kadetten Day, Katajavuori und Launay waren drei der besten Piloten, die jemals zu Starfleet gehörten. Mir kam die Ehre zu, ihr Freund zu sein. Ich meine, Kadett Katajavuoris Missgeschick sollte ihm in keiner Weise zur Last gelegt werden. Wir alle machen Fehler. Darüber hinaus übernehme ich die Verantwortung dafür, dass ich ihm die Leitung der Gruppe überließ. Wenn ich diese Entscheidung nicht getroffen hätte, wären die drei Kadetten vielleicht noch am Leben.«

Stille schloss sich an, ein Vakuum, das Benommenheit in Tom weckte. Sein Herz klopfte so heftig, als wollte es die Brust sprengen, und er fragte sich, ob die anderen das Pochen hörten.

Schließlich ergriff Admiral Brand das Wort. »Kadett Paris, dies ist eine Tragödie von schrecklichen Ausmaßen. Der Tod von drei jungen und so vielversprechenden Personen bedeutet einen schweren Verlust für ihre Familien und auch für Starfleet.

Aber uns ist klar, dass auch Sie einen großen Verlust erlitten haben. Wir möchten Ihnen nicht noch mehr Leid bescheren, als Sie bereits ertragen mussten.«

Brand zögerte und blickte kurz zu Admiral Paris. »Sie

kommen aus einer Familie mit vielen ehrenwerten Starfleet-Offizieren. Jeder von ihnen könnte Sie darauf hinweisen, dass der Verlust von Personen, mit denen man eng zusammengearbeitet hat, verheerend ist. Wir alle mussten so etwas durchmachen, früher oder später. Vielleicht kann diese Katastrophe etwas Gutes bewirken und Sie in Zukunft zu einem besseren Offizier machen – immerhin wissen Sie jetzt, welchen hohen Preis man für einen Fehler bezahlen muss. Wegtreten.«

Toms Muskeln entspannten sich so plötzlich, dass er befürchtete, zu Boden zu sinken. Er hielt sich an den Armlehnen des Sessels fest und senkte den Kopf, als sich alles um ihn herum zu drehen begann. Kurze Zeit später hatte er sich gut genug erholt, um den Kopf wieder zu heben, und daraufhin stellte er fest, dass sein Vater vor ihm kniete. Owen Paris streckte die Hände aus, umfasste Toms Gesicht und musterte ihn mit großer Sorge. »Es wird alles gut«, sagte er leise. »Glaub mir, es wird alles gut.«

Als Tom diese Worte hörte, brach er in Tränen aus.

»Programmieren Sie einen Kurs, Fähnrich. Warp sechs.«

»Aye, Sir«, erwiderte Tom, jetzt Fähnrich Thomas Paris, und berührte Schaltflächen, um die U.S.S. *Copernicus* nach Betazed zu bringen. Seit acht Monaten befand er sich an Bord dieses wissenschaftlichen Schiffes der Oberth-Klasse, das damit beauftragt war, in verschiedenen Systemen des Alpha-Quadranten Daten über Sonnenwinde und Magnetfelder zu sammeln. Es gab aufregendere Missionen, aber Tom hatte nichts dagegen einzuwenden. Er wünschte sich weder Nervenkitzel noch Herausforderungen. An jedem Tag brachte er seinen Dienst hinter sich, trainierte dann mehrere Stunden im Sportzentrum, um sich fit zu halten, entspannte sich am Abend mit einigen Gläsern Synthehol, schlief traumlos, stand auf und begann die ganze Routine von vorn.

Abwechselung boten allein die Landurlaube auf den

verschiedenen Planeten, die sie anflogen. Jene Tage und Nächte verbrachte Tom mit einer einzigen Aktivität: Er stellte Frauen nach.

Bis zum Abschluss der Akademieausbildung hatte Tom stabile, langfristige Beziehungen vorgezogen, wie die mit Odile. Seit jenem Zeitpunkt kamen Frauen für ihn einer Art Betäubungsmittel gleich, auf das er nicht mehr verzichten konnte. Am leichtesten schlief er in den Armen einer geschmeidigen jungen Frau ein, und wenn keine zur Verfügung stand, gab er sich entsprechenden Phantasien hin.

Es fiel ihm nie schwer, eine willige Partnerin zu finden. Er war attraktiv und charmant und vielleicht verströmte er Pheromone, die keinen Zweifel an seinen Absichten ließen. Viele Frauen fühlten sich von seiner Offenheit angezogen, so unverschämt sie auch sein mochte.

Es ging ihm darum, sich vor Träumen zu schützen.

Kurz nach der Graduierung und seiner Versetzung zur *Copernicus* erschienen ihm ständig einer oder mehrere seiner toten Freunde im Traum. Fast immer erlebte er noch einmal Szenen aus der glücklich mit ihnen verbrachten Zeit und jene Erinnerungen fand Tom unerträglich. Als er das erste Mal eine Nacht mit einer Frau verbrachte, träumte er überhaupt nicht und dieses Muster wollte er so oft wie möglich wiederholen.

Jetzt war die *Copernicus* auf dem Weg nach Betazed und Tom freute sich darauf, diesen besonderen Planeten zu besuchen. Die Betazoidinnen galten als schön und emanzipiert, eine Mischung, die er überaus reizvoll fand.

Wie er kurz nach der Ankunft feststellte, wurden die betazoidischen Frauen ihrem Ruf durchaus gerecht.

Lissines Haar war so dunkel, dass es fast blau glänzte, und ihre Haut hatte die Farbe von Baumwollblüten. Hinzu kamen die für Betazoidinnen typischen schwarzen Augen. Sie arbeitete als zivile Wissenschaftlerin im kosmochemischen Laboratorium. Ihr Verstand war so beweglich wie eine Gazelle und sie steckte voller Sinnlichkeit. Als Tom Lissine sah, begehrte er sie sofort, und er umwarb sie mit geübtem Eifer. Als der Abend dämmerte, wanderten sie durch einen wunderschönen Park. Solche Anlagen gab es überall auf Betazed – die Bewohner des Planeten waren sehr stolz auf ihre idyllischen Gärten. Blüten erzitterten, als sanfter Wind über sie hinwegstrich, und ihre Düfte vermischten sich miteinander zu einem betörenden Aroma. Irgendwo in der Ferne sang eine Frau. Der Wind trug die wehmütige, ergreifende Melodie zusammen mit dem Blütenduft durch den Park.

Tom zog Lissine auf den Boden und dort saßen sie auf einem weichen Moospolster. Ihm war fast schwindelig vom Duft der Blumen, dem melancholischen Lied und Lissines verlockender Präsenz. Worte schienen gar nicht nötig zu sein. Er beugte sich vor, berührte ihre vollen Lippen mit den eigenen und spürte, wie sie erregt zitterte. Seine Hände strichen über ihre Arme, fühlten Wärme. Lissine atmete schneller und er küsste sie erneut, leidenschaftlicher als zuvor. Er wollte sie hier und jetzt, was auch ihrem Wunsch entsprach.

Eine seltsame, wie berauschende Benommenheit erfasste ihn. Der Blütenduft wurde überwältigend, durchdrang ihn, und das wehmütige Lied schien sich in sein Selbst zu bohren. Er schnappte nach Luft, atmete noch tiefer durch, und plötzlich drehte sich die Welt um ihn herum. Er zog die Hand fort von Lissines willigem Leib und hob sie zum Kopf, wie um ihn zu stabilisieren.

»Tom …«, hauchte Lissine mit kehliger, drängender Stimme.

»Was passiert hier?«, brachte er hervor, als das Schwindelgefühl nachließ.

»Ich berühre … dein Bewusstsein … mit meinem eigenen. Bitte … weis mich nicht ab.«

Er hatte die betazoidische Telepathie vergessen. Als er den Blick auf Lissine richtete, sah er dunkel glänzende Augen und einen wie flehentlich geöffneten Mund. »So etwas habe ich noch nie zuvor erlebt.« Er begehrte die junge Frau, aber das neue Empfinden schuf auch Unbehagen.

Lissine schob sich näher.

»Du brauchst nichts zu befürchten. Es wird wundervoll sein, das verspreche ich dir. Die Einheit unserer Selbstsphären verstärkt das sinnliche Vergnügen.« Ihre Pupillen brannten in der Dunkelheit. »Schließ die Augen. Lass mich dich berühren ...«

Tom zögerte nur eine Sekunde, bevor er der Aufforderung nachkam und die Augen schloss. Sofort kehrten die Symptome des Rausches zurück, aber diesmal kämpfte er nicht gegen sie an. Er gab einer Sinnlichkeit nach, die so stark war, dass es ihm den Atem verschlug. Sein Selbst sauste durch den dunklen Park, huschte über die Baumwipfel hinweg, stieg zum Nachthimmel empor und tanzte zwischen den Sternen, die bunte Streifen bildeten, ein Kaleidoskop aus Mustern und Formen, bestehend aus seidenen Bändern. In diesem Paradies verschmolzen die Sinne miteinander: Er konnte Farben schmecken, den betörenden Blütenduft sehen und berühren, alles wurde zu einem Teil von ihm, drehte sich voller Verzückung, bis die Sterne stundenlang explodierten und er schließlich ganz sanft in Richtung Boden glitt, begleitet von erlöschendem Sternenfeuer, von stellarer Asche. Weiches Moos empfing ihn wie mit einer zärtlichen Umarmung.

Tom öffnete die Augen. Lissine lag neben ihm und atmete ruhig; die Feuchtigkeit der Wonne glänzte auf ihrer Haut. Zufrieden wandte sie sich ihm zu und griff nach seiner Hand. »Nun?«

»Es war ... enorm.«

Sie stützte sich auf einen Ellenbogen und blickte ernst auf ihn herab. »In deinem Bewusstsein gibt es etwas

Dunkles, Tom. Etwas, das du vergraben hast, damit es dich nicht verletzt. Es hat mir Angst gemacht.«

Tom schwieg. Er hatte nicht daran gedacht, dass eine erotische telepathische Verbindung auch die Geheimnisse in seinem Selbst berührte. »Es tut mir Leid«, erwiderte er und meinte es ernst. »Ich schätze, wir alle haben den einen oder anderen Dämon in uns. Aber ich schwöre dir, dass er dich nicht verletzen wird.«

Der Blick ihrer schwarzen Augen brannte sich in ihn hinein. »Du leidest sehr daran«, sagte Lissine. »Ich muss dich warnen: Nach dieser Erfahrung fällt es dir vielleicht nicht mehr so leicht wie vorher, dich vor dem Dunklen in dir zu schützen.«

Eine kalte Lanze der Furcht durchbohrte Toms Herz. Was bedeuteten diese Worte? Musste er damit rechnen, dass sein schreckliches Geheimnis jetzt wie der Kopf einer Schlange nach oben kam, zum Zubeißen bereit? In seiner Magengrube krampfte sich etwas zusammen und Übelkeit stieg in ihm empor. Er konnte nicht mehr sprechen.

»Wenn du gestattest ... Vielleicht bin ich imstande, dir zu helfen. Aber zuerst müssen wir darüber reden.« Die Stimme war warm und voller Anteilnahme, bot ihm Freundschaft an. Einige Sekunden lang verspürte Tom den verzweifelten Wunsch, dieses Angebot anzunehmen, sich an Lissines Ruhe festzuklammern und die ganze schreckliche Wahrheit aus sich herausströmen zu lassen, damit seine gepeinigte Seele endlich Frieden fand. Er brauchte nur alles zu erzählen.

»Eigentlich gibt es gar nichts, über das wir reden könnten«, hörte er sich sagen und lächelte wie beiläufig. »Vielleicht siehst du Ungeheuer, die überhaupt nicht existieren.«

Lissine antwortete nicht, berührte ihn an der Wange und sah ihm in die Augen. Tom fürchtete, dass sie erneut versuchen wollte, einen Kontakt mit seinem Selbst herzustellen, und konzentrierte sich auf eine mentale

Abschirmung. Nach einigen Sekunden ließ Lissine die Hand sinken und wandte den Blick ab. »Du tust mir Leid, Tom«, sagte sie so leise, dass er sie kaum hörte. »Sehr Leid.«

Und damit ging sie. Kleidung raschelte und dann war Lissine fort.

Es erklang kein Gesang mehr in der Ferne. Stille herrschte im Park, wie die Lautlosigkeit zwischen den Sternen. Tom fühlte sich so allein wie noch nie zuvor in seinem Leben.

Sie erschienen in Toms Quartier an Bord der *Copernicus*. Er folgte seiner üblichen Routine, brachte den Dienst hinter sich, trainierte im Sportzentrum, suchte dann die Offiziersmesse auf, trank einige Flaschen Bier, kehrte in seine Kabine zurück und sank aufs Bett. Inzwischen hatte er Synthehol zugunsten von echtem Alkohol aufgegeben. Dieser betäubte seine Sinne besser und dadurch fiel ihm das Schlafen leichter.

Es beunruhigte ihn, dass er immer häufiger träumte. Grässliche Bilder suchten ihn heim, wenn er die Augen schloss. Oft erwachte er mit klopfendem Herzen, keuchte und fühlte sich von einer Angst erfüllt, die nach dem Erwachen verschwand. Dann wusste er, dass er einen Albtraum gehabt hatte, aber er konnte sich nicht an Einzelheiten erinnern. Er dachte daran, die Hilfe des Bordarztes in Anspruch zu nehmen, aber er wollte keine Fragen nach den möglichen Ursachen seiner Ängste beantworten.

Auf diese Weise litt er seit dem Erlebnis mit Lissine und immer wieder entsann er sich an ihre ominöse Warnung. Sie hatte Recht: Ein schlafender Riese war in seinem Selbst erwacht und streckte unruhig die Glieder, dazu bereit, sich ganz zu befreien. Die Vorstellung erfüllte Tom mit Entsetzen.

An diesem besonderen Abend hatte er genug getrunken, um sofort einzuschlafen, als er sich auf dem Bett ausstreckte. Später wurde ihm klar, dass er vor dem Erwachen nicht geträumt hatte, zum ersten Mal seit vielen Nächten. Aber was ihn stattdessen erwartete, war weitaus schlimmer.

Er öffnete die Augen in der Dunkelheit, als er sich einbildete, ein Geräusch gehört zu haben. Es musste Einbildung sein – eine andere Erklärung gab es nicht. Es klang nach einem leisen Seufzen, als striche Wind durch eine alte, leere Dachkammer. Aber an Bord eines Raumschiffs gab es natürlich keinen Wind.

Aus dem Augenwinkel bemerkte Tom eine Bewegung, drehte den Kopf und sah zum Fenster, das Ausblick ins All gewährte. Eine dunkle Silhouette zeichnete sich vor dem Hintergrund im Warpflug vorbeistreichender Sterne ab. Das Gesicht blieb verborgen, aber das dichte Haarbüschel auf dem Kopf ließ keinen Zweifel daran, um wen es sich handelte.

Es war Charlie.

Entsetzen erfasste Tom und seine Hände zitterten heftig. Verzweifelt tastete er nach dem Kontrollfeld neben dem Bett, um das Licht einzuschalten und den unwillkommenen Besucher damit zu vertreiben. Panik hinderte ihn daran, die richtigen Kontrollen zu finden. Seine Finger berührten alle Schaltflächen in Reichweite, ohne dass etwas geschah. Er wagte es nicht, über die Schulter zu sehen, aus Furcht davor, dass sich Charlie in Bewegung setzte und näher kam. Er ballte die Hand zur Faust, schlug damit aufs Kontrollfeld …

Von einem Augenblick zum anderen wurde es hell. Geblendet kniff Tom die Augen zusammen und eine halbe Sekunde später riss er sie wieder auf. Er zwang sich, den Kopf zu drehen und zum Fenster zu sehen, sich davon zu überzeugen, dass die Gestalt verschwunden war.

Charlie stand dort, stumm, die bleiche Haut blutverschmiert. Sein Blick war nicht anklagend, sondern wehmütig und traurig.

Rechts und links neben ihm standen Odile und Bruno.

Tom erbebte und erlebte einen Spasmus, der den ganzen Körper erfasste. Er hoffte, einen Herzinfarkt zu erleiden und zu sterben, um durch den Tod diesen grässlichen Erscheinungen zu entkommen. Aber er blieb am Leben und bei Bewusstsein, während sich seine Brust anfühlte, als steckte sie in einem Schraubstock. Die Trauer seiner toten Freunde war viel schlimmer als alles andere, das er sich vorstellen konnte. Zorn oder eine drohende Haltung ihm gegenüber, so etwas hätte er verstanden. Aber diese schreckliche Melancholie war unerträglich. Im Nebel seiner Panik zeichnete sich vage die Erkenntnis ab, dass er seinen Freunden Leid tat, aber das ergab keinen Sinn, denn er war mit dem Leben davongekommen, während er ihnen den Tod beschert hatte.

Er versuchte, auf dem Bett zurückzukriechen, um den Abstand zu den Phantomen zu vergrößern, aber sein Körper gehorchte ihm nicht. Es war wie in einem jener Träume, wenn man versuchte, einem Ungeheuer zu entkommen, und sich die eigenen Beine so langsam bewegten, als steckten sie in Melasse fest; man kam einfach nicht voran, blieb wie in einer Zeitlupenaufnahme gefangen. Zentimeterweise kroch Tom übers Bett, trat nach der Decke und fürchtete, dass sich die drei Erscheinungen näherten, um ihn zu überwältigen und in ihrem nach Verwesung stinkenden Grab zu ersticken.

Er fiel auf den Boden und setzte die langsame, endlose Flucht fort, den Blick auf die Geister gerichtet. Schließlich stieß er gegen die Tür seines Quartiers, die sich vor ihm öffnete und dann hinter ihm schloss. Im Korridor bemühte er sich aufzustehen, aber die Knochen schienen aus seinen Beinen verschwunden zu sein und er sank wieder auf den Boden. Wie ein sechs Monate altes Kind kroch er auf Händen und Knien durch den Korridor, bis hin zur Krankenstation.

Die nächsten Tage vergingen im Dunst von Benommenheit und Verwirrung. Tom wurde medizinisch und psychologisch untersucht, bekam Arzneien und musste Fragen beantworten. Die ganze Zeit über bestand er darauf, so schnell wie möglich zum Starfleet-Hauptquartier zurückzukehren – eine unerhörte Forderung von einem jungen Offizier, an dessen geistiger Stabilität der Captain der *Copernicus* immer mehr zweifelte. Schließlich setzte sich der Name Paris durch. Tom war verzweifelt genug, sich auf seinen Vater zu berufen und den Captain zu beschwören, jene Familie zu respektieren, die Starfleet seit so vielen Jahren hervorragende Dienste leistete.

Tom kehrte nach San Francisco zurück, mit einem Shuttle, der von einem Lieutenant geflogen wurde. Dessen Befehl bestand darin, Tom nie aus den Augen zu lassen – man befürchtete, dass er sich etwas antun konnte.

Tom hatte nichts dagegen einzuwenden, denn er wollte auf keinen Fall allein sein. Er versuchte, so lange wie möglich wach zu bleiben, döste nur gelegentlich ein und schreckte entsetzt aus dem Schlaf, voller Angst, erneut von den drei Personen besucht zu werden, die ihn eigentlich gar nicht besuchen konnten. Aber immer dann, wenn er ruckartig den Kopf hob, sah er nur Lieutenant Pierson, der ihm einen kurzen Blick zuwarf, um festzustellen, ob mit ihm alles in Ordnung war.

Die zweite Anhörung im fensterlosen Zimmer war wesentlich kürzer als die erste. Die gleichen drei Admirale saßen vor ihm, begleitet von ihren Adjutanten, als Tom seine schreckliche Lüge gestand und die volle Verantwortung für die Tragödie im Asteroidengürtel des Wega-Systems übernahm.

Toms Vater war diesmal nicht zugegen. Nur seine Mutter ließ ihn nicht im Stich – ihr Gesicht zeigte Kummer, aber die Liebe zum Sohn war stärker als der Schmerz. Mit stolz erhobenem Kopf stand sie neben ihm, als er aus der Flotte ausgeschlossen wurde, nicht wegen des Unglücks, sondern wegen der Lüge, der verdammten, ehrlosen Lüge, mit der er einem seiner drei Freunde die Schuld gegeben hatte. Dies war ein so unglaublicher und abscheulicher Verrat, dass er für den Rest seines Lebens daran leiden würde.

Selbst die umfassende, grenzenlose Vergebung seiner Mutter konnte diese Bürde nicht lindern.

Eine Zeit lang ließ er sich treiben. Seit langem war er an die unendlichen Weiten des Alls gewöhnt und jetzt entdeckte er die Unermesslichkeit der Erde. Er beamte sich zu Orten, deren Namen er überhaupt nicht kannte und die er nie hatte besuchen wollen: Bamako … Mopti … Ende … Telde … Gleichgültig betrachtete er Felswohnungen an einem hohen Sandstein-Steilhang, Behausungen, die über tausendfünfhundert Jahre hinweg benutzt worden waren. Pulsierendes Wüstenleben umgab ihn mit einer kakophonischen Symphonie: das Schlagen einer rituellen Trommel, weinende Säuglinge, ein schreiender Esel, die lauten Stimmen der miteinander diskutierenden Ältesten, Gelächter, die seltsamen, melodischen Töne einer hölzernen Pfeife. Es war eine magische Mischung, historisch und vital, aber Tom fand nichts Bemerkenswertes darin und setzte seine Reise fort.

Ihlara in der Türkei … das Peristrema-Tal mit byzantinischen Höhlenkirchen, darin alte Fresken von Heiligen und religiösen Gestalten, ein sakraler Ort, der an die ferne Vergangenheit erinnerte. Tom sah ihn sich an, ohne etwas zu sehen.

Lahore und der berühmte Shalimargarten … Katmandu und der Tempel von Pashupatinath, Shiva gewidmet, dem Gott der Schöpfung und der Vernichtung … Songpan und das Habitat, in dem vor dreihundert Jahren die Riesenpandas vor dem Aussterben bewahrt worden waren. Inzwischen hatte sich ihre Population gut erholt und die Tiere erfreuten sich ihres Lebens. Tom beobachtete sie und versuchte, sich von ihrer Fröhlichkeit anstecken zu lassen, aber die dunkle Leere in ihm lichtete und füllte sich nicht.

Nichts berührte ihn. Weiter ging es: Tobago … Petra … Turnapuna … Baruta … Caesarea … Beausoleil … Göteborg … Alicante … Skopje … Er begegnete Gemeinschaften, die er sich nie hätte vorstellen können, Enklaven kultureller Vielfalt, Dörfer, deren Bewohner die Rituale und Traditionen ihrer Vergangenheit bewahrt hatten. Er besuchte überfüllte Märkte und in einigen von ihnen sah er etwas, das tatsächlich Interesse in ihm weckte: Fleisch. Die zur Schau gestellten Keulen, Schulterstücke und Rippen erinnerten ihn daran, dass es auf der Erde noch immer Orte gab, wo man auf die Jagd ging und Menschen kein repliziertes Fleisch aßen, sondern echtes. Bei diesem Gedanken wurde ihm übel und er ging rasch weiter, erneut in Taubheit gehüllt.

Anschließend verschwand sein Appetit ebenso wie die Gefühle, und er musste sich zwingen, etwas zu essen. Er nahm rasch ab, wirkte dadurch ausgemergelt und hohlwangig. Damit einher ging eine gewisse geistige Erleichterung. Die neue, schlankere Person schien keine so schwere Last mehr zu tragen, aber sie war auch müder, ausgelaugter. Tom begann damit, länger zu schlafen, blieb manchmal den ganzen Tag im Bett. Er stellte fest, dass Alkohol unmittelbar nach dem Erwachen ihm neue Kraft gab, zumindest vorübergehend, und deshalb wurde aus dem Drink am Morgen ein Ritual.

Er kam nicht einmal in die Nähe von Nordamerika und kommunizierte nur mit seiner Mutter. Manchmal schickte er ihr kurze Mitteilungen, in denen er einen baldigen Besuch ankündigte und versicherte, dass es ihm gut ging.

Die Zeit verlor ihre Bedeutung. Oft wusste er nicht, ob Tage, Wochen oder Monate vergangen waren. Haltlos, ohne Wurzeln und stumpfsinnig verbrachte er diese Phase seines Lebens.

Später fragte er sich, welcher Instinkt ihn dorthin zurückführte, wo er fast ein Jahr verbracht hatte, aber zu jenem Zeitpunkt war er sich der Situation nicht bewusst genug, um über seine Motive nachzudenken. Der Ort erschien ihm so gut wie jeder andere und deshalb kehrte er nach Marseilles zurück.

Eine Frau, deren Namen Tom bereits vergessen hatte, schlang ihm die Arme um den Hals und murmelte ihm etwas ins Ohr. Es war kein besonders erotisches Gefühl, aber auch kein unangenehmes. Er erlaubte es ihr, sich an ihn zu schmiegen, während er an seinem Drink nippte und den Mann beobachtete, gegen den er spielte.

Es handelte sich um einen blauhäutigen Bolianer, der beim Billard erstaunliches Geschick zeigte. An seinen Namen erinnerte sich Tom ebenso wenig wie an den der Frau. Vage dachte er daran, dass Herausforderungen ihn früher einmal belebt hatten, einen Adrenalinschub auslösten und bewirkten, dass er sich ganz darauf konzentrierte, den Gegner zu schlagen. Doch das war vor langer Zeit gewesen und die Erinnerungen daran verschwanden im Alkoholdunst.

Die Vergangenheit spielte keine Rolle mehr. Auch der Gegenwart kam kaum Bedeutung zu. Und die Zukunft war leer; deshalb brauchte man ihr überhaupt keine Beachtung zu schenken.

Eigentlich gab es nichts, über das man sich Sorgen machen musste.

Er trank erneut einen Schluck und dachte kurz an die Vorzüge von Single Malt Scotch Whisky. Dem ersten Drink eines jeden Tages begegnete er mit solcher Ehrfurcht, als läge darin etwas Heiliges. Der ursprüngliche Geschmack auf der Zunge, weich wie flüssiger Samt, aber auch voller Feuer … zu spüren, wie der Whisky durch die Kehle rann, die Speiseröhre hinab in den Magen … Und von dort aus erreichte er das Blut, wärmte ihn von innen, vertrieb das leichte Zittern aus den Händen und dämpfte die Kopfschmerzen.

Es lohnte sich, dafür aufzustehen.

»Tommy … komm … wir sind lange genug hier gewesen. Können wir nicht endlich gehen?«

Die Frau ging ihm allmählich auf die Nerven. Er löste ihre Arme von seinem Hals und schob sie zur Seite. »Wenn du fort willst – geh nur«, sagte er. »Ich bin hier beschäftigt.«

Tom merkte, dass die Namenlose schmollte, aber er scherte sich nicht darum. Mehr Interesse brachte er dem Umstand entgegen, dass der Bolianer erneut gewann. Zum wie vielten Mal an diesem Abend? Zum vierten? Und wenn schon. Sie spielten um nichts. Es hatte keinen Sinn, um irgendetwas zu spielen. Wenn der Sieg bei einem Billardspiel dem Bolianer Genugtuung bereitete, so hatte Tom nichts dagegen einzuwenden. Er hob kurz die Hände und ging zur Theke – sein Glas war leer.

Sandrine stand hinterm Tresen, die gleiche Sandrine, mit der er Freundschaft geschlossen hatte, als er nach Marseilles gekommen war, um hier zu studieren. Das lag … ziemlich lange zurück. Er fragte sich, ob fünf oder sechs Jahre vergangen waren, aber er konnte sich nicht erinnern, und das spielte auch keine Rolle, denn es war nicht weiter wichtig.

Sandrine maß ihn mit einem missbilligenden Blick. »Geh nach Hause, Tom«, sagte sie auf Französisch. »Du hast genug.«

»Noch ein letztes Glas, mein Schatz. Ohne einen Schlummertrunk kann ich mich nicht Morpheus' Armen hingeben«, erwiderte er auf Englisch. Immer wieder provozierte er sie auf diese Weise: indem er auf Englisch antwortete, obwohl er fließend Französisch sprach. Inzwischen begnügte er sich mit kleinen Siegen.

Sie schenkte ihm ein. Er trank den Whisky pur – Eis wünschte er sich schon seit einer ganzen Weile nicht mehr. Als Sandrine die Flasche kippte, streckte Tom die Hand aus und drückte auf ihre Finger, wodurch noch etwas mehr bernsteinfarbene Flüssigkeit ins Glas floss. Sandrine schürzte die Lippen und kehrte ihm den Rücken zu. Tom lachte.

Er nahm allein an einem Tisch Platz und sah, dass die Frau, die sich zuvor an ihn geschmiegt hatte, mit verschränkten Armen und stinksauer an der Wand stand. Glaubte sie wirklich, dass sie ihn mit einem solchen Verhalten dazu bringen konnte, zu ihr zu kommen und sich wie ein gehorsames Hündchen fortführen zu lassen? Wenn es nach ihm ging, konnte sie dort so lange stehen, bis sie sich in Granit verwandelte.

»Sind Sie allein?« Die Stimme gehörte jemanden, der sich ihm von hinten genähert hatte. Tom drehte sich um und sah zu einem hoch gewachsenen, kräftig gebauten Menschen auf. Der Fremde hatte schwarzes Haar und eine seltsame Tätowierung an der Schläfe. Seine Stimme war ruhig, aber auch gebieterisch, hatte ein Timbre, das selbst den von Alkohol umnebelten Tom Paris aufhorchen ließ.

»Ja, das bin ich. Weil ich es so will.«

»Was dagegen, wenn ich mich setze? Ich möchte Ihnen etwas vorschlagen.«

»Bin nicht interessiert.«

»Vielleicht doch, wenn Sie mir zugehört haben.«

Tom hatte sich mit weniger aufdringlichen Leuten geprügelt. Doch irgendetwas in der Stimme dieses Mannes, in seiner Präsenz, deutete auf eine Autorität hin, die ihn beeindruckte. Er deutete auf den nächsten Stuhl und der Mann nahm Platz.

»Ich heiße Chakotay«, sagte er, aber Tom winkte sofort ab. Er würde sich ohnehin nicht an den Namen erinnern, und deshalb konnten sie sich solche Formalitäten sparen. Er verzichtete darauf, sich vorzustellen.

»Sie sind Pilot, soweit ich weiß«, fuhr Chakotay fort. »Vielleicht könnten wir uns gegenseitig helfen.«

Tom schwieg, ermutigte den Mann nicht, dem es erstaunlicherweise gelungen war, seine Neugier zu wecken. Er fühlte Chakotays prüfenden Blick auf sich ruhen und fragte sich zum ersten Mal seit langer Zeit, ob er den Erwartungen gerecht wurde.

»Ich gehöre zu einer Gruppe, die immer gute Piloten gebrauchen kann.«

»Und was ist das für eine Gruppe?« Die Sache hatte etwas Verdächtiges. Normalerweise gab es auf Föderationsplaneten keine Gruppen, die in Hafenkneipen nach Piloten Ausschau hielten.

Chakotays Blick huschte durch den Raum und suchte nach eventuellen Lauschern. Erleichtert stellte Tom fest, dass die Frau verschwunden war.

»Wissen Sie, was in der entmilitarisierten Zone unweit der cardassianischen Grenze geschieht?«, fragte Chakotay.

Tom zuckte mit den Schultern. Hier und dort hatte er gemurmelte Bemerkungen gehört, ohne den geschilderten Ereignissen echtes Interesse entgegenzubringen. Jetzt bedauerte er, nicht aufmerksamer gewesen zu sein. Etwas in ihm wollte sich diesem Mann als eine gut unterrichtete Person präsentieren.

Er hörte zu, als Chakotay seine Geschichte erzählte, wünschte sich dabei, weniger getrunken zu haben. Er versuchte, sich auf die Worte zu konzentrieren, die von der Vereinbarung zwischen der Föderation und den Cardassianern berichteten. Diese beendete den langen Konflikt, aber zahlreiche Kolonisten fanden sich in der entmilitarisierten Zone zwischen den beiden Einflusssphären wieder. Eigentlich sollten sie ihre Welten verlassen, aber viele von ihnen – darunter auch Chakotays Volk – lehnten es ab, ihre neue Heimat aufzugeben. Sie blieben, obgleich sie nicht mehr den Schutz der Föderation genossen.

Das nutzten die Cardassianer natürlich aus, indem sie immer wieder Kolonien überfielen, in der Hoffnung, den Siedlern das Leben so schwer zu machen, dass sie ihnen ihre Welten überließen.

Eine wachsende Anzahl von Personen – Menschen, Vulkanier, Bolianer, Ktarianer; praktisch alle Völker der Föderation waren vertreten – hatte sich zu einer lockeren Gruppe zusammengeschlossen, um sich selbst und die Kolonisten zu schützen. Sie nannten sich »Maquisarden«, so wie die Freiheitskämpfer aus dem zwanzigsten Jahrhundert auf der Erde. Chakotay gehörte zu dieser Gruppe und hatte von einem fähigen, derzeit unbeschäftigten Starfleet-Piloten erfahren, der seine Tage in Marseilles damit verbrachte, zu trinken und Billard zu spielen.

»Wir hätten Verwendung für Sie«, sagte er schlicht. »Und Sie könnten wieder fliegen.«

Etwas, an das sich Tom kaum mehr erinnerte, erzitterte in ihm, etwas, das er längst tot geglaubt hatte. Plötzlich wünschte er sich nichts mehr, als wieder zu fliegen, zusammen mit diesem Mann, der über eine profunde Zielstrebigkeit verfügte. Chakotay ging ganz in seiner Sache auf und sein Engagement rührte Tom. Zum ersten Mal seit Jahren sehnte er sich danach, an etwas Anteil zu nehmen, sich wieder lebendig zu fühlen.

Er setzte zu einer Antwort an und hörte, wie seine Stimme versagte, wie damals, wenn er sich vor seinem Vater gefürchtet hatte. Er hüstelte, schob das Glas Whisky beiseite und sah in die dunklen, unauslotbar tiefen Augen Chakotays. »Ich bin dabei«, sagte mit einer Lässigkeit, die er gar nicht empfand. Stille folgte und dann sprach Tom ein weiteres Wort, das von Herzen kam. »Danke«, sagte er und fühlte sich wie ein kleines Kind, als Chakotay lächelte.

Wieder zu fliegen ... Es bereitete Tom mehr Zufriedenheit, als er zugegeben hätte. Zuerst waren seine Finger ungelenk; sie hatten ihre Flexibilität verloren. Doch das Geschick kehrte rasch zurück und mit ihm kam eine Zielstrebigkeit, die er als wundervoll empfand.

Mit der Wiederbelebung seines früheren Selbst regten

sich auch wieder die Dämonen von einst. Mit der Chefingenieurin des Schiffes, einer Halbklingonin namens Torres, kam er nicht besonders gut zurecht. Er hielt sie für eine leidenschaftliche, energische Frau, die ganz auf ihre Arbeit konzentriert und nicht an Freundschaften interessiert war.

Tom hätte sich gewünscht, dass andere Leute *ihn* auf diese Weise beschrieben. Der Umstand, von Torres abgewiesen zu werden, erfüllte ihn mit Unruhe und Neugier. Seine Reaktion bestand darin, auch weiterhin gelegentliche Annäherungsversuche zu machen.

Im Großen und Ganzen behandelte er die Frauen an Bord des Maquis-Schiffes wie Sexualobjekte, ein Verhalten, das sie sehr ärgerte. Den Männern gegenüber gab er sich trotzig, was ihn zwar nicht beliebt machte, aber dafür sorgte, dass ihm niemand nahe genug kam, um ihn zu verletzen.

In Hinsicht auf Chakotay waren die Dinge ein wenig komplizierter. Tom spürte, dass er sich die Anerkennung des Captains wünschte, doch er hasste dieses Bedürfnis, weil es kindliche Gefühle in ihm weckte, und deshalb nutzte er praktisch jede Gelegenheit, um die Beziehung zu Chakotay zu sabotieren. Er war schnodderig und respektlos; spitze Bemerkungen kamen ihm über die Lippen, bevor er sie zurückhalten konnte. Zuerst blieb Chakotay geduldig und freundlich, aber das verwirrte Tom nur und veranlasste ihn, seine Verachtung noch deutlicher zu zeigen.

Schließlich entstand eine von Stille und Anspannung gekennzeichnete Beziehung. Tom achtete darauf, möglichst gute Arbeit zu leisten, denn er wollte nicht von Bord geschickt werden. Aber er sah sich außerstande, die hohen Barrieren zu überwinden, hinter denen sich sein Selbst verschanzte. Chakotay schien ihn zu ignorieren und sich ganz seiner Aufgabe zu widmen, gegen die Cardassianer zu kämpfen.

»Ausweichmanöver!«

Chakotay hätte auf eine solche Anweisung verzichten können, denn Tom reagierte sofort, als er sah, wie die beiden cardassianischen Angriffsschiffe aus dem Orbit von Dorvan schwenkten, einem Planeten in der entmilitarisierten Zone. Es handelte sich um schwer bewaffnete Einheiten und sie waren weitaus manövrierfähiger als das dreißig Jahre alte Schiff der Antares-Klasse, das den Maquisarden zur Verfügung stand. Chakotay hatte Tom darauf hingewiesen, dass der Maquis bei der Auswahl seiner Raumschiffe nicht sehr wählerisch sein konnte. Hochmoderne Technik war ein Luxus, den sie sich nur selten leisten konnten. Tom kannte sich mit Schiffen der Antares-Klasse aus und verstand es, all das aus dem Oldtimer herauszuholen, was er leisten konnte, manchmal sogar noch mehr.

Diesmal brauchte er dieses Mehr, wenn seine Laufbahn beim Maquis nicht ein abruptes Ende nehmen sollte. Wenn ihm ein Fehler unterlief, drohte ihnen allen der Tod. Er stellte sich vor, wie die *Liberty* im gefährlichen All der entmilitarisierten Zone explodierte …

»Das energetische Niveau in den cardassianischen Waffensystemen steigt!«, meldete B'Elanna Torres.

Zwar versuchte Tom, dem Gegner ein möglichst schwer zu treffendes Ziel zu bieten, aber trotzdem flackerte die destruktive Energie mehrerer Strahlblitze an den Schilden des Schiffes. Heftige Erschütterungen warfen die Crew auf der kleinen Brücke hin und her.

»Kapazität der Schilde bei vierundachtzig Prozent!«, rief Torres und unmittelbar im Anschluss an ihre Worte wurden sie noch einmal getroffen.

»Feuer wird erwidert!« sagte Chakotay.

Phaserstrahlen zuckten durchs All, streiften den einen gegnerischen Raumer und verfehlten den anderen. Tom traf eine rasche Entscheidung.

»Ich deaktiviere die automatischen Systeme. Mit der manuellen Kontrolle komme ich besser zurecht.« Er wartete keine Antwort Chakotays ab, betätigte Schaltelemente und schaltete auf manuelle Steuerung um.

Auf diese Weise konnte er das Schiff besser manövrieren – das glaubte er jedenfalls. Er versuchte dem Feuer der Cardassianer auszuweichen und gleichzeitig bemühte er sich, Chakotay in eine gute Angriffsposition zu bringen.

»Feuer!«, stieß Chakotay hervor und mehrere Phaserstrahlen bohrten sich in die Waffensysteme eines cardassianischen Schiffes.

Es platzte auseinander, verwandelte sich in einen Ball aus grellem Licht und glühender Materie. Tom ließ die *Liberty* zur Seite kippen, damit es nicht zu einer Kollision mit Trümmerstücken kam. Ohne eine bewusste Entscheidung steuerte er sie direkt unter das zweite feindliche Schiff.

Chakotay setzte einen ihrer kostbaren Photonentorpedos ein und traf die Warpmodule des Gegners.

Angriffsschiff Nummer zwei explodierte ebenfalls, aber zuvor gelang es ihm, eine weitere Salve abzufeuern. Die *Liberty* steckte einen massiven Treffer ein und es krachte so laut, dass Tom befürchtete, es könnte ihm die Trommelfelle zerreißen. Um ihn herum brach das Chaos aus und plötzlich fand er sich auf dem Deck der Brücke wieder.

Er stand auf und wankte zu seiner Station zurück. Rauch wogte durch den Kontrollraum, brannte in Augen und Hals. Er hörte das Zischen und Knistern einer Konsole, in der es zu mehreren fatalen Kurzschlüssen gekommen war. Durch den Qualm sah er, wie Chakotay zu einer auf dem Boden liegenden Gestalt trat und sich über sie beugte. Es handelte sich um Torres, begriff er und hoffte, dass sie nicht schwer verletzt war. Sie hatte dem Tod schon einmal ein Schnippchen geschlagen, auf einem Planetoiden in den Badlands. Wenn sie länger beim Maquis blieb, brauchte sie die sieben Leben einer Katze.

Tom überprüfte die Bordsysteme und stellte fest, dass sich die *Liberty* in einem schlimmeren Zustand befand, als er zunächst angenommen hatte. Das Kommunikationssystem funktionierte überhaupt nicht mehr. Die Waffen waren ebenfalls ausgefallen, und was den Antrieb betraf, standen ihnen nur noch die Manövrierdüsen zur Verfügung. Bei den Lebenserhaltungssystemen registrierten die internen Sensoren minimales energetisches Niveau. Tom drehte sich zu Chakotay um und beobachtete erleichtert, wie sich Torres aufsetzte und die Hände zum Kopf hob.

»Wir sind stark beschädigt«, sagte er ernst und nannte die Einzelheiten. Chakotay nickte, den einen Arm um die benommen wirkende Torres gelegt. Plötzlich eilte eine weitere Person durch den Kontrollraum, atemlos und besorgt.

»Ist alles in Ordnung mit dir?« Ein besonderer Klang wies Tom darauf hin, dass die Worte allein Chakotay galten. Die Stimme gehörte einer Bajoranerin namens Seska. Von Anfang an war sie ihm nicht ganz geheuer gewesen und deshalb hatte er auf den Versuch verzichtet, mit ihr zu flirten.

Seska nahm die Szene mit einem Blick in sich auf – Chakotay, der neben B'Elanna kniete, wie schützend den Arm um sie gelegt – und versteifte sich unwillkürlich. Tom spürte ihre Eifersucht, die sie jedoch sofort verdrängte und durch Sorge ersetzte. Er fröstelte innerlich angesichts dieser so plötzlichen emotionalen Veränderung.

»B'Elanna ist am Kopf verletzt«, sagte Chakotay. »Vielleicht hat sie eine Gehirnerschütterung erlitten.«

»Ich hole die Medo-Tasche«, erwiderte Seska unverzüglich und verschwand wieder.

Chakotay wandte sich an den Navigator Juri Terikof. »Auf Selka gibt es eine mit uns sympathisierende Kolonie. Fliegen Sie mit dem Shuttle dorthin und holen Sie Hilfe.«

Tom war sofort auf den Beinen. »Ich fliege los«, entfuhr es ihm und er eilte zur Tür.

Chakotay hob die Hand.

»Ich habe Juri beauftragt«, sagte er ruhig.

Tom begegnete seinem Blick. »Nichts für ungut, aber ich bin ein besserer Pilot als Juri, wenn es darum geht, den Shuttle durch die Trümmer der cardassianischen Schiffe zu bringen. Nur ich kann es schaffen.«

Chakotay zögerte und Tom begriff enttäuscht, dass der Captain ihm nicht traute. »Ich verspreche Ihnen, dass ich Selka erreichen und Hilfe holen werde.«

»Wenn Sie uns im Stich lassen, mache ich unerbittlich Jagd auf Sie«, sagte Chakotay, bevor er nickte und damit den notwendigen Befehl erteilte.

Bevor Tom die Brücke verließ, sah er noch einmal kurz zu Torres, die mit blutverschmiertem Gesicht dasaß und noch immer sehr benommen wirkte. Er wollte alles tun, um ihr Hilfe zu bringen. Eine halbe Sekunde später unterdrückte er diesen Gedanken, denn er weckte Besorgnis in ihm und dieses Gefühl mochte er nicht.

Er startete und steuerte den Shuttle vorsichtig durch die von zwei explodierten cardassianischen Schiffen geschaffene Trümmerwolke. Als er den freien Raum erreichte, programmierte er einen Kurs nach Selka und leitete den Warptransfer ein. Mit ein bisschen Glück konnte er innerhalb einiger weniger Stunden Hilfe holen.

Zwei Stunden später ortete er ein Starfleet-Schiff und begriff, dass es Untersuchungen in Hinsicht auf die beiden Explosionen in der entmilitarisierten Zone anstellen wollte. Es würde die Trümmer der beiden cardassianischen Raumer und Chakotays schwer beschädigtes Schiff in der Nähe entdecken. Starfleet hielt die Maquisarden praktisch für Kriminelle, was bedeutete: Chakotay und seine Crew mussten damit rechnen, vor ein Gericht gestellt zu werden.

Das Starfleet-Schiff öffnete einen Kom-Kanal.

»U.S.S. *Bradbury* an nicht identifiziertes Shuttle. Bitte

antworten Sie.« Die aus dem Kom-Lautsprecher dringende Stimme vibrierte ein wenig, was ihr eine fast mystische Qualität gab. Toms Gedanken rasten. Er hatte mehrere Möglichkeiten, auf den Kontakt-Versuch zu reagieren. So konnte er zum Beispiel behaupten, Kolonist zu sein, von einem nahen Planeten zu stammen und überhaupt nichts vom jüngsten Kampf gegen die Cardassianer zu wissen. Er war Selka nahe genug, um eine solche Geschichte plausibel klingen zu lassen. Noch an diesem Abend konnte er in irgendeiner hübschen Kneipe ein Bier trinken, in angenehmer weiblicher Gesellschaft.

»U.S.S. *Bradbury* an nicht identifiziertes Shuttle. Wenn Sie nicht antworten, richten wir einen Traktorstrahl aus und nehmen Sie ins Schlepptau.«

Einst war es ihm leicht gefallen zu lügen. Er hatte Admiral Brand in die Augen gesehen und mit fester Stimme Bruno Katajavuori die Schuld an der Katastrophe im Asteroidengürtel gegeben. Doch für jene Lüge hatte er einen zu hohen Preis gezahlt.

Er berührte eine Schaltfläche, um ebenfalls einen Kom-Kanal zu öffnen, teilte dabei sein Bewusstsein. Eine Hälfte sprach mit der *Bradbury,* während die andere komplexe Anweisungen eingab.

»Hier spricht Tom Piper vom Shuttle *Equality*.« Starfleet-Angehörigen gegenüber wollte er nicht den berühmten und auch berüchtigten Namen Paris verwenden. Er wusste, welchen Ruf er bei seinen früheren Kollegen genoss. »Entschuldigen Sie, mein Kom-System funktioniert nicht einwandfrei. Ich empfange keine klaren Signale. Bitte wiederholen Sie.«

»Hier ist die U.S.S. *Bradbury*. Warum sind Sie in diesem Raumbereich unterwegs?«

»Warum ich hier unterwegs bin?« Tom lachte, während seine Finger über die Schaltelemente huschten und weiterhin Anweisungen eingaben. »Ich fliege zu einer wundervollen jungen Frau auf Selka. Was meine Absichten betrifft … Nun, sagen wir, dass sie nur mich etwas angehen. Aber Sie können mir Glück wünschen.«

»Wir stellen Untersuchungen in Hinsicht auf zwei Explosionen an, zu denen es etwa ein Lichtjahr von hier entfernt kam. Wissen Sie etwas darüber?«

»Tut mir Leid, *Bradbury*. Ich bin vor zwei Stunden von Kripkin gestartet und direkt hierher geflogen. Irgendwelche Explosionen sind mir nicht aufgefallen. Leider sind meine Sensoren kaum in einem besseren Zustand als das Kom-System.«

»Wir empfangen Sie problemlos.«

»Was? Bitte wiederholen Sie.« Unterdessen hatte Tom seine Aufgabe vollendet: Der Speicher des Kom-Systems enthielt jetzt eine verschlüsselte Nachricht für die Kolonisten auf Selka, nannte ihnen die Position der *Liberty* und ersuchte um sofortige Hilfe. Er sendete sie, tarnte sie dabei als thermische Emission des Warpmoduls, dem das Starfleet-Schiff hoffentlich keine Beachtung schenkte. Die Verschlüsselung sorgte auch dafür, dass der Ursprung der Nachricht unbekannt blieb. Chakotay würde also nie erfahren, dass Tom seinen Auftrag erfüllt hatte. Mit ziemlicher Sicherheit würde man ihm erneut Verrat vorwerfen und vielleicht machte Chakotay tatsächlich Jagd auf ihn, wie er angekündigt hatte.

Tom verdrängte diese Gedanken und konzentrierte sich auf das Schiff, das jetzt in Sichtweite geriet. Er drehte den Shuttle, richtete den Bug direkt auf die *Bradbury*. Die körperlose Stimme erklang noch immer, stellte Fragen, verlangte Antworten.

»Tut mir Leid, *Bradbury*, ich verstehe Sie kaum«, sagte Tom und schätzte die Distanz ab.

Endlich in Reichweite. »Auf diese Weise hat es keinen Sinn, *Bradbury*. Lassen Sie uns bei einer persönlichen Begegnung über alles reden. Wenn Sie die Schilde senken, beame ich mich an Bord.«

Die Stimme zögerte und Tom wusste: An Bord des Starfleet-Schiffes hatte man festgestellt, dass er Energie in die Phaser leitete. Und wenn schon. Ob Schilde oder nicht – am Ergebnis änderte sich dadurch kaum etwas. Er feuerte eine Salve auf die *Bradbury*, änderte dann den Kurs und beschleunigte.

Die Phaserstrahlen trafen die Schilde des Starfleet-Schiffes und bewirkten Erschütterungen an Bord, konnten aber keinen Schaden anrichten. Trotzdem zeigte es die Reaktion, mit der Tom gerechnet hatte: Es nahm die Verfolgung auf.

Er verlangte dem Warptriebwerk die maximale Leistung ab, aber die Höchstgeschwindigkeit des Shuttles beschränkte sich auf Warp vier. Es würde also nicht lange dauern, bis die *Bradbury* zu ihm aufschloss. Allerdings lockte Tom sie von den Trümmern der beiden cardassianischen Raumer und Chakotays hilflosem Schiff fort. Dadurch hatten die Kolonisten auf Selka Zeit genug, die Maquisarden zu retten und ihnen die Möglichkeit zu geben, ihren Kampf gegen die Cardassianer fortzusetzen.

Was Tom Paris betraf … Ihm stand vermutlich ein längerer Aufenthalt in einer Rehabilitierungskolonie der Föderation bevor. *Nun, was sagst du dazu, Vater? Der Fall dauert an. Dein einziger Sohn wurde nicht nur unehrenhaft aus Starfleet entlassen, sondern gilt jetzt auch noch als Verbrecher. Vielleicht möchtest du deinen Familienbildern ein Foto von ihm hinzufügen, das ihn in Sträflingskleidung zeigt.*

Tom lachte humorlos und führte einige Ausweichmanöver durch. Er wollte das Unvermeidliche so lange wie möglich hinauszögern und den Starfleet-Offizieren an Bord der *Bradbury* zeigen, dass Tom Paris es mit den besten Piloten aufnehmen konnte. Dieser Gedanke gab ihm neuen Auftrieb, als er den Shuttle durch die schwarze Leere des Alls rasen ließ.

Es gab schlimmere Orte als Neuseeland, um eine Freiheitsstrafe zu verbringen. Die Arbeit war hart – es ging um die Restaurierung alter Ruinen für ein historisches

Projekt –, aber Tom fand die körperliche Arbeit befriedigend, auch deshalb, weil sie es ihm erlaubte, nachts zu schlafen. Dazu war er nicht imstande gewesen während der Zeit, die zwischen seinem Aufenthalt in der Arrestzelle an Bord der *Bradbury* und der Verurteilung lag. In jenen Nächten hatte er wach gelegen und sich vorgestellt, wie sehr seine Mutter litt, während das Verfahren gegen ihn lief.

Über die Gefühle seines Vaters dachte er nicht nach – viel zu deutlich konnte er sich seine strenge Stimme vorstellen. Doch das Leid, das er seiner Mutter bescherte, bedauerte er zutiefst und er empfand einen Abscheu vor sich selbst, der schlimmer war als jede Bestrafung durch Starfleet.

Als er nach Auckland transferiert wurde und damit begann, viele Stunden lang am Restaurierungsprojekt zu arbeiten, verbesserte sich seine Stimmung, obgleich noch immer eine schwere Bürde auf ihm lastete. In Gedanken erstellte er eine Übersicht seiner positiven und negativen Eigenschaften. Negativ: schlecht kontrollierte Impulsivität; Manipulation anderer Personen; die Neigung, mit sich selbst beschäftigt zu sein; und natürlich die Fähigkeit zu lügen. Weitere Punkte fielen ihm ein und er begriff, dass sich diese Liste beliebig lang fortsetzen ließe, im Gegensatz zu der mit seinen positiven Eigenschaften. Sie beschränkten sich darauf, dass er ein sehr guter Pilot war.

Wie jämmerlich, wenn sein Leben darauf hinauslief. Etwas in ihm wollte dies alles ändern und einen Plan entwickeln, um sich reinzuwaschen. Ein anderer, schwer fassbarer Aspekt seines Selbst wandte sich gegen diese Instinkte und forderte ihn auf, einfach seine Strafe abzusitzen und zu sehen, was dann geschah.

Und so ließ er sich weiter treiben.

Seit sieben Monaten befand er sich in der Rehabilitierungskolonie und konzentrierte sich auf eine neue Schweißtechnik, die man ihm beigebracht hatte. Es war ein warmer, feuchter Tag, aber die Luft duftete aromatisch und Vögel zwitscherten in den Wäldern, die die Ruinen umgaben. Tom war so sehr auf seine Arbeit konzentriert, dass er nicht hörte, wie sich ihm jemand näherte. Er zuckte unwillkürlich zusammen, als die Stimme einer Frau erklang. »Tom Paris?«

Er hob den Kopf und sah eine adrette Frau in der Uniform eines Starfleet-Captains. Trotz der schwülen Hitze wirkte sie kühl und gefasst. Plötzlich war es Tom peinlich, dass er so sehr schwitzte.

»Ich bin Kathryn Janeway und habe unter Ihrem Vater gedient …«

Diese Worte änderten Toms Leben für immer.

9

Tom beendete seine Erzählung und merkte plötzlich, dass er zum Schluss immer leiser geworden war – seine Zuhörer hatten sich vorgebeugt, um ihn zu verstehen. Überrascht nahm er die Tränen in seinen Augen zur Kenntnis und wischte sie verlegen fort. Er spürte keine Verachtung oder Geringschätzung bei seinen Gefährten; sie begegneten ihm vielmehr mit Anteilnahme. B'Elanna legte ihm die Hand auf den Arm und die Blicke der anderen signalisierten Freundschaft.

»Nun ...«, sagte Tom, nachdem er einige Male tief durchgeatmet hatte. »Ich wusste gar nicht, wie befreiend so etwas sein kann.« Er schüttelte den Kopf und versuchte, in die Gegenwart zurückzukehren. »Jetzt bedauere ich, dass ich mich nicht schon viel eher dazu durchgerungen habe, alles zu erzählen.«

»Es war sehr tapfer von dir, Tom«, erwiderte B'Elanna und er hörte die Aufrichtigkeit in ihrer Stimme. Sein Selbst fühlte sich plötzlich so leicht an wie seit einer halben Ewigkeit nicht mehr.

»Ich glaube, wir sollten jetzt schlafen«, sagte Tuvok in dem für ihn typischen förmlichen Tonfall. »Morgen erwartet uns ein anstrengender Tag.«

Alle standen auf, um sich in die Unterkunft zu begeben. Neelix blieb zurück und wandte sich an den Piloten.

»Tom ...«, sagte er zögernd. »Ich danke Ihnen.«

»Wofür?«

»Weil Sie mir den Mut gegeben haben, etwas zu tun,

das ich schon vor langer Zeit hätte erledigen sollen.« Im Anschluss an diese Worte drehte sich Neelix um und verschwand in der Unterkunft.

Tom fragte sich kurz, was der Talaxianer meinte. Aber dann griff B'Elanna nach seinem Arm und führte ihn ins Quartier, wo sie in einer Umarmung einschliefen.

Neelix erwachte am nächsten Morgen mit einem klaren Ziel. Ihm knurrte der Magen, aber er wusste, dass es den anderen ebenso erging, und deshalb versuchte er, den Hunger so weit wie möglich zu ignorieren. Heute wollte er das Lager durchsuchen und erst dann zurückkehren, wenn er einige der Komponenten gefunden hatte, die sie für den Bau eines Transporters brauchten.

Er frühstückte – inzwischen hatten sie es sich alle zur Angewohnheit gemacht, einen Teil ihrer Ration für den nächsten Tag aufzusparen, obgleich sie hungrig genug waren, sofort alles hinunterzuschlingen. Neelix kaute ganz langsam, um jeden einzelnen Bissen möglichst lange zu genießen. Er glaubte, dadurch das Gefühl zu bekommen, einen volleren Magen zu haben.

Während er aß, beobachtete er die Szene, die sich seinen Augen darbot. Das Lager, das nie ganz zur Ruhe kam, regte sich jetzt wie ein altes Zugpferd, das im Dunst des frühen Morgens schnaufte, auf die Beine kam und nach Futter schnüffelte. Einige Nebelschwaden klebten noch an den Wipfeln der Bäume, die das Lager umgaben, aber der grelle und heiße Sonnenschein würde sie bald auflösen.

Die Rai' beendeten ihre Nachtruhe und entfalteten sofort zielstrebige Aktivität. Neelix sah ihnen zu, bewunderte ihre Disziplin und ihr Pflichtbewusstsein. Jene Leute würden bestimmt durchhalten. Dann begriff er, dass sie eine Mahlzeit zubereiteten – sie gaben etwas in einen großen Topf mit Wasser, den sie über einem Feuer erhitzten. Woher hatten sie Nahrung bekommen? Wenn es ihm gelang, ihre Quelle anzuzapfen … Dann konnte er die Überlebenschancen seiner Gruppe erheblich erhöhen.

Neelix kaute langsam und nachdenklich, genoss den Geschmack der faserigen Wurzel und bedauerte es, nicht mehr für diesen Morgen aufgespart zu haben. Er dachte an die *Voyager*-Gruppe auf der anderen Seite des Lagers und fragte sich, wie es ihr erging. Es gefiel ihm nicht sonderlich, dass sie sich geteilt hatten, aber er sah die Notwendigkeit einer solchen Entscheidung ein.

Die Gedanken an seine Kameraden weckten Erinnerungen an Kes – ein gefährliches geistiges Territorium. Die schöne Ocampa befand sich schon seit einem Jahr nicht mehr an Bord der *Voyager*, aber in Neelix' mentaler Welt existierte sie nach wie vor. Eine geheimnisvolle Verwandlung hatte dazu geführt, dass sie einfach verschwand – so plötzlich, dass alle bestürzt waren, obgleich Kes glaubte, etwas Höheres und Besseres zu erreichen. Das half Neelix nicht, mit seinem Kummer fertig zu werden. Für ihn war Kes einfach nicht mehr da.

Der Schmerz lag schwer auf ihm. Kes' Abwesenheit kam etwas Greifbarem gleich, wie das Gegenteil eines Vakuums, ein dunkle, unsichtbare Realität, die ihn wie ein Mantel umhüllte.

Neelix stand ruckartig auf und schüttelte diese Gedanken ab. Wenn er ihnen zu viel Raum gewährte, trugen sie ihn zu einem düsteren Ort, den er kaum mehr verlassen konnte. Er atmete die feuchte Morgenluft tief ein und gab sich so jovial wie möglich, als er zu den Unterkünften der Rai' schritt und sich einem der großen Fremden näherte, der im Topf rührte.

»Guten Morgen, mein Freund«, sagte Neelix. »Ich hoffe, Sie haben gut geschlafen.«

Der schwarze Mann überragte den Talaxianer weit, und sein weißes Haar umgab den Kopf wie ein Halo. Neugierig sah er auf Neelix hinab.

»Ja, das habe ich. Und Sie?«

»So gut es an einem Ort wie diesem möglich ist.«

Damit schien die Plauderei bereits zu Ende zu sein. Einige Sekunden lang standen sie schweigend da, während der Rai' auch weiterhin umrührte. Neelix nahm den vom Topf ausgehenden Duft wahr. »Darf ich fragen, was Sie da kochen, mein Freund?«

»Bohnen«, erwiderte der Rai'. Seine Stimme klang ein wenig gepresst – vielleicht vermutete er, dass Neelix etwas erbetteln wollte.

»Und wo bekommt man Bohnen an einem so grässlichen Ort?«

»Jeden Tag verlässt eine Schürfgruppe das Lager. Mit einer Arbeitserlaubnis ist es möglich, draußen im Wald Essbares zu sammeln.«

»Ich verstehe. Sehr interessant.« Neelix beobachtete den Rai' beim Umrühren. »Worum geht es bei den Schürfarbeiten?«

»Ums Übliche. Man sucht nach unterirdischen Lagerstätten, bohrt die Adern an, gewinnt Erz und lädt es auf Antigravkarren.«

Mehrere Möglichkeiten kamen Neelix in den Sinn. Ein Scanner könnte sich für B'Elanna und Harry als nützlich erweisen. Und wenn die Schürfer Materieverschieber für Tiefenbohrungen verwendeten, so hatten sie vielleicht Zugang zu Phasenübergangsspulen.

Der Optimismus des Talaxianers wuchs.

»Wie bekommt man eine Arbeitserlaubnis?«

Der große Mann musterte Neelix, als wollte er den Grund für die Frage herausfinden. Dann gab er so offen Antwort, als hätte Neelix irgendeine Prüfung bestanden.

»Wir Rai' erhalten Arbeitsgenehmigungen. Falls wir gegen Subu-Gefangene ausgetauscht werden, sollen wir berichten können, gut behandelt worden zu sein.«

»Sind jemals andere Gefangene in den Genuss eines solchen Privilegs gekommen?«

Wieder zögerte der große Fremde, bevor er erwiderte: »So etwas geschieht von Zeit zu Zeit.«

»Vielleicht lässt sich eine Übereinkunft treffen. Ich könnte Ihnen auf die eine oder andere Weise von Nutzen sein.«

»Entsprechende Vorschläge nehme ich gern entgegen.«

Neelix fühlte sich von dem Gespräch ermutigt und wollte gerade damit beginnen, seine Dienste anzubieten, als es im Lager plötzlich zu einer Unruhe kam, die sie beide ablenkte.

Eine der Türen in der gegenüberliegenden Wand öffnete sich und mehrere Personen betraten das Lager. Neelix kehrte zu seiner Gruppe zurück und sah, wie Tuvok einen aufmerksamen Blick in die Ferne richtete. »Vorik«, sagte er zu dem jungen Vulkanier, der neben ihm stand. »Machen Sie sich sofort auf den Weg zu Commander Chakotays Gruppe.«

»Was ist denn?«, fragte Neelix, der nicht so gut sehen konnte wie ein Vulkanier. »Was haben Sie beobachtet?«

Tuvok wandte sich an ihn und seine nächsten Worte verblüfften Neelix so sehr, dass er seinen Ohren kaum zu trauen wagte: »Ich glaube, Captain Janeway ist gerade eingetroffen.«

Chakotay spürte jene Veränderung im Verhaltensmuster der Gefangenen, die auf die Ankunft von Wächtern hindeutete. Wie die anderen befassten sich er und seine Begleiter mit sinnlosen Dingen, um unauffällig zu bleiben. Aus dem Augenwinkel bemerkte er, dass jemand den Subu-Wächtern Gesellschaft leistete. Doch erst als die Gruppe ganz herangekommen war, wurde ihm klar, um wen es sich handelte.

Die Stimme einer Frau erklang. »Angesichts so vieler Arbeiter verstehe ich nicht ganz, warum Ihr Psilminit so teuer ist.«

Chakotay versuchte, sich seine Verblüffung nicht anmerken zu lassen. Er sah nach oben und sein Herzschlag schien für ein oder zwei Sekunden auszusetzen.

Kathryn Janeway stand neben dem Kommandanten,

dem alten Walkopf höchstpersönlich, der auf seinen drei Beinen hin und her stolzierte. Die Kommandantin der *Voyager* trug ein blaues und purpurnes Gewand, schwere Ohrringe und reich verzierte Ringe an mehreren Fingern. Für Chakotay sah sie wie eine Göttin aus.

»Nicht alle arbeiten«, knurrte Walkopf. »Nur diejenigen, die Vertrauen verdienen.«

Janeway blieb abrupt stehen, sah Chakotay an und deutete auf ihn. »Wer sind diese Leute?«, fragte sie.

»Ich weiß nicht, wie sie sich nennen. Sie wurden auf einem unserer kleinen Planeten entdeckt. Zweifellos sind es Söldner in Diensten der Rai'.«

Janeway kniff die Augen zusammen und trat näher an Chakotay heran. »Es sind Menschen«, sagte sie zornig. »Zumindest einige von ihnen. Ich bin ihnen schon einmal begegnet. Ja, es besteht kein Zweifel daran, dass es sich um Söldner handelt. Sie haben meine Besitztümer auf Grivus angegriffen und mehrere Mitglieder meiner Familie umgebracht.«

Sie stand jetzt direkt vor Chakotay und starrte ihn wütend an. Er hatte nicht die geringste Ahnung, was Captain Janeway beabsichtigte, brachte ihr aber grenzenloses Vertrauen entgegen und ging deshalb auf ihr Spiel ein.

»Schade, dass ich nicht noch mehr erwischt habe«, sagte er wie beiläufig.

Ihr Handrücken traf Chakotay so wuchtig an der Wange, dass er taumelte – Janeway konnte ziemlich fest zuschlagen. Er berührte die getroffene Stelle, fühlte Feuchtigkeit und sah Blut an seinen Fingern. Ein Ring hatte ihm die Haut aufgerissen.

»Kommandant, ich hoffe, dass diese niederträchtigen Wesen nicht entkommen können, um weitere Personen zu töten.«

»Keine Sorge. Es gibt hier viele Sicherheitsvorkehrungen.«

»Das will ich hoffen.« Janeway warf Chakotay noch

einen letzten zornigen Blick zu und ging dann weiter. »Einigen wir uns auf den Preis, in Ordnung? Ich habe genug von diesem scheußlichen Ort.«

Die kleine Gruppe kehrte zur Tür in der Wand zurück, und die Gefangenen setzten ihre sinnlosen Tätigkeiten fort. Chakotay und seine Gefährten sahen Janeway nach.

»Was hatte das zu bedeuten?«, fragte Harry.

Chakotay betastete erneut seine verletzte Wange und überlegte. »Sie hat sich nicht ohne Grund verkleidet. Vermutlich wollte sie feststellen, in welcher Situation wir uns befinden. Um anschließend nach einem Weg zu suchen, uns zu befreien.«

»Was plant Captain Janeway? Und warum hat sie Sie geschlagen?«

»Vermutlich, um noch überzeugender zu wirken.« Chakotay sah die anderen an. Inzwischen blutete seine Wange nicht mehr. »Also los. Es wartet Arbeit auf uns.« Erneut brachen sie auf, um nach Komponenten für den Transporter zu suchen.

Neelix verbrachte den Tag damit, in Gesellschaft der Rai' zu arbeiten. Müde aber überschwänglich kehrte er von dieser Erfahrung zurück. »Die Wächter schenken den Arbeitern überhaupt keine Beachtung. Sie scheinen es gar nicht für möglich zu halten, dass jemand einen Fluchtversuch unternehmen könnte, und das Schürfen interessiert sie kaum. Die meiste Zeit über sitzen sie herum, knabbern an einer rohrartigen Pflanze und jammern.«

Die Gruppe hatte sich versammelt, um von den neuesten Entwicklungen zu hören. Neelix stand gern im Mittelpunkt der Aufmerksamkeit und sparte sich bei seiner Geschichte das Beste bis zum Schluss auf. »Und das«, sagte er schließlich, »gab mir die Möglichkeit, einige Objekte der Schürfausrüstung zu entwenden.«

Er griff unter seine weite Jacke und begann damit, die

Beute hervorzuholen. »Das hier ist ein im Hochfrequenzbereich arbeitender tomographischer Scanner«, verkündete er und präsentierte ein Gerät, das einem in der Föderation gebräuchlichen Tricorder ähnelte. B'Elanna griff sofort nach, öffnete es und fand in seinem Innern Dutzende von interessanten Komponenten.

»Das sieht gut aus, Neelix«, sagte sie und nahm eine erste Untersuchung vor. »Diese Chips sind offenbar integrierte photonische Schaltkreise. Und was haben wir hier? Transtatoren … Optische Verbindungsmodule … Kohärente Mikrowellenemitter. Ein wahrer Schatz!«

Der Talaxianer strahlte voller Stolz. Seine Hand verschwand erneut unter der Jacke, tastete nach hinten und holte nicht ohne Mühe eine große Scheibe hervor. Sie bestand aus metallenen Spulen, die in einem Kokon aus Schaltkreisen ruhten. B'Elanna griff auch danach.

»Phasenübergangsspulen – und Sariumkrellid-Energiezellen. Das ist wundervoll!«

»Ich habe sie von den Materieverschiebern. Die Schürfer benutzen sie, um bestimmte Materieansammlungen im Boden zu destabilisieren und zu verschieben.« Neelix sah, wie seine Gefährten lächelten, und darüber freute er sich sehr.

Selbst Tuvok schien beeindruckt zu sein. »Gut gemacht, Mr. Neelix«, sagte er und der Talaxianer glaubte, echte Anerkennung in der Stimme des Vulkaniers zu hören. »Vorik, erstatten Sie Commander Chakotay Bericht.«

Vorik nickte und brach mit mehreren Behältern auf – angeblich ging es ihm darum, Wasser zu holen. B'Elanna fuhr mit der Inspektion von Neelix' Diebesgut fort und machte keinen Hehl aus ihrer Begeisterung. »Mit diesen Dingen kann ich tatsächlich etwas anfangen«, sagte sie zuversichtlich. »Der tomographische Scanner liefert dreidimensionale Darstellungen vom Innern des Planeten. Wenn ich ihn mit den Phasenübergangsspulen verbinde … Dann sollte es wirklich möglich sein, einen einfachen, aber funktionsfähigen Transporter zu konstruieren.«

Tuvok verlangte wie üblich zusätzliche Informationen. »Bitte erklären Sie Ihre Theorie, Lieutenant.«

»Zunächst einmal: Ich glaube, ich kann die Justierungsschaltkreise unserer Insignienkommunikatoren so verändern, dass sich damit der Transporterstrahl modulieren und kontrollieren lässt. Der Scanner muss so modifiziert werden, dass er unsere molekulare Struktur erfasst. Die Phasenübergangsspulen wandeln unsere Moleküle in Energie um. Eine Feldinversion der Spulen bewirkt anschließend, dass aus der Energie wieder Materie wird.«

Tuvok nickte ernst. »Gibt es irgendwelche Kontraindikationen?«

B'Elanna zögerte. Sie war so aufgeregt, dass sie die negativen Aspekte nicht gern eingestand. Gleichzeitig wusste sie, dass sie ganz offen sein musste. »Ein großer Nachteil lässt sich nicht leugnen – wir haben keine Möglichkeit, einen Strukturspeicher zu konstruieren. Beim Transporter an Bord eines Raumschiffs nimmt der Strukturspeicher die molekulare Struktur der zu transferierenden Person für einige Mikrosekunden auf, während der Computer überprüft, ob alle Systeme einwandfrei funktionieren. Das ist eine wichtige Sicherheitsvorkehrung.« B'Elannas Blick glitt über die ernsten Mienen ihrer Kameraden. »Ohne einen Strukturspeicher ist das Beamen ebenso riskant wie Hochseilakrobatik ohne ein Netz.«

Diese Worte hingen schwer in der Luft, bis erneut Neelix' Stimme erklang.

»Es ist auch gefährlich, an diesem grässlichen Ort zu bleiben. Ich gehe lieber ein Risiko mit B'Elannas Transporter ein.« Die Reaktionen der anderen deuteten darauf hin, dass sie diese Ansicht teilten. B'Elanna nahm das in sie gesetzte Vertrauen mit einem Lächeln zur Kenntnis, setzte sich und hantierte mit den gestohlenen Komponenten.

Neelix teilte seine Mittagsration mit den anderen und erklärte: »Ich habe genug gegessen. Für die Arbeiter gibt es reichlich Nahrung. Heute waren meine Taschen voller Technik, aber morgen kehre ich mit Lebensmitteln zurück.«

Diese Aussicht sowie die in greifbare Nähe gerückte Möglichkeit, einen funktionsfähigen Transporter zu bauen, sorgte bei der Gruppe für eine außerordentlich gute Stimmung. Sie wurden ein wenig albern, lachten und scherzten wie Kinder und es folgte zufriedene Stille.

Neelix wartete einen Moment. »Wenn niemand etwas dagegen hat …«, sagte er dann. »Ich möchte meine Geschichte denen hinzufügen, die wir bereits gehört haben.«

»Ich bin sehr daran interessiert«, erwiderte Tom ehrlich.

»Es gibt Dinge über mich, die ich nie jemandem erzählt habe, nicht einmal Kes. Ich habe nie gewollt, dass andere darüber Bescheid wissen.« Neelix zögerte und richtete einen nachdenklichen Blick auf Tom. »Gestern Abend habe ich Ihnen gesagt, dass Sie mir Mut machten. Ohne Ihr Beispiel wäre ich hierzu nicht imstande.«

Tom klopfte ihm brüderlich auf die Schulter. »Ich fühle mich jetzt viel besser«, sagte er ermutigend.

Neelix schwieg einige Sekunden lang. »Ich weiß gar nicht, wie ich anfangen soll.«

»Beginnen Sie mit einfachen Dingen«, schlug Tom vor. »Mit Ihrer Kindheit, der Familie … Mit Dingen, die Ihnen Freude bereitet haben.«

Neelix überlegte kurz und lächelte. »Danke«, sagte er. »Jetzt weiß ich, wo meine Geschichte anfängt.«

10

Seit Neelix ein kleiner Junge gewesen war, liebte er das Prixin-Fest mehr als alle anderen. Seine Schwestern, alle fünf, verwöhnten ihn hemmungslos: Während des fünf Tage dauernden Festes buken sie seine Lieblingsspeisen und erfreuten ihn an jedem Abend mit ausgefallenen Geschenken.

Das bemerkenswerteste Prixin-Fest erlebte er als Fünfzehnjähriger. Mehrere Wochen lang suchten die Bewohner von Rinax – so hieß der Mond von Talax, auf dem Neelix' Familie wohnte – in den Wäldern nach den am besten duftenden Zweigen des Fellin-Busches, um damit ihr Zuhause zu schmücken. Mindestens ebenso lange erfüllten die herrlichen Aromen von Moolt-Gewürzen die Luft, als Obstkompotte entstanden, die bis zum ersten Prixin-Abend im Moolt-Nektar reifen sollten. Dann wurden aus ihnen die zeremoniellen Elixiere, die man beim Schmaus am Ersten Abend trank.

Neelix vermutete, dass seine Familie für jenen Abend eine große Überraschung plante. Bei mehreren Gelegenheiten hatte er bemerkt, dass seine Schwestern oder Eltern leise miteinander redeten und ganz plötzlich verstummten, als sie ihn bemerkten. Bei Gesprächen über die Vorbereitungen in Hinsicht auf das Prixin-Fest war ihm aufgefallen, dass die anderen oft hintergründig lächelten.

Er hoffte, dies alles richtig zu deuten. Seit er vor anderthalb Jahren seine Flecken bekommen hatte, wünschte er sich ein Hover-Fahrzeug. Er sehnte sich nach der Freiheit, die es ihm bringen würde, stellte sich vor, damit die Hügel ihres grünen Monds zu durchstreifen.

Sein ganzes Leben lang hatte er große Freude am Wandern gefunden. Als Kleinkind büchste er oft aus, wenn die Familie einen ihrer häufigen Ausflüge machte, ohne zu ahnen, welche Sorgen er seinen Eltern dadurch bereitete. Als Achtjähriger hatte er den erlaubten Bereich des Waldes erkundet und bat darum, die Grenze weiter hinauszuschieben.

Nur seine Schwester Alixia teilte diese Wanderlust. Sie war sechs Jahre älter als er und begleitete ihn bei Campingausflügen tiefer in den Wald hinein.

Neelix verehrte sie deswegen. Sie packte immer wundervolle Leckereien für ihn ein, ganze Rücksäcke voller Brillin und Trove-Riegel, von Raureif bedeckte Behälter mit eisgekühltem Neth. Stundenlang wanderten sie, tief hinein in den Wald. Alixia deutete dabei auf ungewöhnliche Pflanzen und Bäume, die nur an dunklen und feuchten Stellen wuchsen. Schließlich erreichten sie einen geheimen Ort, den Alixia vor einigen Jahren entdeckt hatte: eine Lichtung, auf der eine verlassene Hütte stand. Alixia glaubte, dass sie einst einem Waldarbeiter gehört hatte, aber niemand wusste, wer er gewesen und warum er fortgegangen war.

Einfacher konnte eine Hütte eigentlich kaum sein: nur ein Raum und ein Fenster. Die Einrichtung bestand aus einem Schrank, der nichts enthielt. Doch für Neelix wurde schon bald ein Schloss daraus. Er entfernte Staub und Spinnenweben, stattete die Hütte mit Dingen aus, die er im Abfall der wohlhabenden Viertel von Rinax fand. Viele Wanderschaften durch den Wald waren nötig, um seine Besitztümer zu Lichtung zu bringen: Kissen, ein Feldbett, Lampen, Vorhänge. Alixia half ihm jedes Mal und trug die schwereren Dinge.

Nur sie beide wussten von der Hütte, niemand sonst. Neelix teilte das Geheimnis weder mit seinen Freunden noch mit dem Rest der Familie. Alixia schien die Bedeutung dieser privaten Domäne für ihn zu verstehen und hütete das Geheimnis ebenfalls, soweit er wusste.

Viele Stunden verbrachte er dort und seine Aktivitäten veränderten sich, während er größer wurde. Als kleiner Junge gab er sich Phantasievorstellungen hin und schlüpfte in die Rolle des Prinzen Morax, der vor Äonen die unheilvollen Krebe-Geschöpfe von Talax vertrieben und dadurch dauerhaften Frieden geschaffen hatte. Er, Prinz Morax, tötete das groteske Krebe-Ungeheuer Lothal: Mit dem Krummschwert Simus schlug er ihm den Kopf ab und beendete damit für immer die Gefahr.

Er stellte sich die Siegesfeier vor, die nach der Legende vierzehn Tage gedauert hatte. Während dieser Zeit aß und trank Morax nichts, verzichtete auch auf Schlaf – er hatte das Herz des getöteten Monstrums Lothal verspeist und dadurch genug Kraft. Diesen Teil übersprang Neelix für gewöhnlich, denn er konnte – oder wollte – sich nicht vorstellen, ein rohes Herz zu essen.

Aber er genoss die Bewunderung des imaginären Volkes. Große Mengen jubelten ihm zu und waren so dankbar, dass sie ganz außer sich gerieten vor Entzücken. Immer wieder ließen sie ihn hochleben und schrien voller Bewunderung. Vierzehn mythische Tage lang badete Morax im Glück seines Volkes.

Als Neelix zehn oder elf war, verlor diese Phantasievorstellung ihren Reiz und wich der Faszination von Waffen. In seiner Familie gab es in dieser Hinsicht keine Vorbilder. Sein Vater war ein gelehrter Mann, der sich des Abends bei einem Threx-Spiel mit seiner Frau entspannte. Seine Schwestern lernten eifrig für die Schule und verbrachten ihre freie Zeit damit, sich von jungen Männern umwerben zu lassen.

Niemand scherte sich um Waffen.

Neelix' Interesse erwachte, als er im Müll einer reichen Familie eine alte Energiewaffe fand. Sie war groß und wuchtig und funktionierte längst nicht mehr, aber irgendetwas an ihr – das Gewicht, der Umstand, dass sie sich sehr massiv anfühlte, ihr funktionelles Design – faszinierte Neelix. Er nahm sie mit zur Hütte im Wald, demontierte sie dort und legte die einzelnen Teile vorsichtig beiseite, sodass er den Strahler später wieder zusammensetzen konnte.

Vier- oder fünfmal wiederholte er diesen Vorgang, bis er die Prinzipien des Partikelstrahl-Generators verstand. Anschließend versuchte er herauszufinden, wie man ihn reparieren konnte. Er entdeckte einige alte Bücher mit Instruktionen für die Reparatur von Waffen und las sie sehr aufmerksam. Nach einer Weile begriff er, dass es nur eine Möglichkeit gab, die gefundene Waffe wieder funktionsfähig zu machen: Er brauchte radiogene Isotope.

Wie konnte sich ein zwölfjähriger Junge solche Substanzen beschaffen? Welchen Grund sollte er nennen, um eine Person dazu zu bewegen, sie ihm zu geben? Wenn jemand herausfand, dass es ihm darum ging, eine Strahlwaffe in einen einsatzbereiten Zustand zu versetzen … Neelix glaubte, dass der Aufruhr groß genug sein würde, um seine Eltern und vielleicht auch die Behörden auf die Hütte aufmerksam zu machen, und dann war sein Geheimnis für immer verloren.

Seine einzige Hoffnung hieß Alixia. Eines Abends fand er sie am Bach, der durch ihr Anwesen floss – dort erfrischte sie sich an einem warmen Sommerabend. Über ihnen hing der Planet Talax groß am Himmel und warf helles Licht auf die Bewohner seines Mondes.

»Alixia, die Schule hat mich mit einem Ehrenprojekt beauftragt und dafür brauche ich radiogene Isotope.« Alixia ging in die zehnte Klasse und Neelix wusste, dass ihr dadurch erhebliche Ressourcen zur Verfügung standen.

Sie musterte ihn argwöhnisch. »Radiogene Isotope? Wozu benötigst du eine so gefährliche Substanz?«

»Für nukleare Chemie. Ich konstruiere ein Analysegerät für geladene Teilchen.«

»Wenn es für die Schule ist – warum stellt der Lehrer dann nicht alle benötigten Dinge zur Verfügung?«

Auf diese Frage war Neelix vorbereitet. »Es gehört zum Projekt, alle erforderlichen Komponenten selbst zu beschaffen. Es dient der Entwicklung unserer Selbständigkeit.«

Es war eine durchaus vernünftige und einleuchtende Erklärung. Sie bezog sich auf das talaxianische Bildungssystem, das selbständiges Denken und Autarkie förderte. Alixia schien sich damit zu begnügen. »Ich nehme an einem Laborkurs in bionuklearer Medizin teil. Vielleicht gibt es dort Isotope. Ich schaue nach.«

Neelix freute sich – auf seine Schwester war Verlass. Und tatsächlich: Einige Tage später gab sie ihrem Bruder eine kleine Phiole, in einen Schutzmantel gehüllt. »Sei vorsichtig«, warnte sie ihn. »Die Substanz ist sehr flüchtig.«

Das wusste Neelix und es erfüllte ihn mit Stolz, dass Alixia ihm die Isotope anvertraute, obgleich sie sehr gefährlich sein konnten und er erst zwölf Jahre alt war. Fast sofort machte er sich auf den Weg zu seiner Hütte im Wald.

Als er die Ladekammer der Energiewaffe mit den Isotopen füllte, kam es zu einer erstaunlichen Veränderung. Bis jetzt hatte er ein inaktives und nutzloses Stück Technik in der Hand gehalten. Nun besaß er eine mächtige Waffe, in der Energie summte. Neelix zitterte vor Aufregung, als er seine Hütte verließ und die Lichtung betrat.

Er hatte den Test sorgfältig vorbereitet, drei Ziele aufgestellt und sie so gestaltet, dass sie böse grinsenden Krebe-Kriegern ähnelten. Die Krebe waren für ihre Heimtücke und Hinterhältigkeit bekannt und bedrohten jetzt Neelix' Domäne. Sie mussten unbedingt besiegt werden.

Er hielt die summende Waffe lässig in der rechten Hand und schritt mit gespielter Gleichgültigkeit in Richtung des ersten Ziels. Neelix war jetzt nicht mehr Neelix, sondern der Meisterspion Xebot, der hinter den feindlichen Linien agierte, im Herzen des Krebe-Territoriums. Bisher hatte man ihn nicht entdeckt. Aber er wusste, dass einige Krebe misstrauisch geworden waren und ihn exekutieren wollten. Es galt, sofort zu handeln.

Als die Entfernung auf etwa sieben Meter schrumpfte, hob er die Waffe, wirbelte zum Krebe herum und schoss.

Das Ziel erschimmerte kurz, als es die Energie der Entladung aufnahm, und dann löste es sich in einer Plasmaflamme auf. Neelix schlenderte so weiter, als wäre überhaupt nichts geschehen, und näherte sich dem zweiten Ziel. Er erweckte den Anschein, daran vorbeizugehen, doch im letzten Augenblick drehte er sich um und feuerte auf den dritten Krebe, der etwa zwanzig Meter entfernt war, ihn bemerkt hatte und schießen wollte.

Neelix erwies sich als schneller. Der Strahlblitz traf den Krebe in die Brust und wie der erste Gegner verschwand er in einer Plasmaflamme.

Rasch wandte sich Neelix dem zweiten Angreifer zu, der mit gezückter Waffe auf ihn zulief, und zum dritten Mal betätigte er den Auslöser.

Der Strahler explodierte in seiner Hand.

Neelix schrie. Teile der Waffe flogen durch die Luft und blieben zischend auf dem Boden liegen. Die Hand des Jungen verwandelte sich in eine blutige Masse und in ihr brannte ein Schmerz, der weit über alles hinausging, das er bisher kennen gelernt hatte. Er starrte darauf hinab und Panik erfasste ihn. Drohte ihm der Tod? Er brauchte ärztliche Hilfe. Aber wie sollte er den Wald durchqueren, wenn solche Pein in ihm wütete? Wahrscheinlich musste die Hand amputiert werden.

Übelkeit stieg in ihm empor und ihm wurde schwindelig. Vage war er sich der beiden zerstörten Ziele bewusst, während der dritte Krebe noch immer triumphierend am Rand der Lichtung stand und ihn verspottete. Wenn die Gegner echt gewesen wären, hätten sie ihn inzwischen umgebracht. Kälte wogte ihm entgegen, ließ ihn frösteln. Die Welt seiner Phantasie, die bisher ein herrlicher Spielplatz für ihn gewesen war, erschien ihm plötzlich als ein finsterer, feindseliger Ort. Er versuchte Benommenheit und Schmerz abzustreifen, sehnte sich nach der warmen Umarmung seiner Mutter.

Er musste sich für einige Minuten hinsetzen. Immerhin war er nur ein kleiner Junge und wusste nicht, wie man mit solchen Problemen fertig wurde. Was sollte er jetzt machen? Er zitterte am ganzen Leib und beobachtete, wie aus dem Rot der verletzten Hand Purpur wurde.

Neelix wusste nicht, wie lange er dasaß. Die ganze Zeit über starrte er auf die Hand, sah überhaupt nichts anderes. Nach einer Weile merkte er, dass der Rand seines Blickfelds dunkel wurde. Wenn er sich nicht bewegte ... Vielleicht kroch die Dunkelheit dann immer näher, bis sie ihm den Blick auf die grässlich entstellte Hand verwehrte.

Er konnte hier sterben. Nie wieder würde er die Liebe seiner Familie spüren, nie wieder zusammen mit seinen Schwestern am Tisch sitzen, während ihr Vater von den Ereignissen des Tages berichtete. Nie wieder würde er den Duft frisch gebackener Trove-Riegel riechen. Ein einsamer Tod stand ihm bevor, ohne jeden Trost. Wie lange mochte es dauern, bis man seine Leiche fand? Alixia wusste von diesem Ort. Vielleicht fand man ihn, bevor die Insekten seinen Körper in eine abscheuliche schwammige Masse verwandelten, so wie bei den toten Tieren, die er gelegentlich im Wald gefunden hatte.

Wie konnte dies geschehen? Es war nicht fair – er war doch erst zwölf Jahre alt. Es gab so viele Dinge zu lernen, so viele Abenteuer zu erleben. Er durfte noch nicht sterben. Wo war Alixia?

Er hob den Kopf und sah den letzten Krebe. Das schreckliche, fratzenhafte Gesicht, das er gemalt hatte, starrte ihn an. Der Blick des monströsen Wesens schien ihn zu durchbohren, als es seinen Triumph genoss und ihn verhöhnte.

Das grässliche Gesicht veränderte etwas in Neelix, gab ihm neue Kraft. *Ich muss fort von hier, nach Hause,* dachte er.

Er stand auf, ohne dass die verletzte Hand den Boden berührte. Die Lichtung neigte sich vor ihm von einer Seite zur anderen und einige Sekunden lang befürchtete Neelix, das Gleichgewicht zu verlieren und zu fallen. Aber nach und nach stabilisierte sich die Welt und erlaubte es ihm, sich zu orientieren.

Er brachte einen Schritt hinter sich, dann noch einen. Heißer Schmerz ging von der verstümmelten Hand aus, und die Übelkeit kehrte zurück, brannte gallig in der Kehle. Er zwang sich, in Bewegung zu bleiben. Ein dritter Schritt, dann der vierte und fünfte. *Noch ein Schritt,* sagte er sich jedes Mal. *Noch ein Schritt.*

Er rief keine Götter an, denn er glaubte nicht an irgendwelche unsichtbaren höheren Wesen. Aber er versprach allen, die er liebte und die ihn liebten, sie nie wieder zu enttäuschen, wenn ihm die Heimkehr gelang. Er wollte sich in der Schule hervortun, seinen Eltern helfen und nie wieder mit seinen Schwestern streiten – wenn er es nach Hause schaffte.

Noch ein Schritt ... noch ein Schritt ... noch ein Schritt ...

Etwa zwanzigtausend Schritte später, lange nach Einbruch der Dunkelheit, wankte er auf den Hof vor dem Haus seiner Eltern und brach zusammen. Er fiel auf die verletzte Hand, und Schmerz explodierte in ihm, verhinderte aber nicht, dass er das Bewusstsein verlor. Seine letzten Gedanken galten Alixia.

Sie stand neben ihm, als er im Krankenhaus erwachte, die Hand in Verbände gehüllt, der Geist von schmerzlindernden Mitteln umnebelt. Er sah ihre liebevollen Augen und ein vertrautes Lächeln erhellte ihr Gesicht. »Oh, Neelix ... Du hast uns allen einen großen Schrecken eingejagt. Was hätten wir nur ohne unseren kleinen Bruder gemacht?«

Die Heilung der Hand dauerte lange. Mehrere Operationen waren nötig, um Nerven und Sehnen zu regenerieren, und bei einigen weiteren wurde Haut verpflanzt. Während all dieser Zeit warf ihm niemand vor, mit einer Waffe gespielt zu haben.

Als die Hand schließlich geheilt war und Neelix wieder zur Schule ging, kam eines Abends sein Vater und brachte ihm einige Bücher. »Wenn du mehr über Waffen wissen möchtest, so solltest du dabei richtig vorgehen.« Sie lasen gemeinsam, sprachen über die verschiedenen Waffenarten und gingen das Thema von Grund auf an.

Wochen später brachte Neelix' Vater eine niederenergetische Waffe und die notwendigen Wartungsinstrumente mit nach Hause. Als Neelix bewiesen hatte, dass er die Waffe demontieren, säubern und reparieren konnte, meinte sein Vater, die Zeit wäre reif für Schießübungen. Sie suchten einen Ort auf, von dessen Existenz Neelix erst jetzt erfuhr: eine breite, grasbewachsene Ebene mit Zielen in unterschiedlicher Größe und Form. Etwa zwanzig Talaxianer trainierten dort mit ihren Waffen.

»Oh, Eximar ... Wir hätten nicht gedacht, Sie einmal auf dem Schießplatz zu sehen.« Diese Worte stammten von einem hoch gewachsenen, korpulenten Mann, dessen Flecken fast schwarz waren, Zeichen hohen Alters. Seine Augen glitzerten und die Haarbüschel wirkten sehr gepflegt.

»Der Junge möchte schießen lernen, Uxxin«, erwiderte Neelix' Vater. »Ich sorge dafür, dass er alles richtig macht.«

»Gut«, sagte der erste Mann. »Wir brauchen bewaffnete Bürger, so wie sich die Dinge entwickeln.«

Neelix bemerkte, dass sein Vater bei diesen Worten die Stirn runzelte. Er führte ihn fort von Uxxin und ein wenig abseits der anderen Schützen durfte der Junge auf das erste Ziel anlegen. Sie blieben mehr als zwei

Stunden, und als sie gingen, hatte sich Neelix' Zielgenauigkeit erheblich verbessert.

Nachdem er mit der ersten Waffe umzugehen verstand, besorgte ihm sein Vater ein zweite, kompliziertere, und der ganze Vorgang wiederholte sich. Neelix lernte mit großem Eifer und es dauerte nicht lange, bis er sich mit vielen unterschiedlichen Waffen auskannte, von handlichen Strahlern bis zu den Disruptorkanonen eines Raumschiffs.

Nur einmal fragte ihn sein Vater, warum ihn diese Technik so sehr interessierte. Neelix wusste keine Antwort darauf. Und da richtete sein Vater eine sonderbare Frage an ihn: »Machst du dir Sorgen wegen der Haakonianer?«

Das verwunderte Neelix. Er hatte von den Haakonianern gehört, erinnerte sich aber nicht an den Zusammenhang. »Sollte ich?«, erwiderte er.

Sein Vater wirkte beunruhigt, und das war ganz und gar nicht typisch für ihn. Neelix spürte, wie sich Furcht in ihm regte – ein sehr unangenehmes Gefühl.

»Es gibt Gerüchte«, sagte sein Vater ausweichend. »Leider besteht unsere Regierung aus Personen, die sich nicht unbedingt durch großes diplomatisches Geschick auszeichnen. Sie könnten die Haakonianer beleidigen.«

»Was bedeutet das? Was geschieht dann?«

Neelix' Vater streckte die Hand aus und klopfte seinem Sohn auf die Schulter. »Nichts, nichts. Es tut mir Leid, wenn ich dich verunsichert habe. Hier bei deiner Familie auf Rinax wirst du immer sicher sein. Wenn es zu irgendwelchen Problemen kommt, so betreffen sie allein Talax.«

Die Unruhe blieb in Neelix. Konkrete Informationen hätten nicht so schlimm sein können wie der unheilvolle Klang der Worte. Was meinte sein Vater mit *Wenn es zu irgendwelchen Problemen kommt, so betreffen sie allein Talax*? Probleme welcher Art? Und wie konnte man sicher sein, dass sie sich auf Talax beschränkten? War dies der

Grund, warum der Mann auf dem Schießplatz von der Notwendigkeit bewaffneter Bürger gesprochen hatte? Neelix, dessen Leben bisher von Komfort und Sicherheit bestimmt gewesen war, sah sich plötzlich mit Ungewissheit konfrontiert.

Er setzte die Schießübungen fort und hielt seine Waffen sorgfältig sauber. Wenn es zu einem Notfall kam, wollte er bereit sein.

Die Monate vergingen und das Gefühl drohenden Unheils löste sich immer mehr auf. Kurz bevor er vierzehn wurde, bekam er seine Flecken und dieses Ereignis überschattete alle anderen.

Ein leichtes Brennen im Gesicht und am Hals wies ihn auf den nahen Übergang hin, kurz vor seinem vierzehnten Geburtstag. Wochenlang betrachtete er sich im Spiegel, hielt nach den ersten Anzeichen Ausschau. Und dann sah er sie endlich: die ersten vagen Verfärbungen an Kopf und Hals, am Rücken und auf den Armen.

Endlich war er ein Mann.

Im Lauf der Wochen wurden die Flecken dunkler und zeigten sich dadurch immer deutlicher. Neue Kraft erfüllte ihn, als er durch die Flure der Schule schritt, dabei Verwandtschaft mit jenen fühlte, die ihren Übergang bereits hinter sich hatten, während er den anderen, bei denen sich noch keine Flecken zeigten, mit Anteilnahme begegnete.

Außerdem brachte er den Mädchen wachsendes Interesse entgegen.

Er hatte von dieser starken Attraktion gehört, sie aber immer für ziemlich dumm gehalten. Es sollte einem Vergnügen bereiten, ein Mädchen auch nur *anzusehen*? Wie absurd. Jetzt stellte er fest, dass sich seltsame Empfindungen in ihm regten, wenn er den Blick auf das andere Geschlecht richtete. Er war verwundert und betört, spürte sogar ein wenig Furcht. Sein junges Selbst steckte plötzlich voller widerstreitender Empfindungen.

Die Arbeit für die Schule litt unter den neuen Interessen. Abends erinnerte sich Neelix an Bibixens wundervolle Haarbüschel, an Uxanas silberhelles Lachen, an den verlockenden Duft von Maxis' Parfüm. Er schenkte den Büchern kaum mehr Beachtung, gab sich ganz seinen Träumereien hin. Die Waffensammlung, einst sein größter Stolz, ruhte halb vergessen in den Schränken.

Nur eines nahm in Neelix' Gedanken ebenso viel Platz ein wie Mädchen: der Wunsch nach einem Hover-Fahrzeug. Seit vielen Monaten hatte er die Hütte im Wald nicht mehr besucht. Er war in der Hoffnung zu Hause geblieben, Vaxi im Teich schwimmen zu sehen, der ihre beiden Anwesen voneinander trennte. Aber wenn er über einen Schweber verfügte ... Dann konnte er sie zu Fahrten durch den Wald einladen. Vielleicht zeigte er ihr sogar die Hütte – dann war sie abgesehen von seiner Schwester die einzige andere Person, die sein Geheimnis kannte.

Voller Ungeduld wartete er im Jahr seines fünfzehnten Geburtstags auf den Schmaus des Ersten Abends. Jeden Abend, wenn er zu Bett ging, stellte er sich vor, mit Vaxi durch den Wald zu sausen. Vielleicht erschreckte er sie ein wenig mit seinen tollkühnen Manövern, wenn er dicht an Bäumen vorbeiraste und den Schweber über Bäche hinweghuschen ließ. Sie würde leise kreischen, zittern und sich die Augen zuhalten, während er das Hover-Fahrzeug mit sicherer Hand steuerte, ohne jemals die Kontrolle zu verlieren. Vor seinem inneren Auge sah er, wie sich Vaxi schließlich entspannte und sein Geschick bewunderte. Möglicherweise griff sie sogar nach seinem Arm, um sich festzuhalten, während er eine scharfe Kurve flog. Er glaubte zu spüren, wie ihre zarten Finger ihn berührten, und die entsprechenden Stellen an seinem Arm schienen zu brennen.

Schließlich stand der Schmaus des Ersten Abends unmittelbar bevor. Neelix' Aufregung nahm immer mehr zu. Er hatte alle Geschenke für die Familie vorbereitet:

für seine Schwestern geschnitzte Medaillons, für seine Mutter eine reich verzierte Schatulle, ein Tischlerwerkzeug für seinen Vater.

Aber seine Gedanken galten vor allem dem Geschenk, das auf ihn wartete, und deshalb fühlte er sich ein wenig schuldig.

»Kinder, kommt zum Tisch.« Mit diesen traditionellen Worten begann der Schmaus des Ersten Abends. Neelix und seine Schwestern schritten zum Esstisch, der mit Girlanden aus Fellin-Zweigen geschmückt war. Spezielle Kerzen verbreiteten den Duft von Testle-Blüten, einen Wohlgeruch, den Neelix mit den glücklichsten Tagen seiner Kindheit verband. An diesem Abend fühlte er sich nicht als Mann, sondern schlüpfte wieder in die Rolle des kleinen Jungen, dessen Magen mit leckeren Speisen gefüllt war und der mit großen Augen die Prixin-Geschenke bestaunte.

Seine Schwestern und er nahmen ihre Plätze ein und ihr Vater sang mit ihnen das Prixin-Lied. Es brachte Dank für Frieden, Nahrung und Obdach zum Ausdruck, erwähnte aber auch die Tugenden der Familie und die Wichtigkeit des Bandes der Liebe. Neelix mochte das Lied, das ihm immer wieder Trost spendete und ihn auch inspirierte.

»Verbinde unsere liebenden Herzen ... wir fürchten uns nicht. Verbinde unsere Hände zu einer starken Gemeinschaft ... wir fürchten uns nicht. Wir können uns glücklich schätzen, einander zu haben ... wir sind nicht allein ... Liebende Herzen werden die Nacht überstehen ... liebende Hände bewahren unsere Kraft.«

Dann wurde es Zeit, die Speisen zu zeigen. Neelix' Mutter Axa hob die Deckel von Schüsseln und Töpfen. Zum Vorschein kamen traditionelle Spezialitäten: gebratenes Wildbret, dunkle Knollen, natürlich auch Trove-Riegel und verschiedene Arten von Obstkompott, in Moolt eingelegt – beim Prixin-Fest durften auch Kinder davon essen. Neelix verdrückte mehrere Portionen und genoss das gelöste, heitere Empfinden, das sich daraufhin in ihm ausbreitete.

»Jetzt wird es Zeit für die Geschenke«, verkündete sein Vater. Neelix' Herz klopfte schneller. Er beobachtete, wie seine Schwestern Blicke wechselten, und er zweifelte kaum mehr daran, dass ihn ein Hover-Fahrzeug erwartete.

Er zwang sich, geduldig zu sein, während seine Schwestern und er Geschenke austauschten. Zufrieden nahm er zur Kenntnis, dass sie sich über die Medaillons freuten, und er wusste die Spiele und Werkzeuge zu schätzen, die er von Alixia und den anderen bekam.

Dann kamen die Geschenke der Kinder für ihre Eltern an die Reihe. Dieser Teil nahm viel Zeit in Anspruch, denn Vater und Mutter bestanden darauf, die Vorzüge jedes einzelnen Geschenks zu loben und dem Schenker ausgiebig zu danken. Neelix schwor sich: Wenn er einmal eine Familie hatte, wollte er seine Kinder nicht auf die Folter spannen, indem er sie so lange auf die Geschenke der Eltern warten ließ.

Schließlich war es so weit. Die Kinder erhielten die elterlichen Geschenke in der Reihenfolge ihrer Geburt, was bedeutete, dass Neelix als Letzter an die Reihe kam. Er brauchte seine ganze Geduld, um sich auf angemessene Weise für seine Schwestern zu freuen, als sie ihre wichtigsten Geschenke in Empfang nahmen.

Seine Eltern erwiesen sich als sehr großzügig und jedes Mädchen bekam etwas Wertvolles: ein makelloser Edelstein für Raxel, Ferien auf Talax für Mixin, eine wunderschöne Skulptur für Alixia, ein edles Parfüm für Xepha und ein seidenes Kleid für Melorix.

Schließlich wurde es Zeit für Neelix. Seine Eltern lächelten und meinten, alle müssten nach draußen gehen, um Neelix' Geschenk zu sehen. Das Herz pochte ihm bis zum Hals empor – draußen würde ein Schweber auf ihn warten. Noch an diesem Abend würde er damit zu Vaxi fahren.

Sein Vater öffnete die Tür und alle gingen hinaus. Neelix' Augen brauchten einige Sekunden, um sich an die Dunkelheit zu gewöhnen, und zuerst sah er nur ein großes Etwas auf dem Hof. Er näherte sich dem Objekt und bemerkte, dass seine Eltern und Schwestern hinter ihm zurückblieben.

Es war kein Fahrzeug.

Es handelte sich vielmehr um eine große alte Kanone, von einer Art, wie man sie vor über hundert Jahren verwendet hatte. Solche Antiquitäten waren sehr selten, was bedeutete: Es hatte seine Eltern sicher große Mühe gekostet, dieses Exemplar zu finden.

Aber es war kein Hover-Fahrzeug. Und er konnte wohl kaum erwarten, Vaxi damit zu entzücken.

Er drehte sich um und versuchte zu lächeln. »Ich bin überwältigt«, sagte er, was der Wahrheit entsprach. »Es ist zu viel ...«

Sein Vater strahlte. »Sie ist vollständig restauriert und in tadellosem Zustand – abgesehen davon, dass man natürlich nicht mit ihr schießen kann. Die Feuerkraft einer solchen Kanone wäre viel zu groß.«

»Natürlich.« Neelix zögerte und suchte nach angemessenen Worten. »Sie ist wunderschön. Ich habe viel über die Kanonen der Xeno-Klasse gelesen. Zu ihrer Zeit galten sie als technologisches Wunder.« Eine weitere Pause. »Ich kann euch gar nicht genug danken.«

»Wir wussten, dass du dich freuen würdest«, sagte seine Mutter. »Dein Vater hat monatelang danach gesucht.«

»Ihr hättet euch nicht solche Umstände machen sollen. Ein so bemerkenswertes Geschenk verdiene ich gar nicht.«

»Wir sind stolz auf dich, Neelix«, sagte sein Vater und lächelte. »Wir wollten dir zeigen, wie sehr.«

»Ich fühle mich geehrt und werde versuchen, den in mich gesetzten Erwartungen gerecht zu werden.« Die Worte klangen hohl in Neelix' Ohren. Das Gespräch verlor alle spontanen Elemente und wurde zu einem bloßen Austausch von Plattitüden. Er wollte fort, aber stattdessen ging er zu seinem Vater und legte ihm in einer traditionellen talaxianischen Geste den Kopf an die Brust. Diesen Vorgang wiederholte er bei seiner Mutter und sie strich ihm liebevoll über die Haarbüschel.

»Ich gehe jetzt auf mein Zimmer und möchte dort noch mehr über Xeno-Kanonen lesen. Ich danke euch sehr und habe euch lieb.«

Ungelenk wich er zurück, lächelte schief und winkte, bis er das Haus erreichte. Dann floh er mit gemischten Gefühlen in sein Zimmer. Wie konnte er es wagen, enttäuscht zu sein? Er gehörte zu den glücklichsten Leuten auf Rinax. Seine Familie überschüttete ihn geradezu mit Liebe. Er war klug, gesund und kompetent. Die Zukunft bot zahllose Möglichkeiten. Er sollte jeden einzelnen Tag seines Lebens in vollen Zügen genießen.

Doch die bittere Enttäuschung fraß sich wie Säure durch sein Inneres, tilgte alle positiven Empfindungen und ließ nur Elend übrig. Seine Phantasiebilder in Hinsicht auf Vaxi zersplitterten wie ein Spiegel, der auf den Boden fiel und zerbrach. Er schloss die Augen und stellte sich Vaxi vor, deren beigefarbene Flecken gar nicht anmutiger sein konnten. Die gelben, fast weißen Augen gaben ihr etwas Mystisches. Ihre Stimme war wie das Schnurren einer Kimkatze, kam einer zärtlichen Melodie gleich.

Vaxi, Vaxi …

»Neelix … Neelix …«

Ruckartig hob er den Kopf. Hatte er Halluzinationen? Oder nannte wirklich jemand seinen Namen? Wieder erklang die Stimme. »Neelix … Öffne das Fenster.«

Verwirrt blickte er nach draußen. Die Überraschung war so groß, dass er es zunächst kaum fassen konnte.

Vaxi stand dort und rief einmal mehr seinen Namen. »Neelix, ich muss mit dir reden. Öffne das Fenster.«

Neelix hantierte nervös am Schloss und es dauerte einige Sekunden, bis es ihm gelang, das Fenster zu öffnen. Warmer Wind strich ihm über die Wangen, als er sich nach draußen lehnte. »Was ist denn? Gibt es irgendein Problem?«

»Könntest du bitte nach draußen kommen, Neelix? Ich brauche deine Hilfe.«

Neelix' Herz klopfte schneller. Vaxi brauchte seine Hilfe? Hatte sie sich mit ihren Eltern gestritten? War sie in Schwierigkeiten und vielleicht sogar in Gefahr? Sofort schwang er ein Bein über die Fensterbank und kletterte nach draußen – ein Manöver, das er schon oft durchgeführt hatte.

Vaxi stand neben einigen Farnbäumen im rückwärtigen Bereich des Anwesens. Sie trug ein helles, dünnes Gewand, das in der leichten Brise wogte und das Licht von Talax schimmernd reflektierte. Der goldene Glanz betonte ihre wunderschönen gelben Augen und Neelix glaubte, nie ein hübscheres Mädchen gesehen zu haben.

»Was ist, Vaxi? Was ist passiert?«

Sie wirkte nicht besorgt, stellte er fest, eher ... aufgeregt? Erwartungsvoll? Neelix' Gedanken rasten, als er das seltsame Geschehen zu verstehen versuchte. Er glaubte, ein leises Rascheln zwischen den Farnbäumen zu hören, sah aber nichts.

Vaxi streckte ihm die Hand entgegen – unglaublich. Neelix zögerte, aber sie winkte ihn näher. »Komm, Neelix. Ich möchte dir etwas zeigen.«

Er näherte sich ihr vorsichtig und wusste noch immer nicht, was er von der Sache halten sollte. Normalerweise war Vaxi ruhig und zurückhaltend; derzeit verhielt sie sich auf eine für sie völlig untypische Weise. Sie ergriff seine Hand, drehte sich sofort um und zog Neelix in das Gehölz aus Farnbäumen. Buschige Farnwedel umgaben sie und der Junge hob einen Arm, um sie abzuwehren, während Vaxi entschlossen einen Fuß vor den anderen setzte.

Das Unbehagen in Neelix verdichtete sich immer

mehr. Vaxi, die nach ihm rief, der mysteriöse Marsch durchs Farnbaum-Gehölz – es erschien ihm alles viel zu bizarr. Sollte er stehen bleiben und sich weigern, einen weiteren Schritt zu gehen, bis Vaxi ihr sonderbares Verhalten erklärte? Ein großer Teil von ihm wollte genau das.

Doch er musste auch zugeben, dass von diesem seltsamen Ausflug ein gewisser Reiz ausging. Es fühlte sich gut an, Vaxis weiche Hand zu halten. Er war nahe genug, um ihr Parfüm zu riechen: ein vager Duft nach süßen Gräsern, der sein Herz noch schneller schlagen ließ. Er beschloss, die unverhoffte Nähe zu Vaxi zu genießen, was auch immer ihn am Ende dieser ungewöhnlichen Tour erwartete.

Er drehte den Kopf und spähte in die Dunkelheit, als irgendwo ein Zweig knackte. Befand sich noch jemand anders im Gehölz? Das Wohlbehagen verschwand abrupt aus ihm.

Weiter vorn vernahm er leises Husten und instinktiv wurde er langsamer. Vaxi wandte sich zu ihm um. »Komm«, flüsterte sie heiser und drängend.

Ein dunkles Objekt ragte vor ihnen auf und diesmal blieb Neelix stehen. Was auch immer es sein mochte: Er wollte sich dem unbekannten Etwas nicht noch weiter nähern. Es wurde Zeit für Antworten.

Vaxi zog ihn jetzt nicht mehr vorwärts. Sie war ebenfalls stehen geblieben und wandte sich ihm zu, wirkte noch erwartungsvoller als zu Beginn des Ausflugs. Auf der einen Seite bewegte sich etwas und jemand schnappte nach Luft, schien ein Lachen zu unterdrücken.

Dann plötzlich leuchteten Lampen auf und brachten jähe Helligkeit in die dunklen Tiefen des Farnbaum-Gehölzes. Neelix blinzelte geblendet, schirmte seine Augen ab und sah nach vorn.

Sein Blick fiel auf ein Hover-Fahrzeug.

Lachende Stimmen begleiteten diesen Moment und sie alle kamen hinter den Bäumen zum Vorschein: seine

Eltern und Schwestern, Vaxis Eltern und ihr Bruder. Die Szene wirkte unwirklich, schien aus einem Traum zu stammen. Was geschah? Neelix versuchte die unverständlichen Ereignisse in einen Zusammenhang zu bringen.

Alixias Lachen erlaubte es ihm, ganz in die Wirklichkeit zurückzukehren. Er sah in die Richtung, aus der ihre Stimme kam, und beobachtete, wie sie sich ihm voller Freude näherte. »Oh, Neelix, du solltest dein Gesicht sehen!«

Er sah zu Vaxi, die zu kichern begonnen hatte, wandte sich dann an seine Eltern, die außer sich zu sein schienen vor Entzücken. Die Haarbüschel seines Vaters tanzten im hellen Licht und die Augen seiner Mutter glühten in einem goldenen Ton.

Neelix' Erstaunen ließ nicht nach, als er begriff, was geschah und wie ausgeklügelt der Plan gewesen war. Sprachlos starrte er seinen Vater an.

»Nun, Neelix, ich sehe deutlich, wie verblüfft du bist. Die Überraschung ist uns also gelungen.«

»Wir haben es über *Wochen* hinweg geplant«, sagte Alixia fröhlich. »Alle nahmen daran teil. Ich weiß gar nicht, wie wir es so lange geheim halten konnten.«

Neelix wandte sich erneut dem Schweber zu.

Er glaubte, nie zuvor ein prächtigeres Fahrzeug gesehen zu haben. Es war ein Zweisitzer, schnittig und rasant, natürlich nicht neu, aber in einem hervorragenden Zustand. Nicht eine einzige Beule zeigte sich im Diburnium-Chassis. Nun, das stimmte nicht ganz. Es gab eine kleine, ganz unten, aber sie fiel kaum auf. Das Burgunderrot der Lackierung war so dunkel, dass es fast schwarz wirkte. Zierleisten glänzten an den Flanken.

»Das ... ist ... für ... mich?«, brachte Neelix mit ungläubiger, zittriger Stimme hervor. Die Freude der anderen schien noch zuzunehmen; seine Schwestern mussten sich sehr beherrschen, um nicht lauthals zu lachen.

»Vielleicht war es ein wenig grausam, den Anschein

zu erwecken, die Kanone wäre dein einziges Geschenk«, sagte sein Vater. »Aber diese durchtriebenen Frauen …« Bei diesen Worten deutete er auf seine Frau und Neelix' Schwestern. »… wollten es nicht anders.«

Neelix' Knie drohten nachzugeben. Er atmete mehrmals tief durch und trachtete danach, die enorme Bedeutung der aktuellen Ereignisse zu begreifen.

Er hatte ein Hover-Fahrzeug bekommen!

Sein Blick glitt über die Gesichter der Eltern, Schwestern und Freunde. Ein Kloß bildete sich in seinem Hals und mit tiefem Durchatmen ließ sich nichts dagegen ausrichten. »Ich weiß nicht, was ich sagen soll. Danke. Ich … ich … bin überwältigt …«

»Du hast so sehr versucht, deine Enttäuschung angesichts der Kanone zu verbergen«, kicherte Alixia. »Wie süß von dir … Aber dabei sahst du aus wie jemand, der seine über alles geliebte Kimkatze verloren hat.«

»Ihr … ihr habt das alles geplant? Die Kanone … das Fahrzeug …« Neelix hörte sich stottern. Es fiel ihm noch immer schwer zu verstehen.

Seine Mutter lächelte. »Die Mädchen haben mich davon überzeugt, dass du ein Hover-Fahrzeug noch mehr zu schätzen weißt, wenn du zunächst glaubst, keins bekommen zu haben. Sie wussten, dass du mit einem solchen Geschenk gerechnet hast. Deshalb entwickelten sie diesen Plan und überredeten Vaxi, daran teilzunehmen.«

»Wir wussten, dass du keinen Verdacht schöpfen würdest, wenn Vaxi mit von der Partie ist«, sagte Mixin und grinste.

»Aber ich war so nervös«, hauchte Vaxi. »Mein Puls raste. Die ganze Zeit über habe ich befürchtet, alles zu ruinieren.«

Neelix trat an das Fahrzeug heran und strich mit der Hand sanft über den Lack. »Es ist wunderschön«, sagte er. »Etwas Schöneres hätte ich mir gar nicht vorstellen können.« Er wandte sich der Familie zu, den Nachbarn, und seine Augen brannten, als er sich von tiefer Liebe umgeben fühlte. Womit hatte er ein solches Glück verdient? »Danke«, fügte er hinzu. »Ich werde immer versuchen, euch ... nie zu enttäuschen. Niemanden von euch.«

Es waren seltsame Worte und er wusste nicht, woher sie kamen, aber sein Vater umarmte ihn, dann auch seine Mutter. Vaxis Vater klopfte ihm auf den Rücken und es kam noch besser: Vaxi hauchte ihm einen Kuss auf die Wange. Er errötete und in seiner Magengrube zitterte etwas auf seltsam angenehme Weise.

Er war glücklicher als jemals zuvor in seinem Leben, glücklicher, als er jemals wieder sein würde. Er konnte sich nicht vorstellen, irgendwann einmal unglücklich zu sein.

Vier Jahre später, zwölf Tage vor seinem neunzehnten Geburtstag, stand Neelix auf dem Hof eines geheimen Lagers auf Talax, heimgesucht von einer Katastrophe. Die ihm vertraute Welt existierte nicht mehr und das beste Gefühl in ihm war Trübsal.

Wie hatte es hierzu kommen können? Wieso brach einfach alles zusammen? War das Leben tatsächlich so unvorhersehbar und unkontrollierbar? Und durfte er hoffen, dass es eines Tages erneut zu einem so abrupten und umfassenden Wandel kam, der ihn wieder glücklich machen würde?

Und was noch wichtiger war: Hätte er irgendwie verhindern können, dass sich die Ereignisse in diese grässliche Richtung entwickelten?

Als er sich diese Frage stellte, ahnte er die Antwort. Ja, die Dinge hätten anders sein können. Natürlich wäre er dann tot gewesen, aber diese Möglichkeit erschien ihm besser als das Leben, das ihm nun bevorstand.

Auf eine sonderbare Art und Weise gingen die Geschehnisse auf das Prixin-Geschenk vor vier Jahren zurück. Auf seinen Schweber, der Freiheit für ihn bedeutet hatte.

Damals verwandelten sich seine Träume in Realität. Rasch lernte er den Umgang mit dem Schweber und wurde zu einem geschickten Piloten. Zusammen mit Vaxi machte er lange, aufregende Ausflüge und sie kreischte angesichts seiner kühnen Manöver. Sie klammerte sich sogar an ihm fest, so wie er es sich vorgestellt hatte, und tatsächlich schienen ihre Finger auf seiner Haut zu brennen.

Jeden Abend lernten sie zusammen, wodurch sich Neelix' schulische Leistungen erheblich verbesserten. Sie schwammen im Teich zwischen den Anwesen ihrer Familien und besuchten Konzerte, manchmal auch in Begleitung ihrer Eltern.

Ein kleines, wissendes Lächeln erschien immer dann auf den Lippen seines Vaters, wenn Vaxis Name fiel, und seine Mutter freute sich sehr über die Beziehung. Neelix wusste, dass sie damit rechneten, früher oder später eine weitere Tochter in ihre große, liebevolle Familie aufzunehmen.

Er kam nie dazu, Vaxi zur Hütte im Wald zu bringen.

Er erwähnte sie nicht einmal. Es erschien ihm kindisch und er hätte es als peinlich empfunden, Vaxi die Reste seiner Kindheit zu zeigen. Bestimmt hätte sie es für dumm und unreif gehalten, eine Hütte im Wald aufzusuchen, um sich dort irgendwelchen Phantasievorstellungen hinzugeben. Nein, Neelix konnte nicht riskieren, dass sie so etwas sonderbar und anomal fand.

Vage Schuldgefühle regten sich in ihm und manchmal gewann er den Eindruck, einen Freund aus der Kindheit zu verlassen, ohne sich von ihm zu verabschieden. Vor dem inneren Auge sah er die Hütte, einsam und verlassen im Wald, von Insekten zurückerobert; Ranken reichten an den Wänden empor und übers Fenster hinweg.

Diese Bilder ließen Kummer in ihm entstehen und an jedem Abend schwor er, am nächsten Tag die Hütte aufzusuchen und sie wieder in einen makellosen Zustand zu versetzen.

Und jeden Tag verbrachte er so viel Zeit wie möglich mit Vaxi.

Während jener Wochen und Monate munkelte man auf Talax immer öfter von einem bevorstehenden Konflikt. Die Leute redeten immer häufiger über die Haakonianer. Neelix wusste inzwischen, dass die Talaxianer vor mehr als hundert Jahren erfolgreich gegen die kriegerischen Haakonianer gekämpft hatten. Nach jahrzehntelangen Versuchen der Herrscher von Haakon, den Planeten Talax und seinen Mond zu unterwerfen, hatte sich der Gegner voller Schmach zurückgezogen und seine Aggressionen auf andere, weniger wehrhafte Völker konzentriert. Über Generationen hinweg herrschte auf Talax Frieden.

Jetzt kursierten beunruhigende Gerüchte, nach denen es die Haakonianer erneut auf Talax abgesehen hatten. Neelix hörte zum ersten Mal davon, als ihn sein Vater vor drei Jahren zum Schießplatz brachte. Inzwischen sprach man ganz offen darüber. Angeblich rüstete Haakon eine große Flotte aus. Oder plante einen Überraschungsangriff auf Rinax. Oder wollte Talax in eine Strafkolonie verwandeln. Die Einzelheiten änderten sich ständig, aber in einem Punkt schienen alle Leute einer Meinung zu sein: Unheilvolles bahnte sich an.

Wie man auf das drohende Unheil reagieren sollte … Da gingen die Meinungen auseinander. Bei den Mitgliedern der Regierung – und auch bei den Bürgern – gab es krassen Dissenz in Hinsicht darauf, wie man der Gefahr einer Invasion begegnen sollte. Einige vertraten einen aggressiven Standpunkt, verlangten den Aufbau einer Armee und eine Militarisierung der Gesellschaft.

Andere wiesen darauf hin, dass man die Haakonianer nur mit einer friedlichen, gewaltfreien Einstellung von einem Angriff abhalten konnte. Gemäßigte Kreise, zu denen auch Neelix' Vater zählte, sprachen sich dafür aus, dass Talax keine offenen militärischen Maßnahmen ergriff, aber Streitkräfte für die Verteidigung aufstellte.

Neelix fand das alles ausgesprochen abstoßend. Als Mann, so wusste er, sollte er eigentlich Stellung beziehen, doch die Gedanken an einen Krieg erfüllten ihn mit Abscheu. Er hatte nie unmittelbare Erfahrungen damit gesammelt, während seiner Beschäftigung mit Waffen aber genug darüber gelesen, um zu wissen, dass er auf keinen Fall an so etwas beteiligt sein wollte. Andererseits ... Wenn Talax angegriffen wurde – war es dann nicht seine Pflicht, den Verteidigern zu helfen?

Voller Sehnsucht dachte er an seine Kindheit zurück. Damals hatte niemand derartige Entscheidungen von ihm verlangt und er war dem Krieg nicht näher gekommen als in seinen Phantasievorstellungen von Prinz Morax und seinen Heldentaten. Er begann sich zu wünschen, noch ein Kind zu sein, von der Familie vor der bitteren Realität geschützt.

Er beschloss, die Hütte zu besuchen.

Neelix füllte einen Korb mit Trove-Riegeln und eisgekühltem Neth, erinnerte sich dabei voller Melancholie an die Ausflüge mit Alixia. Inzwischen war sie verheiratet, ebenso wie Raxel und Mixin. Alle drei hatten im gleichen Jahr Lebenspartner gewählt, was dazu führte, dass eine dreifache Hochzeit stattfand. Er vermisste Alixia sehr, aber wenn er an Vaxi dachte, verstand er ihr Glück und hegte keinen Groll gegen sie.

Als er den Schweber durch den Wald steuerte, fühlte er sich sofort von Wohligkeit erfasst. Der Duft von feuchten Blättern kam für ihn einem Parfüm gleich und ließ ihn glauben, wieder acht Jahre alt zu sein und mit Alixia einen Ausflug zu unternehmen.

Er fuhr langsam und genoss die Waldlandschaft. Der Schweber glitt dicht über dem Boden hinweg und der Fahrtwind strich Neelix kühl über die Wangen. Er wollte die Hütte neu einrichten und sie wieder öfter besuchen. Im nächsten Jahr würde er auf Talax zur Schule gehen – dies mochte die letzte Gelegenheit für ihn sein, den alten Zufluchtsort noch ein wenig zu genießen.

Neue Entschlossenheit regte sich in ihm und wirkte beruhigend.

Mit dem Schweber brachte er die Strecke rasch hinter sich. Warum hatte er sich nie mit dem Hover-Fahrzeug auf den Weg zur Hütte gemacht? Neelix schüttelte reumütig den Kopf. Kaum hatte er die Möglichkeit bekommen, sich schnell fortzubewegen – gerade deshalb war sein Wunsch nach einem Schweber so intensiv gewesen –, hatte er auch schon das Interesse verloren, Rinax zu erforschen.

Stattdessen erforschte er Vaxi. Dieses spezielle Abenteuer bedauerte er keineswegs, aber es tat ihm nun Leid dass er die Ausflüge in den Wald aufgegeben hatte. Hier gab es Kontinuität, ein Muster, das Trost spendete. In diesem Wald existierte keine Ungewissheit.

Weiter vorn sah er die Lichtung. Als er näher kam, stellten sich seine Befürchtungen hinsichtlich der vernachlässigten Hütte als richtig heraus. Sträucher wuchsen auf der Lichtung und umgaben das kleine Bauwerk. Ranken zogen sich an den Wänden entlang und hatten sogar das Dach erreicht. Blätter hingen vor dem Fenster und an einigen Stellen bedeckten moosartige Pilze das Holz.

Die Hütte bot genau den Anblick, den man erwarten konnte, nachdem sie drei Jahre nicht mehr benutzt worden war.

Und doch … Irgendetwas stimmte nicht. Neelix wusste nicht, worum es sich handelte – den Augen bot sich nichts Ungewöhnliches dar. Aber etwas, *etwas* fühlte sich nicht richtig an.

Neelix stieg wachsam aus dem Schweber und eine gewisse Anspannung erfasste ihn. Jemand war hier gewesen, und zwar erst vor kurzer Zeit. Aber woher wusste er das?

Er inspizierte die Hütte aus sicherer Entfernung. Das Gestrüpp wirkte unberührt und er hörte nur das Summen von Insekten sowie das gelegentliche Trillern eines Yute-Vogels.

Langsam und leise näherte sich Neelix der Tür. Er glaubte, das Pochen seines Herzens zu hören, und der eigene Atem erschien ihm viel zu laut. Was verursachte seine Beklommenheit?

Nur noch wenige Schritte trennten ihn von der Tür, als er begriff: Es war ein Geruch. Der Duft des Waldes war stark und vertraut, eine Kombination aus vermodernden Blättern, wilden Blumen und Feuchtigkeit. Aber hier gab es noch etwas anderes, etwas so Subtiles, dass es sich kaum entdecken ließ. Doch Neelix kannte den Duft des Waldes so gut, dass ihm fremde Elemente darin sofort auffielen.

Etwas hatte gebrannt. Er wusste nicht genau was, aber der beißende Geruch schien stärker zu werden, als er ihn identifizierte. Er drehte den Kopf von einer Seite zur anderen, hielt jedoch vergeblich nach Spuren eines Lagerfeuers auf der Lichtung Ausschau. Daraufhin wandte er sich erneut der Hütte zu – der Geruch musste aus ihrem Innern kommen.

Er hätte sich wieder ans Steuer des Schwebers setzen und nach Hause zurückkehren können. Rückblickend betrachtet wäre eine solche Entscheidung sehr klug gewesen.

Aber etwas schien ... geschändet worden zu sein. Jemand hatte seine Hütte benutzt, seine Zuflucht. Er wusste natürlich, dass er keinen echten Anspruch darauf erheben konnte, aber er fühlte sich trotzdem als ihr Eigentümer. Er hatte viele Stunden Arbeit in sie investiert und einen nicht unerheblichen Teil seines jungen Lebens an diesem Ort verbracht. Die Hütte *gehörte* ihm und es gefiel ihm ganz und gar nicht, dass jemand anders sie benutzte.

Voller Empörung öffnete er die Tür.

Und voller Entsetzen wich er zurück.

Ein Mann saß in sich zusammengesunken auf dem Stuhl, auf Neelix' Stuhl. Fesseln hinderten ihn daran, auf den Boden zu sinken.

Sein Gesicht – wenn man überhaupt noch von einem Gesicht sprechen konnte – war eine purpurne, breiige Masse. Es hatte sich in eine groteske Maske verwandelt, vergleichbar mit denen, die Kinder am Tag der Geister verwendeten. Die Augen waren zugeschwollen, ließen sich kaum mehr erkennen.

Jemand hatte den Mann auf erbarmungslose Weise geschlagen.

Wie erstarrt stand Neelix an der Tür und wusste nicht, was er unternehmen sollte. Es widerstrebte ihm, sich der Monstrosität weiter zu nähern, aber er fühlte sich verpflichtet festzustellen, ob der Mann noch lebte.

Er hoffte, dass das nicht der Fall war.

Neelix zwang sich zu einer Ruhe, die er nicht empfand, trat auf den Mann zu und sah, dass sich seine Brust kaum merklich hob und senkte. Er lebte.

Und dann machte Neelix eine weitere, noch grauenvollere Entdeckung – er fand die Ursache für den Brandgeruch.

Der Mann hatte nicht nur schreckliche Prügel einstecken müssen. Teile seines Körpers waren verbrannt und verkohlt: Füße, Fußknöchel, Beine ... Von unten nach oben. Jemand hatte den Gefesselten auf geradezu unvorstellbar grausame Weise gequält. Neelix erbebte am ganzen Leib und für einige Sekunden befürchtete er, sich übergeben zu müssen. Der Geruch wurde immer stärker, stieg ihm in die Nase und schien die Lungen zu lähmen, sodass er nicht mehr atmen konnte.

Er gewann den Eindruck, dass Stunden vergingen, während er völlig reglos dastand und versuchte, sich wieder unter Kontrolle zu bringen. Schließlich schnappte er nach Luft, als er feststellte, dass der Mann die Augen geöffnet hatte und ihn ansah.

»Ich ... ich ... ich bringe Sie hier raus«, brachte Neelix hervor. Er hatte es gar nicht sagen wollen – die Worte kamen ihm von ganz allein über die Lippen.

Ein kratzender Laut entrang sich der Kehle des Gefesselten, doch Neelix hatte nicht die geringste Ahnung, was der Fremde zu sagen versuchte. Er wollte auch nicht näher treten, um ihn besser zu verstehen.

Der Mann krächzte erneut und es klang drängender als zuvor.

»Was? Ich verstehe Sie nicht ...«, sagte Neelix. Er überlegte, wie er den Verletzten zum Schweber bringen sollte. Angesichts der verbrannten Beine konnte der Mann bestimmt nicht gehen und er war zu schwer, als dass Neelix ihn hätte tragen können. Wie ließ sich die versprochene Rettung bewerkstelligen?

Der Gefesselte flüsterte heiser, bewegte dabei Lippen, auf denen geronnenes Blut Krusten bildete. Entsetzt beobachtete Neelix, wie sich kleine Splitter aus den Krusten lösten und zu Boden fielen, um sich dort mit dem Staub zu vereinen, der sich zu einer dicken Schicht angesammelt hatte. Noch drängender klangen die unverständlichen Worte und Neelix begriff, dass er sich dem schrecklich gepeinigten Mann nähern musste, um ihn zu verstehen.

Er zwang sich, einige Schritte nach vorn zu treten, beugte sich dann hinab und hielt das Ohr dicht an die blutigen, angeschwollenen Lippen. Diesmal vernahm er einzelne Worte. »Sie ... werden ... dich ... finden ...«

Unvorstellbares Entsetzen dehnte sich in Neelix aus. Was bedeutete das? Wer mochte ihn finden? Und würden sie ihn ebenso behandeln wie diesen armen Mann? Er kämpft gegen die Panik an und sah in das grässliche Gesicht des Mannes. »Allein kann ich Sie nicht nach draußen bringen. Ich hole Hilfe und verspreche Ihnen, so schnell wie möglich zurückzukehren.«

Er bekam keine Antwort. Das Kinn des Mannes war wieder auf die Brust gesunken – die wenigen Worte schienen ihn die letzten Reste von Kraft gekostet zu haben.

Neelix wich zur Tür zurück und eilte dann über die Lichtung zu seinem Schweber. Später, als er das Fahrzeug mit hoher Geschwindigkeit durch den Wald lenkte, fragte er sich, ob es besser gewesen wäre, die Spuren seines Besuchs zu beseitigen. Er hatte nicht einmal die Tür geschlossen. Dann fiel ihm ein: Vielleicht hatte sich jemand im Wald versteckt und beobachtet, wie er die Hütte betrat und sie kurze Zeit später wieder verließ.

Jemand, der ihn identifizieren konnte.

Neelix schüttelte diese schrecklichen Empfindungen ab, raste nach Hause und rief nach seinem Vater. Kaum eine Stunde später waren sie zusammen mit dem freundlichen Tixil und einigen weiteren Männern vom Zivilschutz in einem offiziellen Fahrzeug unterwegs durch den Wald. Es spielte keine Rolle mehr für Neelix, dass er die Existenz der Hütte preisgab – als Zufluchtsort für ihn kam sie jetzt ohnehin nicht mehr in Frage.

Er führte die Gruppe zur Lichtung und stieg dort voller Grauen aus. Ihm lag nichts daran, den schrecklich zugerichteten Mann noch einmal zu sehen. Er hatte ihn bereits beschrieben und wollte, dass sich Tixil und die anderen um alles kümmerten, damit er versuchen konnte, den grässlichen Anblick aus seinem Gedächtnis zu tilgen.

Doch ihm fiel sofort auf, dass die Tür der Hütte geschlossen war.

Er wusste genau, dass er sie offen gelassen hatte, erinnerte sich in diesem Zusammenhang an seine Sorge während der Fahrt durch den Wald. Es gab nur eine Erklärung: Jemand war hier gewesen, nachdem er diesen Ort verlassen hatte.

Er blieb abrupt stehen. Tixil sah ihn an. »Was ist los, Neelix?«, fragte er.

»Ich habe die Tür offen gelassen. Jemand war hier.«

Tixil nickte und zog seine Waffe. Ihr Anblick beruhigte Neelix. Eine Person mit Autorität war zugegen, ein mächtiger Mann mit einer mächtigen Waffe. Er würde Stabilität in Neelix' Leben zurückbringen, eine außer Rand und Band geratene Realität ordnen.

An der Tür blieb Tixil kurz stehen, stieß sie dann auf und trat mit schussbereiter Waffe ein. Nachdem er sich im Raum umgesehen hatte, winkte er die anderen heran.

Neelix betrat die Hütte hinter seinem Vater und hoffte, dass dieser ihn vor dem Anblick des Gefolterten abschirmte.

Aber der Mann war gar nicht mehr da.

Der Stuhl, auf dem er zuvor gesessen hatte, nahm wieder seinen üblichen Platz am Tisch ein. Der Raum sah so aus, als hätte sich seit Jahren niemand in ihm aufgehalten. Staub bedeckte den Boden und nirgends zeigten sich Fußspuren darin. Nichts deutete darauf hin, dass der Stuhl woanders gestanden hatte.

Es gab kein verkrustetes Blut im Staub.

Neelix spürte, dass mehrere Blicke auf ihn gerichtet waren, darunter der seines Vaters und Tixils. Die Männer schwiegen.

»Ich … ich …« Neelix hörte das Zittern in seiner Stimme und atmete tief durch. »Er war hier. Er saß auf diesem Stuhl, gefesselt. Aber der Stuhl stand nicht am Tisch, sondern in der Mitte des Zimmers.« Seine Stimme klang hohl.

Noch einmal sah sich Tixil sorgfältig um, inspizierte das Fenster und den Schrank, betrachtete den staubigen Boden. Neelix stellte fest, dass ihre eigene Präsenz unübersehbare Spuren im Staub hinterlassen hatte. Es war ausgeschlossen, die Hütte zu betreten, ohne dass Abdrücke in der dicken Staubschicht auf dem Boden zurückblieben.

Neelix sah seinen Vater an, der Tixil beobachtete, während der Mann vom Zivilschutz das Zimmer noch einmal überprüfte. Schließlich drehte sich Tixil zu ihnen um und seine Stimme klang sanft, als er sagte: »Ich weiß nicht, was ich davon halten soll, Neelix. Alles deutet darauf hin, dass sich hier seit langer Zeit niemand aufgehalten hat.« Er zögerte verlegen. »Vielleicht bist du ein junger Mann mit sehr lebhafter Phantasie …«

»Ich habe ihn gesehen«, erwiderte Neelix fest. »Er war hier.«

Tixil nickte und schien zu versuchen, diesen Worten Glauben zu schenken. Er sah kurz Neelix' Vater an und senkte dann den Blick. Seine Verlegenheit wuchs.

»Ich bringe es nicht gern zur Sprache«, sagte er; das Thema bereitete ihm ganz offensichtlich Unbehagen. »Aber ich fühle mich dazu verpflichtet.« Er zögerte erneut, fuhr dann fort: »Rhuludianische Kristalle sind heutzutage bei der Jugend sehr beliebt ...«

Neelix hörte, wie sein Vater nach Luft schnappte, und er hasste Tixil, weil er diese schreckliche Möglichkeit erwähnte.

Er trat auf seinen Vater zu. »Ich habe so etwas nie – *nie* – angerührt. Und ich werde es auch nie.«

Neelix' Vater nickte ernst und sah Tixil an, der schwieg und einen Kommentar ablehnte.

Schließlich holte der Mann vom Zivilschutz tief Luft. »Ich lasse den Wald von meinen Leuten durchsuchen. Wenn sie etwas finden, gebe ich Ihnen sofort Bescheid.«

Neelix' Vater nickte und schien sich damit abzufinden, aber sein Sohn fühlte sich verraten. »Sie glauben mir nicht«, warf er Tixil vor. »Sie vermuten, ich hätte mir alles nur eingebildet. Aber das ist nicht der Fall. Ich habe hier einen auf grausame Weise gefolterten Mann gesehen, und wer auch immer ihn peinigte – der Verantwortliche ist noch irgendwo dort draußen.« Bei den letzten Worten lief es ihm kalt über den Rücken. Die geflüsterte Prophezeiung des Gefesselten fiel ihm ein – jemand befand sich dort draußen und würde ihn finden. Er schluckte und atmete tief durch.

Und nahm vagen Brandgeruch wahr.

»Riechen Sie das?«, wandte sich Neelix erneut an Tixil. »Es riecht verbrannt. Aus gutem Grund. Die Füße und Beine des Mannes waren verkohlt.«

Sein Vater und Tixil schnupperten, aber offenbar nahmen sie den scharfen Geruch nicht wahr. Vielleicht bemerkte ihn Neelix nur deshalb, weil er zuvor so stark gewesen war. Beide Männer wirkten ein wenig verlegen und wiesen darauf hin, dass sie nichts rochen.

Sein Vater legte ihm den Arm um die Schultern und führte ihn nach draußen. Tixil folgte ihn und ließ noch einmal den Blick durch den Raum schweifen.

Sie schwiegen, als sie durch den Wald heimkehrten.

Tixil setzte sie zu Hause ab und versprach, sich am nächsten Tag mit ihnen in Verbindung zu setzen. Neelix sah ihm nach und beobachtete, wie Macht und Autorität in der Ferne verschwanden.

Er fühlte sich allein und hilflos. Der Appetit war ihm gründlich vergangen und er entschuldigte sich, suchte sein Zimmer auf. Dort kroch er unter die Bettdecke und kauerte sich wie ein kleines Kind zusammen, das in der Dunkelheit lauernde Ungeheuer fürchtete.

Noch immer hatte er den Geruch von verbranntem Fleisch in der Nase. Er wusste, dass es sich nur um eine Erinnerung handelte – den Unterschied zwischen Realität und Einbildung kannte er sehr wohl –, aber trotzdem reagierte er mit Übelkeit darauf. Selbst hier, im Bett seiner Kindheit, gab es keinen Frieden für ihn.

Er wusste nicht, wie viel Zeit verstrichen war, als es an der Tür klopfte. Es war Nacht geworden und Neelix' Selbst befand sich irgendwo zwischen Schlafen und Wachen. Als er das Klopfen hörte, versteifte er sich unwillkürlich.

»Neelix?«, fragte sein Vater. Er stand auf, ging zur Tür und öffnete sie.

Sein Vater stand dort mit einem Mann, der vage vertraut wirkte, den Neelix jedoch nicht sofort identifizieren konnte.

»Erinnerst du dich an Uxxin?«, fragte sein Vater. »Du bist ihm begegnet, als wir zum ersten Mal den Schießplatz aufsuchten.«

Neelix erinnerte sich tatsächlich: ein hoch gewachsener, korpulenter Mann, dessen Flecken fast schwarz waren, Zeichen hohen Alters. Er hatte damals auf die Notwendigkeit bewaffneter Bürger hingewiesen.

Diesmal brachte Uxxin Neuigkeiten, die weitaus erschreckender waren als eine noch nicht konkrete Gefahr, die von den Haakonianern ausging.

Neelix nahm mit den beiden Männern am Esstisch Platz, an dem er im Lauf der Jahre so viel Spaß gehabt hatte. Von diesem Abend an stellte der Tisch kein Symbol für Freude und Glück mehr dar, sondern erinnerte Neelix an die grässlichen Dinge, von denen Uxxin berichtete.

»Der Junge muss Rinax noch heute Nacht verlassen. Falls er noch hier ist, wenn Tixil morgen zurückkehrt, werden Sie ihn nie wiedersehen. Ich habe Vorbereitungen dafür getroffen, ihn nach Talax bringen zu lassen. Dort gibt es Freunde, die ihn verstecken.«

Neelix glaubte, seinen Ohren nicht trauen zu können. Wovon redete Uxxin da? Warum musste er seine Heimat verlassen?

Sein Vater richtete einen ernsten Blick auf ihn. »Uxxin gehört zu einer Gruppe, die versucht, einen Krieg gegen Haakon zu vermeiden. Aber es gibt starke Kräfte, die einen solchen Krieg wollen und Personen, die eine gemäßigte Einstellung vertreten, für eine Bedrohung halten. Die ganze Angelegenheit ist ziemlich scheußlich geworden.«

»Ich glaube, der Mann in der Hütte gehörte zu unserer Gruppe«, sagte Uxxin. »Er verschwand vor einigen Tagen. Tixil und seine Leute haben ihn vermutlich gefoltert, um Informationen über uns zu bekommen.«

»*Tixil*?« Neelix konnte kaum glauben, was er hörte. »Aber er gehört zum Zivilschutz …«

»Ich fürchte, bei dieser Organisation gibt es viele Leute wie ihn: Sie wollen den Krieg und sind bereit, alle Mittel zu nutzen, um die Opposition zu unterdrücken.«

Vor Neelix drehte sich alles. Was wurde aus dem Leben, wenn man nicht einmal den zivilen Einrichtungen trauen konnte, jenen Leute, die geschworen hatten, alle Bürger zu schützen und zu verteidigen?

»Tixil weiß, dass du jemanden gesehen hast, der gefoltert wurde. Er kann es sich nicht leisten, dass du von diesem Erlebnis berichtest. Es grenzt an ein Wunder, dass er dich nicht sofort zu einem Verhör mitnahm.« Uxxin legte eine bedeutungsvolle Pause ein. »Du hättest bestimmt nicht überlebt.«

Vor dem inneren Auge sah Neelix die verbrannten Füße des Mannes und versuchte, diese Schreckensbilder zu vertreiben. Erwartete ihn ein solches Schicksal? Kaltes Entsetzen breitete sich in ihm aus, kroch durch Leib und Gliedmaßen. Sein Vater ließ so etwas gewiss nicht zu. Er war klug und stark, würde ihn beschützen.

Aber sein Vater sprach jetzt mit Uxxin und traf Vorbereitungen für Neelix' heimliche Reise nach Talax. Der Junge wurde aufgefordert, rasch die nötigsten Sachen zu packen. Fünfzehn Minuten nach Uxxins Ankunft stand Neelix bei seiner Mutter und den Schwestern Xepha und Melorix, den beiden, die noch zu Hause wohnten. Tränen strömten über ihre Gesichter. Am liebsten hätte Neelix ebenfalls geweint, aber er zwang sich, zuversichtlich zu wirken, um es für die Familie nicht noch schlimmer zu machen.

»Ich kehre so bald wie möglich zurück«, versprach er und küsste ihre feuchten Wangen, woraufhin sie noch hingebungsvoller weinten.

Seine Mutter umarmte ihn und auch ihre Augen glänzten feucht, aber sie blieb gefasst, wollte dem Kummer nicht nachgeben. Sein Vater drückte ihn kurz und fest an sich, ohne ein Wort zu sagen. Und dann war Neelix fort, floh wie ein Verbrecher durch die Nacht.

Er sah seine Familie nie wieder.

Der Krieg brach aus. Talax führte den ersten Angriff – die kriegerische Fraktion ihres Volkes hatte sich durchgesetzt. Anschließend spielte es kaum mehr eine Rolle, wer angefangen hatte. Grausame, erbarmungslose Kämpfe fanden an vielen Fronten statt: im All, auf der haakonianischen Heimatwelt, auch auf Talax. Die Verluste auf beiden Seiten waren enorm. Das ganze ökonomische Potenzial wurde in die Kriegsanstrengungen investiert, was zu einer starken Verknappung der Nahrungsmittel führte. Die Winter waren schlimm, da es an Treibstoff und Heizmaterial mangelte. Medizinische Zentren konnten kaum mehr gewöhnlichen Patienten helfen, da sie vor allem Verwundete aus dem Krieg aufnahmen.

Haakon litt ebenso. Die Ressourcen schwanden immer mehr und in den haakonianischen Außenposten kam es zu Aufständen. Haakons Regierung geriet immer mehr unter Druck – die Bürger wollten so schnell wie möglich ein Ende des Krieges.

Zwei Jahre lang arbeitete Neelix in einem geheimen Asyl für Deserteure. Den leidenschaftlichen Eifer der eingeschworenen Pazifisten teilte er nicht und mehrmals überlegte er, ob er das Versteck verlassen sollte, um Soldat zu werden. Aber er wusste, dass es dafür zu spät war. Den obligatorischen Kriegsdienst hatte er nicht geleistet und daher galt er ebenfalls als Deserteur. Wenn man ihn fasste, musste er damit rechnen, sofort hingerichtet zu werden.

Und so schützte er jene, die vor den Kämpfen geflohen und davon überzeugt waren, dass die Regierungen beider Seiten den Krieg nur fortsetzten, um sich zu bereichern. Die Veteranen erzählten Geschichten von unglaublichem Entsetzen an den Fronten und sprachen voller Verachtung über die eigennützigen Motive derjenigen, die es zuließen, dass ein derartiges Grauen andauerte.

Neelix wusste nicht, was er glauben sollte. Er war in diese Situation weder durch eine Ideologie noch aufgrund freier Wahl geraten. Das Schicksal hatte für ihn entschieden. Er war so hilflos wie ein welkes Blatt im Wind. Er hielt es für besser, philosophische Überlegungen zu vermeiden und der Sache, die ihn geschützt, vor

Tixil gerettet und ihm zwei Jahre lang Sicherheit gewährt hatte, nach besten Kräften zu helfen.

Er musste zugeben: Als er die furchtbaren Geschichten von der Front hörte, war er froh, nicht am Krieg beteiligt zu sein. Es klang alles so sinnlos. Manchmal wurde wochenlang um einen mehrere hundert Meter breiten Streifen Land gekämpft. Talaxianische und haakonianische Soldaten eroberten ihn, verloren ihn wieder, eroberten ihn erneut, bis tausende von Leichen herumlagen und sich niemand mehr daran erinnern konnte, warum jener Streifen Land so wichtig war.

Sie hörten Gerüchte, nach denen die haakonianische Bevölkerung außer Kontrolle geraten war und damit drohte, die Regierungsgebäude zu stürmen, wenn der Krieg nicht sofort beendet wurde. Hoffnung entstand in vielen Herzen. Vielleicht war das Grauen bald vorbei.

Der Krieg fand tatsächlich ein Ende.

Zu dem entscheidenden Ereignis kam es an einem warmen Frühlingsabend und es dauerte nicht länger als vier Minuten.

Neelix saß draußen, auf dem von einer Mauer umgebenen Hof ihres Verstecks. Das Trillern eines Yute-Vogels erklang und erinnerte ihn an die Heimat. Irgendwo spielte jemand eine sanfte Melodie auf einer Ixxel. Für einige Sekunden fiel es ihm leicht zu glauben, dass sich das Leben bald wieder normalisierte, dass Liebe und Freude in ihre Herzen zurückkehren würde, dass es wieder genug Nahrung gab, für den Körper ebenso wie für die Seele.

Er atmete die Frühlingsluft tief ein und sah zu Rinax empor, dem am Nachthimmel leuchtenden Mond. Zu diesem Zeitpunkt war die eine Hälfte hell und die andere dunkel. Er dachte an seine Eltern und Schwestern, hoffte dabei, dass sie nicht zu sehr unter den Folgen des Krieges litten.

Die Ehemänner seiner Schwestern waren sicher Soldaten geworden – es sei denn, sie hatten zwingende

Gründe geltend machen können, die es ihnen erlaubten, der Einberufung zu entgehen. Seit zwei Jahren war Neelix ohne Kontakt zur Familie, seit damals, als er Rinax verlassen hatte, in einem Container verborgen und an Bord eines Frachters, den ein Freund von Uxxin nach Talax flog.

Als er nach oben blickte, breitete sich sonderbare Helligkeit über Rinax aus und verwandelte den weißen Glanz in ein kaltes blaues Schimmern.

Dann verschwand das seltsame Licht.

Neelix starrte gen Himmel und versuchte, den verwirrenden Anblick mit einem bekannten Phänomen in Verbindung zu bringen.

Dazu war er nicht imstande.

Dunkle Finger schienen jetzt nach dem Mond zu greifen, rasch über seine Oberfläche zu kriechen und immer mehr von ihr zu bedecken. Staubwolken, vermutete Neelix. Oder ein ungewöhnlicher Energiesturm im All. Kälte umhüllte sein Herz, als er begriff, dass es etwas viel Schlimmeres als ein Sturm sein musste.

Erneut klang der Ruf des Yute-Vogels durch die Nacht – nachher würde Neelix das Trillern für immer mit der Katastrophe assoziieren –, als sich Rinax verwandelte und zu einer dunklen Scheibe wurde, wie bei einer Mondfinsternis.

Neelix war sicher, dass es sich in diesem Fall nicht um eine Mondfinsternis handelte. Was hatte es mit den dunklen Fingern auf sich, die wie Klauen des Todes über den Mond hinweggekrochen waren?

Später wusste Neelix nicht zu sagen, wie lange er gen Himmel gestarrt hatte. Irgendwann bemerkte er Aufruhr in den Gebäuden. Stimmen erklangen und ein fast schrilles, gespenstisches Wehklagen ertönte.

Lixxisa, eine gute Freundin, lief zu Neelix. Ihre Augen waren weit aufgerissen und das Gesicht wirkte sehr blass in der Dunkelheit. »Neelix …«, begann sie. Ihre Knie gaben nach und sie sank zu Boden.

Besorgt ging er neben ihr in die Hocke. »Was ist passiert?«

»Es ist einfach unvorstellbar ...«

»Heraus damit, Lixxisa!«

»Rinax ... zerstört ...«

Neelix erstarrte innerlich. Allein mit Willenskraft wollte er den Zeitstrom dazu bewegen, in die entgegengesetzte Richtung zu fließen, ihn zurückzubringen zu dem Moment des ruhigen Träumens vor einigen Minuten. Er wollte Rinax erneut am Nachthimmel leuchten sehen, ohne dass es zu dem seltsamen Schimmern kam. Die Ereignisse würden einen anderen Verlauf nehmen. Lixxisa würde nicht zu ihm gelaufen kommen, zu Boden sinken und jene schrecklichen Worte aussprechen.

Aber Neelix' Wille war nicht stark genug. Die Zeit kehrte sich nicht um. Lixxisa schnappte nach Luft, als hätte sie einen Schlag in die Magengrube erhalten. »Eine Waffe ... eine schreckliche Waffe ... eine Kaskade ... Auf Rinax existiert keine einzige Siedlung mehr ... Alle Bewohner sind tot ...«

Die Litanei des Schreckens ging weiter, aber Neelix hörte nicht mehr zu. Wenn er sich weigerte, die Worte zur Kenntnis zu nehmen, so verloren sie an Bedeutung. Was man nicht hörte, kann nicht geschehen sein.

Aber auch in diesem Fall half ihm seine Entschlossenheit nicht weiter. Lixxisa fuhr unbeirrbar fort. »Gewaltige Feuerbälle ... die Atmosphäre fast völlig verbrannt ... Nie zuvor geschah so etwas ... Welche Ungeheuer setzen eine solche Waffe ein?«

Entgeistert blickte Neelix nach oben. Inzwischen zeigte sich hier und dort Licht zwischen den dunklen Wolken. Orangefarbenes Flackern leckte an der Schwärze. Flammen. Gewaltige Feuerbälle.

Auf Rinax hatte der Feind eine Waffe eingesetzt, die so mächtig war, dass der Rauch von ihrer Explosion den ganzen Mond verdunkelte. Jetzt waberten Feuerbälle. Wenn man sie von Talax aus sehen konnte, mussten sie wirklich riesig sein. Niemand war imstande, ein solches Inferno zu überleben.

Neelix stellte sich seine geliebte Familie vor: Vater und Mutter, eng umschlungen, als sie verbrannten; seine Schwestern wanden sich voller Agonie hin und her, als das Fleisch an ihren Knochen verkohlte. Die liebliche Alixia schrie und schrie und schrie …

Er nahm den Geruch von verbranntem Fleisch wahr.

Eine glühende Kohle formte sich in seinem Bauch. Er wusste nicht, was es damit auf sich hatte; sie war ihm völlig fremd. Sie schmerzte und gleichzeitig wirkte sie seltsam befriedigend. Im Lauf der Zeit wuchs sie immer mehr, verbrannte ihn von innen her, übernahm ihn vollständig, entzündete sein Gehirn und kochte das Herz.

Es war Zorn.

Noch Wochen nach der Katastrophe half ihm der Zorn, bei Kräften zu bleiben. Der Krieg war zu Ende gegangen – Talax hatte sofort kapituliert und wurde dadurch praktisch zu einem haakonianischen Außenposten. Die Waffe, so erfuhren sie, hieß »Metreonische Kaskade« und war entwickelt worden, um den Krieg schnell zu beenden.

Neelix erklärte sich dazu bereit, an einer Rettungsmission teilzunehmen, und er gehörte zu den Ersten, die den Fuß auf den verheerten Mond setzten. Noch immer brannten Feuer auf Rinax; der Geruch konnte einem über Jahre hinweg Albträume bescheren. Es war der gleiche Geruch von verbranntem Fleisch, der ihn in der Hütte erwartet hatte, damals, bei der Begegnung mit dem gefesselten Mann. Wolken aus beißendem Rauch trieben langsam dahin, wie dunkle Blumen des Unheils.

An einem solchen Ort konnte es kein Leben geben.

Neelix und seine Freunde gingen weiter. Sie versuchten sich von dem schrecklichen Anblick nicht zu sehr erschüttern zu lassen, atmeten durch feuchte Taschentücher, um sich zumindest ein wenig vor dem schrecklichen Geruch zu schützen. Schon bald wurde ihnen klar, dass die Suche nicht langen dauern würde, denn von Rinax war praktisch nichts übrig.

Das Haus von Neelix' Familie existierte nicht mehr. Nicht einmal das Fundament war verschont geblieben – nur ein großer schwarzer Fleck wies darauf hin, dass an dieser Stelle etwas gebrannt hatte. Auch Vaxis Haus war verschwunden und nur eine leere Mulde erinnerte an den Teich, in dem sie als Kinder gebadet hatten.

Jemand wies darauf hin, dass sie sich in unmittelbarer Nähe des Ortes befanden, an dem die Explosion der Waffe stattgefunden hatte. Neelix hielt das für eine gute Nachricht, denn es bedeutete, dass seine Familie von einem Augenblick zum anderen ausgelöscht worden war, ohne zu leiden. Seine Eltern und Schwestern weilten jetzt im Jenseits, im Leben nach dem Tod, und eines Tages würde er sie dort wiedersehen. Er versuchte, sich von diesem Gedanken Trost spenden zu lassen, als sie den Weg durch eine schwarze, verbrannte Landschaft fortsetzten.

Nach einer Weile hörte Neelix ein Geräusch, das aus einer Rauchwolke kam. Zuerst glaubte er, dass es von einem Vogel stammte, und er fragte sich verwundert, wie ein Vogel imstande gewesen war, eine derartige Katastrophe zu überleben.

Dann sah er Gestalten, die sich aufreizend langsam näherten, als müssten sie bei jedem Schritt durch unsichtbaren Schlamm stapfen.

Sie sahen schrecklich aus.

Verbrannte Haut hatte die Farbe von Schiefer angenommen, hing in Fetzen von Körper und Gliedmaßen. Das breiige Fleisch darunter war so sehr angeschwollen, dass es den Eindruck erweckte, jederzeit platzen zu können. Flüssigkeit hatte sich darin angesammelt. Dort, wo sich einst Gesichter befunden haben mochten, zeigten sich Fratzen aus schwammigem Gewebe, eine Masse, die so aussah, als hätte jemand einen Löffel hineingesteckt und umgerührt.

Mehrere Öffnungen zeigten sich darin, waren aber so verzerrt, dass sie sich nicht als Augen oder Mund identifizieren ließen. Doch aus einem dieser Löcher kam ein animalisch klingendes Stöhnen, das dazu führte, dass sich die Haarbüschel an Neelix' Kopf versteiften.

Eins der Ungeheuer hielt direkt auf ihn zu. Es hatte keine Augen mehr, schien die Mitglieder der Rettungsgruppe nur zu hören, nicht aber zu sehen. Mit ausgestreckten, verunstalteten Armen wankte es heran. Neelix wich zurück und fürchtete plötzlich, von dem Monstrum berührt zu werden.

»Wahhhh ... wahhh ...«

Lippen, Zähne und Zunge schienen miteinander verschmolzen zu sein, aber trotzdem identifizierte Neelix die Stimme als die eines Kindes. Verblüfft starrte er die Gestalt an.

Das Kind deutete auf seinen entstellten Mund. »Wahhh ... wahhh ...«, wiederholte es und plötzlich begriff Neelix, dass das arme Geschöpf um Wasser bat. Er holte seine Feldflasche hervor, öffnete sie und bot sie dem Kind an.

Es konnte sie nicht sehen.

Neelix hob die Flasche an die Reste der Lippen und ließ Wasser in den Mund tropfen. Das Kind trank, doch nach wenigen Sekunden hustete es – das Schlucken schien ihm erhebliche Schmerzen zu bereiten. Neelix spürte, wie er zu zittern begann. Wie sollte er diesem Geschöpf helfen? Er fühlte sich überfordert.

Er sah sich um und stellte fest, dass die übrigen Mitglieder der Rettungsgruppe sich um andere Überlebende kümmerten. Sie schienen genau zu wissen, worauf es ankam, und Neelix fragte sich kurz, wie sie angesichts einer so enormen Katastrophe ruhig bleiben konnten.

Er erinnerte sich an die schmerzlindernden Mittel in seiner Medo-Tasche und holte sie hervor. Aber bevor er sie verabreichen konnte, wurde das Kind ohnmächtig und sank ihm in die Arme. Einige Fetzen der verbrannten Haut klebten an seiner Kleidung fest. Übelkeit brannte in seiner Kehle, ließ dann aber wieder nach und er spürte das Gewicht des Kindes in seinen Armen. Mühelos hob er es hoch und trug es zu den anderen – dieses arme Geschöpf sollte am Leben bleiben.

Siebenunddreißig Personen hatten den Einsatz der Metreonischen Kaskade überlebt, siebenunddreißig von insgesamt mehr als zweihunderttausend Bewohnern des Mondes. Sie waren nur deshalb nicht gestorben, weil sie sich in einer unterirdischen Freizeitanlage aufgehalten hatten, viele Kilometer vom Einsatzort der Waffe entfernt. Man brachte sie zu Medo-Zentren auf Talax, wo Ärzte ihren Zustand mit Verblüffung zur Kenntnis nahmen. Die traditionelle Behandlung von Brandwunden erwies sich in diesem Fall als wirkungslos. Die Überlebenden siechten dahin und verloren nacheinander den Kampf gegen den Tod.

Neelix erfuhr den Namen des Kinds: Palaxia. Zwar war sie sehr entstellt, aber ihre inneren Organe hatten weniger Schaden genommen als die der anderen. Die Ärzte gaben ihr eine echte Überlebenschance. Sie meinten, das Mädchen hätte einen ausgeprägten Überlebenswillen, und so etwas konnte durchaus den Ausschlag geben.

Neelix verbrachte Wochen an Palaxias Seite. Sie war blind – die Hitze der Metreonischen Kaskade hatte ihre Augen geschmolzen –, und deshalb las er ihr stundenlang vor: inspirierende Geschichten von talaxianischen Helden, die schwierige Zeiten überstanden. Er hoffte, dem Mädchen auf diese Weise Mut zu machen. Aber er wusste nicht, ob es ihm gelang. Palaxia konnte nicht sprechen, denn ihr Kehlkopf war vernarbt. Aber sie hörte ihn und Neelix stellte sich vor, dass der Klang seiner Stimme ihr Trost brachte.

Hauttransplantationen wurden durchgeführt, doch

der Körper stieß das neue Gewebe ab. Drei Versuche unternahmen die Ärzte, bevor sie den Kopf schüttelten und eingestanden, nicht weiterzuwissen.

Palaxia bekam starke schmerzstillende Mittel. Ohne sie hätte sich das Mädchen in einem Zustand ständiger Agonie befunden. Die Arzneien sorgten dafür, dass sie in einem »erträglichen Maße« litt, wie es die Doktoren ausdrückten. Neelix fragte sich, wie sie so etwas feststellen konnten und woher sie wussten, was für Palaxia erträglich war und was nicht. Wenigstens konnten die Ärzte die Situation des Mädchens ein wenig verbessern und dafür war Neelix dankbar.

Palaxia lag reglos auf dem Bett, während sich ihre Brust langsam hob und senkte. Verbände bedeckten das Gesicht und den Körper. Sie musste ganz allein leiden, in einer Welt, die sie mit niemandem teilen konnte.

Neelix saß bei ihr, Tag für Tag, las vor, sprach zu ihr, sang sogar einige der Prixin-Lieder, die ihm als Kind so sehr gefallen hatten.

Palaxia lebte fünfeinhalb Wochen, drei Wochen länger als die anderen Überlebenden. Neelix war bei ihr, als sie immer mühsamer atmete. Viermal hörte sie auf zu atmen, um dann erneut Luft zu holen – ihr Wille schien es einfach nicht zuzulassen, dass sie starb. Die ganze Zeit über sprach Neelix Worte des Trostes und sagte ihr, dass sie bald wieder bei ihrer Familie sein würde, die auf sie wartete.

Schließlich hob und senkte sich die Brust des Mädchens zum letzten Mal und dann lag es völlig reglos da. Stumm nahm Neelix seine Sachen und verließ das Medo-Zentrum, ohne sich von irgendjemandem zu verabschieden. Er vergoss keine Tränen für Palaxia, auch nicht für seine Familie und Freunde. Er trauerte nicht um sie, denn es hätte ihn zerstört.

Zwei Jahre später lernte er Wix kennen, während eines euphorischen Trips, hervorgerufen vom Rauch verbrennender Rhuludianischer Kristalle.

Natürlich waren es keine Kristalle, sondern getrocknete und zerriebene Kräuter mit einer stark berauschenden Wirkung. Der Begriff »Kristalle« ging auf die erstaunliche geistige Klarheit zurück, die man nach dem Einatmen des Rauches empfand. Nach Palaxias Tod nahm Neelix die Kristalle zum ersten Mal. Andere Mitglieder seiner Gruppe verwendeten sie oft, aber er hatte bisher darauf verzichtet. Nach der Metreonischen Kaskade erinnerte er sich nicht mehr daran, warum es so wichtig war, derartigen Dingen abzuschwören.

Als er den wohlriechenden Rauch zum ersten Mal einatmete, fragte er sich, warum er dies so lange abgelehnt hatte.

Weshalb wurde so oft vor der Verwendung der Kristalle gewarnt? Warum hatten Neelix' Eltern und alle anderen Erwachsenen, die er kannte, immer wieder betont, dass er sie auf keinen Fall einatmen sollte? Viel Lärm um nichts. Die Kristalldämpfe machten ihn nicht benommen, sorgten auch nicht dafür, dass er die Kontrolle über sich verlor. Ganz im Gegenteil: Sein Verstand gewann eine ganz neue Schärfe, wenn er die Kräuter entzündete und den süßen Rauch tief einatmete. Dann gewann sein Bewusstsein eine Klarheit, die es ihm ermöglichte, selbst die schwierigsten Dinge zu verstehen.

Was noch wichtiger war: Der Rauch half ihm, das zu vergessen, was er auf Rinax gesehen hatte. Die grässlichen Szenen verschwanden nach und nach aus seinem Gedächtnis. Die Übelkeit, die seit der Metreonischen Kaskade ein ständiger Begleiter gewesen war, verließ ihn endlich. Das Wohlbehagen kehrte zurück und er konnte wieder für die Zukunft planen.

Warum sollte man eine solche therapeutische Substanz *nicht* nehmen?

Natürlich musste er darauf achten, nicht süchtig zu werden. Es galt, den Konsum unter Kontrolle zu halten, aber das war kein Problem. Er *brauchte* die Kristalle nicht; er konnte jederzeit damit aufhören, den Rauch einzuatmen. Er hatte ganz einfach entschieden, dadurch seinen Schmerz zu lindern. Wenn sein Leben wieder in Ordnung war, würde er damit aufhören.

Aber bis dahin brauchte er Nachschub und in dieser Hinsicht ergaben sich immer mehr Probleme, seit die Haakonianer den Krieg gewonnen hatten. Sie hielten überhaupt nichts von den Kristallen und versuchten, den Handel auf Talax zu unterbinden.

Deshalb verließ Neelix den Planeten. Zusammen mit einigen anderen Passagieren befand er sich an Bord eines Frachters und dachte voller Zuversicht an die Zukunft, nachdem er ein wenig Kristallrauch eingeatmet hatte – er war bereit, zwischen den Sternen sein Glück zu suchen.

Zu den Passagieren gehörte Wixiban, ein junger Mann in seinem Alter, intelligent und geistreich. Auf verlockende Weise pries er die beruflichen Möglichkeiten, die das Recycling bot. Er verfügte über einen großen Vorrat an Kristallen und war bereit, ihn mit Neelix zu teilen. Aber natürlich nicht umsonst.

»Ich habe Freunde, die gut zurechtkommen«, sagte Wix überschwänglich. »Sie sammeln ausrangierte Dinge und bringen sie in Ordnung, um sie anschließend zu verkaufen oder gegen Waren einzutauschen. Es ist ehrliche Arbeit und außerdem erweisen wir der Umwelt einen Gefallen, indem wir die Menge des Abfalls verringern.«

Neelix nickte zustimmend. Er fand Wix' Ausführungen sehr beeindruckend, von großer Weisheit erfüllt. »Ich habe mich oft darüber gewundert, was die Leute alles so wegwerfen«, sagte er. »Es ist eine Schande, so verschwenderisch mit Dingen umzugehen, die man noch einige Jahre gebrauchen könnte.« In seinem bewusstseinserweiterten Zustand glaubte er, enormen Tiefsinn in diesen Worten zu erkennen.

»Wir brauchen natürlich ein Schiff«, fuhr Wix fort. »Nichts Großes und Modernes … Ein kleiner Runabout genügt. Bestimmt finden wir einen, wenn wir uns auf einem Schiffsfriedhof umsehen. Von alten Raumschiffen trennen sich die Leute ebenso bereitwillig wie von den Küchenabfällen des letzten Abends.«

»Wir reparieren ihn und bringen ihn wieder in Schuss.« Neelix freute sich auf das Projekt und dachte an die Komponenten, mit denen er das Schiff ausstatten wollte: ein Triebwerk mit Hyperenergie, mit gegerbtem Libbit-Leder bezogene Sessel, ein Kommunikationssystem mit isoakustischen Lautsprechern – die gewaltigen Entfernungen im All ließen sich leichter zurücklegen, wenn laute, lebhafte Musik erklang. Und wenn man genug Rhuludianische Kristalle hatte.

Neelix merkte, dass er seine Gedanken schweifen ließ, während Wix auch weiterhin sprach. Keiner von ihnen schien zu merken, dass er in erster Linie mit sich selbst kommunizierte, ein Umstand, den Neelix sehr lustig fand. Er kicherte leise.

Je mehr er darüber nachdachte, desto lustiger wurde es, und nach einigen Sekunden lachte er laut, was ihm neugierige Blicke einbrachte, nicht nur von Wix, sondern auch von den anderen Passagieren. Er klopfte Wix auf die Schulter, eine Geste des guten Willens und der Solidarität, und war dankbar, als Wix ihn brüderlich umarmte.

Ein Bruder. Das sollte Wix für ihn sein. Tränen des Glücks brannten in Neelix' Augen, als er begriff, dass die Schmerzen der Vergangenheit nicht mehr existierten und er wieder eine Familie hatte. Vermutlich brauchte er nicht einmal mehr die Kristalle.

Sie fanden ihren Raumer – ein recht mitgenommen wirkendes, aber immer noch einsatzfähiges Scoutschiff – auf einem großen Schiffsfriedhof. Dort führte ein Wellyump die Aufsicht, eins der tierartigen Geschöpfe, die im Ruf standen, schwierige Verhandlungspartner zu sein. Neelix und Wix fanden schnell heraus, dass die

Wellyump eine solche Reputation verdienten. Letztendlich mussten sie zu einer List greifen, um ihr Schiff zu bekommen. Neelix lud den Wellyump zu einigen Gläsern mit hochprozentigem Sokrit ein, spielte dann Karten mit ihm und gewann, weil er Kristalldampf eingeatmet hatte und sich deshalb besonderer geistiger Flinkheit erfreute. Die Sinne des Wellyump hingegen waren vom Sokrit so sehr betäubt, dass der Bursche nicht einmal daran dachte, seine Karten zu zählen. Neelix gewann ein Spiel nach dem anderen und jedes Mal bekam er einen wertvollen Edelstein aus dem Haufen, der vor seinem Opponenten lag und immer mehr schrumpfte.

Die Gefahr bei dieser Sache bestand darin, den legendären Jähzorn des Wellyump zu wecken, aber Neelix machte sich keine Sorgen. Er hielt sich für fähig, die Situation zu kontrollieren, bis Wix das Schiff startklar gemacht hatte. Bestimmt wollte dieser Koloss das Kartenspiel fortsetzen und versuchen, die verlorenen Edelsteine zurückzugewinnen.

»Ich bin fair, Verehrtester, und deshalb biete ich Ihnen die Chance, diese prächtigen Kostbarkeiten wiederzubekommen. Wenn ich verliere – und eigentlich bin ich jetzt an der Reihe, nicht wahr? –, gewinnen Sie alles.« Neelix schob die Edelsteine in die Tischmitte; sie glitzerten im Licht. »Und wenn Sie verlieren, so brauchen Sie mir nur einen weiteren Stein zu geben.«

Das große Geschöpf ihm gegenüber lehnte sich mit einem dumpfen Grollen zurück. Dicke, mit Pelz bedeckte Speckringe umgaben seinen massigen Leib und wackelten bei jeder Bewegung. Der Wellyump griff nach dem Sokrit-Glas und trank einen großen Schluck. Schließlich sah er Neelix aus halb geschlossenen Augen an und nickte.

Es war nicht einmal eine Herausforderung und das fand Neelix traurig. Der Riese ihm gegenüber war so betrunken, dass er kaum mehr seine Karten sehen und sie erst recht nicht geschickt ausspielen konnte. *Das sind die Auswirkungen der Trunkenheit,* dachte er und dankte der Vorsehung dafür, dass er keine so gefährlichen Substanzen zu sich nahm.

Er gewann das Spiel mühelos und der Wellyump sackte enttäuscht und berauscht in sich zusammen. Er zischte dumpf und Neelix fragte sich, ob dieses Geräusch eine Warnung darstellte. Er beschloss, höflich zu sein und einen Teil seines Gewinns zu opfern, um diesem gefährlichen Wesen mit heiler Haut zu entkommen.

»Sie haben ausgezeichnet gespielt, Verehrtester, und so etwas weiß ich sehr zu schätzen. Ich respektiere Sie und deshalb teile ich diesen Gewinn mit Ihnen.« Er nahm etwa die Hälfte der Edelsteine und schob sie über den Tisch. Der Wellyump blinzelte überrascht und benommen, streckte dann eine haarige Pranke nach den unverhofft zurückgekehrten Kostbarkeiten aus. Er brummte und grunzte, ohne durch irgendetwas zu erkennen zu geben, was diese Laute bedeuteten. Neelix verstaute die übrigen Edelsteine in seinem Beutel und gab vor, einen ordentlichen Schluck zu trinken. Dann stand er auf, schritt zur Tür und winkte freundlich.

Der Wellyump war nach vorn gesunken und eingeschlafen. Die Edelsteine hielt er so liebevoll umfangen wie kleine Kinder.

Neelix eilte durch den Hauptkorridor der Raumstation und sah durch ein Fenster, dass Wix mit dem Schiff angelegt hatte und auf ihn wartete. Wenige Minuten später blieb der Schiffsfriedhof hinter ihnen zurück und sie lachten darüber, wie leicht alles gewesen war. Das Abenteuer erfüllte sie mit Euphorie und beide freuten sich darauf, ihre einzigartige Partnerschaft fortzusetzen – sie machte Spaß und schenkte ihnen eine Zukunft mit unbegrenzten Möglichkeiten.

»Wo sind sie? Sag mir, wo sie sind, du verfaulender Haufen fäkaler Materie, oder ich lasse dich bei lebendigem Leibe braten! Und glaub nur nicht, dass das eine leere Drohung ist!«

Neelix hatte die Hände um Wix' Hals geschlossen und schüttelte seinen Partner mit einer Wut, die immer mehr zunahm. Wix wand sich hin und her, als er versuchte, sich aus dem Griff zu befreien, aber es gelang ihm nicht, auch nur einen einzigen Finger von seinem Hals zu lösen. Der Zorn verlieh Neelix geradezu übernatürliche Kraft und sicher dauerte es nicht mehr lange, bis Wix das Bewusstsein verlor.

Er deutete zum Waffenschrank des Schiffes und Neelix reagierte sofort. Von einem Augenblick zum anderen ließ er Wix los, eilte zum Schrank, öffnete ihn und kramte aufgeregt darin. Waffen und Energiepatronen fielen zu Boden.

Neelix fand nicht, was er suchte, und daraufhin begriff er, dass Wix ihn hereingelegt hatte. Er wirbelte zu ihm herum. Sein Partner stand einige Meter entfernt und richtete eine elektrokinetische Pistole auf ihn.

»Du musst damit aufhören, Kristalldampf zu atmen, Neelix. Solche Zwischenfälle dürfen sich nicht wiederholen.«

»Du hast mich getäuscht, du verdammter Schleimhaufen! Ich bringe dich um!«

»Ich versuche, dir zu helfen. Die Kristalle sind dein Ruin.«

Neelix kniff die Augen zusammen und durchbohrte Wix mit einem empörten Blick. »Ich weiß, warum du das sagst. Du willst sie für dich selbst.«

»Neelix ...«

»Ich bin alles andere als ruiniert. Die Kristalle sind kein Problem für mich. Du erfindest das nur, um sie zu horten. Aber ich bin zu klug für dich, Wix. Ich werde deinen Vorrat finden.«

Die Müdigkeit in Wix' Stimme war unüberhörbar. »Es gibt keinen Vorrat, Neelix. Es sind keine Kristalle mehr übrig. Du hast sie alle geraucht.«

»Lügner!« Der Zorn entflammte erneut in Neelix, noch stärker als vorher. Hielt Wix ihn für einen blinden Narren, für ein naives Kind? Für ihn war völlig klar, welches Spiel sein angeblicher Freund trieb, und es ging ihm ganz entschieden gegen den Strich, dass Wix glaubte, ihm so leicht etwas vormachen zu können. Er lief los, stürzte sich auf Wix, um erneut die Hände um seinen Hals zu schließen. Wix hob die Waffe und eine energetische Entladung zischte, erfasste Neelix und ließ seine Gedanken in Dunkelheit zerfasern.

Pein wütete in ihm. Jeder einzelne Muskel in seinem Leib fühlte sich so an, als hätte ihn jemand oder etwas Faser für Faser zerfetzt. Der ganze Körper schmerzte, abgesehen von den Füßen, die er überhaupt nicht fühlte.

Neelix versuchte, sich auf die Seite zu drehen, um die Steifheit aus seinen Gliedern zu vertreiben, aber etwas hinderte ihn daran. Er stellte plötzlich fest, dass er an Händen und Füßen gefesselt war, festgebunden an seinem Bett an Bord des Raumschiffs, das sie dem Wellyump gestohlen hatten. Zugegeben, von außen betrachtet hatte es nach einem Schrotthaufen ausgesehen, aber mit dem Triebwerk war so weit alles in Ordnung. Sie hatten einen Teil der Außenhülle ersetzt, Pläne für zukünftige Geschäfte geschmiedet ... Und dann was?

Ah, ja. Wix hatte die letzten Kristalle versteckt und Neelix davon zu überzeugen versucht, dass es keine mehr gab. Verrat und Arglist. Und jetzt lag er hier gefesselt. Was bedeutete das?

Er sah sich in seinem kleinen Quartier um und bemerkte Wix, der in der Nähe saß und einen traurigen Blick auf ihn richtete.

»Es tut mir Leid, Neelix«, sagte Wix. »Aber mir blieb keine Wahl. Du bist durchgedreht.«

Neelix starrte ihn verständnislos an. Wovon redete er da? Warum hatte er ihn gefesselt? Nichts ergab einen Sinn; die jüngsten Ereignisse erschienen ihm noch grotesker als die anderen. Warum wandte sich Wix plötzlich gegen ihn? Warum erhob er absurde Vorwürfe? Warum hatte er ihn ans Bett gebunden?

Plötzlich begriff er mit unbarmherziger Klarheit, in welcher Lage er sich befand. Wix hatte den Verstand verloren. Er war nicht der freundliche, lässige Frechdachs, für den er sich ausgab. Dabei handelte es sich um eine Fassade, die ahnungslose Fremde wie Neelix täuschen sollte. Wie hatte er nur darauf hereinfallen können? Und wie gefährlich war Wix?

Neelix musterte den Mann, der unweit der Tür auf einem Stuhl saß. Wix bewies erstaunliches schauspielerisches Talent – seine Besorgnis wirkte echt. Aber die gerunzelte Stirn und die hängenden Schultern gehörten natürlich mit zum Trick. Neelix vermutete, dass Wix kaum mehr über eine Verbindung zur Realität verfügte, an einer Art Psychose litt und ihn zum Gefangenen eines von Wahnsinn geprägten Hirngespinstes gemacht hatte. Neelix musste sehr, sehr vorsichtig sein, wenn er diese Sache lebend überstehen wollte.

»Ich verstehe«, improvisierte er. »Und warum glaubst du, dass ich durchgedreht bin?«

Wix schnaubte verärgert. »Willst du mich auf den Arm nehmen? Du verlierst immer dann die Kontrolle über dich, wenn du keinen Kristalldampf einatmest. Zur Ruhe kommst du erst wieder, wenn du dir die nächste Dosis beschafft hast. Das Zeug hat dich im Griff, Neelix, und ich muss dir helfen.«

Neelix dachte darüber nach. Ganz offensichtlich wusste Wix nicht, dass er verrückt geworden war, und dadurch wurde er noch gefährlicher. Neelix musste sehr behutsam und klug vorgehen, um in die Freiheit zurückzukehren. Wenn er gleich zu Anfang von Wix' Wahnsinn gewusst hätte – dann wäre er jetzt nicht in einer solchen Situation.

»Mal sehen, ob ich alles richtig verstanden habe. Du hilfst mir … indem du mich ans Bett gefesselt hast?«

Wix nickte. »Du bleibst dort liegen, bis die letzten Spuren der Kristalle aus deinem Körper verschwunden sind. Es wird nicht einfach sein. Wie ich hörte, ist es ein recht schmerzhafter Vorgang. Aber es gibt keine andere Lösung für das Problem. Ich bleibe hier und kümmere mich um dich.«

Neelix' Gedanken rasten, als er versuchte, einen Plan zu entwickeln. Irgendwie musste er Wix dazu bringen, die Fesseln zu lösen. Aber sein Verstand funktionierte nicht richtig; er fühlte sich gereizt und nervös. Furcht suchte ihn heim und eine kalte Faust schien sich ihm in die Magengrube zu bohren. Nun, wer hätte sich in der Gewalt eines Irren nicht gefürchtet? Er versuchte, seine Position auf dem Bett zu verändern, denn die Muskeln schmerzten noch mehr. Er musste sich irgendwie drehen, um der Steifheit zu entkommen.

»Wix, bitte lockere die Fesseln. Sie sitzen zu stramm. Ich spüre die Füße nicht mehr.«

»Das liegt nicht an den Fesseln, sondern an der Reaktion deines Körpers auf den Mangel an Kristalldampf. Es sind Entzugserscheinungen.«

»Woher weißt du so viel darüber? Du rauchst ebenso viel wie ich. Du bist derjenige, der ein Problem mit den Kristallen hat.« Das Sprechen fiel Neelix immer schwerer und er hörte einen sonderbaren, surrealen Klang in seiner Stimme.

»Niemand raucht so viel wie du. Ich kenne niemanden, der auch nur annähernd so oft Kristalldampf einatmet. Mir gefällt es, gelegentlich ein wenig zu schnuppern, aber ich achte darauf, dass alles im Rahmen bleibt. Du hingegen hast die Sache außer Kontrolle geraten lassen.«

Neelix spürte, wie er in Verzweiflung geriet. Dies war unmöglich. Er konnte hier nicht liegen wie ein gebundenes Gotha-Schwein, während sich seine Muskeln entzündeten und Verwirrung die Gedanken erfasste. Warum verstand Wix das nicht? Er musste irgendeinen Weg finden, es ihm begreiflich zu machen.

»Lass mich frei, Wix. Wenn du mich jetzt losbindest, bin ich dir nicht böse. Wenn nicht, ramme ich dir einen Dolch in den Bauch und schneide deine Eingeweide heraus.«

Wix sah ihn weiterhin traurig an. »In einigen Tagen hast du es überstanden. Ich bleibe hier und kümmere mich so gut es geht um dich.«

Panik breitete sich in Neelix aus. Er musste aufstehen, Arme und Beine bewegen, damit das Brennen in den Muskeln aufhörte. Mit aller Kraft stemmte er sich den Fesseln entgegen, aber sie gaben nicht nach.

»Wix, lass mich noch etwas Kristalldampf einatmen, ein letztes Mal. Um mich zu entspannen. Es kann bestimmt nicht schaden – immerhin hast du mich gefesselt. Ich kann das Bett nicht verlassen. Lass mich nur ein bisschen schnuppern, um die Unruhe aus mir zu vertreiben. Ein letztes Mal – ich bitte dich nie wieder darum, das verspreche ich.«

Wix schüttelte kummervoll denn Kopf. »Möchtest du etwas Wasser? Du musst genug Flüssigkeit zu dir nehmen.«

Ungläubigkeit zitterte in Neelix' splitterndem Selbst. Wix war ganz offensichtlich nicht bereit, auf die Stimme der Vernunft zu hören. Er hatte völlig den Verstand verloren, saß dort auf dem Stuhl und erläuterte verrückte Theorien, während Neelix langsam starb.

»Wix ... Binde wenigstens einen Arm los. Lass mich ihn ein wenig bewegen. Anschließend kannst du ihn wieder festbinden und die Fesseln des anderen lösen. Mit einem freien Arm stelle ich wohl kaum eine Gefahr für dich dar, oder?«

»Es nützt dir nichts, einen Arm zu bewegen. Und ich will nicht riskieren, dass du dich befreist.«

Neelix schrie. Ganz plötzlich heulte er aus vollem Hals, um Wix zu erschrecken und ihm seine Verzweiflung zu zeigen. Wix reagierte – er sprang auf und wich besorgt an die Wand zurück. Aber nach dieser ersten

Reaktion schien seine Entschlossenheit noch weiter zu wachsen und er nahm wieder Platz.

Das Schreien hatte Neelix' brennenden Muskeln nicht geholfen. Sie schmerzten jetzt noch mehr als vorher, so als kratzte jemand mit Sand darüber hinweg. Mit heißem Sand. Mit Sand, der über Flammen erhitzt worden war. Winzige, punktförmige Feuer bohrten sich durch sein Inneres, brannten und brannten …

Er brach in Tränen aus. Nicht eine weitere Minute konnte er solche Schmerzen ertragen, geschweige denn – was hatte Wix gesagt? – Tage. *Tage!* Nein, das hielt er nicht aus. Bestimmt starb er; der Tod war ihm sogar lieber als dies. Tränen strömten ihm über die Wangen und er war sicher (nun, nicht sicher, in keinem Punkt gab es mehr Sicherheit, aber er wagte zumindest zu hoffen), dass Wix Mitleid mit ihm hatte und ihn befreite, wenn er sein Elend sah. Und dann würde er sich Kristalle beschaffen, nicht viele, nur einige wenige, um den Schmerz zu lindern. Anschließend würde er bei dieser Sache auf seine Weise vorgehen, sich die Kristalle langsam abgewöhnen, nach und nach, nicht auf diese abrupte Weise, die den Körper in Aufruhr versetzte.

Doch Wix machte keine Anstalten, ihm zu helfen, saß einfach nur da und sah ihn aus klaren, orangefarbenen Augen an.

Drei Tage verbrachte Neelix in der Hölle. Wenn er zurücksah – er versuchte, sich nicht daran zu erinnern, aber manchmal ließ es sich kaum vermeiden –, fragte er sich, wie er überlebt hatte. Es war überhaupt nicht sein Wunsch gewesen zu überleben. Immer wieder hatte er Wix angefleht, ihn zu töten, eine Waffe an seinen Kopf zu halten und ihn von den Qualen zu befreien. Aber dieser Bitte kam Wix ebenso wenig nach wie den anderen.

Jede Minute dehnte sich zu Stunden und die Stunden dauerten Tage. Er erlebte Albträume aus Schmerz und Halluzinationen, sah ein wildes Durcheinander aus Dämonen mit blutunterlaufenen Augen, deren Heulen von ihm selbst stammte. Er sah arme Seelen, die auf alle nur erdenklichen Arten gefoltert wurden. Er sah den Mann, den er vor einer Ewigkeit in der Hütte angetroffen hatte; er sah, wie man ihm die Füße verbrannte, und hörte seine Schreie. Er sah seine Eltern und Schwestern, wie sie verbrannten, wie sich ihre Körper auf molekularer Ebene auflösten, und dieser grässliche Augenblick dehnte sich in die Länge, ohne jemals zu enden; ihre schmerzerfüllten Schreie klangen ungehört durch die Sphäre des Leids.

Die Zeit verging nicht. Es gab nichts, keine Realität, kein Schiff, kein Universum, nur die Pein, die Neelix aufzehrte, ohne ihn umzubringen. Er sehnte sich nach dem Tod, nach dunklem Nichts, das ihn von diesen unerträglichen Qualen befreite, aber die einzige Konstante war der Schmerz, unvergänglich und ewig.

Er zappelte in seinen Fesseln, wie ein an Land geworfener Fisch, der an der Luft erstickte. Seine Kehle war wund vom Schreien. Die Nässe von Schweiß und Urin klebte an ihm. In einem dauernden Wechselbad spürte er eisige Kälte und die Hitze hohen Fiebers. Wenn er überschnappte ... Dann fand sein Gehirn vielleicht eine Möglichkeit, mit diesem Entsetzen fertig zu werden. Aber unglücklicherweise blieb er bei Verstand und sich der Situation bewusst. Er blieb Neelix und litt.

Manchmal merkte er, dass sich Wix in der Nähe befand, ihm das Gesicht mit einem feuchten Handtuch abwischte, dann und wann kühle Flüssigkeit zwischen seine spröden Lippen tröpfeln ließ. Einmal schmeckte er etwas Scharfes, das brannte und Übelkeit schuf, als es den Magen erreichte. Mit Galle kehrte es durch die Speiseröhre nach oben zurück. Blut tropfte dort aus seinen Handflächen, wo er die Fingernägel tief hineingebohrt hatte, ein instinktiver Versuch, den Fokus des Schmerzes zu verschieben. Nichts von alledem verhinderte, dass sein Körper von innen her verbrannte.

Die Agonie war total und unausweichlich, ein brennender Koloss, der alles vernichtete. Er kannte weder Hunger noch Durst oder Erschöpfung. Er steckte an einem Spieß überm Feuer, brannte und brannte.

Er erinnerte sich nicht daran, das Bewusstsein verloren zu haben.

Irgendwann hörte er, dass Wix zu ihm sprach, seinen Namen nannte. »Neelix … Neelix … öffne die Augen … Neelix …«

Neelix wollte die Augen nicht öffnen. Sie schienen verschweißt zu sein, zumindest stark verkrustet. Er litt noch immer, nahm den Gestank des eigenen Körpers wahr und versuchte, wieder einzuschlafen.

»Neelix! Hör mir zu – öffne die Augen.«

Ein warmes, feuchtes Tuch strich über die Lider, lockerte die Kruste und beruhigte die Haut. Die Lider erzitterten, bevor sie nach oben kamen – und sich sofort wieder senkten, als Licht in die geweiteten Pupillen strömte.

»Ich glaube, du hast es geschafft. Wie fühlst du dich?«

Erneut öffnete Neelix die Augen, blinzelte in der Helligkeit und erkannte Wix, der besorgt zu ihm herabsah. Er versuchte sich aufzusetzen, aber jede Bewegung sorgte dafür, dass sein Körper mit Schmerz reagierte. Was war geschehen? Jemand schien ihn mit einem Knüppel verprügelt zu haben.

Und dann erinnerte er sich. Vorsichtig kam er nach oben, stützte sich an der Wand ab und starrte Wix an. Er entsann sich an die schrecklichen Qualen, die er hinter sich hatte, an seinen Zorn auf Wix und die Überzeugung, dass sein Freund und Partner verrückt war …

Wix rieb sein Gesicht auch weiterhin mit einem warmen Handtuch ab. »Ich weiß, dass es schrecklich war, aber jetzt hast du's hinter dir. Du solltest ein Bad nehmen, und ich hole dir frische Sachen …«

Endlich begriff Neelix die Größe des Geschenks, das Wix ihm gegeben hatte. Er war nach den Kristallen süchtig gewesen – andernfalls hätte sich der Entzug nicht so verheerend auf ihn ausgewirkt. Wix hatte ihn gezwungen, sich von dieser Abhängigkeit zu befreien. Er war die ganze Zeit über bei ihm gewesen, ließ Flüche und Drohungen über sich ergehen und wartete geduldig, während sich Neelix' Körper von allen Kristallspuren reinigte.

Tränen der Dankbarkeit quollen Neelix in die Augen und er griff nach Wix' Arm, drückte fest zu. Ihm fehlten die Worte.

Wix lächelte und klopfte ihm kurz auf die Schulter. »Ich schlage vor, wir kehren zur Arbeit zurück, Neelix. Wir müssen uns um unser Geschäft kümmern.«

Und sie kümmerten sich darum, fast ein Jahr lang. Harte Arbeit ersetzte die Rhuludianischen Kristalle. Gelegentlich bekamen sie Schwierigkeiten, aber sie lachten auch viel. Reich wurden sie nicht, doch sie hatten immer gut zu essen. Oft mussten sie in Bewegung bleiben, um neuerliche Begegnungen mit verstimmten Kunden zu vermeiden, was allerdings kaum ein Problem darstellte: Es gab nichts, das sie an einen Ort band. Das ganze Weltall war ihre Heimat und sie fanden großen Gefallen daran, ins Unbekannte vorzustoßen und mit Hilfe ihres Einfallsreichtums zu überleben.

Ihr Raumschiff, das einst so mitgenommen gewirkt hatte, befand sich jetzt in einem erstklassigen Zustand. Ihre Quartiere waren den eigenen Wünschen angepasst und boten jeden Komfort. Oft saßen sie dort, um zu planen, neue Strategien zu entwickeln. Zum ersten Mal seit der Metreonischen Kaskade fühlte Neelix so etwas wie Frieden und die Herausforderungen des Überlebens stimulierten ihn immer wieder.

Der ubeanische Zwischenfall setzte all dem ein Ende. Eigentlich hatte das ein ganz normales Geschäft werden sollen. Neelix und Wix wussten, dass die Ubeaner keinen besonders guten Ruf genossen, aber sie waren auch anderen bedrohlichen Spezies begegnet und ihre Erfahrungen liefen auf Folgendes hinaus: Alle brauchten elementare Dinge wie Obdach, Kleidung, Nahrungsmittel und die Möglichkeit, durchs All zu reisen. Sie vermieden es, an politischen Diskussionen teilzunehmen, wahrten immer ihre Neutralität. Dadurch konnten sie auch mit kriegerischen Völkern Geschäfte machen, ohne in Gefahr zu geraten.

Sie gingen davon aus, dass es sich mit den Ubeanern ebenso verhielt. Als Neelix und Wix einer Erkundungsgruppe von der ubeanischen Heimatwelt begegneten, fühlten sie sich von der steifen Förmlichkeit der vierbeinigen Wesen mit den langen Schnauzen und kleinen, neugierig blickenden Augen ermutigt. Zwar waren die Ubeaner bis an die Zähne bewaffnet, aber sie blieben höflich und würdevoll. Neelix fand bald heraus, dass sie dringend mikrostatische Triebwerksmodule brauchten. Sie waren bereit, mit Tantalumbarren dafür zu bezahlen.

Vielleicht war es ihre zurückhaltende Höflichkeit, die das Duo dazu verleitete, ein völlig unnötiges Risiko einzugehen. Neelix und Wix hatten mehrere Kisten mit mikrostatischen Triebwerksmodulen vorbereitet, aber sie verfügten nicht über genug magnetische Pumpen, um alle Geräte funktionsfähig zu machen. Sie hätten den Ubeanern nur die vollständigen Apparaturen anbieten können, doch das in Aussicht gestellte Tantalum war in diesem Raumsektor sehr begehrt. Hier bot sich ihnen die Möglichkeit, viel zu verdienen, und eine solche Chance wollten sie nicht verpassen. Deshalb ordneten sie die funktionsfähigen Einheiten so an, dass sie ganz oben in den Kisten lagen. Wenn die Ubeaner die Ware inspizierten, sollten sie Apparate mit vollem Funktionspotenzial finden; vielleicht verzichteten sie dann darauf, auch die übrigen Geräte zu untersuchen.

Ein gewisses Risiko ließ sich nicht leugnen, aber jedes Geschäft war riskant, das eine mehr, das andere weniger. Sie glaubten, bald eine Menge Tantalum zu bekommen und damit fortzufliegen, bevor ihre Kunden merkten, dass sich mit einigen Geräten nichts anfangen ließ.

Die Ubeaner bestanden darauf, dass einer von ihnen die Kisten bis zur Oberfläche ihrer Heimatwelt begleitete, während der andere im Orbit wartete. Neelix und Wix ließen das Los entscheiden – Wix zog den markierten Stein und musste die Lieferung eskortieren.

»Keine Sorge, Neelix«, sagte er voller Optimismus. »In einer Stunde bin ich zurück und dann machen wir uns aus dem Staub, bevor die Burschen alles auspacken.«

Neelix klopfte ihm auf die Schulter und zeigte dabei mehr Zuversicht, als er wirklich spürte. Es erfüllte ihn mit Erleichterung, dass Wix den markierten Stein bekommen hatte, musste er sich voller Verlegenheit eingestehen. Er schauderte innerlich bei der Vorstellung, die grässliche Heimatwelt der Ubeaner allein aufzusuchen.

Wix blieb lässig und entspannt. Er lächelte, als er zum ubeanischen Schiff aufbrach, und Neelix zwang sich, das Lächeln zu erwidern.

Sieben Stunden später rang er mit sich selbst, um eine Entscheidung zu treffen. Irgendetwas musste schief gegangen sein – Wix hätte längst zurück sein sollen. Die Vorsicht gebot, sofort loszufliegen, um nicht in die Gewalt der Ubeaner zu geraten. Aber konnte er Wix einfach so im Stich lassen?

Er nahm seinen ganzen Mut zusammen und stellte eine Kom-Verbindung zum Planeten her. Fast sofort erschien das Gesicht eines ubeanischen Beamten auf dem kleinen Bildschirm.

»Was wollen Sie?«, fragte der Ubeaner und seine Stimme klang dabei nicht sehr freundlich.

»Ich möchte mich nach dem Verbleib meines Partners erkundigen, der Ihnen vor einigen Stunden mehrere Kisten mit mikrostatischen Triebwerksmodulen brachte. Er ist noch nicht zurück …«

»Der Talaxianer befindet sich in Haft. Er wurde

wegen Betrugs verurteilt und wird einige Zeit im Gefängnis verbringen.«

»Aber ...«

»Bitten Sie nicht darum, mit ihm sprechen zu dürfen. Er empfängt keine Nachrichten.« Der Ubeaner maß Neelix mit einem strengen Blick und fügte hinzu: »Ich rate Ihnen, unser Raumgebiet unverzüglich zu verlassen. Gewisse Leute möchten alle Personen verhaften, die an dieser abscheulichen Angelegenheit beteiligt sind. Aber ich bin bereit, Ihnen eine Stunde Vorsprung zu gewähren.«

Neelix spürte, wie sich etwas in ihm verkrampfte. Er hatte die Möglichkeit, sich selbst zu retten, aber es bedeutete, dass Wix ganz allein die Konsequenzen für ihre Dummheit tragen musste. Andererseits ... Wie hätte er ihm helfen können? Wenn er blieb, musste er damit rechnen, ebenfalls ins Gefängnis geworfen zu werden.

Begleitet von tiefen Schuldgefühlen steuerte Neelix das Schiff aus der Umlaufbahn und fort von Ubea. Er flog blindlings durchs All, voller Furcht, dass man ihn verfolgte und wie ein Tier jagte.

Sechs Tage lang flog er und unterbrach die Flucht nur, weil er Treibstoff brauchte und die schwindenden Vorräte erneuern musste. Er fand einen freundlichen Außenposten, von Neklos bemannt, und dort erwarb er Lebensmittel, Wasser und Treibstoff. Anschließend setzte er den Flug fort und legte nur dann Pausen ein, wenn es sich nicht vermeiden ließ.

Sechs Monate später fand er sich im Einflussgebiet der Kazon wieder.

Zuerst merkte er nicht, dass er einen Teil des Alls erreicht hatte, in dem eine Spezies dominierte. Die Kazon, so erfuhr er später, bestanden aus vielen Sekten beziehungsweise Fraktionen, die sich so sehr voneinander unterschieden, dass ihre biologische Verwandtschaft nicht auf den ersten Blick deutlich wurde.

Neelix fand sie dünkelhaft, prahlerisch und aufgeblasen. An Moral schien es ihnen ebenso zu mangeln wie an Intellekt oder Schläue. Sie hielten viel von sich selbst, obwohl sie nicht einmal eine eigene Technik entwickelt hatten. Ihre Technologie stammte von den Trabe, deren Leibeigene sie gewesen waren. Ihre Raumschiffe wurden nicht richtig gewartet und die Außenposten wirkten schäbig. Sie verfügten nicht über die notwendigen Ressourcen, um ihre Situation zu verbessern, schlugen sich mehr schlecht als recht durch. Die Voraussetzungen für einen profitablen Tauschhandel waren hervorragend, denn die Kazon brauchten immer etwas, um ihre Schiffe zu reparieren oder Verteidigungssysteme zu modernisieren.

Der Umgang mit den verschiedenen Sekten fiel Neelix relativ leicht, denn er beachtete gewisse Dinge: Er respektierte ihre Protokolle, achtete darauf, niemanden zu beleidigen, und hielt sich die ganze Zeit über den Rücken frei.

Schließlich erreichte er einen Planeten, auf dem Kazon-Ogla schürften.

Bei ihnen, so wusste er, galt Wasser als ganz besondere Kostbarkeit, denn der Planet war eine Wüste, heiß und trocken. Aber es gab dort Cormalin-Erz, für das andere Sekten gern Wasser lieferten. Diese Situation des gegenseitigen Bedarfs bot Neelix Möglichkeiten, die er nicht ignorieren konnte.

Er plante, sich als Zwischenhändler zu betätigen. Zuerst wandte er sich an die Kazon-Sara und bot ihnen an, den Ogla Wasser zu bringen. Als Gegenleistung verlangte er einen gewissen Prozentsatz der transportierten Flüssigkeit. Die Sara erklärten sich einverstanden, wobei der Umstand, dass sich ihre Schiffe in einem sehr schlechten Zustand befanden, sicher eine gewisse Rolle spielte.

Anschließend begab sich Neelix zu den Ogla und bot ihnen das Wasser an, auch seinen eigenen Anteil. Er nahm dafür Cormalin entgegen und einigte sich mit den

Kazon-Ogla darauf, einen bestimmten Prozentsatz davon einzubehalten, als Bezahlung für den Transport zu den Sara. Nach einigen Flügen dieser Art verfügte er über einen nicht unbeträchtlichen Vorrat an Wasser und Erz.

Er hätte bei den Kazon gut verdienen können, wenn nicht etwas völlig Unerwartetes in sein Leben getreten wäre. Es geschah etwas, das er absolut nicht erwartet hatte. Er verliebte sich.

Er sah sie zum ersten Mal während eines typischen Besuchs bei den Ogla. Er kam von den Sara und brachte Wasser, das die Kazon-Schürfer noch dringender als zuvor brauchten – schon seit Wochen war Neelix nicht mehr bei ihnen gewesen. Er landete sein kleines Raumschiff unweit der Bergbaukolonie, die einen ziemlich heruntergekommenen Eindruck machte. In der Nähe gab es einige Ruinen, die an die früheren Bewohner des Planeten erinnerten.

Neelix betrat das steinerne Gebäude, das die Ogla als Schutz vor der gnadenlosen Wüstensonne errichtet hatten, und sofort spürte er, wie die Temperatur um mindestens zwanzig Grad sank. Darüber hinaus herrschte im Innern des Bauwerks eine Düsternis, die er nach dem grellen Licht draußen als Erleichterung empfand. Hier und dort standen Einrichtungsgegenstände im Raum, die ebenso abgenutzt wirkten wie alles andere, und an den Wänden stapelten sich Kisten. Es war ein freudloser Ort, obgleich er Schutz bot vor der Hitze, und Neelix dachte dankbar daran, dass er hier nur wenig Zeit verbringen musste.

Er sah Jabin, den mächtigen und gemeinen Maje dieser Bergbaugruppe. Der Ogla saß auf einem Stuhl und schwitzte; feiner weißer Staub bedeckte jeden Quadratzentimeter seines massigen Leibs. In seinem verfilzten Haar steckten Dinge, die nach Abfall aussahen. Alle Kazon schmückten ihr Haar auf diese Weise, aber Neelix hatte nie danach gefragt, ob mehr dahinter steckte als nur eine ziemlich absurde Mode. Er versuchte, nicht die Nase zu rümpfen, als er den von Jabin ausgehenden Geruch wahrnahm.

»Haben Sie Wasser gebracht?«, knurrte der große Mann, als Neelix eintrat.

»Ja, mein guter Freund. Ich habe mehrere Fässer mitgebracht. Sie enthalten kühles, herrlich frisches Wasser, das Ihren Durst auf sehr angenehme Weise stillen dürfte.«

Jabin brüllte einen Befehl, den Neelix nicht verstand, und sofort kam es in dem halb dunklen Raum zu Aktivitäten, die der Talaxianer eher spürte als sah. Eins der Fässer wurde herbeigebracht und neben Jabin gestellt, der erneut etwas rief.

Kurze Stille folgte und dann näherte sich jemand, trat aus den Schatten im rückwärtigen Bereich des großen Raums. Neelix beobachtete die Gestalt, die sich durch ihre Zierlichkeit deutlich von den Kazon unterschied.

Sie war eine junge Fee, eine Nymphe, eine Erscheinung von ätherischer Schönheit. Helles, ungekämmtes Haar bedeckte den Kopf und umrahmte ein Gesicht, bei dessen Anblick jedem Mann der Atem gestockt hätte. Große Augen, blau wie der Himmel an einem Frühlingsmorgen, blickten traurig ins Leere. Trotz ihrer hinreißenden Schönheit wirkte sie einsam und voller Melancholie. Als sie den Kopf drehte, bemerkte Neelix zarte, wie Schwingen geformte Ohren, Merkmal eines Volkes, das er nicht kannte. Sie wirkten sehr ungewöhnlich und betonten die Schönheit der jungen Frau.

Sie kam näher und daraufhin fiel Neelix noch etwas anderes auf. Hier und dort zeigte ihre elfenbeinfarbene Haut purpurne Verfärbungen, für die es nur eine Erklärung geben konnte: Sie war misshandelt worden.

Die Fremde schien ihre Pflicht zu kennen. Sie nahm Tassen von einem nahen Tisch, kniete vor dem Fass, füllte die beiden Tassen mit kostbarem Wasser und reichte sie Jabin und Neelix.

Der Talaxianer begriff plötzlich, dass er die junge Frau

anstarrte, aber sie hielt den Blick gesenkt, aus Respekt. Oder, was Neelix für wahrscheinlicher hielt, aus Furcht davor, Jabins Zorn zu wecken.

Der Maje lachte und es klang wie ein kehliges Knurren. Neelix wandte den Blick von der Fremden ab und sah den Kazon an, der ihn mit spöttischer Erheiterung musterte. Verlegenheit stieg in ihm empor, verfärbte seine Wangen.

»Sie ist sehr schön, nicht wahr? Aber damit hören ihre Vorzüge auch schon auf. Als Sklavin ist sie völlig wertlos. Ermüdet zu schnell, hält keine Hitze aus und hat überhaupt keine Kraft.«

Etwas in Neelix regte sich, aber er versuchte, auch weiterhin gelassen zu wirken. »Das sehe ich«, sagte er und hoffte, dass seine Stimme gleichgültig klang. »Sie ist sehr zart und vielleicht krank.« Er legte eine kurze Pause ein, um dem Maje Gelegenheit zu geben, über seine letzten Worte nachzudenken. »Ich könnte Arbeit in einem Haushalt für sie finden – falls Sie bereit sind, sie zu verkaufen. Sie brächte Ihnen einige Wasserfässer ein.«

Jabin kniff die Augen zusammen und maß Neelix mit einem abschätzenden Blick. »Wenn Sie das denken, was ich glaube … Vergessen Sie's. Sie ist kalt wie Eis.«

Neelix zuckte mit den Schultern. »Ich habe vor allem daran gedacht, was ich für sie bekommen könnte. Ich kenne einige Familien, die an einem Dienstmädchen interessiert wären.«

Jabin schnaubte, trank einen Schluck Wasser und zeigte dabei eine Behutsamkeit, die in einem sonderbaren Kontrast zu seinem Erscheinungsbild stand. Diese Kazon hatten gelernt, ihr Wasser sorgfältig zu rationieren und jeden kleinen Schluck zu genießen. »Als Arbeiterin ist sie für mich nichts wert, aber sie verfügt über Informationen, die ich von ihr haben will. Bisher hat sie sie nicht preisgegeben, doch ich kenne gewisse Methoden, um sie zum Sprechen zu bringen.«

In Neelix verkrampfte sich etwas. Dieser Mistkerl

wollte die junge Frau foltern! Das musste er unbedingt verhindern. Er suchte nach einer Möglichkeit, während er das Gespräch mit Jabin fortsetzte, um Zeit zu gewinnen. »Informationen? Welche Informationen könnte ein so armseliges Geschöpf haben?«

»Ihr Volk lebt im Innern des Planeten, geschützt von einer Entität, die ihm Energie schickt. Wenn mir ein Weg nach unten bekannt wäre, so könnten die Ogla jene Energie nutzen. Und dann, kleiner Mann, wäre ich nicht auf die Hilfe von habgierigen Tauschhändlern wie Sie angewiesen.«

Neelix fand diese Hinweise bemerkenswert. Ein ganzes Volk, das im Innern eines Planeten lebte? Von so etwas hörte er zum ersten Mal. Und was hatte es mit der schützenden Entität auf sich? Er fand die ganze Sache überaus faszinierend. »Wenn die Wesen im Innern dieser Welt leben ... Wie haben Sie dann diese junge Frau gefunden?«

Jabin lachte. »Weil sie zu neugierig war. Sie wollte wissen, was sich hier oben befindet. Und kaum sah sie zum ersten Mal zur Sonne empor, hatten wir sie auch schon geschnappt. Ich behalte sie hier, bis sie mir sagt, was ich wissen will.«

Entsetzen zitterte in Neelix. Er durfte auf keinen Fall zulassen, dass Jabin diesem lieblichen Geschöpf ein Leid zufügte. Er blickte zu ihr und stellte fest, dass ihn die junge Frau ansah. Verzweiflung leuchtete in ihren großen blauen Augen. Etwas bewegte sich hinter Neelix' Stirn und dann hörte er etwas in der Sphäre seines Bewusstseins. »*Bitte ... hilf mir ...*«

Überrascht begriff er, dass die Fremde telepathisch mit ihm kommunizierte. Er blinzelte als Zeichen dafür, dass er ihre Mitteilung verstanden hatte, wahrte ansonsten aber einen neutralen Gesichtsausdruck, so als schätzte er den Wert der jungen Frau ein.

»Schicken Sie sie fort, Jabin«, sagte er plötzlich. »Ich möchte allein mit Ihnen reden.«

Jabin winkte und die Nymphe verließ den Raum. Neelix wandte sich an den Maje und lächelte hintergründig. »Geben Sie mir Gelegenheit, Zeit mit ihr zu verbringen. Allein. Ich glaube, ich kann Ihnen die Informationen beschaffen, die Sie möchten.«

Der große Kazon ließ den Atem abrupt entweichen, brachte auf diese Weise Verachtung zum Ausdruck. »Wie sollten Sie dazu imstande sein, Talaxianer?«, fragte er.

»Bei meinem Volk gibt es eine Redensart: Süßes holt den Tillah-Vogel, Saures schickt ihn fort. Mit Gewalt ist es Ihnen nicht gelungen, Auskunft von ihr zu bekommen. Lassen Sie mich versuchen, ihr Vertrauen zu gewinnen, ein Band der Freundschaft zwischen uns zu knüpfen. Bevor sie's merkt, wird sie mir alles erzählen.«

Jabin schwieg und starrte zu Boden. Neelix hielt es für ein gutes Zeichen, dass der Maje seinen Vorschlag nicht sofort abgelehnt hatte. Einige Sekunden verstrichen, dann sah Jabin auf. »Wie viel Zeit brauchen Sie?«

»Einige Wochen, schätze ich. Es hängt davon ab, wie schnell sich die Beziehung zwischen uns entwickelt. Aber ich warne Sie: Die Informationen werden Sie einiges kosten.«

Wieder folgte Stille. Neelix konzentrierte sich darauf, unbesorgt zu wirken, so als ginge es nur um ein Geschäft. Er durfte Jabin auf keinen Fall zu verstehen geben, wie wichtig es für ihn war, die junge Frau zu schützen, ihr Sicherheit zu gewähren, bis er eine Möglichkeit fand, sie zu befreien.

Schließlich hob Jabin den Kopf und trank erneut einen vorsichtigen Schluck. »Na schön, wir versuchen es. Aber wenn Sie innerhalb von vier Wochen keinen Erfolg erzielen, ist unsere Übereinkunft nichtig. Dann greife ich auf meine eigenen Methoden zurück.«

»Dagegen habe ich nichts einzuwenden. Immerhin möchte ich dies nicht zu meinem Lebenswerk machen. Ich bin bereit, einen Versuch zu unternehmen, in der

Hoffnung auf einen angemessenen Lohn in Form von Cormalin.«

Jabin schien das Interesse an ihm zu verlieren. Einmal mehr setzte er die Tasse an die Lippen und trank, behielt das Wasser im Mund und genoss wie in Ekstase den herrlichen Geschmack der kostbaren Flüssigkeit.

Neelix verließ den Raum und suchte nach der jungen Frau.

Sie stand im Schatten einer steinernen Säule, überhörte die anzüglichen und höhnischen Bemerkungen der Ogla-Schürfer. Sie blickte über die endlose Wüste und schien sich in ihre heißen Tiefen zu wünschen, fort von den Kazon. Neelix blieb einige Meter entfernt stehen und wusste nicht, ob er die Fremde bei ihren Träumereien stören sollte. Dann plötzlich vernahm er eine heisere mentale Stimme. *»Ich spüre, dass ich dir vertrauen kann.«*

Er trat auf sie zu und war so nervös wie ein pubertärer Jugendlicher. »Das kannst du wirklich«, bestätigte er. »Ich bin ein Freund.«

Und so kam es, dass Neelix die Ocampa namens Kes kennen lernte und ihre erstaunliche Geschichte hörte, vom Aufstieg in die Freiheit und ihrer Gefangennahme durch die Kazon-Ogla. Er erfuhr von der Entität, die man Beschützer nannte, von Kes' unbeugsamem Willen, ihrer intellektuellen Neugier und ihrem sanften Wesen.

Neelix war imstande, Kes mehrere Wochen lang vor Jabin zu schützen. Er berichtete dem Maje, dass Kes damit begonnen hatte, von ihrer Welt im Innern des Planeten zu erzählen, und bestimmt würde es nicht mehr lange dauern, bis sie ihm sagte, wo sich der Tunnel befand, der zur unterirdischen Ocampa-Stadt führte.

Doch dann machte Neelix einen Fehler, der ihn zu entlarven drohte und Kes erneut Jabins Gewalt auslieferte.

Er stahl Wasser.

Natürlich stahl er es für Kes und er dachte schon, dass

es niemand bemerkt hatte. Aber dann entdeckte einer von Jabins Männern den Diebstahl und für Neelix endete die Angelegenheit damit, dass er, von Kazon verfolgt, zu seinem Schiff lief und Kes in Gedanken versprach, bald zu ihr zurückzukehren.

Er wusste nicht, wie er das bewerkstelligen sollte. Er fand die große Phalanx, die die Ocampa mit Energie versorgte, aber er versuchte vergeblich, einen Kontakt mit der von Kes erwähnten Entität herzustellen.

Er bemühte sich, nicht daran zu denken, auf welche Weise Jabin die Ocampa quälte, und mit wachsender Verzweiflung bemühte er sich, einen Rettungsplan zu schmieden. Aber er war allein und sein Schiff verfügte über keine nennenswerten Waffensysteme. Wie sollte er Kes helfen?

Er beschloss, zu einem Raumschiff-Friedhof zu fliegen, den er vor einer Weile entdeckt, aber noch nicht untersucht hatte. Vielleicht erwies sich das Glück als ein Verbündeter und ließ ihn etwas finden, das er gegen Waffen eintauschen konnte. Er steuerte sein kleines Schiff an Wrackteilen und ausrangierten Komponenten vorbei, als er plötzlich einen Raumer mit einer völlig unbekannten Konfiguration bemerkte. Besorgnis erfasste ihn – das fremde Schiff war viel größer als sein eigenes und hatte es zweifellos auf die wertvollsten Wrackteile abgesehen.

Er aktivierte das Kommunikationssystem, machte sich auf die Suche nach dem kleinen Bildschirm und drehte ihn. Allerdings weigerte sich der Monitor, in der neuen Position zu bleiben, und schwenkte teilweise zurück, was Neelix zwang, den Kopf zur Seite zu neigen. Er versuchte, möglichst aggressiv zu wirken, als er sagte: »Wer auch immer Sie sind: Ich habe diese Wracks als Erster entdeckt.«

Eine Frau erwiderte seinen Blick. Sie war feingliedrig und schien eine Art Uniform zu tragen. Das Haar hatte sie nach hinten gekämmt und in ihren Augen leuchtete

Intelligenz. »Wir sind gar nicht an den Wracks interessiert, Mister …«

Sie zog das letzte Wort ein wenig in die Länge, was darauf hinwies, dass sie einen Namen erwartete. Neelix entspannte sich ein wenig, als er hörte, dass er keine Konkurrenz zu befürchten hatte. Möglichst würdevoll hob er den Kopf. »Neelix. Und da Sie nicht an dem Schrott interessiert sind … Es freut mich, Sie kennen zu lernen …«

Sein Tonfall deutete darauf hin, dass er seinerseits von der Frau erwartete sich vorzustellen. Sie lächelte und Neelix spürte ihre Wärme, obgleich er sie nur auf einem Bildschirm sah. »Ich bin Captain Kathryn Janeway vom Föderationsschiff *Voyager*«, sagte sie mit einer Stimme so rau wie alter Samt. Zu diesem Zeitpunkt wusste Neelix noch nicht, dass diese Stimme sein ganzes Leben verändern würde.

11

Neelix konnte nicht zu den anderen aufsehen, als er seine Geschichte beendete. Es hatte ihn emotional erschöpft, seine Vergangenheit noch einmal zu durchleben, und er fragte sich, wie seine Gefährten reagieren würden. Immerhin: Er gehörte nicht in dem Sinne zu ihnen, stammte nicht wie sie aus dem Alpha-Quadranten. Auf welche Weise würden sie über ihn urteilen?

Schließlich hob er den Blick. Tom näherte sich ihm und klopfte ihm noch einmal brüderlich auf die Schulter. Er hatte gerade den Mund geöffnet, um etwas zu sagen, als Harry Kim hereinplatzte.

»Seven«, brachte er atemlos hervor, »bitte kommen Sie, schnell. Mit Chakotay stimmt was nicht.«

Diese Worte beunruhigten alle. »Was ist denn mit ihm?«, fragte Neelix.

»Er scheint krank zu sein. Wir wissen es noch nicht genau.«

»Warum wenden Sie sich an mich?«, erwiderte Seven. »Ich verfüge nicht über medizinische Kenntnisse.«

»Er fragt immer wieder nach Ihnen. Ich glaube, wir müssen es riskieren.«

Seven sah zu Tuvok, der zustimmend nickte.

»Gehen Sie«, sagte der Vulkanier. »Später schicken wir Vorik, um einen Bericht in Empfang zu nehmen.«

Seven und Harry brachen sofort auf und ließen die anderen zurück, deren Stimmung sich abrupt verändert hatte. Aus Zuversicht war Sorge geworden.

Vorik hatte Tuvoks Gruppe von Captain Janeways überraschendem Besuch erzählt, der ihnen neuen Mut machte. Aber jetzt deutete alles darauf hin, dass sich für Chakotay fatale Konsequenzen daraus ergeben mochten.

»Ich glaube, die Wunde in der Wange hat sich infiziert«, spekulierte Harry, als sie durch den Gestank des Lagers zu Chakotays Unterkunft schritten. Sie gaben sich lässig und nonchalant, um keine Aufmerksamkeit zu erregen. »Zuerst wurde ihm übel und dann entzündete sich die Wunde. Kurze Zeit später meinte er, sein Kopf fühlte sich an, als steckte er in einem Schraubstock. Schließlich brach er stöhnend zusammen und nannte immer wieder Ihren Namen. Ich weiß nicht, ob er sich im Delirium befindet oder wirklich glaubt, dass Sie ihm helfen können.«

Seven verzichtete auf einen Kommentar, erweckte aber den Eindruck, über die Worte nachzudenken. Schweigend setzten sie den Weg zur Unterkunft fort und blickten dabei starr geradeaus, um nicht zu viel vom Elend des Lagers zu sehen.

Als sie die Unterkunft betraten, bemerkte Harry sofort, dass sich Chakotays Infektion verschlimmert hatte. Die Wange war angeschwollen und rote Streifen wanden sich wie Schlangen unter der blassen Haut hin und her. Der Commander lag zitternd auf dem Boden und versuchte, nicht zu laut zu stöhnen. Er litt ganz offensichtlich, ballte immer wieder die Fäuste. Noah Mannick saß neben Chakotay und wischte seine Stirn mit einem feuchten Tuch ab. Mehr konnte er nicht tun und die eigene Hilflosigkeit schien ihn zu frustrieren.

Seven ging sofort neben Chakotay in die Hocke. »Wie kann ich Ihnen helfen, Commander?«, fragte sie.

Chakotay öffnete die Augen und Harry sah den Schmerz in ihnen. »Seven …«, brachte er mühsam hervor und deutete auf die Wunde in der Wange. »Was ist das?«

Seven runzelte die Stirn und betrachtete die angeschwollene Stelle. Ihr Gesichtsausdruck veränderte sich auf eine seltsame Weise und sie sah zu Harry auf. »Captain Janeway hat Chakotay ins Gesicht geschlagen?«

»Ja. Mit dem Handrücken. Sie trug mehrere Ringe und einer von ihnen hat die Haut aufgerissen.«

Sevens Lippen deuteten ein Lächeln an, wie Harry überrascht feststellte. »Wieso fragen Sie?«

»Ich glaube, Captain Janeway hat ein Borg-Modul in Commander Chakotays Wange implantiert.«

»Ein Borg-Modul?«, wiederholte Harry verblüfft. »Warum?«

»Ich weiß es nicht. Aber ich erkenne das Streifenmuster. Ich schätze, in einigen Minuten wird sich das Modul deutlich zeigen.«

Seven behielt Recht. Während Chakotay sich auf dem Boden hin und her wälzte und in den Handrücken biss, um nicht laut zu schreien, wölbte sich graues Metall unter der Haut, durchstieß sie und tastete mit Tentakeln über die Wange, deren Spitzen sich in die Haut zurück bohrten. Harry, Brad und Noah beobachteten den Vorgang entsetzt.

»Gleich fühlt er sich besser«, sagte Seven und sie behielt erneut Recht. Es dauerte nicht lange, bis Chakotay den Eindruck erweckte, sich langsam zu entspannen. Seine Zuckungen hörten auf und er öffnete die Augen. Einige Male atmete er tief durch, stemmte sich dann hoch.

»Was ist passiert?«, fragte er. Seine Stimme klang noch ein wenig schwach.

Harry war so erleichtert, dass er auf die Knie sank. Erst jetzt, als sie alles überstanden hatten, begriff er das Ausmaß seiner Sorge. Er hoffte inständig, dass sich keine Komplikationen ergaben.

»Sie haben etwas mit Seven gemeinsam«, sagte er. »Ihnen ist ein Borg-Implantat gewachsen.«

Vorsichtig tastete Chakotay nach seiner Wange und fand dort ein sonderbares metallisches Objekt.

»Ich schätze, Captain Janeway hat bereits eine Möglichkeit gefunden, uns eine Nachricht zu schicken«, sagte Seven.

Von einem Augenblick zum anderen sank Chakotay auf den Boden zurück, streckte die Arme aus und riss erschrocken die Augen auf.

»Ich falle ...«, stieß er hervor. Wenige Sekunden später erschlaffte er und blickte ins Leere. »Ich hatte das Gefühl, in die Tiefe zu stürzen ... Sehr seltsam. Und jetzt ...« Verwundert sah er zu Seven auf. »Was geht hier vor?«, fragte er.

»Ich weiß es nicht, Commander. Wenn Captain Janeway Ihnen eine Nachricht übermittelte, so verstehe ich nicht, was ein Sturz in die Tiefe dabei bedeutet. Nehmen Sie sonst noch etwas wahr? Entstehen Bilder vor Ihrem inneren Auge?«

Chakotay horchte in sich hinein. »Ich fühle ein ... sanftes Zerren.«

»Wie meinen Sie das?«, fragte Harry.

»Es lässt sich kaum beschreiben. Es ist, als ...« Chakotay brach ab, als ihm die richtigen Worte fehlten.

»Als ob Sie etwas folgen möchten?«, erkundigte sich Seven.

»Ja. Aber es gibt nichts, dem ich folgen könnte.«

»Es ist ein Peilmuster, geschaffen von Nanosonden, die das Implant Ihrem Blutkreislauf hinzugefügt hat. Diese Sonden führen Sie zu einem Signal. Sie erinnern sich bestimmt daran, dass ich auf ein solches Signal reagierte, als ich das Raumschiff meiner Eltern wiederentdeckte.«

Harry entsann sich daran. Seven hatte die *Voyager* ganz plötzlich verlassen, davon überzeugt, dass die Borg sie riefen. Aber am Ende ihrer Reise fand sie die *Raven*, ein kleines Schiff, das die Borg vor Jahren assimiliert hatten, als sie noch ein Kind gewesen war.

»Captain Janeway versucht uns mitzuteilen, welchen Ort wir aufsuchen sollen«, sagte Chakotay.

»Dann sollte B'Elanna die Arbeit an dem Transporter

besser fortsetzen«, meinte Harry. »Ohne ihn kommen wir nicht weit.« Sein Tonfall wies darauf hin, dass er sich darüber ärgerte, nicht helfen zu können. »Erlauben Sie mir, zur anderen Unterkunft zu gehen, Commander? B'Elanna gibt sich bestimmt alle Mühe, aber ich würde mich viel besser fühlen, wenn ich mit anpacken kann.«

Chakotay schüttelte den Kopf. »Es sind bereits zu häufig Personen zwischen den beiden Unterkünften unterwegs gewesen. Es ist zwar unwahrscheinlich, dass man uns die ganze Zeit über beobachtet, aber wir sollten sicherheitshalber davon ausgehen. Gerade jetzt müssen wir uns vor Fehlern hüten – immerhin haben wir einen Plan, der Aussicht auf Erfolg verspricht.«

Harry nickte niedergeschlagen und fand sich damit ab.

Chakotay wandte sich an Seven. »Aus dem gleichen Grund bin ich der Ansicht, dass Sie hier bleiben sollten. Die Bewegungen zwischen unseren beiden Gruppen müssen auf ein Minimum beschränkt bleiben.«

»In Ordnung.« Seven richtete einen unerschütterlichen Blick auf ihn. »Bitte beschreiben Sie mir unterdessen alle Empfindungen und Bilder, die Sie mit dem Implantat in Verbindung bringen. Vielleicht bin ich imstande, Ihre Eindrücke zu interpretieren und dadurch eine genauere Vorstellung von Captain Janeways Absichten zu gewinnen.«

»Zunächst einmal tut es verdammt weh.« Etwas vom alten Glanz kehrte in Chakotays Augen zurück. »Fühlt es sich so an, ein Borg zu sein?«

»Wenn die Assimilierung vollständig ist, spürt man keinen Schmerz mehr.«

»Großartig. Entweder werde ich zu einem Borg oder mein Gesicht scheint in Flammen zu stehen.«

»Es könnte sich als nützlich erweisen, über diesen Punkt hinauszugehen«, sagte Seven in einem neutralen Tonfall. »Gibt es außer dem Schmerz noch andere Empfindungen?«

»Ihre Anteilnahme ist rührend, Seven«, erwiderte Chakotay. Er versuchte sich mit scherzhaften Bemerkungen von seinem Unbehagen zu befreien. Für einige Sekunden schloss er die Augen und konzentrierte sich auf seine Innenwelt. »Ich spüre jetzt keine so starken Gefühle mehr wie zuvor, als ich zu fallen glaubte. Etwas ... scheint mich zu rufen, mich zu ziehen, aber es ist weniger intensiv.«

Seven kommentierte diese Worte nicht und nickte nur, schien Chakotays Bemerkung in einer Datenbank abzuspeichern. Schließlich sank der Commander in einen unruhigen Schlaf und träumte davon, endlos zu fallen.

Zwar kam B'Elanna beim Bau des mobilen Transporters voran und die Stimmung der Crew war im Großen und Ganzen positiv, aber Neelix fühlte sich von unerklärlichem Kummer heimgesucht. Er begleitete die Rai' weiterhin zum Schürfen und als Gegenleistung bereitete er eine Abendmahlzeit zu, sowohl für die hoch gewachsenen Fremden als auch für die Besatzungsmitglieder der *Voyager*. Diese Aktivität lenkte ihn ein wenig von der Trauer in seinem Innern ab.

Aber immer wieder geschah es, dass er sehnsüchtig an Kes dachte. Als er seine Geschichte erzählt und auch von seiner ersten Begegnung mit der Ocampa berichtet hatte, waren längst vergessene Erinnerungen in ihm wach geworden und er musste zugeben, dass er sie mehr vermisste, als er für möglich gehalten hätte.

Als er an jenem Abend von der Arbeit zurückkehrte, die Taschen voller Lebensmittel, bereitete er einen Eintopf zu, an dem die Rai' großen Gefallen zu finden schienen. Die *Voyager*-Crew verschlang ihn regelrecht. Neelix gab einen Teil davon in Wasserbehälter, die Vorik zu Chakotays Gruppe bringen sollte.

Doch bevor der junge Vulkanier Gelegenheit bekam, sich auf den Weg zu machen, bot sich ihnen ein überraschender Anblick dar: Chakotay und die anderen näherten sich, trugen ihre klägliche Habe und erweckten den Eindruck, eine Rauferei hinter sich zu haben. Sie bluteten; die Uniformen waren zerrissen und schmutzig. Aber abgesehen davon wirkten sie fröhlich.

»Sie scheinen zehn Runden mit einer Wildkatze gekämpft zu haben, Commander«, sagte Tom. »Oder vielleicht mit einem Borg.« Die anderen sahen Chakotays Implantat jetzt zum ersten Mal.

»Mit dieser Vermutung liegen Sie gar nicht so falsch. Einige ziemlich große Geschöpfe griffen uns an und hatten es auf unsere Rationen abgesehen. Wir trieben sie in die Flucht und nutzten den Tumult als Vorwand für eine Rückkehr zu Ihnen.«

»Ausgezeichnet«, sagte Tuvok anerkennend. »Das dürfte unsere Pläne erheblich vereinfachen.«

Der zweite Unterstand wurde errichtet und die Rai' beobachteten das Geschehen nicht ohne Argwohn. Neelix begriff, dass sie sich durch das Eintreffen der zweiten Gruppe vielleicht bedroht fühlten, und deshalb schlenderte er zu Tassot Bnay, der ihm die Arbeitserlaubnis besorgt hatte.

»Kein Grund zur Sorge, mein Freund«, sagte der Talaxianer. »Das sind unsere Gefährten und sie sind ebenso friedlich und sympathisch wie wir. Sie haben nichts von ihnen zu befürchten.«

»Sie scheinen in einen Kampf verwickelt gewesen zu sein.«

»Ja, das stimmt. Sie wurden angegriffen und mussten sich verteidigen. Deshalb verließen sie den Ort, an dem sie sich niedergelassen haben.«

Bnay beobachtete die neu eingetroffene Gruppe noch eine Zeit lang und schien Neelix' Erklärung dann zu akzeptieren. Ohne ein weiteres Wort wandte er sich ab und sprach leise mit den anderen Rai'. Neelix kehrte zu seinen Freunden zurück und stellte fest, dass sie sich alle in einer Unterkunft versammelt hatten.

Eine erwartungsvolle Atmosphäre herrschte. Harry

kniete neben B'Elanna und hantierte an zwei seltsam aussehenden Apparaten, die aus den Komponenten bestanden, mit denen sie zuvor gearbeitet hatte. Aufregung zeigte sich in Harrys Gesicht, außerdem auch Erleichterung darüber, sich endlich nützlich machen zu können.

»Ich glaube, wir können einen ersten Versuch wagen«, sagte B'Elanna. »Ich verspreche nichts – immerhin ist dieses Ding recht primitiv.«

»Deshalb nehmen wir zunächst einen Test mit Psilminit vor. Wir justieren das Gerät so, dass ein kleiner Bereich in einer Tiefe von mehr als zehn Kilometern entmaterialisiert – so weit reichen die Sensoren der Subu.« Harrys Unterlippe war aufgeplatzt und eine Schwellung zeigte sich an der einen Schläfe, aber an seiner Begeisterung bestand kein Zweifel. Neelix spürte, wie sich auch seine Stimmung verbesserte.

»Haben Sie die Koordinaten eingegeben, Harry?«, fragte B'Elanna.

»Es ist alles bereit.«

»Na schön. Dann kann's losgehen.« B'Elanna atmete tief durch, während die anderen gespannt schwiegen. Sie betätigte einen improvisierten Schalter und wartete.

»Ich glaube, der ringförmige Sperrstrahl ist ausgerichtet«, sagte Harry. »Wir entmaterialisieren jetzt das Erz und lassen es in Pulverform rematerialisieren.«

Wieder verstrichen einige von Anspannung geprägte Sekunden und dann erschien weißer Staub in der Luft, rieselte zu Boden.

»Es hat geklappt!«, entfuhr es Harry und die anderen jubelten laut.

Tuvok forderte sie sofort auf, leise zu sein. »Wir müssen es unbedingt vermeiden, Aufmerksamkeit zu erregen«, sagte er und daraufhin wurde die Gruppe wieder still.

»Hier ist der Plan«, wandte sich B'Elanna an die anderen. »Ich habe zwei Transporter gebaut, denn wir brauchen beide, um von hier zu verschwinden. Ein Transporter allein verfügt nicht über genug Energie, um etwas so Komplexes wie einen biologischen Organismus über die notwendige Distanz zu transferieren.«

»Unsere Flucht muss in mehreren Schritten erfolgen«, erläuterte Harry. »Zuerst schaffen wir eine Höhle in einer Tiefe von fünfzehn Kilometern, direkt unterhalb einer der Wände, die das Lager umgeben. Ich beame mich mit dem zweiten Transporter hinein. B'Elanna transferiert dann jemand anders zu mir, und ich beame die betreffende Person in den Wald außerhalb des Sensornetzes.«

»Auf diese Weise geht es weiter, bis alle transferiert sind.«

»Und dann?«, fragte Neelix. Wie so oft staunte er über den Einfallsreichtum dieser Leute.

»Anschließend führt uns Commander Chakotay«, antwortete Seven. »Wir müssen davon ausgehen, dass ihm das von Captain Janeway stammende Implantat die Fluchtroute zeigt.«

»Es wird eine Weile dauern, die Höhle zu schaffen. Die Gesteinsschichten dort unten sind sehr dicht; wir können nur immer eine kleine Menge transferieren.«

»Ist es eine gute Idee, den Abraum hier im Innern der Unterkunft zu lagern?«, fragte Harry.

»Ich glaube nicht. Der Staub würde an unserer Kleidung haften bleiben und bestimmt auffallen.«

»Aber wohin damit?«, fragte B'Elanna. »Wir können ihn nicht dort abladen, wo ihn jemand anders findet. Außerdem ist die Reichweite der Transporter begrenzt.«

»Ich kenne einen Ort«, sagte Neelix. »Warum beamen wir das entmaterialisierte Gestein nicht dorthin, wo das Erz abgebaut wird? Dort gibt es bereits jede Menge Staub. Ich kenne einen Bereich hinter den Antigravbehältern, den die Wachen nie aufsuchen. Sie schöpfen bestimmt keinen Verdacht.«

»Ein guter Vorschlag, Neelix«, sagte Chakotay. »Bitte geben Sie B'Elanna und Harry die Koordinaten.«

Neelix kam der Aufforderung sofort nach und Harry setzte die Arbeit fort, als die anderen auseinander gingen. Neelix sah, wie Tuvok die Unterkunft verließ, und folgte ihm.

Tuvok nahm auf dem Boden Platz und ließ einen aufmerksamen Blick durchs Lager schweifen. Die jüngsten Erfahrungen von Chakotays Gruppe wiesen deutlich darauf hin, dass niemand von ihnen an diesem Ort wirklich sicher war. Sie durften auf keinen Fall in ihrer Wachsamkeit nachlassen.

Neelix nahm neben Tuvok Platz und hoffte, dass der Vulkanier mit irgendeiner Bemerkung zu erkennen gab, was er von seiner Geschichte hielt. Doch die Stille dauerte an. Neelix wurde immer nervöser, denn er befürchtete, dass Tuvoks Schweigen Missbilligung zum Ausdruck brachte. Aber was sollte er sonst erwarten? Seit ihrer ersten Begegnung war Tuvok kühl und unnahbar gewesen.

Doch Tuvoks Meinung spielte eine große Rolle für Neelix, und deshalb wandte er sich an den ernsten Mann, obwohl es ein Teil von ihm für unangebracht hielt.

»Nun, Herr Vulkanier, wie beurteilen Sie meine Geschichte?«

Wieder herrschte Stille. Neelix spürte, wie er zu schwitzen begann. Warum antwortete Tuvok nicht? *Habe ich mich so sehr vor ihm blamiert?*, dachte der Talaxianer und sein Herz klopfte schneller.

»Ich weiß, dass ich in meinem Leben schreckliche Dinge angerichtet habe«, brachte er unsicher hervor. »Aber ich bin bestrebt gewesen, sie wiedergutzumachen. Ich hoffe, Sie legen mir das, wovon ich erzählt habe, nicht zur Last ...« Er unterbrach sich verlegen, als er den hohlen Klang seiner Worte hörte.

Tuvok drehte langsam den Kopf und sein dunkles Gesicht glänzte im heißen Schein der untergehenden Sonne. Sein Blick schien das Gehirn des Talaxianers zu durchbohren; auf diese Weise musterte er Neelix einige Sekunden lang, bevor er sprach.

»Ich fand Ihre Geschichte außergewöhnlich. Sie zeichnen sich durch mehr Mut und Vielschichtigkeit aus, als ich für möglich gehalten hätte.«

Neelix glaubte, seinen Ohren nicht trauen zu können – Tuvoks Worte liefen auf ein Kompliment hinaus! Er erschauerte wohlig, wusste aber nicht, was er erwidern sollte. Plötzlich wünschte er sich, dass Kes zugegen wäre und Tuvoks Worte hörte. Bestimmt wäre sie sehr stolz auf ihn gewesen.

Von einem Augenblick zum anderen, ohne eine bewusste Entscheidung, begann er damit, über sie zu sprechen. »Ich vermisse Kes noch immer«, sagte er in einer emotionalen Aufwallung. »Manchmal, des Nachts, glaube ich, ihre Stimme zu hören, und dann setze ich mich auf und sehe mich um. Aber sie ist natürlich nicht da.«

Tuvok richtete erneut einen durchdringenden Blick auf ihn. »Sie ist präsent«, sagte er schlicht.

»Wie bitte?«, fragte Neelix verwirrt.

»Kes ist noch immer bei uns«, fuhr Tuvok fort. »Ihr Verschwinden war Transzendenz, kein Tod. Sie ist mit uns allen verbunden.«

»Woher wissen Sie das?«, fragte Neelix. Es war schön zu glauben, dass der Vulkanier Recht hatte, dass Kes irgendwo in der Nähe schwebte, auf einer anderen Existenzebene, dazu imstande, ihre Freunde zu sehen und auch weiterhin an ihrem Leben teilzunehmen.

»Unsere Selbstsphären waren bei mehreren Gelegenheiten miteinander verbunden«, erklärte Tuvok. »Ich trage ihr Katra in mir.«

»Erstaunlich.«

»Und von Zeit zu Zeit spüre ich ihre Präsenz. Daher überrascht es mich nicht, dass das auch bei Ihnen der Fall ist.«

»Ich verfüge über keine telepathischen Fähigkeiten.«

»Aber die emotionale Verbindung zwischen Ihnen und Kes war sehr stark. Ich bin sicher, dass dieses Band nach wie vor existiert.«

Neelix fühlte sich zwischen zwei Gefühlen hin und her gerissen, auf der einen Seite Freude, auf der anderen Kummer. Ihm gefiel die Vorstellung, dass Kes nach wie vor an ihn gebunden war, wie transzendent auch immer; aber gleichzeitig bedauerte er den erlittenen Verlust.

»Ich weiß, dass es ein Klischee ist, aber man weiß das, was man hat, erst dann richtig zu schätzen, wenn es nicht mehr existiert. Es gibt so viel, das ich nicht über Kes weiß ... Unser gemeinsames Leben begann, als ich ihr im Lager der Kazon begegnete. Die Vergangenheit habe ich nie zur Sprache gebracht – weil ich nicht wollte, dass sie von einigen Dingen erfuhr, in die ich früher verwickelt gewesen bin.«

Neelix sah einige Sekunden lang auf den Boden, sammelte seine Gedanken und versuchte, das emotionale Durcheinander zu ordnen. »Das bereue ich jetzt. Es gibt so viele Dinge, die ich nicht mit ihr teilen konnte.«

»Reue führt zu nichts.«

»Da haben Sie sicher Recht. Aber manche von uns sind unglücklicherweise nicht imstande, ihre Gefühle einfach abzuschalten.«

Tuvok schwieg wieder und Neelix gewann den Eindruck, dass der besondere Moment zwischen ihnen vorüber war. Er fühlte sich nicht besser als zu Beginn des Gesprächs, kehrte in die Unterkunft zurück und legte sich hin. Vielleicht hatte er Glück und träumte von Kes.

Neelix wusste nicht, wie lange er geschlafen hatte, als er ihre Stimme hörte. Tatsächlich wusste er nachher nicht einmal, ob er wirklich erwacht war. Aber ob er nun schlief oder wachte: Er hörte Kes. Als er die Augen öffnete, sah er die Dunkelheit in der Unterkunft, die Umrisse seiner schlafenden Freunde, und eine Zeit lang starrte er in die Finsternis.

Vielleicht war alles nur ein Traum.

Aber wenn das stimmte ... Er konnte sich nicht daran

erinnern, jemals zuvor einen so intensiven, realistischen Traum gehabt zu haben. Ganz deutlich vernahm er Kes' Stimme und musste der Versuchung widerstehen, ihr laut zu antworten. Er lag still und ließ alles geschehen. Ein seltsames Empfinden stellte sich ein. Er fühlte sich von Bildern davongetragen, so wie die Wellen eines schnell fließenden Baches ein Spielzeugboot forttrugen.

Vor dem inneren Auge sah er die unterirdische Stadt der Ocampa, jenes Wunder, das er mit Kes besucht hatte, nicht lange nach ihrer ersten Begegnung. Er gewann den Eindruck, durch die Stadt zu fliegen, bestaunte ihre gewaltigen Ausmaße und die Schönheit der Gebäude, die sich über viele Kilometer hinweg durch die tiefen Höhlen des Planeten erstreckten.

Und die ganze Zeit über erklang Kes' Stimme hinter Neelix' Stirn, sanft, ruhig und wohlklingend. Einzelne Worte und voneinander getrennte Bedeutungsinhalte konnte er nicht erkennen, aber trotzdem war die Stimme irgendwie imstande, mit ihm zu kommunizieren.

Sein Flug endete am großen Versammlungsgebäude der Ocampa und dort blickte er auf ein kleines Kind hinab. Das lange blonde Haar reichte dem Mädchen über den Rücken, als es zu einem Ocampa-Mann aufsah, der wie in die Ecke gedrängt wirkte.

Der Name des Mädchens lautete Kes.

12

»Warum?« Kes sah zu ihrem Vater auf, stand breitbeinig da, die Fäuste in die Hüften gestemmt. Ihre geschürzten Lippen wiesen auf Entschlossenheit hin. Sie hatte eine Frage gestellt und wollte sich erst von der Stelle rühren, wenn sie eine befriedigende Antwort erhielt.

Ihr Vater erwiderte den Blick, sein Gesicht eine Mischung aus Verwirrung, Ärger und Bewunderung. Kes konnte diese Gefühle nicht identifizieren, denn sie war noch zu jung, um das komplexe Netzwerk aus Emotionen zu verstehen, das manchmal in einer einzigen Person existierte. Sie hatte noch nicht einmal die Hälfte ihres Wachstumszyklus hinter sich gebracht, eine Zeitspanne, die – wie sie später erfuhr – neun menschlichen Monaten entsprach. Sie war noch immer auf sich selbst fixiert, auf ihre Bedürfnisse und Wahrnehmungen, auf ihre Fragen.

»Kes«, begann ihr Vater in einem Tonfall, den sie bereits kannte, »du musst dich mit der Tatsache abfinden, dass es nicht auf alle Fragen Antworten gibt.«

»Warum?« Was auch immer Benaren sagte: In den meisten Fällen führte es zu einer neuen Frage und häufig lautete sie schlicht »Warum?«.

Kes' Vater atmete tief durch und sah sich nach einem möglichen Retter um. Sie standen auf dem Hof vor dem Versammlungsgebäude, einem riesigen, prächtigen Bauwerk, das der Beschützer vor vielen Generationen für die Ocampa errichtet hatte und das eine wichtige Rolle in ihrem Leben spielte. Hier wurden die täglichen Rationen ausgegeben; es gab Unterhaltung, Gruppen versammelten sich. Muße und Ordnung bestimmten den Rhythmus des Ocampa-Lebens. Niemand beeilte sich. Niemand schob oder drängelte. Niemand wendete mehr Kraft auf als unbedingt nötig.

Der Eindruck von Mattigkeit hatte Kes zu einer ihrer ersten Fragen herausgefordert, als sich ihr eigener ruheloser Geist zu entfalten begann. »Warum sitzen alle so viel herum?«, hatte sie bei einem der frühen Abstecher zum Versammlungsgebäude gefragt.

»Es ist eben so«, erwiderte ihr Vater und lernte daraufhin die Beharrlichkeit seiner Tochter kennen.

»Das ist keine Begründung«, sagte sie voller Überzeugung, sah ihren Vater an und wartete ganz offensichtlich auf eine befriedigendere Antwort.

Doch sie wartete vergeblich. Jeder Versuch, eine überzeugende Antwort zu geben, führte zu einer weiteren Frage.

»So ist unser Leben eben, Kes. So verhalten sich die Leute.«

»Warum muss unser Leben so sein? Wer bestimmt das?«

»Niemand bestimmt es. Es war immer so.«

»Aber wie begann es? Wer waren die ersten Leute, die sich auf diese Weise verhielten?«

»Das weiß niemand. Es liegt lange, lange zurück.«

»Aber woher weißt du dann, wie es geschehen ist?«

Benaren seufzte zum ersten, aber nicht zum letzten Mal. »Wir nehmen an, dass es so gewesen ist. Es ergibt einen Sinn.«

»Aber vielleicht gibt es auch andere Dinge, die einen Sinn ergeben könnten. Vielleicht waren die Leute vor langer Zeit anders und dann geschah etwas, das sie änderte.«

»Zum Beispiel?«

Kes biss sich auf die Lippe und versuchte etwas Seltsames zu verstehen. Es ging dabei um etwas, an das sie instinktiv glaubte, obgleich es keinen konkreten Grund dafür gab.

»Ich weiß nicht. Etwas, das dafür sorgte, dass sich die Leute nicht mehr um die Dinge scherten.«

Dieses Gespräch hatte vor einigen Monaten stattgefunden, ohne ein zufrieden stellendes Ende zu erreichen. Derzeit ging es Kes um ein anderes Thema, das sie außerordentlich faszinierend fand: um den Beschützer.

In ihrem kurzen Leben hatte sie viele Fragen über dieses geheimnisvolle Wesen gestellt, das die meisten Ocampa sehr verehrten, und nicht eine einzige davon war überzeugend beantwortet worden. Als sie heute mit ihrem Vater in der Schlange der Wartenden stand, um ihre Rationen in Empfang zu nehmen, kam sie erneut darauf zu sprechen.

»Wenn der Beschützer ein Heim für uns baute, im Innern der Welt, so muss er einen Grund dafür gehabt haben. Interessiert sich denn niemand dafür?«

»Die meisten Leute sind ihm für seine Großzügigkeit dankbar. Er gab uns unser Zuhause. Wir erhalten Nahrung, Energie und Wasser von ihm – alles verdanken wir ihm.«

»Warum verdanken wir ihm alles? Er hat entschieden, uns zu helfen. Dafür muss er einen Anlass gehabt haben.«

»Wie ich dir schon sagte: Niemand weiß, was ihn dazu bewogen hat. Aber es wäre falsch, ihm für seine Hilfe nicht dankbar zu sein.«

Kes dachte darüber nach, während sie sich langsam, Schritt für Schritt, der Ausgabe näherten. Sie war ungeduldig, wie immer. Es dauerte ihr immer zu lange, nach vorn zu gelangen, zur Ausgabe der Rationen. Es musste doch eine Möglichkeit geben, diesen Vorgang besser zu organisieren, damit man dabei nicht so viel Zeit verlor – Zeit, die man anderen Dingen widmen konnte. Interessanteren Dingen.

Interessantere Dinge, als vor den Unterhaltungsschirmen zu hocken, die dauernd irgendwelche beruhigenden Bilder zeigten. Die meisten Ocampa gaben sich damit zufrieden, während des größten Teils des Tages dazusitzen und sich wie benommen beschauliche Bilder anzusehen. Kes fand das unerträglich. Schon nach wenigen Minuten langweilte sie sich, verließ ihren Platz und eilte über den Hof des Versammlungsgebäudes, sehr zur Verwunderung und manchmal auch zum Ärger der anderen.

Als sie nun in der Schlange standen, fielen Kes neue Fragen ein. »Vater, warum hat der Beschützer unser Heim hier gebaut, im Innern der Welt?«

»Weil wir hier sicher sind.«

»Sicher vor was?«

»Vor unseren Feinden.«

»Wer sind unsere Feinde?«

»Ihre Namen kennen wir nicht. Aber sie würden uns die Energie und das Wasser nehmen.«

»Warum?«

»Weil sie beides brauchen.«

»Warum?«

»Sie haben nicht so viel davon wie wir.«

»Warum?«

»Sie haben einfach nicht so viel.«

»Warum?«

»In deinem Alter sollte man sich über solche Dinge keine Gedanken machen.«

Daraufhin stemmte Kes die Fäuste in die Hüften und weigerte sich, einen weiteren Schritt zu gehen, solange sie keine Antwort bekam.

»Geh weiter, Kes. Hinter uns stehen noch andere Personen in der Schlange.«

»Ich bleibe hier stehen, bis du mir antwortest.«

»Du musst dich mit der Tatsache abfinden, dass du zu jung bist, um über gewisse Dinge Bescheid zu wissen.«

»Nein, damit muss ich mich nicht abfinden. Ich möchte Antworten auf meine Fragen.«

Benaren wandte sich an die Leute hinter ihnen. »Gehen Sie an meiner Tochter vorbei«, sagte er. »Sie will hier stehen bleiben.«

Verärgert beobachtete Kes, wie die Wartenden an ihr vorbeischritten. Ihr Vater folgte ihnen, ließ sie allein.

Bestimmt rechnete er damit, dass sie ihm folgte, und das bestärkte Kes in ihrer Entschlossenheit. Sie rührte sich nicht von der Stelle, als sich die lange Schlange an ihr vorbeiwand, in Richtung der Ausgabestellen.

Als Benaren seine Ration erhalten hatte, kehrte er zu Kes zurück, die noch immer an ihrem Platz stand. »Komm, Kes. Deine Mutter wartet auf uns.«

»Ich habe dir gesagt, dass ich hier stehen bleibe, bis du mir Antwort gibst«, erwiderte das Mädchen fest.

»Ich habe dir so gut wie möglich geantwortet und lehne es ab, mich weiter manipulieren zu lassen.««

»Na schön. Ich bleibe bis in alle Ewigkeit hier.«

Benaren seufzte und wandte sich ab. »Komm nach Hause, wenn du hungrig wirst.«

Kes blieb lange auf dem Hof des Versammlungsgebäudes stehen – sie wusste nicht genau wie lange. Die Unterhaltungsschirme zeigten auch weiterhin beruhigende Bilder und Ocampa holten ihre Rationen ab. Schließlich schrumpfte die Schlange immer mehr, was bedeutete, dass die Zeit der Ruhe näher rückte. Mehrmals waren Personen an Kes herangetreten, um zu fragen, ob sie Hilfe brauchte. Sie schüttelte den Kopf und erwiderte, dass sie auf ihren Vater wartete.

Allmählich wurde sie müde und gelangte zu dem Schluss, dass sie in ihrer Entschlossenheit nicht nachließ, wenn sie sich setzte. Kes beobachtete, wie immer mehr Leute den Bereich des Versammlungsgebäudes verließen. Sie kam sich ein wenig verloren vor, als sie begriff, dass ihr Vater nicht nachgeben wollte. Trotzdem gelang es ihr nicht, den eigenen Stolz beiseite zu schieben und nach Hause zurückzukehren.

Sie saß im Hof des Versammlungsgebäudes und fühlte sich ein wenig schläfrig. Und dann erwachte sie plötzlich zu Hause in ihrem Bett. Sie brauchte einige Sekunden, um festzustellen, wo sie sich befand. Ihre Mutter Martis saß am Bett.

»Wie bin ich hierher gekommen?«, fragte Kes. »Ich wollte beim Versammlungsgebäude bleiben.«

»Du bist eingeschlafen und einer der Ältesten, Toscat, trug dich zu uns.«

»Nein! Er hätte mich auf dem Hof lassen sollen!« Kes spürte, wie ihre Augen zu brennen begannen und dann feucht wurden.

»Er wusste, dass es besser für dich ist, während der Ruhezeit daheim in deinem Bett zu liegen.«

»Ich wollte mich nicht von der Stelle rühren, bis Vater meine Fragen beantwortet.«

Martis beugte sich vor und strich dem Mädchen eine Locke aus der Stirn. »Kes, du bist ein intelligentes und schönes Kind. Dein Vater und ich lieben dich sehr. Aber du bist auch eigensinnig und stur, und das besorgt uns. Wir möchten dich nicht verhätscheln, damit du später nicht überheblich und arrogant wirst. Wir werden nicht zulassen, dass du bestimmst, was in dieser Familie geschieht und was nicht. Benaren und ich sind die Erwachsenen und du bist das Kind. Wir treffen die Entscheidungen, die über dein Verhalten bestimmen, bis du erwachsen bist und allein für dich entscheiden kannst.«

Es gefiel Kes nicht, gescholten zu werden. Ein seltsames Gefühl entstand dadurch in ihrem Innern, ein Unwohlsein. Sie verehrte ihre Mutter und konnte die Vorstellung kaum ertragen, jene Frau enttäuscht zu haben, die sich immer so sehr um sie gekümmert hatte. Kes ließ niedergeschlagen den Kopf hängen.

»Es stimmt deinen Vater traurig, wenn er glaubt, dir nicht die Informationen geben zu können, die du von ihm erwartest. Aber manche Fragen können nicht beantwortet werden.«

»Den Grund dafür verstehe ich nicht. Und es ist mir ein Rätsel, warum nicht auch andere Leute solche Fragen stellen.«

»Oh, Schatz, du ahnst ja nicht, wie einzigartig du bist«, erwiderte ihre Mutter. »Ich weiß es seit deiner Geburt. Deinem Vater habe ich von meiner Überzeugung erzählt, dass du eines Tages die Sonne sehen wirst.«

Das weckte sofort Kes' Interesse. »Was bedeutet das? Was ist die Sonne? Warum ist es etwas Besonderes, sie zu sehen?«

Martis lächelte. »Wir haben entschieden, dass für dich die Zeit gekommen ist, von der Oberfläche zu erfahren. Normalerweise warten Eltern, bis die Kinder ihren Wachstumszyklus hinter sich haben, aber du bist frühreif und kannst die Geschichte vielleicht schon jetzt verstehen.«

Kes setzte sich im Bett auf und konnte es kaum abwarten, von der »Oberfläche« zu erfahren. Dies gefiel ihr viel besser. Vielleicht bekam sie jetzt Antworten auf einige ihrer Fragen.

»Vor langer Zeit lebte unser Volk auf der Oberfläche. Eine große Kugel am Himmel, Sonne genannt, spendete Licht und Wärme. Die Ocampa führten ein friedliches, der Kunst gewidmetes Leben. Dann kam es auf dem Planeten zu einer Katastrophe, an deren Ursachen sich niemand erinnert, und das Klima veränderte sich. Es kam zu einer Dürre und Wasser wurde kostbarer als alles andere. Ein anderes Volk, die Kazon, griffen die Siedlungen der Ocampa an und stahlen ihr Wasser. Unserer Spezies drohte die Gefahr des Aussterbens.«

Kes hörte fasziniert zu. Ihr lag bereits ein Dutzend

Fragen auf der Zunge, aber sie beschloss, zu warten und sich den Rest anzuhören, ohne ihre Mutter zu unterbrechen.

»Damals offenbarte sich uns der Beschützer. Niemand weiß, wie es geschah, aber irgendwie gab er uns zu verstehen, dass er uns vor den Kazon schützen würde. Es war ein Versprechen. Er baute diese wundervolle Stadt für uns, im Innern des Planeten, und stellte uns unbegrenzt Energie und Wasser zur Verfügung. Das war vor langer Zeit und er hat sein Versprechen bis jetzt gehalten.«

Kes konnte ihre Fragen kaum mehr für sich behalten, doch zuerst wollte sie sicher sein, die ganze Geschichte gehört zu haben. »Ist das alles?«, fragte sie atemlos vor Aufregung.

Ihre Mutter nickte und daraufhin legte Kes los. »Woher kam der Beschützer? Was hat es mit der Katastrophe auf sich, die das Klima veränderte? Wie lange dauerte es? Warum sind die Kazon so böse? Was ist mit ihnen passiert? Wie kamen wir hierher? Ist irgendwann einmal jemand an die Oberfläche zurückgekehrt?« Sie schnappte nach Luft, als weitere Fragen in ihr entstanden. Ihre Mutter lächelte und hob die Hand.

»Ich habe dir alles gesagt, was wir wissen. Wenn ich deine Fragen beantworten könnte, so wäre ich gern dazu bereit. Doch die Dinge, nach denen du fragst, gerieten in Vergessenheit. Wir wissen nur, dass wir auch weiterhin Energie bekommen. Und dass uns die Kazon hier unten nie belästigt haben.«

Kes lehnte sich zurück, während ihre Gedanken rasten. Immer wieder betrachtete sie die verblüffenden Details der Geschichte in Gedanken von allen Seiten. Es war zum Verrücktwerden: Jedes Element der Geschichte führte zu einer Serie von endlosen Fragen, die sich offenbar nicht beantworten ließen. Kes glaubte, genug Fragen für den Rest ihres Lebens zu haben, aber es gab keine Antworten. Oder?

»Existieren keine Aufzeichnungen? Hat niemand etwas aufgeschrieben oder so? Warum ist uns unsere eigene Geschichte unbekannt?«

»Von irgendwelchen schriftlichen Aufzeichnungen weiß ich nichts«, entgegnete Martis. »Die Geschichte ist mündlich von Generation zu Generation überliefert worden.«

»Unglaublich. Warum hat niemand daran gedacht, Aufzeichnungen anzufertigen?«

»Ich weiß es nicht. Man hat einfach darauf verzichtet.«

Diese Art von Antwort verabscheute Kes. Es war eigentlich gar keine Antwort. Damit konnte sie überhaupt nichts anfangen.

»Hat jemals jemand versucht, an die Oberfläche zurückzukehren und festzustellen, wie es dort aussieht? Wissen wir, ob die Kazon überhaupt noch da sind? Vielleicht könnten wir alle zurück.««

»Warum ein Risiko eingehen? Hier unten sind wir sicher und haben alles, was wir brauchen.« Martis stand auf, ein Zeichen dafür, dass das Gespräch beendet war. »Du bist bestimmt hungrig. Wir haben einen Teil der Rationen von gestern Abend für dich aufgespart. Komm.«

Kes folgte ihrer Mutter und ahnte, dass die Dinge von nun an nie wieder so sein würden wie vorher. Sie hatte Wissen gekostet und war süchtig danach geworden. Alles in ihr drängte danach, mehr zu erfahren.

Kurz nach dem Ende ihres Wachstumszyklus lernte Kes Daggin kennen. Der hübsche Junge war nur wenig älter als sie, lächelte gern und hatte einen wachen, agilen Verstand. Er fiel ihr in dem Hof des Versammlungsgebäudes auf, als er sie ansah, und sie erwiderte sein Lächeln. Darin schien Daggin eine Art Signal zu sehen, denn er eilte zu ihr und stellte sich vor.

Das fiel ihr sofort an ihm auf: Er *eilte* zu ihr. Kes interessierte sich sofort für jemanden, der sich schneller bewegte als die meisten anderen Ocampa. Sie sollte bald erfahren, dass Daggin in vielerlei Hinsicht ungewöhnlich war. Er gewann schon bald einen formenden Einfluss auf ihr junges Leben.

»Möchtest du die Farm sehen?«, fragte er, kaum hatte sie ihm ihren Namen genannt. Die Frage weckte ihre Neugier – was war eine Farm? Dieses Wort hatte sie noch nie gehört.

Daggin führte sie fort vom Versammlungsgebäude und, wie Kes verblüfft feststellte, aus der Stadt hinaus. Ihr stockte der Atem, als sie begriff, dass sie die Stadtgrenzen hinter sich zurückließen und durch Bereiche der Höhlen schritten, die sie überhaupt nicht kannte.

»Wo sind wir hier? Kommst du oft hierher? Woher weißt du von diesen Kavernen?«

»Diese Tunnel erstrecken sich überall am Rand der Stadt. Zum ersten Mal bin ich kurz vor Ende meines Wachstumszyklus hierher gekommen. Meine Mutter nahm mich mit. Sie hat Freunde, die beschlossen, eine Farm einzurichten.«

Kes war fasziniert. Daggin hatte ihre Fragen tatsächlich beantwortet. Zwar waren sofort weitere in ihr entstanden, aber sie gab sich damit zufrieden, zu schweigen und die unvertraute Umgebung zu beobachten. An den steinernen Höhlenwänden waren Terrassen angelegt worden und dort wuchsen grüne Pflanzen. Über ihnen leuchteten Lampen und warfen einen angenehmen, warmen Schein durch die Kaverne. Kes nahm einen seltsamen Geruch war, einen frischen, sauberen Duft, der sie begeisterte. Staunend wandte sie sich an Daggin.

»Erzähl mir von diesem Ort. Wer hatte die Idee dazu? Was sind die grünen Pflanzen? Warum sind sie hier?«

Daggin lächelte, aber es war ein Lächeln der Freundschaft. »Meine Mutter und ihre Freunde gründeten die Farm. Sie meinen, dass wir nicht die ganze Zeit über herumsitzen und auf die nächste Ausgabe der Rationen warten sollten. Deshalb begannen sie damit, Pflanzen als Nahrungsmittel anzubauen. Wir kümmern uns um die Farm und essen die Früchte unserer Arbeit. Wir sind aktiv, wir haben mehr Energie als die anderen und wir benutzen unseren Verstand.«

Kes sah ihn groß an. Daggins Worte hallten tief in ihr wider und sie hatte fast das Gefühl, als läutete eine laute Glocke in ihrem Bewusstsein. Freude wuchs in ihr, denn sie begriff plötzlich, Gleichgesinnte gefunden zu haben, nicht mehr einzigartig und allein zu sein. Es gab noch andere Ocampa, die die traditionelle Lebensweise in Frage stellten. Ihr Herz klopfte voller Aufregung.

»Kann ich euch helfen?«

»Natürlich. Ich dachte mir schon, dass das deinem Wunsch entspricht.«

»Wieso?«

Daggin lächelte und seine Augen funkelten dabei. »Ich habe dich an dem Abend gesehen, als du auf dem Hof des Versammlungsgebäudes gesessen hast, bis du eingeschlafen bist. Du hast einen forschenden Geist und willst kein passives Leben führen. Aber ich habe bis zum Ende deines Wachstumszyklus gewartet, bevor ich an dich herangetreten bin.«

Kes streckte die Hand aus und betastete eine der Pflanzen. Die Blätter fühlten sich seiden und einladend an und sie freute sich bereits darauf, die Gewächse zu hegen und zu pflegen. Sie spürte Ruhe und Zufriedenheit, hervorgerufen von dem Wissen, dass sie einen Platz gefunden hatte, wo sie sie selbst sein konnte, in der Gesellschaft von anderen, die sie verstanden und ihre Fragen beantworteten. Frieden erfüllte sie, zum ersten Mal in ihrem jungen Leben.

Nicht viel später entdeckte Kes die Zugangstunnel. Als sie begriff, dass die Grenzen der Stadt nicht mit den Grenzen der subplanetaren Welt identisch waren, wurde sie zu einer ruhelosen Forscherin. Immer tiefer stieß sie in die Kavernen vor und achtete darauf, Markierungen zu hinterlassen, um den Rückweg zu finden. Bei ihren Ausflügen entfernte sie sich immer weiter von der Stadt.

Selbst Daggin begann sich Sorgen zu machen. »Du solltest deine Expeditionen nicht allein unternehmen«, sagte er. »Du könntest stürzen und niemand würde davon erfahren. Ich begleite dich, wann immer du willst.«

Doch Kes liebte die Aufregung, allein unterwegs zu sein. Sie wusste, dass es gefährlich sein konnte, aber gerade das reizte sie sehr. Sie wollte nicht darauf verzichten. Wenn es ihr um Sicherheit gegangen wäre, hätte sie zusammen mit den anderen in der Schlange gestanden, um ihre Ration in Empfang zu nehmen.

Es war reiner Zufall, dass sie den Tunnel fand. Sie wusste nichts von seiner Existenz, hatte deshalb auch nicht danach Ausschau gehalten. Fast wäre sie an der Öffnung vorbeigegangen, ohne sie zu bemerken.

Die Farbe weckte ihre Aufmerksamkeit. Grauweiß war das Gestein der Höhlenwände und es wies horizontale Streifen auf. Als Kes durch einen Tunnel wanderte, lenkte sie den Schein der Magnasit-Lampe über die Wände.

Ein orangefarbener, im Lauf der Zeit verblasster Streifen kreuzte die grauweißen Linien. Ein solches Zeichen hatte Kes nie zuvor gesehen und sie blieb stehen, um es aus der Nähe zu betrachten.

Der orangefarbene Streifen schien aus einem Spalt zu kommen, etwa einen Meter über dem Kopf der jungen Ocampa. Als sie das Licht der Lampe über den Spalt hinwegstreichen ließ, glaubte sie ein Muster zu erkennen, das kaum natürlichen Ursprungs sein konnte. Neugier brannte in Kes.

Sie sah sich nach einem Felsen um, den sie zur Wand rollen konnte, um darauf zu steigen und den Spalt zu untersuchen. Aber sie entdeckte nur einen großen Block, den sie unmöglich allein bewegen konnte. Sie brauchte Hilfe.

Kurze Zeit später kehrte sie mit Daggin zurück, der von der Entdeckung ebenso aufgeregt war wie sie. Gemeinsam schafften sie es, den großen Flesblock zu bewegen und an die Wand zu rollten. Kes wollte sofort auf ihn klettern, aber Daggin legte ihr die Hand auf die Schulter.

»Lass mich zuerst«, sagte er und Ärger entflammte in Kes. Glaubte Daggin vielleicht, besser für den Umgang mit den Überraschungen qualifiziert zu sein, die hier auf sie warten mochten? Sie wollte protestieren, aber Daggin stand bereits auf dem Felsblock und richtete das Licht der Lampe auf die Verfärbung im Gestein.

»Es ist Rost«, sagte er, holte ein kleines Werkzeug hervor und klopfte damit auf den Stein.

»Dann muss sich etwas aus Metall hinter der Felswand befinden«, erwiderte Kes und ihre Aufregung wuchs.

»Mal sehen, ob ich diesen Teil des Gesteins lösen kann.« Daggin schob das flache Ende des Werkzeugs in den Spalt und setzte es als Hebel ein. Es knirschte und ganz langsam geriet eine Felsplatte in Bewegung.

»Pass auf – wenn ich die Platte weit genug herausgelöst habe, lasse ich sie fallen.«

Kes wich zurück. Der Stein war sicher sehr schwer.

Daggin setzte seine Bemühungen mit dem Werkzeug einige Minuten lang fort, bis sich die Felsplatte löste und auf den Boden prallte. Kes wedelte mit der Hand den Staub beiseite, als sich Daggin der Öffnung näherte und hineinleuchtete.

»Was befindet sich dort?«, fragte Kes und trat ungeduldig vom einen Bein aufs andere. »Was siehst du?«

Der Junge lächelte aufgeregt. »Komm hoch.«

Kes kletterte auf den Felsblock und stellte sich auf die Zehenspitzen, um in die Öffnung zu sehen.

Ihr Blick fiel in einen runden, dunklen Raum, der so

symmetrisch war, dass es sich unmöglich um eine natürlich entstandene Höhle handeln konnte. Kes ließ das Licht ihrer Lampe umherwandern und schließlich fiel es auf eine seit langer Zeit nicht mehr benutzte Schalttafel. Unmittelbar daneben entdeckte sie eins der ungewöhnlichsten Dinge, die sie je gesehen hatte: eine nach oben führende Treppe, alt, verrostet und schief.

Kes und Daggin wechselten einen verblüfften Blick. Was hatte es mit dem Raum auf sich? Daggin streckte den Arm durch die Öffnung und tastete über die Innenwand des Raums.

»Hier gibt es Metall. Daher der Roststreifen.«

»Was hat dies zu bedeuten, Daggin? Wohin führt die Treppe?«

Der Blick des Jungen glitt zur auf dem Boden liegenden Felsplatte, die die Öffnung bis vor kurzer Zeit verschlossen hatte. »Wir müssen irgendeine Möglichkeit finden, sie wieder an ihre ursprüngliche Stelle zu setzen«, sagte er.

Neuerlicher Ärger regte sich in Kes. »Warum? Weshalb klettern wir nicht in den Raum und stellen fest, wohin die Treppe führt?«

»Sie führt nach oben, zur Oberfläche. Wenn wir in der Lage sind, die Treppe nach oben zu steigen ... Es bedeutet, dass die Kazon herunter kommen können.«

Schon wieder die Kazon. Warum fürchteten sich alle so sehr vor den mythischen Ungeheuern? Wer konnte sagen, dass sie noch existierten, nach so langer Zeit noch immer auf der Oberfläche lauerten? Sollte man nicht besser herausfinden, ob sie nach wie vor eine Gefahr darstellten, anstatt das ganze Leben voll Furcht vor dem Unbekannten zu verbringen?

Daggin mochte sehr aufgeschlossen sein, aber offenbar hatte er ebenso große Angst vor den Kazon wie alle anderen. Er prüfte das Gewicht der Felsplatte auf dem Boden – sie schien ziemlich schwer zu sein.

»Hierbei brauchen wir Hilfe«, sagte der Junge. »Mindestens drei oder vier Personen sind nötig, um die Platte zu bewegen.«

»Möchtest du, dass andere von dieser Sache erfahren? Hältst du das für klug?«

Daggin überlegte. Kes wusste, dass sie einen wichtigen Punkt angesprochen hatte. Eine solche Entdeckung durfte nicht allgemein bekannt werden. Wenn die Ältesten davon erfuhren … Vielleicht verwehrten sie dann den Zugang zu diesem Ort.

Kes beschloss, ihrem Standpunkt noch etwas mehr Nachdruck zu verleihen. »Warum lassen wir die Felsplatte nicht einfach liegen? Es dürfte sehr unwahrscheinlich sein, dass sich jemand anders so weit von der Stadt entfernt. In all der Zeit hat niemand diesen Ort gefunden und ich bin sicher, dass sich daran nichts ändern wird.«

»Wenn jemand die Treppe herunterkommt …«, sagte Daggin langsam. »Er könnte uns in den Rücken fallen.«

»Wenn jemand bis hierher kommt, lässt er sich bestimmt nicht von einer kleinen Felsplatte aufhalten. Wenn uns ein Feind angreift, müssen wir eben kämpfen.«

Er sah sie an, als er den stählernen Klang in ihrer Stimme hörte. Sein Blick glitt zur Felsplatte auf dem Boden, dann zur Öffnung in der Wand. »Na schön«, sagte er voller Unbehagen. »Aber du musst mir versprechen, dass du nicht allein hierher zurückkehrst.«

Kes zögerte. Genau das war ihre Absicht gewesen: Sie hatte durch das Loch klettern und ein kleines Stück die Treppe hinaufgehen wollen. Aber sie brachte es nicht fertig, Daggin mit einem falschen Versprechen zu belügen.

»Das dachte ich mir«, sagte er. »Kes, was soll ich nur mit dir machen? Neugier ist recht und schön und Mut zählt zweifellos zu den Tugenden, aber beides zusammen kann zu dummer Tollkühnheit führen. Du musst lernen, deine Impulsivität zu zügeln. Genau darum geht es bei wahrer Weisheit.«

Kes kochte innerlich und schirmte ihr Selbst ab, damit Daggin nichts von ihrer emotionalen Reaktion merkte. Was bildete er sich ein, sie zu belehren? Hatte er etwa »wahre Weisheit« entwickelt? Er war kaum älter als sie.

Er trat auf sie zu, ergriff ihre Arme dicht unter den Schultern und sah besorgt auf sie hinab. »Bitte versprich es mir«, sagte er sanft und etwas in seiner Stimme weckte ihre Aufmerksamkeit. »Ich könnte es nicht ertragen, wenn dir etwas zustößt.«

Ein ungewohntes Gefühl regte sich in Kes, etwas, das sie noch nie zuvor empfunden hatte. Es war seltsam angenehm, wie eine sonderbare Melodie, die einem nicht mehr aus dem Kopf wollte. Sie spürte Daggins Blick auf sich ruhen und sah zu ihm auf. »Ich verspreche nicht, diesen Ort nie wieder aufzusuchen. Aber ich werde dir Bescheid geben, bevor ich mich hierher auf den Weg mache.«

Er nickte und einige Sekunden lang sahen sie sich stumm an. Dann drehte sich Kes um und schritt durch den Tunnel in die Richtung, aus der sie gekommen waren.

Kes' erste Konfrontation mit dem Ältesten namens Toscat fand statt, kurz bevor sie ihr Haar abschnitt. Ihre Eltern mochten sich fragen, ob das eine zum anderen geführt hatte, aber diese Dinge spielten für Kes später keine Rolle mehr.

Für gewöhnlich bat man erst dann um eine Audienz bei den Ältesten, wenn man mindestens drei oder vier war, und Kes begegnete irritierten Blicken, als sie sich an Toscats Sekretär Marlath wandte und ihn um ein Gespräch mit dem Ältesten bat. Der Umstand, dass ein Kind um eine Audienz ersuchte, amüsierte Marlath und er arrangierte das Treffen auf eine Weise, die Kes herablassend fand.

Aber sie sagte nichts. Sie versuchte zu lernen, ihre Zunge zu hüten, denn inzwischen wusste sie, dass sie durch ihre vorschnellen Bemerkungen häufig in Schwierigkeiten geraten war. Sie wollte ein Ziel erreichen und durfte sich dabei nicht selbst Hindernisse in den Weg legen.

Für die Begegnung mit Toscat wählte sie ihre Kleidung sorgfältig aus. Sie entschied sich für ein schlichtes, konservatives Erscheinungsbild, in der Hoffnung, damit bei einem Ältesten auf Anerkennung zu stoßen. Die Sachen waren so neutral in Hinsicht auf Farbe und Stil, dass sie überhaupt kein Aufsehen erregten. Kes hielt sie für langweilig, aber diesmal ging es nicht darum, dass sie sich selbst gefiel. Sie schwor sich, dass sie in Zukunft auf keinen Fall die unscheinbaren Gewänder tragen würde, mit denen sich die meisten Ocampa-Frauen kleideten. Sie würde irgendeinen Weg finden, anders zu sein.

Gründlich kämmte sie ihr langes, goldenes Haar, bis es glänzte, band es dann zusammen und sah in den Spiegel. Sie wirkte farb- und reizlos, was für eine Begegnung mit Toscat vermutlich genau richtig war. Während sie ihr Spiegelbild betrachtete, stellte sie fest, dass sie schon nahezu erwachsen war. Sie sah fast so aus, wie sie während der nächsten sieben oder acht Jahre aussehen würde, bis sie das Morilogium erreichte, die letzte Phase ihrer Existenz, in der ein schneller Alterungsprozess innerhalb weniger Monate zum Ende des Lebens führte.

Alle Ältesten hatten Büros im Versammlungsgebäude und Kes wartete in einem weißen Vorzimmer, während Toscat in seinem Büro das Gespräch mit einem anderen Ältesten beendete. Sie fragte sich, worüber die Alten sprachen, wie sie ihre Tage verbrachten. Eigentlich gab es gar nichts für sie zu tun. Der Beschützer lieferte alles Notwendige und gelassene Selbstgefälligkeit prägte die Existenz der meisten Ocampa. Deshalb ergaben sich kaum Probleme. Dennoch schienen die Ältesten zu glauben, wichtig zu sein.

Kes sah auf und merkte, dass Marlath sie musterte. Er war etwa ein Jahr älter als sie, verhielt sich aber so, als wäre er ebenfalls ein Ältester. Sie fand ihn arrogant.

»Sag mir, Kes«, wandte er sich telepathisch an sie. *»Was möchtest du mit Toscat besprechen?«*

»Ich möchte ihm einige Fragen über unsere Vergangenheit stellen«, erwiderte sie offen und sprach laut. Dünne Falten des Ärgers bildeten sich in ihrer Stirn, als sie sah, wie Marlath spöttisch lächelte.

»Ich verstehe. Und was möchte ein kleines Mädchen, das gerade erst seinen Wachstumszyklus beendet hat, über unsere Vergangenheit wissen?«

»Eine ganze Menge. Alles. Niemand scheint Einzelheiten zu kennen und ich dachte mir: Wenn jemand darüber informiert ist, so ein Ältester. Deshalb bin ich hier.« Marlaths Lächeln wuchs in die Breite und Kes spürte, wie ihr Ärger zunahm. Sie musste sich beherrschen und durfte nicht zulassen, dass dieser eingebildete Sekretär ihre emotionale Stabilität beeinträchtigte. Es ging darum, Toscat gefasst gegenüberzutreten. Daher zwang sie sich, das Lächeln zu erwidern, wobei sich der Mund wie ein erstarrter Riss in ihrem Gesicht anfühlte.

Zum Glück öffnete sich genau in diesem Augenblick die Tür von Toscats Büro und er schlenderte ins Vorzimmer, den Arm um die Schultern eines anderen Ältesten gelegt. Beide gluckten über irgendeine geistreiche Bemerkung. Die Männer verabschiedeten sich telepathisch und dann wandte sich Toscat Kes zu. Sein Gesicht war schwammig und die kleinen Augen wirkten leer.

»Nun, Kes, da bist du ja – du siehst mit jedem verstreichenden Moment erwachsener aus. Offenbar geht dein Wachstumszyklus bald zu Ende.«

»Er ist bereits abgeschlossen.« Sie bestand auch diesmal darauf, laut zu sprechen, obwohl alle anderen die telepathische Kommunikation vorzogen.

»Komm herein, komm herein. Ich habe mich schon auf das Gespräch mit dir gefreut.« Er deutete zur Tür seines Büros und Kes betrat das große, schmucklose Zimmer, dessen Fenster einen Blick auf den Hof des Versammlungsgebäudes gewährten. Viele Ocampa standen dort, sahen zu den Unterhaltungsschirmen und warteten in den Schlangen vor den Ausgabeschaltern. Kes schauderte kurz.

»Ist dir kalt? Ich kann die Temperatur im Raum erhöhen, wenn du möchtest.«

»Nein, danke. Es ist alles in Ordnung.«

Toscat lächelte und deutete auf ein großes schwarzes Sofa. Kes nahm darauf Platz, sank ins weiche Polster und kam sich ziemlich klein vor. Toscat setzte sich in einen großen Sessel mit hoher Rückenlehne und breiten, verzierten Armlehnen. Kes hatte das Gefühl, die ganze Zeit über zu schrumpfen.

»Nun«, sagte Toscat und strahlte, *»welchem Anlass verdanke ich den Besuch eines so hübschen Mädchens?«*

Kes' Wangen brannten. Toscat behandelte sie wie ein Kind, wie ein hirnloses kleines Mädchen, von dem man nur erwartete, dass es brav und hübsch war. Er teilte sich ihr telepathisch mit, obgleich sie sich ihrer Stimme bediente. Kes empfand dies alles als sehr ärgerlich. Sie atmete tief durch, um sich zu beruhigen, sah dann direkt in Toscats Augen. »Ich möchte wissen, ob unsere Vorfahren schriftliche Aufzeichnungen hinterlassen haben.«

Der Gesichtsausdruck des Ältesten war die Demütigungen wert, die Kes hatte ertragen müssen. Es handelte sich um eine Mischung von Verwirrung, Verblüffung und Argwohn. Kes fühlte einen Anflug von Triumph.

»Schriftliche Aufzeichnungen ...?«, wiederholte Toscat langsam.

»Ja. Ich kann nicht glauben, dass es überhaupt keine Aufzeichnungen gibt. Wir hatten eine außergewöhnliche Vergangenheit und bestimmt erinnern irgendwelche Schriften daran.«

Kes hielt dem Blick des Ältesten stand, wollte auf keinen Fall schwach erscheinen. Schließlich unterbrach er den Blickkontakt, stand auf und trat zu den Fenstern, von denen aus man den Hof sehen konnte. »*Warum erkundigst du dich danach?*«, fragte er.

»Ich bin neugierig. Ich glaube, wir sollten unseren Ursprung so gut wie möglich kennen. Wie können wir wissen, was wir sein sollen, wenn uns verborgen bleibt, woher wir kommen?«

Toscat drehte sich langsam um und sah Kes so an, als inspizierte er ein unbekanntes Insekt, das vagen Abscheu in ihm weckte. Er seufzte und sein Seufzen wehte wie Wind durch Kes' Selbst. »*Kes, Kes, Kes … Du bist viel zu jung, um dich mit solchen Gedanken zu belasten.*« Er lächelte onkelhaft. »*Wenn du versuchst, so tiefsinnig zu denken, entstehen Sorgenfalten in deiner hübschen Stirn. Warum holst du dir nicht deine Ration und setzt dich vor die Unterhaltungsschirme? Das beruhigt dich bestimmt.*«

Wieder erwachte Ärger in ihr und diesmal konnte sie ihn nicht so einfach unterdrücken. Sie stand auf und bei den nächsten Worten erklang eine gewisse Schärfe in ihrer Stimme.

»Ich will mich nicht beruhigen. Ich möchte weiterhin über Dinge nachdenken und Fragen stellen, die offenbar niemand beantworten kann. Deshalb bin ich zu Ihnen gekommen, weil Sie ein Ältester sind. Sie sollten uns Rat geben, aber auch Sie wollen mir nicht helfen. Ich meine es sehr ernst, Toscat – ich möchte wissen, ob schriftliche Aufzeichnungen existieren, wo sie sich befinden und warum niemand von ihnen weiß. Und was noch wichtiger ist: Ich möchte sie lesen.«

Toscat blinzelte verdutzt und Kes begriff, dass er es ganz und gar nicht gewohnt war, auf diese Weise angesprochen zu werden. Vielleicht geschah es zum ersten Mal, dass ihn jemand herausforderte, noch dazu ein Kind, das gerade erst seinen Wachstumszyklus hinter sich hatte. Kes hielt den Blick auf ihn gerichtet.

»Sei vorsichtig, junge Dame«, erwiderte Toscat, und seine mentale Stimme hatte etwas Stählernes. *»Ich lasse nicht zu, dass man mir droht. Benimm dich oder ich schicke dich zu deinen Eltern zurück und teile ihnen mit, dass du sehr unhöflich zu mir warst.«*

Kes nahm ihre ganze innere Kraft zusammen, um sich zu beruhigen. Sie wollte Antworten und dieser Mann konnte sie ihr vielleicht geben. Es hatte keinen Sinn, ihn zu verstimmen. In einer Geste des Gehorsams senkte sie die Lider und sprach wie ein braves Kind in Gedanken zu ihm. *»Es tut mir Leid, Toscat. Ich wollte nicht respektlos sein. Ich habe nur so viele Fragen und weiß, dass jemand, der so klug und erfahren ist wie Sie, die Antworten kennt. Sie sind ein Ältester, weil Sie über große Weisheit verfügen, und ich wünschte mir nichts anderes, als an Ihrem Wissen teilzuhaben.«*

Durch die Wimpern sah sie zu ihm auf und beobachtete, wie die Strenge aus seinen Zügen wich. Er trat auf sie zu und streckte wie versöhnlich die Arme aus. *»So ist es schon besser. Jetzt klingst du wie ein richtiges Ocampa-Kind.«*

Kes konnte es kaum fassen, dass er sich so leicht manipulieren ließ. Mit welchem Recht verlangte dieser Mann Respekt? Er war ein engstirniger Narr. Sorgfältig schirmte sie ihr Selbst ab, damit er ihre Gedanken nicht empfing.

Toscat blieb dicht vor Kes stehen und strich ihr übers Haar. Sie brauchte ihre ganze Selbstdisziplin, um nicht zusammenzuzucken.

»So wundervolles Haar … Und deine Ohren, so fein. Du hast sie bestimmt von deiner Mutter. Bei Benaren sind die Spitzen dicker.«

Verwirrung und Unbehagen erfassten Kes. Sie wusste nicht, warum Toscat plötzlich über ihre physischen Merkmale sprach. Eines stand fest: Solche Dinge hatten nichts mit ihrem Anliegen zu tun. Sie wich einen Schritt zurück. *»Bestimmt sind Ihnen viele Dinge bekannt, Toscat.*

Ich kann mir Ihr großes Wissen nicht einmal vorstellen. Bitte sagen Sie mir ... Gibt es alte Schriften? Sind Sie deshalb so weise geworden?«

Toscat strahlte übers ganze Gesicht. Die Schmeicheleien veranlassten ihn, tatsächlich die Information preiszugeben, die Kes von ihm wollte. *»Ja, es gibt alte Schriften, aber nur den Ältesten ist es erlaubt, sie einzusehen. Um ganz ehrlich zu sein: Ich bezweifle, ob du sie interessant oder nützlich finden würdest.«*

Kes konnte es kaum fassen. Nicht interessant? Die Aufzeichnungen ihrer Vorfahren und die Geschichte ihrer Umsiedlung ins Innere des Planeten sollten *nicht interessant* sein? Wie konnte Toscat so etwas behaupten? Ihr Herz klopfte heftig und sie versuchte sich zu beruhigen, um weitere Fragen an den Ältesten zu richten. *»Berichten die Schriften vom Beschützer? Erklären sie, warum er beschloss, uns zu helfen? Beschreiben sie die Oberfläche und das Aussehen der Sonne?«*

Aber Toscat schien nicht bereit zu sein, noch mehr Auskünfte zu geben. Erneut strich er Kes übers seidene Haar. *»All diese Dinge haben überhaupt keine echte Bedeutung für dich. Schon bald wirst du einen Lebenspartner finden und dann beginnt das Elogium für dich. Du wirst ein Kind bekommen und glaub mir: Dann hast du keine Zeit mehr, solche sinnlosen Fragen zu stellen.«*

Er trat zurück, gab Kes damit zu verstehen, dass die Audienz beendet war. *»Ich habe mich sehr über das Gespräch mit dir gefreut. Meine Tür steht immer für dich offen, wie auch für alle anderen Ocampa. Bitte richte Martis und Benaren schöne Grüße von mir aus.«*

Kes zögerte und begriff, dass die nächsten Sekunden vielleicht die wichtigsten in ihrem bisherigen Leben sein würden. Sie konnte sich jetzt von Toscat verabschieden und sich damit begnügen, vor den Unterhaltungsschirmen zu sitzen. Die Alternative bestand aus dem Undenkbaren: Sollte sie den Ältesten herausfordern?

Sie traf eine Entscheidung.

»Wo sind die Schriften?«, fragte Kes. Sie stand breitbeinig, die Hände in die Hüften gestemmt. »Sie gehören uns allen und ich verlange Zugang zu ihnen.«

Toscats Gesicht verfärbte sich purpurn und seine Wangen zitterten. Er öffnete den Mund und sprach laut. »Deine Eltern werden von dieser Unverschämtheit erfahren, das versichere ich dir. *Marlath!*« Sofort öffnete sich die Tür und der Sekretär kam herein. »Begleiten Sie diese junge Dame nach Hause und kündigen Sie den Eltern einen Besuch von mir an.«

Marlath nickte überrascht und hielt die Tür für Kes auf. Sie wandte sich noch einmal an den Ältesten und sagte ruhig: »Ich habe Sie dazu gebracht, laut zu sprechen, Toscat. Das ist ein Schritt in die richtige Richtung. Vielleicht gibt es noch Hoffnung für Ihren trägen Geist.«

Dann ging sie mit hoch erhobenem Kopf an ihm vorbei und versuchte, möglichst würdevoll zu wirken, als sie das Büro verließ.

Zu Hause legte sie sofort die schlichte Kleidung ab, löste das Haar und badete in duftendem Wasser. Sie schien die Erinnerungen an ihre Begegnung mit Toscat fortwaschen zu müssen. Sie blieb ziemlich lange in der Wanne, wusch alle Teile ihres Körpers und spülte immer wieder das Haar. Doch als sie sich abtrocknete und frische Kleidung anzog, glaubte sie, noch immer die Hand des Ältesten auf dem Kopf zu spüren.

Bei den Sachen ihres Vaters fand sie eine scharfe Klinge und begann damit, ihr Haar abzuschneiden, bis es ganz kurz und struppig war. Sie fühlte sich erst von Toscat gereinigt, als der größte Teil ihrer Locken auf dem Boden lag. Mit großer Sorgfalt sammelte sie das abgeschnittene Haar ein und begab sich damit in einen Tunnel am Rand der Stadt.

Dort legte sie es in eine runde Mulde in einem Stein und zündete es an. Sie empfand es als seltsam tröstend zu beobachten, wie sich die Rauchfäden in der kühlen

Luft auflösten – Toscat schien sich mit ihnen im Nichts zu verlieren.

An jenem Abend saß sie bei ihren Eltern am Tisch. Martis und Benaren schienen nicht entscheiden zu können, was sie mehr schockierte: ihr ungebührliches Verhalten dem Ältesten gegenüber oder das abgeschnittene Haar. Kes' Vater rang ganz offensichtlich mit Empörung, Scham und Anteilnahme.

»Ich habe dich doch gelehrt, wie man sein Ziel erreicht«, sagte Benaren und gab sich alle Mühe, das seltsame Gebaren seiner Tochter zu verstehen. Kes war ihren Eltern dankbar dafür, dass sie nicht aus lauter Bequemlichkeit telepathisch mit ihr kommunizierten. »Wenn man anderen Leuten mit Höflichkeit und Vernunft begegnet, wenn man ihnen Respekt entgegenbringt ... Dann kann man eher damit rechnen, das zu bekommen, was man will.«

»Ich habe es versucht. Er war stur und unerträglich.«

»Und du hast dich sofort auf sein Niveau hinabbegeben.«

Kes senkte den Blick. Sie musste ihrem Vater Recht geben – sie hatte tatsächlich die Kontrolle über sich verloren. »Ja, das stimmt. Aber ich glaube, das Gespräch hätte in jedem Fall ein solches Ende genommen, selbst wenn ich imstande gewesen wäre, mich zu beherrschen. Er wollte mir keine Auskunft über die alten Aufzeichnungen geben.«

»Dazu ist er nicht verpflichtet«, warf ihre Mutter ein. »In einer Gesellschaft gibt es Regeln. Bei uns entscheiden die Ältesten über diese Regeln und einem Kind steht es nicht zu, sie in Frage zu stellen.«

Kes hob ruckartig den Kopf und sah zu ihrer Mutter. »Warum nicht? Warum hat nicht *jeder* das Recht, Autorität in Frage zu stellen, auch ein Kind? Wenn die Autorität gerechtfertigt ist, so sollte sie jeder Prüfung standhalten.«

Sie beobachtete, wie ihre Eltern einen Blick wechselten, konnte aber nicht feststellen, was er zum Ausdruck brachte. Sie glaubte, einen Hauch von Stolz zu erkennen.

»Was hat dich veranlasst, dein Haar abzuschneiden?«, fragte Benaren. »Hat es etwas mit Toscat zu tun?«

»Ich bin mir nicht sicher«, erwiderte Kes und das stimmte zu diesem Zeitpunkt. Der Umstand, dass der Älteste ihr Haar berührt hatte, schien kaum Grund genug zu sein, es abzuschneiden, obgleich sie zunächst davon überzeugt gewesen war. »Ich glaube, ich wollte einfach anders sein.«

Aus dem Augenwinkel sah sie, wie ein Lächeln auf den Lippen ihrer Mutter erschien und sofort wieder verschwand. »Es wächst nach«, sagte Martis philosophisch und das beendete die Diskussion über Kes' Haar.

Einen Monat später stand Kes auf dem Hof des Versammlungsgebäudes. Ihr Haar wirkte ein wenig ordentlicher, nachdem ihre Mutter die besonders struppigen Stellen geglättet hatte – es sah nicht mehr so aus, als hätte sich jemand mit einem stumpfen Messer darüber hergemacht.

Sie trug neue Kleidung, die Daggins Schwester für sie angefertigt hatte: weiche Leggings, darüber eine Hemdbluse. Diese Sachen fand sie bequemer als alles, was sie jemals getragen hatte. Sie zeichneten sich durch eine Bequemlichkeit aus, die Kes geradezu als befreiend empfand. Doch hier, vor dem Versammlungsgebäude, bot sie damit einen sonderbaren Anblick.

Ihr Vorhaben erfüllte sie mit einer gewissen Nervosität, aber sie hatte mit Daggin und den anderen Ocampa der Farmgruppe darüber gesprochen. Sie alle waren der Meinung, dass es sich um einen notwendigen Schritt handelte, und niemand eignete sich besser dafür als Kes.

»Bürger der Ocampa«, begann Kes mit lauter, zuversichtlicher Stimme. »Bitte hört mich an. Ich möchte euch von etwas Außergewöhnlichem in unserer Gesellschaft berichten. Es gibt Aufzeichnungen, schriftliche Aufzeichnungen, die von unserer Vergangenheit erzählen. Wir alle könnten von den Umständen erfahren, die dazu führten, dass wir heute hier leben, im Innern des Planeten. Wir könnten mehr über den Beschützer herausfinden, der uns hierher brachte, und vielleicht enthalten die Schriften auch Hinweise auf seine Beweggründe. Über all diese Dinge könnten wir Bescheid wissen, aber die Ältesten wollen uns keinen Zugang zu den Aufzeichnungen gewähren. Sie bestehen darauf, die Schriften ganz allein für sich zu behalten und zu verhindern, dass die Öffentlichkeit mit der alten Wahrheit vertraut wird. Ist das richtig? Haben sie ein Recht dazu? Sollte es uns nicht erlaubt sein, mehr über unsere Geschichte zu erfahren?«

Kes stellte fest, dass sich eine kleine Zuhörergruppe gebildet hatte, die aber hauptsächlich aus Daggin und seinen Freunden bestand. Die Aufmerksamkeit der meisten anderen Ocampa galt allein den Unterhaltungsschirmen; sie verweilten in ihrer Trägheit und schenkten Kes höchstens beiläufige Beachtung.

»Wissen sollte nicht vor den Bürgern versteckt werden«, fuhr Kes fort. »Jeder sollte Zugang dazu haben. Wissen an sich ist nicht gefährlich, aber der Mangel daran kann verheerend wirken. Wäre es nicht besser für unser Volk, wenn es *mehr* wüsste anstatt weniger? Die Schriften unserer Vorfahren enthalten ein Geschenk, das kostbarer ist als Energie und Wasser – sie enthalten *Wahrheit*. Die Wahrheit ist ein Wert für sich. Alle Personen sollten nach der Wahrheit suchen und das gilt auch für jene, die uns regieren. Aber uns wird die Wahrheit vorenthalten, weil eine kleine Gruppe entschieden hat, dass Wahrheit und Wissen besser geheim gehalten werden. Könnt ihr in einer solchen Denkweise irgendeine Weisheit erkennen?«

Kes blickte an der gläsernen Fassade des Gebäudes

empor, in dem sich die Büros der Ältesten befanden. An einem Fenster glaubte sie Toscat zu erkennen, der zum Hof sah. Dieser Anblick bestärkte sie in ihrer Entschlossenheit und sie wandte sich wieder der kleinen Gruppe zu, die inzwischen ein wenig gewachsen war. Einige neugierig gewordene Bürger hatten sich ihr hinzugesellt.

»Sie hat Recht!«, rief Daggin. »Wir sollten in der Lage sein, uns mit unserer Vergangenheit zu befassen. Warum gestattet man uns keinen Zugang zu den Dokumenten? Gibt es einen bestimmten Grund dafür? Wir sollten die Ältesten für ihre Entscheidungen zur Rechenschaft ziehen!«

Laute Beifallsrufe erklangen von den Zuhörern, aber die übrigen Ocampa wirkten nur verwirrt. Sie wussten einfach nicht, wie sie auf ein so ungewöhnliches Ereignis reagieren sollten. Die beruhigende Präsenz der Unterhaltungsschirme war weitaus vertrauter und einige Männer und Frauen kehrten zu ihnen zurück.

»Wer begleitet mich zu den Ältesten?«, rief Kes. »Wer unterstützt unsere Suche nach der Wahrheit über unsere Vergangenheit?«

Daggin und die anderen traten vor. »Wir!«, antworteten sie wie aus einem Mund. Doch die meisten übrigen Bürger wandten sich ab und schienen überhaupt nicht zu begreifen, worum es Kes ging. Sie sah ihnen nach und zum ersten Mal regte sich Zweifel in ihr. Diese Leute waren viel zu passiv geworden, hatten jede Eigeninitiative verloren; sie würden die Ältesten nie herausfordern.

Dann bemerkte Kes eine vertraute Gestalt neben einer der Säulen. Sie erkannte ihre Mutter Martis, sah ein Lächeln, das voller Stolz war. Ihre Blicke trafen sich und Kes spürte eine Woge aus mütterlicher Liebe, die ihr neuen Mut machte.

»Kommt!«, rief sie. »Gehen wir sofort zu den Ältesten. Sie können uns nicht zurückweisen.«

Kes schritt zum Bürogebäude, gefolgt von Daggin und ihren Freunden. Einige andere Ocampa schlossen sich ihnen an, aber vermutlich nur aus Neugier und nicht aus revolutionärem Eifer. Und wenn schon: Hauptsache, die Gruppe war ein wenig größer geworden.

Marlath sah verblüfft auf, als sie das Vorzimmer betraten und ein Gespräch mit Toscat verlangten. Das Eintreffen der ungebärdigen Gruppe beunruhigte ihn ganz offensichtlich. Soweit er es wusste, war es noch nie zuvor zu einem solchen Zwischenfall gekommen.

»Ich ... ich weiß nicht, ob er da ist«, stammelte er. »Vielleicht ... vielleicht ist er gegangen ...«

»Sparen Sie sich die Mühe, Marlath«, erwiderte Kes. »Ich weiß, dass er hier ist. Vom Hof aus habe ich ihn am Fenster gesehen.«

Die Tür des Büros öffnete sich und Toscat erschien.

Er versuchte, die Situation unter Kontrolle zu bringen. »Wie kann ich euch helfen, Bürger?«, fragte er und Kes nahm zur Kenntnis, dass er laut sprach. Sie hatten tatsächlich Wirkung erzielt.

»Wir beanspruchen das Recht, die Aufzeichnungen unserer Vorfahren einzusehen«, sagte Daggin fest. Toscats Blick glitt über die Gruppe und verharrte bei Kes.

»Wie ich sehe, bist du nicht untätig geblieben, Kes«, sagte er mit einem Hauch Enttäuschung in der Stimme, so als fühlte er sich von ihr verraten.

»Diese Leute teilen meine Ansicht, Toscat. Wir sind alle sehr entschlossen. Wie lautet Ihre Antwort?«

Der Älteste musterte die Besucher einige Sekunden lang, hob dann die Hände und ließ sie wieder sinken. »Ich kann die Entscheidung nicht allein treffen. Die Ältesten müssen sich versammeln und darüber beraten. Diese Angelegenheit muss gründlich erörtert werden.«

»Wann findet die Versammlung statt?«

»Das weiß ich noch nicht. Ich muss zunächst einen Termin mit meinen Kollegen vereinbaren ...«

»Es ist nicht so, dass Sie besonders viel zu tun haben«, sagte Kes, die keine endlosen Verzögerungen zulassen wollte.

Toscat holte zischend Luft und sah sie verärgert an. »Wie kann ein Kind von der Verantwortung wissen, die auf den Schultern der Ältesten lastet? Du hast keine Ahnung davon, wie unsere Tage beschaffen sind …«

»Wann, Toscat?«

Er atmete tief durch und seufzte. »Ich versuche, die Versammlung für morgen einzuberufen.«

»Dann kehren wir vor der Ausgabe der Abendrationen zu Ihnen zurück.«

Toscat nickte, trat wieder in sein Büro und schloss die Tür hinter sich. Kes, Daggin und die anderen wechselten einen triumphierenden Blick. »Bis morgen, Marlath«, sagte Kes. Sie verließen das Gebäude mit dem Gefühl, einen großen Sieg errungen zu haben.

Natürlich versammelten sich die Ältesten nicht am nächsten Tag, auch nicht am übernächsten oder am Tag danach. Und als sie sich schließlich trafen, unter dem beharrlichen Druck der Farmergruppe, vertagten sie ihre Entscheidung. Diese Verzögerungstaktik hätten sie vermutlich endlos fortgesetzt, wenn nicht etwas Außergewöhnliches geschehen wäre, etwas so Bizarres und Unerklärliches, dass sich selbst die Ältesten Sorgen machten.

Eines Nachmittags, als Kes, Daggin und die anderen vor dem Versammlungsgebäude saßen und darüber berieten, wie sie noch mehr Druck auf die Ältesten ausüben konnten, hörten sie plötzlich ein seltsames Geräusch, eine Art Schrillen, fast schmerzhaft laut. Die Ocampa hielten sich die Ohren zu und das Geräusch verklang allmählich.

Als es wieder still geworden war, lagen zwei fremde Wesen auf dem Boden.

Einige der tapferen Ocampa näherten sich den Geschöpfen langsam. Man konnte auf den ersten Blick sehen, dass sie zu einer anderen Spezies gehörten. Dichter weißer Pelz bedeckte ihre Haut und sie waren viel größer als Ocampa. Die Köpfe wirkten wie in die Länge gezogen, zeigten eine ovale Form. Seltsamere Wesen hätte sich Kes gar nicht vorstellen können.

»Woher kommen sie?«, fragte jemand, ohne eine Antwort zu erhalten. Die Ocampa traten neugierig näher und bemerkten etwas: Die Schultern und Arme der Fremden schienen wunde Stellen aufzuweisen. Blicke wurden gewechselt, Schultern gezuckt; allgemeine Unschlüssigkeit herrschte.

Kes schob sich an den Schaulustigen vorbei und sah auf die Geschöpfe hinab. »Sie sind krank«, stellte sie fest. »Wir müssen ihnen helfen.« Sie ging in die Hocke und stellte fest: Die Wesen atmeten, waren aber ganz offensichtlich bewusstlos. »Daggin, benachrichtige den Medo-Dienst.« Daggin eilte fort – wenigstens einer, der aus Verblüffung nicht zu Reglosigkeit erstarrt war.

Kurze Zeit später trafen Toscat und zwei der anderen Ältesten ein, gefolgt von Ärzten des Medo-Dienstes. Toscat sah sich um, warf einen Blick auf die beiden Fremden und verkündete: »Der Beschützer hat diese Wesen zu uns geschickt. Es ist unsere Pflicht, ihnen zu helfen.«

Kes hätte gern gefragt, was Toscat dazu bewegt hatte, einen derartigen Schluss zu ziehen, aber sie wollte ihn nicht noch mehr verärgern, als es bereits der Fall war. Sie hoffte noch immer, dass die Ältesten schließlich nachgeben und ihr Zugang zu den alten Schriften gestatten würde. Außerdem vertrat sie ebenfalls die Ansicht, dass sie den Fremden helfen mussten, ganz gleich, woher sie stammten und wie sie hierher gekommen waren.

Die beiden großen, pelzigen Geschöpfe wurden zur zentralen Klinik getragen und anschließend hörte man nichts mehr von ihnen.

Wenige Tage später trafen zwei weitere Wesen auf die gleiche Weise ein.

Die Neuankömmlinge wiesen größere Ähnlichkeit mit den Ocampa auf, hatten jedoch kleine, runde Ohren und dunkelrote Haut. Die Köpfe waren völlig haarlos. Auch bei ihnen zeigten sich wunde Stellen, so wie bei den ersten beiden Fremden, und man brachte sie ebenfalls zur Klinik.

Die sonderbaren Besuche wurden zur Regel. In Abständen von einigen Tagen trafen jeweils zwei kranke Geschöpfe ein. Sie alle unterschieden sich von den Ocampa, waren bewusstlos und hatten wunde Stellen auf der Haut.

Diese Ereignisse beunruhigten die Ältesten. Sie trafen sich häufig, diskutierten manchmal bis weit in den Nachtzyklus hinein – man konnte vom Hof des Versammlungsgebäudes sehen, dass hinter den Fenstern ihrer Büros noch Licht brannte.

Zwei Wochen vergingen auf diese Weise und dann ließ Toscat Kes zu sich kommen.

Diesmal blieb sie stehen, nahm nicht auf dem Sofa mit den viel zu weichen Kissen Platz. Der dickliche Älteste wirkte ausgezehrt und seine Wangen erschienen schlaffer. Die Haut unter den Augen hatte sich gelblich verfärbt, was auf Schlafmangel hinwies.

»Wir wissen, dass der Beschützer die Wesen aus einem bestimmten Grund zu uns schickt, aber wir können keinen Sinn darin erkennen. Wir haben uns so gut wie möglich um die Fremden gekümmert, ohne einen einzigen am Leben erhalten zu können. Dadurch gewinnen wir den Eindruck, den Wünschen des Beschützers nicht gerecht zu werden.«

Interessante Neuigkeiten, fand Kes. Aber sie erklärten nicht, warum Toscat sie zu sich geholt hatte. Sie schwieg und wartete. Der Älteste schritt vor ihr auf und ab, die Hände auf den Rücken gelegt.

Die nächsten Worte schienen ihm sehr schwer zu fallen – Kes glaubte mehrmals zu hören, wie seine Stimme brach.

Aber es spielte keine Rolle: Was Toscat sagte, war so aufregend, dass es nur auf die Bedeutung der Worte ankam, nicht auf ihren Klang. »Uns kam in den Sinn … Ich meine, wir haben an die Möglichkeit gedacht, äh, dass der Beschützer vielleicht ungehalten ist, weil wir dir den Zugang zu den alten Texten verweigerten. Ich persönlich halte nicht viel von dieser Theorie, wenn ich das betonen darf, aber einige meiner Kollegen zogen sie in Erwägung. Und wir alle sind der Meinung, dass wir auf keinen Fall riskieren dürfen, den Beschützer zu beleidigen, nicht einmal unabsichtlich.« Er legte eine Pause ein und sah aus dem Fenster, als ein vertraut gewordenes Schrillen erklang. Sie wussten beide, was es bedeutete: Das Geräusch kündigte die Ankunft weiterer fremder Wesen an.

»Die Ältesten haben beschlossen, dir Zugang zu den Aufzeichnungen zu gewähren. Vielleicht stellt das den Beschützer zufrieden. Möglicherweise findest du in den Schriften einen Hinweis darauf, warum er uns jene Geschöpfe schickt.«

Kes' Herz klopfte so laut und heftig, dass ihre Ohren vibrierten. Endlich bekam sie Gelegenheit, über die Vergangenheit zu lesen! Wer oder was auch immer der Beschützer sein mochte: Sie war plötzlich dankbar dafür, dass er einen so großen Einfluss auf die Ältesten hatte. Wenn Toscat und seine Kollegen keinen so großen Respekt vor dem Beschützer gehabt hätten, wären sie vielleicht nie bereit gewesen, Kes die alten Schriften zu zeigen.

»Komm mit mir«, sagte Toscat. »Du kannst sofort mit der Lektüre beginnen.« Er drehte sich um und verließ das Büro, dichtauf gefolgt von Kes. Sie schritten durch den Flur und erreichten kurz darauf ein Zimmer, von dessen Existenz Kes gar nichts gewusst hatte – seine Tür sah aus wie ein Teil der Wand. Und als sie in dem Raum standen … Kes zuckte zusammen, als er sich plötzlich in Bewegung setzte und nach unten glitt.

Mit überrascht aufgerissenen Augen wandte sie sich Toscat zu.

»Dies ist eine Beförderungskammer«, erklärte der Älteste. »Die einzige in der Stadt. Sie bringt uns zum Gewölbe.«

Dieses Abenteuer wurde immer faszinierender für Kes. Ein Gewölbe! Tief unter dem Versammlungsgebäude – wer hätte das gedacht? Sie atmete mehrmals tief durch, um sich zu beruhigen, konnte die prickelnde Aufregung jedoch nicht aus sich vertreiben.

Kurze Zeit später verließen sie die Beförderungskammer und gingen durch einen weiteren, nur matt erhellten Flur, der an einer Wand endete. Dort legte Toscat die Hand auf eine bestimmte Stelle und ein Teil der vermeintlichen Wand schwang auf – eine weitere getarnte Tür. Der Älteste trat durch die Öffnung und bedeutete Kes, ihm zu folgen.

Ein seltsamer Geruch schlug ihr entgegen, eine Muffigkeit, die sie als angenehm empfand. Für sie war es ein berauschender Duft, das Aroma der Geschichte. Sie sah sich um. Regale zogen sich an den Wänden des Raums entlang, gefüllt mit unterschiedlich großen und dicken Büchern. Manche wirkten neu und kaum benutzt. Andere waren ganz offensichtlich sehr alt, ihre Einbände rissig. In der Mitte des Zimmers stand ein quadratischer Tisch mit zwei Stühlen, einander genau gegenüber – ein Hinweis darauf, dass sie kaum jemals benutzt wurden. Kes trat sofort zu den Regalen mit den ältesten Büchern.

»Das sind die frühesten Aufzeichnungen«, sagte Toscat ohne Gefühl. Sein neutraler Tonfall verblüffte Kes, die vor Aufregung ganz außer sich war. »Unsere Vorfahren schrieben sie, kurz nachdem der Beschützer die Stadt im Innern der Welt für uns schuf. Über viele Generationen hinweg wurde niedergeschrieben, was geschah …« Der Älteste schritt von einer Seite des Raums zur anderen, zeigte dabei auf die Bücher. »Bis vor einigen Generationen, als die Geschichten allmählich zu Ende gingen.«

»Soll das heißen ... Man hörte auf, die aktuellen Ereignisse niederzuschreiben? Wir haben einen Teil unserer Vergangenheit verloren?«

Toscat wirkte ungeduldig. »Was hatte es denn für einen Sinn, Aufzeichnungen anzufertigen? Alles blieb unverändert und immer weniger Ocampa konnten lesen und schreiben.« Er drehte sich um und musterte Kes skeptisch. »Ich nehme an, du kannst lesen. Wenn nicht ... Niemand wird dir aus diesen Büchern vorlesen.«

Kes schob stolz das Kinn vor. »Natürlich kann ich lesen. Und auch schreiben. Dafür haben meine Eltern gesorgt.«

Toscat gab ein seltsames Geräusch von sich, eine Mischung aus kehligem Brummen und leisem Lachen. Kes wandte sich verärgert ab. »Kann ich jetzt gleich anfangen?«, fragte sie kühl.

Der Älteste zuckte mit den Schultern. »Meinetwegen. Die Tür verriegelt sich automatisch. Wenn du diesen Ort verlassen möchtest, so musst du Kontakt mit mir aufnehmen.«

»Ich brauche Tage, um all diese Bücher zu lesen.«

»Das dachte ich mir. Ich lasse dir zu essen und zu trinken bringen.«

Er wandte sich zum Gehen und Kes unternahm einen letzten Versuch, diese erstaunliche Erfahrung mit ihm zu teilen. »Toscat ... Waren Sie nicht aufgeregt, als Sie diese Bücher zum ersten Mal gelesen haben? Hat Sie die Lektüre nicht *inspiriert*?«

Er sah sie mit einem sonderbaren Gesichtsausdruck an. »Ich habe nie eins dieser alten Bücher gelesen«, sagte er wegwerfend. »Dazu fehlte mir immer die Zeit. Und außerdem kann ich mir nicht vorstellen, dass es irgendetwas nützt.«

Er drehte sich um und trat durch die Tür, die sich hinter ihm schloss. Kes sah ihm verblüfft nach. Hier, in diesen Regalen, ruhte die Geschichte der Ocampa und Toscat hatte ihr keine Beachtung geschenkt. Mit diesen Leuten war etwas ganz und gar nicht in Ordnung, wenn sie diese kostbare Verbindung mit der Vergangenheit bewusst ignorierten. Kes nahm das erste Buch aus dem obersten Regal in der ältesten Sektion, schlug es auf und setzte dadurch eine kleine Staubwolke frei. Sie trug den Band zum Tisch, nahm Platz und begann hingerissen damit, die erste Seite zu lesen.

»Sie nannten es ›die Erwärmung‹. Die Temperatur stieg immer mehr, bis fast das ganze Wasser auf der Oberfläche verdunstet war und der Planet zu einer Wüste wurde. Der Beschützer öffnete eine tiefe Schlucht im Boden und führte unser Volk in die von ihm geschaffene Stadt. Dann errichtete er eine spezielle Energiebarriere, die die Kazon daran hinderte, unseren Vorfahren zu folgen. Er versprach, sich für immer um uns zu kümmern.«

Kes sprach mit atemloser Aufregung zu ihren Freunden, die gespannt an ihren Lippen hingen. Sie waren ganz versessen darauf, Einzelheiten über ihre Vergangenheit zu erfahren, saßen still da und hörten zu, während Kes die Geschichte des Ursprungs erzählte.

»Und dies ist der interessanteste Teil«, fuhr sie fort. »Ich glaube, unsere Vorfahren konnten geistige Dinge vollbringen, zu denen wir nicht mehr imstande sind. An einigen Stellen ist die Rede von außergewöhnlichen Fähigkeiten, zum Beispiel davon, Objekte allein mit Gedankenkraft zu bewegen. Aber achtzig oder neunzig Generationen später wird so etwas nicht mehr erwähnt.«

»Was mag geschehen sein?«, fragte Daggin. Er hatte die Gruppe versammelt, die inzwischen aus etwa vierzig Personen bestand, wie Kes zufrieden feststellte. Sie bekamen immer mehr Zulauf.

»Ich glaube, wir haben jene Fähigkeiten verloren, weil wir keinen Gebrauch mehr davon machten. Wir bekommen alles vom Beschützer und sind faul geworden, weil wir nicht mehr für unseren Lebensunterhalt arbeiten müssen. Unser Geist ist wie ein Muskel, der verkümmerte, weil er nicht mehr verwendet wurde.«

»Aber was hat das alles mit den Kranken zu tun, die uns der Beschützer schickt?«, fragte Allia, die als Krankenschwester in der zentralen Klinik arbeitete. Sie gehörte erst seit kurzer Zeit zur Gruppe, hatte glänzendes, kastanienbraunes Haar und eine freundliche, mitfühlend klingende Stimme. Kes zweifelte nicht daran, dass sie eine gute Krankenschwester war. »Und warum liefert er uns jetzt mehr Energie?«

Diese Frage konnte niemand beantworten. Sie wussten nur: Die Abstände zwischen den akustischen Signalen, die auf das Eintreffen von Energie hinwiesen, schrumpften immer mehr.

»Etwas hat sich verändert«, sagte Kes. »Etwas ist jetzt anders als während der fast fünfhundert Generationen zuvor. Und ich glaube, wir müssen dieser Sache auf den Grund gehen.«

Sie bemerkte Daggins überraschten Blick und fuhr fort: »Daggin und ich haben einen alten Zugangstunnel gefunden und ich glaube, dass er zur Oberfläche führt. Ich möchte feststellen, was dort oben geschieht.«

Verblüfftes Schweigen folgte. Die Kühnheit eines solches Plans erschreckte selbst diese aufgeschlossenen Leute.

»Unsere Feinde befinden sich dort oben«, sagte Allia vorsichtig.

»Woher wissen wir das?«, fragte Kes sofort. »Warum sollten wir glauben, dass die Dinge auf der Oberfläche genau so beschaffen sind wie in der fernen Vergangenheit? Es wäre töricht und dumm, von einer solchen Annahme auszugehen. Vielleicht wird es Zeit für uns, das Innere der Welt zu verlassen und wieder im Schein der Sonne zu leben.«

Unruhe kam auf in der Gruppe. Kes spürte, dass ihre Freunde noch nicht bereit waren, eine so radikale Idee zu unterstützen. »Lasst uns darüber nachdenken«, sagte Daggin mit der für ihn typischen Diplomatie. »Vielleicht gibt es Möglichkeiten, eine solche Reise sicher zu gestalten.«

In Gedanken verspottete sie ihn für diese Bemerkung. Manchmal musste man auf Sicherheit verzichten. Manchmal musste man entscheiden, dass etwas die Mühe lohnte, ungeachtet aller Konsequenzen. Aber Kes behielt diese Worte für sich und achtete darauf, ihr Selbst abzuschirmen, damit die anderen nichts von ihren Gedanken erfuhren.

»Hast du alle Aufzeichnungen gelesen?«, fragte Allia.

»Fast. Nach einer Weile klingen sie sehr ähnlich. Man kann genau sehen, welchen Kurs unsere Apathie genommen hat. Je mehr Zeit vergeht, desto eintöniger wird der Text, bis schließlich überhaupt keine Vitalität und Neugier mehr zum Ausdruck kommen. Bis alles so klingt wie unsere Ältesten: müde und langweilig.«

Kes musterte die Mitglieder der Gruppe nacheinander: Freunde, an denen sie sehr hing, und Personen, die sie kaum kannte. Eine besondere Eindringlichkeit kennzeichnete ihre nächsten Worte. »Wollen wir ebenso werden? Oder sagen wir der Langeweile den Kampf an?«

»Du kennst die Antwort darauf, Kes«, sagte Daggin. »Warum bauen wir sonst unsere Nahrung an? Wir benutzen unseren Verstand. Wir arbeiten, um zu leben.«

»Vielleicht genügt das nicht. Vielleicht müssen wir uns noch weiter bemühen.«

»Wie denn?«, frage Allia.

»Ich weiß es nicht genau. Ich glaube nur, dass wir noch mehr erreichen können.«

Die anderen schwiegen und plötzlich erklang eine telepathische Stimme. *»Ah, da bist du ja, Kes«*, intonierte Toscat. Alle sahen auf und beobachteten, wie sich der dickliche Älteste der botanischen Anlage näherte. Mit geheucheltem Interesse betrachtete er die Pflanzen; einige von ihnen trugen reifes Obst und Gemüse.

»Dies ist also die berühmte Farm«, sagte er mit falscher Freundlichkeit, wie Kes fand. »Sehr interessant. Ich schätze, junge Leute brauchen solche Dinge, um sich zu amüsieren.«

Daggin trat vor. »Was führt Sie hierher? Ich bezweifle, dass Sie wirklich an unserer Farm interessiert sind.«

»Oh, das bin ich. Ich habe mir schon vor einer ganzen Weile vorgenommen, einmal diesen Ort zu besuchen. Natürlich habe ich damit gerechnet, Kes hier anzutreffen. Wie geht es dir, meine Liebe? Und wie kommt dein kleines Projekt voran?«

Kes verzichtete darauf, Toscats herablassende Fragen mit einer scharfen Antwort zu kommentieren. Sie erinnerte sich an die Warnung ihrer Eltern, sich auf sein Niveau hinabzubegeben. »Es macht gute Fortschritte. Ich habe fast alle Bücher gelesen. Sie sind faszinierend.«

»Da bin ich sicher, da ich bin sicher. Ich hatte gehofft, dass du mir Bericht erstattest.« Der Älteste ließ seinen Blick so über die Gruppe schweifen, als wollte er sich jedes einzelne Gesicht einprägen. »Vielleicht erinnerst du dich daran, dass ich dir den Zugang zu den Aufzeichnungen aus einem bestimmten Grund gestattet habe.«

»Ja, ich erinnere mich. Bisher bin ich noch nicht zu Ihnen gekommen, weil die Schriften keinen Hinweis darauf enthalten, warum uns der Beschützer jene armen Wesen schickt. Falls er überhaupt für das Erscheinen der kranken Geschöpfe verantwortlich ist.«

Toscats Gesichts gewann einen purpurnen Ton. »Natürlich kommen sie von ihm. Welche andere Erklärung gibt es?«

»Ich weiß es nicht«, sagte Kes und klang dabei ein wenig müde. Sie wollte nicht mit dem Ältesten streiten; damit hätte sie nur Kraft vergeudet. »Wie dem auch sei: In den Büchern befindet sich kein Hinweis auf die Hintergründe der derzeitigen Ereignisse.«

Ein Schatten der Sorge fiel auf Toscats Miene. »Ich verstehe«, sagte er enttäuscht und sah noch einmal zur

Gruppe. »Nun, der Beschützer hat bestimmt seine Gründe, und wenn wir sie nicht verstehen, so ist das unsere Schuld und nicht seine.« Im Anschluss an diese Worte nickte er knapp und schritt fort. Kes und die anderen schwiegen, bis er außer Hörweite geriet, und dann lachten sie. Es war ein Moment geteilter Herzlichkeit und es sollte sehr lange dauern, bis Kes erneut so etwas erleben durfte.

Es fiel Kes nicht leicht, durch die Öffnung in den Zugangstunnel zu klettern. Auf der anderen Seite ließ sie sich fallen, doch der Boden lag hier tiefer als sie erwartet hatte. Der Aufprall war ziemlich hart. Eine Zeit lang blieb sie sitzen und rieb sich den Fußknöchel, bis das schmerzhafte Pochen aus ihm verschwand.

Sie befand sich in einem Schacht mit steinernen Wänden, an denen eine alte, metallene Treppe emporführte. In regelmäßigen Abständen waren Leuchtmodule in die Wände eingelassen, aber die meisten von ihnen waren dunkel und von den anderen ging nur noch ein schwacher, flackernde Schein aus. Kes sah nach oben, in der Hoffnung, das Ende des Schachtes zu erkennen, doch die Treppe verschwand in der Dunkelheit.

Sie blickte zurück zur Öffnung, die unerreichbar weit über ihr lag. Selbst wenn sie es sich jetzt anders überlegte: Eine Rückkehr aus eigener Kraft war unmöglich. Natürlich konnte sie warten – irgendwann würde Daggin sie vermissen und seine Suche führte ihn bestimmt hierher. Aus diesem Grund musste sie rasch handeln und durfte sich kein Zögern leisten. Kes atmete tief durch und versuchte, die Nervosität aus sich zu verbannen, bevor sie den Fuß auf die erste Stufe setzte. Die Treppe wackelte ein wenig, trug aber ihr Gewicht.

Sie stieg langsam hoch, um nicht vorzeitig zu ermüden. Sie wusste nicht, wie viele Treppenstufen sie hinter sich bringen musste, aber bestimmt war der Weg sehr weit und das bedeutete: Sie brauchte ihre ganze Kraft. Während des Aufstiegs kehrten ihre Gedanken zu den letzten Wochen zurück, die nicht nur bemerkenswert gewesen waren, sondern auch schmerzhaft.

Vor gut einem Monat hatte für ihren Vater das Morilogium begonnen und daraufhin kam es zu einer raschen Alterung, die das Ende des Lebens ankündigte. Allmählich wurde er schwächer und schwächer, bis er das Bett schließlich nicht mehr verlassen konnte. Kes und ihre Mutter blieben an seiner Seite, wie es Brauch bei den Ocampa war. Gemeinsam erinnerten sie sich an die glücklichen Momente des Familienlebens. Dieser Vorgang sollte dem Sterbenden den Übergang zur nächsten Existenzphase erleichtern und half den Angehörigen dabei, sich mit dem Verlust abzufinden.

Aber bei Kes schien es nicht zu funktionieren – sie steckte voller Trauer. Zwar bemühte sie sich, Benaren und Martis nichts davon zu zeigen, doch sie waren zu klug und kannten ihre Tochter zu gut, um sich von ihr täuschen zu lassen. Die Zeremonie des Abschieds diente immer mehr dazu, Kes zu helfen, mit ihrem Kummer fertig zu werden, bis sie ebenso wie ihr Vater imstande war, seinen Tod als unvermeidlich zu akzeptieren. Seine letzten Worte kündeten von tiefer Liebe für Tochter und Frau und dann starb er friedlich.

Nach dem letzten Atemzug ihres Vaters spürte Kes eine enorme Stille und Leere in ihrem Innern. Ihr Mutter schien das zu erkennen, denn sie wandte sich ihr zu, ergriff sie an den Schultern und sagte: »Du musst die Sonne sehen.«

Die schwarze Leere verschwand und Kes fühlte sich wie beflügelt. Die Großzügigkeit ihrer Mutter war erstaunlich. Sie erlaubte Kes etwas, das sie vielleicht für immer von ihr trennte. Aber sie wusste auch, dass Kes aufbrechen musste.

Und so stieg Kes nun die Treppe hoch. Begeisterung und Schrecken lösten einander ab. Es war durchaus möglich, dass es auf der Oberfläche noch Kazon gab; vielleicht näherte sie sich einer großen Gefahr.

Andererseits: Vielleicht hatten die Kazon den Planeten schon vor langer Zeit verlassen. Immerhin war das ganze Wasser verdampft und das Terrain alles andere als einladend, wenn man den Beschreibungen der alten Aufzeichnungen glauben durfte. Warum sollte jemand in einer so lebensfeindlichen Umgebung bleiben wollen?

Es waren vor allem die schlichten Worte ihrer Mutter, die Kes veranlassten, den langen Aufstieg fortzusetzen: Sie musste die Sonne sehen. Alles in ihr verlangte danach, dem Licht der Sonne zu begegnen, ihre Wärme auf der Haut zu spüren. Sie wusste nicht, warum das so wichtig war. Eine Vision sorgte dafür, dass sie auch weiterhin eine Stufe nach der anderen hinter sich brachte, selbst dann, als ihre Beine nach tausenden von Stufen schmerzten und zitterten.

Gelegentlich hielt sie inne, um etwas zu essen und zu trinken – sie hatte daran gedacht, Verpflegung mitzunehmen. Anschließend stand sie wieder auf und machte sich erneut daran, die Treppe hochzusteigen. Manchmal hielt sie sich am Geländer fest, wenn sie über lockere Metallstufen hinwegtreten musste. An keiner Stelle wirkte die Treppe wirklich stabil. Kes fürchtete, dass sie von einem Augenblick zum anderen unter ihr nachgeben konnte – dann würde sie hunderte von Metern tief in den Tod stürzen.

Sie setzte den Weg fort. Irgendwann verlor sie das Zeitgefühl und bewegte sich wie in Trance. Die Realität reduzierte sich auf ihre Füße, die Stufen und das matte, flackernde Licht der Leuchtmodule. Ihre Gedanken trieben dahin. Sie erinnerte sich an ihren Vater, an seine Weisheit, seine Sanftmut. Was sie jetzt unternahm, geschah zu seinen Ehren, denn er hätte sie ebenso unterstützt wie ihre Mutter.

Ein wenig Reue nagte an ihr, als sie an Martis dachte.

Vielleicht hätte sie nicht sofort aufbrechen sollen. Vielleicht wäre es besser gewesen, Zeit mit ihrer Mutter zu verbringen, bis sie sich beide an ein Leben ohne Benaren gewöhnt hatten. Aber Kes wusste auch, dass Martis stark war, stark genug, um Kes zu drängen, das Geschenk der Freiheit anzunehmen.

Sie wusste nicht, wie lange sie das seltsame Geräusch schon hörte. Sie wurde sich seiner Präsenz nach und nach bewusst, begriff dann, dass es schon seit einer ganzen Weile an ihre Ohren drang. Ein solches Geräusch hatte sie noch nie zuvor vernommen und sie verharrte kurz auf der Treppe, um zu lauschen.

Sie rief sich jene alten Aufzeichnungen ins Gedächtnis zurück, die Beschreibungen über den Weg durchs Innere des Planeten enthielten. Ein solches Geräusch war nirgends erwähnt worden. Aber es existierte zweifellos und wurde umso lauter, je höher sie kletterte. Kes spürte, wie die Anspannung in ihr wuchs.

Und dann erreichte sie das Ende der Treppe. Ein Tunnel schloss sich an, ähnlich beschaffen wie die am Rand der Stadt. Kes befand sich in einer Höhle und die Oberfläche konnte nicht mehr weit entfernt sein.

Weiter vorn bemerkte sie ein vages Glühen; es wurde heller, als sie sich ihm näherte. Es dauerte nicht lange, bis sie vor dem Phänomen stand, von dem sowohl das Glühen als auch das summende Geräusch stammten: Eine knisternde grüne Energiebarriere reichte von einer Höhlenwand zur anderen. Sie waberte und zischte vor Kes, wirkte gefährlich, sogar tödlich. Ein beißender Geruch ging davon aus und verstärkte die Aura der Gefahr.

Dies musste die Barriere sein, die der Beschützer errichtet hatte, um die Kazon fern zu halten. Sie existierte noch immer, nach all den Generationen. Bedeutete es, dass sich nach wie vor Kazon auf der Oberfläche befanden? Würde der Beschützer die Barriere auch dann bestehen lassen, wenn es keine Kazon mehr gab?

Und was noch wichtiger war: Wie sollte sie auf die andere Seite gelangen? Kes beabsichtigte nicht, jetzt aufzugeben, nachdem sie einen so weiten Weg zurückgelegt hatte. Andererseits … Die zischende Energiebarriere wirkte sehr abschreckend. Sie hob einen Stein auf und warf ihn nach der Barriere. Er blieb in dem Wabern haften, ging eine halbe Sekunde später in Flammen auf, fiel zu Boden und verwandelte sich in Asche.

Kes setzte sich, sah zur Barriere und wollte sich nicht geschlagen geben. Aufmerksam beobachtete sie die Energie und suchte nach einer Möglichkeit, die andere Seite zu erreichen. Langsam glitt ihr Blick über die energetische Barriere und nach einer Weile fiel ihr etwas auf: Die Energie schien ungleichmäßig verteilt zu sein. Hier und dort zeigten sich gelbe Schlieren im Grün, hervorgerufen vielleicht von Temperaturunterschieden, die auf weniger starke Energie hinwiesen. An der rechten Seite bemerkte Kes einen langen Streifen aus blassem Gelb. Wenn es dort eine schwache Stelle gab – ließ sich die Energiestruktur irgendwie noch weiter schwächen?

Kes ergriff weitere Steine, größere, und warf sie nach dem gelben Streifen. Sie verdampften und verbrannten, aber jeder Kontakt sorgte dafür, dass der gelbe Bereich noch blasser wurde.

Sie warf einen Stein nach dem anderen, bis schließlich eine Lücke in der Barriere entstand. An der Höhlenwand gab es nun einen Bereich ohne zischende Energie. Wenn sie es schaffte, die Lücke ein wenig zu verbreitern …

Einige Zeit und viele Steine später glaubte Kes, dass die Lücke groß genug war, um sie passieren zu lassen. Sie näherte sich der Barriere, in der sie inzwischen eine böswillige Entität sah, die wütend zischte, weil man sie schlecht behandelt hatte. Mit dem Rücken an die Höhlenwand gepresst schob sich Kes Zentimeter und Zentimeter durch die Lücke. Hitze ging von der Barriere aus, versengte ihr fast die Haut, und der beißende Geruch ließ Übelkeit in ihr entstehen, während sie sich vorsichtig weiterschob.

Und dann befand sie sich auf der anderen Seite! Sie spürte prickelnde Aufregung und der Instinkt teilte ihr mit, dass sie nicht mehr weit vom Ziel ihrer Reise entfernt sein konnte. Rasch lief sie durch den Tunnel. An einer Stelle bemerkte sie Licht, das durch Risse in der Wand fiel – eine Öffnung. Innerhalb weniger Sekunden war sie dort, stieß Felsbrocken und Erde beiseite. In kurzer Zeit schuf sie ein Loch, groß genug, um sie passieren zu lassen. Sie kroch nach draußen …

… und Sonnenlicht gleißte ihr entgegen.

Völlig ungewohnte Helligkeit blendete sie, brannte in den Augen. Aus einem Reflex heraus senkte sie die Lider, doch dann hob sie sie wieder, ganz vorsichtig. Kes wollte unbedingt feststellen, wie die Oberfläche aussah.

Vor ihr erstreckte sich eine große Ebene, ein rötliches Ödland. In der Ferne ragten einige Felsen empor. Allmählich gewöhnten sich ihre Augen an die Helligkeit und daraufhin hob sie die Lider noch etwas mehr, um die gewaltigen Ausmaße dieses Ortes zu bestaunen. Nie zuvor in ihrem Leben hatte ihr Blick über eine so große Distanz gereicht. Über ihr erstreckte sich nicht das Felsgestein einer Höhle, sondern weites Blau, »Himmel« genannt. Und an diesem Himmel hing die Sonne, strahlte viel zu hell, als dass sie sie direkt hätte betrachten können. Ein weiteres Wunder kam hinzu: helle Blitze, die über den Himmel rasten, auf einen fernen Berggipfel zu – die Energietransporter des Beschützers. Während der fast zwölf Monate ihres Lebens hatte Kes das von ihnen verursachte dumpfe Pochen gehört, stetig und beruhigend.

Sie sah die Öffnung, durch die sie an die Oberfläche geklettert war, die beiseite gestoßenen Steine. Ein so starker Instinkt, dass er fast einer mentalen Stimme gleichkam, verlangte von ihr, das Loch zu verbergen und auch ihre Spuren im Sand zu verwischen. Sie wusste genau, wo sich die betreffende Stelle befand, aber jemand anders konnte sie nicht finden – aus irgendeinem Grund hielt Kes das für wichtig. Anschließend wandte sie sich wieder dem grandiosen Panorama zu.

Zwar war es heiß, sogar sehr heiß, aber Kes erschauerte plötzlich, als sie begriff: Sie hatte es tatsächlich geschafft. Es war ihr gelungen, Angst und Ignoranz zu überwinden und das zu bewerkstelligen, was alle anderen Ocampa fürchteten: Sie hatte die Sicherheit der subplanetaren Stadt verlassen und war ins Unbekannte vorgestoßen.

Und jetzt? Wenn es auf der Oberfläche des Planeten niemanden mehr gab – wie sollte sie sich dann Nahrung und Wasser beschaffen? Von der mitgenommenen Verpflegung war kaum mehr etwas übrig und ganz offensichtlich hatte sich die Welt nicht von der Erwärmung erholt. Wohin sie auch blickte: Die rote Wüste erstreckte sich in alle Richtungen und die einzige Vegetation bestand aus ein wenig Gestrüpp.

Wenn sie zur Stadt zurückkehrte und von dem berichtete, was sie gesehen hatte – welches Resultat würde sich daraus ergeben? Bestimmt war niemand bereit, ein kühles und sicheres Heim zu verlassen, in dem es genug Wasser und Energie gab, um sich in einer heißen Wüste niederzulassen.

Was also hatte Kes erreicht?

Ich habe die Sonne gesehen, dachte sie. Allein das rechtfertigte ihre Anstrengungen und dieses Erlebnis konnte ihr niemand mehr nehmen. Vielleicht sollte sie sich jetzt auf den Rückweg machen, um diese Erfahrung mit ihrer Mutter und der Farmgruppe zu teilen, um zu versuchen, die Ocampa von ihrer Lethargie zu befreien, sie aktiver und unabhängiger werden zu lassen, so wie damals, bevor der Beschützer ihnen alle Mühen abnahm.

Kes begriff plötzlich, dass sie sich ein ganzes Stück von der kleinen Tunnelöffnung zwischen einigen Felsen entfernt hatte. Sie wusste nicht mehr genau, wo sich das

Loch befand, hielt danach Ausschau, als sie das Pochen hörte.

Es war ein anderes Pochen als jenes, das die Energieblitze verursachten. Es kam einer dumpfen Vibration gleich, die Kes eher fühlte als hörte. Sie legte sich hin und hielt ein Ohr an den roten Boden, hörte das Geräusch dadurch deutlicher: ein Trommeln, wie es Kes noch nie vernommen hatte. Sie stand wieder auf, blickte über die Wüste und suchte nach der Ursache des seltsamen Geräuschs.

Sie bemerkte zwei Gestalten, die sich ihr schnell näherten – schneller als jemand laufen konnte. Mit erhobener Hand schirmte sie sich die Augen ab und versuchte, die Fremden zu erkennen. Als sie sich näherten, stellte sie fest, dass es eigentlich vier Gestalten waren: Zwei Tiere liefen mit vier Beinen und trugen zwei Männer auf ihrem Rücken. Die Tiere hatten ein langes Fell und sie erschienen Kes wunderschön. Fasziniert beobachtete sie die Geschöpfe, die genau auf sie zuhielten.

Die beiden Männer auf den Tieren waren sehr groß und trugen sonderbaren Schmuck in ihrem zerzausten, ungekämmten Haar. Dadurch wirkten sie sehr grimmig und gefährlich. Kes schauderte unwillkürlich.

Waren es Kazon?

Die Tiere liefen direkt auf sie zu und Kes stand vor Furcht wie gelähmt. Sie wagte es nicht, sich zu bewegen, sah darin auch gar keinen Sinn, denn sie konnte sich nirgends verstecken. Dann, auf den Befehl der Reiter hin, hielten die Tiere plötzlich an. Schnaubend standen sie da, scharrten mit den Hufen und schienen es kaum abwarten zu können, erneut loszulaufen.

Kes sah zu den beiden Reitern auf. Ihre Gesichter konnte sie nicht erkennen, denn die Sonne stand hinter ihnen. Eine tiefe, knurrende Stimme erklang.

»Wen haben wir denn da?«, fragte einer der beiden Fremden. »Ein kleiner Maulwurf ist ans Licht gekrochen?«

»Vielleicht sollten wir ihn einfach zertreten und den Insekten überlassen.« Beide Männer lachten, als gäbe es nichts Lustigeres auf der ganzen Welt.

»Wer seid ihr? Woher kommt ihr?« Kes versuchte, ihre Stimme fest und entschlossen klingen zu lassen, aber bestürzt hörte sie ein Zittern darin. Die beiden Männer schienen entzückt zu sein, dass sie überhaupt etwas gesagt hatte.

»Hör nur! Der Maulwurf spricht! Vielleicht sollten wir ihn am Leben lassen ...« Einer der Männer sprang von seinem Reittier herunter und musterte Kes. Sie konnte sein Gesicht jetzt erkennen: Es hatte die Farbe von altem Leder und wirkte zerfurcht. Falten umgaben die kleinen Augen, von der Art, wie sie im Gesicht eines Ocampa erschienen, für den das Morilogium begann. Vielleicht geschah so etwas mit Leuten, die im hellen Sonnenschein lebten.

»Woher kommst du, kleines Ding?« Ein unangenehmer Geruch ging von dem Mann aus und sein Atem roch noch abscheulicher. Kes wandte instinktiv den Kopf zur Seite. Plötzlich spürte sie eine raue Hand am Kinn und ihr Kopf wurde in Richtung des Sprechers gedreht. »Ich habe dich etwas gefragt«, sagte der Mann scharf und hielt noch immer ihr Kinn.

»Ich habe dir zuerst eine Frage gestellt. Wenn du sie beantwortest, gebe ich dir ebenfalls Antwort.« Kes sprach diese Worte mit dem ganzen Mut, den sie aufbringen konnte.

Er starrte sie kurz an, lachte dann schallend. »Sie ist ein mutiges kleines Ding. Jabin wird sich freuen. Kehren wir zum Lager zurück.«

Kes wurde hochgehoben und quer auf den Rücken des großen Tiers gelegt, das grunzte und schnaufte, bis der Mann hinter ihr aufstieg. Und dann ritten sie durch die Wüste.

Heißer Wind strich Kes durchs Gesicht und die Erschütterungen ließen ihre Zähne klappern, als sich der

Rücken des Tiers unter ihr immer wieder hob und senkte. Zwar empfand sie Furcht, aber es regte sich auch eine seltsame Art von Begeisterung ihr. Wie aufregend, auf einem vierbeinigen Tier durch die Wüste zu sausen! Derzeit schien es keine Rolle zu spielen, was sie am Ende des Ritts erwartete.

Nach wenigen Minuten sah Kes etwas, bei dem es sich um ein Gebäude zu handeln schien. Als sie näher kamen, stellte sie fest, dass es Ruinen waren, Reste von Bauwerken. Unweit davon bemerkte die Ocampa einige improvisiert wirkende Hütten und Schuppen, die eher zu den wild wirkenden Männern mit dem bizarren Haarschmuck zu passen schienen.

Dort fand der Ritt ein Ende. Die beiden Männer stiegen ab, zogen Kes vom Rücken des Tiers herunter und zerrten sie in eins der schäbigen Gebäude. Sie spürte, wie die Temperatur sank. Zuerst schien es zu dunkel zu sein, als dass sie irgendetwas hätte erkennen können, aber nach und nach wurde es heller. Kes schloss daraus, dass ihre Augen imstande waren, sich verschiedenen Lichtverhältnissen anzupassen. Auf der anderen Seite des Raums saß ein weiterer großer Mann auf einem Stuhl, das eine Bein über die Armlehne gelegt – mit seiner Haltung wirkte er träge und arrogant. Er roch nicht besser als die anderen.

Die beiden Reiter führten Kes zu dem Mann und ließen dann ihre Arme los. Der Fremde setzte sich neugierig auf und musterte die Ocampa.

Kes beschloss, erneut in die Offensive zu gehen.

»Ich möchte wissen, wer Sie sind und warum man mich hierher gebracht hat«, sagte sie und war froh darüber, dass ihre Stimme diesmal fest klang. Der Mann lächelte, aber sein Lächeln wirkte ganz und gar nicht freundlich.

»Oh, wie du wünschst, junge Dame. Ich bin Jabin. Diese Männer arbeiten in den Minen, unter meinem Kommando. Klugerweise haben sie dich hierher gebracht, weil sie begriffen, dass du mir von großem Nutzen sein kannst.«

»Gehören Sie zu den Kazon?«

Der Mann lächelte erneut und diesmal sah Kes die braunen Flecken an seinen Zähnen. »Ja. Wir sind Kazon-Ogla, die stärkste und mutigste aller Sekten.«

Ein flaues Gefühl entstand in Kes' Magengrube. Es stimmte tatsächlich – die Kazon trieben sich noch immer auf der Oberfläche des Planeten herum. Hielten sie die Ocampa nach wie vor für ihre Feinde? »Was meinen Sie mit ›großem Nutzen‹?«, fragte sie.

Jabin beugte sich vor und berührte ihr Gesicht, drehte es erst zur einen Seite und dann zur anderen. »Ich meine es wortwörtlich. Du wirst mir ein gutes Dienstmädchen sein.«

Kes zog den Kopf abrupt zurück. »Ich habe nicht die Absicht, in Ihre Dienste zu treten«, erwiderte sie scharf und wollte darauf hinweisen, dass sie auf keinen Fall alles mit sich geschehen lassen würde.

Ein heftiger Schlag traf Kes an der Seite des Kopfes und sie fiel der Länge nach zu Boden. Ihr Ohr schien in Flammen zu stehen. Sie tastete danach und versuchte, den Schmerz zu unterdrücken, als Jabin vor ihr stand. »Damit kein Zweifel besteht: Alle Personen in diesem Lager gehorchen mir und du wirst da keine Ausnahme bilden. Hast du verstanden?«

Kes nickte, aber Jabin trat ihr ans Schienbein. Sie schrie auf, als neuer Schmerz in ihr explodierte, heißer und heftiger als der im Ohr.

»Wenn ich dich etwas frage, so antwortest du mit ›Ja, Maje‹. Etwas anderes will ich nicht von dir hören, verstanden?«

»Ja, Maje«, flüsterte Kes. Es fiel ihr schwer, diese beiden Worte zu formulieren, während sie nach wie vor gegen die Schmerzen in Ohr und Schienbein ankämpfte. Sie wurde jäh auf die Beine gerissen und bemühte sich, nicht wieder zu Boden zu sinken.

»Schon besser. Du bist ein hübsches kleines Ding und ich möchte dein Gesicht nicht entstellen. Wenn du dich benimmst, kommen wir gut miteinander zurecht, glaubst du nicht?«

Er bedachte sie mit einem durchdringenden Blick und Kes wusste, worauf er wartete. »Ja, Maje«, sagte sie heiser.

Jabin strahlte. »Sehr gut. Ausgezeichnet. Bring mir etwas Brot vom Tisch und anschließend führen wir ein nettes, langes Gespräch. Ich möchte alles über dich wissen; vor allem geht es mir dabei um eine Antwort auf die Frage, wie du die Oberfläche erreicht hast. Du, meine kleine Ocampa, wirst uns die Möglichkeit geben, das Wasser zurückzubekommen, das uns gehört.«

Voller Entsetzen ging Kes zum Tisch und wünschte sich zum ersten Mal in ihrem Leben, dass sie auf die anderen Ocampa gehört hätte, anstatt ihrer Abenteuerlust nachzugeben.

Drei Wochen später erinnerte sich Kes kaum mehr an ihr Leben im Innern des Planeten. Nur das Jetzt zählte, das Elend der Gegenwart. Sie verbrachte lange Tage damit, auf Jabin zu warten und Mahlzeiten für ihn zuzubereiten, die er innerhalb weniger Minuten und mit einem eklatanten Mangel an guten Manieren verschlang, was ihr den eigenen Appetit verdarb. Wenn sie nicht damit beschäftigt war, seine Wünsche zu erfüllen, ließ er sie Cormalinbrocken zuschlagen – eine grässliche Arbeit. Die Splitter schufen winzige Schnittwunden in der Hand und es dauerte eine Ewigkeit, bis sie heilten. Jabin erklärte nie den Zweck dieser Tätigkeit und Kes ahnte, dass es ihm nur darum ging, sie beschäftigt zu halten.

Des Nachts, wenn sie endlich zu einer schlichten Matte in einem Nebengebäude kriechen und einige Stunden schlafen durfte, versuchte sie manchmal, sich an ihre Eltern zu erinnern. Doch die Bilder von Vater und Mutter blieben vage, so als existierten sie nur in ihren Träumen.

Sie konnte nicht mehr weinen. Zuerst hatte sie ständig geschluchzt, doch dann schlug Jabin sie heftig, und schließlich wagte sie es nicht mehr, Tränen zu vergießen. Ihr Selbst schien zwischen Leben und Tod gefangen zu sein. Tagsüber bewegte sie sich ganz mechanisch und versuchte, auf keinen Fall Jabins Jähzorn zu wecken.

Nur ein Triumph blieb ihr und verzweifelt klammerte sie sich daran fest. Um nichts in der Welt wollte sie ihn preisgeben, denn er hatte sie zu viele Schmerzen gekostet.

Sie hatte Jabin nicht den Ort gezeigt, an dem sie zur Oberfläche gelangt war.

Kes entsann sich daran, von Jabin dorthin gebracht worden zu sein, wo seine Männer sie gefunden hatten. Bei jener Gelegenheit kletterte sie über einzelne Ansammlungen von Felsen hinweg und meinte, sie könnte den Tunnelzugang nicht finden, weil alles gleich für sie aussah. Glücklicherweise war sie geistesgegenwärtig genug gewesen, ihn unmittelbar nach ihrer Ankunft an der Oberfläche zu tarnen.

Jabin nahm seine Enttäuschung zum Anlass, sie erneut zu schlagen, aber Kes behauptete trotzdem, den Tunnel nicht finden zu können. Die Männer des Maje suchten überall, ohne etwas zu entdecken. Einmal dachte Kes an die Möglichkeit, dass er vielleicht gar nicht existierte, dass die vagen Erinnerungen an die Vergangenheit tatsächlich einem Traum entsprangen und sie schon immer in diesem Elend gelebt hatte.

Schließlich gab Jabin die Suche auf. Kes bekam für den Rest des Tages weder etwas zu essen noch zu trinken.

Sie war ständig durstig. Wasser wurde in kleinen Tassen ausgegeben und sie musste warten, bis alle anderen getrunken hatten. Wenn sie an die Reihe kam, waren manchmal nur noch wenige Tropfen übrig. Sie versuchte, sich an die rauschenden Wasserfälle am Rand der Stadt zu erinnern, als genügten solche Vorstellungsbilder, um ihren Durst zu stillen. Aber auch jene Reminiszenzen erschienen ihr irgendwie unwirklich.

Die schlimmsten Zeiten erlebte Kes, wenn Jabin Gannit trank, ein starkes, schrecklich riechendes Getränk, das er zum Glück nicht sehr oft genoss, weil es ihm die Kehle ausdörrte und einen Durst schuf, der sich mit den begrenzten Rationen nicht löschen ließ. Es wäre besser gewesen, wenn er ganz darauf verzichtet hätte, aber dazu schien er nicht imstande zu sein.

Eine Woche nach ihrem Eintreffen im Ogla-Lager sah sie zum ersten Mal, wie Jabin Gannit trank. Sie lag erschöpft auf ihrer Matte, als er ihren Namen brüllte. Sofort sprang sie auf und eilte in das Zimmer, das ihm als »Büro« diente.

»Ja, Maje?«, fragte sie beim Eintreten. Er stand auf, schwankte aber. Seine Augen waren gerötet, und als er sprach, mangelte es den einzelnen Worten an Deutlichkeit.

»Kleine Ocampa«, begann er und schien dann zu vergessen, was er als Nächstes sagen wollte. Er ließ sich auf eine niedrige Sitzbank an einer Wand des überfüllten Zimmers sinken, hob die Hand und gestikulierte vage. Kes vermutete, dass er sie einlud, ihm gegenüber Platz zu nehmen. Schnell kam sie der Aufforderung nach.

»Wollte nicht … allein sein. Heute Abend.« Jabin stockte immer wieder und lallte. Kes hatte ihn noch nie zuvor so erlebt und fragte sich verwundert, ob er krank war.

»Eine Frau … versteht. Du verstehst. Nicht wahr?« Er klang wie ein verwirrtes Kind, und wenn Kes ihn nicht so sehr gehasst hätte, wäre sie vielleicht bereit gewesen, ihm mit Anteilnahme zu begegnen.

»Das hoffe ich, Maje«, erwiderte sie vorsichtig. Wenn sie diese Begegnung hinter sich bringen wollte, ohne dass Jabin sie schlug, musste sie ihre Worte sorgfältig auswählen, um ihn nicht zu verärgern.

Doch Jabin war an diesem Abend ganz auf sein Selbstmitleid konzentriert. »Ich hätte ... der mächtigste alle Maje sein sollen ... Warum bin ich hier, auf diesem verdammten Planeten ohne Wasser ... ohne Familie ... Ich hatte einmal eine Familie ... Wusstest du das?«

»Nein, Maje.«

»Eine Frau ... zwei Söhne ... Von den Nistrim umgebracht. Niedergemetzelt. Ich träume noch immer von ihnen.«

»Das tut mir Leid.«

Jabin brummte, stand auf und wankte zu einem Tisch. Er griff nach einer dunklen Glasflasche, trank kurz, stöpselte sie wieder zu und stellte sie auf den Tisch zurück. Mit einem reumütigen Lächeln sah er Kes an. »Morgen bezahle ich hierfür. Meine Kehle ... wird trockener sein ... als der Sand dort draußen. Aber manchmal ...« Er sprach nicht weiter, kehrte zur Bank zurück und streckte sich auf ihr aus. Kes saß ganz still und beobachtete, wie sich seine Lider senkten. Erst als er laut schnarchte, wagte sie es, den Raum zu verlassen.

Am nächsten Morgen war Jabin in einer schrecklichen Stimmung und selbst seine Männer hielten sich von ihm fern. Er beanspruchte die Wasserrationen mehrerer Personen, auch die von Kes, um seinen großen Durst zu stillen.

Der zweite Rausch des Maje – inzwischen wusste Kes, was mit ihm geschah – bescherte ihr größere Probleme. Er rief sie zu sich, als noch nichts auf Müdigkeit hindeutete, und bedeutete ihr, sich neben ihn auf die Bank zu setzen. In der einen Hand hielt er eine mit Gannit gefüllte Tasse, an der er immer wieder nippte, während er sich selbst, seinen Mut und seine Schlauheit rühmte.

»Eines Tages werden die Ogla eine Vormachtstellung unter den Kazon erringen«, verkündete Jabin. Er schien erregt zu sein, vor Kraft geradezu zu platzen, und Kes' Besorgnis wuchs. In einer solchen Stimmung war er besonders unberechenbar. »Nur wir können Cormalin liefern, und wenn ich den Markt richtig manipuliere, kommen alle zu mir und betteln.« Er trank einen ordentlichen Schluck und tastete nach Kes' Hüfte.

»Wenn die Minen nichts mehr hergeben, verlasse ich den Planeten und kaufe mir mit dem Cormalin Kriegsschiffe, mit modernen Waffen ausgestattet. Und dann schlage ich zu.« Jabin unterstrich seine Worte, indem er mehrmals Kes' Oberschenkel drückte. Galle stieg in der Ocampa empor und verzweifelt suchte sie nach einer Möglichkeit, dem Ogla zu entkommen.

»Sie sind sehr klug, Maje«, sagte sie, stand auf und griff nach seiner Tasse. »Ich hole Ihnen noch etwas.« Sie ging zum Tisch, füllte die Tasse mit Gannit, kehrte dann zurück und zwang sich zu lächeln. Ruckartig hob Jabin die Hand, griff nach ihrem Arm und zog sie zu sich auf die Bank.

»Ich fühle mich einsam«, sagte er. »Ich hatte einmal eine Familie ... eine Frau, zwei Söhne ...«

»Ich weiß.«

Er richtete einen erstaunten Blick auf sie.

»Woher kannst du das wissen? Ich habe es nie erwähnt.«

»Verzeihen Sir mir, Maje, aber an einem anderen einsamen Abend haben Sie mir davon erzählt. Die Nistrim brachten sie um.«

Er starrte sie verdutzt an. »Das stimmt«, bestätigte er schließlich. »Aber ich erinnere mich nicht, mit dir darüber gesprochen zu haben. Ich erwähne meine Familie nur selten.«

»Ich habe mich geehrt gefühlt, weil Sie mir etwas so Persönliches anvertrauten«, sagte Kes und fühlte erneut Jabins Hand an ihrem Oberschenkel.

»Kleine Ocampa«, murmelte er und seine Finger strichen über ihr Bein, »du bist ganz anders als meine Frau. Sie war groß, stark und leidenschaftlich. Sie sagte mir immer wieder, ich sei der einzige Mann, der sie befriedigen könnte. Du bist ein so blasses und zartes kleines Ding. Bei dir kann ich mir kaum Wollust vorstellen.«

Die andere Hand berührte Kes an der Wange, dann an Schulter und Oberarm. Jabins nach Gannit riechender Atem strich ihr übers Gesicht und einige Sekunden lang befürchtete sie, sich übergeben zu müssen. Dies war viel schlimmer, als geschlagen zu werden.

Jabin verbrachte einige Minuten damit, sie zu streicheln und ihr erotische Geschichten von seiner Frau zu erzählen. Kes saß still und steif da, ließ alles über sich ergehen und mied den Blick des Maje. Schließlich fluchte er, schob sie beiseite und griff nach der Tasse. »Kalter kleiner Vogel. Die Hitze von tausend Sonnen wäre nötig, um dich zu erwärmen.«

Er trat mit der Tasse in die heiße Wüstennacht. Kes wartete lange Zeit, bevor sie es wagte, zu ihrer Matte zurückzukehren, auf der sie trotz der Hitze heftig zitterte.

Zwei Wochen später begegnete Kes Neelix.

Sie wusste, dass jemand ihr Lager besuchte, ein Mann, der nicht zu den Kazon gehörte und Wasser gegen Cormalin tauschte. Aus den dunklen Ecken von Jabins Zimmer beobachtete sie, wie die beiden Männer miteinander sprachen und verhandelten; sie blieb im Verborgenen, solange der Maje sie nicht rief.

Die Stimme des Besuchers gefiel ihr. Darin erklang eine Freundlichkeit, die Kes seit langer Zeit nicht mehr gehört hatte. Sie erinnerte die Ocampa an ihre Heimat, wo es so viel Anteilnahme und Zärtlichkeit gab. Sie stellte fest, dass sie sich immer mehr auf die Besuche des Fremden freute, um dann in einer Ecke zu sitzen und seiner sanften Stimme zu lauschen.

Eines Abends rief Jabin sie in seinen Raum, und als Kes eintrat, merkte sie sofort, dass er erneut Gannit getrunken hatte. »Du kennst den Rückweg zur Stadt im Innern des Planeten. Glaubst du, ich hätte dir deine Lüge abgenommen? Ich habe gehofft, du würdest meine Großzügigkeit belohnen, indem du mir jene Informationen gibst. Aber inzwischen ist mir klar, dass du viel zu egoistisch bist. Nun, ich hole die Antwort aus dir heraus, verlass dich darauf.«

Furcht entstand in Kes. Schon seit einer ganzen Weile hatte Jabin den Tunnel nicht mehr erwähnt, wodurch in ihr immer mehr die Hoffnung wuchs, dass er das Interesse daran verlor. Jetzt, in seinem Rausch, war dieses Thema besonders gefährlich.

»Hältst du es für schmerzvoll, wenn ich dich schlage? Du hast keine Ahnung, was echter Schmerz sein kann. Ich versichere dir: Es wird nicht lange dauern, bis du mir alles verrätst, was du weißt.«

»Maje, ich habe Ihnen treu gedient. Bitte glauben Sie mir, wenn ich Ihnen sage, dass ich den Tunnel nicht mehr finden kann ...«

»Schweig!«, donnerte Jabin und seine Stimme hallte durch die Nacht. Er beugte sich über den Tisch vor und in seinen Augen funkelte es. »Denk in dieser Nacht darüber nach, kleine Ocampa. Dein zarter Körper hält bestimmt nicht viel aus. Geh jetzt. Vielleicht bist du morgen früh bereit, mir Auskunft zu geben.«

Er wandte sich ab und leerte die Tasse. Kes eilte fort, rollte sich auf ihrer Matte zusammen und fürchtete den Sonnenaufgang.

Doch am nächsten Morgen rief Jabin sie nicht zu sich, um erneut nach dem Tunnel zu fragen. Kes hielt sich im Hintergrund und hoffte, dass er seine Drohung, sie zu foltern, nach dem Abklingen des Rausches vergessen hatte.

Schließlich kam jemand herein und der Maje fragte: »Haben Sie Wasser gebracht?«

Der Besucher, dessen Stimme Kes gefiel, erwiderte: »Ja, mein guter Freund. Ich habe mehrere Fässer mitgebracht. Sie enthalten kühles, herrlich frisches Wasser, das Ihren Durst auf sehr angenehme Weise stillen dürfte.«

Jabin rief einen Befehl und fast sofort brachte man ihm eins der Fässer. »Ocampa!«, brüllte er und Kes erzitterte – er hatte sie nicht vergessen. Sie trat aus der schützenden Dunkelheit, näherte sich den beiden Männern und fürchtete, erneut geschlagen zu werden.

Zum ersten Mal sah sie den Besucher aus der Nähe. Er war nicht annähernd so groß wie ein Kazon und hatte Flecken am Kopf und auf den Händen. Ein langes Haarbüschel wuchs oben aus seinem Schädel und reichte über den Rücken. Seine Augen zeigten eine Mischung aus Gelb und Orange und ihr Blick offenbarte die gleiche Freundlichkeit wie die Stimme. Ein Gefühl des Friedens entstand in Kes, als sie ihn ansah, und sie glaubte, den Grund dafür zu erkennen: Der Fremde war ein von Natur aus guter Mann.

Jabin deutete zum Wasserfass und Kes begriff, dass er sich von ihr bedienen lassen wollte. Sie füllte zwei Tassen, eine für den Maje, die andere für den Besucher, wich dann zurück und hoffte, Jabins Aufmerksamkeit zu entgehen.

Der andere, kleinere Mann starrte sie verblüfft an. Jabin lachte. »Sie ist sehr schön, nicht wahr? Aber damit hören ihre Vorzüge auch schon auf. Als Sklavin ist sie völlig wertlos. Ermüdet zu schnell, hält keine Hitze aus und hat überhaupt keine Kraft.«

»Das sehe ich«, sagte der Besucher. »Sie ist sehr zart und vielleicht krank. Ich könnte Arbeit in einem Haushalt für sie finden – falls Sie bereit sind, sie zu verkaufen.«

Kes konnte kaum an sich halten, als sie diese Worte hörte. Bot ihr der Besucher die Möglichkeit, das Lager der Kazon zu verlassen? Mochte Jabin bereit sein, sie gegen Wasser einzutauschen? Sie war so aufgeregt, dass sie die nächsten Worte nicht verstand. Als sie wieder lauschte, vernahm sie etwas, das ihre Hoffnung zerstörte und sie mit Verzweiflung erfüllte.

»Als Arbeiterin ist sie für mich nichts wert«, sagte Jabin. »Aber sie verfügt über Informationen, die ich von ihr haben will. Bisher hat sie sie nicht preisgegeben, doch ich kenne gewisse Methoden, um sie zum Sprechen zu bringen.«

Er hatte seine Drohung vom vergangenen Abend nicht vergessen und beabsichtigte nach wie vor, Schreckliches mit ihr anzustellen, damit sie ihm die Tunnelöffnung zeigte. Wie sollte sie sich schützen? Panik quoll in ihr empor und sie kämpfte dagegen an. Sie musste einen kühlen Kopf bewahren, um einen Plan zu entwickeln, sich irgendetwas einfallen zu lassen. Die Verzweiflung veranlasste sie, ihr Selbst zu erweitern und dem Besucher einen Gedanken zu schicken. *»Bitte … hilf mir …«*

Der Fremde wandte sich ihr zu und blinzelte. Sie wusste, dass er ihren Gedanken empfangen hatte, und das beruhigte sie.

»Schicken Sie sie fort, Jabin«, sagte der Mann. »Ich möchte allein mit Ihnen reden.«

Der Maje winkte und Kes verließ den Raum, trat ins heiße Gleißen der Sonne. Es erleichterte sie, nicht mehr in Jabins Nähe zu weilen. Worüber sprachen die beiden Männer? Warum hatte der Fremde den Kazon aufgefordert, sie fortzuschicken? War er vielleicht nicht so freundlich, wie Kes glaubte? Wollte er Jabin dabei helfen, irgendwelche Qualen für sie vorzubereiten?

Nein. Sie hielt an der Überzeugung fest, dass er ein guter Mann war. Diesen Eindruck hatte sie sofort gewonnen, und sie vertraute ihrem Instinkt. Sie hoffte inständig, dass er imstande war, sie vor der Folter zu schützen und vielleicht sogar fortzubringen. Mit diesem Gedanken tröstete sie sich, als die anderen Ogla näher kamen und anzügliche Bemerkungen über sie machten.

Kurze Zeit später verließ auch der Besucher das Gebäude, blinzelte im grellen Licht der Sonne und hielt nach Kes Ausschau. Ihre Blicke trafen sich und die Ocampa schickte eine weitere mentale Botschaft. *»Ich spüre, dass ich dir vertrauen kann.«*

Der Mann trat auf sie zu. »Das kannst du wirklich«, sagte er offen und ehrlich. »Ich bin ein Freund. Komm, lass uns gehen und miteinander reden.« Als sie außer Hörweite der Ogla-Schürfer waren, fuhr er fort: »Ich habe Jabin angeboten, mit dir Freundschaft zu schließen, sodass du mir verrätst, wo sich der Tunnelzugang befindet. Wir können ihn eine Zeit lang hinhalten, bis ich eine Möglichkeit finde, dich von diesem Planeten fortzubringen.«

Kes war so erleichtert, dass sie fast stolperte. Ihr wurden die Knie weich und der Mann griff nach ihrem Arm, stützte sie. »Danke«, hauchte sie. »Jabin wollte mich foltern.«

»Ich weiß. Das konnte ich nicht zulassen.«

Sie klammerte sich an seiner Hand fest. »Ich kenne deinen Namen nicht«, sagte sie.

»Ich heiße Neelix.«

»Und ich Kes. Du bist ein guter Mann.«

»Ich wünschte, du hättest Recht.«

»Es stimmt. Ich habe es sofort gespürt, als ich dich sprechen hörte. Du bist die erste gütige Person, der ich begegne, seit ich die Stadt im Innern des Planeten verlassen habe.«

»Erzähl mir von ihr. Hast du dein ganzes Leben unter der Oberfläche verbracht? Bist du nie im All gewesen?«

Kes zögerte. Sie kam sich plötzlich dumm vor, als sie an die Umstände dachte, die sie hierher gebracht hatten. Sie wünschte sich die Zuneigung dieses Mannes und wollte nicht, dass er sie für ein ungestümes, impulsives Kind hielt. Deshalb schilderte sie die Ereignisse nur in groben Zügen und gestand ein, dass es töricht gewesen war, die Oberfläche des Planeten aufzusuchen.

Neelix klopfte ihr zärtlich auf die Hand. »Ich glaube, es war sehr mutig von dir. Mach dir jetzt keine Sorgen mehr. Zusammen finden wir eine Möglichkeit, dich zu retten.

Während der nächsten beiden Wochen stattete Neelix dem Lager häufige Besuche ab und verbrachte Stunden mit Kes. Er erzählte ihr von sich selbst und sie teilte seinen Schmerz, als sie vom schrecklichen Tod seiner Familie erfuhr. Er berichtete, nach so genannten »Rhuludianischen Kristallen« süchtig gewesen zu sein, schilderte die Qualen, die es ihm bereitet hatte, sich von der Sucht zu befreien, mit Hilfe eines Freundes, der auf einer fernen Welt in einem Gefängnis schmachtete.

Kes war glücklicher als jemals zuvor und sich kaum mehr Jabins Präsenz bewusst. Er ließ sie größtenteils allein, behielt sie aber im Auge. Gelegentlich ging Neelix zu ihm und berichtete von den »Fortschritten« bei seinem Bemühen, das Vertrauen der Ocampa zu gewinnen.

Schließlich teilte er ihr mit, dass er einen Plan hatte. »Es ist riskant«, sagte er. »Aber das ganze Leben ist ein Risiko. Ich glaube, wir können es schaffen.«

»Was hast du vor?«

Sie saßen auf den Resten einer alten Mauer, Teil der Ocampa-Stadt, die hier vor vielen Generationen gestanden hatte. Kes wanderte gern zwischen den Ruinen und stellte sich dabei das Leben ihrer Ahnen vor, damals, als der Planet noch grün und kühl gewesen war. Sie hatte Zeit für solche Ausflüge, denn Jabin war so neugierig, dass er ihr und Neelix erlaubte, allein zu sein. Natürlich fand er andere Möglichkeiten, Kes zu quälen: An diesem Tag hatte er ihr die Wasserrationen vorenthalten. Ihre Lippen waren spröde und wund, der Mund völlig trocken.

»Morgen sage ich Jabin, dass du bereit bist, mir die Tunnelöffnung zu zeigen – aber nur mir«, sagte Neelix. »Ich biete ihm an, dich zur entsprechenden Stelle zu begleiten und mir die Position einzuprägen. Was er nicht weiß: Mein kleines Raumschiff wird nicht weit entfernt auf uns warten. Damit verlassen wir den Planeten, noch bevor er begreift, dass du nicht zurückkehrst.«

Kes dachte darüber nach. Der Plan mochte gefährlich sein, aber er schien sich tatsächlich verwirklichen zu lassen. »Und was dann? Wird er nicht versuchen, uns zu folgen?«

Neelix lächelte und klopfte liebevoll auf ihre Hand. »Sei unbesorgt. Diesen Teil des Weltraums kenne ich besser als meine eigenen Flecken. Ich weiß, wo wir uns verstecken können. Ich habe Freunde. Und ich kann jederzeit Zwietracht säen zwischen den Ogla und den Sara – dann bekommt Jabin so viel zu tun, dass er keine Zeit hat, ein entflohenes Dienstmädchen zu verfolgen.«

Kes nickte. Durst und Hitze schufen Schwäche und Benommenheit. Sie hob kurz die Hand vor die Augen.

»Stimmt was nicht?« Ganz deutlich war die Sorge in Neelix' Stimme zu hören.

»Jabin hat mir heute kein Wasser gegeben. Mir ist ein wenig schwindelig …«

»Was für ein Sadist. Ich rede mit ihm.« Neelix stand auf und wollte zum Lager gehen, aber Kes hielt ihn am Arm fest.

»Nein, bitte nicht, du würdest ihn nur provozieren. Begnügen wir uns damit, dass er uns in Ruhe lässt. Es ist nur noch ein Tag.«

Neelix presste die Lippen zusammen, um eine scharfe Bemerkung zu unterdrücken. Schließlich nickte er, obgleich in seinen Augen noch immer Zorn blitzte.

Als Kes in jener Nacht durstig auf ihrer Matte lag, nicht schlafen konnte und immer wieder an den bevorstehenden Fluchtversuch dachte, hörte sie, wie jemand ihren Namen flüsterte. Sie stand auf und sah Neelix, der sich ihr in der Dunkelheit näherte. Er hob den Zeigefinger vor die Lippen, bedeutete ihr damit, keinen Laut von sich zu geben. Dann reichte er ihr einen Behälter.

Er enthielt Wasser. Kes nahm ihn entgegen und berührte Neelix dankbar an der Wange, bevor er sich umdrehte und in der Dunkelheit verschwand. Kes öffnete den Behälter, trank gierig und spürte eine Euphorie, die bestimmt viel intensiver war als das von Gannit oder Rhuludianischen Kristallen bewirkte Hochgefühl.

Kes trank noch immer, als draußen gedämpfte Rufe erklangen.

Sie stellte den Behälter beiseite und eilte zur Tür. Wütende Stimmen hallten durch die Nacht und Kes schauderte, als sie begriff, dass die Kazon den Wasserdiebstahl entdeckt hatten – sie verfolgten Neelix.

Voller Panik wich sie ins Zimmer zurück, griff nach dem Behälter und hielt verzweifelt nach einem Versteck Ausschau – wenn Jabin herausfand, dass Neelix das gestohlene Wasser zu ihr gebracht hatte, so würde er sie beide streng bestrafen.

Kes hielt den Behälter noch immer in den Händen, als der Maje hereinkam.

Er sprang auf sie zu, griff nach dem Behälter und zerrte so grob an ihrem Arm, dass sie befürchtete, er könnte ihn auskugeln. Er zog sie in sein Zimmer, in dem eine einzelne Lampe brannte. »Hast du ihn dazu gebracht?«, fragte er und schüttelte sie.

»Ja«, stieß Kes hervor. »Es war meine Idee. Ihn trifft keine Schuld. Ich war so durstig und habe ihn angefleht, mir Wasser zu bringen. Er wollte nur freundlich sein.«

»Weißt du, was mit Wasserdieben geschieht?«, fragte Jabin und schüttelte sie noch heftiger. Kes hatte das Gefühl, dass ihr gleich die Augen herausfallen würden.

Kes suchte verzweifelt nach einer Möglichkeit, Jabin zu besänftigen, damit sie den Planeten am nächsten Tag mit Neelix verlassen konnte. »Es ist alles meine Schuld. Bitte, es wäre nicht richtig, Neelix zu bestrafen. Er ist Ihr Freund.«

»Jetzt nicht mehr!«, zischte Jabin. »Wochenlang habe ich darauf gewartet, gewisse Informationen von ihm zu erhalten, aber stattdessen kam er mir immer nur mit irgendwelchen Ausreden. Jetzt verrät er mich, indem er mir das Kostbarste stiehlt, das ich besitze. Er wird seinen Verrat bitter bereuen.«

Der Maje unterbrach sich, als einer seiner Männer atemlos hereinkam.

»Nun?«, fragte Jabin scharf.

»Er hat sein Schiff erreicht und ist damit entkommen«, schnaufte der Mann.

Jabin schlug mit der Faust auf den Tisch, wodurch mehrere Gläser umfielen. Dann wandte er sich Kes zu und seine Wut schien die Stirnhöcker anschwellen zu lassen. »Morgen fangen wir an. Du wirst mir die Informationen, auf die ich zwei Wochen gewartet habe, schon bald geben. Geh jetzt zu Bett.«

Kes huschte fort. Verzweiflung erfasste sie. Sollte sie die Dunkelheit der Nacht zu einem Fluchtversuch nutzen? Konnte sie sich irgendwo verstecken und Jabin entgehen? War es möglich, dass sie in der Finsternis die Tunnelöffnung fand, um in ihre Heimat zurückzukehren?

Alles erschien ihr absurd. Sie wusste nicht, wo sich die Gruppe von Felsen befand, unter der sich der Tunnel erstreckte. Hinzu kam: In der Nacht war die Wüste so finster, dass man nicht einmal die eigene Hand vor Augen sah. Sie hätte schon nach wenigen Schritten die Orientierung verloren.

Ließ sich irgendwo eine Waffe auftreiben, mit der sie sich das Leben nehmen konnte? Sie zog den Selbstmord der Folterung durch Jabin vor. Aber die Energiewaffen der Kazon lagen nicht einfach so herum und die Vorstellung, ein Messer zu benutzen, sich eine Klinge in den Leib zu bohren, erschien ihr viel zu grässlich – dazu wäre sie nie imstande gewesen.

Sie lag auf der rauen Matte und überlegte angestrengt. Schließlich entschied sie, die Folterung nicht kampflos zu ertragen. So sehr es ihr auch widerstrebte, ein Messer gegen sich selbst zu benutzen – sie würde nicht zögern, es gegen Jabin zu verwenden.

Kes stand auf und trat in der Dunkelheit zu einem nahen Tisch, auf dem ein Messer lag, das zum Brotschneiden diente. Sie tastete danach, fand es, berührte die gezackte Schneide und fragte sich, wo an ihrem Körper sie die Klinge verbergen konnte, bis sie Gelegenheit bekam, sie gegen den Maje einzusetzen.

Genau in diesem Augenblick hörte sie die erste Explosion.

Das Gebäude, in dem sich Kes befand, erbebte und ein orangefarbener Blitz gleißte durch die Nacht. Das Donnern war so laut, dass die Ocampa um ihre Trommelfelle fürchtete. Unmittelbar darauf hörte sie Schreie und Hilferufe. Männer liefen hin und her. Neugier errang den Sieg über Furcht und Kes eilte zum Fenster, sah nach draußen.

Eine der nicht weit entfernten Ruinen stand in Flammen. Im Lager gab es nur wenig Wasser und bestimmt verwendete man es nicht, um Feuer zu löschen. Die Ruine würde brennen, bis nichts mehr von ihr übrig war. Kes bedauerte, dass ein Teil ihrer Vergangenheit auf diese Weise verloren ging. Was hatte den Brand verursacht?

Sie hatte diese Frage in Gedanken gerade erst formuliert, als sich ihr ein erstaunlicher Anblick darbot. Ein kleines Raumschiff, das den Schiffen der Ogla ähnelte, raste durch die Nacht. Gelbe Energiestrahlen gingen von ihm aus, zuckten zu Boden und bewirkten Explosionen. Jabins Männer rannten kopflos in alle Richtungen und versuchten, der destruktiven Energie zu entgehen.

Einige von ihnen erreichten ihre eigenen Schiffe, starteten mit ihnen und griffen den Aggressor an. Dutzende von energetischen Entladungen erhellten die Nacht, und Kes konnte weit über die Wüste blicken.

Sie sah Dutzende, vielleicht sogar hunderte von Männern, die sich mit schussbereiten Waffen dem Lager näherten. Einige Ogla improvisierten eine erste Verteidigungslinie und es kam zu einem wilden Gefecht.

Kes wich ins kleine Gebäude zurück und versuchte zu verstehen, was draußen geschah. Wer waren die Angreifer? Würde man sie für eine Helferin der Ogla halten und ebenfalls töten? Oder gelang es Jabins

Streitmacht, die Feinde aufzuhalten und zurückzuschlagen?

Das akustische Chaos nahm immer mehr zu. Waffen entluden sich zischend und fauchend; Männer schrien. Kes empfand es als besonders beunruhigend, die Geräusche nur zu hören, ohne gleichzeitig zu sehen, was passierte. Sie wollte zum Fenster zurückkehren, als plötzlich die Tür aufsprang und eine dunkle Gestalt hereinstürmte.

Sie erkannte Jabin. Er suchte etwas, in den Schubladen und Fächern der Schränke. Kes rollte sich in einer Ecke des Zimmers zusammen und hoffte, dass der Maje sie nicht sah.

Schließlich fand Jabin, wonach er gesucht hatte: einen kleinen Strahler. Als er danach griff, kam ein zweiter Mann herein und stürzte sich auf den Maje der Ogla. Die beiden Gegner fielen zu Boden. Jabin verlor den Strahler; er rutschte über den Boden, direkt auf Kes zu.

»Ich brauche keine Waffe, Sara-Auswurf«, knurrte Jabin, als die beiden Männer miteinander rangen. »Es wird mir ein Vergnügen sein, dich mit bloßen Händen umzubringen.«

»Um das zu schaffen, brauchst du vier oder fünf mehr, Ogla-Abschaum«, brummte der andere Mann. Kes vermutete, dass er ebenfalls ein Kazon war, aber zu einer anderen Sekte gehörte. Er wies eine gewisse Ähnlichkeit mit Jabin auf, hatte ebenfalls zerzaustes Haar, in dem sonderbare Gegenstände steckten. Die beiden Männer waren inzwischen wieder auf die Beine gekommen, standen geduckt voreinander und beschimpften sich.

»Meine Schwester könnte dich erledigen, du Schwächling!«

»Deine Schwester taugt nur für eines, wie alle Männer meiner Truppe bestätigen können.«

»Deine Mutter macht die Beine in der Hölle breit.«

Kes fand diesen Wortwechsel außerordentlich seltsam. Welchen Sinn hatte es, Verwandte und Familienangehörige des Gegners zu beleidigen? Wenn es zwischen den beiden Männern einen Disput gab – warum diskutierten sie nicht darüber? Und wenn der Kampf unvermeidlich war … Warum setzten sie ihn nicht fort? Weshalb dieses sonderbare Ritual mit den gegenseitigen Schmähungen?

Der Zorn der beiden Männer schien ständig zu wachsen und dann fielen sie erneut übereinander her, gingen zu Boden, wälzten sich von einer Seite zur anderen, fluchten, holten immer wieder mit den Fäusten aus und schlugen zu.

Es war ein bemerkenswerter Anblick und unter anderen Umständen hätte Kes ihn für interessant genug gehalten, um den Kampf weiterhin zu beobachten. Aber ganz gleich, wie er ausging – ihre Situation war in jedem Fall prekär. Ein Teil von ihr wünschte sich, dass das Duell immer weiterging, denn sobald es zu Ende war, drohte ihr Gefahr.

Dann fiel ihr Blick auf die Waffe, die Jabin verloren hatte und in Reichweite lag. Kes streckte den Arm aus und griff danach, fühlte kühles Metall, das ihr neue Kraft zu geben schien. Von einer Sekunde zur anderen hatte sich ihre Situation vollkommen geändert. Sie war ihr jetzt nicht mehr hilflos ausgeliefert, konnte sie sogar kontrollieren. Diese Erkenntnis wirkte fast berauschend auf Kes, bis sie begriff, dass sie schwierige Entscheidungen treffen musste. Sollte sie warten, bis der Kampf zu Ende ging, um den Sieger dann zu töten? War es besser, beide Kazon sofort zu erschießen? Und was nützte das, solange das Gefecht draußen andauerte, ohne dass abzusehen war, welche Seite sich durchsetzen würde?

Fragen, Fragen. Warum funktionierte ihr Verstand immer auf diese Weise? Konnten sich ihr die Dinge nie einfach präsentieren, mit offensichtlichen Antworten?

Plötzlich wurde ihr klar, dass Jabin in Bedrängnis geriet. Der andere Mann saß auf ihm, die eine Hand um seine Kehle geschlossen; die andere Hand wehrte einen Arm des Maje ab. Jabin versuchte vergeblich, die Finger des Gegners von seinem Hals zu lösen – er erstickte langsam.

»Es geht mit dir zu Ende, Ogla«, keuchte der andere Mann. »Du bist auf dem Weg zur Hölle und dort erwartet dich nicht meine Mutter.«

Auf einmal wusste Kes, was es zu unternehmen galt. Sie hob die Waffe und schoss auf den Mann, der sich anschickte, Jabin zu töten. Er zuckte heftig zusammen, ließ den Maje los, sank zur Seite und rührte sich nicht mehr. Jabin starrte ihn ein oder zwei Sekunden lang an, kroch dann unter seinem Gegner hervor, stand auf und wandte sich verblüfft Kes zu.

Sie richtete die Waffe auf ihn. »Ist er tot?«, fragte sie unerschrocken.

»Nein, nur betäubt. Aber ich werde dafür sorgen, dass es nicht dabei bleibt.« Jabin trat einen Schritt näher, und Kes hob den Strahler ein wenig, um keinen Zweifel an ihren Absichten zu lassen.

»Ich habe nicht gezögert, auf ihn zu schießen, und Ihnen gegenüber kenne ich ebenfalls keine Skrupel, Jabin.«

Der Maje blieb stehen. »Wenn die Kazon-Sara den Sieg erringen und erfahren, dass du auf einen von ihnen geschossen hast, so werden sie dich bestrafen. Und wenn meine Männer siegen und feststellen, dass du auf mich gefeuert hast, so wird es dir noch schlechter ergehen.«

Kes dachte darüber nach. Die Worte ergaben durchaus einen Sinn, nahmen ihr einen Teil der Zuversicht. Sie zögerte, was Jabin zum Anlass nahm, vorzuspringen und ihr die Waffe aus der Hand zu reißen.

»Schon besser. Ich muss meinen Leuten helfen.« Der Maje wandte sich der Tür zu und im gleichen Augenblick kam ein Ogla herein. Der Mann keuchte atemlos und blutete aus einer Kopfwunde.

»Der Feind zieht sich zurück, Maje«, schnaufte er. »Wir haben ihn in die Flucht geschlagen.«

Jabin klopfte dem Mann auf die Schulter. »Wasser für alle«, sagte er. Dann sah er Kes an, die sich voller Furcht an die Wand drückte. Er musterte sie ein oder zwei Sekunden lang, blickte dann zum betäubten Sara, justierte die Waffe und schoss.

Ein Energiestrahl fauchte und desintegrierte den Bewusstlosen.

Kes schnappte schockiert nach Luft, schloss dann die Augen und rechnete damit, dass sie das gleiche Schicksal erwartete. Wenigstens blieb ihr die angekündigte Folter erspart. Als während der nächsten Sekunden Stille herrschte, hob sie die Lider und stellte fest, dass Jabin sie fast dankbar ansah.

»Du hast mir das Leben gerettet, Ocampa. Eine solche Schuld ehrt jeder Kazon. Ich behalte dich hier, weil du mir gefällst, aber du hast mein Wort, dass ich dir nie wieder wehtun werde.«

Damit verließ er den Raum. Kes sank zu Boden und weinte zum ersten Mal seit Wochen.

Zwei Tage später deutete nichts mehr darauf hin, dass ein Kampf stattgefunden hatte. Eine Ocampa-Ruine war zerstört, aber das fiel kaum auf. Jabins Männer hatten ihre Toten begraben und die Leichen der gefallenen Sara der Wüste überlassen, als Nahrung für die Insekten – die einzige Lebensform, die in der intensiven Hitze der letzten tausend Jahre überlebt hatte.

Bei Kes erinnerten ein blaues Auge und eine aufgeplatzte Stelle an der Unterlippe daran, dass Jabin sie geschlagen hatte. Der Maje löste sein Versprechen ein und rührte sie nicht mehr an. Allerdings: Die Arbeit war so schwer wie immer, die Rationen knapp und die Hitze unerträglich. Die Ocampa fragte sich mehrmals, ob sie versuchen sollte, den Tunnel wiederzufinden und in ihre Heimt zurückzukehren. Oder war es besser, zunächst zu warten, in der Hoffnung, dass es Neelix irgendwie gelang, sie vom Planeten fortzubringen?

Sie wusste natürlich, dass die Chancen dafür sehr gering waren. Er hatte Jabin verärgert und der Maje gehörte nicht gerade zu den Leuten, die schnell vergaben. Neelix war ganz allein und ihm stand nur ein altes, praktisch unbewaffnetes Raumschiff zur Verfügung. Er konnte es nicht mit Jabins erfahrenen, gut ausgerüsteten Kriegern aufnehmen.

Ihre einzige Möglichkeit schien darin zu bestehen, den Zugangstunnel zu finden, durch den sie an die Oberfläche gelangt war. Kes begann damit, Fluchtpläne zu schmieden. Sie achtete auf Jabins typischen Tagesablauf und die Zeiten, zu denen seine Männer in den Bergwerken arbeiteten, sammelte Nahrung und Wasser für den Marsch durch die Wüste.

Sie saß im Schatten, schlug Cormalinbrocken aus Steinen und dachte darüber nach, wann sie das Lager verlassen sollte, als sie plötzlich ein lautes Stimmengewirr hörte.

Sie stand auf, schlich zu einer Lücke zwischen zwei Gebäuden und lauschte. Alles schien darauf hinzudeuten, dass die Kazon jemanden gefangen genommen hatten und ihm mit der Hinrichtung drohten, als sie plötzlich Neelix' Stimme hörte! *Ihm* galt der Zorn der Kazon. Kes erstarrte förmlich und hörte, wie sich Neelix an den Maje wandte.

»Jabin! Mein alter Freund.«

Stille folgte. Dann vernahm Kes erneut Neelix' Stimme. »Wasser! Ich habe genug Wasser, um meine Schulden zu begleichen!«

Kes schnappte nach Luft. Wenn er den Kazon Wasser brachte, so mochten sie bereit sein, ihm zu verzeihen. Und dann fand er vielleicht eine Möglichkeit, sie fortzubringen. Sie schob sich noch etwas näher heran.

»In ihrem Raumschiff gibt es eine Technologie, die aus dem Nichts Wasser erzeugen kann«, sagte Neelix.

Wieder folgte kurze Stille und dann fragte Jabin: »Sie haben mehr?«

Die Stimme einer Frau ertönte, fest, furchtlos und befehlsgewohnt. »Janeway an *Voyager*. Energie.«

Etwas in der Stimme veranlasste Kes, ins Freie zu treten, um die so selbstsicher klingende Frau zu sehen, deren Stimme auch Mitgefühl und Weisheit erkennen ließ. Von einem Augenblick zum anderen begriff sie: Dieser Stimme würde sie instinktiv folgen, wohin auch immer sie führte.

13

Neelix wusste nicht, wann er schließlich einschlief – er wusste nicht einmal, ob er wirklich aufgewacht war. Aber als er am Morgen die Augen öffnete, fühlte er sich so gut wie schon lange nicht mehr.

Und er glaubte sich Kes näher als jemals zuvor.

Er fand Trost darin, nun zu wissen, was sie an die Oberfläche des Planeten getrieben, wie ihr großes Abenteuer begonnen hatte. Er war davon überzeugt, dass Kes seine Geschichte gehört und daraufhin beschlossen hatte, ihm ihre eigene zu erzählen. Diese außerordentliche Erfahrung befreite ihn von Sorge und Unruhe, gab ihm Frieden. Jetzt wusste er, dass Tuvok Recht hatte: Kes weilte noch immer bei ihnen.

Das Aushöhlen der unterirdischen Kammer erwies sich als sehr zeitaufwändig. Harry und B'Elanna wechselten sich gegenseitig ab: Geduldig beamten sie pulverisiertes Psilminit hinter die Antigravbehälter in der Mine. Am nächsten Tag bekam Neelix Gelegenheit, die erzielten Fortschritte mehrmals zu überprüfen und sich auch zu vergewissern, dass die Wächter nichts bemerkten. Das Psilminitpulver materialisierte in der Luft und sank zu Boden, vermischte sich dort mit dem Staub.

In der Mine herrschten recht hohe Temperaturen. Die Arbeit war zwar nicht sehr anstrengend, blieb aber unangenehm. Es gab keinen Schutz vor der erbarmungslosen Sonne, auch kein Entkommen vor dem Staub. Er war allgegenwärtig, klebte an der schweißfeuchten

Haut, drang in Ohren und Nase, hinterließ einen bitteren Geschmack im Mund.

Neelix arbeitete meistens mit Tassot Bnay zusammen, dessen Großzügigkeit in Hinsicht auf die Arbeitserlaubnis er es verdankte, das Lager verlassen zu können. Dadurch hatte er Zugang zu weiteren Rationen und, was noch wichtiger war, duotronischen Komponenten bekommen.

Zwar hatte Neelix Freundschaft mit dem großen, würdevollen Rai' geschlossen, aber er wies ihn nicht auf die Fluchtpläne seiner Gruppe hin. An einem solchen Ort durfte man niemandem trauen.

»Glauben Sie, dass Sie diese Welt jemals verlassen können, um Ihre Heimat wiederzusehen?«, fragte er Bnay, als sie die Antigravschlitten beluden.

»Früher kam es immer wieder zum Austausch von Gefangenen, aber schon seit einer ganzen Weile hat keiner mehr stattgefunden. Der Grund dafür ist mir unbekannt.«

Die Fassung des Mannes beeindruckte Neelix. Bnay schien immer über den Dingen zu stehen, so aussichtslos die Situation auch sein mochte. Er blieb ruhig, hielt unter allen Umständen an seiner Würde fest.

»Ob der Krieg jemals endet?«, fragte Neelix. »Was meinen Sie?«

Bnay hob und senkte die Schultern. »Mein Vater kämpfte in diesem Krieg. Und sein Vater vor ihm.«

Das erstaunte Neelix. Seine eigenen Erfahrungen mit dem Krieg waren entsetzlich, aber nur von kurzer Dauer gewesen. Er konnte sich kaum vorstellen, dass sich ein solches Grauen über Generationen erstreckte. »Ist kein Ende in Sicht? Gibt es niemanden, der sich für den Frieden einsetzt?«

Bnay musterte ihn überrascht. »Frieden? Dieses Konzept hat bei meinem Volk jede Bedeutung verloren. Der Krieg definiert uns. Schon die Kinder lehrt man zu kämpfen. Jeder Rai' ist darauf vorbereitet, einen Aufenthalt in den Gefangenenlagern zu ertragen und mit der Hoffnung auf einen Austausch zu überleben.«

»Aber ... wenn ein solcher Austausch stattfindet ... Kehren Sie dann in den Krieg zurück?«

»Natürlich.«

Neelix dachte darüber nach. Das Verhalten der Föderationsrepräsentanten verwunderte ihn oft, denn sie ließen sich von einer Ethik leiten, die ihm häufig rätselhaft erschien. Aber die Tatsache, dass sie Gewalt verabscheuten, wusste er sehr zu schätzen. Oh, sie kämpften natürlich, wenn es die Umstände erforderten, aber sie nutzten jede Möglichkeit, bewaffnete Auseinandersetzungen zu vermeiden. Neelix hielt diesen Standpunkt für richtig, denn immerhin hatte er seine Angehörigen im Krieg verloren. Er konnte es kaum fassen, dass Bnay den endlosen Krieg einfach so hinnahm.

Die Wächter saßen wie üblich im einzigen schattigen Bereich der Mine: unter einem Felsüberhang, der aus der Flanke des Hügels ragte. Sie alle kauten auf faserigen Wurzeln, die berauschend wirkten, wie Neelix inzwischen vermutete. Zuerst waren sie entspannt und fröhlich, wurden dann schläfrig und schließlich gereizt, als die Wirkung der Droge nachließ. Neelix schauderte, als er sich in diesem Zusammenhang an seine Abhängigkeit von den Rhuludianischen Kristallen erinnerte. Er dachte an Wix, der ihn von der Sucht befreit hatte, dankte ihm einmal mehr dafür.

»Ich hole uns einen anderen Antigravschlitten«, sagte er zu Bnay. »Dieser ist ein wenig lahm.«

Der Rai' nickte und Neelix steuerte den »lahmen« Schlitten an der einen Seite der Mine entlang, in Richtung Lagersektion. Sie grenzte an den Wald. Wenn ihnen die Flucht gelang, mussten sie durch den dichten Dschungel marschieren, nur geleitet von Chakotays Instinkten. Neelix empfand diese Vorstellung alles andere als angenehm.

Hinter den Antigravbehältern stellte er fest, dass auch

weiterhin Psilminitpulver materialisierte, zu Boden sank und sich nicht von dem Staub unterschied, der sich dort bereits angesammelt hatte. Bisher funktionierte der Plan.

Er lenkte den Schlitten zu einigen anderen und nahm sich ein wenig Zeit bei der Auswahl eines Ersatzfahrzeugs. Als sein Blick über die nebeneinander stehenden Antigravschlitten glitt, sah er seine Fußspuren im Staub. Sie verschwanden nach und nach, als mehr Erzpulver materialisierte und zu Boden rieselte. Der Einfallsreichtum seiner Freunde erfüllte ihn mit Stolz und gleichzeitig spürte er, wie seine Zuversicht wuchs. Alles deutete darauf hin, dass es ihnen tatsächlich gelingen würde, aus der Gefangenschaft der Subu zu entkommen.

An jenem Abend standen ihnen nicht nur die täglichen Rationen zur Verfügung, sondern auch die Nahrungsmittel, die Neelix aus der Mine geschmuggelt hatte. Sie nahm eine relativ üppige Mahlzeit ein und anschließend wandte sich B'Elanna mit bedeutungsvollen Worten an die Gruppe.

»Wir müssen herausfinden, ob diese Geräte in der Lage sind, eine Person zu transferieren.«

Stille senkte sich herab. Sie hatten sich in einer der beiden Unterkünfte versammelt und dachten an die Gefahren, die mit dem Transfer eines biologischen Organismus verbunden waren – den beiden Transportern fehlte der Sicherheitsfaktor eines Strukturspeichers. Die von B'Elanna und Harry Kim konstruierten Geräte funktionierten einwandfrei, wenn es darum ging, Psilminit zu beamen. Aber das bot keine Garantie dafür, dass auch eine lebende Person ent- und rematerialisiert werden konnte, denn ein solcher Vorgang war weitaus komplexer. Einige Sekunden verstrichen, bevor jemand das Wort ergriff.

»Der Versuch sollte an mir durchgeführt werden«, sagte Chakotay. »Immerhin führe ich das Kommando.«

»Genau deshalb kommen Sie nicht in Frage, Commander«, erwiderte Tom. »Wir können es uns nicht leisten, Sie zu verlieren. Außerdem tragen Sie das Implantat des Captains und das brauchen wir, wenn unsere Flucht erfolgreich sein soll.«

Die anderen murmelten zustimmend.

»Ich bin bereit«, sagte B'Elanna. »Harry kann mich beamen.« Sie lächelte schief. »Ich habe die Dinger konstruiert. Deshalb steht es mir zu, das Versuchskaninchen zu sein.«

»Sie sind eine weitere Person, die wir nicht verlieren können, B'Elanna«, erwiderte Harry. »Wenn etwas schief geht, brauchen wir Sie für eine Modifizierung der Transporter. Beamen Sie mich.«

Auf diese Weise ging es eine Zeit lang weiter – fast alle meldeten sich freiwillig für den ersten Transfer. Schließlich ertönte eine tiefe, entschlossene Stimme aus dem rückwärtigen Bereich der Unterkunft.

»Ich sollte transferiert werden.«

Diese Worte stammten von Vorik und etwas in seiner Stimme veranlasste alle anderen, ihn anzusehen. »Es ist die logischste Entscheidung. Ich bekleide den niedrigsten Rang. Wenn es zu einem Zwischenfall kommt, wird man mich nicht vermissen.«

»Das stimmt nicht, Vorik«, sagte B'Elanna sofort. Sie mochte den jungen Vulkanier, obgleich er ihr während des Pon Farr mit amourösen Annäherungsversuchen erhebliche Problem beschert hatte. »Wir alle würden Sie vermissen.«

»Danke, Lieutenant, aber ich habe es nicht in einem emotionalen Sinn gemeint, sondern in einem praktischen. Ich leiste keine notwendigen Dienste und daher wäre mein Fehlen kein Verlust für die Gruppe.«

Kurze Stille folgte, bevor Tuvok sprach. »Die Logik dieses Hinweises ist unanfechtbar.« Er trat auf Vorik zu und legte dem jungen Mann die Hand auf die Schulter. »Sie geben uns allen Grund, stolz auf Sie zu sein, Fähnrich«, sagte er ernst und nur Voriks kurzes Blinzeln verriet, wie sehr er sich von diesem Lob seines Mentors geehrt fühlte.

»Ich überprüfe noch einmal alle Komponenten, bevor der Versuch stattfindet«, sagte B'Elanna und machte sich sofort an die Arbeit. Harry kontrollierte den zweiten Transporter. Während sie beschäftigt waren, wandten sich die übrigen Mitglieder der Gruppe nacheinander an Vorik und richteten ermutigende Worte an ihn. Der junge Mann nahm sie stoisch entgegen, aber manch einer hätte schwören können, dass seine Augen zum Schluss feucht glänzten.

»Es scheint alles in Ordnung zu sein. Harry?«

Kim sah zu B'Elanna und nickte.

»Die Frage lautet: Wohin beamen wir ihn? Wir dürfen ihn nicht an einem Ort rematerialisieren lassen, wo man ihn sehen kann.«

»Transferieren Sie ihn in die andere Unterkunft«, schlug Chakotay vor.

»Gute Idee«, erwiderte Harry. »Ich suche sie mit dem zweiten Transporter auf und beame ihn zurück. Auf diese Weise testen wir beide Geräte.«

Einige Minuten später verließ Harry die Unterkunft, den in eine Plane gehüllten zweiten Transporter unter einen Arm geklemmt. Den anderen Arm legte er Coris um die Schulter, flüsterte ihr etwas ins Ohr und erweckte den Eindruck, mit ihr allein sein zu wollen.

B'Elanna forderte Vorik auf, in die Mitte der Unterkunft zu treten, direkt vor den Transporter. »Sind Sie so weit?«, fragte sie.

Vorik blickte starr geradeaus und nickte knapp.

Neelix bemerkte, dass sich die beiden Vulkanier ansahen. Der Blick zwischen ihnen gewann eine Intensität, die sich mit der eines Kraftfelds vergleichen ließ – Tuvok schien bestrebt zu sein, dem jüngeren Mann Kraft zu geben.

»Na schön. Es geht los.« B'Elanna sah noch einmal zu

Vorik, holte tief Luft und sagte: »Energie.« Sie betätigte einen Schalter.

Was anschließend geschah, ähnelte keinem Transport, den sie jemals gesehen hatten. Vorik begann zu schimmern, wie bei einem gewöhnlichen Transfer, aber dann verschwanden Teile von ihm, um unmittelbar darauf wieder zu erscheinen. Der junge Vulkanier verwandelte sich in ein flackerndes Etwas: Der rechte Oberschenkel verschwand und kehrte zurück, woraufhin sich die linke Schulter auflöste. Vorik metamorphierte zu einer halb entmaterialisierten Präsenz, die weder ganz verschwand noch komplett Substanz gewann.

Schweißperlen bildeten sich auf B'Elannas Stirn. »Der ringförmige Sperrstrahl wird instabil. Ich versuche zu kompensieren.«

Voriks Augen waren, wenn sie sichtbar wurden, weit aufgerissen und zeigten eine nicht zu identifizierende Emotion. Er sah auch weiterhin Tuvok an und presste die Lippen so fest zusammen, dass sie nur noch einen dünnen Strich bildeten. Es konnte kein Zweifel daran bestehen, dass er litt.

»Ich restabilisiere jetzt den ringförmigen Sperrstrahl«, sagte B'Elanna und versuchte, ruhig zu klingen. Neelix gewann den Eindruck, dass sich ein Eisklumpen in seinem Bauch gebildet hatte, und ein stechender Schmerz wies ihn darauf hin, dass sich seine Fingernägel in die Handballen bohrten. Es war erschütternd zu beobachten, wie Teile von Vorik verschwanden und wieder erschienen. Bestimmt fühlte sich der junge Vulkanier schrecklich.

B'Elanna betätigte erneut die Kontrollen und ihre Hand zitterte ein wenig dabei. Dann sah sie zu Vorik auf.

Er entmaterialisierte Stück für Stück, auf eine Weise, die Neelix an die Flickendecken seiner Mutter erinnerte. Ein Fuß, ein Arm, die Augen, der Bauch … Das groteske, verzerrte Bild des jungen Mannes löste sich auf, als hätte jemand Säure darauf gespritzt.

Schließlich war Vorik ganz verschwunden.

Die Beobachter ließen den angehaltenen Atem entweichen. »Neelix«, sagte Chakotay schnell, »sehen Sie nach, ob er es geschafft hat.«

Der Talaxianer verließ die Unterkunft, trat in die kühle Nacht hinaus. Neelix schenkte dem Gestank und den grässlichen Geräuschen, die aus der Dunkelheit kamen, keine Beachtung, brachte schnell die wenigen Meter zur zweiten Unterkunft hinter sich, eilte durch den Eingang …

Nur Harry und Coris befanden sich dort.

Eine Faust schien sich in Neelix' Magengrube zu bohren und aus einem Reflex heraus krümmte er sich zusammen. »Ist er nicht hier?«, fragte er unnötigerweise – von Vorik fehlte jede Spur.

Harry schüttelte den Kopf und erbleichte.

Und dann erschien ein Arm vor ihm.

Gefolgt von zwei Füßen, dem Unterleib, einem Teil des Kopfes.

Es dauerte quälende zehn Sekunden, bis der Vulkanier Vorik voll materialisiert vor ihnen stand.

Sie starrten ihn an, reglos und ohne einen Ton von sich zu geben, aus Furcht davor, er könnte wieder verschwinden. Vorik schien einen Schock erlitten zu haben und Neelix rechnete halb damit, dass er bewusstlos zusammenbrach.

Aber schließlich atmete Vorik tief durch und richtete einen unerschütterlichen Blick auf sie. »Das war eine höchst ungewöhnliche Erfahrung«, sagte er. Eine Sekunde später wurden ihm die Knie weich und die Beine gaben unter ihm nach.

Neelix und Harry halfen ihm, Platz zu nehmen. Nachdem sie sich davon überzeugt hatten, dass mit dem Vulkanier körperlich so weit alles in Ordnung war, kehrte Neelix in die erste Unterkunft zurück, um B'Elanna und den anderen die gute Nachricht zu bringen.

»Dem Himmel sei Dank«, sagte B'Elanna, als der Talaxianer seinen Bericht beendete. »Ich weiß jetzt, wo das

Problem lag – ich muss die Unterschiede in der Energieversorgung ausgleichen. Das sollte einen reibungslosen Transfer ermöglichen.«

»Sie können Ihre Theorie gern an mir ausprobieren«, meinte Neelix. Er glaubte, den Eisklumpen in seinem Bauch nur dann loszuwerden, wenn er Voriks Transfererfahrung teilte.

Einige Minuten später wurde er in die zweite Unterkunft gebeamt. Der Transfer war zwar langsamer als normalerweise, aber die Probleme, die Vorik erlebt hatte, blieben aus. Harry modifizierte seinen Transporter auf der Grundlage von B'Elannas Angaben, dann wurden sowohl Vorik als auch Neelix ohne einen Zwischenfall in die erste Unterkunft zurückgebeamt.

Die Gruppe war sich einig darüber, dass Vorik an diesem Abend eine Extraration bekommen sollte, als Belohnung für seinen Mut, aber er hatte andere Vorstellungen von einem Lohn.

»Sie haben mir den Mut gegeben, Sir«, wandte sich der junge Mann an Tuvok. »Ihre Kraft hat es mir ermöglicht, den langen Transfer zu überstehen.«

»Wenn ich zum Erfolg des Experiments beitragen konnte, so bin ich dankbar dafür«, erwiderte Tuvok mit der für ihn typischen Bescheidenheit.

»Ich möchte Sie um etwas bitten, wenn Sie gestatten«, fuhr Vorik fort.

»Ich höre.«

»Ich würde gern Anteil haben an Ihrer Weisheit und Ihren Erfahrungen. Wenn Sie wie die anderen bereit wären, von Ihrem Leben zu erzählen …«

Tuvok unterbrach den jüngeren Vulkanier, indem er die Hand hob. »Ich beabsichtige nicht, mein Leben in aller Öffentlichkeit auszubreiten.«

»Hmmm …« In Neelix' Augen funkelte es amüsiert. »Gibt es in Ihrer zwielichtigen Vergangenheit etwas, wofür Sie sich schämen müssen?«

»Ganz und gar nicht«, entgegnete Tuvok. »Ich halte es

nur für ungebührlich, sehr persönliche Details meines Lebens zu enthüllen.«

»Das hat Chakotay, Harry, Tom, B'Elanna und Neelix nicht davon abgehalten, ihre Geschichten zu erzählen«, warf Seven of Nine ein. Neelix glaubte, einen Hauch von Humor in ihrer Stimme zu hören.

»Das stimmt«, bestätigte Chakotay. »Nach dem, was wir bereits gehört haben, sind Sie wohl kaum imstande, uns zu schockieren.«

»Meine Bedenken sind ganz anderer Natur.«

»Wo liegt das Problem?«, fragte Tom. »Warum gewähren Sie uns keinen Blick in Ihr vulkanisches Selbst?«

Tuvok spürte, wie die Entschlossenheit der Gruppe immer mehr wuchs. Ihre kollektive Willenskraft schien allein einem Zweck zu gelten: Er sollte dazu gebracht werden, die intimsten Geheimnisse seines Lebens preiszugeben.

Die vorgebrachten Gründe überzeugten ihn keineswegs und er wäre durchaus imstande gewesen, dem Drängen der anderen standzuhalten.

Aber er war nicht auf die Bitte vorbereitet, die Vorik an ihn richtete.

»Sir«, sagte der junge Mann respektvoll und verlieh seinen Worten gleichzeitig einen gewissen Nachdruck, »Sie sind mein Mentor gewesen. Sie haben mir dabei geholfen, mit den Unbilden des Pon Farr fertig zu werden. Ich verdanke Ihnen die Verbesserung meiner Meditationstechnik. Mit Ihrer Unterstützung hielt ich den Belastungen während des langen Transfers stand. Glauben Sie nicht, dass ich eine Menge lernen könnte, wenn ich an Ihren Erfahrungen teilhabe?«

Tuvok schwieg einige Sekunden lang und dachte über Voriks Worte nach. Es stimmte tatsächlich: Viele Erfahrungen, die er während seines Lebens gemacht hatte, konnten für einen jungen Mann lehrreich sein. Kaum ein anderer Vulkanier hatte so viel erlebt wie er, sich mit so vielen unterschiedlichen Dingen befasst. Wenn Vorik davon erfuhr, so mochte seine Moral eine Stärkung erfahren. Möglicherweise galt das auch für alle anderen Mitglieder der Gruppe. Vielleicht hatte er nicht das Recht, ihnen die Ereignisse seines Lebens vorzuenthalten.

Tuvok beschloss, dem Drängen seiner Gefährten nachzugeben.

Er ließ einen ernsten Blick über die erwartungsvollen Gesichter schweifen und sagte schlicht: »Na schön.«

14

»Steh endlich auf, Tuvok. Der Morgen ist bereits halb vorbei.«

Tuvok hob den Kopf vom Kissen und blickte aus dem Fenster. Er sah T'Khut, Vulkans Schwesterplaneten, dicht über den Bergen, groß und rot. Der Morgen graute erst und die Dunkelheit der Nacht verhüllte noch den Boden der Wüste. Das überraschte ihn nicht. Seine Mutter beendete die Nachtruhe Stunden vor Sonnenaufgang und hielt es für reine Zeitverschwendung, bis zum Tagesanbruch zu schlafen. Tuvok ließ den Kopf aufs Kissen sinken und schloss die Augen, obgleich er um die Sinnlosigkeit dieser Verzögerungstaktik wusste. Seine Mutter würde in der Nähe bleiben, bis er schließlich aufstand.

Doch an diesem Morgen gelang es der Vernunft nicht, ihn aus dem Bett zu treiben. Er hatte auf wundervolle Weise geträumt und wollte sich erneut dem Schlaf hingeben, um in die Welt der verlockenden Visionen zurückzukehren. Was war so angenehm gewesen? Eine sanfte Stimme sang in seinem Kopf ein leises, leidenschaftliches Lied, von dem er sich unerbittlich angezogen fühlte. Er schritt durch einen langen, reich verzierten Korridor, ließ sich von dem Sirenengesang leiten, der hinter einer mit Brokatvorhängen geschmückten Tür erklang …

»Ich möchte mich nicht wiederholen, Tuvok.« Diese Stimme war nicht sanft, sondern so hart wie Diamant. Sie schnitt so leicht durch seine visionäre Welt wie ein Messer durch eine reife Frucht.

»Ich bin wach, Mutter«, sagte Tuvok und trotzte der Vernunft erneut, indem er hoffte, dass diese Antwort seine Mutter zufrieden stellte und sie veranlasste, das Zimmer zu verlassen. Dann hätte er den Weg durch den Flur fortsetzen und sich der singenden Stimme weiter nähern können.

»Ich habe dich nicht aufgefordert, wach zu werden. Du sollst aufstehen.«

Tuvok hob die Lider und richtete sich abrupt auf. Seine Mutter hatte in einem ganz besonderen, förmlichen Tonfall gesprochen, den er nicht ignorieren durfte. Die Älteste eines Hauses konnte diesen Ton jedem beliebigen Familienmitglied gegenüber benutzen, aber T'Meni war nicht die Älteste Mutter – diese Ehre gebührte Tuvoks Großtante Elieth. Warum hatte seine Mutter jenen Tonfall verwendet, noch dazu so früh am Morgen?

Er stand auf und musterte T'Meni in der Dunkelheit. Ein rosaroter Lichtfinger tastete über die Berge hinweg nach der Wüste und erreichte auch Tuvoks Zimmer. Es war spärlich eingerichtet, denn er mochte ein einfaches, schlichtes Erscheinungsbild und wollte sein Leben nicht mit der Anhäufung von materiellen Dingen komplizieren.

Seine Mutter stand vor ihm, groß und schlank, den Kopf hoch erhoben. Die schwarzen Augen funkelten unter den elegant geschwungenen Brauen und die dunkle Haut schien im allmählich zunehmenden Licht zu glänzen. Wenn Tuvok seine Mutter ansah, dachte er oft daran, dass er ihr mehr ähnelte als seinem Vater. Er hatte T'Menis fein geschnittenes Gesicht, ihre zarten, spitz zulaufenden Ohren und den runden Haaransatz. Mit dreiundneunzig Jahren war sie noch immer sehr attraktiv und außerdem zeichnete sie sich durch eine starke Persönlichkeit aus. Zwar kam der Titel ihrer Tante Elieth zu, aber die meisten Familienmitglieder begegneten T'Meni mit dem Respekt, den die Älteste Mutter beanspruchen durfte. Etwas an ihr strahlte Autorität aus.

Tuvok richtete einen neugierigen Blick auf sie und erweiterte sein Selbst, um ihre Gedanken zu berühren, traf jedoch auf einen mentalen Schild. *»Nein, Tuvok«*, hörte er die gedankliche Stimme seiner Mutter. *»Ich gebe dir jetzt keine Auskunft. Zieh dich an und komm zum Tisch. Dort werden deine Fragen beantwortet.«*

Er nickte, während seine Verwunderung zunahm. Seine Mutter verhielt sich auf eine sehr seltsame Weise. Welche Bedeutung verbarg sich hinter ihrem ungewöhnlichen Gebaren? Tuvok dachte über verschiedene Möglichkeiten nach und verwarf sie sofort wieder. Über zwanzig Jahre hinweg hatte er Erfahrungen mit seiner Mutter sammeln können, ohne auf so etwas vorbereitet zu sein.

Er badete und kleidete sich rasch an. Als er kurze Zeit später das Erdgeschoss des Hauses aufsuchte, ließ Vulkans primäre Sonne – die anderen beiden Sonnen, ein weißer und ein roter Zwerg, umkreisten sie wie funkelnde Edelsteine – die Wüste rot erglühen. Ihr Licht erhellte die Zimmer des Gebäudes.

Tuvoks Mutter saß am Tisch, ebenso sein Vater Sunak, was fast ebenso erstaunlich war wie der Beginn dieses Tages. Normalerweise befand sich sein Vater um diese Zeit im Tempel und meditierte. In einem Jahr würde Tuvok ihn begleiten können, wenn er die Prüfungen des Mannesalters hinter sich hatte und mit den Erwachsenen das Sanktuarium des Tempels aufsuchen durfte.

Seine Mutter deutete auf einen Stuhl und Tuvok nahm Platz, legte die Hände auf den polierten Marmor des Tisches. Es handelte sich um einen seltenen, von grünen Adern durchzogenen Stein, der auf Vulkan sehr geschätzt wurde – ein Erbstück, das sich seit mindestens elf Generationen im Besitz der Familie befand. Er vermittelte ein Gefühl von kühler, unnachgiebiger Präzision, was Tuvok immer als sehr angenehm empfunden hatte. Er erinnerte sich daran, ihn als kleines Kind mit den Fingerkuppen berührt zu haben. Der Stein fühlte sich immer genau gleich an und seine Unveränderlichkeit wirkte beruhigend.

Als er den Marmor nun unter den Händen spürte, wich die Verwirrung allmählich aus ihm. Der Stein war so beschaffen wie immer, bot ihm dadurch inneren Halt.

»Guten Morgen, Tuvok«, sagte sein Vater mit einer sanften Stimme, die Trost gewährte. Sunak war kein typischer Vulkanier, obgleich diese Erkenntnis erst viel später in Tuvok heranreifte. Zum damaligen Zeitpunkt wusste er nur: Die Präsenz seines Vaters vertrieb den Rest von Unruhe aus ihm. Er war froh, dass sich Sunak an diesem Morgen nicht im Tempel befand, sondern am Tisch saß.

Tuvok blickte zu seiner Mutter und ein eigenartiges Empfinden regte sich in ihm. Wie konnte man es beschreiben? Vielleicht als einen Mangel an Ausgeglichenheit, als vages Unbehagen. Sonderbarerweise manifestierte es sich in seiner Magengrube, in Form eines sehr unangenehmen Prickelns. Er beschloss, das Gefühl später in seinem Tagebuch zu notieren, um es zu objektivieren und zu kontrollieren.

Derzeit gab es keine Kontrolle. Das Empfinden verharrte in seiner Magengrube, vergleichbar mit einem Fischschwarm, der hierhin und dorthin glitt.

Er hoffte, dass seine Mutter nicht weiterhin im förmlichen Ton zu ihm sprach.

»Deine erste Ausbildung geht in vier Monaten zu Ende«, sagte T'Meni ohne Einleitung. Tuvok nickte – seine Mutter brachte Offensichtliches zum Ausdruck. Sie zögerte kurz, fügte dann mit fester Stimme hinzu: »Anschließend wirst du Vulkan verlassen.«

Der Fischschwarm in Tuvoks Bauch schien plötzlich in einen Strudel zu geraten. Er sollte Vulkan verlassen? So etwas lag nicht in seiner Absicht, war bisher nie erwähnt worden.

Er sah zu seinem Vater und versuchte, Sunaks Miene zu deuten. Was zeigte sie? Mitgefühl? Schmerz? Nichts davon ergab einen Sinn. Er atmete tief durch und wandte sich wieder an seine Mutter, deren Blick ihn festzuhalten schien.

»Könntest du das bitte erklären, Mutter?«, fragte er so ruhig wie möglich. »Ich habe nicht in Erwägung gezogen, Vulkan zu verlassen.«

In den Augen seiner Mutter flackerte etwas, das er dort nie zuvor gesehen hatte, und nach einem Sekundenbruchteil war es wieder verschwunden. »Du hast einen Platz an der Starfleet-Akademie bekommen, auf Terra«, sagte sie.

Tuvok presste die Finger ganz fest an den kühlen Marmor, der natürlich nicht nachgab – es existierte noch Stabilität im Universum. Die Fische in seinem Bauch tanzten umher, stießen gegeneinander, prallten gegen die Magenwände. Ein vager Geschmack von Galle erreichte seinen Gaumen.

»Ich werde den Tempeldienst antreten«, erwiderte er und gab sich alle Mühe, das leichte Zittern aus seiner Stimme zu verbannen. »Das ist seit Jahren geplant. Ich studiere die Disziplinen und werde Priester. Ich habe mich dem *Cthia* verpflichtet, den Schriften Suraks. Es war immer mein Wunsch, mich damit zu befassen …« Er hörte, wie die eigenen Worte außer Kontrolle gerieten. Rasch schloss er den Mund, bevor er sich noch mehr in Verlegenheit bringen konnte.

Die Augen seiner Mutter schienen sich in harten Schiefer zu verwandeln. »Genau jener Wunsch ist schädlich«, verkündete sie. »Er kommt Leidenschaft gefährlich nahe und Leidenschaft kann die Vernunft in Frage stellen. Zuerst musst du deinen Geist mit Wissenschaft reinigen. Wenn die Leidenschaft schwindet, können wir deinen Werdegang erneut erörtern.«

»Ich brauche keine Wissenschaft. Die Disziplinen werden mich läutern. Inzwischen beherrsche ich meine impulsiven Elemente und man sollte mir gestatten, den eingeschlagenen Weg fortzusetzen.«

»Die Entscheidung ist getroffen, Tuvok.«

Etwas Heißes und Unangenehmes brannte in ihm. Glühende Kohlen hatten die kleinen Fische in seinem Bauch ersetzt. Er schnappte nach Luft, wie im Schmerz, spürte dabei, dass sein Herz rasend schnell pochte. Fast verzweifelt konzentrierte er sich auf ein Gebet, um die Kontrolle über das eigene Selbst zurückzugewinnen. *Heya ... heya ... heya ...* Ein Bild des heiligen Berges Seleya kühlte seinen Geist und er atmete wieder normal.

»Es ist unlogisch, die Entscheidung ohne mich zu treffen«, sagte Tuvok, aber seine Mutter gab ihm keine Gelegenheit, sich auf diese Weise zu verteidigen.

»Berufe dich nicht auf die Logik, um deinem Wunsch Nachdruck zu verleihen. Es kann kein Zweifel daran bestehen, dass du dich in dieser Angelegenheit von Emotion leiten lässt. Um dich von ihr zu befreien, muss dir das Objekt deines Wunsches vorenthalten werden. Nur auf diese Weise kannst du das wahre *Cthia* erreichen.«

Tuvok wandte sich von seiner unerbittlichen Mutter ab und suchte die Hilfe des Vaters. »Terra ist eine barbarische Welt«, sagte er. »Die Menschen sind unbeherrscht und maßlos. Es ist schädlich, Zeit in einer undisziplinierten Umgebung zu verbringen.« Vor seinem inneren Auge entstanden Bilder des Tempels: schmucklose Räume mit gewölbter Decke, absolute Stille, ruhige Priester, die mit langsamen, bedächtigen Schritten zu ihren Meditationsstätten gingen. Dorthin gehörte er.

»Bist du jemals auf Terra gewesen?«, fragte sein Vater sanft. »Bist du jemals Menschen begegnet?«

Sofort bedauerte Tuvok seine abwertenden Bemerkungen, denn sie manövrierten ihn in eine Ecke, aus der es kein Entkommen gab. Er hatte die Erde tatsächlich noch nie besucht, war auch noch nie Menschen begegnet.

Er beschloss, einen letzten Versuch zu wagen.

»Ich habe auch noch nie einen Verborgenen gesehen, aber jeder weiß, dass sie unter dem Sand der Wüste leben. Soll ich ihre Existenz leugnen, nur weil ich noch nie einem begegnet bin?«

Sunak drehte die Hände so, dass die Handflächen nach oben wiesen – eine Geste der Zurückhaltung. »Was man noch nie erfahren hat, kann man auch nicht wissen. Was man allein auf der Grundlage des Glaubens akzeptiert, steckt voller Ambiguität. Wenn man das Doppeldeutige als wahr erachtet, so fällt man der Ignoranz zum Opfer.«

Tuvok musterte seinen Vater voller Respekt. Seine Mutter war ganz und gar steinerne Härte, stellte die stärkste Präsenz in seinem Leben dar. Sunak hingegen verfügte trotz seiner Güte über eine Logik, die sich durch eine fast unerträgliche Eleganz auszeichnete. Sunaks Rationalität konnte ein Konzept hin und her drehen, es schleifen und polieren, um die Idee dann wie einen unzerreißbaren seidenen Faden abzuspulen.

Tuvok stimmte seinem Vater zu, konnte aber nicht der Versuchung widerstehen zu fragen: »Kann ich wenigstens meine Studienfächer wählen? Oder ist auch das bereits für mich entschieden worden?«

Ein sengender telepathischer Blitz zuckte durch sein Bewusstsein. *»Du wirst nicht mit solcher Frechheit sprechen, Kind. Entschuldige dich sofort.«*

Plötzlich kam sich Tuvok wieder wie ein hilfloser kleiner Junge vor. Wie ein Kind stellte er behutsam und hoffnungsvoll den mentalen Kontakt mit seinen Eltern her. *»Ich bitte euch um Vergebung«*, dachte er. *»Ich bitte euch zu verstehen, dass ich nicht mit einer solchen Entscheidung gerechnet habe und völlig unvorbereitet war. Ich bin unvernünftig, was einer Person meines Alters nicht geziemt. Es wird sich nicht wiederholen.«*

T'Meni nickte knapp und Sunak warf ihm einen Blick zu, der Anteilnahme zum Ausdruck brachte – damit endete der Moment vorsichtiger Rebellion. Tuvoks Mutter griff nach einer kristallenen Glocke und läutete, um das Frühstück servieren zu lassen.

Nie wieder fand ein Gespräch über die Ausbildung an der Starfleet-Akademie statt.

»Na los, Tuvok, du spitzohriges Wunder, lauf!« Der Ruf kam von den Seitenlinien und Tuvoks empfindliche Ohren fingen ihn problemlos auf. Er hoffte aber, dass er der Aufmerksamkeit der vielen Zuschauer im Akademie-Stadion entging. Den übermäßigen Enthusiasmus legte er seinem Zimmergenossen Scott Hutchinson nicht zur Last, aber er bedauerte, dass der junge Mann seine Worte nicht sorgfältiger wählte. Spitzohriges Wunder …

Tuvok lief die vierhundert Meter Hürden beim Leichtathletikwettbewerb gegen einen Athleten des traditionellen Rivalen der Akademie, der Universität von Kalifornien in Los Angeles. Über Generationen hinweg hatten die »tapferen kleinen Bruins« den Universitätssport im westlichen Teil des Landes dominiert, bis im Jahr 2161 die Starfleet-Akademie gegründet wurde. Während die Akademie ihr Sportprogramm entwickelte, zu der eine erstklassige Parrises-Squares-Mannschaft gehörte, wurde sie immer mehr zu einer Herausforderung für die UCLA-Sportler, was zu spannenden Wettkämpfen führte.

Bestimmte Sportarten blieben Vulkaniern verwehrt, weil sie aufgrund ihrer größeren körperlichen Kraft den Repräsentanten anderer Völker gegenüber im Vorteil gewesen wären. Aber die Laufdisziplinen standen ihnen offen und in seinem ersten Akademiejahr hatte Tuvok als Sportart den Hürdenlauf gewählt.

Seit er vor vier Jahren die Erde – so nannten die Menschen ihre Heimat – erreicht hatte, war er mit vielen Merkwürdigkeiten konfrontiert worden; dazu gehörte auch der Umstand, dass man sportlichen Wettkämpfen erstaunlich viel Bedeutung beimaß. Es blieb ihm weitgehend ein Rätsel, warum die Menschen beim Sport so enormen Eifer zeigten. Auf Vulkan diente sportliche Betätigung zwei Zwecken: Sie schuf ein Ventil für überschüssige Energie und sie beruhigte den Geist. Weder das eine noch das andere hatte etwas mit Sieg oder Niederlage zu tun. Daher mangelte es Tuvok an der typisch menschlichen Entschlossenheit, einen Rivalen zu schlagen.

Trotzdem sorgte seine natürliche Veranlagung dafür, dass er die meisten Rennen gewann, zur großen Freude seiner Mannschaftskameraden und der übrigen Akademie-Kadetten. Besondere Begeisterung zeigte sein Zimmergenosse. Tuvok musste zugeben, dass er das Laufen als sehr zufrieden stellend empfand. Nachdem er sich an die dichtere und kühlere Luft der Erde gewöhnt hatte, war es belebend, über die Bahn zu laufen und in einem beständigen Rhythmus eine Hürde nach der anderen hinter sich zu bringen. Die Struktur des Sportplatzes gefiel ihm. Seine Symmetrie schmeichelte dem Auge; die sorgfältig angelegten Bahnen und die Abgrenzungen formten ein einheitliches Muster.

Tuvok und der Mensch von der UCLA liefen fast das ganze Rennen über Kopf an Kopf und näherten sich jetzt der letzten Hürde. Die Rufe des Publikums feuerten beide Läufer an. Tuvok versuchte, den Lärm aus seiner Wahrnehmung herauszufiltern, um sich nicht von ihm ablenken zu lassen. Er konzentrierte sich auf seine Haltung, beugte den Oberkörper nach vorn, als der erste Fuß die Hürde passiert hatte, während das hintere Bein fast einen rechten Winkel zum Leib bildete. Er achtete darauf, entspannt zu bleiben, den Rhythmus der Schritte nicht zu verändern und die Hürde als Teil eines Ganzen zu sehen. Und dann schließlich der Sprint, die letzten dreiundvierzig Meter … Tuvok fokussierte sein Selbst und verdrängte alles, bis auf einen Lichtpunkt, dem er seine volle Aufmerksamkeit schenkte. Diesem Licht lief er entgegen und beobachtete, wie es immer größer wurde …

Er überquerte die Ziellinie einen halben Schritt vor dem UCLA-Läufer.

Das Publikum jubelte. Scott eilte herbei, das orangefarbene Haar zerzaust, und schien vor Freude völlig außer sich zu sein. Er umarmte Tuvok und klopfte ihm immer wieder auf den Rücken.

»Tuvok, du hast es geschafft, du altes Spitzohr hast es geschafft, ich wusste, dass du es schaffen würdest, du bist der Beste, Vulk, der Beste der Besten der Besten. He – dies ist mein Zimmergenosse! Ich habe ihm alles beigebracht!« Dieser Hinweis galt den Leuten, die näher kamen, um Tuvok zu gratulieren.

»He, Spitzohr, zeig uns ein Lächeln, ein hübsches, großes Vulkanierlächeln, na los!« Diese Bitte äußerte Scott recht oft. Es war ein Spiel, das ihn endlos zu amüsieren schien, was Tuvok sehr verwunderte. Scott wusste doch, dass er nicht mit einem Lächeln rechnen durfte – was also veranlasste ihn, immer wieder eine entsprechende Bitte zu formulieren?

Nach vier Jahren fand Tuvok die Menschen noch immer sehr verwirrend. Sie waren laut, ungestüm, eigensinnig, großzügig, streitsüchtig, mitfühlend, überschwänglich. Mit anderen Worten: Sie konnten kaum weiter von den Idealen des *Cthia* entfernt sein. Sarek, emeritierter Sonderbotschafter Vulkans auf der Erde, hatte Tuvok mehrere Audienzen gewährt und der junge Vulkanier war bei jenen Gelegenheiten bestrebt gewesen, mehr über die Menschen zu erfahren.

Unglücklicherweise hatte sich Sarek als nicht sonderlich hilfreich erwiesen. Er schien sich wohl zu fühlen bei den Terranern, war sogar mit einer Einheimischen verheiratet. Zwischen ihm und den Bewohnern der Erde gab es ganz offensichtlich eine gewisse Affinität, doch es gelang ihm nicht, sie auf eine für Tuvok verständliche Weise zum Ausdruck zu bringen.

»Man kann die Menschen nicht nach vulkanischen Maßstäben beurteilen«, hatte der ehrenwerte alte Vulkanier Tuvok bei einer Begegnung mitgeteilt. »Sie würden sehr schlecht abschneiden. Man muss vor allem ihre Beziehungen untereinander sehen.«

»Ich glaube, sie ähneln den Vulkaniern in der Zeit vor Surak.«

»Nein, nein, nein, so schlimm steht es nicht um die Menschen. Sie sind sehr emotional, aber nicht gewalttätig. Sie sind undiszipliniert, aber nicht chaotisch. Es gibt viel, das für sie spricht.«

Tuvok beschloss, eine Frage zu riskieren, die ihn in Verlegenheit bringen konnte. »Eine Sache, die ich nicht verstehe, sind die so genannten ›Scherze‹ der Menschen. Sie setzen jemanden einer demütigenden Situation aus und finden das offenbar so amüsant, dass sie laut lachen. Haben Sie eine Erklärung dafür?«

»Geben Sie mir ein Beispiel.«

»An meinem ersten Abend in der Akademie traf ich Vorbereitungen für die Nachtruhe und ging zu Bett. Als ich die Beine unter die Decke schob, stießen meine Füße auf eine Barriere. Ich stellte fest, dass die Bettlaken so miteinander verknotet waren, dass ich die Beine nicht ganz ausstrecken konnte. Ich hielt das für sonderbar – bis ich sah, wie sich mein Zimmergenosse vor Lachen krümmte. Er verhielt sich so, als hätte er in seinem ganzen Leben nichts Komischeres gesehen.« Tuvok zögerte kurz, bevor er fortfuhr: »Der Umstand, dass ich den Humor nicht verstand, schien die Heiterkeit meines Zimmergenossen noch weiter zu stimulieren.«

Sareks Lippen verzogen sich zu einem Lächeln. »Man nennt so etwas ›Lakenkürzung‹, Kadett«, sagte er und in seinen weisen Augen funkelte es bei diesen Worten. »Es ist eine alte Tradition auf der Erde und ich schätze, sie wird nicht so schnell in Vergessenheit geraten. Es ist keine Geste der Respektlosigkeit, nur ein harmloser Spaß.«

Tuvok dachte über die Antwort nach, konnte aber kaum etwas mit ihr anfangen. Er beschloss, ein weiteres Beispiel zu nennen. »Ich habe bemerkt, dass sich die männlichen Repräsentanten der Spezies immer wieder an Geschichten erfreuen, bei denen es um die Funktion der Toilette geht. Sie brüllen vor Lachen, wenn jemand gewisse Körperfunktionen beschreibt. Erscheint Ihnen das nicht seltsam?«

Diesmal lächelte Sarek noch deutlicher, und damit nicht genug – der alte Botschafter erlaubte sich ein leises Lachen! Tuvok musterte ihn fasziniert. Er konnte sich nicht daran erinnern, jemals einen lachenden Vulkanier gesehen zu haben.

»Allem Anschein nach beginnen menschliche Jungen im Alter von etwa vier Jahren, sich für Körperfunktionen zu interessieren. Dieses Interesse kommt in Witzen über physiologische Notwendigkeiten zum Ausdruck. Man spricht in diesem Zusammenhang von ›Toilettenhumor‹ und Ihre Einschätzung stimmt: Die weiblichen Angehörigen der Spezies scheinen daran nicht teilzunehmen. Es sei denn, sie sind wie meine Frau – ihrem Humor sind keine geschlechtsspezifischen Grenzen gesetzt. Wie dem auch sei: Die meisten Männer sind offenbar nicht imstande, dieses infantile Verhalten zu überwinden; für den größten Teil ihres Lebens finden sie Geschichten über gewisse Körperfunktionen amüsant.«

Tuvok hatte tagelang über solche Bemerkungen nachgedacht und gehofft, in ihnen etwas zu finden, das er verstand, das ihm helfen konnte, die Geschöpfe zu ertragen, von denen er umgeben war. Aber es schien alles darauf hinauszulaufen, dass Sarek die Menschen mochte, während sich Tuvok nicht zu einer derartigen Reaktion durchdringen konnte.

Und dann gab es da noch die Frauen.

Sie hatten sich als ebenso erstaunlich herausgestellt wie alles andere auf diesem einzigartigen Planeten. Auf Vulkan gab es sehr starke Frauen, doch die auf der Erde zeichneten sich vor allem durch eine verblüffende Dreistigkeit aus. Sie waren kühn, verwegen und unverfroren, erinnerten ihn an hungrige Lematyas, gefährliche vulkanische Tiere, die häufig in Rudeln jagten.

Tuvok hatte von ihnen zahlreiche Einladungen zum

Tanz, zu Konzerten und zu Vorlesungen erhalten. Manchmal nahm er eine solche Einladung an, wenn ihn der Anlass reizte, aber nach der Begegnung mit einem dieser offenen, entwaffnenden Wesen fühlte er sich immer ein wenig atemlos und desorientiert.

Eins der denkwürdigsten Abenteuer dieser Art betraf Lily Astolat, eine junge Frau, deren Namen Tuvok zunächst kaum bemerkenswert fand, da er seinen Ursprung nicht kannte. Sie war zart gebaut, hatte goldgelbe Locken und hellbraune Augen. Ihre Haut wirkte so glatt und makellos, dass sie wie repliziert aussah.

Beim Mathematikunterricht saß sie neben ihm und nahm die Mysterien der Differenzialrechnung mit einer Mühelosigkeit in sich auf, die Tuvok faszinierte. Darüber hinaus war sie weniger kühn als die meisten anderen Frauen, was er zu schätzen wusste. Als er einige Tage lang mit einem Problem in metrischer Differenzialgeometrie rang, bot sie ihm Hilfe an und er akzeptierte ihr Angebot.

Lily erwies sich als hervorragende Lehrerin. Ausführlich erklärte sie ihm den Umgang mit Tensoren, und als er das verstanden hatte, fiel ihm der Rest relativ leicht. Sie sah ihm zu und lächelte, als es ihm schließlich gelang, sein Problem zu lösen.

Doch dann, als er fertig war, stand sie auf, setzte sich auf seinen Schoß und schlang ihm einen Arm um den Hals! Verdutzt und regungslos blieb Tuvok sitzen und verzichtete auf alles, das Lily als Ermutigung interpretieren konnte. Sie strich ihm über den Kopf und murmelte ihm unerhörte Dinge ins Ohr.

Dann kam ihre Zunge zum Vorschein und tanzte über die Ohrspitze hinweg, was ein sonderbares, nicht sehr angenehmes Gefühl bewirkte. Es wäre Tuvok nie in den Sinn gekommen, Körperteile einer anderen Person zu belecken, und er befürchtete, dass Lily den Verstand verloren hatte.

Wenige Sekunden später presste sie ihm die Lippen

auf den Mund und küsste ihn voller Leidenschaft, während sie die Hände in seinem Nacken faltete. Sie schmiegte sich dicht an ihn und die ganze Zeit über blieb ihre Zunge in Bewegung.

Es wurde Zeit, diese Sache zu beenden.

Tuvok schob Lily die Hände unter die Achseln, stand auf und stellte die junge Frau vor sich auf den Boden. Sie blickte aus großen Augen zu ihm auf und atmete schneller als sonst. »Was ist los?«, murmelte sie und versuchte, sich erneut zu nähern.

»Danke dafür, dass du mir bei dem Problem mit der Differenzialgeometrie geholfen hast«, sagte Tuvok ruhig und hielt Lily auf Armeslänge von sich. »Es war sehr freundlich von dir, Zeit für mich zu erübrigen. Wir sehen uns Montag in der Klasse.«

»Findest du mich nicht attraktiv, Tuvok?«

Es war eine unglaublich direkte Frage. Tuvok richtete sich zu seiner vollen Größe auf und sah auf die junge Frau hinab. »Du verfügst über ein großes intellektuelles Potenzial, besonders auf dem Gebiet der Mathematik. Ich sage dir eine lange und erfolgreiche Karriere voraus.«

Ihr abfälliges, verärgertes Schnauben verwirrte ihn, aber er wollte sich nur noch aus dieser beunruhigenden Situation lösen und in sein Zimmer zurückkehren, um dort zu meditieren. Er ließ Lilys Handgelenke los, wich zurück und beobachtete die junge Frau wachsam.

»Nochmals vielen Dank. Du bist eine sehr begabte Lehrerin. Hast du jemals in Erwägung gezogen, eine entsprechende berufliche Laufbahn einzuschlagen? Vielleicht wäre sie gut für dich geeignet.«

Tuvok erreichte die Tür, die sich automatisch öffnete, trat in den Korridor und ging mit langen Schritten fort. Er hoffte, angemessen höflich gewesen zu sein.

Er hatte sein erstes Pon Farr noch nicht erlebt und wusste daher nichts darüber – es widerstrebte Vulkaniern, über diesen wichtigen Meilenstein in ihrem Leben zu sprechen. Erst einige Jahre später fühlte er das, was die historische Bezeichnung »Entrückung« trug, und diese Erfahrung veränderte ihn. Dabei erinnerte er sich an den Zwischenfall mit Lily und zum ersten Mal wurden ihm die Hintergründe klar.

Er stand nun im Stadion, atmete die kühle Aprilluft und ließ den Jubel seiner Mannschaftskameraden und insbesondere die Begeisterung seines Zimmergenossen Scott über sich ergehen, der ihm auch weiterhin auf den Rücken klopfte. In seiner Aufregung sagte Scott etwas, von dem Tuvok hoffte, dass er es falsch verstand.

»Sie kann es gar nicht abwarten, dich kennen zu lernen, alter Vulk. Die Sache ist mir ein Rätsel – vielleicht steht sie auf spitze Ohren. Aber sie ist super, Tuvok, einsame Spitze. Wir warten vor dem Umkleideraum.«

Und Scott – der ihn nur zu gut kannte – verschwand, bevor Tuvok die unerwünschte Vorstellung zurückweisen konnte.

Tatsächlich: Als Tuvok den Umkleideraum geduscht und umgezogen verließ, wartete Scott mit einer Kadettin auf ihn. Es gab kein Entkommen.

»Heute ist dein Glückstag, Tuvok. Ich möchte dir Sophie Timmins aus Somerset in England vorstellen.«

Tuvok sah in große, ernste Augen, die in einem dunklen Perlgrau glänzten. Sie hielten seinem Blick würdevoll stand und waren das erstaunlichste Merkmal in einem Gesicht, das sich durch Symmetrie und Balance auszeichnete. Eine gerade, unauffällige Nase teilte die Ebenen des Gesichts; ihr Mund wirkte ein wenig zu klein. Die Frau war schlank und groß, fast so groß wie Tuvok. Das Haar zeigte fast die gleiche Farbe wie die Augen und war zu einem Zopf geflochten.

Sie offenbarte eine Reserviertheit, die Tuvok vertraut erschien und ein angenehmes Empfinden in ihm weckte. Trotzdem beabsichtigte er nicht, Zeit mit dieser Frau zu verbringen, und er beschloss, sich so schnell wie möglich von ihr zu befreien.

»Ich habe uns bei Momo Plätze reserviert«, fuhr Scott gnadenlos fort. »Dort tritt eine bolianische Sängerin auf, die toll sein soll. Hat angeblich einen Stimmumfang von fünf Oktaven.«

»Danke, aber nach einem Wettkampf meditiere ich immer. Das gehört zu meinem Ausbildungsprogramm.«

»Seit wann ...«, begann Scott, aber die Frau unterbrach ihn, sah dabei Tuvok an.

»Ich bin immer der Meinung gewesen, dass die vulkanischen Meditationsrituale besser sind als alle anderen, wenn es um die Verlangsamung des Herzschlags geht.«

Neugier erwachte in Tuvok. Er musterte die junge Frau, die seinem Blick auch diesmal nicht auswich. »Woher kennst du die vulkanische Meditation?«

»Meine Mutter reist als kulturelle Gesandte oft nach Vulkan. Schon als kleines Kind habe ich sie begleitet und bekam Gelegenheit, mehrere Sommer im Tempel von Amonak zu verbringen.«

Dieser Hinweis erstaunte Tuvok. Seit vielen Jahren hegte er den Wunsch, sich im Tempel von Amonak mit den dort gelehrten Disziplinen zu befassen. Sein Vater hatte ihn dabei unterstützt, im Gegensatz zu seiner Mutter, die den Standpunkt vertrat, dass er ein breiteres Aktivitätsspektrum brauchte. Er hatte noch ihre Worte im Ohr: »Er würde die ganze Zeit in einem Tempel verbringen, wenn er die Chance dazu bekäme.« Und jetzt stand er einer menschlichen Frau gegenüber, die auf etwas zurückblicken konnte, das man ihm verweigert hatte.

»Bei wem hast du studiert?«

»Hauptsächlich bei der Priesterin M'Fau. Sie gab täglichen Sonderunterricht für junge Leute. Ich fand sie bemerkenswert. Vielleicht fällt es mir deshalb so schwer, geistige Ruhe zu finden. Wenn ich ihren Anleitungen gemäß meditiere, muss ich immer daran denken, wie klug sie war, wie viel ich von ihr gelernt habe ... Und dann dauert es nicht lange, bis in meinem Selbst ein Durcheinander aus Gedanken herrscht.«

Die Neugier wich einem andere Empfinden, das sich nicht zum ersten Mal in Tuvok regte. Er trachtete sofort danach, es unter Kontrolle zu bringen. Es handelte sich ohne jeden Zweifel um eine emotionale Reaktion, die mit der kühlen jungen Frau und der Tatsache in Verbindung stand, dass sie über Erfahrungen verfügte, die er sich immer gewünscht hatte. Er wollte von ihnen hören, gewann gleichzeitig den Eindruck, dass es falsch war, wenn ein Mensch bei M'Fau studieren konnte und er nicht …

Einige der Gefühle, die tief in Tuvok zitterten, waren unangenehm – andere Personen hätten sie als Ärger und Neid identifizieren können – und er wandte alle seine mentalen Techniken an, um sie zu unterdrücken. Ein anderes Gefühl war weniger lästig und erschien ihm auch weniger verräterisch: Neugier, ums Tausendfache verstärkt. Er gestattete es diesem Empfinden, sich einige Sekunden lang in ihm zu entfalten, um herauszufinden, ob er ihm nachgeben durfte oder ob er es ebenfalls aus sich verbannen musste. Schließlich entschied er sich für die erste Möglichkeit.

»Ich würde sehr gern mit dir über deine Erfahrungen im Tempel von Amonak sprechen«, sagte Tuvok. »Es wäre interessant, von deinem Studium bei M'Fau zu hören.«

Er bemerkte kaum die freudige Überraschung in Scotts Gesicht, schenkte ihm auch nicht mehr als beiläufige Beachtung, als er sich verabschiedete und forteilte. Seine ganze Aufmerksamkeit galt der Frau mit den perlgrauen Augen und dem ernsten Gebaren, die so … vulkanisch wirkte.

Während seines letzten Jahrs an der Starfleet-Akademie verbrachte Tuvok außerordentlich viel Zeit mit Sophie Timmins. Sie sprachen über M'Faus Unterricht, meditierten gemeinsam und erörterten die profunden Bedeutungen des *Cthia*. Er stellte fest, dass Sophies Faszination in Hinsicht auf vulkanische Traditionen nicht nur intellektueller Neugier entsprang. In der Tiefe ihres Wesens wünschte sie sich offenbar, Vulkanierin zu sein. Hingebungsvoll befasste sie sich mit der vulkanischen Geschichte und Suraks Schriften.

Sie war der erste echte Freund, den Tuvok bei den Menschen fand – aber nur deshalb, weil sie sich bemühte, ihr menschliches Wesen zugunsten der vulkanischen Kultur aufzugeben.

Aber schließlich wollte auch sie mehr. Sophie war nicht imstande, sich ganz von den menschlichen Bedürfnissen zu lösen und über die Leidenschaft hinauszuwachsen, die in allen Terranern zu stecken schien. Sie wünschte sich eine physische Intimität, die Tuvok nicht verstand und ihr daher auch nicht geben konnte.

Das Ende kam an einem Abend im Juni, als es in San Francisco ungewöhnlich warm war. Tuvok und Sophie saßen in einem Pavillon im Park der Akademie, umgeben von Eukalyptusbäumen. Sie sprachen über die Lehrsätze des *Kolinahr*, der strengsten aller vulkanischen Mentaldisziplinen, als Tuvok plötzlich hörte, wie Sophies Stimme brach. Er drehte den Kopf und sah, wie ihr Tränen über die Wangen rannen.

Dieses Phänomen hatte er schon bei anderen Menschen beobachtet, vor allem bei Frauen – obwohl auch Männer manchmal ein solches Übermaß an Emotion zeigten. Er erinnerte sich an einen Stabhochspringer, der im Umkleideraum schluchzte, weil er es dreimal hintereinander nicht geschafft hatte, die eigentlich recht geringe Höhe von sechseinhalb Metern zu überspringen. Es war eine beunruhigende Erfahrung für Tuvok.

Als nun Feuchtigkeit aus Sophies Augen trat, fühlte sich Tuvok erneut von Unbehagen erfasst. Tränen waren Zeichen einer Traurigkeit, die man nicht länger ignorieren konnte, eines Schmerzes, der unerträglich wurde.

Tuvok war denkbar schlecht gerüstet, um mit solchen Situationen fertig zu werden. Er wusste nicht, wie er sich verhalten sollte.

Er wartete einfach und hoffte, dass der kritische Augenblick vorüberging. Sophie versuchte ganz offensichtlich, sich wieder in die Gewalt zu bekommen. Aber immer dann, wenn Tuvok glaubte, dass sich ein Erfolg abzeichnete, schnappte sie nach Luft und vergoss neue Tränen.

Er hatte gesehen, wie manche Menschen auf einen weinenden Artgenossen reagierten. Als der Stabhochspringer im Umkleideraum geschluchzt hatte, waren andere Menschen gekommen, um ihm auf den Rücken zu klopfen und tröstende Worte an ihn zu richten. Der Trainer hatte neben dem Kadetten Platz genommen und ihm einen Arm um die Schultern gelegt. Als sich der Springer schließlich beruhigte – zu Tuvoks großer Erleichterung –, trat ein Mannschaftskamerad an ihn heran und umarmte ihn, eine häufige Geste des Beistands.

Sollte er eine solche Verhaltensweise bei Sophie ausprobieren? Ein beruhigendes Flüstern ins Ohr kam nicht in Frage, denn er wusste nicht, welche Worte es zu formulieren galt. Aber wenn er ihr über den Arm strich oder ihr auf den Rücken klopfte … Wäre ein solches Gebaren der Situation angemessen gewesen?

Er dachte darüber nach, schätzte die positiven und negativen Aspekte ein. Wenn eine solche Intervention seinerseits bewirkte, dass Sophies übertriebene Emotionalität aufhörte, so gab es nichts dagegen einzuwenden. Aber vielleicht fühlte sie sich von einer solchen Reaktion in ihrem derzeitigen Verhalten bestärkt; in dem Fall wäre Tuvoks Eingreifen ein Fehler gewesen.

Während er noch versuchte, eine Entscheidung zu treffen, gewann Sophie allmählich die Kontrolle über sich zurück und rieb sich die Augen, die nun angeschwollen und gerötet waren.

»Es tut mir Leid«, hauchte sie. »Es ist nur ... es wird immer schwerer ...«

Tuvok nahm mit Zufriedenheit zur Kenntnis, dass sich Sophie wieder verbal auszudrücken verstand, denn es bedeutete, dass sie über die Situation sprechen, das Problem lösen und ihr Studium des *Kolinahr* fortsetzen konnten.

»Was wird immer schwerer?«, fragte er freundlich und hoffte, mit dieser Frage den Rest von Emotionalität neutralisieren zu können. Umso erstaunter war er, als Sophie erneut in Tränen ausbrach, sogar noch stärker weinte als zuvor.

Er beschloss, diesmal nicht passiv zu bleiben. Die Logik verlangte, menschliches Verhalten nachzuahmen, wenn die Situation so sehr außer Kontrolle geriet. Zwar verstand er nicht, warum physischer Kontakt unter solchen Umständen hilfreich sein konnte, aber er hatte entsprechende Wirkungen beobachtet. Außerdem wäre er inzwischen zu praktisch allem bereit gewesen, um die Zurschaustellung von so übermäßiger Emotionalität zu beenden.

Tuvok streckte den Arm aus und klopfte Sophie vorsichtig auf den Rücken.

Diese Geste führte zu einem bemerkenswerten Resultat. Die junge Frau schluchzte laut, warf sich ihm entgegen, presste ihm den Kopf an die Brust und bebte am ganzen Leib. Überrascht zog Tuvok seine Hände zurück, aus Sorge darüber, was geschehen mochte, wenn er Sophie erneut berührte.

Sie klammerte sich an seiner Uniform fest, auf der ihre Tränen feuchte Flecken bildeten, knetete seine Brust, wie kleine Sehlats den Bauch der Mutter kneteten, während sie tranken.

»Sophie«, mahnte Tuvok, »du solltest versuchen, dich zu beherrschen. Denk an die Disziplinen, ans *Cthia*.«

Sie schluchzte erneut, wandte sich abrupt von ihm ab, stand auf und trat zum Eingang des Pavillons. Dort hielt sie sich am hölzernen Geländer fest und holte dreimal tief Luft, der Anfang der Ersten Disziplin. Allmählich atmete sie ruhiger, hob den Kopf und drehte sich zu Tuvok um. Er wollte ihr zur Kontrolle der Emotionen gratulieren, doch als sie sprach, stellte er fest, dass sie noch immer litt.

»Ich verstehe es nicht«, sagte sie mit vom Weinen heiserer Stimme. »Vulkanier haben ein Intimleben. Sie bilden Paare und bekommen Kinder. Spürst du nie … solche Bedürfnisse?«

Tuvok sah sie groß an und wusste nicht, wie er die Frage beantworten sollte. Sophie schien eine fremde Sprache zu verwenden, die der automatische Translator nicht übersetzen konnte. »Ich bin von der Annahme ausgegangen, dass ich eines Tages Frau und Familie haben werde«, sagte er vorsichtig. »Irgendwelche … Bedürfnisse habe ich nie damit in Zusammenhang gebracht. Ich sehe mich außerstande, eine Frage zu beantworten, die ich eigentlich gar nicht verstehe.«

Sophies Haar war feucht an den Schläfen und einige lockige Strähnen fielen herab, umrahmten das Gesicht. Im verblassenden Licht des Abends wirkte sie sehr jung und verletzlich. Tuvok begriff plötzlich, in welche Richtung sich diese außergewöhnliche Situation entwickelte. Durch die dichter werdenden Schatten trat Sophie auf ihn zu, eine fragile, ätherische Gestalt. »Ich liebe dich, Tuvok. Noch nie zuvor habe ich so empfunden. Ich möchte immer mit dir zusammen sein und ich wünsche mir … Intimität. Sie gehört zum Leben … Können wir so etwas nicht haben?«

Ruhe dehnte sich in Tuvok aus, als er seinen Weg ganz deutlich vor sich sah. Einmal mehr dankte er Surak für seine Lehren, denn sie erwiesen sich immer als zuverlässig, führten aus der Verwirrung, brachten Klarheit und Rationalität.

»Erinnerst du dich an die ersten Notizen Suraks, als er das *Cthia* entwickelte?«, fragte Tuvok mit fester Stimme.

Sophie sah ihn an und ihre Augen wirkten dunkler im schwindenden Licht. Tuvok sah Enttäuschung in ihnen, fuhr aber trotzdem fort: »*Füge niemandem Schaden zu*«, intonierte er und bewegte sich dabei auf sicherem rhetorischem Boden. »*Schade nie der inneren, unsichtbaren Integrität anderer Personen. Respektiere die Privatsphäre des Geistes und des Lebens. Intimität ist nur kostbar, solange sie unangetastet bleibt. Ihre Verletzung macht sie zur Qual.*«

Er musterte Sophie und versuchte festzustellen, welche Wirkung diese Worte auf sie erzielten. Verstand sie, was er ihr mitzuteilen versuchte? »Ich möchte dir nicht schaden, Sophie«, versicherte er ihr. »Aber es wird klar, dass unser Zusammensein dir großen Schaden zufügt. Das verletzt nicht nur deine Integrität, sondern auch meine – wir befinden uns in einer unerträglichen Situation.«

»Verlass mich nicht«, hauchte Sophie. Die Schatten des Abends, die den Pavillon umhüllten, schienen ihre Stimme aufzusaugen. »Bitte.«

Tuvok nahm zufrieden zur Kenntnis, dass ihn Sophies unziemliches Flehen nicht beunruhigte. Es gab wieder Ordnung im Universum und er sah sie ganz deutlich, nachdem er sie für einen Moment aus den Augen verloren hatte. Einen solchen Effekt konnten Menschen auf ihn haben; er musste eine Möglichkeit finden, ihn zu eliminieren.

»Wen ich Surak folgen will, so muss ich seinen Lehren gerecht werden. Ich darf einer anderen Person nicht schaden, ihr keine Schmerzen bereiten, denn so etwas beschleunigt die Entropie, den Hitzetod des Universums.«

Sophies schlanker Leib begann zu zittern und Tuvok spürte den heftigen Kampf in ihr – sie versuchte, das emotionale Chaos in ihrem Innern unter Kontrolle zu bringen. Schließlich atmete sie dreimal tief durch und sah ihn an.

»Ich biete dir Frieden«, sagte sie und zitierte Surak. *»Und noch einmal Frieden, bis ich sterbe.«*

»Und auf diese Weise wirst du Frieden finden«, erwiderte Tuvok. Dann drehte er sich um und verließ den Pavillon. Es war seine letzte Begegnung mit Sophie.

»Ich kann nicht länger unter Menschen leben. Sie beschleunigen den Hitzetod des Universums.«

Sechs Jahre waren seit dem Ende von Tuvoks Ausbildung an der Starfleet-Akademie vergangen und er stand im Empfangszimmer seines Elternhauses auf Vulkan. Er empfand die vertraute Hitze als sehr angenehm; die Rückkehr nach Hause kam einer Erleichterung gleich. T'Khut stand hoch am Himmel, hing bedrohlich über ihnen. Auch die große Scheibe wirkte auf willkommene Weise vertraut.

Nach dem Ende der Akademie-Ausbildung hatte Tuvok das Studium fortgesetzt und sich dabei auf Taktische Strategie und Waffentechnik spezialisiert. Es folgten drei Jahre Arbeit an Bord der U.S.S. *Excelsior* unter dem Kommando von Captain Hikaru Sulu, eine Zeit, die er ebenfalls in unmittelbarer Nähe von Menschen verbringen musste.

Die Erfahrungen an Bord der *Excelsior* blieben ohne Einfluss auf seine grundsätzliche Meinung: Die Terraner waren gesellig, tapfer und auch klug, aber sie ließen sich von Emotionen leiten. In ihrer Gesellschaft fiel es ihm immer schwerer, die strengen Regeln des *Cthia* zu achten. Es kostete ihn mehr und mehr Kraft, zersplitterte seine Gedanken.

Er sehnte sich nach Ruhe, nach einer Möglichkeit, in sich zu gehen. Er hatte begonnen, von der Wüste zu träumen, von ihren vielen Geheimnissen und ihrer weiten Stille. Es war ein Ort der Läuterung. Die Wüste vertrieb Verwirrung und Unruhe, füllte das Selbst mit reiner Gelassenheit.

Als die *Excelsior* zur Erde zurückkehrte, nahm er seinen Abschied von Starfleet und kehrte an Bord des ersten Schiffes, das Passagiere beförderte, nach Vulkan zurück. Je mehr sich das Raumschiff seiner Heimatwelt näherte, desto sicherer wurde Tuvok, die richtige Entscheidung getroffen zu haben. Als er einige Tage später vor seinen Eltern stand, bestimmten Klarheit und Zielstrebigkeit sein Denken.

»Ich habe eure Wünsche erfüllt und den Horizont meiner Erfahrungen erweitert. Inzwischen bin ich erwachsen und muss meinen Weg selbst bestimmen. Ich habe beschlossen, das *Kolinahr* zu studieren.«

Tuvok glaubte, so etwas wie Stolz im Gesicht seines Vaters zu erkennen, aber ihn besorgte vor allem die Reaktion seiner Mutter. Er hatte seine Entscheidung bereits getroffen, ganz gleich, was seine Eltern davon hielten. Aber ihre Zustimmung wäre ihm lieber gewesen, denn er wollte sich nicht mit elterlicher Missbilligung belasten.

Deshalb war er zufrieden, als seine Mutter kurz nickte und damit ihr Einverständnis signalisierte. »Und wo möchtest du deinen Studien nachgehen?«

»Im Tempel von Amonak«, antwortete Tuvok. Er galt als der strengste aller *Kolinahr*-Tempel und dort konnte er sich von M'Fau unterrichten lassen. Es war der Tempel, den Sophie besucht hatte. Zwei Jahre würde er vom Rest des Universums isoliert hinter den Mauern verbringen, bevor er für einen kurzen Abstecher in die Welt zurückkehren durfte. Seine Eltern hätten sicher einen weniger strengen Orden für die Studien vorgezogen. Er war ihr einziges Kind und nach zehn Jahren heimgekehrt. Vermutlich hatten sie erwartet, ihn öfter zu sehen.

»Das Leben eines Asketen ist nicht leicht«, sagte sein Vater. »Es wird dich hart auf die Probe stellen.«

»Genau deshalb habe ich mich dafür entschieden«, erwiderte Tuvok. »Nach dem Leben bei Menschen suche ich Läuterung durch Verzicht und Mühe. Ich bin weich und bequem geworden, brauche deshalb die Disziplinen des *Kolinahr*.«

Und so kam es, dass Tuvok nach einem Monat bei seinen Eltern – einer Zeit, in der sie viel miteinander teilten – den Tempel von Amonak betrat und den Weiheeid leistete. Er war nun an die Disziplinen des *Kolinahr* gebunden und gewann noch stärker als vor einem Monat, als er das Heim seiner Eltern erreicht hatte, den Eindruck, endlich zu Hause zu sein.

Tuvok verbrachte sechs Jahre im Sanktuarium von Amonak und während dieser Zeit begann er damit, seine Instinkte unter Kontrolle zu bringen, was er immer für möglich gehalten hatte. Ihm wurde klar, wie unbeherrscht er während der ersten dreißig Jahre seines Lebens gewesen war, als Verwirrung und Unbehagen so dicht unter der Oberfläche brodelten. Er schwor sich, alles in seiner Macht Stehende zu versuchen, um diese verräterischen Gefühle zu unterdrücken.

Er wohnte in einer kleinen Zelle, die kaum drei Meter durchmaß, und schlief auf einer Matte. Die dicken, weißen Wände bestanden aus vulkanischem Sandstein, der Hitze und Geräusche fern hielt. Die Einrichtung bestand nur aus einem kleinen Tisch zum Schreiben und einer isochromatischen Lampe. Kein Schmuck zierte die Wände und auf dem Tisch fehlten Dinge, die an sein früheres Leben erinnerten. Ein solches Maß ein Einfachheit schrieben die Brüder und Schwestern von Amonak nicht vor; es gab Zellen, die komfortabler eingerichtet waren und auch Ziergegenstände aufwiesen. Die Priester verlangten eine Umgebung, die »möglichst wenig von den geistigen Dingen ablenkte«. Sie waren weise genug, um zu erkennen: Es gab auch Personen, die völlige Schmucklosigkeit als Ablenkung empfanden.

Tuvok lehnte jeden noch so kleinen Luxus ab und war der Ansicht, dass alle Studenten des *Kolinahr* so leben sollten wie er, mit einem Mindestmaß an leiblichem

Wohl, sodass die ganze Aufmerksamkeit dem *Cthia* gewidmet werden konnte. Aber die Entscheidung über solche Dinge stand nicht ihm zu, und er fand sich mit der Tatsache ab, dass die Weisheit der Priester größer war als seine. Wenn sie ein wenig mehr Komfort zuließen, so gab es dafür sicher einen guten Grund.

Er stand jeden Morgen bei Sonnenaufgang auf und dachte daran, dass ihn seine Mutter noch immer für einen Langschläfer gehalten hätte. Er aß erst etwas, nachdem er zwei Stunden lang allein in seiner Zelle meditiert hatte.

Dann leistete er den anderen Brüdern und Schwestern bei einem einfachen Frühstück Gesellschaft, das aus Brot und Obst bestand. Daran schloss sich ein meditativer Spaziergang in den Hügeln an. Wenn T'Khut am Himmel stand, wurden eine besondere Anrufung gesungen und ein uraltes Gebet gesprochen, damit T'Khut am Firmament blieb. Natürlich kannten sie alle das physikalische Kräfteverhältnis zwischen den beiden Planeten und wussten, dass T'Khut nicht einfach so auf Vulkan herabfallen konnte. Aber ihre Vorfahren hatten nicht über solche Kenntnisse verfügt und befürchtet, dass T'Khut vom Himmel stürzen mochte, um allen Bewohnern Vulkans feurigen Tod zu bringen. Die an T'Khut gerichteten Beschwörungen galten als besonders eindrucksvoll und selbst die heutigen Priester lobten ihre majestätische Eleganz.

Die zweite und letzte Mahlzeit des Tages wurde am späten Nachmittag eingenommen und war ebenso schlicht wie die erste: erneut Brot und Obst, außerdem eine Suppe. Sie folgte dem Unterricht im Tempel und ging gemeinsamen Meditationen am Abend voraus. Später zogen sich alle in ihre Zimmer zurück, um zu schreiben, zu lernen und zu schlafen.

Nur an einigen heiligen Tagen im Jahr kam Veränderung in diese eherne Routine, darunter Suraks Geburtstag und die Weihe des sakralen Bergs Seleya. Jene Feiern blieben ruhig und gesetzt, wie es sich geziemte. Meistens beschränkten sie sich darauf, den Zeremonien Musik hinzuzufügen, für gewöhnlich die Klänge von vulkanischen Harfen.

Sechs Jahre verbrachte Tuvok auf diese Weise. Er studierte das *Kolinahr* und fühlte dabei einen Frieden wie nie zuvor in seinem Leben. Die Richtigkeit seiner Entscheidung beruhigte ihn und er schwor sich, den Rest seiner Existenz den mentalen Disziplinen zu widmen.

Eines Tages wanderte er allein durch einen Säulengang, der den Tempel umgab, und dachte über eine bestimmte Stelle in Suraks Schriften nach, die einen logischen Fehler zu enthalten schien. Plötzlich hörte er das Geräusch spielender Kinder. Sie gehörten zum Sommerprogramm, das M'Fau leitete – das gleiche Programm, an dem einst Sophie Timmins teilgenommen hatte. In jedem der vergangenen sechs Jahre waren Kinder im Bereich des Tempels zugegen gewesen.

An diesem Tag aber fand Tuvok die Geräusche störend, obgleich ihm der Grund dafür unklar blieb. Etwas Vages und Unangenehmes manifestierte sich in seinem Innern und er spürte die Präsenz von Empfindungen, die er seit seiner Zeit an der Akademie nicht mehr wahrgenommen hatte. Er beschloss, sie zu identifizieren, zu analysieren und anschließend zu eliminieren. Um diesem Zweck gerecht zu werden, lenkte er seine Schritte in eine andere Richtung und näherte sich dem Kinderplatz.

Es waren etwa dreißig Jungen und Mädchen, ihr Alter reichte von sechs bis zwölf. Sie spielten Dak'lir, ein strukturiertes Spiel, das als Ventil für überschüssige Energie diente – oft brauchte der junge, undisziplinierte Geist so etwas, bevor er sich der Logik zuwenden konnte.

Es war ein schöner Tag. In der Ferne zeichneten sich die Berge vor einem klaren Himmel ab – an dem T'Khuts drohende Präsenz fehlte – und die rote Wüste funkelte im Sonnenschein. Tuvok wählte solche Tage, um durch die Kolonnade zu wandern und über die Disziplinen nachzudenken. Als sein Blick nun über den Platz mit den unbändigen Kindern glitt – sie verhielten sich tatsächlich auf eine sehr ungehörige Weise –, fühlte er echten Ärger. Die Jungen und Mädchen hatten ihn bei seinen Überlegungen gestört. Ihre lauten Stimmen hinderten ihn daran, die Meditationen fortzusetzen.

Er trat näher an den Platz heran und hielt nach einem Aufsicht führenden Priester Ausschau, sah aber nirgends einen Erwachsenen, nur lärmende Kinder. Die Erkenntnis, dass die Jungen und Mädchen sich selbst überlassen waren, verstärkte seinen Ärger. Unglaublich! Wie konnte eine vernünftige Person zulassen, dass die Kinder die besinnliche Ruhe des Tempels so nachhaltig störten?

Er schritt den Kindern entgegen, ohne bewusst zu spüren, dass sein Herz schneller schlug und der Blutdruck stieg. Er fühlte sich verpflichtet, einen Fehler zu korrigieren.

»Ruhe!«, donnerte er und war ein wenig überrascht, als er das Erstaunen in den jungen Gesichtern sah, die sich ihm sofort zuwandten. Mit aufgerissenen Augen und offenem Mund sahen ihn die Kinder an. Zufrieden stellte er fest, dass sie sofort gehorchten, wie es bei gut erzogenen vulkanischen Jungen und Mädchen der Fall sein sollte. Er fand, dass sie dafür ein Lob verdienten.

»Ihr habt euch sehr schlecht verhalten und könnt von Glück sagen, dass ich mich in der Nähe befand, um die Ordnung wiederherzustellen. Lobenswert ist, dass ihr meiner Anweisung sofort nachgekommen seid. Ich gehe davon aus, dass ihr von jetzt an nicht mehr solchen Lärm macht.« Tuvok richtete einen letzten strengen Blick auf die Kinder und wandte sich dann ab.

M'Fau stand direkt hinter ihm und musterte ihn neugierig. Alter und Weisheit bildeten viele Falten in ihrem Gesicht, doch ihre dunklen Augen wirkten irgendwie zeitlos.

»Tuvok?«, fragte sie.

»Ich habe die Kinder gescholten, weil sie zu ausgelassen waren«, sagte er. Er sah nichts Ungewöhnliches in diesen Worten, doch M'Faus linke Braue kam ein wenig in die Höhe. »Der zuständige Erwachsene war nicht zugegen, um sie zu kontrollieren. Sie sollten herausfinden, wer hier die Auffsicht führte, um die betreffende Person an ihre Pflichten zu erinnern.«

»Ich bin die zuständige Erwachsene«, erwiderte M'Fau eisig. »Und ich habe die Kinder absichtlich sich selbst überlassen. Das ist notwendig, damit sie lernen, sich zu beherrschen.«

»Ich verstehe.« Tuvok versuchte, ruhig zu sprechen, aber er hörte eine sonderbare Vehemenz in seiner Stimme. Woher stammte sie? »Ich bedauere meine Bemerkung. Die Hintergründe der Situation waren mir nicht klar.«

Die Neugier in M'Faus Miene zeigte sich noch deutlicher. Aus zusammengekniffenen Augen starrte sie ihn an. »Geht es dir gut, Tuvok? Du scheinst Fieber zu haben.«

Fieber? Tuvok hob die Hand zur Stirn und fand dort Schweiß. Welche Erklärung gab es dafür? »Ich ... ich weiß es nicht«, brachte er verwirrt hervor. »Ich werde mein Zimmer aufsuchen und mich an einen Arzt wenden, falls das notwendig sein sollte.«

Er drehte sich abrupt um und ging fort von der Priesterin, spürte dabei, wie schnell sein Herz klopfte. Vielleicht war er krank. Er beschloss, sich mit besonderer Sorgfalt den Disziplinen zu widmen, Kräutertee zu trinken und früh zu Bett zu gehen.

Als es Zeit wurde für die Nachmittagsmahlzeit, fühlte sich Tuvok geradezu ausgehungert. Er stand von der Matte auf, um sich den anderen Brüdern und Schwestern in der großen Speiseempore hinzuzugesellen. Dort füllte er sein Tablett, nahm mehrere Näpfe mit Suppe, einen halben Laib Nussbrot und verschiedene Früchte. Damit setzte er sich an den Tisch und begann zu essen.

Die Suppe schmeckte ausgezeichnet. Sie erwies sich als sehr würzig und enthielt große Sorda-Brocken, ein Gemüse, das er schon als Kind sehr gern gemocht hatte. Das Brot war frisch gebacken und noch warm. Tuvok riss dicke Stücke vom Laib ab, tunkte sie in die Suppe und verschlang sie regelrecht. Das Obst, Kuffi, war reif und saftig, enthielt aber zu viele Kerne. Tuvok genoss die Früchte trotzdem und fragte sich dabei, wie sie in Brot gebacken schmecken mochten. Er beschloss, sich mit einem entsprechenden Vorschlag an die Bäcker zu wenden.

Er überlegte, ob er noch mehr Brot und Suppe holen sollte, als er sich einer sonderbaren Stille um ihn herum bewusst wurde. Erstaunt hob er den Kopf und stellte fest, dass ihn die anderen Brüder und Schwestern ansahen. Der Ausdruck ihrer Gesichter reichte von Neugier bis hin zu Abscheu. Gleichzeitig merkte er, dass er während des Essens ein ziemliches Durcheinander angerichtet hatte. Suppe war verschüttet; Brotbrocken und Kuffi-Kerne lagen auf dem Tisch. Außerdem spürte er die Feuchtigkeit von Fruchtsaft im Gesicht und an den Händen.

Ein oder zwei Sekunden lang reagierte er mit Überraschung auf die von ihm selbst geschaffene Unordnung, aber dann regte sich etwas anderes in ihm: heißer Zorn. »Was starrt ihr mich so an?«, fragte er scharf. »Ihr verletzt meine Privatsphäre.«

Hinter Tuvok erklang eine sanfte Stimme und veranlasste ihn, sich umzudrehen. Teknat, ein Priester und Freund, reichte ihm ein weißes Tuch. »Darf ich dir eine Serviette anbieten?«, fragte er ruhig.

Tuvok sprang wütend auf. »Wenn ich eine Serviette will, hole ich mir selbst eine.« Er riss Teknat das Tuch aus der Hand und warf es zu Boden, wirbelte dann herum und stapfte fort. Als er die Empore verließ, bemerkte er M'Faus blasses, faltiges Gesicht auf der anderen Seite des Raums. Der Blick ihrer dunklen Augen folgte ihm.

In seinem Zimmer fand Tuvok keine Ruhe, ging immer wieder auf und ab. Zum ersten Mal begriff er, wie klein der Raum war, wie wenig Platz er bot. Er trat zum Fenster und öffnete es in der Hoffung, dass die Abendbrise ihm ein wenig Erleichterung verschaffte.

Die Hitze der Wüste strömte herein. Das Zimmer war angenehm kühl gewesen, aber jetzt schien es immer stickiger zu werden und das Atmen fiel Tuvok schwer. Mit einem leisen Fluch schlug er das Fenster zu. Das Geräusch, mit dem es gegen den Rahmen stieß, erschien ihm so laut wie eine Trikobalt-Explosion. Seine empfindlichen Ohren schmerzten und er fluchte erneut.

Er streckte sich auf der Matte aus, die Arme über den Augen, und versuchte verzweifelt, Kontrolle über das zu gewinnen, was mit ihm geschah. Er atmete dreimal tief durch und begann mit der ersten Disziplin, doch schon nach wenigen Sekunden splitterten seine Gedanken wie brechendes Glas. Vor dem inneren Auge sah er, wie Teknat ihm eine Serviette reichte, und erneut quoll Zorn in ihm empor. Er ballte die Hand zur Faust, schlug damit an die Wand. Schmerz entstand – das einzige beruhigende Empfinden an diesem Tag.

Ein leises Läuten wies darauf hin, dass jemand an der Tür stand. »Geh fort!«, rief Tuvok laut und schrill.

Aber stattdessen öffnete sich die Tür und M'Fau stand im Eingang.

Betroffen stand er auf und sah, dass die Haut an seinen Fingerknöcheln aufgeplatzt war. Grünes Blut tropfte zu Boden. »Ich … entschuldige mich«, sagte er mühsam. »Ich wusste nicht, dass Sie es waren.«

M'Fau antwortete nicht, betrat das Zimmer und nahm auf einem Stuhl Platz. Dort saß sie mit den Händen auf den Knien, wie ein dürrer Raubvogel, dazu bereit, sich auf ein Opfer zu stürzen. »Setz dich, Tuvok«, sagte sie und für ihn hörte es sich an, als käme ihre Stimme aus einem tiefen Grab.

Er kam der Aufforderung nach und setzte sich. Ärger und Beklommenheit erschütterten seine Innenwelt und er versuchte, die Kontrolle über seine Empfindungen zurückzugewinnen. Er stellte sich vor, wie er die Hände um M'Faus dünnen Hals schloss, ihre faltige Haut spürte und immer fester zudrückte, bis ihr die dunklen Augen aus den Höhlen traten und sie zitternd starb …

»… was mit dir geschieht.«

Tuvok begriff, dass M'Fau zu ihm sprach. Er war so sehr auf seine Mordvisionen konzentriert gewesen, dass er gar nicht wusste, was die alte Vulkanierin gesagt hatte. Er fuhr sich mit der einen Hand durchs Gesicht, schüttelte den Kopf und versuchte, seine Aufmerksamkeit auf M'Fau zu fokussieren.

»Entschuldigen Sie bitte … Könnten Sie das wiederholen?«

»Ich glaube, ich weiß, was mit dir geschieht.«

Tuvok starrte sie groß an und versuchte zu verstehen, was sie meinte. Nichts schien mehr einen Sinn zu ergeben. Erneut schüttelte er den Kopf. »Ach?«, brachte er hervor.

M'Fau beugte sich zu ihm vor. »Ich glaube, deine Zeit ist gekommen.«

Auch das ergab keinen Sinn, so sehr er sich auch bemühte, den Bedeutungsinhalt der Worte aufzunehmen. Seine Zeit? Welche Zeit?

»Ich weiß nicht … was Sie meinen«, sagte Tuvok und jede einzelne Silbe fiel ihm schwer.

M'Fau seufzte und ihm wurde klar, dass sie sich alles andere als wohl fühlte. Diese Erkenntnis traf ihn wie ein Schlag und plötzlich fürchtete er sich.

»Für dich hat das Pon Farr begonnen«, sagte die alte Vulkanierin und benutzte einen sehr förmlichen Tonfall, um ihre Verlegenheit zu verbergen. »Unsere Ahnen sprachen in diesem Zusammenhang vom Plak-tow, vom Blutfieber.«

»Ich … weiß noch immer nicht, was Sie meinen.«

»Weil wir nicht über diese Dinge sprechen. Für jeden männlichen Vulkanier beginnt einmal das Pon Farr und anschließend wiederholt es sich alle sieben Jahre. Es gibt verschiedene Anzeichen dafür und ich glaube, sie bei dir zu beobachten.«

Verwirrung tastete nach Tuvoks Gedanken und er versuchte, sie von sich fern zu halten. »Was hat es damit auf sich? Was wiederholt sich alle sieben Jahre? Ich verstehe nicht …«

»Die Zeit der Bindung. Du musst dir eine Frau nehmen.«

Bei diesen Worten entstand ein verlockendes Bild in Tuvok: Er schritt durch einen reich verzierten Flur, angezogen vom Sirenengesang einer Frau, einer wundervollen Melodie. Es war ein sanftes, wehmütiges Lied, das eine unbeschreibliche Sehnsucht zum Ausdruck brachte. Sein Puls raste, als er sich den Brokatvorhängen der Tür näherte, die Hand ausstreckte …

M'Fau sah ihn an und wartete auf eine Antwort. Tuvok faltete die Hände und trachtete danach, sein Selbst zu fokussieren. Er strengte sich so sehr an, dass die Arme zu zittern begannen. »Wie soll ich eine Frau finden?«

Die alte Vulkanierin schien zufrieden darüber zu sein, dass er sich auf diese Sache konzentrieren konnte. »Wende dich an deine Eltern. Sie haben längst für dich gewählt.«

Das erschien ihm überaus seltsam. Seine Eltern sollten eine Partnerin für ihn ausgewählt haben? Wann? Und warum hatten sie es nie erwähnt? Warum hatten sie ihn nie darauf hingewiesen, dass ihm ein so grässliches emotionales Erlebnis bevorstand, eine Erfahrung, die die Ordnung in seinem Leben zerstörte, durch Chaos ersetzte?

Doch er stellte keine dieser Fragen. Etwas in ihm bewirkte, dass die gesamte emotionale Energie einem Ziel entgegenstrebte, das wie die Spitze einer weiß glühenden Nadel in ihm brannte: Er musste eine Frau finden.

Schweißgebadet erreichte er das Haus seiner Eltern. Seine Mutter sah ihn an und schien sofort zu verstehen, was mit ihm geschah, ein Umstand, der neuen Zorn in ihm weckte, ihn aber nicht von seinem Bedürfnis ablenkte.

»Wir haben eine Partnerin für dich gewählt, Tuvok«, verkündete T'Meni voller Zuversicht. »Wir haben sehr gründlich über diese Angelegenheit nachgedacht und eine sorgfältige Auswahl getroffen. Du wirst zufrieden sein.«

»Warum habt ihr mir nie davon erzählt?«, fragte er und fand es noch immer absurd, dass man ein so wichtiges Ereignis vor ihm geheim gehalten hatte.

»Über so etwas reden wir nicht«, erwiderte seine Mutter schlicht. »Bade und kleide dich angemessen. Wir besuchen deine Braut.«

Und so kam es, dass sich Tuvok im Haus einer Familie wiederfand, die er nicht kannte, und dort in die wissenden Augen einer jungen Frau namens T'Pel sah. Ihre braune Haut war so weich wie Samt und ihr lockiges Haar reichte über den Rücken hinab. Ihre Stimme war weich und sanft. Als sie sprach, konnte er sich sofort vorstellen, dass sie einen verlockenden Sirenengesang anstimmte.

Sie zeigte sich nicht überrascht, als man sie ihrem Lebenspartner vorstellte – wussten abgesehen von ihm alle darüber Bescheid? –, und Tuvok glaubte, Zufriedenheit und vielleicht sogar Freude in ihrem Gesicht zu erkennen, als sie ihn sah.

Eine enorm starke Sehnsucht erfasste ihn, verdrängte alle anderen Empfindungen. Alles in ihm drängte danach, T'Pel zu berühren, sie zu streicheln, die Finger über ihren Körper wandern zu lassen, sich an sie zu schmiegen und eins mit ihr zu werden.

Plötzlich fragte er sich: Hatten Lily und Sophie auf diese Weise empfunden? Lebten Menschen in einem Zustand ständiger Erregung? Jetzt verstand er die Tränen.

Tuvok wandte sich abrupt von T'Pel ab, als ihm klar wurde, dass er unangenehm auffiel – er durfte ihre Familie nicht in Verlegenheit bringen. Entschlossen trat er fort, blieb still in einer Ecke stehen und beobachtete mit möglichst viel Abstand, wie seine Eltern und die von T'Pel über die Vorbereitungen der Hochzeit sprachen.

Am nächsten Tag fanden sie sich am Ort des Rituals ein und Tuvok gelangte dabei zu folgendem Schluss: Zwar sorgten die Vulkanier dafür, dass dieses so überwältigende Erlebnis ein gut gehütetes Geheimnis blieb, aber sobald es einmal begonnen hatte, handelten sie mit angemessenem Eifer. Dafür war er sehr dankbar, denn er wusste nicht, wie er eine weitere Nacht allein überstanden hätte.

T'Pel stand vor ihm, anmutig und gefasst, während M'Fau die traditionellen Worte sprach. Tuvok schenkte ihnen kaum Beachtung und brauchte seine ganze Kraft, um in Reglosigkeit zu verharren. Es war ein heißer Nachmittag: Glühender Wind wehte von der Wüste und T'Khut hing wie ein Omen am Himmel – die Vulkane des Schwesterplaneten spien Feuer. Sie erinnerten Tuvok an das besondere Feuer in seinem Innern, an ein brodelndes Inferno, das nach einer Eruption verlangte.

Auf M'Faus Anweisung hin berührte er mit den Fingern bestimmte Stellen in T'Pels strahlendem Gesicht und stellte so die Partnerschaftsbindung her.

Bilder der Leidenschaft entstanden zwischen ihnen. Aus der brütenden Hitze der Wüste wurde die Kälte der Berge. Aus dampfenden Lavaströmen wurde die Ekstase von Eis. Aus lodernden Sommerstürmen wurden die kühlen Winde der kurzen Jahreszeit. Eis folgte Feuer, Feuer folgte Eis. T'Pel erwärmte sich und Tuvok kühlte ab, als sich ihre Selbstsphären berührten und einander umschlangen, als sie miteinander verschmolzen, tanzten und sangen.

Eins. Für immer.

Später waren sie allein und standen in einem Raum, der mit Kerzen und Weihrauch, mit Wein und Obst für sie vorbereitet worden war. Sie sahen sich an und Tuvok hörte das Pochen seines Herzens in den Ohren – ein beharrliches Donnern, das mit jeder verstreichenden Sekunde lauter wurde, bis er nur noch ein Dröhnen hörte, das ihn nach vorn drängte, T'Pel entgegen.

Bevor er sie berührte, dachte er noch: *Und wenn ich nicht weiß, worauf es ankommt?*

Doch in dieser Hinsicht hätte er sich überhaupt keine Sorgen machen müssen, wie ihm kurze Zeit später klar wurde.

»Du hast einen weiteren Sohn, Tuvok«, verkündete seine Mutter und er nickte bestätigend. Sein erst- und sein zweitgeborener Sohn, Sek und Varith, saßen bei ihm und spielten Kal-toh. Tuvok hoffte, dass sie dabei Ruhe fanden und lernten, sich auf eine geistige Aufgabe zu konzentrieren. Bisher hatte er in dieser Hinsicht immer wieder Enttäuschungen hinnehmen müssen. Sek zeigte gewisse Ansätze, aber mit seinen vierzehn Jahren galt seine Vorliebe Spielen wie Dak'lir, die vor allem einen körperlichen Einsatz verlangten. Es war schwer, ihn dazu zu bringen, auch nur drei oder vier Stunden lang still zu sitzen.

Jetzt sprang er auf und nutzte die Gelegenheit, das Spiel zu beenden. »Darf ich zu Mutter gehen und mir das Kind ansehen?«, fragte er höflich genug. Aber Tuvok sah, wie ihn zügellose Energie fast erzittern ließ. Seine eigensinnigen Ringellocken, das Haar seiner Mutter, fielen ihm in die gebräunte Stirn.

»Ich auch!«, rief Varith, der mit seinen sieben Jahren eine echte Herausforderung für Tuvoks väterliches Geschick darstellte. Er war ein erstaunliches Kind; seine Haut hatte die Farbe von gewürztem Tee, die Augen waren groß und dunkel, die Zähne weiß wie der Schnee auf dem Gipfel des Seleya. Diese Zähne waren oft zu sehen, denn Varith lächelte gern, obwohl sein Vater sich bemühte, ihn Zurückhaltung zu lehren.

»Wir gehen alle«, sagte Tuvok. »Aber erst, wenn ihr euch konzentriert und eure Emotionen unter Kontrolle gebracht habt. Ich möchte nicht, dass eure Mutter und euer Bruder diesen unangemessenen Eifer sehen.«

Er beobachtete, wie sich die Jungen alle Mühe gaben, ihm zu gehorchen. Beide schlossen die Augen und atmeten tief durch. Sek schien tatsächlich eine gewisse emotionale Kühle zu erreichen, aber ein verräterisches Zucken in Variths Mundwinkeln wies auf Heiterkeit hin.

»Wir gehen erst dann zu Mutter, wenn du dich ganz unter Kontrolle hast, Varith«, sagte Tuvok.

Daraufhin ballte Varith die kleinen Hände zu Fäusten und seine Lippen bildeten eine dünne Linie. Dann öffnete er die Augen und sah Tuvok an, so als wollte er sagen: *Ich habe mich unter Kontrolle, Vater.*

Tuvok wusste natürlich, dass geballte Fäuste und zusammengepresste Lippen nicht genügten, um Gefühle zu beherrschen. Aber Varith gab sich Mühe und vielleicht konnte man nicht mehr von ihm erwarten. Er wandte sich von den Kindern ab. »Kommt«, sagte er und führte sie in einen langen Flur, der von den Empfangszimmern des Hauses zum privaten Bereich führte.

Sie wohnten ganz dicht am Rand der Wüste, denn Tuvok mochte die endlose Weite aus rotem Sand. Er wurde nie müde, in ihre Tiefen zu blicken, denn das schenkte ihm Ruhe.

Vor dem großen Fenster des Flurs blieb er stehen und wandte sich seinen Söhnen zu. »Seht euch die Wüste an«, sagte er. »Ihr Anblick wird eurem Selbst Frieden bringen.«

Die Jungen sahen gehorsam über die weite Ebene hinweg und zu den Bergen, die dunkel in der Ferne aufragten. Der Seleya lag hinter diesem Gebirge. Tuvok hatte den heiligen Berg nie erblickt, hatte nie die bei den Vulkaniern so beliebte Pilgerreise unternommen. Irgendwann würde er aufbrechen, um das schwarze Massiv zu sehen, das sich aus dem Wüstenboden erhob. Dann würde er die zehntausend ins Gestein gemeißelten Stufen erklimmen, um Macht und Mystik des heiligsten aller Orte zu erfahren.

»Ich möchte zu Mutter«, sagte Varith quengelig. Tuvok holte Luft und es klang wie ein Seufzen. Dieses Kind war wirklich anstrengend.

»Wir bleiben hier weitere fünfzehn Minuten stehen, weil du die Konzentration verloren hast«, sagte er. Sie warteten eine Viertelstunde, trotz Variths wachsender Unruhe und dem gelegentlichen leisen Weinen eines Babys.

Als sie schließlich T'Pels Zimmer betraten, stob Varith sofort los und warf sich in die Arme seiner Mutter. Es enttäuschte Tuvok, dass T'Pel den Jungen umarmte und ihm Zärtlichkeiten ins Ohr flüsterte. Eine solche Verstärkung von ungebührlichem Verhalten erleichterte ihm nicht die Aufgabe, den Kindern die Selbstbeherrschung beizubringen, die sie in der Welt der Erwachsenen brauchten.

Sek bewies etwas mehr Zurückhaltung, indem er sich langsamer dem Bett seiner Mutter näherte. »Ich hoffe, es geht dir gut, Mutter«, sagte er. T'Pel streckte auch ihm einen Arm entgegen und beide Jungen genossen die Umarmung ihrer ganz offensichtlich erschöpften Mutter.

»Es geht mir gut. Ebenso eurem neuen Bruder. Geht zu ihm und seht euch an, wie ihr in den ersten Stunden nach der Geburt ausgesehen habt.«

Sek und Varith traten zu einer großen Wiege neben dem Bett und wichen der Krankenschwester aus, die gekommen war, um bei der Geburt zu helfen. Tuvok nahm an T'Pels Seite Platz und sie wechselten einen Blick, in dem ihre Gedanken hin und her flossen, der ihnen beiden Ruhe brachte.

»Es ist ein starker, gesunder Junge, Tuvok. Wir können erneut zufrieden sein.«

»Du hattest dir eine Tochter gewünscht.«

»Ich bin dankbar für meine gesunden Jungen. Dies war der größte und er saugt bereits.«

»Sieh nur, wie klein er ist, Vater!«, rief Varith.

Tuvok drehte den Kopf und sah, dass sich erneut Variths Zähne neigten – er lächelte wieder. »Schließ den Mund«, sagte er automatisch und die Zähne verschwanden.

Tuvok ging zur Wiege und sah auf seinen dritten Sohn hinab. Das Baby hatte hellere Haut als die beiden anderen Jungen und am Kopf zeigten sich die Ringellocken seiner Mutter. Der Mund vollführte saugende Bewegungen, wie ein Fisch, aber er weinte nicht. Die kleinen Fäuste ragten nach oben, bewegten sich hin und her. Tuvok fühlte sich an den Leiter eines Orchesters erinnert, den er einmal auf der Erde gesehen hatte. Vielleicht verfügte dieser Knabe über musikalische Talente; seine beiden Brüder zeigten keine entsprechenden Neigungen.

Varith ließ seinen Zeigefinger von einer kleinen Hand ergreifen und wackelte mit dem Arm. »Wir spielen zusammen Dak'lir«, sagte er feierlich. »Ich zeige dir, wie man den Läufern ausweicht, sodass du die Ringe als Erster erreichst.« Varith sah zu seinem Vater auf. »Wie heißt er? Wie sollen wir ihn nennen?«

Tuvok blickte zu seiner Frau und wölbte eine Braue. Zwischen ihnen war es zu einer Meinungsverschiedenheit in Hinsicht auf den Namen des Babys gekommen. Tuvok zog einen in der Tradition von Surak vor, aber T'Pel wollte lieber auf diesen Brauch verzichten, um ihrem dritten Kind einen originelleren Namen zu geben.

»Die Entscheidung liegt bei dir«, sagte er. Das Kind

war gesund; im Vergleich dazu spielte der Name kaum eine Rolle.

T'Pel hielt seinen Blick einige Sekunden lang fest und erwiderte dann: »Er heißt Elieth.«

Tuvok ließ sich nichts anmerken, aber er hätte kaum überraschter sein können. Seine Tante Elieth war Älteste Mutter gewesen und vor kurzer Zeit gestorben, was dazu geführt hatte, dass Tuvoks Mutter T'Meni ihre Nachfolge antrat. Es kam einer großen Ehre gleich, den Namen der Ältesten Mutter einem männlichen Kind zu geben, und eine solche Entscheidung konnte nur die Mutter des Kindes treffen, nicht der Vater. Angeblich wies so etwas auf bedeutende Ereignisse im Leben des Kinds hin.

Tuvok nickte T'Pel zu, um sein Einverständnis zu zeigen. Sie hatte ihre Meinungsverschiedenheit damit auf sehr geschickte Weise ausgeräumt. Tuvok nahm einmal mehr zur Kenntnis, dass es seine Frau außerordentlich gut verstand, solche Kompromisse zu finden.

Er kehrte zur Wiege zurück, wo Sek und Varith das Neugeborene streichelten und so mit ihm sprachen, als handelte es sich um ein kleines Tier, vielleicht um ein Sehlat-Junges. »Kinder«, sagte er, »das ist euer Bruder Elieth.«

Die beiden Jungen zeigten keine besondere Reaktion auf diesen Hinweis und Tuvok nahm sich vor, ihnen die Bedeutung vulkanischer Namen zu erklären. Varith war vielleicht noch zu klein, um darüber Bescheid zu wissen, aber Sek hätte eigentlich informiert sein müssen – für seine Unwissenheit gab es keine Entschuldigung.

Als er seine drei Söhne ansah, die sich wie zu einem Familienfoto zusammengefunden hatten, fragte er sich, ob er seinen Pflichten als Vater wirklich gerecht wurde. Bei Seks Geburt hatte er beschlossen, im Gegensatz zu seinem eigenen Vater eine aktive Rolle bei der Erziehung der Kinder zu spielen. Sunak hatte seine Tage im Tempel verbracht – wogegen es natürlich nichts einzuwenden gab – und es T'Meni überlassen, den einen Sohn großzuziehen. Tuvok brachte seiner Mutter den größten Respekt entgegen, aber er überlegte oft, ob eine größere Präsenz des Vaters ihm erlaubt hätte, schon früher mit den Disziplinen vertraut zu werden.

Nun, seine eigenen Bemühungen in dieser Hinsicht schienen kaum die gewünschte Wirkung zu erzielen. Seiner Meinung nach mangelte es Varith und Sek an den Eigenschaften, die sie inzwischen aufweisen sollten. Was machte er falsch? Ein Erwachsener, der über so viel Erfahrung verfügte wie er, sollte imstande sein, zwei Kinder erfolgreich zu unterrichten. Er war entschlossen, der Sache auf den Grund zu gehen, zog einen Stuhl heran und nahm neben T'Pels Bett Platz.

»Das Verhalten unserer Söhne besorgt mich«, begann er. »Es mangelt ihnen an grundlegender Disziplin und manchmal sind sie zu ausgelassen. Sie bleiben bis fast eine Stunde nach Sonnenaufgang im Bett liegen, während ich als Kind immer vor dem Morgengrauen aufstand. Die Hausaufgaben erledigen sie nur, wenn ich darauf bestehe – so etwas wäre in meiner Kindheit völlig ausgeschlossen gewesen. Sie haben einfach nicht genug Kontrolle über ihr Verhalten und ihre Emotionen. Von den Idealen des *Cthia* sind sie weit entfernt. Was kann in dieser Hinsicht unternommen werden?«

Nach der Analyse des Problems sah Tuvok seine Frau an und stellte überrascht fest, dass sie eingeschlafen war. Er streckte die Hand aus, um sie sanft zu wecken, überlegte es sich dann aber anders. Immerhin hatte T'Pel gerade ein Kind zur Welt gebracht.

Er fasste einen Beschluss und stand auf. »Sek, Varith, begleitet mich.«

Die Jungen sahen ihn erstaunt an und hatten offenbar die Entschlossenheit in seiner Stimme gehört. Eines musste Tuvok ihnen lassen: Sie zögerten nicht, folgten ihrem Vater wortlos, als er das Zimmer verließ. Varith musste fast laufen, um mit Tuvok Schritt zu halten.

Eine Stunde später saßen sie vor M'Fau im Tempel von Amonak. Die Jungen waren blass und still; jeder von ihnen umklammerte einen kleinen Behälter, der Kleidungsstücke und einige andere notwendige Dinge enthielt. M'Fau wirkte wie ein Nestra-Vogel mit üppigem Gefieder. Sie trug eine glänzende safrangelbe Kutte, bot einen sehr eindrucksvollen Anblick.

»Ich überlasse meine Söhne Ihrer Obhut«, sagte Tuvok. »Ich habe als Vater versagt und möchte nicht, dass meine Unzulänglichkeit meinen Söhnen zum Nachteil gereicht. Unterweisen Sie sie in den vulkanischen Disziplinen, auf dass sie angemessen instruiert ihren Platz in der Welt der Erwachsenen einnehmen können.«

M'Fau antwortete nicht und musterte die beiden Jungen aufmerksam. Sek erwiderte ihren Blick ruhig, aber Tuvok glaubte, in seinen Augen Schmerz und Unsicherheit zu erkennen. Bei Varith war die Furcht ganz deutlich zu sehen: Seine Lippen zitterten und er umklammerte seinen Behälter so fest, dass die Finger blass und fleckig wurden.

Diese Beobachtungen bestärkten Tuvok in seiner Entscheidung. Richtig erzogene Kinder hätten kein solches Verhalten gezeigt; Sek und Varith brauchten also die feste Hand der Priester und Priesterinnen.

Aber M'Fau schwieg und bestätigte Tuvoks Entscheidung nicht. Er wartete geduldig und glaubte, dass sie besonders gründlich überlegte.

Schließlich wandte sich M'Fau von den beiden Jungen ab und Tuvok zu. Sie war fast zwei Jahrzehnte älter als zur Zeit seines ersten Pon Farr und ihr Gesicht wies noch tiefere Falten auf. Aber ihr Blick war immer noch scharf und durchdringend. Er spürte, wie sie sein Bewusstsein sondierte, schirmte sich nicht dagegen ab.

Nach einigen Sekunden presste M'Fau die Fingerspitzen aneinander und sah aus dem Fenster. Mattes gelbes Licht drang herein und Tuvok dachte kurz an die trüben

Nachmittage in San Francisco, wenn die Sonne vergeblich versuchte, die Stadt zu erhellen, und nur als besonders helle Stelle am bedeckten Himmel zu sehen war.

Schließlich kehrte M'Faus Blick zu ihm zurück. »Diese Jungen sind nicht bereit für das *Kolinahr*«, sagte sie. »Ich kann sie nicht aufnehmen.«

Tuvok war verwirrt. Wieso wollte M'Fau seine Söhne nicht aufnehmen, obwohl sie die strenge Disziplin des Ordens ganz offensichtlich dringend brauchten? Er setzte zu einem Einwand an, aber M'Fau kam ihm zuvor, indem sie die Hand hob.

»Du bist damals aus freiem Willen nach Amonak gekommen. Aufgrund deiner Lebenserfahrungen warst du bereit. Das gilt nicht für diese beiden Jungen. Du kannst den Prozess nicht beschleunigen, Tuvok. Deine Hast wird genau das Gegenteil von dem bewirken, was du dir wünschst.«

»Aber ... sie reagieren weder auf ihre gegenwärtigen Lehrer noch auf meine Versuche, ihnen die Disziplinen beizubringen. Sie brauchen eine festere Hand.«

»Die Erziehung von Kindern sollte einfach sein, nicht wahr? Wir lehren sie einfach das, was wir wissen, und sie nehmen unsere Weisheit pflichtbewusst in sich auf, während sie so erwachsen werden, wie wir es uns wünschen.«

Sie musterte Tuvok, der passiv blieb und darauf wartete, dass M'Fau zum Kern der Sache kam. »Es ist nichts weiter als eine angenehme Wunschvorstellung«, fuhr die alte Vulkanierin fort. »Du darfst deinen Söhnen ihre eigenen Anstrengungen nicht vorenthalten, Tuvok. Sie brauchen ihre eigenen Lebenserfahrungen, müssen selbst lernen, Hindernisse zu überwinden. Du kannst sie Reife nicht lehren.«

»Aber in ihrem Alter war ich nicht so ungebärdig ...«

M'Fau unterbrach ihn, indem sie abrupt aufstand und sich an die Jungen wandte. »In der Küche gibt es sicher noch ein wenig Honigkuchen. Sagt der Köchin, ich hätte euch zu ihr geschickt.«

Sek und Varith erhoben sich sofort und eilten zur Tür. Als sie das Zimmer verlassen hatten, sah M'Fau wieder Tuvok an.

»Ich weiß, wie du in ihrem Alter gewesen bist. Du bist genauso gewesen wie deine beiden Söhne, und wenn du etwas anderes behauptest, so entspricht das nicht der Wahrheit. Deine Mutter war damals ebenso besorgt wie du heute.«

Tuvok war verblüfft. Wie konnte so etwas möglich sein? Er war nie ungebärdig oder undiszipliniert gewesen, hatte seinen Eltern immer sofort gehorcht.

Oder?

»Wenn ich auf Vulkan geblieben wäre, hätten sich bei meinem Reifeprozess keine Probleme ergeben«, sagte Tuvok. »Die Interaktionen mit Menschen behinderten mein Wachsen in Richtung Kontrolle und Selbstbeherrschung.«

»Deine Neigung zu Hirngespinsten ist noch größer, als ich dachte«, erwiderte M'Fau; ihre Stimme war so hart wie Granit. »Aber vielleicht geht es allen Eltern so, die glauben, Musterbeispiele für gutes Verhalten gewesen zu sein, als sie so alt waren wie ihre Kinder.« Sie ging zum Tisch, nahm wie beiläufig ein Kal-toh-Stäbchen fort und ersetzte es durch ein anderes – die ganze Konstruktion erschimmerte plötzlich und erreichte einen Zustand der Ordnung. »Ich entbinde dich nicht von der Verantwortung, deine Kinder großzuziehen. Du musst dich dabei ebenso bemühen wie alle anderen.«

»Ich verstehe.«

»Wirklich? Ich glaube nicht, noch nicht. Aber irgendwann wirst du verstehen.«

M'Fau entließ ihn mit einem Nicken und er suchte die Küche auf, wo seine beiden Söhne verlockend duftenden Honigkuchen aßen. »Möchtest du ein Stück, Vater?«, fragte Varith mit vollem Mund. Tuvok hätte ihm fast mangelhafte Manieren vorgeworfen, überlegte es sich aber anders und nahm das angebotene Stück entgegen.

Es schmeckte süß.

»Was machst du, Vater?«

Tuvok drehte sich um und sah das runde Gesicht seiner Tochter Asil, die zu ihm aufblickte. Eine kleine Hand griff nach seiner Kutte, schloss sich fest um die purpurnen Falten. Tuvok verdrängte den Gedanken, dass er vermutlich zu Schelte bereit gewesen wäre, wenn sich einer seiner Söhne auf diese Weise verhalten hätte. Er musste zugeben, dass er sein viertes Kind etwas anders behandelte, erklärte das aber nicht mit dem Geschlecht, sondern mit seinen gewachsenen Erfahrungen.

Asil sah unerschütterlich zu ihm auf, und ihre Augen waren fast genauso beschaffen wie die ihrer Mutter: mandelförmig mit langen schwarzen Wimpern. Das Mädchen wirkte elfenhaft zart und hatte einen Hals, der Tuvok an den eines Schwans erinnerte. Ihm erschien es viel älter als nur vier Jahre.

»Ich habe in die Wüste gesehen«, antwortete er.

»Gibt es dort etwas?«

»Dort gibt es viele Dinge, aber von hier aus kann man sie nicht erkennen.«

»Hast du die Dinge jemals gesehen?«

»Nein.«

»Möchtest du?«

Tuvok atmete dreimal tief durch, nahm auf dem gepolsterten Fenstersitz Platz und hob Asil auf seinen Schoß. Sie erstaunte ihn immer wieder mit der Fähigkeit, genau zu erkennen, was ihm durch den Kopf ging. Er hatte keine sondierenden Gedanken gespürt, aber eine andere Erklärung gab es nicht – sie musste einen geistigen Blick in sein Bewusstsein geworfen haben.

»Ja, Asil, das möchte ich. Seit vielen Jahren träume ich

von einer Pilgerreise durch die Wüste, um den heiligen Berg Seleya zu sehen.«

»Warum bist du nie aufgebrochen?«

Tuvok zögerte. Er wusste nicht, ob Asil das Konzept familiärer Pflichten verstand, und auf keinen Fall wollte er sie mit dem Verdacht belasten, dass Kinder Eltern daran hinderten, sich seit langer Zeit gehegte Wünsche zu erfüllen.

»Es gibt eine Zeit für alles«, erwiderte er.

Asil drehte den Kopf und sah in die Wüste, über der die Mittagssonne gleißte. Heiße Luft stieg auf und flimmerte, wodurch der rote Sand eine orangefarbene Tönung gewann. Manche hätten eine lebensfeindliche, grausame Welt gesehen, aber Tuvoks Augen präsentierte sich von Geheimnissen erfüllte Schönheit.

»Dort muss es sehr still sein«, sagte Asil leise.

»Es ist die Stille von Äonen«, bestätigte Tuvok und staunte einmal mehr über die Erkenntnisfähigkeit seiner Tochter. Die meisten Personen hätten von der Hitze gesprochen, von der Weite oder den Gefahren in der Wüste. Doch Asil erwähnte die Stille …

»Eines Tages gehe ich dorthin«, sagte Asil in einem sehr sachlichen Tonfall. »Vielleicht können wir gemeinsam durch die Wüste wandern.«

Tuvok strich ihr sehr sanft über den Rücken und spürte ein sanftes, fast unmerkliches Zupfen an seinem Selbst, wie ein Finger, der vorsichtig die Saite einer Harfe berührte. Asil hatte tatsächlich eine Verbindung zu seinem Bewusstsein hergestellt und ging dabei so behutsam vor, dass ihm fast gar nichts aufgefallen wäre.

»Was hast du entdeckt?«, fragte Tuvok ruhig. Er hielt es für besser, seine Tochter wissen zu lassen, dass er ihre Sondierungen bemerkt hatte. Unbeeindruckt sah sie zu ihm auf.

»Wenn ich jemals losgehe, so muss ich allein sein«, sagte Asil. »Und das gilt auch für dich. Ich glaube – und dies ist mein Gedanke, nicht deiner – dass du bald aufbrechen solltest.«

Einige Tage später informierte Tuvok T'Pel von seiner Absicht, eine Pilgerreise durch die Wüste zu unternehmen. »Ich habe mich schon gefragt, wann es dir endlich klar wird«, sagte sie nur, aber Tuvok bemerkte, dass sie sich von ihm abwandte, als wollte sie ihm keine Gelegenheit geben, ihren Gesichtsausdruck zu sehen.

Seine Mutter erhob Einwände, was ihn kaum überraschte. »Erneut sehnst du dich nach Isolation. Die Lektionen des Lebens lernt man nicht auf diese Weise, Tuvok. Distanz und Abgeschiedenheit sind die einfachen Wege. Viel schwerer ist es, Teil der Welt zu sein.«

Inzwischen war Tuvok alt und erfahren genug, um zu begreifen, dass seine Mutter ihn aus Prinzip herausforderte, ihn dadurch zwang, seine Entscheidungen zu überdenken und rational zu prüfen. Wenn er seine Absicht verkündet hätte, zur Erde zurückzukehren und dort wieder am geschäftigen Leben der Menschen teilzunehmen, so wäre sie sicher bereit gewesen, auch das in Frage zu stellen.

Trotz allem wusste Tuvok die Methodik seiner Mutter zu schätzen, denn es kam Weisheit in ihr zum Ausdruck. Wenn eine Entscheidung einer logischen Überprüfung standhielt, so gab es nichts an ihr auszusetzen.

M'Fau schien die Angelegenheit einer noch gründlicheren Prüfung unterziehen zu wollen. Als er ihr in einem steinernen Zimmer des Tempels gegenübersaß, funkelten ihre zeitlosen schwarzen Augen. »Jeder kann sich auf eine Pilgerreise zum Seleya begeben«, sagte sie in einem sonderbar herausfordernden Tonfall. »Es finden täglich Flüge statt.«

»Ich habe nicht die Absicht, ein Transportmittel zu benutzen«, erwiderte Tuvok ruhig. »Ich werde die Pilgerreise auf traditionelle Weise hinter mich bringen, mit einem Marsch durch die Wüste.«

M'Fau antwortete nicht sofort und Tuvok lauschte

dem leisen Pfeifen ihres Atems. Sie war jetzt so alt, dass die dünne Luft Vulkans für sie zur Last wurde – ihre Lungen mussten sich anstrengen, um genug Sauerstoff zu bekommen. Für Tuvok hörte es sich an wie eine Brise in den Segeln eines alten Schiffes.

»Die Wüste ist gefährlich«, sagte M'Fau schließlich. Als Tuvok auf diese Worte reagieren wollte, fuhr sie fort: »Die physischen Gefahren kennst du natürlich. Hitze, Sonne, Tiere …« Sie maß ihn mit einem nachdenklichen Blick. »Mit ›traditionell‹ meinst du vermutlich, dass du nur die rituellen Gegenstände mitnehmen willst, oder?«

Er nickte knapp.

»Nun, es gibt noch andere Gefahren, Tuvok. Gefahren des Geistes. Sie können mehr Schaden anrichten als ein hungriger Lematya.«

»Ich bin bereit, mich allen Erfordernissen zu stellen«, sagte Tuvok schlicht. Er wollte dieses Gespräch so schnell wie möglich hinter sich bringen, um mit den Vorbereitungen zu beginnen. Aber er wusste auch, dass er ohne M'Faus Segen nicht aufbrechen konnte.

»Daran zweifle ich nicht. Aber du kennst nicht alle Erfordernisse, oder? Und daher kannst du auch nicht für sie bereit sein. Genau darum geht es mir.«

Tuvok rutschte auf seinem Stuhl ein wenig zur Seite und wünschte nur das Ende der Begegnung herbei. »Ich bereite mich auf das vor, was sich voraussehen lässt. Und ich werde versuchen, auch für das Unerwartete gewappnet zu sein.«

M'Fau schlug so plötzlich zu wie eine Sandviper – von einem Augenblick zum anderen war sie in Tuvoks Bewusstsein. Ihr jäher geistiger Vorstoß überraschte ihn und er unterdrückte den Reflex, sich abzuschirmen, öffnete sich stattdessen der Sondierung. Die alte Vulkanierin sah sich in seinem Selbst um, untersuchte alle Ecken und Winkel, wie ein Forscher, der geduldig durch ein Höhlensystem kletterte, alle Abzweigungen und Tunnel verzeichnete. Es gefiel ihm nicht, dass M'Fau seine Privatsphäre auf diese Weise verletzte, und er musste mehrmals tief durchatmen, um auf dem Stuhl sitzen zu bleiben.

Schließlich zog sich die Priesterin zurück und bedachte ihn mit einem sonderbaren Blick. Ihr Gesichtsausdruck ließ sich kaum deuten. Zeigte er Zufriedenheit? Oder Herablassung?

»Wie ich es mir dachte. Du hast eine Phantasievorstellung in Hinsicht auf die Wüste. Du gibst dich einem romantischen Spiritualismus hin, einem metaphysischen Idealismus, der nur wenig mit der Realität zu tun hat. Du weißt nicht, wie die Wüste *wirklich* ist.«

»Ich verstehe nicht, wie ich mit etwas vertraut sein soll, das ich noch nicht erfahren habe«, erwiderte Tuvok. »Das ist für mich ebenso unmöglich wie für jede beliebige andere Person.« Er musterte M'Fau. »Haben Sie jemals die Wüste durchquert?«

Es verstrichen einige Sekunden, bevor die alte Vulkanierin antwortete, und Tuvok befürchtete, mit der Kühnheit seiner Frage eine unsichtbare Grenze überschritten zu haben. Doch als M'Fau schließlich antwortete, sprach sie in einem neutralen Tonfall. »Nein«, sagte sie schlicht. »Ich habe darauf verzichtet, weil ich der Wüste einen Respekt entgegenbringe, der dir fehlt. Es gebührt mir nicht zu behaupten, meine Einstellung sei der deinen überlegen, aber ...«

Sie zögerte und sah ihn aus glänzenden Augen an. »Ich fürchte um dich«, fügte sie hinzu. Dann wandte sie sich ab und Tuvok begriff, dass sie das Gespräch damit als beendet erachtete.

Einen Monat lang traf Tuvok alle Vorbereitungen, die er für nötig hielt, und dann brach er zu seiner langen Wanderung durch die Wüste auf. Wie angekündigt nahm er nur die rituellen Gegenstände mit: ein Messer, einen Becher und einen heiligen Stein, den M'Fau ihm gegeben hatte als eine Geste der Einwilligung.

Während der ersten Woche hing T'Khut am Tageshimmel über der Wüste. Tuvok sah oft zu dem großen, wie angeschwollenen Ball empor, beobachtete Vulkane, die seit Äonen Feuer und Asche spien, hielt nach etwas Ausschau, das ihm einen Hinweis auf den Grund der Reise geben konnte. Denn so lautete die erstaunliche Wahrheit: So sehr es Tuvok auch zu der Pilgerreise gedrängt hatte – er wusste nicht, was diesen seltsamen Drang bewirkte. Er war davon überzeugt gewesen, den Grund zu erkennen, wenn er die stille, weite Wüste betrat, aber nach einer Woche war er der Lösung des Rätsels nicht näher gekommen.

Er hatte die Frage von allen Seiten untersucht, sie mit der ganzen Macht seiner Logik analysiert. So gab es zum Beispiel die Möglichkeit einer genetischen Prädisposition. Seine Vorfahren hatten in der Wüste gelebt, am Fuß des Seleya gebetet, die harten Unbilden des endlosen Sands und der erbarmungslosen Sonne ertragen. Vielleicht war sein Gehirn auf die Notwendigkeit programmiert, jene primordiale Vergangenheit am eigenen Leib zu erfahren.

Aber wenn das stimmte: Warum drängte es dann nicht auch andere Vulkanier zu einer solchen Pilgerreise? Viele wünschten sich einen spirituellen Abstecher zum Seleya, aber sie benutzten dabei Shuttles oder andere Transportmittel. Seit vielen Generationen war niemand mehr losgezogen, um bei dieser Pilgerreise die Wüste zu Fuß zu durchqueren.

Tuvok zog in Erwägung, dass die spirituellen Aspekte seines Wesens vielleicht durch den Einfluss seines Vaters verstärkt worden waren. Möglicherweise wurzelte dort der Wunsch, die Weite der Wüste kennen zu lernen.

Aber auch von dieser Vorstellung trennte er sich rasch. M'Fau hatte nicht den Wunsch verspürt, die Wüste zu durchqueren, und Tuvok kannte keine spirituellere Person.

Warum war diese Reise für ihn so wichtig? Er blickte zu T'Khut empor, fokussierte sein Selbst, prüfte alle logischen Möglichkeiten, um eine nach der anderen zu verwerfen.

Nach einer Woche wurde ihm klar, dass er nicht länger tagsüber unterwegs sein durfte, wenn er überleben wollte. Er schalt sich wegen dieses groben logistischen Fehlers. Schon an der Starfleet-Akademie hatte er gelernt, dass man heiße Gegenden besser des Nachts durchquerte. In seinem Eifer, Antworten zu finden, war er ebenso kühn wie dumm gewesen. Zwar hatte er vor dem Aufbruch viel Flüssigkeit zu sich genommen, doch jetzt spürte er den Beginn von Durst. Wenn er nachts gewandert wäre, hätte er sich erst in zwei Wochen dem Problem des Wassers widmen müssen.

Tuvok bedauerte es, diesen fundamentalen Fehler gleich zu Beginn der Reise gemacht zu haben, und befürchtete, dass er damit einen Schatten auf seine Bemühungen geworfen hatte. Er war aufgebrochen, ohne die Logik zu beachten, hatte sich allein von seinem Bedürfnis leiten lassen, nicht aber von der Vernunft.

Tuvok schwor sich, einen solchen Fehler nicht zu wiederholen.

Indem er am Tag ruhte und in der Nacht wanderte, konnte er die Reise fast eine Woche lang fortsetzen, bevor er sich der Erkenntnis stellen musste, das er unbedingt Flüssigkeit brauchte. Wasser gab es nicht und es existierte praktisch nur eine Alternative: Blut.

Bisher hatte er keine Anzeichen von irgendwelchen Bewohnern der Wüste gesehen – Sehlats, Lematyas, Schlangen und so weiter –, aber er hatte auch nicht bewusst nach ihnen Ausschau gehalten. Er hatte hauptsächlich gen Himmel geblickt und bei T'Khut nach Antworten auf seine Fragen gesucht.

Als er mit der Suche nach Beute begann, fand er viele Hinweise darauf, dass er nicht allein war. Spuren im Sand, Kot, Sporen, die in der heißen Luft schwebten …

Die Wüste war keineswegs leblos. Es gab Geschöpfe in ihr und damit eine Möglichkeit für Tuvok, Flüssigkeit aufzunehmen.

Er stand vor Sonnenuntergang auf, als ihm noch etwa eine Stunde Tageslicht blieb, das er für die Jagd brauchte. Um diese Zeit waren kleinere Tiere aktiv, bevor sie sich vor den nächtlichen Räubern verstecken mussten. Tuvok suchte, bis er schließlich frische Spuren fand, die zu einer Mulde im Sand führten. Es handelte sich um den Bau eines Merak, eines kleinen, katzenartigen Tiers. Es war klein genug, um recht leicht erlegt zu werden, aber auch groß genug, um ausreichend Blut zu enthalten. Außerdem konnte er das Fleisch nutzen, um neue Kraft zu gewinnen.

Er nahm hinter der Mulde im Sand Platz und begann, mit der Faust in regelmäßigen Abständen auf den Boden zu klopfen. Auf diese Weise schuf er eine Vibration, die die Meraks im Bau stören und verwirren sollte. Schließlich würde einer von ihnen das Nest verlassen, um nach dem Rechten zu sehen.

Fast eine Stunde lang klopfte Tuvok. Mehrmals wechselte er die Hände, pochte auch mit den Füßen. Nach einer Weile fragte er sich, ob die alten Geschichten der Wahrheit entsprachen oder er sich zum Narren machte, indem er im Sand saß und wie ein Irrer auf den Wüstenboden trommelte.

Doch schließlich bemerkte er eine Bewegung. Etwas Sand rutschte beiseite und eine lange, spitz zulaufende Schnauze erschien, wandte sich nach rechts und links, auf der Suche nach dem Ursprung des Pochens. Wenige Sekunden später kam der ganze Kopf aus der Mulde hervor. Die vorstehenden Augen blickten argwöhnisch, aber zum Glück nicht in Tuvoks Richtung. Die Schultern folgten, dann der Rest des gedrungenen Leibs.

Das Messer stieß zu und der neugierige Merak starb innerhalb eines Sekundenbruchteils. Tuvok drehte das Tier, schlitzte ihm den Bauch auf, hob es an die Lippen und trank warmes Blut. Es hatte einen salzigen, aromatischen Geschmack und er schluckte gierig, um möglichst viel davon zu trinken, bevor es gerann. Anschließend häutete er das Tier, schnitt das Muskelfleisch von den Knochen und aß es roh, in kleinen, sorgfältig gekauten Stücken.

Nie zuvor hatte er ein Tier erlegt. Seit der Zeit von Surak lebten die Vulkanier streng vegetarisch. Tuvok hatte von den Ernährungsgewohnheiten der Vorfahren gelesen, der Wüstenbewohner, und er war einfach davon ausgegangen, dass er ihrem Beispiel folgen konnte. Jetzt begriff er, wie primitiv und barbarisch es war, ein Tier zu töten, und es erstaunte ihn, dass er tatsächlich dazu in der Lage war. Aber genauso gut hätte er trotz der Notwendigkeit eines solchen Verhaltens versagen können.

Nun, solche Überlegungen erübrigten sich jetzt. Fest stand: Tuvok hatte so gehandelt, wie es die Umstände erforderten, und zwar ohne irgendwelche Probleme. Er dachte darüber nach und nahm zur Kenntnis, dass dieses Gebaren gut zum noch immer ungelösten Rätsel passte. Warum hatte er sich auf all dies eingelassen? Und welches Resultat mochte sich daraus ergeben?

Nach zwei weiteren Wochen in der Wüste gab es noch immer keine Antworten auf diese Fragen. Tuvok hatte zwei weitere Male getötet, Blut getrunken und rohes Fleisch gegessen. Zwar war er nicht so kräftig wie zu Beginn der Reise, aber er kam auch weiterhin gut voran und legte in jeder Nacht viele Kilometer zurück.

Im Morgengrauen und während der Abenddämmerung – nur bei diesen beiden Gelegenheiten sah er Licht in der Wüste – bemerkte er, dass sich die Farbe des Sandes allmählich veränderte. Das Rostrot verblasste immer mehr, gewann den Ton von wässrigem Tee, ein helles Braun, in dem sich hier und dort etwas dunklere Flecken zeigten. Tuvok wusste, was das bedeutete: Er näherte sich dem Bereich des weißen Sands, der den Seleya umgab. Mit dieser Feststellung ging ein Äquivalent von Freude einher. Er glaubte, seine Reise sei bald zu Ende, obwohl sie in Wirklichkeit gerade erst begann und die schwersten Prüfungen noch auf ihn warteten.

Schließlich wusste er nicht mehr, wie lange er schon durch die heiße Endlosigkeit unterwegs war. Es gab nur die Wüste, eine weite Ebene aus Sand, der mit jedem Tag weißer wurde. Die Zeit schien ihre Bedeutung zu verlieren, als Tuvok immer wieder einen Fuß vor den anderen setzte, während er den Horizont nach dem ersten Auftauchen des Seleya absuchte. Tagsüber schlief oder döste er, stand kurz vor dem Sonnenuntergang auf und begann mit einer neuen Wanderung.

T'Khut leistete ihm gelegentlich Gesellschaft, als zunehmende oder schmaler werdende Sichel, starrte wie die »Beobachterin« aus den Sagen der Vorfahren auf ihn herab. Er fuhr damit fort, im unveränderlichen Gesicht des Schwesterplaneten nach einem Hinweis auf den Grund für seine Reise Ausschau zu halten. Eines Tages fragte er sich, warum er ausgerechnet von T'Khut Auskunft erwartete – und musste feststellen, dass er auch diese Frage nicht beantworten konnte.

Die lange Wanderung durch die Wüste brachte ihm keine Erleichterung: Sie warf nur weitere Fragen auf, ohne ihm eine einzige Antwort anzubieten.

Trotzdem setzte er den Weg fort. Hunger und Durst wurden zu ständigen Begleitern; er gewöhnte sich so sehr daran, dass er sie für einen natürlichen Zustand hielt, die Abwesenheit dieser beiden Empfindungen hingegen als anormal. Es fiel ihm immer schwerer, Meraks zu finden, und er erinnerte sich daran, dass sie den dunklen Sand bevorzugten. Er befand sich jetzt im Territorium der Sehlats und Lematyas und musste vorsichtig sein. Sie stellten eine Gefahr für ihn da, aber er musste sie auch jagen, denn sie waren seine einzige Nahrungsquelle.

Zu Tuvoks erster Begegnung mit einem Sehlat kam es mitten in einer Nacht, als er mit gleichmäßigen Schritten in Richtung des heiligen Berges ging, dessen Gipfel sich noch immer nicht am Horizont zeigte. Er hörte ein sonderbares Geräusch, ein leises Knistern im Sand, blieb abrupt stehen, schloss die rechte Hand um den Griff des Messers und lauschte.

T'Khut stand als dünne Sichel am Himmel und spendete nur wenig Licht, das sich in zwei roten Augen widerspiegelte, etwa zehn Meter entfernt. Ein dumpfes Knurren wies Tuvok darauf hin, dass er es mit seinem ersten Sehlat zu tun bekam. Wie würde diese Konfrontation enden?

Eine Viertelstunde standen sie sich reglos gegenüber. Der Sehlat hatte die Muskeln gespannt, bereit zum Sprung, und seine Krallen bohrten sich tief in den Wüstenboden. Das Fell am Rücken war gesträubt. Tuvok gestand sich ein, dass er nicht wusste, was er unternehmen sollte. Wenn er sich bewegte, dem Tier den Rücken zukehrte, so griff es ihn bestimmt von hinten an. Andererseits konnte er nicht bis in alle Ewigkeit erstarrt dastehen und darauf warten, dass sich der Sehlat zurückzog. Er musste weitergehen, in Richtung Seleya.

»Wir müssen uns irgendwie einigen, Sehlat«, sagte Tuvok laut. Die eigene Stimme hörte sich seltsam an, wie der vage vertraute Klang eines fremden Musikinstruments. Er hatte sie seit Wochen nicht mehr gehört, seit dem Beginn der Reise.

»Ich muss den Weg zum Seleya fortsetzen«, fuhr Tuvok fort. »Aber ich möchte nicht, dass du mich von hinten angreifst.«

Der Sehlat schnaubte kurz und kratzte mit einer großen Pfote über den Boden. Dann wandte er sich in die Richtung, in der der heilige Berg lag, lief langsam los und sah nicht zurück. Tuvok blickte ihm einige Sekunden lang nach und folgte dem Tier dann. Er glaubte nicht, dass es zum Seleya wollte. Vermutlich hatte der

Klang seiner Stimme irgendeinen animalischen Bann gebrochen, was dazu führte, dass der Sehlat jetzt wieder mit der Jagd begann oder vielleicht einen Artgenossen suchte.

Doch am Morgen leistete ihm das Tier noch immer Gesellschaft, strebte wie er dem fernen Berg entgegen. Wieder fühlte sich Tuvok von Unsicherheit erfasst. Die Sonne wärmte bereits die Morgenluft und es wurde Zeit für ihn zu ruhen. Aber wenn er einschlief ... Dann bestand die Gefahr, dass sich der Sehlat auf ihn stürzte und ihn zerfleischte.

Er verharrte, setzte sich und begann damit, einen Wall aufzuwerfen, der ihn vor dem Sonnenschein schützen sollte. Der Sehlat schien zu spüren, dass Tuvok ihm nicht mehr folgte, denn er blieb ebenfalls stehen und sah zurück. Er fletschte jetzt nicht mehr die Zähne und auf Tuvok wirkte er fast komisch.

»Ich muss ausruhen«, sagte der Vulkanier. »Bestimmt bist du ebenfalls müde. Lass uns schlafen. Wenn die Sonne untergeht, brechen wir erneut auf.«

Das Tier warf ihm einen kurzen Blick sah, ließ sich dann auf den Bauch sinken und begann damit, sich in den Boden einzugraben. Nach kurzer Zeit ragte nur noch der vordere Teil der Schnauze aus dem Sand, der kaum auffiel. Tuvok fragte sich, an wie vielen schlafenden Sehlats er vorbeigegangen war, ohne etwas zu bemerken.

Er sah sich nun einem Dilemma gegenüber. Er war durstig und hungrig. Der Sehlat würde ihn mehrere Tage ernähren und mit dem Blut konnte er seinen Durst stillen. Dies war genau der richtige Zeitpunkt, sich an ihn heranzuschleichen und ihm das Messer in den Kopf zu stoßen. Die Logik verlangte ein solches Verhalten.

Doch irgendetwas hinderte ihn daran. Er glaubte nicht wirklich, dass der Sehlat zu eigenem Denken oder bewusster Loyalität imstande war. Aber das Tier hatte ihn nicht angegriffen und ihn fast die ganze Nacht über begleitet. Jetzt ruhte es im Sand, während Tuvok zu schlafen versuchte. Er wollte die Situation nicht romantisieren, doch er gewann den Eindruck, dass eine Verbindung zwischen ihm und dem Sehlat entstanden war. Wenn er ihn jetzt tötete … Dann verstieß er gegen die Gesetze der Wüste, was zweifellos Unheil herausforderte.

Und so blieb er hinter dem Wall liegen, schloss die Augen und hoffte, noch am Leben zu sein, wenn die Sonne aufging.

Vier Tage lang waren Tuvok und der Sehlat zusammen unterwegs. Sie schliefen tagsüber und wanderten des Nachts. Es handelte sich um ein weiteres Geheimnis der Wüste, aber Tuvok versuchte gar nicht mehr, solche Rätsel zu lösen. Vielleicht fand er nie eine Antwort auf die Frage, warum der Sehlat beschlossen hatte, ihn zu begleiten. Hier, in der endlosen Weite des weißen Sands, erschien es normal, sich mit solchen Dingen abzufinden. Es geschah einfach.

Ein Problem rückte immer mehr in den Vordergrund: Schon seit einer ganzen Weile hatte Tuvok keine Anzeichen von tierischem Leben mehr gesehen und er brauchte dringend Nahrung und Flüssigkeit. »Wir werden beide schwächer, Sehlat«, sagte Tuvok und angesichts der ausgetrockneten Lippen fiel ihm das Sprechen schwer. »Dies ist deine Domäne. Ich bitte dich um Hilfe.«

Im Anschluss an diese Worte legte er sich hinter den von ihm geschaffenen Wall und schloss die Augen. Das Einschlafen fiel ihm mit jedem verstreichenden Tag leichter.

Als er erwachte, entsann er sich an einen Traum, der ihm Antworten auf seine Fragen versprochen hatte: Eine dunkle Präsenz, ein schwarzes, gestaltloses Etwas ragte in jenen Traumvisionen auf, ein Hüter des Wissens. Tuvok sehnte sich danach, die Dunkelheit zu erreichen und mit ihr zu verschmelzen, um das Wissen zu erfahren. Aber je mehr er versuchte, zu der Präsenz zu gelangen, desto schneller wich sie zurück. Schließlich löste sie sich auf, wie ein Schatten im Licht der Morgensonne.

Er öffnete die Augen und sah den Sehlat, der mit blutigem Maul dicht vor ihm stand. Von einem Augenblick zum anderen war Tuvok hellwach und sprang auf.

Im Sand neben ihm lag der halb aufgefressene Kadaver eines Lematya. Das Blut war noch nicht geronnen und tropfte in den Sand. Tuvok wandte sich ihm rasch zu, schnitt weitere Adern auf, schluckte das Blut gierig und glaubte, nie etwas Köstlicheres getrunken zu haben. Anschließend nahm er sich das Fleisch vor und riss es von den Knochen, ohne das Messer zu benutzen.

Es dauerte nicht lange, bis sein Gesicht blutverschmiert war, und plötzlich spürte er das Bedürfnis, laut zu schreien, zur Sonne emporzublicken und zu heulen. Er erfüllte sich diesen Wunsch und stieß einen Schrei aus, der über die Wüste hinweghallte und in ihren Tiefen verschwand.

Der Sehlat neigte den Kopf zur Seite und sah ihn an. Hätte es Tuvok nicht besser gewusst, wäre er bereit gewesen zu glauben, dass ihn das Tier verspottete.

Am fünften Tag des gemeinsamen Abenteuers glaubte Tuvok, im Licht der aufgehenden Sonne etwas zu erkennen. Er blinzelte mehrmals und versuchte herauszufinden, ob ihm das Flimmern der heißen Luft einen Streich spielte oder ob er wirklich das Ziel seiner Reise sah: Seleya, den heiligsten Ort auf Vulkan.

Selbst wenn er wirklich den Gipfel des Berges in der Ferne sah – er wusste, dass seine Reise noch lange nicht vorüber war. Er brauchte mindestens zwei weitere Wochen, um den Sand zu durchqueren, der sich zwischen ihm – und dem Sehlat – und Seleya erstreckte.

Trotzdem wuchs seine Zuversicht. Er hatte überlebt und jetzt geriet der heilige Berg in Sicht, gab ihm neue Kraft.

Am nächsten Tag kam der Wind.

Jedes vulkanische Kind hatte vom heftigen Wüstenwind gehört. Legenden und Mythen berichteten davon. Ein Wind, der den Sand aufwirbelte und ihn in dichte Wolken verwandelte, die Wüste tagelang verdunkelte, wie ein gewaltiger Leviathan Personen und Tiere verschlang. Es war eine spannende, aufregende Legende und man erzählte sie in der Sicherheit warmer Schlafzimmer. Kinder schauderten, wenn sie davon hörten, und krochen dann unter weiche Decken, um von Abenteuern in der Wüste und mutigen Helden zu träumen.

Der Sehlat wusste die Anzeichen als Erster zu deuten. Er wurde ruhelos und scharrte mit den Pfoten im Sand, als Tuvok seinen Wall für den Tag vorbereitete. Er hob die Schnauze und schnupperte, gab dann ein miauendes Geräusch von sich. Anschließend wiederholte sich der Vorgang.

Tuvok sah auf und bemerkte hinter ihnen etwas, das ihm wie eine Staubwolke erschien, viel zu weit entfernt, als dass er sich deshalb Sorgen hätte machen müssen. Er grub weiter, doch kurz darauf spürte er die seltsam kalte Schnauze des Sehlats an den Händen. Tuvok erhob sich und sah erneut zu der vermeintlichen Staubwolke.

Sie war inzwischen größer geworden, wogte wie eine Nebelbank am Horizont, reichte weit in den Himmel und kam immer näher.

»Der Wind?«, murmelte Tuvok und begriff dann, dass er an diesem Tag nicht schlafen würde. Sie mussten in Bewegung bleiben und versuchen, dem gefährlichen Sturm zu entkommen. Er sah kurz zum Sehlat, ging dann mit langen, entschlossenen Schritten los und warf nur gelegentlich einen Blick über die Schulter.

Die Staubwolke kam immer näher.

Sie verursachte ein seltsames Geräusch, das nach kreischenden Tieren klang, ein unnatürlicher, gespenstischer Laut, wie von gequälten Geistern. Tuvok fühlte sich nach und nach von dem Geräusch überwältigt. Er wollte dem Kreischen entkommen, das ihm noch unheilvoller erschien als der reibende, schmirgelnde Sand.

Weder das eine noch das andere ließ sich vermeiden. Der Wind erreichte sie gegen Mittag, mit einem heulenden, triumphierenden Schrei. Der Sand schien regelrecht zu explodieren und bestrebt zu sein, sich mit einer Million spitzer Nadeln in Tuvok und den Sehlat zu bohren. Es brannte, als wären die Spitzen der Nadeln mit Säure versehen. Tuvok sank auf die Knie, hob den Saum seiner Kutte und hielt sich den Stoff wie einen Filter vor Mund und Nase. Der Sehlat schob sich näher, kniff die Augen zu und miaute jämmerlich. Der Vulkanier zog das muskulöse Tier ganz dicht zu sich heran und bedeckte es mit der anderen Hälfte seiner Kutte. Eng aneinander geschmiegt warteten sie auf das Ende des Sturms.

Wer den Wind der Wüste überstehen wollte, brauchte nicht nur große Widerstandskraft, sondern auch viel Geduld. Stundenlang hockten Tuvok und sein Begleiter im Wüten, ohne dass das Heulen nachließ. Der Wind hatte weder Anfang noch Ende, war ewig, die einzige existierende Realität. Das ganze Universum bestand aus ohrenbetäubendem Kreischen, stechenden Nadeln und nussfarbenen Partikeln.

Tuvok wusste nicht, wie lange er neben dem Sehlat lag, als er zu halluzinieren begann. Zuerst bemerkte er, dass das Heulen leiser wurde, wie durch die plötzliche Aktivität eines dämpfenden Filters. Vorsichtig hob er den Kopf und sah sich um. Völlige Stille senkte sich herab und der wirbelnde Sand gewann eine durchscheinende Qualität. Ein sonderbares, betörendes Schimmern ging davon aus.

Durch den funkelnden Dunst stieg Tuvok auf, blickte von oben auf die Wüste hinab und sah sich selbst neben dem Sehlat. Er schwebte im Sturm, der ihm jetzt nur noch wie eine sanfte Brise erschien, drehte sich langsam und träge über dem eigenen Körper.

Seltsam. Was hatte dies zu bedeuten? Es war zweifellos angenehmer, hier oben zu schweben, anstatt dort unten im Heulen zu liegen, aber irgendetwas stimmte nicht. Wie sollte er den Seleya auf diese Weise erreichen? Indem er flog? Die Vorstellung übte einen gewissen Reiz auf ihn aus, aber er war eindeutig nicht imstande, seine Bewegungen zu kontrollieren. Er schwebte nicht in eine bestimmte Richtung, verharrte einfach nur über dem Boden.

Tuvok versuchte, schwer zu werden, um nach unten zu sinken, aber seine Bemühungen bewirkten nichts. Er sammelte seine ganze Willenskraft und trachtete auf diese Weise danach, zu seinem Körper zurückzukehren.

Aber er hing auch weiterhin in der Leere, umgeben von Stille, unfähig dazu, sich seinem Körper zu nähern oder sich von ihm zu entfernen.

Ihm fiel ein, dass er vielleicht tot war.

Es gab entsprechende Berichte von Personen, die klinisch tot gewesen waren, aber durch rechtzeitige medizinische Intervention oder einen glücklichen Zufall die Möglichkeit bekommen hatten, ins Leben zurückzukehren. Sie erzählten davon, den eigenen reglosen Leib von oben gesehen zu haben. Angeblich dauerte dieser Zustand an, bis man sich mit dem Tod abfand und das Katra seinen Weg fortsetzte, wohin auch immer. Über jenes Ziel gab es keine Angaben, denn die »Gestorbenen«, von denen diese Berichte stammten, waren ins Leben zurückgekehrt, bevor sie den letzten Abschnitt ihrer Reise ins Jenseits hinter sich bringen konnten.

Tuvok dachte über die Möglichkeit seines Todes nach und lehnte es ab, sie ernsthaft in Erwägung zu ziehen. Er war zu weit gekommen und hatte zu viel ertragen, um so dicht vor dem Ziel seiner Reise einen Fehlschlag seiner Bemühungen hinzunehmen. »Ich bin noch nicht fertig«, teilte sein Geist den Kräften mit, die hier am Werk waren. »Ich muss die Reise zum Seleya beenden.«

Er beobachtete, wie sich unten der Sehlat bewegte, kurz an seinem Gesicht schnüffelte, dann über Wangen, Mund und Augen leckte. Einmal mehr erstaunte ihn das merkwürdige Verhalten dieses Tiers. Sehlats galten als heimtückische und sehr gefährliche Raubtiere, die sich allein von ihren primitiven Instinkten leiten ließen. Ein wildes Exemplar verhielt sich normalerweise nicht wie ein Haustier, das gehorsam neben seinem Herrchen lief und sich während eines Sturms an ihn schmiegte. Sie jagten auch nicht, um für jemand anders als sich selbst Nahrung zu beschaffen. Dieser Sehlat stellte tatsächlich etwas Besonderes dar.

Welche Erklärung gab es dafür? Mehrere Möglichkeiten kamen Tuvok in den Sinn. Vielleicht steckte einfach nur Glück dahinter, dass er einem sehr sanften Tier begegnet war. Oder es handelte sich um eine Halluzination. Möglicherweise bildete er sich das Tier nur ein, so wie er sich jetzt einbildete, über der Wüste zu schweben. Oder der Sehlat war ein göttliches Geschöpf, ein heiliger Gesandter aus einer anderen Dimension, damit beauftragt …

Ein unangenehmer Geruch stieg ihm in die Nase und ein raues Etwas schabte ihm über die Haut. Er runzelte die Stirn, hob mühsam den Kopf und öffnete vorsichtig die Augen.

Um ihn herum wütete der Sandsturm mit der gleichen grimmigen Heftigkeit wie zuvor. Aber er befand sich jetzt wieder in seinem Körper, was er mit erstaunlich viel Erleichterung zur Kenntnis nahm. Der Sehlat hockte halb über ihm und bedachte ihn mit einem Blick, den Tuvok als besorgt bezeichnet hätte, wenn er bereit gewesen wäre, das Tier noch weiter zu anthropomorphisieren. Irgendetwas veranlasste ihn, die Hand auszustrecken und den Sehlat dankbar zu kraulen.

»Wir müssen diesen Ort verlassen«, sagte Tuvok. Er musste fast schreien, um das Heulen des Winds zu übertönen. »Wir müssen den Weg fortsetzen, wenn wir hier nicht sterben wollen.« Er kam mühevoll auf die Beine – wie viel leichter war es doch gewesen, einfach nur zu schweben – und zwang sich, erneut einen Fuß vor den anderen zu setzen, sich dem wirbelnden Sand entgegenzustemmen. Der Sehlat folgte ihm, und Schritt für Schritt kamen sie voran. Welche Vorsehung auch immer ihm das Tier geschickt hatte – Tuvok hoffte, dass sie ihn jetzt in die richtige Richtung gehen ließ.

Nach einer Zeitspanne, die ihm wie ein weiterer Tag erschien, verlor der Sturm endlich an Intensität. Das Kreischen ließ allmählich nach und der Sand wirbelte nicht mehr ganz so gnadenlos. Schließlich wandte sich der Wind von ihnen ab und zog über die Wüste davon. Tuvok und der Sehlat blieben zurück, von Sand bedeckt und sehr durstig. Der Vulkanier reinigte sein Gesicht, so gut es ging, klopfte mit dem Saum seiner Kutte den Sehlat ab und sah sich um.

Der heilige Berg Seleya zeigte sich als Dreieck am Horizont, weiß und klein, aber er war zweifellos da. Tuvoks Herz schlug schneller. »Sieh nur, dort ist unser Ziel …«, sagte er zu seinem Begleiter und unterbrach sich, als er merkte, dass mit dem Tier etwas nicht stimmte.

Es lag auf der Seite, mit aus dem Maul hängender Zunge, die Augen trüb. Der Brustkasten hob und senkte sich in einem schnellen Rhythmus – der Sehlat keuchte verzweifelt. Tuvok kniete neben ihm und berührte die warme, trockene Schnauze. Das arme Tier hatte sich völlig verausgabt und konnte nicht mehr weiter. Es starb …

Tuvok sah zum heiligen Berg in der Ferne, dem lang ersehnten Ziel. Er war schwach und durstig, wusste aber, dass er noch über genug Kraft verfügte, um den Weg fortzusetzen – die Nähe des Seleya erfüllte ihn mit neuer Entschlossenheit. Außerdem hielt er es für logisch, das zu Ende zu bringen, was er vor vielen Wochen begonnen hatte. Sehlats wurden in der Wüste geboren und starben in der Wüste; es war die natürliche Ordnung der Dinge.

Aber er brachte es einfach nicht fertig, das Tier zu verlassen. Er versicherte sich selbst, dass er damit keine emotionale Entscheidung traf; es ging ihm vielmehr darum, nicht die Geister zu beleidigen, die es vielleicht in der endlosen Wüste gab. Er hatte Ungewöhnliches erlebt und fühlte überall um sich herum die Macht mysteriöser Kräfte. Unbekannte Dinge existierten hier und daher war es nicht möglich, auf der Grundlage normaler Erwartungen zu agieren. Mit ungenügendem Wissen konnte man keine Kontrolle auf das eigene Schicksal ausüben.

Das Erscheinen des Sehlats, das ungewöhnliche Verhalten des Tiers, seine Loyalität ... Alles schien auf eine lenkende Präsenz hinzudeuten und eine solche Präsenz zu kränken, mochte Verderben bringen. Einem Wohltäter den Rücken zuzukehren ... So etwas war für jedes Wesen eine Beleidigung, ob körperlich oder nicht.

Tuvok setzte sich neben den Sehlat und strich ihm über den Kopf. »Ich sehe den Berg. Ich gewinne nichts dadurch, noch *mehr* von ihm zu sehen. Daher ist meine Reise nun zu Ende.«

Der Sehlat antwortete nicht.

Tuvok blieb lange Zeit neben dem Tier sitzen, beobachtete das ferne Dreieck und fragte sich, ob er irgendetwas erreicht hatte. Die vagen Fragen zu Beginn seiner Reise waren noch immer unbeantwortet und unterwegs hatten sich weitere Fragen ergeben. Der Anblick des Berges – beziehungsweise seines Gipfels – gab ihm nicht das Gefühl, das Ziel erreicht zu haben. Weshalb also hatte er all die Mühen auf sich genommen?

Stundenlang dachte er darüber nach, führte eine innere logische Debatte und verlor sich in einem Gewirr aus möglichen logischen Deduktionen, als ihm plötzlich klar wurde, dass er etwas hörte. Das Geräusch war schon seit einer ganzen Weile präsent, aber erst jetzt nahm er es bewusst zur Kenntnis; ein leises Grollen, das aus allen Richtungen zu kommen schien.

Er sah auf und stellte fest, dass sich der Himmel verdunkelt hatte, obgleich es nach seiner Schätzung erst Mittag war. Gelbbraune Wolken ballten sich am Firmament zusammen, wirkten unheilvoll. Verblüfft begriff Tuvok, dass er etwas hörte, was sich vulkanischen Ohren nur sehr selten offenbarte: Donner. Das Grollen wurde lauter und Blitze flackerten in den Wolken. Ein Gewitter zog auf.

Es regnete nur selten auf Vulkan, in der Wüste fast nie. Manche Geschichten erwähnten Wolkenbrüche, die sich in hundert Jahren nur einige wenige Male ereigneten und sintflutartige Intensität gewannen. Ehrfurcht regte sich in Tuvok, als er daran dachte, dass er eins dieser legendären Ereignisse erleben würde, und er stand auf, um dem meteorologischen Phänomen mit angemessenem Respekt zu begegnen.

Die Temperatur sank schnell und ein kühlender Wind wehte. Er wies überhaupt keine Ähnlichkeit mit dem wütenden Sturm auf, den sie überlebt hatten, und Tuvok empfand ihn als erfrischend. Er streichelte seinen Körper und schien bestrebt zu sein, ein Fieber zu lindern. Der Vulkanier schauderte wie seit dem Pon Farr nicht mehr.

Das Grollen des Donners wurde jetzt lauter und es ließen sich einzelne Donnerschläge unterscheiden, die sich anhörten wie die Entladungen mächtiger Photonenkanonen. Blitze erhellten die Wolken, verwandelten das gelbliche Braun in schimmerndes Gold. Tuvok betrachtete die sich verändernde Palette des Himmels wie ein kolossales Gemälde, spürte dann eine seltsame Schwüle und nahm den Geruch von Feuchtigkeit wahr.

Kurz darauf fielen die ersten Tropfen.

Er neigte das Gesicht nach oben und fühlte den Regen auf den Wangen, an der Stirn und den Lidern, herrliche, kühlende Feuchtigkeit. Er öffnete den Mund, als der Regen heftiger wurde, trank das wundervolle Nass.

Dann wandte er sich dem Sehlat zu, der die Schnauze gehoben hatte und versuchte, die fallenden Tropfen mit der Zunge aufzunehmen. Tuvok wölbte die Hände, bis sie sich mit Wasser füllten, ließ die Flüssigkeit dann ins Maul des Tiers strömen. Diesen Vorgang wiederholte er immer wieder, bis der Sehlat schließlich aufstand.

Der Regen verwandelte den weichen Wüstensand in eine feste Masse. Tuvok grub einige Mulden, in denen sich rasch Wasser sammelte – auf diese Weise fiel das Trinken leichter. Der Sehlat leckte es auf und Tuvok trank eine Hand voll nach der anderen, bis er glaubte, platzen zu müssen.

Mit dem Regen kam ein weiterer Segen. Kleine im Boden lebende Tiere verließen ihre unterirdischen Baue, um nicht darin zu ertrinken: Eidechsen, Mäuse und andere Geschöpfe, die Tuvok nie zuvor gesehen hatte. Der Sehlat und er wurden zu eifrigen Jägern und aßen, bis ihr Hunger ebenso gestillt war wie der Durst.

Der Regen fiel auch weiterhin, kam nicht mit einer plötzlichen Flut, sondern in einem beständigen Strömen, das reinigte und kräftigte. Als Tuvok gegessen und getrunken hatte, streifte er die Kutte ab und stand nackt im Regen. Primordiale, elementare Empfindungen regten sich in ihm.

Seine Vorfahren hatten in der Wüste gelebt, unbehindert von Kleidung, ohne Technik. Entbehrungen und Durst waren bestimmende Faktoren ihres Lebens gewesen, doch manchmal, wenn der Regen kam, lernten sie Überfluss kennen. Tuvok fühlte eine Verbindung zwischen sich und den Ahnen, ein Band, das sich über Jahrtausende erstreckte, und damit einher ging ein Gefühl der Macht. Er glaubte plötzlich, Elemente zu berühren, von deren Existenz er bisher überhaupt nichts gewusst hatte.

Voller Kraft drehte er sich wie ein Tänzer und hob die Arme dem Himmel entgegen, in einem improvisierten Freudentanz. Der Sehlat saß zufrieden in der Nähe und beobachtete den seltsamen Tanz des nackten Mannes, der dem Regen huldigte.

Vier Nächte später war die Euphorie über den Regen ebenso verdunstet wie die Feuchtigkeit auf dem Wüstenboden. Tuvok spürte weder Hunger noch Durst. Nach wie vor gab es viele kleine Geschöpfe, die noch nicht zu ihrem unterirdischen Leben zurückgekehrt waren; sie boten ihm und dem Sehlat genug Nahrung.

Aber T'Khut hing jetzt wieder am Nachthimmel und mit dem ominösen Erscheinen des Schwesterplaneten kehrten Tuvoks Zweifel zurück. Er hatte viel Zeit damit verbracht, durch die Wüste zu wandern – er wusste nicht genau, wie viel Zeit vergangen war, aber es mussten mehrere Monate sein –, doch das Gefühl, tatsächlich etwas erreicht zu haben, blieb aus. Er sah Seleya, den heiligen Berg, der mit jeder Nacht ein wenig größer wurde, aber immer wieder fielen ihm die Worte ein, die er an den Sehlat gerichtet hatte. Welchen Unterschied machte es, wenn er sich dem Berg noch weiter näherte, sogar bis zu seinem Fuß gelangte? Nun, dann sah er mehr vom Seleya und durfte für sich in Anspruch nehmen, die Reise tatsächlich beendet zu haben. Aber was spielte das letztendlich für eine Rolle? Hatte er all die Mühen nur deshalb auf sich genommen, um schließlich sagen zu können, er habe das Ziel erreicht?

Es schien ein armseliger Lohn zu sein.

Der Seleya war in Reichweite, der Magen gefüllt, der Durst gestillt – Tuvoks Zweifel wuchs, wurde noch größer als zu jenem Zeitpunkt, als er an Hunger und Durst gelitten hatte. Unruhe suchte ihn heim. Alles deutete darauf hin, dass seine Reise ohne Erleuchtung endete, ohne dass er Antworten auf seine Fragen fand.

Aber welchen Sinn hatte dann die lange Wanderung durch die Wüste? Er sah zum Sehlat, der ihm noch immer Gesellschaft leistete, musste sich dabei erneut der Erkenntnis stellen, dass all diese seltsamen Ereignisse unerklärlich blieben. *Die Antworten kommen von selbst, wenn es soweit ist*, sagte eine Stimme in seinem Kopf. *Nicht dann, wenn du entscheidest, dass sie kommen sollen.* Es war ein beruhigender Gedanke und Tuvok beschloss, ihm zu vertrauen.

Er hatte diesen Beschluss gerade erst gefasst, als der Boden unter ihm erzitterte. Es war nur eine sehr leichte Erschütterung, die sich nicht wiederholte, als Tuvok eine ganze Minute lang stehen blieb. Schließlich ging er weiter, sah zu T'Khut empor und beobachtete Feuer speiende Vulkane. Er hielt es für angemessen, dass T'Khut während des letzten Abschnitts seiner Reise zu sehen war; dadurch schloss sich der Kreis.

Erneut zitterte der Boden, stärker diesmal. Der Sand kam in Bewegung. Einmal mehr blieb Tuvok stehen und begriff, dass es sich um ein Beben handelte. Wollte ihn die Natur der Wüste mit einem weiteren Phänomen konfrontieren? Dürre, Sturm, Regen ... Und jetzt ein Beben. Er sah zum heiligen Berg am Horizont und stellte sich vor, wie auch der Seleya Feuer gen Himmel schleuderte.

Noch eine Erschütterung – Tuvok ging halb in die Hocke. Es fiel ihm schwer, auf dem in Bewegung geratenden Sand das Gleichgewicht zu wahren. Besorgt dachte er daran, dass sich Sand nicht durch Festigkeit oder Permanenz auszeichnete – während eines Bebens konnte man sich kaum an einem schlimmeren Ort aufhalten. Wenn die Erschütterungen heftig genug wurden, entstanden Löcher und tiefe Risse, in denen Tuvok versinken konnte, um unter Tonnen von Sand begraben zu werden. Er sah zum Sehlat: Das Tier stand wie erstarrt da, das Nackenfell gesträubt.

Der Boden zitterte immer stärker und Tuvok fiel, streckte Arme und Beine aus, um die Gefahr zu verringern, im Sand zu versinken. Es donnerte, ein Geräusch, das ihn an das zornige Heulen des Sturms erinnerte, aber viel tiefer war, wie von tausend vibrierenden Trommelfellen. Die Erschütterungen gewannen eine solche Intensität, dass Tuvok zum elften oder zwölften Mal seit Beginn der Reise um sein Leben fürchtete.

Dann senkte sich eine sonderbare Dunkelheit herab und die starken Vibrationen ließen nach. Der Sand unter Tuvok bewegte sich nicht mehr und er wagte es, den Kopf zu heben.

T'Khut war verschwunden, ebenso der Seleya.

Verwirrung breitete sich in Tuvoks Gedanken aus. Das Beben mochte dazu geführt haben, dass der heilige Berg in sich zusammengestürzt war, aber es konnte sich wohl kaum auf einen anderen Planeten ausgewirkt haben.

Vorsichtig richtete er sich auf, blickte empor und hielt nach einer Erklärung für dieses neue Mysterium Ausschau. Er sah nur Dunkelheit über sich.

Und dann sprach die Dunkelheit. Von einer Sekunde zur anderen entstanden Bilder in Tuvoks Geist und wurden zu so überwältigenden Visionen, dass er unwillkürlich nach Luft schnappte und keuchte. Er sah Dinge, die er sich nicht einmal vorgestellt hätte, seltsame, wirbelnde Welten voller Farben und Blut, Lieder, die er sowohl visuell als auch akustisch vernahm, eine Kakophonie aus disharmonischen Melodien, außergewöhnlich und exotisch.

Und dann, mit plötzlicher Klarheit, verstand er, was geschah. Er sah zu dem Verborgenen auf, der aus seiner Domäne unter dem Sand emporgestiegen war, mit seinem gewaltigen Leib den Blick auf den Seleya und T'Khut verwehrte. Das riesige Geschöpf ragte vor Tuvok empor und seine donnernde Stimme enthielt die Weisheit von Äonen. Die im Selbst des Vulkaniers entstehenden Bilder waren von ungeheurer Tragweite. Er sah Geburt und Tod von Zivilisationen, erlebte die Geschichte aller bewohnten Planeten. Er war sowohl Beobachter als auch Teilnehmer der größten Schlachten aller Zeiten, von der fernsten Vergangenheit bis weit in die

Zukunft. Er schuf Gedichte und Musik, lebte eine Million Leben, bis er Zeuge vom Ende des Universums wurde, der Entropie, die alles im großen Hitzetod verschlang. Und dann sah er den anderen und wusste, dass er ewige Wahrheit berühren konnte. Sie befand sich direkt vor ihm, er brauchte nur die Hand danach auszustrecken …

Mit verblüffender Intensität besaß er sie, die Antworten auf alle Fragen, die er jemals stellen konnte. Die Weisheit des Universums wurde ihm zuteil, das Geheimnis von Sterngeburten, Einblick ins Unendliche. Es war eine wundervolle, verblüffende, freudige Erfahrung und Tuvok heulte vor Entzücken. Seine Stimme verlor sich im Donnern des Verborgenen, vereinte sich damit, und Tuvoks Bewusstsein erweiterte sich immer mehr. Dann schickte er sich an, das Gesicht des anderen zu erkennen. Ein großes weißes Licht platzte und dort war es, ganz dicht bei ihm, so nahe, dass er das Gesicht des anderen berühren konnte …

Mit einem enormen Zischen sank der Verborgene in den Sand zurück. Es geschah erstaunlich schnell: Das kolossale Geschöpf ließ sich von der Wüste verschlingen, kehrte zurück in die schwarze Tiefe, wo es kein Licht und keine Luft gab, nur das enorme Gewicht des Sands.

Seleya und T'Khut zeigten sich wieder dort, wo sie sein sollten, wirkten so würdevoll und unbeeindruckt, als wäre nicht gerade ein Wunder geschehen.

Der Sehlat war fort.

Tuvok stand allein in der Dunkelheit und versuchte festzuhalten, was er gerade erlebt hatte, doch alles tanzte fort von ihm, wie funkelnde Staubwolken, die sich nicht greifen ließen und im Nichts verschwanden.

Eine geradezu monströse Stille herrschte. Tuvok presste sich die Hand an die Brust und spürte das heftige Pochen seines Herzens. Eine automatische Reaktion veranlasste ihn, dreimal tief durchzuatmen, um sich wieder ganz unter Kontrolle zu bringen. Dann setzte er sich und dachte über die jüngsten Ereignisse nach.

Die gewaltigen Einblicke und Erkenntnisse hatten sich verflüchtigt. Er verstand das Universum nicht mehr und ebenso wenig fühlte er die ewige Wahrheit. Vergeblich versuchte er, sich an das Gesicht des anderen zu erinnern. Jenes ungeheure Wissen hatte ihm nur für kurze Zeit gehört, um dann zusammen mit dem Verborgenen in der Tiefe zu verschwinden.

Aber wenigstens wusste er jetzt, warum er die lange, beschwerliche Reise unternommen hatte: um dem Verborgenen zu begegnen, dem *A'kweth*, dem Hüter des Wissens. Für einen kurzen, transzendentalen Moment hatte er jenes Wissen geteilt, und wenn das jetzt nicht mehr der Fall war, so gab es kaum etwas dagegen einzuwenden. Eine einzelne Person war zu schwach, um das Gewicht von so viel Weisheit zu tragen. Eine halbe Sekunde totaler Erkenntnis hatte sich als überwältigend erwiesen; so etwas länger zu erfahren, musste zum Tod führen.

Tuvok hatte etwas Heiliges berührt und spürte Erfüllung. Er stand auf und setzte den Weg in Richtung Seleya fort, obgleich seine Reise beendet war. Sein Selbst hatte die Unendlichkeit empfangen und mehr konnte man sich nicht wünschen.

Zwei Tage später kam er aus der Wüste und erreichte den Fuß des Berges Seleya. Einige Vulkanier begrüßten ihn dort und musterten ihn mit unverhohlener Neugier. Tuvok ahnte nicht einmal, wie er nach einigen Monaten in der Wüste aussah, aber sein Anblick hatte ganz offensichtlich einen nachhaltigen Eindruck auf seine stoischen Landsleute, die so unsicher mit ihm sprachen, als hielten sie ihn für verrückt. Der Umstand, dass er vernünftig antwortete, schien sie zu erleichtern, und als sie von seinem Abenteuer hörten, sahen sie ihn fast ehrfürchtig an. Sie erkannten seine Leistung als einzigartig, als etwas, das sie niemals versuchen würden. Sie boten

Tuvok an, ihn nach Hause zu bringen, sobald er dem heiligen Berg gehuldigt hatte.

Aber das war ihm jetzt nicht mehr wichtig. Tuvok hatte Entscheidungen getroffen. Er konnte nicht länger das Leben eines Asketen führen, musste dem Universum etwas zurückgeben für das, was es mit ihm geteilt hatte. Seine Familie würde er nie aufgeben, denn sie vervollständigte ihn, aber er wollte beantragen, den Starfleet-Dienst wiederaufzunehmen. Er hielt es für richtig, sein Leben der Forschung zu widmen, denn es galt, eine Schuld zu begleichen.

Für manche Leute wäre es schwer gewesen, noch einmal als Fähnrich anzufangen, aber Tuvok fand sich mühelos darin zurecht. Vor Jahren war es seine Entscheidung gewesen, Starfleet zu verlassen; dafür musste er jetzt die Konsequenzen tragen, nicht die Flotte.

So etwas wie Ungeduld empfand er nur in Hinsicht auf die Frage, wann er wieder den Dienst im All antreten konnte. Starfleet hatte ihm einen Posten im Hauptquartier gegeben: Als taktischer Offizier unterstützte er dort die Tätigkeit der Prüfungskommission. Viele Monate verbrachte er damit, die Maßnahmen von Raumschiffkommandanten in Bezug auf Waffen und Taktik zu überprüfen.

Diese Aufgabe erforderte es, selbst kleinste Details zu beachten, und dafür brachte er genau die richtigen Voraussetzungen mit. Aber es war auch eine recht monotone Arbeit, die keine besonderen Herausforderungen für ihn enthielt. Sein Versprechen in der Wüste galt der Forschung, nicht der endlosen Analyse taktischer Logbücher.

Trotzdem akzeptierte er sein neues Einsatzgebiet ohne Klage, konzentrierte seine ganze Aufmerksamkeit darauf und arbeitete mit großer Sorgfalt, zur großen Freude seiner Vorgesetzten. Sie waren sehr von seinen Leistungen angetan und Tuvok befürchtete, dass sie vielleicht beschlossen, ihn auf Terra zu behalten, bis er schließlich in den Ruhestand trat.

Die meisten von ihm vorgenommenen Überprüfungen waren reine Routine. Den Rang eines Captains bekamen für gewöhnlich keine Personen, die gegen die Vorschriften verstießen. Tuvok ging hunderte von Logbüchern durch, die Musterbeispiele für Präzision und untadeligen Dienst darstellten. In den meisten Fällen beschränkte er sich darauf, die entsprechenden Berichte mit einem »Genehmigt« zu kennzeichnen.

Sein unmittelbarer Vorgesetzter war Admiral McGeorge Finnegan, ein gut fünfzig Jahre alter mitteilsamer und gern lächelnder Mann mit dichtem rotem Haar, das an einigen Stellen graue Strähnen aufwies. Als Tuvok an einem grauen Nachmittag im November in seinem Büro saß und einige Logbücher der U.S.S. *Appalachia* durchging, die gerade von einer Mission bei Barnards Stern heimgekehrt war, klopfte Admiral Finnegan an den Türrahmen und sah herein. In der einen Hand hielt er einen elektronischen Datenblock.

»Verschieben Sie die *Appalachia* auf später«, sagte er. »Wir haben hier eine erste Mission und Owen Paris höchstpersönlich hat darum gebeten, ihrer Überprüfung Priorität zu geben.«

Der Vulkanier hob die Brauen, als er diese Worte vernahm. Es war alles andere als typisch für Admiral Paris, eine solche Bitte zu äußern, und Tuvok war neugierig auf den Grund dafür.

»Ich weiß, was Sie denken«, fuhr Finnegan fort und lächelte. »Dieser spezielle Captain scheint zu Owens Schützlingen zu gehören. Während der letzten Tage war er wie ein nervöser Vater.«

Tuvok runzelte die Stirn. Er hielt ein solches Verhalten für unangemessen und erinnerte sich einmal mehr daran, dass die Menschen ihr Verhalten stark von Emotionen beeinflussen ließen. Aber er glaubte schon seit langem nicht mehr, ihr Wesen verändern zu können.

Stattdessen besann er sich darauf, seinen Pflichten mit einem möglichst hohen Maß an intellektueller Strenge nachzukommen.

Als er die taktischen Aufzeichnungen dieses besonderen Captains prüfte, einer gewissen Kathryn Janeway, war er geradezu entsetzt. Zum ersten Mal bekam er eine Bestätigung für die Notwendigkeit seiner Aufgabe und glücklicherweise hatte er während der vergangenen Monate genug Erfahrung gesammelt, um zu erkennen, dass diese Berichte einfach grässlich waren. Captain Janeway hatte ihr Schiff, die *Bonestell*, in den Beta-Quadranten gebracht, um dort Informationen über Mikrosekunden-Pulsare zu sammeln. Er hoffte, dass ihre wissenschaftliche Vorgehensweise besser war als ihre Aufmerksamkeit gegenüber taktischen Angelegenheiten. Es erstaunte ihn, dass Captain Janeway es gewagt hatte, Logbücher abzuliefern, die ein so schlechtes Licht auf sie warfen.

Tuvok begann damit, alle Verletzungen der Vorschriften zu notieren. Er blieb bis spät am Abend in seinem Büro, um einen möglichst gründlichen Bericht zu erstellen. Insgesamt stellte er einundvierzig Verstöße gegen taktische Regeln fest, darunter das Fehlen von Waffentests und Kampfübungen. Während der sechs Monate langen Mission hatten nur zwei Überprüfungen der Waffensysteme stattgefunden. Tuvok konnte sich kaum vorstellen, wie ein Starfleet-Offizier wichtigen Details mit einer solchen Nachlässigkeit begegnen konnte.

Als er sein Büro schließlich verließ, bemerkte er Licht in mehreren Arbeitszimmern des Starfleet-Hauptquartiers. Neugierig sah er nach, ob Admiral Finnegan noch anwesend war. Er fand ihn tatsächlich in seinem Büro, hohlwangig und blass.

»Etwas Schreckliches ist passiert«, teilte er Tuvok mit. »Owens Sohn Thomas und drei andere Kadetten befanden sich im Wega-System und veranstalteten dort Zielübungen in einem Asteroidengürtel. Es kam zu einer Kollision. Drei Kadetten starben.«

»Das bedauere ich«, sagte Tuvok aufrichtig, dachte an seine eigenen Kinder und erlaubte sich einen Anflug von Erleichterung angesichts ihrer Entscheidung, auf Vulkan zu bleiben und nicht den Starfleet-Weg zu beschreiten, der manchmal recht gefährlich sein konnte. Zwar ließen sich die Launen des Lebens nie vorhersagen, aber Tuvok hielt es für unwahrscheinlich, dass er jemals eine Nachricht wie die bekommen würde, die man den Eltern der drei ums Leben gekommenen Kadetten übermittelt hatte. Dafür war er dankbar.

Diese ungewöhnlichen Gedanken gefielen ihm nicht und er wandte sich wieder seinen Aufgaben zu. »Sir, ich muss Ihnen leider mitteilen, dass meine Analysen in Hinsicht auf Captain Janeway, Admiral Paris' Protegé, auf einen alles andere als kompetenten Offizier hindeuten.«

Aber Finnegan war von der jüngsten Tragödie viel zu betroffen, um sich mit einem taktischen Bericht zu beschäftigen. Er winkte müde ab. »Darum kümmern wir uns morgen.« Er seufzte. »Ich warte auf den Download der Sensoraufzeichnungen von Kadett Paris' Shuttle.«

Tuvok nickte und ging. Er verstand die Prioritäten des Admirals, doch er musste darauf achten, die eigenen nicht aus den Augen zu verlieren.

Am nächsten Nachmittag überprüfte er seine Notizen, um sich zu vergewissern, dass sie akkurat waren. Dabei entdeckte er zwei weitere Verstöße gegen die Vorschriften, die zwar geringfügiger Natur waren, dem Bericht aber trotzdem hinzugefügt werden mussten. Er hinterließ eine Nachricht für Admiral Finnegan und teilte ihm mit, dass er sofort zu ihm kommen würde, sobald er die erforderlichen Korrekturen vorgenommen hatte.

Als er wenig später das Zimmer mit den holzvertäfelten Wänden betrat, in dem die Anhörungen stattfanden, begegnete er dort den Admiralen Finnegan, Paris und Nechajew. Auf der einen Seite stand eine fast zierlich anmutende Frau, die jedoch Kraft ausstrahlte. Ihr braunes Haar war perfekt frisiert und in den graublauen Augen glänzte wache Intelligenz. Admiral Finnegan übernahm die Vorstellung, deutete auf Tuvok und sagte: »Captain Janeway, das ist Fähnrich Tuvok.«

Die Frau streckte ihre Hand aus und Tuvok ergriff sie.

»Captain ...«, sagte er und legte mehrere elektronische Datenblöcke auf den Tisch. Kurze Zeit später erteilte Finnegan ihm das Wort und Tuvok begann, ohne zu zögern, mit seinem Bericht. Er nannte alle dreiundvierzig Verstöße gegen die Vorschriften, fügte immer seine persönliche Einschätzung hinzu und wies darauf hin, ob er den jeweiligen Vorfall für schwerwiegend oder weniger bedeutend hielt. Während seines Vortrags spürte er Captain Janeways durchdringenden Blick auf sich ruhen und er war sicher, dass sie ihm in jedem einzelnen Punkt widersprechen wollte.

Als er seinen Vortrag beendet hatte, wandte sich Admiral Finnegan an Janeway. »Sie können auf die einzelnen Punkte eingehen, wenn Sie möchten, Captain.«

Einige Sekunden lang blieb die Frau still sitzen, dann stand sie auf. »Sir, man hat mich in der Tradition Starfleets erzogen. Schon als Kind habe ich die Prinzipien dieser Organisation kennen gelernt. Ich bewundere und respektiere sie.«

Sie sprach mit einer klaren, starken Stimme, die ehrliche Überzeugung zum Ausdruck brachte. So unlogisch sie auch sein mochte – an ihrer Aufrichtigkeit bestand kein Zweifel. Sie versuchte, ihre Fehler zu rechtfertigen, und Tuvok ließ es sich nicht nehmen, auch darauf einzugehen, was Captain Janeway zu einer neuerlichen Antwort veranlasste. Schließlich schickten die Admirale sie in den Flur, um eine Entscheidung zu treffen, wofür sie nur wenig Zeit benötigten. Es überraschte Tuvok nicht, dass Captain Janeway für die Missachtung so vieler taktischer Prozeduren getadelt wurde.

Doch dann geschah etwas, womit er nicht gerechnet hatte: Die Admirale verkündeten ihre Absicht, ihn an Bord von Janeways Schiff zu versetzen. Sofort erkannte er die Logik einer derartigen Maßnahme. Diese Kommandantin entwickelte schlechte Angewohnheiten und brauchte Rat. Er war sicher, dass sie mit seiner Hilfe zu einem ordentlichen Offizier werden konnte.

Fünf Monate später verzweifelte er fast an seiner Aufgabe. Diese Frau war schlicht und einfach der sturste, ärgerlichste und unmöglichste Mensch, mit dem er es jemals zu tun bekommen hatte. Tuvok beschloss, um eine neuerliche Versetzung zu bitten, wenn sie von der aktuellen Mission heimkehrten – sie untersuchten die Reste einer Supernova im Trige-Sektor. Bis dahin wollte er auch weiterhin darüber wachen, dass Captain Janeway die üblichen Protokolle beachtete.

»Guten Morgen, Captain«, sagte er, als sie die Brücke betrat. »Die Waffensysteme sind aktiviert und für die wöchentliche Überprüfung bereit.«

»Ich bin sicher, dass ich diese Aufgabe Ihren fähigen Händen überlassen kann, Tuvok.«

»Ich nehme solche Überprüfungen jeden Tag vor«, erwiderte er. »Aber die Vorschriften verlangen, dass mindestens einmal pro Woche der Captain den Waffenstatus kontrolliert.«

»Seltsam. Das scheint darauf hinzuweisen, dass der Captain dem taktischen Offizier nicht vertraut, was bei mir keineswegs der Fall ist, wie ich Ihnen versichere. Ich vertraue Ihnen absolut.«

Kräuselten sich ihre Lippen ein wenig? Tuvok konnte nie sicher sein. Captain Janeway war immer ruhig, kühl und unerschütterlich. Er wusste inzwischen, dass es viele Arten von menschlichem Humor gab, und bedauerlicherweise war er nicht imstande, zwischen ihnen zu unterscheiden. Er hielt es durchaus für möglich, dass Janeway ihn verspottete.

»Ich habe nicht angenommen, dass es Ihnen an Vertrauen mir gegenüber fehlt, Captain. Aber wenn Sie mir tatsächlich vorbehaltlos vertrauen – wieso schenken Sie meinen Empfehlungen dann so wenig Beachtung?«

»Ich glaube an eine selbständige Crew, die keinen Captain erfordert, der ihr ständig über die Schulter sieht. Ich kann meine Zeit sicher auf sinnvollere Weise verbringen.«

Tuvok atmete tief durch; es klang nach einem Seufzen. Inzwischen war er gut genug mit solchen Wortwechseln vertraut, um zu wissen, dass Janeway nicht nachgeben würde.

»Nun gut, Captain. Ich werde die Waffensysteme erneut selbst überprüfen. In einer Stunde haben Sie meinen Bericht.«

»Danke, Tuvok. Es freut mich, dass Sie verstehen.«

Er verzichtete auf eine Antwort.

An diesem Morgen brachte Tuvok die Überprüfung der Waffen nicht zu Ende, weil sich Captain Janeway einer ihrer anderen Angewohnheiten hingab: Sie ließ sich von einer möglichen wissenschaftlichen Entdeckung so sehr in Aufregung versetzen, dass sie ihr Leben riskierte.

Sie befanden sich in Sondierungsreichweite eines Sterns der Hauptreihe, der von sieben Planeten umkreist wurde. Einer von ihnen gehörte zur Klasse M und wies große Ähnlichkeit mit der Erde auf, allerdings in einem früheren Stadium ihrer evolutionären Geschichte.

»Erstaunlich«, sagte die Kommandantin, als sie die Sensordaten sah. »So hat die Erde vielleicht während des Mesozoikums ausgesehen, vor etwa hundertfünfzig Millionen Jahren. Der Planet könnte uns Einblicke in unsere eigene Geschichte gewähren. Wir sollten ihm einen Besuch abstatten.«

»Captain, ich möchte darauf hinweisen, dass die ambientalen Bedingungen recht gefährlich sind. Es gibt heftige Stürme sowie starke vulkanische und seismische Aktivität. Ich schlage vor, Erkundungen und das Sammeln von Daten automatischen Sonden zu überlassen.«

Doch in Janeways Augen leuchteten Neugier und Entschlossenheit. »Ich soll darauf verzichten, mir das alles selbst anzusehen? Dies gibt uns die Chance zu einer Reise in die Vergangenheit. Wir können einen unmittelbaren Eindruck davon gewinnen, wie unser Planet vor vielen Jahrmillionen ausgesehen hat. Nein, Tuvok, eine solche Gelegenheit möchte ich nicht versäumen.«

»Dann werde ich Sie begleiten. Mit einer Sicherheitsgruppe.«

»Und ich stelle ein wissenschaftliches Team zusammen. Eine komplette Landegruppe bricht auf. Dies ist sehr aufregend, Tuvok!«

»Ja, Captain.« Tuvok dachte bereits an die Zusammenstellung der Sicherheitsgruppe und die Probleme, die sie auf dem fremden Planeten erwarteten. Warum ließ sich Captain Janeway immer wieder von irgendwelchen Launen leiten? Aus einem Impuls heraus unterbrach sie ihre reguläre Mission und setzte nicht nur sich selbst großer Gefahr aus, sondern auch die anderen Angehörigen der Landegruppe. Tuvok fühlte sich in seinem Beschluss bestärkt, so bald wie möglich eine Versetzung zu beantragen. Vielleicht richtete er sogar von diesem Schiff aus eine entsprechende Anfrage an das Starfleet-Hauptquartier.

Eine Stunde später rematerialisierten sie auf der Oberfläche einer ungewöhnlichen Welt. Ferne Vulkane schleuderten Rauch und Asche gen Himmel. Hier und dort zeigte sich Vegetation, die Tuvok sehr seltsam erschien. Große Farnbäume – manche von ihnen ragten fünfzehn Meter weit auf – neigten sich im böigen heißen Wind hin und her.

Captain Janeway lief wie ein ausgelassenes Kind umher, sondierte hier und dort mit ihrem Tricorder. Tuvok war ziemlich sicher, dass man auf eine so konfuse Weise keine exakten Anzeigen bekam. Sie durften also nicht einmal darauf hoffen, präzise wissenschaftliche Daten zu erhalten.

Die Landegruppe stand auf einer Klippe. Hinter ihr erstreckte sich das Land mit den großen Farnbäumen und unten brodelte das Wasser eines Urmeers. Dampf stieg davon auf. Der heiße Wind umheulte Tuvok und die anderen, stahl ihnen die Worte von den Lippen. Dem Vulkanier erschien diese Welt als ebenso unordentlich und chaotisch die das menschliche Wesen.

Das galt insbesondere für Captain Janeway, die der wissenschaftlichen Gruppe Anweisungen zurief – die Männer und Frauen gingen in unterschiedliche Richtungen fort, hoben ihre Tricorder dabei wie Zauberstäbe. Tuvok behielt wachsam den Himmel im Auge, an dem Reptilienvögel kreisten und die Neuankömmlinge offenbar noch nicht bemerkt hatten. Aber bestimmt dauerte es nicht lange, bis sie die Außenweltler bemerkten. Er tastete mit der rechten Hand nach dem Phaser und forderte die Sicherheitswächter mit einem Nicken auf, den Wissenschaftlern zu folgen.

Tuvok beabsichtigte, in unmittelbarer Nähe der Kommandantin zu bleiben, die sich von ihrem Übermut durchaus dazu hinreißen lassen konnte, leichtsinnig zu werden. Doch als er den Kopf von einer Seite zur anderen drehte, war von ihr weit und breit nichts zu sehen.

Er eilte zum Rand der Klippe, spähte über den Rand und fragte sich besorgt, welcher Anblick ihn erwartete. Er stellte sich vor, wie Captain Janeway tief unten auf einem Felsen lag, alle Knochen in ihrem Leib gebrochen, oder wie sie im brodelnden Meer versank …

Was er schließlich sah, war noch weitaus überraschender: Die Kommandantin kletterte am steilen Hang nach unten. Was dachte sie sich nur dabei?

Dann bemerkte er das Nest auf einem Felsvorsprung. Zwei braun und grün gefleckte Eier lagen darin.

»Captain!«, rief er, um das Heulen des Winds zu übertönen, doch entweder konnte oder wollte sie ihn nicht hören. Tuvok sah erneut zum rauchverhangenen Himmel empor und stellte fest, dass einer der Vögel näher gekommen war. Er trieb im heißen Aufwind, die Flügel ausgebreitet – ihre Spannweite mochte etwa zwei Meter betragen.

Das Geschöpf kam immer näher und einige Sekunden lang beobachtete Tuvok das Tier fasziniert. Der Kopf sah nicht nach dem eines Vogels aus. Die Augen befanden sich vorn, nicht an den Seiten, und im geöffneten Maul zeigten sich spitze Zähne, die bestimmt fähig waren, Fleisch von Knochen zu reißen.

Tuvok zögerte nicht länger. Er schwang sich über den Rand der Klippe, begann ebenfalls zu klettern und folgte Captain Janeway in die Tiefe. In Gedanken verfluchte er sie.

An der Felswand heulte der Wind noch lauter und war stark genug, um selbst für den Vulkanier das Vorankommen zu erschweren. Er fragte sich, wie es der Frau gelang, an der Wand festen Halt zu finden, ohne von den Böen fortgerissen zu werden. Sie bewegte sich mit erstaunlichem Geschick und das Nest stellte ganz offensichtlich ihr Ziel dar. Während Tuvok ihr folgte, sah er immer wieder zum Himmel hoch, musste dabei zur Kenntnis nehmen, dass die Klippenwand sein Blickfeld stark einschränkte. Wenn der Vogel zu seinem Nest zurückkehrte, so würde er sie praktisch ohne jede Vorwarnung erreichen.

Captain Janeway befand sich inzwischen in der Nähe des Nests, sondierte es mit dem Tricorder und hielt sich mit der anderen Hand an der Felswand fest. Sie sah in die Richtung, aus der sie kam, bemerkte Tuvok und lächelte aufgeregt. Ihre Lippen formten Worte, die Tuvok nicht hören konnte, und dabei deutete sie auf die Eier.

Tuvok reagierte mit einer Geste, die dem Himmel galt. Aber bisher zeigte sich der Vogel noch nicht; vielleicht war dies gar nicht sein Nest.

»... Eier ... vielleicht ... Saurier ...« Die Worte der Kommandantin verloren sich im heulenden Wind. Ihr Gesicht offenbarte eine Aufregung, die noch zu wachsen schien.

Tuvok war jetzt nur noch wenige Meter von ihr entfernt und hoffte, sie dazu überreden zu können, diesen Wahnsinn aufzugeben. »Ich schlage vor, wir schenken dem Nest keine Beachtung, Captain!«, rief er und bemerkte dabei, dass sie ihn gar nicht ansah. Ihre Aufmerksamkeit galt vielmehr etwas hinter ihm.

Tuvok drehte sich um und sah den Reptilienvogel, der auf sie zuflog.

Er zog seinen Phaser und hörte, wie Captain Janeway »Verletzen Sie ihn nicht!« rief, aber der Vogel prallte gegen ihn, bevor er schießen konnte. Er verlor das Gleichgewicht und musste sich mit beiden Händen festhalten, um nicht in die Tiefe zu stürzen. Dadurch verlor er den Strahler – die Waffe fiel und verschwand im kochenden Meer.

Der Vogel glitt in einem weiten Bogen fort und begann dann mit einem neuen Anflug. Tuvok schloss rasch zur Kommandantin auf, um sie mit seinem Körper abzuschirmen. Als er sie erreichte, deutete sie auf etwas und plötzlich bemerkte der Vulkanier die Öffnung.

Einige Meter entfernt zeigte sich ein Einschnitt in der Felswand, vielleicht der Zugang zu einer Höhle. Janeway näherte sich ihm bereits und Tuvok sah noch einmal zum Vogel, folgte ihr dann.

Wieder prallte das Geschöpf gegen ihn und stechender Schmerz durchzuckte Tuvok, als der Vogel an seinem Arm zerrte. Er holte mit dem anderen Arm aus und seine Faust traf den Kopf des Tiers. Dann schob er sich schnell durch den Zugang.

Der Einschnitt führte tatsächlich in eine Höhle, die zwar recht klein war, aber Schutz vor dem Vogel bot, der die schmale Öffnung in der Felswand nicht passieren konnte. Tuvok und Janeway krochen zur Rückwand, nahmen dort Platz und versuchten, wieder zu Atem zu kommen.

»Sie sind verletzt«, stellte die Kommandantin fest.

Tuvok inspizierte den Arm. Die Uniform war zerrissen, und die Haut wies grüne Striemen auf, aber es schien nicht sehr schlimm zu sein. »Es ist nichts weiter«, sagte er.

»Ich halte den Vogel für einen Saurier oder das hiesige Äquivalent davon. Er ähnelte einem Pterodaktylus, einem Flugsaurier.«

»Und er ist ebenso gefährlich«, sagte Tuvok. »Ich schlage vor, wir kehren sofort zum Schiff zurück.«

»Sind Sie nicht aufgeregt angesichts der Dinge, die wir hier gesehen haben? Die von uns gesammelten Daten sind für Paläontologen von unschätzbarem Wert.«

»Bestimmt handelt es sich um eine Entdeckung von großer wissenschaftlicher Bedeutung.«

Die Kommandantin lächelte und klopfte auf ihren Insignienkommunikator. »Janeway an *Bonestell.* Zwei Personen für den Transfer.«

Sie warteten, aber nichts geschah. Janeway klappte ihren Tricorder auf und runzelte die Stirn. »Ich bekomme überhaupt keine Anzeigen. Offenbar gibt es hier Interferenzen ...«

Sie schwenkte den Tricorder von einer Seite zur anderen, aber das Display zeigte auch weiterhin nichts an. Schließlich deaktivierte sie das Gerät und lehnte sich an die Höhlenwand. »Ich schätze, wir müssen warten.«

»Und worauf warten wir? Darauf, dass die Jungen des Vogels ausschlüpfen und groß genug werden, um fortzufliegen?«

Zu Tuvoks großer Überraschung lachte Janeway. Es war ein lautes, herzhaftes Lachen und der Vulkanier wusste nicht, was er davon halten sollte. Was fand die Kommandantin an ihrer Situation so komisch? Er beobachtete, wie sie sich die Augen rieb. Sie hatte so sehr gelacht, dass ihr die Tränen kamen – auch diese menschliche Eigenschaft fand Tuvok sehr rätselhaft.

»Sie sind wundervoll, Tuvok. Ich finde wirklich großen Gefallen an Ihnen.«

Er dachte über die Bemerkung nach, die so verwirrend war wie der Rest von Janeways Verhalten. »Captain«, sagte er schließlich, »ich muss zugeben, dass ich Sie nicht verstehe. Wir sitzen in einer kleinen Höhle auf einem fremden Planeten fest, während draußen ein gefährlicher Raubvogel lauert, dazu bereit, uns sofort anzugreifen, wenn wir uns im Zugang zeigen. Aber Sie sind nicht besorgt, finden die Situation sogar komisch. Könnten Sie das erklären?«

Die Kommandantin überraschte Tuvok einmal mehr, indem sie sich näherte, den Arm um seine Schultern legte und ihn aus Augen ansah, in denen Zuneigung zu glänzen schien. »Ich bin so froh, dass Sie auf mein Schiff versetzt wurden. Wenn es nur nach mir gegangen wäre … Ich hätte Sie nicht angefordert und daher keine Gelegenheit gefunden, eine höchst bemerkenswerte Person kennen zu lernen.«

Tuvok atmete dreimal tief durch, um die Verwirrung aus seinem Selbst zu vertreiben. »Auch auf die Gefahr hin, schwer von Begriff zu erscheinen – ich verstehe noch immer nicht. Seit unserer ersten Begegnung gab es ständig Konflikte zwischen uns und das ist auch heute noch der Fall. Sie schenken meinen Empfehlungen nicht die geringste Beachtung und ignorieren die Starfleet-Protokolle, an die ich Sie immer wieder erinnere. Bisher gaben Sie durch nichts zu erkennen, mich zu bewundern oder auch nur zu respektieren.«

Janeways Gesichtsausdruck veränderte sich und zeigte Sorge. »Ich höre auf alle Ihre Ratschläge. Und ich nehme mir alle Ihre Ermahnungen zu Herzen.« Sie zögerte kurz. »Ich lasse Sie es nur nicht immer wissen«, fügte sie hinzu und dabei klang ihre Stimme etwas munterer.

Ihre Lippen deuteten ein Lächeln an, und Tuvok atmete erneut einige Male tief durch. Er dachte an das *Cthia*, an die Möglichkeit, den eigenen Geist zu kontrollieren. Bei dieser kapriziösen Frau lief er Gefahr, die Kontrolle über sich zu verlieren. »Bitte erklären Sie das.«

»Ich dachte, wir spielen ein Spiel. Es dauert schon so lange, dass ich davon ausging, Sie würden es ebenso wenig ernst nehmen wie ich.«

Tuvoks Verwunderung nahm immer mehr zu. »Ich bin ratlos, Captain. Ich verstehe nicht, was Sie mir sagen, halte das aber für notwendig. Ich muss Sie von meiner Entscheidung informieren, unmittelbar nach dem Ende der aktuellen Mission meine Versetzung zu beantragen.« Er sah zum Höhlenzugang. »Vorausgesetzt wir überleben«, fügte er hinzu.

Janeways Miene offenbarte Emotionen, die Tuvok nicht zu deuten wusste. Mit beiden Händen griff sie nach seiner Hand, eine Geste, die er beunruhigend fand. »Nein, bitte«, sagte sie. »Sie dürfen mich nicht verlassen. Ich brauche Sie so sehr.«

»Es gibt viele ausgezeichnete Offiziere, die Ihnen ebenso gute Dienste leisten könnten …«

»Nein, nicht ebenso gute. Sie sind mein Fels, Tuvok, meine Stütze. Sie stabilisieren mich auf eine Weise, wie ich es nie zuvor gespürt habe.« Sie richtete einen drängenden Blick auf ihn, der ihren Worten eine ganz neue Dimension gab. »Man hat mir das Kommando eines neuen Raumschiffs angeboten«, sagte Janeway. »Eines Schiffes der Intrepid-Klasse namens *Voyager*. Es ist eine aufregende Gelegenheit und ich freue mich darauf, sie mit Ihnen zu teilen. Bitte versprechen Sie mir, dies in Erwägung zu ziehen.«

Tuvok sprach mit so viel Gelassenheit, wie er aufbringen konnte. »Ich danke Ihnen für das Vertrauen, das Sie in mich setzen«, sagte er und wählte seine Worte mit großer Sorgfalt. »Aber ich brauche Zeit, um über die Konsequenzen dieser Entscheidung nachzudenken.«

»Einverstanden. Aber ich warne Sie – ich akzeptiere

nur eine Antwort.« Sie lächelte erneut und Tuvok fand, dass einem schwindelig werden konnte, wenn man versuchte, mit den schnellen emotionalen Veränderungen dieser sprunghaften Frau Schritt zu halten.

Von einem Augenblick zum anderen wurde sie wieder kühl und sachlich. »Nun, ich habe gehofft, dass man unsere Abwesenheit bemerken würde, aber offenbar müssen wir allein zurechtkommen.« Sie holte den Tricorder hervor und rejustierte das Gerät. »Ich nehme an, ein starker Ultraschallimpuls verwirrt das arme fliegende Geschöpf lang genug, um unseren Transfer zum Schiff zu ermöglichen.«

»Mit ›das arme fliegende Geschöpf‹ meinen Sie vermutlich den aggressiven Raubvogel, der uns angegriffen hat«, sagte Tuvok.

Janeway lächelte, als sie den Tricorder rekonfigurierte. »Der Vogel ist nur eine Mutter, die ihre Kinder beschützt«, sagte sie. »Wir sollten ihr nichts zuleide tun. Immerhin sind wir hier die Eindringlinge.«

Tuvok wollte erwidern, dass sie gar nicht erst zu Eindringlingen geworden wären, wenn die Kommandantin auf ihn gehört hätte, aber er überlegte es sich anders und verzichtete auf eine solche Bemerkung. Captain sah ihn an, kühl und zuversichtlich. Sie zeigte weder Zweifel noch Unsicherheit in Hinsicht auf ihren Plan und Tuvok bewunderte ihren Mut.

»Versuchen wir's«, sagte sie und näherte sich dem Zugang der kleinen Höhle. Tuvok hielt sich dicht hinter ihr.

Der große Vogel saß in seinem Nest und blickte direkt in ihre Richtung. Als er sie bemerkte, kreischte er zornig, stand auf und breitete die Flügel aus. Janeway richtete den Tricorder auf ihn und aktivierte den Ultraschallstrahl. Das Geschöpf zögerte, faltete die Schwingen wieder, öffnete sie halb ... Der Ultraschallstrahl beeinträchtigte sein Gehör und er wusste nicht, wie er reagieren sollte.

»Janeway an *Bonestell*«, sagte die Kommandantin, nachdem sie auf ihren Insignienkommunikator geklopft hatte. »Zwei Personen für den Transfer.«

Als sie entmaterialisierten, begriff Tuvok, dass er seine Entscheidung bereits getroffen hatte. Er durfte nicht hoffen, diese komplexe Frau jemals zu verstehen; ihre ausgeprägte Emotionalität würde ihn wahrscheinlich immer wieder verwirren. Aber es ließ sich nicht leugnen, dass sie einzigartig und sehr beeindruckend war. Wenn er in ihrer Nähe blieb, musste er mit mehr Aufruhr rechnen, als ihm lieb sein konnte, doch es mochte sich auch als ein großes Abenteuer erweisen.

Etwas sagte ihm, dass der Lohn einer Zusammenarbeit mit Captain Janeway weit über die Kosten hinausging. Diese Erkenntnis, so begriff er, war zwar nicht sehr logisch, aber sie bereitete ihm eine sonderbare Genugtuung.

15

Tuvok beendete seinen Vortrag, wandte sich an Vorik und richtete einen sehr intensiven Blick auf ihn. Seine erstaunliche Geschichte war ganz offensichtlich ein Geschenk an den jungen Vulkanier, doch sie hatte auch alle anderen Anwesenden beeindruckt. Niemand gab einen Ton von sich.

Schließlich sah sich Tuvok um. »Ich glaube, wir sollten uns jetzt wieder auf die aktuelle Situation besinnen«, sagte er. »Lieutenant Torres, wann wird die unterirdische Kammer Ihrer Schätzung nach fertig sein?«

»Morgen Abend, mit ein wenig Glück«, erwiderte B'Elanna. »Wir können natürlich erst sicher sein, wenn wir wirklich jemanden hinuntergebeamt haben. Aber Harry und ich glauben, dass morgen Abend die Höhle groß genug für zwei Personen sein müsste.«

»Ich schlage vor, dass wir dann den Fluchtversuch unternehmen. Je länger wir hier bleiben, desto größer wird die Gefahr einer Entdeckung.«

»Außerdem riskieren wir, krank und schwach zu werden«, fügte Chakotay hinzu. Er sah zu Noah Mannick, der auf dem Boden lag, die Beine angezogen, sodass die Knie fast die Brust berührten. Seit einigen Stunden litt er an starken Krämpfen, vermutlich hervorgerufen von verunreinigtem Trinkwasser. Brad Harrison saß still bei ihm, die Hand tröstend auf Noahs Schulter gelegt. Unter den gegenwärtigen Umständen stellten Erkrankungen eine große Gefahr dar. Chakotay spürte Brads Sorge, obgleich der junge Mann nichts sagte.

Sie beschlossen, sich spät am Abend des kommenden

Tages, wenn es im Lager am stillsten war, aus dem Höllenloch in den Dschungel zu transferieren. Niemand brauchte extra auf Folgendes hinzuweisen: Selbst wenn es ihnen gelang, sich aus dem Lager zu beamen – sie wussten nicht, wohin sie sich anschließend wenden sollten.

Am nächsten Tag spürte Neelix eine Aufregung ganz besonderer Art, denn der Zeitpunkt der Flucht rückte immer näher. Er achtete darauf, sich Tassot Bnay gegenüber nichts anmerken zu lassen, als sie in der Psilminitmine arbeiteten – niemand sollte Verdacht schöpfen.

Der Tag schien endlos zu dauern. Es war noch heißer als sonst und der gnadenlose Sonnenschein versengte die Kopfhaut des Talaxianers. Die Stunden krochen dahin, während sich die Gefangenen abrackerten, um Erz aus dem Boden zu gewinnen, und die Wächter im Schatten auf ihren Wurzeln kauten. An diesem Tag wirkten sie besonders munter, sprachen laut miteinander und lachten immer wieder.

Am späten Nachmittag brauchte Neelix seine ganze Selbstbeherrschung, um nicht voller Erwartung zu zittern. Er wünschte sich, dass die Zeit schneller verstrich und endlich der Abend kam. Er widerstand nicht der Versuchung, dem Bereich hinter den Antigravbehältern einen weiteren Besuch abzustatten, um festzustellen, ob dort noch immer pulverisiertes Gestein materialisierte. Erneut gab er Schwierigkeiten mit einem Schlitten vor und lenkte ihn zum Rand der Mine, aus dem Blickfeld der Wächter und anderen Gefangenen.

Neelix stellte den Schlitten ab und beobachtete, wie mitten in der Luft Staub erschien und zu Boden sank. Harry und B'Elanna waren nach wie vor an der Arbeit. Würden sie an diesem Abend fertig sein? Sie hatten vor mehreren Tagen begonnen und es erstaunte ihn, dass es so lange dauerte.

Er wandte sich einmal mehr dem dunklen Wald zu, in

den sie heute Nacht vorstoßen würden, wenn alles nach Plan lief. Diesmal gab er der Aufregung nach und entschloss sich zu einem kleinen Forschungsausflug. Er vergewisserte sich, dass niemand in seine Richtung sah, kroch dann ins dichte Gestrüpp zwischen den Bäumen.

Sofort sank die Temperatur und Neelix atmete die feuchte Luft dankbar. Der Wald brachte Erleichterung, schützte vor der erbarmungslosen Sonne und ihrer mörderischen Hitze. Er lauschte nach eventuellen Tieren, hörte aber nur die Geräusche der Mine.

Er schob sich noch einige Meter weiter durchs Dickicht, bevor ihn irgendetwas veranlasste, sich umzudrehen und zu den Antigravbehältern am Rand des Lagers zurückzusehen.

Einer der Subu-Wächter stand dort.

Neelix erstarrte und war ziemlich sicher, dass ihn der Wächter im dunklen Gestrüpp nicht sehen konnte. Als er im Sonnenschein gestanden hatte, war die Dunkelheit des Dschungels praktisch undurchdringlich gewesen.

Der Wächter schritt am Rand der Lichtung entlang und offenbarte dann ein sehr seltsames Verhalten: Er beugte sich nach vorn und steckte sich eine seiner tentakelartigen Gliedmaßen in den Mund. Unmittelbar darauf erbrach er eine Masse aus teilweise verdauten Pflanzenresten.

Bei dem Anblick drehte sich Neelix der Magen um, aber er zwang sich, den Vorgang zu beobachten. Er wusste nicht, was den Wächter zu einem so abscheuliche Gebaren veranlasste, und eigentlich spielte es auch keine Rolle. Wichtig war nur, dass der Subu verschwand, bevor erneut Staub materialisierte.

Aber der Wächter blieb vornübergebeugt stehen und würgte, während wieder pulverisiertes Gestein erschien und zu Boden sank.

Der Staub bedeckte die Fußspuren des Subu.

Die Anspannung des Talaxianers wuchs. Wenn sich

der Wächter umdrehte … Würde er dann bemerken, dass seine Fußspuren nicht mehr existierten? Oder neigte er dazu, solche Details zu übersehen? Neelix wusste nicht, wie intelligent und aufmerksam diese Wächter waren.

Schließlich richtete sich der Subu auf und ging an den Behältern vorbei, um zu seinen Artgenossen zurückzukehren. Er schien überhaupt nicht auf den Boden zu achten, hustete und spuckte die ganze Zeit über. Neelix nahm an, dass er zu viele von den berauschend wirkenden Wurzeln gekaut und beschlossen hatte, einen Teil der Substanzen loszuwerden. Wenn das stimmte … Vielleicht war er zu benommen, um den Ereignissen um ihn herum mehr als nur beiläufige Beachtung zu schenken.

Der Wächter hatte den Bereich der Antigravbehälter fast verlassen, als er kurz zögerte und dann zurückblickte. Verwirrt starrte er zu Boden, hob die Füße und betrachtete ihre Unterseite. Dann blickte er erneut auf den Boden, der nur eine Fußspur zeigte.

Eine ganze Minute lang blieb er auf diese Weise stehen und schüttelte verwirrt den Kopf. Dann drehte er sich um und ging fort.

Neelix rührte sich zunächst nicht von der Stelle; seine Gedanken rasten. Hatte der Wächter Verdacht geschöpft? Oder konnte er sich aufgrund seines Rausches überhaupt nicht vorstellen, warum seine Fußspuren verschwunden waren?

Neelix befürchtete, dass ihrer Gruppe die größte Gefahr seit der Ankunft im Lager drohte. Sie mussten die Ausführung des Fluchtplans beschleunigen, bevor ihnen die Subu auf die Schliche kamen. Er bedauerte, seine Gefährten nicht mit Hilfe des Insignienkommunikators warnen zu können – die Schaltkreise des kleinen Kom-Geräts befanden sich nun in den improvisierten Transportern.

Er wartete noch einige Minuten, kam dann wie beiläufig aus dem Dschungel hervor, nahm einen anderen Antigravschlitten und hantierte daran herum, so als wollte er die Leistungsfähigkeit des Fahrzeugs überprüfen. Als er es an den Behältern vorbeilenkte, erschien eine neuerliche Staubwolke und sank zu Boden, bedeckte sowohl Neelix' Fußspuren als auch die des Wächters.

Die nächste Stunde schien sich auf die Länge einer Woche zu dehnen. Neelix sah immer wieder verstohlen zu dem Wächter, der sich übergeben hatte, und versuchte herauszufinden, ob sich der Subu wie jemand verhielt, in dem Argwohn erwacht war. Das schien nicht der Fall zu sein. Der betreffende Wächter rekelte sich schläfrig im Schatten des Felsvorsprungs und beobachtete die Minenarbeiter aus halb geschlossenen Augen.

Neelix dachte an die Möglichkeit, sich krank zu stellen, um vorzeitig ins Lager zurückzukehren. Aber er entschied sich dagegen. Es hätte Aufmerksamkeit auf ihn gezogen und vielleicht noch mehr Verdacht erregt. Außerdem wirkte der Subu, den Neelix am Rand des Dschungels beobachtet hatte, nicht misstrauisch, sondern ausgesprochen lethargisch. Es gab also keinen Grund, in Panik zu geraten.

Schließlich endete der Arbeitstag und die Gefangenen bezogen Aufstellung, um ins Lager zurückgeführt zu werden. Neelix konnte es gar nicht abwarten, seine Freunde zu erreichen und von ihnen zu erfahren, wann sie mit der Flucht beginnen konnten. Für gewöhnlich wurden sie von vier Wächtern begleitet: einer vorn, einer hinten und jeweils einer rechts und links. Als sich die Gruppe in Bewegung setzte, sah Neelix, wie der Wächter, der bei den Antigravbehältern gewesen war, einem anderen zuwinkte – und dann schritten sie beide in Richtung der abgestellten Antigravschlitten.

Er hatte doch Verdacht geschöpft! Selbst wenn er nicht verstand, was geschehen war – ihm musste zumindest klar geworden sein, dass etwas nicht mit rechten Dingen zuging. Deshalb brachte er jetzt einen älteren Kollegen zu dem betreffenden Bereich, um eine Antwort auf die Frage zu finden, wie Fußspuren einfach so verschwinden konnten.

Natürlich würden sie dort überhaupt keine Spuren finden und vielleicht blieben sie lange genug stehen, um zu beobachten, wie Staub materialisierte.

Neelix zwang sich zur Ruhe, ging ebenso langsam wie die anderen Gefangenen und widerstand der Versuchung, über die Schulter zu blicken und festzustellen, ob die beiden Wächter von den Antigravbehältern zurückkehrten. Der Weg zum Lager schien endlos zu sein, und als sie die hohe Metallwand erreichten, keuchte Neelix. Grund war nicht etwa Anstrengung, sondern Sorge.

Einer der Wächter gab ein Zeichen, woraufhin sich das große Tor öffnete. Die Minenarbeiter betraten das Lager. Neelix ging mit langen, aber nicht zu hastigen Schritten in Richtung der beiden Unterkünfte. Er versuchte, ruhig zu wirken, obwohl alles in ihm danach drängte zu laufen. Schließlich erreichte er die erste Unterkunft und trat durch den Eingang.

»Commander!«, rief er und Chakotay stand auf. »Ich glaube, die Wächter haben gesehen, wie pulverisiertes Gestein materialisierte. Sie wissen vermutlich nicht genau, was geschieht, aber bestimmt sind sie misstrauisch geworden.«

Chakotay nickte B'Elanna und Harry zu, die an den beiden Transportern arbeiteten. »Wie sieht's aus?«, fragte er angespannt.

B'Elanna strich sich eine Haarsträhne aus der Stirn. Ihr Gesicht war schweißfeucht und schmutzig. Die dunklen Ringe unter den Augen wiesen auf Erschöpfung hin. »Das kann ich kaum sagen, ohne mich hinuntergebeamt zu haben. Vielleicht reicht der Platz jetzt aus.«

»Ich glaube, Sie sollten es überprüfen.«

»In Ordnung. Harry – geben Sie die Koordinaten ein und treffen Sie Vorbereitungen für den Transfer.«

Harry betätigte die Kontrollen des Transporters, sah dann auf und nickte. »Alles bereit.«

B'Elanna nahm einen von drei übrig gebliebenen Insignienkommunikatoren, die sie extra für diesen Zweck aufgespart hatten, und befestigte ihn an ihrer Uniform. »Schicken Sie mich hinunter«, forderte sie Harry auf.

Ihre Gestalt erschimmerte kurz und dann erfolgte die Entmaterialisierung. Wenige Sekunden später erklang B'Elannas Stimme. »Holen Sie mich wieder hoch«, sagte sie und Harry kam auch dieser Aufforderung nach.

Torres rematerialisierte und wirkte zufrieden. »Es ist ein wenig eng, aber der Platz sollte für zwei Personen genügen. Wir können mit dem Transfer beginnen.«

Chakotay trat zum Eingang der Unterkunft und sah nach draußen. »Es wird bald dunkel. Wir warten nicht, bis im Lager Ruhe einkehrt, aber ich halte es für unklug, ohne den Schutz der Dunkelheit aufzubrechen.«

»Wir sollten zuerst die Abendrationen in Empfang nehmen«, sagte Tuvok. »Man würde unsere Abwesenheit zu jenem Zeitpunkt bemerken.«

»Einverstanden.«

Chakotay versammelte alle um sich herum und erklärte noch einmal den Plan, damit jeder wusste, worauf es ankam. Harry Kim hörte stumm zu – er war längst mit den Einzelheiten vertraut. Seine Sorge galt nicht etwa der Flucht, sondern einem anderen Punkt. Als Chakotay seine Ausführungen beendete, wandte er sich an ihn.

»Kann ich Sie draußen sprechen, Sir?«

Chakotay richtete einen verwunderten Blick auf ihn, nickte und verließ die Unterkunft zusammen mit Harry. Die Temperatur sank, als die Sonne langsam hinter dem Horizont verschwand, und die von der Hitze verursachte Lethargie im Lager ließ allmählich nach. Neelix befand sich bei den Rai' und bereitete eine Mahlzeit zu – selbst an diesem kritischen Abend wich er nicht von seiner üblichen Routine ab.

»Was ist los?«, fragte Chakotay.

»Ich weiß nicht, wie Sie dazu stehen, aber ich möchte Coris mitnehmen.«

Chakotay schwieg einige Sekunden lang und Harry fürchtete, dass der Commander Einwände erheben wollte.

»Ich weiß, dass sie keine Starfleet-Ausbildung hat, aber sie ist intelligent und flink«, fügte Kim rasch hinzu. »Sie hält uns bestimmt nicht auf, das garantiere ich.«

Chakotay lächelte. »Natürlich kommt sie mit«, sagte er zu Harrys großer Erleichterung. »Ich würde sie auf keinen Fall zurücklassen.«

»Danke, Sir«, erwiderte Harry erfreut.

Dann hörten sie ein vertraut gewordenes Geräusch – das große Tor in der metallenen Wand öffnete sich. Harry hob den Kopf und rechnete damit, die Antigravplattformen mit den Abendrationen zu sehen. Aber stattdessen betraten bewaffnete Wächter das Lager. Sofort entfalteten die Gefangenen sinnlose Aktivität und vermieden es, den Subu Beachtung zu schenken.

Harry und Chakotay wechselten einen Blick. Was bedeutete die unerwartete Präsenz der Wächter? Plötzlich stand Neelix vor ihnen und hielt einen mit Flüssigkeit gefüllten Napf in den Händen. Der Talaxianer wirkte ein wenig blass und verunsichert.

»Bitte probieren Sie diese Suppe, Commander. Ich glaube, es fehlt noch etwas.«

Als Chakotay den Napf entgegennahm, beugte sich Neelix vor und flüsterte: »Etwas sagt mir, dass wir sofort aufbrechen sollten.«

Chakotay hob den Napf an die Lippen und blickte über seinen Rand hinweg zu den nächsten Wächtern, die etwa fünfzig Meter entfernt waren. Drei von ihnen rissen einen primitiven Unterstand ein und durchsuchten die wenige Habe der Gefangenen, die hilflos in der Nähe standen.

Harry schätzte, dass sich zehn bis zwölf Unterkünfte zwischen den Wächtern und der *Voyager*-Gruppe befanden. Wenn die Subu so weitermachten wie bisher, würden sie in zehn bis fünfzehn Minuten eintreffen und die Transporter finden.

Sie durften keine Zeit verlieren.

Harry, Chakotay und Neelix kehrten ins Innere der ersten Unterkunft zurück.

»Harry, bereiten Sie sich auf den Transfer in die ausgehöhlte Kammer vor. Vorik, suchen Sie die zweite Unterkunft auf und geben Sie den anderen Bescheid. Sie sollen nacheinander hierher kommen, sich dabei ganz ruhig und locker geben.«

»Ja, Sir.«

»Wir müssen das Lager jetzt sofort verlassen. Alles klar, B'Elanna?«

Sie nickte ernst und sah zu Harry, der nach dem zweiten Transporter griff und ihn an sich drückte. »Also los«, sagte er und hörte, dass seine Stimme ein wenig hohl klang.

»Energie«, sagte Torres und genau in diesem Augenblick bemerkte Harry eine Bewegung im rückwärtigen Bereich der Unterkunft. Er sah die Furcht in Coris' Gesicht und plötzlich fiel ihm ein: Er hatte ihr noch gar nicht gesagt, dass sie die Gruppe begleiten würde.

Kim ließ sich so sehr ablenken, dass er aus dem Gleichgewicht geriet und einen Schritt vortrat, um nicht zu taumeln. Es folgten die Benommenheit der Entmaterialisierung und die Schwärze des Transfers.

Dann rematerialisierte Harry – und schrie. In seinem rechten Fuß brannte ein so heißer, heftiger Schmerz, dass er befürchtete, das Bewusstsein zu verlieren. Er konnte sich nicht bewegen, kämpfte verzweifelt gegen Pein und drohende Ohnmacht an, als Übelkeit in ihm emporquoll.

Er war während des Beamens einen Schritt nach vorn getreten und dadurch hatte der Retransfer des rechten Fußes in der Felswand stattgefunden. Die Knochen waren regelrecht zermalmt worden.

Harry schnappte nach Luft und schaltete die kleine Lampe ein – sie bestand aus Teilen, die Neelix gestohlen hatte. Er atmete schwer, rang noch immer mit der Übelkeit und programmierte den zweiten Transporter darauf, ihn einen halben Meter weiter ins Innere der Kammer zu beamen. Er schaffte es, den Transfer einzuleiten, bevor ihm der Schmerz das Bewusstsein raubte.

Er kam auf dem Boden zu sich und hörte Chakotays Stimme, die aus dem Lautsprecher des Insignienkommunikators drang. »Harry! Antworten Sie, Harry! Hören Sie mich?«

Kim setzte sich benommen auf. »Ja, ich höre Sie, Commander«, brachte er zwischen zusammengebissenen Zähnen hervor.

»Ist irgendetwas schief gegangen?«

»Nein, es ist alles in Ordnung. Beginnen Sie mit dem Transfer der anderen.«

»Tuvok kommt als Erster.«

Harry sah sich um und begriff, dass er aufstehen musste, wenn der Platz für zwei Personen ausreichen sollte. Der Hohlraum im Felsgestein war rechteckig und durchmaß einen Meter. Neuer Schmerz entflammte in ihm, als er aufstand und den linken Fuß mit seinem Gewicht belastete.

Ein oder zwei Sekunden lang befürchtete er, erneut das Bewusstsein zu verlieren. Er biss sich so fest auf die Lippe, bis sie blutete und sich der Nebel hinter seiner Stirn auflöste. Einen Augenblick später materialisierte Tuvok vor ihm.

»In Ordnung, Sir«, brachte Harry hervor. »Ihr zweiter Retransfer findet auf der anderen Seite der Metallwand statt, etwa dreihundert Meter im Innern des Dschungels.« Er wandte sich den Kontrollen des Transporters zu.

»Sie sind verletzt, Fähnrich …«, begann Tuvok, aber er entmaterialisierte, bevor er den Satz beenden konnte. Wenige Sekunden später klang seine Stimme aus dem

Insignienkommunikator und bestätigte, dass er sich tatsächlich jenseits der Metallwand im Dschungel befand.

Harry biss auf eine andere Stelle der Lippe. Ihm stand ein langer Abend bevor …

In der ersten Unterkunft gab Chakotay die Reihenfolge der Transfers bekannt: »Seven, Tom, Gabrielle, Neelix, Coris, Brad …« Während er sprach, wuchs draußen die Unruhe. Coris trat zum Eingang und blickte nach draußen, als laute Stimmen und auch einige Schreie erklangen.

»Die Wächter kommen näher. Offenbar haben sie in einer der anderen Unterkünfte etwas Verbotenes gefunden. Sie bestrafen Gefangene, indem sie sie mit Säure aus ihren Tentakeln verätzen.«

Chakotay wusste, wie sich das anfühlte, und er bedauerte die Personen, die nun solche Schmerzen ertragen mussten. Leider konnte er ihnen nicht helfen. »Setzen Sie die Arbeit fort, B'Elanna. Führen Sie die Transfers so schnell wie möglich durch.«

Seven wurde in die unterirdische Kammer gebeamt, dann auch Tom. Die anderen bezogen hintereinander Aufstellung und warteten diszipliniert, obgleich sich Sorge in ihren Gesichtern zeigte.

Gabrielle Allyn entmaterialisierte, anschließend Neelix, dessen Flecken sich deutlich in der blassen Miene abzeichneten.

»Jetzt sind Sie dran, Coris«, sagte Chakotay und sah sich nach der jungen Frau um.

Coris war verschwunden.

Die Saccul Coris schritt zielstrebig durchs Lager und ging in einem weiten Bogen, um sich den Wächtern nicht aus der Richtung der *Voyager*-Gruppe zu nähern.

Einmal in ihrem Leben wollte sie etwas vollbringen. Bisher war ihre Existenz allein von Elend und Enttäuschungen bestimmt gewesen, doch jetzt brannte eine kleine Flamme der Entschlossenheit in ihr und sie hütete dieses Feuer.

Inzwischen verstand sie einige der Dinge, die sie von der Mutter ihrer Mutter gehört hatte, als sie klein gewesen war. Die geliebte Gammi, das einzige Geschöpf auf Saccul, das sich dafür interessiert hatte, ob sie lebte oder starb, Gammi, die sie bei sich aufnahm, als ihre Mutter sie verließ und beschloss, sich mit Soldaten einzulassen, um dafür Brotkrumen oder einige Löffel Suppe zu bekommen.

Einst hatte Coris davon geträumt, großartige Dinge zu vollbringen. Sie stellte sich vor, so wundervoll zu singen wie die Nachtvögel ihres Heimatplaneten. Oder sie wollte den Himmel studieren und seine dunklen Geheimnisse erkunden. Oder sie war eine Priesterin und half den jungen Leuten, den schwierigen Weg des Geistlichen zu beschreiten.

Diese Träume fanden in ihrem neunten Lebensjahr ein Ende, als einige betrunkene Soldaten Gammi umbrachten. Anschließend bestanden Coris' größte Hoffnungen darin, den nächsten Tag zu überleben.

Die Gefangennahme durch die Subu hatte die Umstände ihres Lebens kaum verschlechtert, denn in der Freiheit wäre sie bestimmt nicht mehr lange am Leben geblieben. Daher schien es kaum eine Rolle zu spielen, ob sie im Gefangenenlager starb oder nicht.

So dachte Coris, bis sie die *Voyager*-Leute kennen lernte.

Nie zuvor war sie solchen Personen begegnet. Gammi hatte ihr erzählt, dass es im Leben nach dem Tod so großzügige Wesen gab, voller Güte und Freude, aber sie hätte es nie für möglich gehalten, dass solche Leute auch in dieser Dimension existierten.

Sie schämte sich nun für ihren Versuch, Harrys Stiefel zu stehlen, und gleichzeitig war sie dankbar dafür, denn es hatte ihr Gelegenheit gegeben, die Bekanntschaft der *Voyager*-Leute zu machen, ihren Geschichten zu lauschen und von ihrer Selbstlosigkeit zu erfahren. Abend für Abend hatte sie bei den Fremden gesessen und ihnen zugehört, von ihrem edlen Wesen fasziniert und zutiefst beeindruckt.

Schließlich glaubte Coris zu verstehen, warum man in einer Welt des Schmerzes und der Verkommenheit geboren wurde: um über solche Verhältnisse hinauszuwachsen, um stark zu werden in der Not und erhabene Selbstlosigkeit zu erreichen.

Es überraschte sie, so schnell eine Chance zu bekommen. Sie hatte zunächst gehofft, zusammen mit den *Voyager*-Leuten zu entkommen, um weiterhin von ihnen zu lernen, stärker und sicherer zu werden.

Jetzt war sie absolut sicher, dass das Schicksal ihr jene Gelegenheit bot, die sie sich gewünscht hatte.

Die Wächter kamen so schnell näher, dass nicht alle *Voyager*-Leute die Unterkunft verlassen konnten, bevor die Subu heran waren. Jemand musste sie aufhalten und genau das beabsichtigte Coris. Die kleine Flamme brannte heller in ihr, schenkte ihr eine Wärme, die sie zum ersten Mal in ihrem Leben spürte. Noch nie zuvor hatte sie auf diese Weise empfunden und sie hielt das Gefühl fest.

Der alte Transtator wog schwer in ihren Händen. Es war die erste von der *Voyager*-Gruppe gefundene Komponente gewesen. Coris erinnerte sich daran, Harry Gesellschaft geleistet zu haben, als er den Transtator entdeckt und gegen Nahrungsmittel eingetauscht hatte. Später stellte sich heraus, dass er nicht funktionierte, obgleich er summte und einen schwachen Lichtstrahl projizierte.

An diesem Abend würde er seinen Zweck erfüllen.

Coris näherte sich den Wächtern aus einer Richtung, die sie nicht mit der *Voyager*-Gruppe in Zusammenhang bringen konnte. Einige wenige Minuten genügten – so lange ertrug sie es bestimmt, von den Säuretentakeln der Subu berührt zu werden. Sie war mit Schmerzen vertraut und sicher, in ihrem Leben Schlimmeres ertragen zu haben.

Sie bemerkte die verwunderten Blicke einiger Gefangener, als sie sich in ihrer Mitte bewegte. Normalerweise hätte sie damit rechnen müssen, belästigt zu werden, aber angesichts der nahen Wächter wollte niemand Aufmerksamkeit erregen. Daher drohte ihr von den anderen Gefangenen keine Gefahr.

Nur noch wenige Meter trennten sie von den Subu, die gerade damit beschäftigt waren, ein kleines Lager der Yottins zu verwüsten. Die Bewohner jener Baracken wichen vor den monströsen Waffen und den schrecklichen Tentakeln der Wächter zurück.

Jetzt.

Sie blieb direkt vor einem der Wächter stehen, als er sich von den Yottins abwandte, und hob den Transtator. Im Sonnenschein fiel der schwache Lichtstrahl nicht auf, aber inzwischen war es dunkler geworden und das matte Glühen zeigte sich im Gesicht des Subu.

Der Wächter verharrte überrascht, wich dann einen Schritt zurück und winkte seinen Artgenossen zu.

Die Mundöffnung des Subu klappte auf – ein Vorgang, den Coris zum ersten Mal beobachtete. Es sah fast nach einem Lächeln aus, aber sie konnte sich nicht vorstellen, dass diese Geschöpfe lächelten.

Sie dachte daran, dass sie bestimmt einen seltsamen Anblick bot: eine Gefangene, die einen Transtator hob, damit einem Wächter ins Gesicht leuchtete. Die Subu beobachteten sie unschlüssig, von ihrem sonderbaren Verhalten verunsichert.

Der Wächter vor ihr streckte einen Tentakel aus. »Gib mir das«, sagte er.

Coris schüttelte den Kopf. »Es gehört mir.«

»Ist das der Apparat, der Erz in Staub verwandelt?«

Sie wussten also davon. Coris spürte, wie ihr Herz schneller schlug, aber ihre Stimme klang fest und stark.

»Nein«, sagte Coris. »Dieser Apparat sorgt dafür, dass du nie Kinder zeugen kannst.«

Einige Zuhörer schnappten verblüfft nach Luft und

es folgten einige Sekunden angespannter Stille. Die Luft schien elektrisch geladen zu sein, wie unmittelbar vor einem Blitzschlag.

Der Wächter riss Coris den Transtator aus den Händen und reichte ihn einem anderen Subu.

Dann kehrte der Tentakel zur jungen Frau zurück.

Als sie zu schreien begann, schien ihre Stimme körperlos zu sein und aus weiter Ferne zu kommen. Sie hatte sich geirrt – diese Pein war viel, viel schlimmer als alle andere Schmerzen, die sie jemals ertragen musste. Als die Schwärze der Bewusstlosigkeit kam, hatte sie ihre Absichten vergessen, ihr Streben nach selbstloser Würde. Sie wusste nicht einmal mehr, wer sie war, warum sie sich an diesem Ort befand und weshalb sie so sehr litt.

Chakotay und B'Elanna kamen als Letzte an die Reihe. Als die Schreie erklangen, eilte der Commander zum Eingang der Unterkunft und sah, wie Coris in der tödlichen Umarmung eines Subu-Wächters zuckte. Er konnte nichts für sie tun, kehrte zu B'Elanna zurück und nickte.

Beim Transfer zum Hohlraum dachte er an Coris, deren Opfer ihnen genug Zeit gegeben hatte, die ganze Gruppe aus dem Lager zu beamen.

Er materialisierte vor Harry Kim, der aussah, als könnte er jederzeit das Bewusstsein verlieren.

»Wo ist Coris?«, brachte Harry mühsam hervor. Er schien starke Schmerzen zu haben.

»Sie beschloss, uns nicht zu begleiten«, log Chakotay. »Sie fürchtete sich.«

Kim runzelte verwirrt die Stirn, aber Chakotay wollte ihm jetzt keine Einzelheiten nennen. »Beamen Sie mich in den Dschungel und holen Sie anschließend B'Elanna, Harry.«

Kim reagierte aus einem Reflex heraus. Chakotay wusste, dass es ihm schlecht ging, doch der Grund dafür war ihm unbekannt. Er spielte auch keine Rolle. Derzeit kam es nur darauf an, dass sie alle das Lager verließen und den Dschungel erreichten.

Wenige Sekunden später stand er neben den anderen, tief im Innern des Urwalds, in dem es finster, kühl und feucht war. Kurz darauf materialisierten B'Elanna und dann auch Harry, der unmittelbar nach dem Retransfer zusammenbrach.

»Was ist los?«, fragte Chakotay und eilte an die Seite des Fähnrichs. Harry rollte sich auf den Rücken und sah blass zu ihm auf.

»Der Fuß ... zermalmt ...«

Chakotay sah, dass Harrys rechter Stiefel blutig und seltsam verzerrt war.

»Kann nicht gehen ... lassen Sie mich hier ...«

»Ausgeschlossen.« Chakotay nickte Tuvok und Tom zu. Letzterer zog Kim vorsichtig hoch und half dem Vulkanier dabei, die Last auf den Rücken zu nehmen.

»Wohin, Commander?«, fragte Tuvok und Chakotay erinnerte sich plötzlich daran, dass die anderen von ihm erwarteten, er solle sie führen.

Doch er spürte nichts. Kein Drängen, nichts, das ihm einen Hinweis darauf gab, in welche Richtung sie sich wenden sollten. Sie konnten nicht einfach hier stehen bleiben. Bald würden die Subu ihr Fehlen bemerken und sicher begannen sie dann sofort mit der Jagd auf die Geflohenen.

Chakotay wandte sich an Seven. »Das Implantat funktioniert nicht. Ich fühle nichts mehr.«

Sie trat auf ihn zu, betrachtete das Implantat in der Wange ernst und berührte es vorsichtig. »Dies könnte vorübergehenden Schmerz verursachen«, sagte sie und rammte den Handballen an das Borg-Modul in der Wange.

Chakotay glaubte, sein Kopf würde explodieren. Ein Messer mit gezackter Klinge schien durch den Kieferknochen bis ins Gehirn zu schneiden. Der Dschungel drehte sich, und er taumelte, senkte den Kopf und hob ihn gleich wieder, als das zusätzliche Blut den Druck unerträglich machte.

Allmählich ließ die Pein nach und der Commander atmete tief durch. Die kühle, würzige Luft half ihm, mit dem Rest des Schmerzes fertig zu werden.

Ganz deutlich spürte er den Drang, diesen Ort zu verlassen. Irgendetwas – ein kaum zu identifizierendes, aber sehr starkes Etwas – zerrte an ihm.

»Folgen Sie mir«, sagte er zu den anderen, setzte sich in Bewegung und stapfte durch den dunklen Dschungel.

Coris spürte, wie jemand sie hochhob, und fragte sich, ob sie jetzt das Jenseits erreichte und ob Gammi dort auf sie wartete. Sie hatte keine Angst, war nur neugierig.

Dann kehrte der Schmerz zurück und sie hörte, wie die Sirenen des Lagers heulten, was bedeutete, dass sie nicht tot war. Sie öffnete die Augen und sah zum dunklen Gesicht von Tassot Bnay auf, der sie so mühelos wie eine kleine Puppe in seinen Armen trug.

»Wir behandeln deine Wunden mit Salbe«, sagte er. »Vielleicht bleiben Narben zurück, aber nur sehr kleine.«

Coris nahm diese Information ohne innere Beteiligung entgegen. Nur eins war wichtig für sie. »Sind die *Voyager*-Leute entkommen?«, fragte sie mit einer vom Schreien heiseren Stimme.

»Sie befinden sich nicht mehr im Lager. Es ist ungewiss, ob ihnen die Flucht gelingt. Die Subu haben offenbar beschlossen, sie zu verfolgen.«

Coris schwieg. Bnays Gangart bewirkte ein sanftes Schaukeln, das sie als sehr angenehm empfand. In seinen Armen fühlte sie sich sicher und geschützt. Sie hatte sich geopfert, um den *Voyager*-Leuten zu helfen, und jetzt empfing sie ihrerseits Hilfe. Darin kam eine gewisse Gerechtigkeit zum Ausdruck, die ihr gefiel. Sie wusste plötzlich, dass man selbst unter den schlechtesten Bedingungen würdevoll und edel sein konnte. Von jetzt an, so beschloss sie, wollte sie auf diese Weise leben.

»Viel Glück, Harry«, hauchte Coris und gab sich dann ganz dem Trost von Bnays starken Armen hin.

Chakotay und seine Begleiter waren erst seit einigen Minuten durch den Dschungel unterwegs, als die Sirenen heulten. Es war ein seltsames Geräusch, das die Stille der Nacht brutal zerriss. Irgendwie klang es nach dem Trompeten eines uralten, ausgestorben geglaubten Giganten.

Die Gruppe verharrte, um zu lauschen, doch Chakotay trieb sie zur Eile an. »Weiter«, sagte er. »Wir müssen in Bewegung bleiben.«

Kurze Zeit später sahen sie weit oben die Lichter eines Gleiters, halb verborgen jenseits des dichten Blätterdachs. Starke Scheinwerfer leuchteten nach unten. Chakotay wusste, dass ihr Gleißen kaum das dunkle Dickicht des Dschungels durchdringen konnte. Solange die Gruppe keine Lichtung betrat, brauchte sie keine Entdeckung zu fürchten. Trotzdem: Die hin und her streichenden Scheinwerferkegel wirkten beunruhigend.

Sie setzten den Weg fort und Chakotay ließ sich dabei von dem seltsamen Drängen leiten. Tuvok trug den halb ohnmächtigen Harry. Kim versuchte, bei Bewusstsein zu bleiben, obgleich die Schmerzen schier unerträglich sein mussten.

»Ist alles in Ordnung?«, wandte sich Chakotay an den Vulkanier.

»Ich komme zurecht, Commander«, erwiderte Tuvok, aber Chakotay hörte die Anstrengung in seiner Stimme. Vulkanier waren stark, doch man konnte von Tuvok nicht erwarten, eine so schwere Last auf Dauer zu tragen.

Und dann sahen sie die Lichter der Fahrzeuge.

Es handelte sich um Antigrav-Einheiten, die ziemlich schnell durch den Dschungel glitten und sich durch große Manövrierfähigkeit auszeichneten. Das Licht ihrer

Suchscheinwerfer tastete hin und her und in diesem Fall gab es kein schützendes Blätterdach.

Die Schweber waren noch recht weit entfernt und schienen ziellos dahinzugleiten. Gehörten Sensoren zu ihrer Ausstattung? Wenn das der Fall war, mussten sich fünfzehn fliehende Personen relativ leicht entdecken lassen. Aber seltsamerweise wandten sich die Antigrav-Einheiten nicht in ihre Richtung; ihre Piloten schienen den Aufenthaltsort der Geflohenen nicht zu kennen.

Chakotay und seine Begleiter hörten das nächste Hindernis, bevor sie es sahen. Zunächst war das Geräusch kaum wahrnehmbar, ein dumpfes Grollen, wie die tiefsten Klänge einer Bassgitarre, aber es wurde allmählich lauter und unheilvoller. Die Luftfeuchtigkeit nahm zu und gleichzeitig fiel die Temperatur – was befand sich vor ihnen?

Chakotay schritt unbeirrbar in die Richtung, aus der das Geräusch kam. Er begriff instinktiv, dass es ihr Ziel darstellte, aber die Ursache des Grollens blieb ihm unbekannt.

Lauter und lauter wurde es, schwoll zu einem Donnern an. Es klang nach tausenden von Kanonen, die gleichzeitig und immer wieder feuerten. Dunst wogte durch die Luft, brachte Nässe, wurde immer dichter, als sie weitergingen. Bald hatten sie das Gefühl, sich unter einer kalten Dusche zu bewegen.

Chakotay bemerkte, dass die Antigrav-Einheiten hinter ihnen nicht mehr ziellos hin und her schwebten, sondern sich in ihre Richtung wandten. Waren sie entdeckt worden?

Eine Sekunde später traten sie unter dem schützenden Blätterdach des Dschungels hervor.

Das Donnern war jetzt fast ohrenbetäubend, der Dunst noch dichter. Vor ihnen zeigte sich die Ursache des Geräuschs und der hohen Luftfeuchtigkeit.

Chakotay und seine Begleiter sahen einen gewaltigen Wasserfall.

Sie standen am Rand einer Klippe. Links von ihnen floss ein mehrere Kilometer breiter Fluss dem etwa fünfhundert Meter entfernten Wasserfall entgegen.

Dort stürzten Unmengen Wasser in eine Tiefe, die bodenlos zu sein schien. Die Fluten verschwanden in wogenden Wolken aus Wasserdampf – es ließ sich nicht abschätzen, wie tief der Abgrund sein mochte.

Niemand von ihnen hatte jemals zuvor ein so gewaltiges Naturschauspiel gesehen. Die Menge des über den Rand der Klippe hinwegstürzenden Wassers ließ sich nicht einmal abschätzen. Ebenso unvorstellbar war das Ausmaß der kinetischen Energie, die hier freigesetzt wurde.

Es handelte sich um ein überaus beeindruckendes Phänomen, das die Wissenschaftler der *Voyager* sicher gern untersucht hätten.

Doch unter den gegenwärtigen Umständen schuf der Anblick Sorge.

»Was jetzt, Commander?«, fragte Tom und versuchte, nicht beunruhigt zu klingen.

Chakotay schwieg, blickte zum gewaltigen Wasserfall und suchte nach einer Antwort. Als er sich umdrehte, sah er, dass die Lichter der Fahrzeuge näher kamen – man hatte sie tatsächlich entdeckt.

Plötzlich erschienen Gleiter über ihnen. Scheinwerferkegel tasteten kreisförmig umher und es konnte nur noch Sekunden dauern, bis einer von ihnen die Gruppe erreichte.

Das Bild vor Chakotays Augen verschwamm und alles verschmolz miteinander: Der Wasserfall, die dichten Wolken aus Wasserdampf, der Dschungel, das Licht der Suchscheinwerfer, die erwartungsvollen Gesichter seiner Begleiter – alles wirbelte in kaleidoskopartigen Fragmenten durcheinander. Was sollte er unternehmen? Wie konnte er vermeiden, dass die Subu sie erneut gefangen nahmen? Was hatte Captain Janeway beabsichtigt? Entsprach diese seltsame Flucht überhaupt ihren Intentionen?

Chakotay dachte daran, wie er sich als Junge gefühlt hatte, als er mit klopfendem Herzen durch den Wald gelaufen war, wie ein freies Tier, eins mit der Natur. Er versuchte, sich auf diese Erinnerung zu konzentrieren, sich ganz von Rationalität und Logik zu befreien. Irgendetwas teilte ihm mit, dass er sich nur auf seine Instinkte verlassen konnte, nur auf die Verbindung mit dem urzeitlichen Geschöpf tief in seinem Innern. *Vater*, dachte er. *Hilf mir.*

Und in Gedanken hörte er, wie die Stimme seines Vaters erwiderte: *Vertrau dir. Du weißt, worauf es ankommt.*

Das Gefühl des Fallens kehrte zurück, das gleiche Empfinden wie an jenem Abend, als Captain Janeway das Borg-Modul in seine Wange implantiert hatte. Doch jetzt kam es ohne Entsetzen.

Chakotay öffnete die Augen und wusste, was es zu unternehmen galt.

Man konnte die Subu-Fahrzeuge jetzt hören. Sie stießen durch den Dschungel vor und die Gleiter sanken tiefer. Jede Sekunde zählte.

»Wir springen«, sagte Chakotay. »Fassen Sie sich an den Händen. Los geht's.«

Eins musste man der Crew lassen: Niemand meldete Bedenken an; niemand zögerte. Vermutlich war ihnen allen klar, dass sie ohnehin mit dem Tod rechnen mussten, wenn die Subu sie erwischten. Ein verrückter Sprung in die Tiefe war der trotzigere Weg ins Jenseits.

Sie fassten sich an den Händen – Tuvok trug Harry noch immer auf dem Rücken –, sprangen vom Rand der Klippe und stürzten in die Tiefe.

Während des Falls durchlebte Chakotay sein ganzes Leben noch einmal.

Er saugte an der Brust seiner Mutter, ließ die Lippen auch dann noch an der Brustwarze, als er längst satt war, genoss Wärme und Geborgenheit … Der Wind blies ihm das Haar in die Augen, als er auf einem Hügel stand, nicht weit von zu Hause entfernt, den Duft von Frühlingsblumen wahrnahm … Er spürte das Drängen der ersten Liebe, ein seltsames Feuer, das seinen ganzen Körper erfasste und einem schwarzhaarigen Mädchen galt … Er sammelte die Artefakte für seinen Medizinbeutel … fühlte Nadeln an der Schläfe, als die Ureinwohner von Mittelamerika eine rituelle Tätowierung in seine Schläfe stachen, ein letzter Tribut an seinen Vater … die Stimme einer Frau, die im Zwielicht sang … Er spürte Liebe, Schmerz, Sehnsucht, Ehrgeiz … Myriaden Emotionen, die ihn seit seiner Kindheit angetrieben hatten, verbanden sich zu Lichtbändern, zu bunten Schlangen, die sich hierhin und dorthin wanden, ihn auf allen Seiten umgaben. Er begegnete ihnen jetzt nicht mehr mit Abscheu, sondern mit Ehrfurcht …

Kathryns Gesicht schwebte in den Dunstschwaden …

Sie fielen endlos, eine Ewigkeit lang, und der Boden blieb auch weiterhin unter ihnen verborgen. Ein seltsamer Frieden erfasste Chakotay, die Bereitschaft, bis in alle Ewigkeit weiter zu fallen und jede einzelne Sekunde des endlosen Sturzes zu genießen.

Dann offenbarte sich ihm eine Vision.

Die *Voyager* stieg aus dem Nebel der enorm tiefen Schlucht auf, flog ihnen wie ein Vogel Roch entgegen.

Chakotay glaubte, bereits tot zu sein. Die wundersame Vision wurde von den letzten sterbenden Synapsen seines Gehirns hervorgerufen – sie zeigten ihm vertraute Bilder, bevor Schwärze alles verschlang.

Und dann fühlte er, wie er entmaterialisierte.

»Ich war ziemlich sicher, dass Seven das Rufsignal erkannte«, sagte Kathryn. »Aber ich wusste nicht, ob Sie die Notwendigkeit eines Sprungs in die Tiefe verstehen würden.«

»Ich habe es nicht in dem Sinne verstanden. Es war ein Gefühl, ein Instinkt, mehr nicht.«

»Es gab nur einen Ort auf dem Planeten, wo ich die

Voyager verstecken konnte – in dem Wasserfall. Er ist fast drei Kilometer breit und erzeugt genug Energie, um die Sensoren der Subu zu stören.«

Sie saßen im Quartier der Kommandantin und entspannten sich bei der besten Mahlzeit, die Chakotay seit Tagen genossen hatte. Sie gönnten sich sogar den Luxus einer replizierten Flasche Weins. Profundes Wohlbehagen erfüllte Chakotay, hervorgerufen nicht nur von Speis und Trank, sondern auch von Kathryns Präsenz, die an diesem Abend besonders gut aussah.

»Was ist mit Harrys Fuß?«

»Der Doktor meinte, er sei sehr übel zugerichtet gewesen. Vielleicht sind mehrere osteogene Behandlungen nötig, aber schließlich dürfte der Fuß fast wie neu sein.«

Chakotay nickte und stellte sich vor, wie Harry Kim in der ausgehöhlten Kammer stand, trotz der Schmerzen dazu entschlossen, seine Pflicht zu erfüllen. Stumm erinnerte er sich an die von allen Gruppenmitgliedern gebrachten Opfer, an ihren Einfallsreichtum und die Bereitschaft, mit ihm in die Tiefe zu stürzen. Uneingeschränktes Vertrauen kam darin zum Ausdruck.

Kathryn griff behutsam nach seiner Hand und sah ihm besorgt in die Augen. »Stimmt was nicht?«, fragte sie sanft.

Chakotay zögerte. Wie konnte er von den Dingen berichten, die sie während ihres außergewöhnlichen Abenteuers erlebt hatten? Wie sollte er die Intensität ihrer Gefühle während der Gefangenschaft und bei der Flucht beschreiben?

Vielleicht war das gar nicht möglich. Er fühlte sich unfähig, die Nähe in Worte zu kleiden, zu der es zwischen ihnen auf dem Planeten gekommen war. Vielleicht handelte es sich um eine Erfahrung, die privat und intim bleiben musste, nur von jenen geteilt werden konnte, die direkt am Geschehen teilgenommen hatten.

»Ich habe an das blaue und purpurne Gewand gedacht, das Sie bei Ihrem Besuch im Lager getragen haben«, sagte Chakotay langsam. »Woher stammte es?«

»Von den so genannten Murr. Das sind reiche Händler, die mit den Subu Geschäfte machen.«

»Ich würde die Replikatorrationen von einem Monat geben, um Sie noch einmal darin zu sehen.«

Kathryns Lippen deuteten ein Lächeln an. »Ich glaube, das lässt sich arrangieren«, sagte sie.

Eine Zeit lang saßen sie schweigend da, die Hände ineinander gelegt, blickten durchs Fenster ins All und beobachteten die vorbeiziehenden Sterne.

Schließlich begriff Chakotay, dass er alles erzählen, der Kommandantin jeden einzelnen Moment mitteilen musste. Sie sollte das Gefühl haben, an den Ereignissen beteiligt gewesen zu sein. Er hätte sich irgendwie unvollständig gefühlt, wenn sie nicht dabei gewesen wäre.

Kathryns Hand fühlte sich warm an. Chakotay spürte ihren Puls am Handgelenk und glaubte, dass ihre Herzen im gleichen Rhythmus schlugen. Erneut sah er zu den Sternen hinaus, beobachtete ihr Licht, das fast transzendental wirkte und eine beruhigende, hypnotische Kraft zu haben schien.

Kurz darauf begann er zu sprechen.

Danksagungen

Die üblichen Verdächtigen:

John Ordover ist ein außergewöhnlicher Lektor, der Geduld, Anteilnahme, Intellekt und Verständnis in sich vereint. Ich danke ihm für die Möglichkeit, meine literarischen Flügel auszubreiten.

Rick Berman, der den Star Trek-Mantel von Gene Roddenberry übernahm, hat ihn mit Weitblick und Integrität getragen. Ich danke ihm dafür, dass er mein Mentor, Kollege und Freund ist.

Brannon Braga und Joe Menoksy sind Quellen kreativer Leidenschaft. Ich danke ihnen für die Inspiration und die unerschütterliche Loyalität, die sie mir über Jahre hinweg entgegengebracht haben.

Andre Bormanis kennt sich auf vielen Gebieten aus und ist ein liebenswürdiger, großzügiger Mensch. Ich danke ihm dafür, dass er seine Intelligenz mit mir geteilt und mich – größtenteils – auf einem geraden, wissenschaftlichen Weg gehalten hat.

David Moessinger, mein Mann, ist mein Anker, mein Fels, mein Herz. Ich danke ihm dafür, dass er existiert.

STAR TREK™

in der Reihe
HEYNE SCIENCE FICTION & FANTASY

STAR TREK: CLASSIC SERIE

Vonda N. McIntyre, Star Trek II: Der Zorn des Khan · 06/3971
Vonda N. McIntyre, Der Entropie-Effekt · 06/3988
Robert E. Vardeman, Das Klingonen-Gambit · 06/4035
Lee Correy, Hort des Lebens · 06/4083
Vonda N. McIntyre, Star Trek III: Auf der Suche nach Mr. Spock · 06/4181
S. M. Murdock, Das Netz der Romulaner · 06/4209
Sonni Cooper, Schwarzes Feuer · 06/4270
Robert E. Vardeman, Meuterei auf der Enterprise · 06/4285
Howard Weinstein, Die Macht der Krone · 06/4342
Sondra Marshak & Myrna Culbreath, Das Prometheus-Projekt · 06/4379
Sondra Marshak & Myrna Culbreath, Tödliches Dreieck · 06/4411
A. C. Crispin, Sohn der Vergangenheit · 06/4431
Diane Duane, Der verwundete Himmel · 06/4458
David Dvorkin, Die Trellisane-Konfrontation · 06/4474
Vonda N. McIntyre, Star Trek IV: Zurück in die Gegenwart · 06/4486
Greg Bear, Corona · 06/4499
John M. Ford, Der letzte Schachzug · 06/4528
Diane Duane, Der Feind – mein Verbündeter · 06/4535
Melinda Snodgrass, Die Tränen der Sänger · 06/4551
Jean Lorrah, Mord an der Vulkan Akademie · 06/4568
Janet Kagan, Uhuras Lied · 06/4605
Laurence Yep, Herr der Schatten · 06/4627
Barbara Hambly, Ishmael · 06/4662
J. M. Dillard, Star Trek V: Am Rande des Universums · 06/4682
Della van Hise, Zeit zu töten · 06/4698
Margaret Wander Bonanno, Geiseln für den Frieden · 06/4724
Majliss Larson, Das Faustpfand der Klingonen · 06/4741
J. M. Dillard, Bewußtseinsschatten · 06/4762
Brad Ferguson, Krise auf Centaurus · 06/4776
Diane Carey, Das Schlachtschiff · 06/4804
J. M. Dillard, Dämonen · 06/4819
Diane Duane, Spocks Welt · 06/4830
Diane Carey, Der Verräter · 06/4848
Gene DeWeese, Zwischen den Fronten · 06/4862
J. M. Dillard, Die verlorenen Jahre · 06/4869
Howard Weinstein, Akkalla · 06/4879
Carmen Carter, McCoys Träume · 06/4898
Diane Duane & Peter Norwood, Die Romulaner · 06/4907
John M. Ford, Was kostet dieser Planet? · 06/4922
J. M. Dillard, Blutdurst · 06/4929
Gene Roddenberry, Star Trek I: Der Film · 06/4942
J. M. Dillard, Star Trek VI: Das unentdeckte Land · 06/4943
Jean Lorrah, Die UMUK-Seuche · 06/4949
A. C. Crispin, Zeit für gestern · 06/4969
David Dvorkin, Die Zeitfalle · 06/4996
Barbara Paul, Das Drei-Minuten-Universum · 06/5005

STAR TREK™

Judith & Garfield Reeves-Stevens, Das Zentralgehirn · 06/5015
Gene DeWeese, Nexus · 06/5019
D. C. Fontana, Vulkans Ruhm · 06/5043
Judith & Garfield Reeves-Stevens, Die erste Direktive · 06/5051
Michael Jan Friedman, Das Doppelgänger-Komplott · 06/5067
Judy Klass, Der Boaco-Zwischenfall · 06/5086
Julia Ecklar, Kobayashi Maru · 06/5103
Peter Norwood, Angriff auf Dekkanar · 06/5147
Carolyn Clowes, Das Pandora-Prinzip · 06/5167
Michael Jan Friedman, Schatten auf der Sonne · 06/5179
Diana Duane, Die Befehle des Doktors · 06/5247
V. E. Mitchell, Der unsichtbare Gegner ·06/5248
Dana Kramer-Rolls, Der Prüfstein ihrer Vergangenheit · 06/5273
Barbara Hambly, Der Kampf ums nackte Überleben · 06/5334
Brad Ferguson, Eine Flagge voller Sterne · 06/5349
J. M. Dillard, Star Trek VII: Generationen · 06/5360
Gene DeWeese, Die Kolonie der Abtrünnigen · 06/5375
Michael Jan Friedman, Späte Rache · 06/5412
Peter David, Der Riß im Kontinuum · 06/5464
Michael Jan Friedman, Gesichter aus Feuer · 06/5465
Peter David/Michael Jan Friedman/Robert Greenberger,
Die Enterbten · 06/5466
L. A. Graf, Die Eisfalle · 06/5467
John Vornholt, Zuflucht · 06/5468
L. A. Graf, Der Saboteur · 06/5469
Melissa Crandall, Die Geisterstation · 06/5470
Mel Gilden, Die Raumschiff-Falle · 06/5471
V. E. Mitchell, Tore auf einer toten Welt · 06/5472
Victor Milan, Aus Okeanos Tiefen · 06/5473
Diane Carey, Das große Raumschiff-Rennen · 06/5474
Margaret Wander Bonanno, Die Sonde · 06/5475
Diane Carey, Kirks Bestimmung · 06/5476
L. A. Graf, Feuersturm · 06/5477
A. C. Crispin, Sarek · 06/5478
Simon Hawke, Die Terroristen von Patria · 06/5479
Barbara Hambly, Kreuzwege · 06/5681
L. A. Graf, Ein Sumpf von Intrigen · 06/5682
Howard Weinstein, McCoys Tochter · 06/5683
Judith & Garfield Reeves-Stevens, Die Föderation · 06/5684
J. M. Dillard, Sabotage · 06/5685
Denny Martin Flinn, Der Coup der Promethaner · 06/5686
Diane Carey/Dr. James I. Kirkland, Keine Spur von Menschen · 06/5687
William Shatner, Die Asche von Eden · 06/5688
William Shatner, Die Rückkehr · 06/5689
William Shatner, Der Rächer · 06/5690
Peter David, Die Tochter des Captain · 06/5691
Dean Wesley Smith/Kristine Kathryn Rusch, Die Ringe von Tautee · 06/5693
Diane Carey, Invasion – 1: Der Erstschlag · 06/5694
Dean Wesley Smith/Kristine Kathryn Rusch, Tag der Ehre – 4:
Das Gesetz des Verrats · 06/5702

STAR TREK™

William Shatner, Das Gespenst · 06/5703
William Shatner, Dunkler Sieg · 06/5704
William Shatner, Die Bewahrer · 06/5705

STAR TREK: THE NEXT GENERATION
David Gerrold, Mission Farpoint · 06/4589
Gene DeWeese, Die Friedenswächter · 06/4646
Carmen Carter, Die Kinder von Hamlin · 06/4685
Jean Lorrah, Überlebende · 06/4705
Peter David, Planet der Waffen · 06/4733
Diane Carey, Gespensterschiff · 06/4757
Howard Weinstein, Machthunger · 06/4771
John Vornholt, Masken · 06/4787
David & Daniel Dvorkin, Die Ehre des Captain · 06/4793
Michael Jan Friedman, Ein Ruf in die Dunkelheit · 06/4814
Peter David, Eine Hölle namens Paradies · 06/4837
Jean Lorrah, Metamorphose · 06/4856
Keith Sharee, Gullivers Flüchtlinge · 06/4889
Carmen Carter u. a., Planet des Untergangs · 06/4899
A. C. Crispin, Die Augen der Betrachter · 06/4914
Howard Weinstein, Im Exil · 06/4937
Michael Jan Friedman, Das verschwundene Juwel · 06/4958
John Vornholt, Kontamination · 06/4986
Mel Gilden, Baldwins Entdeckungen · 06/5024
Peter David, Vendetta · 06/5057
Peter David, Eine Lektion in Liebe · 06/5077
Howard Weinstein, Die Macht der Former · 06/5096
Michael Jan Friedman, Wieder vereint · 06/5142
T. L. Mancour, Spartacus · 06/5158
Bill McCay/Eloise Flood, Ketten der Gewalt · 06/5242
V. E. Mitchell, Die Jarada · 06/5279
John Vornholt, Kriegstrommeln · 06/5312
David Bischoff, Die Epidemie · 06/5356
Peter David, Imzadi · 06/5357
Laurell K. Hamilton, Nacht über Oriana · 06/5342
Simon Hawke, Die Beute der Romulaner · 06/5413
Rebecca Neason, Der Kronprinz · 06/5414
John Peel, Drachenjäger · 06/5415
Diane Carey, Abstieg · 06/5416
Diane Duane, Dunkler Spiegel · 06/5417
Jeri Taylor, Die Zusammenkunft · 06/5418
Michael Jan Friedman, Relikte · 06/5419
Susan Wright, Der Mörder des Sli · 06/5438
W. R. Thomson, Planet der Schuldner · 06/5439
Carmen Carter, Das Herz des Teufels · 06/5440
Michael Jan Friedman & Kevin Ryan, Requiem · 06/5442
Dafydd ab Hugh, Gleichgewicht der Kräfte · 06/5443
Michael Jan Friedman, Die Verurteilung · 06/5444
Peter David, Q^2 · 06/5445
Simon Hawke, Die Rückkehr der Despoten · 06/5446

STAR TREK™

Robert Greenberger, Die Strategie der Romulaner · 06/5447
Gene DeWeese, Im Staubnebel verschwunden · 06/5448
Brad Ferguson, Das letzte Aufgebot · 06/5449
Michael Jan Friedman, Die andere Seite · 06/5750
Kij Johnson/Greg Cox, Die Ehre des Drachen · 06/5751
J. M. Dillard/Kathleen O'Malley, Wahnsinn · 06/5753
Dean Wesley Smith/Kristine Kathryn Rusch, Invasion – 2: Soldaten des Schreckens · 06/5754
Pamela Sargent/George Zebrowski, Verhöhnter Zorn · 06/5756
J. M. Dillard, Star Trek VIII: Der erste Kontakt · 06/5757
Diane Carey, Tag der Ehre – 1: Altes Blut · 06/5763
John Vornholt, Der Dominion-Krieg – 1: Hinter feindlichen Linien · 06/5765
John Vornholt, Der Dominion-Krieg – 3: Sternentunnel · 06/5766
Peter David, Imzadi II · 06/5767
John de Lancie/Peter David, Ich, Q · 06/5768
J. M. Dillard, Star Trek IX: Der Aufstand · 06/5770
Greg Cox, Das Q-Kontinuum 1: Die galaktische Barriere · 06/5771
Greg Cox, Das Q-Kontinuum 2: Die Entführung · 06/5772
Greg Cox, Das Q-Kontinuum 3: Der Widersacher · 06/5773
John Vornholt, Kristallwelt 1 · 06/5774
John Vornholt, Kristallwelt 2 · 06/5775

STAR TREK: DIE ANFÄNGE
Vonda N. McIntyre, Die erste Mission · 06/4619
Margaret Wander Bonanno, Fremde vom Himmel · 06/4669
Diane Carey, Die letzte Grenze · 06/4714

STAR TREK: DEEP SPACE NINE
J. M. Dillard, Botschafter · 06/5115
Peter David, Die Belagerung · 06/5129
K. W. Jeter, Die Station der Cardassianer · 06/5130
Sandy Schofield, Das große Spiel · 06/5187
Dafydd ab Hugh, Gefallene Helden · 06/5322
Lois Tilton, Verrat · 06/5323
Esther Friesner, Kriegskind · 06/5430
John Vornholt, Antimaterie · 06/5431
Diane Carey, Die Suche · 06/5432
K. W. Jeter, Das Böse · 06/5433
Melissa Scott, Der Pirat · 06/5434
Nathan Archer, Walhalla · 06/5512
Greg Cox/John Gregory Betancourt, Der Teufel im Himmel · 06/5513
Robert Sheckley, Das Spiel der Laertianer · 06/5514
Diane Carey, Der Weg des Kriegers · 06/5515
Diane Carey, Die Katakombe · 06/5516
Dean Wesley Smith/Kristine Kathryn Rusch, Die lange Nacht · 06/5517
John Peel, Der Schwarm · 06/5518
L. A. Graf, Invasion – 3: Der Feind der Zeit · 06/5519
Michael Jan Friedman, Saratoga · 06/5721
Diane Carey, Neuer Ärger mit den Tribbles · 06/5723
L. A. Graf, Tag der Ehre – 2: Der Himmel von Armageddon · 06/5725

STAR TREK™

Diane Carey, Der Dominion-Krieg – 2: Verlorener Friede · 06/5727
Diane Carey, Der Dominion-Krieg – 4: Beendet den Krieg! · 06/5728

STAR TREK: STARFLEET KADETTEN
John Vornholt, Generationen · 06/6501
Peter David, Worfs erstes Abenteuer · 06/6502
Peter David, Mission auf Dantar · 06/6503
Peter David, Überleben · 06/6504
Brad Strickland, Das Sternengespenst · 06/6505
Brad Strickland, In den Wüsten von Bajor · 06/6506
John Peel, Freiheitskämpfer · 06/6507
Mel Gilden & Ted Pedersen, Das Schoßtierchen · 06/6508
John Vornholt, Erobert die Flagge! · 06/6509
V. E. Mitchell, Die Atlantis Station · 06/6510
Michael Jan Friedman, Die verschwundene Besatzung · 06/6511
Michael Jan Friedman, Das Echsenvolk · 06/6512
Diane G. Gallagher, Arcade · 06/6513
John Peel, Ein Trip durch das Wurmloch · 06/6514
Brad & Barbara Strickland, Kadett Jean-Luc Picard · 06/6515
Brad & Barbara Strickland, Picards erstes Kommando · 06/6516
Ted Pedersen, Zigeunerwelt · 06/6517
Patricia Barnes-Svarney, Loyalitäten · 06/6518
Diana G. Gallagher, Tag der Ehre – 5: Ehrensache · 06/6530

STAR TREK: VOYAGER
L. A. Graf, Der Beschützer · 06/5401
Dean Wesley Smith/Kristine Kathryn Rusch, Die Flucht · 06/5402
Nathan Archer, Ragnarök · 06/5403
Susan Wright, Verletzungen · 06/5404
John Betancourt, Der Arbuk-Zwischenfall · 06/5405
Christie Golden, Die ermordete Sonne · 06/5406
Mark A. Garland/Charles G. McGraw, Geisterhafte Visionen · 06/5407
S. N. Lewitt, Cybersong · 06/5408
Dafydd ab Hugh, Invasion – 4: Die Raserei des Endes · 06/5409
Karen Haber, Segnet die Tiere · 06/5410
Jeri Taylor, Mosaik · 06/5811
Melissa Scott, Der Garten · 06/5812
David Niall Wilson, Puppen · 06/5813
Greg Cox, Das schwarze Ufer · 06/5814
Michael Jan Friedman, Tag der Ehre – 3: Ihre klingonische Seele · 06/5815
Christie Golden, Gestrandet · 06/5816
Dean Wesley Smith/Kristine Kathryn Rusch/Nina Kiriki Hoffman, Echos · 06/5817
Christie Golden, Seven of Nine · 06/5818
Eric Kotani, Tod eines Neutronensterns · 06/5819
Jeri Taylor, Schicksalspfade · 06/5820
Diane Carey, Endspiel · 06/5823

STAR TREK: DIE NEUE GRENZE
Peter David, Captain Calhoun · 06/6551
Peter David, U.S.S. Excalibur · 06/6552

STAR TREK™

Peter David, Märtyrer · 06/6553
Peter David, Die Waffe · 06/6554
Peter David, Die Hunde des Krieges · 06/6555

STAR TREK: DIE BADLANDS
Susan Wright, Die Badlands 1 · 06/6475
Susan Wright, Die Badlands 2 · 06/6476

DAS STAR TREK-UNIVERSUM, 2 Bde.,
von *Ralph Sander* · 06/5150
DAS STAR TREK-UNIVERSUM, 1. Ergänzungsband
von *Ralph Sander* · 06/5151
DAS STAR TREK-UNIVERSUM, 2. Ergänzungsband
von *Ralph Sander* · 06/5270

Ralph Sander, Star Trek Timer 1996 · 06/1996
Ralph Sander, Star Trek Timer 1997 · 06/1997
Ralph Sander, Star Trek Timer 1998 · 06/1998
Ralph Sander, Star Trek Timer 1999 · 06/1999

William Shatner/Chris Kreski, Star Trek Erinnerungen · 06/5188
William Shatner/Chris Kreski, Star Trek Erinnerungen: Die Filme · 06/5450

Phil Farrand, Cap'n Beckmessers Führer durch
STAR TREK – DIE CLASSIC SERIE · 06/5451
Phil Farrand, Cap'n Beckmessers Führer durch
STAR TREK – DIE NÄCHSTE GENERATION · 06/5199
Phil Farrand, Cap'n Beckmessers Führer durch
STAR TREK – DIE NÄCHSTE GENERATION – Teil 2 · 06/6457
Phil Farrand, Cap'n Beckmessers Führer durch
STAR TREK – DEEP SPACE NINE · 06/6458

David Alexander, Gene Roddenberry – Die autorisierte Biographie · 06/5544
Judith & Garfield Reeves-Stevens, Star Trek Design · 06/5545
Nichelle Nichols, Nicht nur Uhura · 06/5547
Leonard Nimoy, Ich bin Spock · 06/5548
Lawrence M. Krauss, Die Physik von Star Trek · 06/5549
Lawrence M. Krauss, Jenseits von Star Trek · 06/6497
Judith & Garfield Reeves-Stevens, Star Trek – Deep Space Nine:
Die Realisierung einer Idee · 06/5550
Herbert F. Solow & Yvonne Fern Solow, Star Trek: Das Skizzenbuch –
Die Classic-Serie · 06/6469
Judith & Garfield Reeves-Stevens, Star Trek – Phase II: Die verlorene Generation ·
06/6470
Herbert F. Solow/Robert H. Justman, Star Trek – Die wahre Geschichte · 06/6499
J. M. Dillard, Star Trek: Wo bisher noch niemand gewesen ist · 06/6500

Diese Liste ist eine Bibliographie erschienener Titel,
KEIN VERZEICHNIS LIEFERBARER BÜCHER!